碧霄九重
春意妩

BIXIAO JIUCHONG
CHUNYI WU

寂月皎皎 —— 著

重庆出版集团 重庆出版社

图书在版编目（CIP）数据

碧霄九重春意妩 / 寂月皎皎著 . — 重庆：重庆出版社，2017.8
ISBN 978-7-229-10294-4

Ⅰ . ①碧… Ⅱ . ①寂… Ⅲ . ①长篇小说 – 中国 – 当代 Ⅳ . ① I247.5

中国版本图书馆 CIP 数据核字 (2015) 第 186348 号

碧霄九重春意妩
BIXIAO JIUCHONG CHUNYI WU
寂月皎皎　著

责任编辑：李　梅
责任校对：刘小燕
装帧设计：九一设计
封面插图：容　境

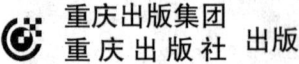
出版

重庆市南岸区南滨路 162 号 1 幢　邮政编码：400061　http://www.cqph.com
重庆市国丰印务有限责任公司印刷
重庆出版集团图书发行有限公司发行
E‑MAIL:fxchu@cqph.com　邮购电话：023‑61520646

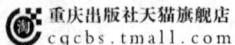

全国新华书店经销
开本：710mm×1000mm　1/16　印张：22　字数：480 千
2017 年 8 月第 1 版　2017 年 8 月第 1 版第 1 次印刷
ISBN 978-7-229-10294-4
定价：39.80 元

如有印装质量问题，请向本集团图书发行公司调换：023-61520678

版权所有　侵权必究

目录

第一章　宫院深深，帘卷梨花梦　　　　/1

第二章　惊散月魄，雾迷莲亭畔　　　　/13

第三章　错谱鸳鸯，几处丁香结　　　　/25

第四章　玉楼春深，枉道是销魂　　　　/37

第五章　相思天涯，魂散梦亦凉　　　　/49

第六章　冷剑霜刀，寂寞芳菲度　　　　/62

第七章　重赋旧词，往事如天远　　　　/75

第八章　戈戟云横，戾气凌霄汉　　　　/87

第九章　且近尊前，容我醉中眠　　　　/99

第十章　孤芳难付，春寒失花期　　　　/112

第十一章　雅意冉冉，金枝脱玉笼　　　/123

第十二章　车马萧萧，素影愿长随　　　/135

第十三章　风雷弱质，伤心鲛绡红　　　/146

第十四章　笛黯东风，歌尽别梦寒　　　/158

第十五章　花落良宵，团圆春梦少　　　/171

第十六章　龙翔虎潜，狂客闲问鼎　　　/182

第十七章	捣香成尘，遗恨送秋风	/194
第十八章	蓼花风雨，无夜不摇莲	/206
第十九章	堪笑飘零，识腕底乾坤	/218
第二十章	寒轻夜永，归途讵有踪	/230
第二十一章	离人何处，辜负好韶华	/244
第二十二章	还君明珠，梦断百子归	/256
第二十三章	莫怨春风，红颜当自嗟	/269
第二十四章	角声清袅，相寻梦里路	/282
第二十五章	兵戈凌灭，暗香泣飞雪	/293
唐天重番外	双花双叶又双枝	/304
第二十六章	浮云生死，应笑着意深	/312
尾　声		/326
南雅意番外	佳期如梦勿失时	/328
唐天霄番外	昨夜笙歌容易散	/331

唐天霄之父武帝唐承元十年前英年早逝，诸弟争位，曾经一度让周朝大乱。唐承朔趁势联合宣太后，立了九岁的唐天霄为帝。经过十年的清洗和权力制衡，如今的朝政大权，已尽数落于摄政王和宣太后手中。

唐天霄年近弱冠，虽贵为天子，每日不过狩猎游玩，连御书房都极少去，更别说处理政事、批阅奏折了。

我明知唐天霄做不了主，忙上前为唐天霄捶着腿，微笑道："清妩倒瞧着那些所谓的美人大多寻常，比起雅意姐姐不知差了多少！"

唐天霄微笑，敲了敲我的额："就你这妮子会说话！别人朕也管不了，不过……朕总得留个地方，听听琴，喝喝茶吧？"

外面传来了小内侍低低的口哨，正是催促他回宫的讯号。

唐天霄明亮的眸子黯了一黯，抬头望着梁间早已褪色的蟠龙藻井，出了片刻神，忽然"嗤"地一笑，将饮了一半的茶盏掷出。

清脆的碎裂声响起时，他已振衣而起，拿起门口的一支钓竿，潇洒走出了屋子。

静宜院的旁边，有道清溪流过，掩映于密林深深中。

嘉和帝唐天霄是天下第一闲散帝王，狩猎厌了，忽然便爱上了垂钓，时常带着钓竿在幽静的溪畔消磨着漫漫长日，以能在当天吃到自己钓起的鱼儿为乐。

很少有人知道，静宜院中有个南雅意，容貌出色，能歌善舞，是唐天霄乳娘的女儿，更是他幼年便相识的红颜知己。

两年前，大周为惑乱南楚朝政，送了十名美女给楚帝李明昌，不知有意无意，竟把南雅意一并送来。她从入宫第一天起便重病在身，无法侍寝，备受冷落，几乎连温饱都成问题；我在一年前注意到她后，一直暗中加以接济，并以姐妹相称。

等大周占了瑞都，唐天霄在第一时间找到她，而我紧随在她身边，遂一起被安置于静宜院中。

南雅意才华横溢，吟诗下棋弹琴唱歌无所不精。我则什么都不懂，什么都不会，只知愚钝地微笑着，为她喝彩鼓掌，遂在乾坤颠倒的混乱岁月中，安然无恙地过着我平静如水的日子。

隔了两天，叫人打听那次选秀的结果时，选出的美人并不少，果然都如愿攀上了高枝：唐天霄多了九名婕妤以下的妃嫔，另有二十一名分别赐给了唐天霄的四个兄弟。

倒是康侯唐天重，虽曾亲自去看过那些美人，却一个都没瞧上。这眼高于顶的孤傲声名，倒是半点不假。

南雅意便有些郁闷，唐天霄再来时，言辞之间，便流露出抱怨来："皇上是不是不乐意我成为你的妃嫔？"

唐天霄眼角挑起，带了抹调侃懒洋洋地笑道："怎么？真想做朕的妃嫔了？"

南雅意不答话，走到琴案前，丝弦轻挑，却是一曲《鹊桥仙》。

金风玉露一相逢，胜却人间无数。柔情似水，佳期如梦，当真不求朝朝暮暮？

幽幽如诉的琴声游走于空旷的陈旧屋宇，连窗扇上的如意连环青锁花纹都萦出了一丝感伤。

可唐天霄闭着眼眸，懒懒地靠在椅背上，淡黄色的长长袍袖垂落地间，仿佛睡着了。

南雅意的眼圈便有点红了，一向明朗的笑容也黯淡下去。

我正感慨着唐天霄不解情趣时，他忽然开口了。

"那九个美人，是母后为朕挑的。朕虽一一见过，可并未能记住其中任何一人名字，更未能记住其中任何一张面孔。"

他坐起身，品啜着南雅意泡的好茶，徐徐说着："你当真愿意成为其中一位吗？"

提到宣太后，南雅意脸色发白，住了琴音，一言不发地将纤纤十指按在琴弦上。

唐天霄望向南雅意，眼底漫过怜惜，轻叹道："你若真想长留在朕的身畔，朕也不会委屈你。现在分封的，都是位分低的妃嫔；等朕立后时，朕会按自己的心意另册一两个位分高些的妃嫔……"

他笑了笑，并未再说下去，话中含义却已明显。

他身为帝王，并没有权力按自己的心意册后，只希望能在所有人的眼睛盯在皇后位置上时，悄无声息地册封一两个自己喜欢的妃子。

南雅意双颊泛红，一对杏眸却已在明媚艳丽的面庞上流溢出宝珠般的辉光，耀眼夺目，映亮了陈旧的屋宇，与皇城未破前的满面病容一脸颓丧判若两人。

她握紧了唐天霄的手，用很低的声音清晰有力地吐字："雅意相信，皇上早晚可以按自己的心意做任何事！"

唐天霄略一仰头，如墨长发挥洒散落。他不以为意地轻笑："傻丫头，这天底下，还没有人可以按自己的心意做任何事！"

他端过空酒盏，举向我，我忙为他斟满。他一饮而尽，才微笑道："你看，摄政王和朕那个天重大哥，父子俩赫赫扬扬，一手遮天，何等了不得？可唐天重照样坐立难安，翻遍整座瑞都也找不到他喜欢的那个女子！"

南雅意一惊，问道："什么女子？难道……几天前在宫中选秀，就是为了把宫里的美人都找出来，让他检查有没有那个女子？"

"他没有找到。"唐天霄立起身，端着酒盏站到窗口，快意地说道，"那女子据说原来是当年杜太后宫里的，名字中应该有个'碧'字。可惜杜太后半年前死了，宫娥四散，这女子也不知流落到哪里去了。为了找到这位天仙似的女子，唐天重进入宫城的第一件事，就是把名字中带有'碧'的宫娥全请入了摄政王府，后来疑心是不是给派去为太后守陵了，

4

又亲自去了一次杜太后的陵墓。呵，朕原来竟不知晓，他竟会是这样的痴情种子！"

"哦，他不知道这女子到底叫什么名字么？"

"对。"唐天霄又将空酒盏递向我，让我帮添酒，"他只是见了这女子一面，捡了人家一条丝帕。据说，那条丝帕上绣了一个'碧'字。"

心脏仿佛猛地被人提起，我愕然地止住呼吸，脑中一阵轰轰作响。

"清妩！"

恍惚间有人唤我，接着手腕被人托起。我定神看时，南雅意正急急从我手中取过酒壶，唐天霄则丢开满溢的酒盏，忙着拂拭袖上的酒水。

"皇上恕罪，陛下恕罪！"我忙俯身叩头谢罪，额间已有细细的汗水渗出。

"起来吧，没事。"唐天霄虽对着湿漉漉的袍袖皱眉，可他向来不拘小节，又和南雅意亲厚，宽恕我的无礼正是意料中事。

但下一刻，他已皱起眉："你莫非……知道这女子的事？"

南雅意也疑惑起来，一面拉我起来，一面说道："咦，对啊，清妩，你原来不就是杜太后宫里的吗？"

我总算冷静下来，忙扬一扬唇角，浅浅笑道："可不是！忽然便让我想起一位死去的姐妹了。"

唐天霄平常和我们姐妹说说笑笑，向来散漫不羁，连唇角懒洋洋的笑容都很少消失过，但这一刻，他忽然盯住了我，眸光幽深锐利："什么姐妹？"

我有些头皮发麻，口中却已轻叹："那位姐姐……名唤宁碧，也是当时杜太后的贴身侍女。生得漂亮，也聪明，诗词歌赋都会，很得太后欢心。可惜天不假寿，几个月前生病死了。不过这宁碧姐姐从不出楚宫，怎会认识大周的康侯？"

"死了？"唐天霄又恢复了懒懒的笑，往榻上一靠，优雅地将腿交叉在榻上，取过酒来继续喝着，居然吐出了这么一句，"人有悲欢离合，月有阴晴圆缺，此事古难全。"

明明挺伤感的词句，被他用这等带了薄薄醉意的口吻潇洒念出，莫名地便多了些幸灾乐祸的意味。

在从小和他一起长大的南雅意跟前，他不用掩饰自己的情绪。

所以，这一个多月来，我看到了一个外表平庸无能的少年帝王，会在不经意间伸展出凌厉的芒刺，偶尔又会流露出孩子般的委屈和不甘来。

南雅意那双美丽瞳仁里倒映着的意中人，则是一只敛翅蛰伏的九天鹰隼，更是一把跃跃欲出的绝世宝剑。

而我只是继续着我平凡的旁观者生涯，看着皇宫里一幕接一幕的激烈闹剧，看着才子佳人们各逞才智的出众谋略，看着他们将各自的生活演绎得波澜壮阔，默默地静数自己虚度的似水流年。

第一章 宫院深深，帘卷梨花梦

如果我的生活，能像流过静宜院旁的溪水般安静，其实已是我求都求不来的幸运了。

皇宫，皇权，波诡云谲。

从来都是。

一向认为自己有很强的适应性，连楚帝率百官降周的那天我都能躲在南雅意的简陋宫室中，和她相互取暖，安然入睡。

可这一晚，我在床榻上辗转了半天才勉强入睡，脑中恍恍惚惚，只有洁白丝帕上一针一线绣着的"碧"字，像扎在了心口，挥之不去地疼痛着。

梦里还在疼痛，疼痛地抓着那条丝帕落泪。

德寿宫前的莲花池，是我最喜欢的地方。轻轻漾着的水面，敛住了一天的清澄月光，连月亮都在粉白的睡莲边摇荡，像谁在幽幽叹息。

往年最珍爱的白莲早已凋谢，再盛开时，也已不是原来的那一枝。

坐在汉白玉的石桥边，执一支竹笛，吹彻了水间月影，碧莲清芬，也吹得自己一脸凉湿。

抽出丝帕，擦拭着白天不肯流出的泪水，看着那水碧丝线亲绣的"碧"字被洇湿，正在出神时，突然传来了喝杀声。

抬起头，还未及察看到底发生了什么事，池畔的阴影中蹿出一名蒙面的男子，剑光凛冽，劈面而来。

惊呼中，丝帕已飘落地间。我颈间凉凉的，却没有感觉出疼意。那人只是握紧剑抵住我脖颈，一双微凹的黑眼睛熠熠生辉，却泛着比流水更冷的寒意。

我不想死，也不想成为这人的人质，更不想为这个已经烂到了根子里的南楚皇朝枉送性命。

所以，我毫不犹豫地指住莲池，低声告诉他："会水吗？躲水里去，我引开他们。"

那人迟疑地盯着我，眼底的光辉时明时暗，变幻不定，忽然便撤开了宝剑，却将我的手臂一拉，迅速将我往怀里一带，紧紧拥了一下，在我耳边道："我相信你。别哭了！"

他的声音低沉，沙哑中略带疲惫，却又莫名地柔和着。如水月光正缓缓泻于他周身，亦是如此柔和，与他高大的身形和满身的杀戾之气极不相称。

没等我从他突兀的举止中回过神来，他便放开我，悄无声息地步下莲池，让水面将他淹没，连异样的水纹也很快在微风拂拂中消失。

我定定神，不等追赶过来的宫廷侍卫走到近前，便赶过去叱责："你们在瞎嚷嚷什么？太后娘娘玉体违和，刚刚睡下，惊动了她老人家你们担待得起？"

领头的侍卫认出是我，吃了一惊，急忙解释："刚有刺客奔过来，我们正在搜查！姑娘放心，我们一定安安静静地找人，绝不敢惊动太后！"

我四下一望，皱眉道："哪里来的刺客？我刚一直在这桥上，并未见有人影经过。"

第一章 宫院深深，帘卷梨花梦

"那就一定没去太后宫中了！"

侍卫们即刻赔笑着，只在莲花池附近草草查看一番，便匆匆往另一个方向追去。

我只觉刚才那刺客身上的血腥和汗水似乎沾到了我单薄的素衣上，生怕这人再从水中钻出，又对我无礼。眼看着侍卫们离去，我立刻奔回了德寿宫。

我没有再去查看那刺客的动静，也没顾得上去捡回那条绣着"碧"字的丝帕。

第二日打听时，刺客早就脱逃了，而我的丝帕也消失了。

再次从梦中的回忆里惊醒时，听着身旁南雅意均匀的呼吸，我还在疑心自己是不是仍在梦中。

那刺客居然是大周的康侯唐天霄？他还拿着那条丝帕锲而不舍地寻找着我？

算一算，都是快两年前的事了。

那年我十七，还记得月下吹笛，懂得思念和落泪；如今我十九，却连落泪都不会了。

我只会好脾气地浅浅微笑着，冷眼旁观楚帝的荒唐无耻，杜太后的悲愤无奈，楚皇室的分崩离析……直至在新的皇朝找到自己的容身之地。僵硬的微笑以及我那已看不出本色的容貌，已与我如影随形。

恍惚了片刻，黯淡的窗纱已透出清亮的光线来。雅意半醒不醒，迷迷糊糊地问我："清妩，是不是做梦了？晚上翻来覆去的，连我都给吵得没睡好。"

我含糊应了一声，她打个呵欠，侧过身又闭上眼睛。

我看她睡熟了，这才蹑手蹑脚起床梳妆。

有唐天霄的暗中照应，静宜院外面看来虽陈旧，但我们卧房内的陈设还算精致。妆台上的铜镜一尘不染，在晨光里清晰地倒映出我的面容。

尚未涂上当年杜太后令人为我配制的秘药，我的肌肤细腻柔白，五官精致，尤其一对不需描画的远山眉，修长舒扬，自有韵致。

应该也算是美人了，能为自己和他人招来祸端的美人。可惜了一双眼睛，少年时灵动如溪泉，如今却已空空洞洞，像干涸了不知多少年的深井。

仿佛又听到有少年在温文地轻笑："婵娟两鬓秋蝉翼，宛转双蛾远山色。妩儿，人都说你的眼睛会说话，可我瞧着，你的眉也会说话呢！"

苦涩地笑了笑，我默默梳理长发。

再也不知到底要等到哪一年，才会有人在这满心满眼的空洞中，注入当日的那池清泉。

日子继续平淡无波地滑过，而南雅意却时喜时忧，一天比一天坐立难安。

唐天霄年已十九，早过了大婚年龄。摄政王唐承朔最初以正对南楚用兵为由延宕，如今南楚已降，政局已稳，宣太后不想再拖，数度召见了几位重臣家的千金闺秀，表明立后之事已成定局。

唐承朔与宣后关系密切，甚至颇有些暧昧流言传出，到此时也不好再拦。于是下面所考虑的，无非是立谁为皇后而已。

嘉和十年四月，唐承朔和宣太后几经斟酌，决定册封大将军沈度之女沈凤仪为后。

沈凤仪虽然出身将门，容貌倒也出色，据说其母在生她前曾梦到有凤来仪，出世后遂取名为"凤仪"，相士更屡说她是大贵之相，如今得以册后，也算是实至名归。

我见南雅意愁眉不展，劝道："姐姐，不管谁当皇后，只要性情过得去，姐姐有着皇上宠爱，自可安枕无忧。"

南雅意正拂拭琴弦，闻言丢开丝帕，以手撑额，轻声叹道："性情？这沈凤仪，母亲是宣太后的堂妹，父亲是跟着摄政王打江山的心腹大将，你觉得她能有多好的性情？以前在北方时，我常见她在宫中来往，除了太后和皇上，她对谁正眼瞧过？皇上的宠爱……单凭皇上的宠爱，就一定能护住我？除非……"

我沉默。

宣太后单单择中沈凤仪，当然不仅仅是相信了有凤来仪的命格大贵传言。唐天霄接受沈凤仪，一定也与其性情容貌无关。如果真能选择，南雅意早该是这宫里最受宠的妃子，而不会将她藏于暗处，每隔三两天才过来小坐片刻。

说到心头痛事，南雅意心绪立刻烦乱起来，快步走到窗外，深吸了两口气，才叹道："清妩，你知道我为什么会被送到楚宫来吗？"

我不是没猜过，但深宫之中，谁没有一些不能说出口的秘密和心事？有时候，知道得太多反而不妙。

但她既然提起，我也就问了出来："哦，皇上都没能护住你……莫非和太后或摄政王有关？"

南雅意缓缓摇头，掠了掠鬓间垂落的刘海，浅金菊纹的薄绸袖子在傍晚的清风中拂拂欲飞："我至今没弄清，那时到底发生了什么事。我想，大约和我母亲有关。我不是宫女，兄长也在朝中为官，但皇上舍不得我母亲，一直将她留在宫里供养。我常去看母亲，也便常常和皇上相见……弹琴、歌舞、吟诗、烹茶，我们相处得很好。可有一天，我才从宫里出去，皇上便派内侍通知我，立刻随使臣前往南楚，当天便出发。他还叫人传了一句话，叫我等着他。"

"你等到他了，虽然等了两年多。"我微笑，"姐姐为他吃尽苦头，但也算是苦尽甘来。"

南雅意轻轻一笑，秀致如柳叶的眉却蹙了起来。

"我知道他绝对是想帮我，可一直都忐忑不安。直到……来瑞都不久，辗转听到了母亲和兄长的死讯，才算是印证了我的猜疑。"

"死……死了？"

"是啊，死了……就在我被送走的当天晚上，母亲暴病身亡；第二天，我哥哥因通敌卖国被囚，不久死于狱中。"

"为什么？"

"不知道。"南雅意凝视着院中飘落的梨花，这两三个月才被因爱人相聚而冲淡的愁意又浮上了眼眸，"我最近问过皇上，他沉默了很久，才告诉我，这个仇，他会报，让我不用操心。"

"他还在保护你。"我微笑着下了论断。

这对母子的死因自然蹊跷，以唐天霄对自己乳母和南雅意的感情，如非万不得已，绝不会坐视这等惨剧发生。

南雅意回眸，紧紧握住我的手，带着希冀望向我："清妩，皇上一定可以得到他应该拥有的一切，对不对？"

其实我并不敢肯定。可南雅意从周入楚，又从楚到周这一番苦苦挣扎，瞳心深处已染上了挥之不去的深深惶恐。我只能安慰她："皇上……绝对不是庸懦之人。何况他是太后亲生，掌握君权，那是迟早的事。"

南雅意笑了起来，眉眼弯弯，韵致清绝："他当然不庸懦。他从十岁起就有高人暗中教着兵法谋略和武术剑法。别看他懒洋洋的模样，身手未必就比那个眼高于顶的唐天重差多少！"

我扣着她的纤纤手指，微笑道："对，姐姐煎熬到今天，也该放宽心了！"

南雅意嫣然一笑，柔和望向我："那你呢？"

"我？我怎么了？"我若无其事地放开她的手，理着垂落胸前的黑发。

"清妩，你虽不说，我又岂会看不出来，你心中早有意中人？从楚朝到大周朝，你一直用秘药掩去花容月貌，避宠避得……不比我轻松多少。他是谁？我想……只要他还在大周，皇上应该能帮到你。"

傍晚的风忽然大了，手中的青丝便握不住，一丝丝吹起，缭乱于面庞，连眼睛也迷离起来了。

"皇上……也帮不了我。"我拈过飘到窗边的几瓣梨花，凝视着这即将彻底逝去的美好，心里阵阵发酸，却"嗤"地笑了起来，"或许……或许他早已娶妻生子。不过，他一定还记得我，记得我……"

记得我害他家破人亡，走投无路……

弹开花瓣，我关上窗扇，不去看外面的落花零乱。

南雅意不放心，跟在我身后，犹豫地说道："如果……如果你放得下，我们姐妹同心，一起侍奉皇上，未必不是件好事……"

我摇头，笑着走了开去。

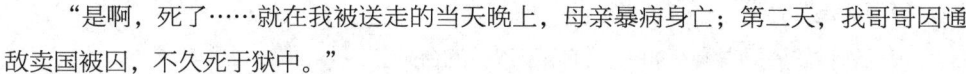

第一章 宫院深深，帘卷梨花梦

等闲又是三春尽。

帘栊外，依稀见得梨花如雪，铺满了青石的台阶。

远远近近，有杜鹃声声送春去，啼老了多少人的青春年华。

沈凤仪的后位确定后，原来的几名后位候选人便成了未来的妃嫔。自然有诸多皇家的策略考虑，大多是重臣或武将之女。南雅意身为犯臣之女，无法和这些人竞争；但唐天霄显然不打算委屈她，竟让她辗转成了一位边关陆大将军的女儿，拿了画像一起报给太后。

我有些担心，问南雅意："太后会不会认出你来？"

南雅意摇头道："应该不妨事。我并非宫婢，每次入宫见皇上时，如果太后驾到，循例都是回避的，何况宫女本来就多，又隔了这几年，模样都有些变化，她哪里还认识我？"

我苦笑道："既然说了是陆大将军的女儿，也该把你送陆府去。这样待在宫中，露了破绽如何是好？"

南雅意不以为意地编着一条橙黄色的缨穗，最近丰润晶莹许多的面庞上漾起淡淡的笑意："那个传说中的陆大将军的女儿，目前还在乡间的老家呢！皇上说了，到封妃的旨意下来，再出宫坐了陆家的车马入宫便是。"

我亦知她好容易回到唐天霄身边，对于二人得以相守的时光极为珍惜，也不好再劝，只是悄悄出去，嘱咐唐天霄派来服侍我们的沁月、凝霜两个侍女，务必多加小心，无事就将院门紧闭，莫惹是非，也不要去听宫中那些闲话。

经了这些日子，宫中已经传遍了唐天重苦苦寻找当年那位月下美人的故事，并且按照流言传播的一贯传统添枝加叶。最离谱的一种，说成了康侯爷夜探楚宫，邂逅月下横笛的莲花仙子，仙子贪恋康侯少年英俊，纤手一挥退了追兵，与他共赴巫山云雨。康侯食髓知味，从此念念不忘云云……

南雅意从唐天霄口中听到的，该是最接近事实的一种了。至少唐天霄还能断定，唐天重遇到的，是当年南楚杜太后宫中一名地位较高的宫女或未婚女官，姿容出色，擅于吹笛。

这一回我连旁观者都不愿做了，只盼远远避开，能落个耳根清净。

算算唐天霄已经连着三天不曾到静宜殿探望，南雅意便显得有几分无精打采。这晚她卸了簪环，临睡又取了一块玉细细瞧着，倚着床帏问我："清妩，你瞧这穗子好看吗？"

玉光明润的九龙玉佩，是唐天霄上次来时遗落的。南雅意认为上面坠着的缨穗太过寻常，另编了一条橙黄色的鸳鸯戏水穗子，丝线用得均匀细密，一对鸳鸯栩栩如生，果然精致非常。

我欣赏片刻，含笑道："姐姐是问我打得好不好看，还是问我挂在皇上腰间好不好看？"

南雅意扑哧笑道："有区别？"

"有！"我就势夺过那玉佩，在自己腰前比着，"如果不打算给皇上呢，不如就给了我，挂着一定比皇上挂着好看。"

"死丫头，你做梦呢！"南雅意扑过来，一面笑着呵我痒，一面来抢玉佩。我怕痒，大笑着也去挠她，看她咯咯笑得开怀，不再一脸失落，也便放了心。

两人正闹作一团时，外面传来了叩门声，伴着凝霜焦急的呼唤："姑娘，姑娘，雅意姑娘，皇上来了！"

外面便传来了唐天霄的轻笑："两个疯丫头，玩得还真开心！"

我们不想唐天霄会深夜造访，都是一惊。

梳妆换衣自然来不及了，想他也不会计较，不过就近披了件柔软的素衣，我便去拉开了门，拜了下去："皇上，记着来看雅意姐姐了？"

唐天霄扶起我，并着食指和中指，"啪"地在我额角轻轻敲了一记，笑道："就你会说话！朕什么时候把你姐姐丢在脑后了？"

我微笑着退往一边时，唐天霄却望着我微微眯起了凤眼，赞道："不错嘛！怪不得雅意和朕说，你生得比她还好。果然一对儿姐妹花呢！"

我已预备睡下，脸上自然早已洗得干干净净，不像平常那般貌不惊人，闻言只低了头，悄悄退到一边。南雅意却笑着迎过来道："皇上若是喜欢，不妨一块儿纳入后宫。以后若皇上厌倦了我们，我们姐妹也可以相依相伴，不致深宫寂寞。"

唐天霄兴致甚高，挽了南雅意的手，笑道："朕才不做那扫兴之人呢！这妮子认识朕这么久，都不肯露出本来的模样，可见根本不曾把朕放在眼里，也不知心里在想着哪位意中人。话说这一招你们谁跟谁学的？以前怕楚帝欺负你们，现在是怕谁欺负你们？"

南雅意早已恢复容貌，不再病恹恹的惹人厌弃。他这话，显然怪我不信任他了。

南雅意恐他生气，已笑着将九龙玉佩扣到他腰间，柔声道："皇上，这回可把玉佩收好了，别老是掉了。"

唐天霄低头一瞧，唇角立时柔软扬起："你编的？这两年多，手艺倒是越发精进了！"他一边说着，一边已将她轻拥到怀中，眉眼晶莹，温柔得似要融化开来，南雅意给他看得羞怯，一反素日开朗，红着脸将额抵在唐天霄的肩上。

唐天霄每次匆匆来，匆匆去，算来二人并未好好单独相处过。我从侍女手中将茶水端了送至桌上，便悄无声息地退了开去，随手阖上门扇。

走到外屋时，唐天霄的贴身内侍靳七正坐在桌边喝茶，见了我忙站起来，笑道："清妩姑娘，皇上他……在雅意姑娘屋子里？"

我微笑道："嗯，皇上今儿个看来很开心。"

靳七点头道："当然啦！已经和太后娘娘议定了，明日礼部会宣旨，除了皇后，还会册封两位正一品妃，四位正二品嫔。其中咱们雅姑娘，嘿嘿，皇上和太后争了半天，说陆大将军劳苦功高,硬是封了雅姑娘为贤妃呢!"

"贤妃……"

我不由得微扬唇角。

大周用前朝制,皇后以下,设四妃、九嫔、九婕妤、九美人、九才人,另有宝林、御女、采女各二十七人,品阶从正一品至正八品,依次而降。

以南雅意的资历,入宫便能是正一品的贤妃,除了太后、皇后,再没人可以压她一头;加上有个大将之女的身份,只要小心行事,没什么行差踏错的,未来安稳富贵,应该不成问题了。

而我,也算可以得个安身之所了吧?

取了一小袋珠宝,我塞到靳七怀中,微笑道:"七公公,这个收下吧!"

靳七将那布袋打开看了一看,小小的眼睛立刻被映得亮了,忙塞了回来:"哎,姑娘,这怎么敢当?咱们贤妃就是大富大贵的命,日后小的还要靠贤妃娘娘提携呢!"

我温和笑道:"皇上的心,我们自然都看得出。只是皇上事忙,日后侍奉的妃嫔多,未必时时记得姐姐,到时便要劳烦七公公,有机会帮着多多提醒了!"

靳七低头再瞧一瞧推回的珠宝,到底舍不得再推开,笑盈盈地纳入怀中。

南雅意的性情颇有几分北方人的阔朗,从不在这些细节上留心,何况久在异乡,并无钱财积余。我在宫中已有近三年,当年很受杜太后怜爱,私蓄倒是不少,留着也是无用,不如帮着她将用得上的人笼络笼络,日后的日子也会舒心很多。

陪着靳七喝了两盏茶,走到厅外台阶上张望时,回廊那头的卧房依然紧阖着门,明亮跳跃的灯火将茜纱窗映得鲜艳夺目,喜气洋洋,隐隐有低低的笑声萦出。

我也不由得弯了弯唇,抬头望向苍穹,只有几颗星子疏疏朗朗地闪烁着,月儿却是明洁,圆如玉璧,光华清澈如水,将檐间的飞花敷了一层薄薄的轻霜。

今天是十五?本该是月圆人圆的好日子。

心里莫名地便有些烦躁,我扭头问靳七:"一路过来,这附近没人吧?"

靳七笑道:"当然没有。皇上为姑娘们挑了这里,就为着这里僻静来着。不过等封了妃,这里可就住不得了!"

凝霜已明白我的意思,笑道:"姑娘可是要出去散散心?披件衣裳,奴婢陪姑娘走一走罢!"

我接过她递来的白底绣折枝绿萼梅的素锦披风,自行披了,低声道:"不用,你们在这里留意皇上传唤吧,我一个人走走,待会儿就回来。"

第二章　惊散月魄，雾迷莲亭畔

踏出院门，嘱咐他们依旧将院门关了，我站在门前的青石路前面，朝两侧看了看。

一边通向那条贯穿皇宫的小溪，一边通向观景台，观景台再转过去，便是德寿宫了。里面依然住着一位太后，却早已不是当年的杜太后。从太后薨逝的那一天起，我就没有再去过德寿宫，更没有去看德寿宫前的莲花是否盛开依旧。

算算日子，再有两三个月，莲花又该开了。

莲池我不方便去，但溪边倒还有几株野生的莲花。初春浣衣时看到尖尖小小的荷叶卷儿，居然惊喜了好一阵。

一路果然半个人影俱无。我穿着细纱的月白薄衣，连披风都是浅淡之极的白色，雾气般笼在身上。倒是下摆处的折枝绿萼梅，竟在月光下随着人的走动奇异地鲜活起来，清灵近妖。

而我，也像失了魂的妖一般，神思恍惚地走向溪流，踏入溪边供人憩息的一座八角小亭。

倚栏坐到亭边，扶住漆色斑驳的朱柱，有些缥缈的心思才收了回来。举目望向溪流两岸，林木葱郁幽深，被一圈薄雾笼着，森森地散着几分寒意；好在溪水倒还清亮，一条淡色的雾带萦在溪流上方，在月光下静静地飘动。

近岸处，果然有一丛丛的荷叶正在月光下优雅摆动。天上一轮月，水中一轮月，将错落有致的片片荷叶照得宛若美人轻装照水，纤裳玉立，风姿绝尘。

再不知有多少时日失了这种赏月观莲的淡雅闲情了。

恍惚间，似看到有人喝得玉山将倾，蕴着清润的笑意，握住我的手，柔声地低低吟诵："莲荙香清，水面风来酒面醒。妩儿，是人的清香，还是莲的清香？"

我微微笑了笑，提起裙裾，跨过栏杆，踩着没入脚踝的青草，够着了水边的一片荷叶轻轻摘下，嗅着清芬的淡淡荷香，慢慢倚着亭边的湖石坐下，像十六岁时那般，轻轻地唱起了江南的歌谣：

"碧玉小家女，来嫁汝南王。

莲花乱脸色，荷叶杂衣香。

因持荐君子，愿袭芙蓉裳……"

闭上眼，正默默感受封存了许久的酸涩涌起时，我的上方，忽然传来了低沉的男子声音："地上坐得久了，不冷么？"

我再不料此时会遇到什么人，惊得慌忙站起。只见一名男子正立于亭中，双手扶着栏杆静静望着我。他的一双深眸微凹，有着异于常人的锋锐形状，不难想象得出他素常的沉雄冷峻，可此时却似沾了月色的清辉，生怕惊吓到我般柔和着。

见我望向他，他那不知凝立了多久的姿态才似松了一松，唇角僵硬地扬了一扬，俯身向我伸出了手："我拉你上来！"

他不是太监，身上散发的气度沉着而凛冽，甚至隐隐渗着久经沙场的杀戾之气——即便他的笑容尽量传达友好之意，也不能将那戾气冲淡分毫。

这里属于冷宫地段，可也算是深宫。半夜三更，敢闯入深宫的男子只怕还没几个。

望着他似曾相识的黑眸，我蓦地吸了口凉气，避过他伸来的手，从另一边飞快地搭住栏杆，踏上一只脚，正要将另一只脚踩上来时，那男子已走到我面前，居然毫不避讳地便来拉我手腕。

我慌忙缩手时，脚下已一阵浮软，仅余的一只手便搭不住，也松了一松，快要摔落下去。这时只觉双肩一疼，还没等我回过神来，已被那男子从亭外轻松拎起，拉入亭中。

不等立稳脚跟，我忙不迭地想挣脱他时，腰背一紧，那刚硬的臂腕已将我箍住，连头部都被他按了，紧紧靠在他的胸前。

"我终于找到你了！你唱的歌，和你吹的笛子一样好听。"他在我耳边如是说着，温热而陌生的气息扑在脖颈，让我紧张得浑身僵硬，一层粟粒迅速在皮肤上浮起。

我不敢靠近他，却被他紧紧收束在胸前，再无法动弹。他胸腔内剧烈而不规则的心跳，便如鼓点般响在耳边。我不敢看向他，却又分明地觉出了他的眼眸正一眨不眨地盯着我，炽烈如火。

"你……你认错人了……"惊惶地颤着唇，我好容易用干涸的嗓子挤出了这么几个字。

可我的尾音竟没来得及全部吐出，便被硬生生地堵住。

这个男子，这个不知算是第一次还是第二次见面的陌生男子，居然在我吐字发音时，忽然低下头来，猛地亲住我的唇。

我大惊，紧紧咬住牙关，疯了般在他怀里挣扎。

可在这等身手高明的武夫眼中,这种拼了命般的努力挣扎,简直如小儿嬉戏般不值一提。

那强悍得不加掩饰的占有欲让我心惊胆战,站都站不住,却又被他束缚着,连瘫倒在地都做不到。

无力望向深黑的苍穹,星子明明灭灭,圆月四周围满了光圈,时大时小地变幻着。

昏昏沉沉中,周遭忽然酷热,我似一下子回到了那个夏天,卧在德寿宫庑殿的竹榻上,嗅着窗外传来的芭蕉叶的清香午憩。可酣然入梦之际,却被蓦地压上的沉重惊醒。

"表哥!"我失声惊呼,试图去推开那个肥硕健壮的身躯,双手却迅速被抓紧,重重压在头顶。

"清妩,看你这回往哪里逃!"男人令人作呕的唇舔舐过来,游移的手肆无忌惮地扯开夏日单薄的纱衣。

"放开我,放开我……救我,姨母救我……太后,太后……"

我惨叫着,却听不到德寿宫那么多宫人半声应答。

这繁花似锦的宫殿,除了我凄厉的呼救和男子猥亵的调笑,竟是寂静如死。

喑哑的哭泣中,裙带一松,下裳滑落榻边。我的眼前阵阵昏暗,白天变成了黑夜,连呼救声都已嘶哑无力。

那人贪婪笑着赤身欺上前来时,我积攒了剩余的一点气力,将舌压到齿间,正要狠狠咬下时,只听闷哼一声,笨重的身躯忽然扑倒在我身上,却是一动不动。

神思恍惚中勉强睁开眼,正见那熟悉的身影正愤怒地拽开我身上的人。他看着我,俊秀面庞已痛楚得扭曲。

猛地,他一把拉起我,迅速为我披上衣衫,高声喊道:"妩儿,妩儿,我们走,我们走!离开这金玉其表的鬼地方!"

我浑身发抖,依在那少年的怀中,紧紧拽着他的衣襟,无法抑制地失声痛哭。

"别怕,别怕,我会守着我的妩儿,再不让人欺负你!"少年急促地说着,有力的手臂扶抱起我,匆匆走向殿外。

这时,门口骤然响起杜太后愤怒的高叱:"庄碧岚,你好大的胆子!"

酷热忽然消失,周身又是冰寒。

在初夏依然冰寒的月夜,万箭穿心,五内俱焚……

我望着那月亮却清冷的月芒,感受着这个陌生男人毫不放松的进击,甚至连手掌也开始无礼,泪水终于盈出。

恨恨地盯着他一厢情愿沉醉着的面庞,我狠狠阖上牙关,用力咬下。

"唔……"

他吃痛，手上一松，我已全力一推，踉踉跄跄地脱开了他的怀抱，退了几步，靠着柱子勉强稳住惊悸的身形，愤恨地瞪着他。

"你……"他开口，又皱眉，扬手去抚住唇，擦拭着溢出来的血丝。那双锐利黑眸盯着我，开始愤怒，但又柔软下来。他低沉问道，"你哭什么？"

只有出身皇家从来都高高在上的人才会有这样的自负，认为所有的人都该感激他的宠爱，把对女人的欺凌，当作自己赋予的莫大荣耀。

为他们的欺凌哭泣的女人，自然是不解情趣的笨蛋了。

风袭来，很冷。

我打了个哆嗦，胡乱擦着爬满脸颊的泪水，喘着气努力调匀呼吸，逼自己镇定。而这男子正颇有些狼狈地在亭边吐着舌尖不断溢出的鲜血，目光兀自紧锁着我，倒似怕眨一眨眼，我便会就此消失一般。

我已顾不了许多，猛一扭头，用尽平生的力气，直往亭外奔去。

"喂，不许走！你跑不了！"

声音依然不高，却有力而自负。

唐天重。

可以倾尽全京城之力寻找一名女子的康侯，的确可以拥有这样的自负。

可我从来不愿成为他人的目标。

充耳不闻地一路往静宜院奔逃，我再不敢往身后看一眼，明明浮软如踩在棉花上的脚步，在那巨大的恐惧中忽然变得行走如飞。

快到静宜院门前，我撞上了从门内出来的一道黑影，接着被人扶住。

"丫头，怎么了？跟见了鬼一样！"唐天霄失声叫起来，拍了拍我的脸庞。

隔着单薄的布料，他掌心的温暖和熟稔沁入肌肤，让我松了口气，却哆嗦得更厉害了，只将手颤抖着指向后方，却一句话也说不出来，身体已虚软地直往下坠去。

唐天霄向溪流方向看了一眼，疑惑道："没什么啊……丫头，怎么了？"

快要跌落地面的身躯被拦腰抱起，唐天霄让靳七重新叫开门，匆匆跑了进去。

散落的长发自唐天霄的臂膀前垂下时，我努力转过头，又望向那条泛着阴白的青石路。

唐天重一身玄衣如墨，正缓缓自一处树阴后步出，负着手，眸光如刀锋般光色寒冽，正冷冷地望着我，以及唐天霄。

幼年时也曾舞刀弄枪，调皮得不行，身体却好得很，直到十六岁都很少生病。可后来几经磨挫，连心都似枯竭了，身体更是一日不如一日。

经了这晚的惊吓，我足足病了有半个多月，时不时便高烧虚汗，晚上更是噩梦不断，

16

胡乱叫出来的凄凉声,有几次把我自己都从梦中惊醒。

开始几日,都是南雅意衣不解带在一旁照料,满面愁意地嘘寒问暖;唐天霄也来过两三次,并不避讳传上我的病气,常会径自走到我跟前,亲手试一试我额上的温度。

有一次朦胧之际,我便听到他在问南雅意:"这妮子胆子并不小啊,那晚到底遇到了什么事了?"

南雅意迷惘:"谁知道呢?她原来跟太后的,后来跟了冷宫中的太妃,然后就是楚降大周,你看,这些大风大浪一路过来,她还是这样波澜不惊的模样,温温和和的,这般胆大心细,也算是难得了。也不知……也不知是不是夜间走路,遇到了什么不干净的东西?这瑞都也是数朝古都了,历代皇宫不知有过多少冤死的亡魂。"

"……先慢慢诊治着吧!"

这是我最后一次听到南雅意和唐天霄说话,后面的七八天,唐天霄再也没有出现过,连南雅意也没来过我们共同的卧房。

我先疑心着是不是自己的病重了,怕给传染病气,才搬往别处去住;但见她总不露面,我不由得问向凝霜:"雅意姐姐呢?莫非封了妃,搬别处去了?"

凝霜犹豫了片刻,大约见我气色渐好,终于说出了口:"雅意姑娘……在前些天被宣太后召去,然后一直没回来。"

"什……什么……"我正发着烧,听她这么一说,倒是惊出了一身汗水,"皇上呢?皇上知不知道?"

"开始应该不知道,还和平时一样过来探望雅意姑娘。一听给太后召去了,皇上脸色都变了,立刻就走了。"

"那么,那么……现在应该是知道了?"

可知道了多少呢?知道她不是陆大将军的女儿还是小事,毕竟这是唐天霄的主意。不管怎样,太后不会给自己的儿子难堪,可假如知道了她是唐天霄奶娘的女儿,会不会为着皇家什么见不得人的原因,将她送上和她母兄一样的不归路?

我心中不安,遂让另一名侍女沁月去找靳七,设法打探南雅意消息。

靳七的珠宝倒没白送,不久居然亲自随了沁月过来瞧我,笑着向我说道:"姑娘,放心吧,雅意姑娘现在好端端在德寿宫住着呢。皇上怕姑娘担心,特地叫我跑一趟,让姑娘好好养着,保重身体要紧。"

"太后怎会叫雅意姐姐到德寿宫去住?"

本能地,我猜测事情没那么简单。

靳七在笑,肌肉却僵硬得有点不自然:"太后……发现皇上老往这边跑,留了点心眼,就发现雅意姑娘了。这会儿……雅意姑娘算是得了太后的缘法啦,赏了不少东西,说是给她做嫁妆呢!"

我微怔："那么……礼部封妃的旨意，传下来没有？"

靳七躬身答道："还……还没呢，目前都在预备着封后庆典，可能……要先封后再颁封妃的圣旨吧？"

不等我细想，他放下了两个纸包，笑道："这是皇上赏的补药，说让姑娘好生调养着。小的还要侍奉皇上，这就回去了！"

我强撑着让凝霜取银两谢过他，这才返身卧下，隐隐还是觉得哪里不妥。

许久以后，我才想起，那是因为靳七还称雅意为"姑娘"，而不再是那晚已经改口的"贤妃娘娘"！

好在我的身体渐渐恢复过来，这日起了床，揽镜自照，已消瘦了一大圈。回忆着那晚的事，我还是心有余悸，依旧拿了秘药将苍白却精致的端正面庞掩了，把自己变回那个不起眼的平庸妇人，才随手用素纹银簪绾了个寻常的偏髻，叫来沁月，让她再去打听南雅意的消息。

沁月迟疑了一下，向凝霜望了一眼。

我立时觉出不妙，忙问道："是不是出了什么事？"

大约见我身体平复，凝霜犹豫着终于说了出来："姑娘，其实，封妃的旨意，在姑娘受惊生病后没两天便颁下了。只是……雅意姑娘不在其中。皇上也特地来过，和雅意姑娘私下说了好些话，两人脸色都不太好。"

"后来呢？"

"后来，雅意姑娘就被太后召去了，皇上再也没有来过。不过……近日有流言传出，说……说陆大将军的小姐，将成为康侯的正室夫人。"

"什么？"似乎被谁掐住了喉咙，我屏住呼吸，差点说不出话来。

凝霜、沁月都是唐天霄安排过来的心腹，自然清楚陆家小姐不过是唐天霄让南雅意封妃的一个借口而已。

我再也坐不住，换了件半旧的竹青色宫装，一径去皇帝日常起居的乾元殿。

唐天霄自然是见不着的，但我在殿外的值房内通禀着要见七公公，靳七还是不久便出现了。或许天热了，他一边走着，一边擦着汗，待抬头见到我正等着他，才快跑几步，挤出笑脸道："清妩姑娘，身体好些了？怎不多休息几天？"

我将他迎进来，问了好，才微笑问道："七公公，我许久没见雅意姐姐，心里着实挂念了。想来德寿宫不是我们寻常人能进的，正想着拜托七公公帮忙通传一声呢！"

靳七圆鼓鼓的鼻子上才擦净了汗水，此时又大颗地渗出。他忙不迭地擦拭，垂着眼睑答道："清妩姑娘……姑娘，这个，德寿宫的事，小的做不了主啊！"

"那么，七公公能不能帮忙传个消息过去，让雅意姐姐出德寿宫和我见个面呢？"

18

"姑娘，别说小的进不了德寿宫；就是进了德寿宫，太后把雅意姑娘藏得那么紧，小的也见不着，传不了话啊！"

"皇上总进得了德寿宫吧？能不能请皇上帮忙带个口讯呢？"

"这个……嗨，小姑奶奶，皇上自个儿也在为那事儿烦恼呢，谁还敢拿这事惊扰他啊？"

我蓦地心里一跳，脱口问道："是不是现在连皇上也见不着她？"

靳七果然迟疑，往窗外看了一眼，居然惊吓了般，向后缩了缩身体。

我疑惑地一探头，比他还惊吓，慌忙缩回了头。

一身形高大的男子身着玄色蟒袍，玉冠巍峨，手掌贴于腰间，正扶着剑柄，沉着脸快步走出乾元殿。到得宫外大道上，他略顿了顿身形，向德寿宫的方向望了一眼。线条那般冷沉刚硬的面庞，在这一眼之间忽然便柔和了许多，连幽黑的眸中都闪出了并不多见的明珠辉芒。

竟是康侯唐天重。

靳七直到他走过去，才敢松口气，继续抹着汗水，低叹道："康侯和皇上……多半已经谈妥了。"

"谈妥？谈妥什么？"

我掌心沁出汗水，已不敢细想，有多少的阴谋和算计，正如密密的网无声无息笼罩下来——笼向南雅意……或许还有我。

靳七厚厚的唇动了动，终究转作嘿嘿赔笑："别为难小的，没作数的事，小的也不敢乱说。说起来，小的也只有一颗脑袋够砍的。"

见我固执站着，他想一想又道："这样吧，你先回去好好养着，我那里探探皇上口风，有机会，我劝皇上去静宜院坐坐。皇上挺喜欢那里的，便是雅意姑娘不在了……唉，皇上一定还会去瞧瞧的。"

我到底不甘心，还要寻根究底时，靳七已受不住般站起身，逃一般跑出值房，一头奔入了乾元殿。

静宜院的梨花已经落尽，阶下的花瓣无人清理，倒是堆得更多了。屋宇四角的檐马有一声没一声的丁零脆响中，萎黄的残瓣在风中簌簌打着转儿，陈旧的院落便显得更加空空落落。

我在院中独立了许久，终于不得不接受眼前的现实：本以为可以相扶相依的姐妹，已被层层的宫墙隔开。纵然相距不远，可想见一面，甚至传一句话，都已成了奢侈的愿望。我甚至不知道她过得好不好，只能从唐天霄都可能见不到她来推断，她过得一定很不快活。

唐天霄并没有到静宜院来。两天后，圣旨下，将陆家小姐雅意指婚康侯唐天重。与前段时间轰轰烈烈的找人行动对应的，是更加甚嚣尘上的流言。

这一回，成了唐天重边关邂逅陆家小姐，一见钟情私定终身。

可南雅意这两年一直困于宫中，几时到过边关了？

我不想刻意地把她成为康侯夫人的事和我那晚遇到唐天重联系起来，可只要一坐下来，我便不由得回想起唐天霄将我抱回院中时的景象。

昏沉的月光下，唐天重一身玄衣如墨，从树阴后慢慢踱出，入鬓的浓眉挺直如剑，幽黑的眼眸锋锐如刀，冷冷地望着我，望着唐天霄，像来自地狱的修罗，泛着阴冷的肃杀之气。

我这一生，只怕已注定在等候中毁弃；难道南雅意也难逃这种悲剧，眼睁睁看着到手的幸福随风流散？

无法相信唐天霄也舍得便这样将她放弃，我一改往日对皇亲国戚敬而远之的态度，连着五日到乾元殿外求见靳七，希望他能通传一声，让我见唐天霄一面。靳七就第一次见了我一面，一听来意，即刻借口有急事，匆匆回了大殿。后来四天，哪怕我在值房内由早等到晚，也不肯露面了。

殿外的侍卫倒是渐渐认识了我，得了些好处后便悄悄告诉我，宣太后极有手腕，将南雅意当作了一个极好用的棋子，要求摄政王让出部分足以动摇国本的权力。唐天重为娶这位夫人，甚至私下与太后等人达成协定，交出了瑞都禁卫军一半的统领权，把摄政王惹得极是不悦。

我实在不敢乐观地认为唐天重真会为素未谋面的南雅意如此牺牲，心中更加忐忑。

第六日，是帝后大婚之日，连乾元殿一带大道都封锁着，不让闲杂人等靠近。我明知南雅意和唐天重的婚期便定在两日后，也是无可奈何了。

晚间，乾元殿、熹庆宫附近的笙箫鼓乐，到近子时才渐渐地低了下去。而各处的描金双喜大红灯笼依旧明亮着，用彻夜不熄来宣告这是个普天同庆的大好日子。

我不敢想象南雅意如今的绝望和伤心，披了件披风坐在冷冷清清的小小院落中，呆呆地望着德寿宫的方向。凝霜等宫人本已睡下，又因为不放心我，几次从床上爬起，叩着窗棂唤我休息。我只得懒懒起身，正待回屋休息时，院门忽然被砸响了。

一下，一下，又一下，似有人用拳头狠狠砸在门扇上。

很沉重，却毫无节奏。

正疑惑时，院外居然传来醉醺醺的男子口音："雅意，雅意……是朕，朕来了，快开门！"

接着是靳七焦急的声音："皇上，皇上，雅意姑娘早就不住这里了呀！我的祖宗啊，这可怎么好？"

竟是唐天霄来了？

我不敢置信地又往皇后所居的熹庆宫方向望一眼，才匆匆赶过去开门。

果然是唐天霄，仅着一袭家常的明黄锦袍，踉跄冲了进来。他鬓发凌乱，眼眸迷离，待扫到我身上，才露出喜色，一把捏住我手腕，叫道："丫头，带我去见雅意！"

我愕然。

这样大喜的日子，他本该身着九龙冕服，头戴十二旒珠冕冠，脚踏赤舄，以一个帝王该有的威仪和气度，向摄政王和文武百官宣告，他已成年，有着足够的资格掌握本该属于他的朝政大权。

与皇后成礼后，他更当循礼留宿熹庆宫，又怎会在这子时已过的深夜，出现在这样破旧的冷宫之中？

靳七满脸的急怒惊恐，向我使着眼色："清妩姑娘，快……快扶皇上进去，给皇上准备醒酒汤。我的皇上呀，今儿个是什么日子啊，喝成这样，传出去还得了？啊……"

他的嘀咕被唐天霄的呕吐打断。

抖着袖子上的秽物，靳七一脸的欲哭无泪。

唐天霄并没有和以往一般只在厅中暂坐片刻，而是径去了我和南雅意的卧房，扑倒在我们的床榻上，又是好一阵呕吐。

我忙给他倒来热水洗漱，沁月、凝霜也被惊动，急急起身去预备醒酒汤。

忙乱到近丑时，看他渐渐安静下来，我再不愿明天引来众人瞩目，把自己推到风口浪尖，正准备和靳七商议，尽快将他不动声色送回熹庆宫时，唐天霄忽然抓住了我的手。

"清妩，雅意……是不是不在这里了？"

我心中一动，咬咬牙，清晰地吐字："她……不在这里。她在另一处地方等着，等着皇上履行承诺，将她娶为贤妃。她已等了两年，受尽委屈，流尽眼泪。"

唐天霄慢慢抬起头，醺红的面颊酒意迅速消退，凤眼微眯，痛楚中渐渐浮出清醒的冷锐。

我有些想落泪，但唇边居然还是惯常的微笑："皇上，你必定不会让雅意姐姐失望，对不对？"

唐天霄抬手，揉着我散乱的发髻，唇角勉强扬了一扬，喑哑说道："你这妮子，看来冷心冷肺的，对她却比朕真心多了。朕听说你为她求见朕，朕却不敢见你。朕不如你，不如你……"

我跪下身去，向他深深叩下头去，低声道："皇上能说这话，也足见得皇上对雅意姐姐的一片心意。既然如此，雅意姐姐的终身大事，请皇上务必三思！就是康侯那时一时不好拒绝，设法加以延宕也好啊！总比……总比她不得不另嫁他人，断了心中最后的指望强。"

"清妩，清妩，你这丫头，不懂，不懂啊！"唐天霄半支起身，靠在床帏上叹道，"帝王的婚事，从来不由自己做主。帝王的感情，永远必须屈从于皇权之下！"

"那是因为，在皇上的心目中，雅意姐姐不及皇上的皇权，甚至不及禁卫军的一半统领权！"

"你说什么？"唐天霄的眸光瞬间凌厉。

我从不想流露锋芒，但南雅意一生的幸福眼看毁于旦夕之间，我已没法再藏拙："姐姐在皇上心中，甚至还不如在康侯心中重要。至少康侯愿为姐姐放弃权势。"

唐天霄嗤笑："当然，当然……天重大哥想他的梦中仙子，想了快有两年了！雅意一直否认，说他认错人了。可只要是唐天重认定了雅意就是他的心上人，只要他愿意为了雅意放弃部分权势，母后……母后的目的便算是达到了！呵，也许，也是朕的目的吧？皇权！"

我忽然明白了宣太后为什么将南雅意留在德寿宫，不许皇帝或康侯任何一个人相见。她应该知道南雅意可能并不是唐天重的心上人，可她绝对不愿意放弃这个可以交换皇权的好机会。她不会关心唐天重或南雅意日后会不会幸福，只会关心唐天重肯不肯交出手中权柄。

"可假如……假如唐天重真的认错人了呢？"

"错了，那就……将错就错吧！"

他答得疲惫而萧索，却让我心底一阵寒意涌出。

"将错就错……哪怕，这一辈子，她再也不能开心笑上一回，皇上也能安然地踩着她的泪水坐在龙椅上？"

"你……你大胆！"靳七被我大逆不道的言论惊住，一面叱骂我，一面觑着唐天霄的脸色，脸色已经发白。

我依旧僵着微笑的脸跪着，盯着唐天霄。

如果他真能因此对我动了杀心，那么，南雅意的一片真心，只能当作喂了狗了。

唐天霄坐起，同样紧盯着我，分明地若有所思。

"你……也认定唐天重认错人了？"他的手指缓缓从我的面庞滑过，微凉的触觉伴着他凌厉的眼神，逼得我不得不低下头，试图避开他。他却不肯放松，依旧捏住我面庞，低声道，"你，其实长得很漂亮，只是不想让人看清你的容貌，以及……你的灵秀？"

"皇上说笑了……和雅意姐姐相比，我哪里称得上灵秀？"我的微笑快要挤不出来，恍惚已觉出，逼得太紧，最后被逼入绝境的，可能是我自己。

唐天霄年纪虽轻，却不是传说中的庸懦之人，甚至比我想象中还要聪明很多。

"你姓什么？"他在追问。

"我是孤女，久在宫中，忘了。"

"哦？"唐天霄坐起身，忽然一笑，又是素常的不羁散淡，"那么，现在你应该能告诉我，

那天晚上你一个人出去，遇到了什么事，才会给吓成那样？"

"没……没遇到什么人，只是一时眼花，把树木看成了什么野兽，又着了凉……"

面对呼之欲出的真相，我答得艰难。

很显然，唐天重一定在事后打听过，静宜院中唯一一位美人是南雅意，与唐天霄情分不浅，而他又亲眼看到唐天霄将我抱回院中。

唐天霄站起身，向我轻笑："朕问你遇到了什么事，你却回答没遇到什么人。那么，你遇到的，必定是人吧？你一心想避开的人！"

我闭嘴，咬紧牙关再不说话。

如果承认了，南雅意可以逃脱她的噩运吗？而我，又该怎样逃脱自己的噩运？

或许，我生来便是不祥之人，不但自己灾劫连连，连身畔的亲友也难以幸免。

唐天霄没有他犀利如刀的追问，只是拿了桌上剩余的醒酒汤，一口饮尽了，在窗口默立半响，才负手道："回熹庆宫！叫人守住这里，别让人过来惊扰清妩，也不许她出院门半步！"

一字一句，掷地有声，居然已了无醉意。

我蓦地抬头，只见这少年帝王摆着宽袖，已在松一口气的靳七随同下，大步离去。

同样是家常的锦衣，半散落的头发，此刻居然已掩不住他的英姿勃发，贵气逼人，竟在不经意间流露出真正的王者气势。

我本就不喜欢在宫中乱逛，唐天霄的禁足旨意并未对我造成多大困扰，何况他派来的卫士，也只在暗中监视，并不显山露水，惹人眼目。

虽没办法打听到进一步的消息，但我自己猜测，南雅意应该可以逃过此劫了。用一个一无是处的宫女，换回自己心爱的女子，本是顺理成章的事。

因此，我的结局，显而易见。

我终于从最初的惊惶中安静下来，默默预备着可能承受的一切，甚至取出了当年庄碧岚送我防身的利匕，贴身藏于怀中。

实在躲不过时，它可以送我到我早该去的地方，结束我越来越漫长越来越无望的等待和守候。

可连着两天，静宜院安静得出奇；到第三天，如果不出意外，本该是唐天重和南雅意成亲的日子了，圣旨终于来到。

"奉天承运，皇帝诏曰，有宁氏宫人，淑慧贞德，甚得朕心，特册为婕妤，赐居怡清宫。钦此！"

封我为婕妤？妃嫔之中的正三品的婕妤？

我木讷地跪在那里，半天说不出话来。

23

靳七弯了腰，堆起笑脸向我说道："宁婕妤，这是喜事，快接旨吧！"

"喜事？"我恍惚地笑了一笑，抬眸问，"雅意姐姐呢？"

靳七干笑着低声道："婕妤，先接旨再说吧！"

我从不是不知趣的人，形势尚未明朗，我不会愚蠢到抗旨不遵。

垂头，双手接过那明黄的卷轴，我依然平静地谢了恩，才站起身来，招呼靳七进屋了，亲手奉上茶。

"宁婕妤……不敢，不敢！"靳七逊谢着双手接过，话语已是发苦。

"南雅意在哪里？"我紧咬着唇，不肯放松。

靳七抬头望向屋外碧蓝的天宇，迟疑着说出了口："今日……是她和康侯大喜的日子啊！"

如期成亲。

明知错了，明知我才是唐天重要找的人，甚至弄清了我姓宁，南雅意还是嫁入了摄政王府，连我都成了什么婕妤。

本来想着，一路艰难地走过来，至少有一个人能得偿所愿，心满意足地与爱人相守相伴。

原来还是我太过愚蠢，居然相信尔虞我诈的皇室之中，还能有人保有一份真心，白白将自己牵扯进来，枉费了近三年的藏拙守愚，终究连安然度日也不可得。

走到门边，我向宫外眺望，只看到了重重的宫墙和金黄翠绿的琉璃瓦，挡住我前方的视线，更拦住我前方的路。

我出不去，外面的人进不来。

可偏偏，我耳边似萦起了谁低低的哽咽。

南雅意，即便当日流落敌宫，受尽宫人欺凌，再怎样忍饥挨饿，狼狈不堪，还是好强得连哭泣都不愿意让人看到。

只为她的心中，还有一个唐天霄。

如今，唐天霄竟能忍下心舍弃她，完全无视她的绝望和泪水！

"婕妤，宁婕妤……该去怡清宫啦！"靳七犹豫着唤我两声，见我不理会，也不敢催促，跺一跺脚，令凝霜和怡月帮我收拾东西。

"快点快点，怡清宫已经收拾好了，这就陪婕妤娘娘过去吧！你们两个侍候惯了，也就跟着去吧！"

去哪里，其实倒也无所谓。静宜院已没有了往日的琴声和谈笑，院子里的几株梨树已结了小小的青梨，满树青郁的叶子在风中晃出沙沙的碎响，让眼前这褪尽华彩的屋宇，更加破败冷寂得不堪了。

黯然地轻轻一笑，我握了握藏在怀中的利匕。

第三章　错谱鸳鸯，几处丁香结

傍晚时，我已住进了怡清宫。

这所宫殿格局虽小，但距离宣太后的德寿宫和唐天霄日常起居的乾元宫都不远，一般都是预备给较得宠的妃嫔住的。而唐天霄并不在女色上用心，妃嫔并不多，婕妤位分又不低，摆明了是以我为怡清宫之主了。

靳七在安排妥当后丢下两句话便一溜烟离去。他说："宁婕妤若有疑问，晚上问皇上便是。想来皇上今晚必定会驾幸怡清宫。"

果然，入夜不久，便有管事太监过来检查了皇帝日用之物，又将宫门外的一对红纱八角宫灯熄灭。

按制，所有嫔妃居住的宫门前，入夜后都得挂上一对红纱宫灯。若是皇帝指定了临幸某处宫妃，便有负责内廷之事的文书房太监过来摘了红纱宫灯，直到皇帝就寝，才去通知其他各宫熄灭宫灯。

我还是没法把那个平时和南雅意情深意切、对我也言笑晏晏的唐天霄，和弃下南雅意封我为婕妤的荒唐帝王联系起来。

宫中早已预备下三品婕妤的衣袍珠冠，胭脂水粉也一色崭新精致，几名侍女过来要为我梳妆预备侍寝，都被我赶了出去，不敢作声。

于是，唐天霄踏入寝宫后，我还是一身旧袍，满脸晦黄憔悴，默默坐在桌边喝茶。

他皱一皱眉，倒也不怪罪我失礼。随手将外衣解了，他扔给宫女，令她们端了盆热水放在桌上，唇角明朗地一扬，已笑道："你这丫头，打算让朕来帮你洗漱吗？快收拾去，朕喜欢看你漂漂亮亮的。"

"哦？"我从没觉得他的笑容这么不顺眼过，倒似钉子般扎得我疼痛难忍，"我本以为，皇上更喜欢看雅意漂漂亮亮的。"

"是不是要等朕来给你洗脸？"唐天霄仿佛没有听见，居然继续笑着，拿一块丝帕蘸湿了，就要来擦拭我的面颊。

我愈加愤懑，站起身来瞪着他，冷笑道："却不知，现在雅意姐姐在做什么？唐天重会不会有雅兴为她画眉簪花？或者，已经迫不及待把她抱上了床？唐天霄，你没有听到她在哭吗？"

"你大胆！"唐天霄蓦地高喝，手中丝帕狠狠摔到盆中，溅了一地的水迹。

他的笑容已荡然无存，如一个做了坏事被毫不留情揭穿的孩子，满脸绯红，一对黑眸隐见水汽，却又似灼了两团火，腾腾地跳跃。

我退了两步，旋即自笑："我的胆子一向就不小。如果胆小能换来我和雅意姐姐平安度日，我便情愿一辈子当个卑微低贱的宫女。可是……如今呢？"

"如今，她是康侯明媒正娶的一品夫人，你是朕的婕妤，都是寻常女子求都求不来的大富大贵，哪里委屈你们了？"

我点头："因此，受委屈的是皇上，为了报复威胁自己皇位的堂兄，不但把自己心爱的女子送给了他人为妻，自己也委委屈屈纳了个根本看不上眼的女人为妃！"

"你这死丫头闭嘴！"唐天霄气急败坏，一对凤眸完全失了寻常的优雅闲淡，密密地布着血丝，一时也看不出，到底是因为伤心，还是因为愤怒。

眼见他冲上前来，伸手似要拉扯我，我早已绷紧了的身体立刻向后一缩，几乎毫不考虑，拔出暗藏于袖中的利匕，扬手便划向他。

唐天霄失声惊叫一声，伸出的手掌迅速缩了回去。

我黯淡一笑，反手将利匕刺向自己胸口。

"你疯了！"唐天霄呼喝着，一掌迅捷击向我手腕，另一只手已劈面将匕首夺了过去。

南雅意说得没错，他的确用心习过武，身手极敏捷，纵然我在绝望间用尽全力，也只将自己的前襟划破了一个小口子；反是他空手夺匕，手指被那锋刃划破了，此时正沥沥滴下血来。

屋中的异常已经惊动了外面的宫人，有内侍在外呼着"皇上"，急急拍了两下，然后大力将门撞开，直冲进来。

我咬紧唇，冷冷地盯着唐天霄一言不发。

唐天霄倒似比我还紧张些，即刻收了利匕，又将受伤的手急急笼到袖中，才收了惊惶，转头向那些内侍喝道："谁让你们进来的？朕正和婕妤闹着玩呢，快出去！"

内侍们面面相觑，迟疑着不敢离去。

唐天霄的脸上慢慢漾起散淡不羁的轻笑："怎么了？难不成朕的这种事，也要你们帮忙？"

他说着，双手露出，已变戏法般藏去了匕首和血迹，一边拖着我往床榻边行去，一边解了自己的中衣束带来捆我的双手。

内侍们顿时窘迫，再不敢多置一辞，急急奔出屋去，紧掩上门。

待人走光了，唐天霄才将作势缚我的衣带扔到一边，坐在床沿上，懒懒地仰头躺倒，叹道："雅意说你聪明，还实在是走了眼了。比你更笨更蠢的女人，这宫里只怕找不到第二个。"

我默默站在一边，虽摸不清他的心思，但也看得出他刚才对我已是全心维护，不然就是他否认我想刺杀他，凭着突然出现的利匕和他手上的伤口，宣太后或摄政王也不会饶过我。

大约感觉出我不再敌视，唐天霄眉眼间掠过一丝宽慰，声音却低了下来："不过雅意有一句话说对了。如果被送入摄政王府的是你，唐天重娶回的，绝对只会是一具尸体。"

我屏住了呼吸："她什……什么时候说的？"

"就在……发现弄错的第二天，朕坚持要再见她最后一面，母后才勉强答应了。清妩，你知道吗？雅意很聪明，她早就猜到你才是唐天重的意中人。可她告诉我，你把自己压抑得太深太苦，根本接受不了再有任何变故。"

他玩着自己的衣带，忽而用力一拉，将衣带绷得笔直："就像一根弦，绷得太紧，稍有外力袭来，立刻就断了。雅意说，若不是有你，等周兵攻入瑞都时，朕可能连她的骨头都找不到了。她离了朕还不至于寻死觅活，可你若被逼嫁，只有死路一条。她不想你死。"

南雅意……

眼睛中温温热热，连脚下都浮软得站不住了。我倚着雕花床栏坐下，低声道："她怎知我一定会寻死觅活？我……我不过是个寻常的宫女而已！"

"你是个寻常的宫女，无才无貌，平庸得没有任何人愿意关心你的来历，打听你的过去。可惜接触稍久些，有些事，你就是藏得再深，也藏不住。你常一夜数惊，甚至会在梦中哭出声来；你一人独处时，眼神飘忽，神思不属，雅意叫你有时都听不到；朕和雅意谈棋论诗，你一脸愚钝笑容，看起来什么都不懂，但眼睛格外明亮，分明也在专注听着……连朕都觉出你寻常得太不寻常了，何况雅意？"

自以为掩饰得很好，原来我的心事居然从不曾逃过南雅意的眼睛。难为她，也不向我问起，只在背地里这般悄悄周全，甚至连自己的终身都搭了进去……

双手紧紧地握着垂下的帐帷，慢慢地搓揉出凌乱的线条，却搓不去掌心的汗水，以及心底的不安。

唐天霄并没有看向我，出神地望着床顶，眼眸已变得极黯淡："丫头，知道吗？朕其实很想用你把雅意换回来。我们从小儿就认识了，她一直在等朕，先等朕长大，再被送到异国，等着朕攻入瑞都相聚；如今，她还在等。她哭着和朕说，等着朕成为真正的帝王，将她从康侯府迎出去。"

第三章　错谱鸳鸯，几处丁香结

27

"真正的帝王……"唐天霄重复着，下颌微微向上扬起。烛光隔着帐帷透入的昏黄光线下，他那满是愤懑和憋屈的面庞奇异地冷硬却脆弱着，"朕一定会做到，成为真正的帝王！即便一时做不到，朕也要让唐天重竹篮打水一场空，尝尝心上人给人抢夺去是什么滋味！"

锤子般落下的字句敲落，伴着狠狠一拳沉闷地击在衾被上，唐天霄不掩恨怒，完全失去了原来的从容谑笑。

我的嗓子很干，眼眶却很潮湿，待我艰难地开口说话时，才发觉我的声线也氤氲了雾气般很不清晰："皇上，你娶我，是为了报复唐天重？"

唐天霄已见识了我连他的名讳都脱口呼出，倒也不在意我直呼了康侯之名，但他转向我的眼眸中，分明有了羞恼之意。

"是雅意自己说，她嫁给唐天重，比你嫁给他要好些。"

我便别过脸，默不作声。

唐天霄依然仰卧着，紧抿着唇，耷拉着眼睫，若非异于寻常的粗重呼吸，看来倒像是睡着了。

对峙片刻，我正懊恼是不是说得太过分，将自己最后可以依傍的退路堵死了时，他忽然一翻身坐起，与我并坐于床沿之上，低声道："清妩，你说得没错，我舍了雅意纳你，更多为了报复唐天重，想冷眼看看他的笑话。雅意满腹委屈，还能为你着想，我却不曾多为她着想……"

他的话哽住，急急扭过头去。他那年轻俊美的轮廓如美玉雕就，颤动的眼睫却分明地柔软着，甚至被泪水洇湿了，在烛光下折射出莹亮的色泽。

这也是他第一次完全卸下了帝王至高无上的盔甲，以你我相称，坦然地说着自己的心事。

"雅意……怎么办？"我已没了怒气，萧索地问。

"我会想法接她回来，回到我身边。"他说着，拿出那把利匕，在手指间灵巧摆弄着，忽而将那森寒的锋刃对住我，"庄碧岚把这匕首给你，就是为了让你自尽吗？"

庄碧岚！

封存了不知多久的名字蓦地被人提起，心口似被人连血带肉狠狠一扯，又似有什么东西倾翻了，像岩浆般四面八方地流溢着，淋到的每一处都给烫得疼痛难忍，快要激出我的泪水来。

"碧岚……你……你怎么知道他？"我喘着气，努力呼出堵在胸口的气息。

"当年的南楚杜太后宫中的宫人虽然死的死，散的散，问不出多少的内情。但只要是宫中有些年纪的宫人都还记得，宁寿宫中最漂亮最受宠的女孩儿，并没有叫宁碧的。但的确有个宁二小姐，是杜太后的姨侄女，深得太后疼惜。这位宁二小姐长得非常美，美到

28

一位名将之子为了她不惜谋逆作乱，最后被全家抄斩，只有那位公子和他父亲逃出了瑞都。出了这事后，那位宁二小姐可能太过伤心，竟然一天比一天憔悴，一两年间就失去了原来的如花美貌，泯然众人。"

他笑着站起身来，负手在房中来回踱着，缓缓说道："这事应该还有不为人知的内情，犯上作乱这么大的事，宫人们居然大多语焉不详，甚至没有人说得出这位公子的名讳。但朕查过，李明昌昏聩无能，这些年自断股肱大将的事做得不少。可名字中有个'碧'字的，只有当年镇守南疆的庄遥庄大将军之子，庄碧岚。"

凛冽的寒光闪过，他手中的利匕脱手飞出，拖着雪练般笔直的碎芒，深深钉入雕花的门扇上。

雕的是松鹤延年。

仙鹤扬翅，似正唳声高鸣，却被这利匕横次里一扎，恰切于细细的脖颈处，顿将其所有的昂扬气势割断。仙鹤扑展翅膀的姿态，看来竟像被扭断脖子在做着垂死挣扎。

唐天霄快意地笑了："碧，唐天重一直以为是你的名字，大约做梦也没想到，这居然是你心上人的名字吧？可惜，你的心里半分儿也没有他！"

略一低头，他的笑意僵住，弯了腰拍我的脸庞，纳闷道："傻丫头，你哭成这样干吗？"

我早已泣不成声。

自以为已经干涸的泪水，并没有真的干涸，只是储于心底最深的某处，此刻如不小心被捅破的皮囊，连同压抑三年的所有爱恨悲愁一起涌泉而出，让我再也无法抑制地泪流满面，又习惯性地压在喉咙口，不愿太过失态，只是将脸埋向握紧帐帷的胳膊间，尽力不让身体哆嗦得太厉害。

"别哭了！"唐天霄坐到我身边，似有些手足无措。

许久，他伸手半揽住我，用袖子给我擦着泪，赔小心般低低道："朕也没真要你侍寝，留宿在这里也只是想气气唐天重罢了！放心吧，等朕扳倒了唐天重，带回雅意，朕便叫人送你去庄碧岚那里。嗯……如果你想陪着雅意，朕也不在乎多养一个小美人儿！快去洗把脸，哭得跟只花猫一样！"

他轻松地笑了起来，刮着我的鼻子，又揉一揉我的头，亲昵却不暧昧，果然像在安慰一只受了伤的小花猫。

我脸上的秘药，虽能一定程度上防水，但给泪水渍得久了，也会融作一团，也不知如今脸上该狼藉成什么模样。

待我清洁了手和脸，略略平稳了心绪走回床榻前时，唐天霄向内侧了身，半拥着锦被，阖着眼，似乎睡着了。

我悄悄上前，轻轻为他拉了半幅锦被盖上，又抱了另一床锦被，铺到另一侧的一张软榻上，正待卧下时，只闻唐天霄说道："丫头，睡这里来吧！"

抬起头，唐天霄已懒懒散散地趿着鞋走过来，拍拍我的肩，自己一头倒在软榻上睡了，才又重复了一遍："你睡床吧！"

我不由惶恐，惊呼道："皇上，不可……"

再怎么心怀不满，我也深知他是大周至尊无上的皇帝，也是雅意遥远未来可以幸福的唯一指望，也许……也是我的指望。

"觉得过意不去，那帮朕捶会儿腿吧！今天走路走得久了，累……"他打着呵欠，半含笑意，倦慵地望向我，带了少年的顽皮和促狭，"朕不睡着，你不许去歇着。"

那样的笑意，忽然便让我想起，唐天霄和我同龄，甚至比我还略小几个月。九岁称帝，当然是他人生最大的转折点；可权臣当道，他并无寸土之功又身处至尊高位，到底是幸还是不幸，只有天知道了。

可他几乎天天这样万事不放心上般闲散地笑着，甚至连喜欢的女子被人夺去，依然这般懒懒笑着……

如果不是全无心肝，便是和我一样，隐藏得很深，很深……

让人除了微笑，什么也看不到。

本以为他一定会辗转反侧睡不着，谁知我不过帮他捶了半盏茶工夫，便听得他低微的鼾声传出。

惊讶着他的嗜睡，我为他盖好被子，悄悄退回床上卧下，闭上眼，默默想着心事。

不敢去想庄碧岚。

那是我已不敢触及的伤疤，每次被撕开，哪怕只是小小的一角，我都不得不用钻心的疼痛一次次努力埋葬春笋般破土而出的记忆。

可我不得不去想南雅意。

当初向她伸出援手，多少是因为预见到了南楚的覆灭，希望为自己留条后路，才刻意加以结交。患难之中相依相扶这么久，虽不是亲姐妹，也已不比亲姐妹的感情淡薄多少了。

所以，我宁愿中断三年的守候成全她，哪怕嫁给那个豺狼般野蛮可怕的男子。

所以，她在她的幸福和我的生命之间，选择了放弃她触手可及的幸福，哪怕那是她不知多少年的期盼。

南雅意没有看错人，唐天霄至少称得上品行端正，只要时时小心，我未来的日子不会太难过。可她自己呢？

虽才匆匆见了两面，我已能断定，唐天重是个手段强硬性情暴戾的人物，不明缘由地喜欢上我，固执地寻找了那么多年，费了那么多的精力，若发现到头来娶错了人，他会怎样对待南雅意？

想着那人线条冷硬刚强的面容，正蜷着在锦被中惊悸发颤时，我听到了竹榻咯吱咯吱

30

吱的轻响，隔了片刻，又是一阵阵咯吱吱轻响。

转过头，透过轻而薄的明黄丝帷，唐天霄在榻上不安反侧的身形落入眼底。

他……竟没有睡着？

在我安静卧下后，他那种睡不安枕的情形，持续了足足半个时辰。然后，他起了身，向我这边走来，轻轻撩开丝幔。

我早已无声无息地闭上眼，恍若睡得正沉。既然他希望我认为他已经睡了，那么，我只能装作不知道他醒了。

片刻之后，脚步声轻轻退开，不远处传来了细细的瓷器磕碰声。

悄悄看时，唐天霄正在喝酒，倒了一杯又一杯，飞快地倾入口中。隔了丝幔，他的面容有些模糊，但大体可以看得出眉宇间的失落和悲伤，连眼神也是凝滞的，不复原来的灵动飞扬。

不知过了多久，他晃了晃酒壶，发现壶中空了，便发出一声低低的呻吟。

那声呻吟，拖着长长的尾音，却给硬生生地哽在了喉嗓深处，只勉强辨识得出，其实不过是两个字："雅意……"

酒壶被放回原处，他重重地坐回榻上，又重重卧倒下去，再也没有辗转不安，很快传来了均匀的鼾声。

而本该盖在他身上的锦被，已经掉落在地上。明晃晃的宝蓝龙凤合欢花绸被面，散着凄冷的淡芒。

我蹑手蹑脚过去，抱起锦被时，一枚挂着橙黄色鸳鸯戏水缨穗的九龙玉佩跌落下来。

抚摸着南雅意亲手编的缨穗，还依稀感觉到她当日编织缨穗时的笑语和柔情。我怅然叹息，轻轻将玉佩放到唐天霄枕边，才为他盖上锦被，回到自己被窝继续躺着。

自然还是辗转难眠。直到仿佛看到窗外有一线光亮透入，我才迷迷糊糊睡去。

换了个陌生卧房，又有个男子同处一室，本以为一定睡不踏实，说不准还会噩梦连连。谁知这一觉竟睡到了大天亮，迷糊中觉出有什么冰凉的物事爬过脸上，这才惊得睁开眼，差点从床上跳起来。

竟是唐天霄拿了支银钗，拿钗头垂着的珍珠流苏在我脸颊上滚来滚去，一脸促狭的笑意，与那个深夜饮酒买醉的男子判若两人，便是与寻常那暗藏锋芒的平庸帝王也相差颇远。

"还不起床收拾收拾？朕早说了今天不上朝了，你好歹还得去见见皇后吧？"

我忙起身收拾时，他已自行将榻上的锦被抱上床，又取出我的那把匕首来，向我招招手："清妩，过来！"

我不解走过去时，他执住我的手腕，用锋刃比着我的手指，微笑问道："怕不怕疼？"

"怕。"我实话实说。

第三章 错谱鸳鸯，几处丁香结

无缘无故给割一刀子，谁会不怕？

唐天霄怔了怔，松开我的手，嘀咕道："昨天凶悍得死都不怕，今儿个居然怕疼了？"

他说着，挪开锋刃，持了利匕比着自己的手指，飞快一划。

殷红的血珠将落未落时，他已将锦被掀开，小心地将血珠滴在被褥中央，揉了两揉，惋惜地说道："昨天给你刺伤了，没想到这个，今天白白多挨了一下疼。"

我蓦地明白了他是什么意思，羞得满脸滚烫，讷讷地无法接口。

唐天霄不以为意地将匕首扔给我，说道："留着，用来伤别人，别伤自己就成！记得打扮得漂漂亮亮的，朕一定让全瑞都的人都知道，朕多了位最受宠的妃子，叫宁清妩，国色天香，倾国倾城！"

我其实不敢苟同，小心谏道："皇上，这样岂不是公然和康侯寻衅？"

"朕自炫耀自己的妃嫔，与他唐天重何干？偏要他打落门牙和血吞！"他微一眯眼，斜飞的凤眸笑意冷若寒冰，"如果他连这个都禁受不住，真的做出什么出格的举止来，那朕可要重新衡量一下你的价值了！"

我打了个寒噤，实在不知道这个时而孩子气时而精明的少年帝王，和那个月光下一身凛冽霸气的年轻康侯，到底哪个更可怕些。

而我，怎么就成了一枚可资利用的棋子，夹到这两个可怕男子之间，进退失据？

唐天霄似看出我的寒心，犹豫片刻，又笑道："嗯，朕是说，试试你在唐天重心里的价值，再筹划应对之策。放心，朕不会伤着你，更不会让他伤着你。你先去见那只大公鸡吧！"

他说着，便逍逍遥遥开门，让人预备洗漱更衣。

直至走到熹庆宫门前，我依然在想着，到底谁是大公鸡？

我要见的是皇后沈凤仪，传说中蟮首蛾眉，美貌如花，艳丽动人，实在没道理被唐天霄说成什么"大公鸡"。

这边通禀过去，很快有小内侍过来，径领往熹庆宫正殿。

熹庆宫既为中宫所居，气势恢宏典丽自不用说。转过并蒂莲花的朱红琉璃影壁，沿了新铺就的彩石路面，未及到大殿，便已听得阵阵笑声传来，还远不只一人。

抬眼，正见主位一名女子被几个华衣女子众星捧月般拥着，高绾着凌云髻，眉目俊俏，穿着明红蹙金瑞凤祥云大袖袍，宽大的淡金细纱披帛绕肩而过，更映得被细心敷着胭脂的面庞神采奕奕，华贵妍丽。

可是……她髻上那代表皇后尊位的九凤朝阳八宝挂珠钗，七彩绚烂中挑出艳丽夺目的珊瑚珠流苏，再配着那身华衣，那美中不足微微凸起的厚唇……

我怎么也觉得她像只大公鸡了？

32

暗笑着唐天霄的顽劣，我自是不敢怠慢这位六宫之主，忙循礼上前拜见。

"妾婕妤宁氏，拜见皇后娘娘！"

"宁婕妤昨夜侍奉皇上辛苦了，免礼吧！"沈凤仪眼都没抬丢出这么句话，继续和其他妃嫔鉴赏着腕上的玛瑙镯，推测其产地和优劣。

一切都在我意料之中，她这手上的玛瑙镯和头上的九凤宝钗，都是唐天霄所赐。瞧来唐天霄虽是心情不悦，差点在新婚之夜将这位皇后丢在一边，事后还是很费了番心思去弥补，沈凤仪对自己的至尊夫婿极是满意。

要说不满，大约就是昨晚没有继续留宿在熹庆宫，到底让她开始按捺不住大小姐性子。于是，我便被晾在一边，看她们由珠宝衣饰，谈到帝王恩宠，谈到娘家富贵。

其他几人，果然是才晋封的德妃、贤妃、昭媛、修容，位分都不低，可惜唐天霄似乎只去笼络了沈皇后，并没让其他人雨露均沾。

我也没打算插口，默默站在一旁看着他人的繁华热闹，倒也不在意沈凤仪的冷落。

谈笑正欢洽时，外面传来内侍通禀："皇上驾到！"

一旁的杜贤妃已笑道："臣妾就说呢，皇上哪天不到这熹庆宫来看一回皇后娘娘，再不能安心的。"

沈凤仪面泛红晕，含笑站起身时，唐天霄已大踏步进来，无视一殿跪倒的莺莺燕燕，独将沈凤仪亲手扶了，才道："都平身，坐着说话吧。"

他自己才在御座坐定，便唤道："靳七！"

靳七应了，忙从小内侍手中接过一个漆底彩绘的托盘，奉向沈凤仪。里面是几样锦缎丝帛，果然又是或金或红，色彩斑斓，奢华炫目。

"朕想着，宫里预备的衣料你未必喜欢，就另找了些过来。到底大周刚刚迁至瑞都，内廷各处府库还在收拾充实，送了一堆过来，朕瞧着也没几样适合你，只能让他们留心着，下回有漂亮的一定得给朕的皇后留着。"

他说得极亲切，凤眸流光，看来款款情深，溢于言表。沈凤仪红着脸谢恩，早已喜不自胜。

要不是亲耳听到唐天霄以"大公鸡"来形容他的皇后，我也一定会忽略他眼底的嘲笑和促狭，真以为他们帝后情深，琴瑟和谐了。

唐天霄抬眼看到我，笑道："宁婕妤还没回宫？"

沈凤仪笑道："皇上，她便是皇上无意遇到的那位能煮一手好鱼汤的宫女？"

唐天霄大笑："没错，凤仪，朕可捡着个宝了，原以为她只会做一手好菜，昨晚谈了谈，这宁婕妤也是江南名门之后，琴棋书画，诗词歌赋都有涉猎，算是个难得的才女呢！"

沈凤仪这才细细打量我，品评道："嗯……皇上……是有眼光。这宁婕妤细看看，生得的确好。"

我没敢招摇,穿戴很是简洁。一袭豆青细绸高腰襦裙,只在石青色的领缘绣了绛紫色折枝蔷薇,不显得太过素净;发髻也是寻常,只是多插了一支明光灿烂的凤凰展翅金步摇,表明是有品级的妃嫔,不是普通宫女可比。可在熹庆宫这一众华衣丽服脂光粉艳的女人中,我这身穿着的确够寒酸了,加上一直低眉顺目,不露半分神采,沈凤仪不屑一顾,也是意料中事。

唐天霄见沈凤仪称赞,看来兴致更高,笑道:"宁婕妤,不是说你笛子吹得好吗?这会儿风和日丽,不如吹一曲来听听?皇后和诸位爱妃都出身名门,正好品鉴品鉴。"

宫女闻言,立刻取了玉笛奉上。

他既已点穿我就是唐天重所遇到的吹笛女子,我也不好推诿,接过玉笛来,正要随手吹上一支时,又听唐天霄道:"就吹……你那夜在莲池边吹的那支曲吧!"

他正接过侍女奉过的茶,慢慢品啜着,虽是一贯的懒懒笑意,眸若明珠,却分明流转着只有我才懂得的意味深长。

他醉翁之意不在酒,我却是无可奈何。

不管是为我,还是为南雅意,我只能帮他,哪怕明知我只是一枚棋子,一个工具,甚至一块诱饵。

初遇唐天重那晚所吹的曲调,是一支《卜算子》。之所以记得清楚,只为那一天,我刚刚找到机会,让人辗转送了一支《卜算子》给庄碧岚。

那时我被看管得极紧,最后一次相见后,我隐约听说过他的行踪,却再没能收到一星半点他传来的消息。即便我好不容易托人将亲笔写的这首词送出,也不曾收到任何回复。

我甚至不知道,这首词有没有被送到他的手上。

持笛而奏的感觉已很是陌生,但冰凉的玉质凑到唇边,第一声曲调似从极遥远的地方悠悠传来,旋律却又熟悉得让我惊心,如一抹细细的银丝,无声无息地缠了过来。

其实不想悲悲切切,坏了这熹庆宫大婚不久的一团祥和快乐。

经历了这么久,我早已明了,这世间,最无用的感情就是悲伤,最无用的行为就是落泪。可玉笛在手,我分明又回到了宁府,十五六岁时的宁府。

他在水榭抚琴,我倚着朱阑吹笛,一池清莲幽香细细,在琴笛和鸣中缱绻萦缠,连每一瓣莲花都似在清脆地笑着,笑着应和少男少女仿若取之不竭的快乐。

莲下水清如镜,映出一对素衣人在淡淡水纹中执手相对。少年清逸含情,少女笑颜如花,在莲花中衣袂翩飞,恍若神仙中人。

少女嗅着少年前襟沾上的荷叶清香,嘻嘻地笑:"碧岚,你什么时候娶我?"

少年够着榭边一枝茉莉,随手簪在少女鬓间,笑意温和清新,如莲花下的一池碧水,连声音也清澈如水:"等我们的父亲出征归来,我们便成亲。"

他的眼角，弯出了感慨的轻叹："一转眼，我的妩儿及笄了。终于，可以娶回家了！"

透过莲池吹过来的风温暖而不腻人，莲花不胜娇羞地摇曳着，沙沙作响，传递着诱惑般的甜香。

他低下头，柔软的唇带着颤意轻轻地触碰了一下我的额。

那一瞬间，我们忽然听到了彼此胸腔内的心跳如鼓。

我便欢喜地吃吃笑了起来，将羞红了的脸往他的怀里藏。他更紧地拥住我，一遍遍地唤着我的小名："妩儿，妩儿……"

而他眼眸中也似有一泓清泉，正宁静而深沉地倒映着我的笑容。

彼时，我的笑容正皎洁如一轮明月。

他眼底那轮明月再次靠近我时，月晕忽然之间便放大了，遍天遍地的皎洁光辉中，他白皙如玉的面庞浮上了莲花的薄薄浅绯。

那一刻，我们珠联璧合，天下无双。

相思似海深，旧事如天远。

泪滴千千万万行，更使人，愁肠断。

要见无因见，拼了终难拼。

若是前生未有缘，待重结，来生愿。

曲终，手足都似麻木了，只知执紧了玉笛，低了湿润的眼睫望着脚边的澄亮金砖，竟是无语凝噎。

原以为我已足够坚强，至少能在人前挂一脸面具般的微笑。不料一支熟悉的词曲，便能让我于人前失态。

在座的诸人都有半晌的静默。

随即，沈凤仪皱起眉来："这什么曲子啊？哀哀戚戚的。你一个名不见经传的宫女，一夜之间成为三品婕妤，还有什么不满意的？要吹也该吹个欢天喜地的啊！"

唐天霄站起来，扬声一笑："哦，是朕的不是了！这玉笛的音律向来难把握，特别是女子，吹出来总是有些哀伤，不该在皇后宫中吹奏。"

他将大殿打量了一下，笑道："凤仪，你这宫中繁丽富贵，应该笙鼓齐奏，歌舞并起，颂扬大周盛世繁华，才有母仪天下的气象啊！"

沈凤仪茫然地抬头四顾，疑惑道："是吗？"

"当然是。今儿个还有事，明日朕再来瞧你。"唐天霄说着，拉过我的手便往外走去，一路高声吩咐，"传旨下去，宁婕妤才思敏捷，能歌善画，一曲《卜算子》，清雅深婉，幽新隽妙，甚得朕心，特擢其为正二品昭仪！"

靳七连声应了，一边令人去拟旨，一边笑眯眯地向我使着眼色，分明是恭喜我了。

第三章　错谱鸳鸯，几处丁香结

正二品昭仪，九嫔之首，如今宫中位列其上的，只有皇后沈凤仪、还有德妃谢氏，贤妃杜氏。

连升数级，却绝非幸事。

唐天霄居然一路将我送回了怡清宫，在卧房中负手站了好一会儿，才回过头来，笑道："朕终于知道唐天重为什么对你念念不忘，魂牵梦萦了！你吹笛子时那神魂俱伤的模样，是个男人见了都会心疼，何况是唐天重那样自负的男人！何况你好死不死，还冒险救了他一命！"

他对他这位堂兄既忌惮，又厌憎，在我眼前已丝毫不加掩饰。

我根本不想卷入这些根本与我无关的事。坐在一边倒茶喝了半盏，我心境渐渐平定，也不去答话。

他便惋惜般叹气："可惜，可惜！还好，还好！"

我不由得纳闷："什么可惜？什么还好？"

唐天霄啧啧地叹着，走到我跟前坐下，嘻嘻笑道："可惜了唐天重，当真是一片痴心付流水了！还好朕早就知道了你心有所属，不然……"

他并不像外面流传的那样平庸无能，于诗词歌赋一道也颇有造诣。音自心生，曲能传神，他一定从刚才的笛声中听出了我对另一名男子刻骨的爱恋和相思。

看不出他到底是玩笑还是真话，我忍不住试探："皇上不知道清姒心有所属又如何？难道皇上还忍心辜负了雅意姐姐的一片心意？"

"这可奇了，朕喜欢你，和辜负不辜负雅意有什么关系？"

"雅意对皇上一心一意，皇上难道不该对雅意一心一意？"

"你的意思，让朕解散后宫，独对她一人好？这……可能吗？"

我闭了嘴，后悔不该和注定会三宫六院的帝王谈什么一心一意。即便雅意自己，也只盼着日后能在后宫之中有她的一席之地而已，何曾想过什么一心一意？

唐天霄见我不说话，犹豫片刻，问道："丫头，你心里的男女之情，是怎样的？一生一世，只与一人相守？"

我笑了笑："天若许，白头生死鸳鸯浦；天若不许，还有一池清莲并蒂香。"

唐天霄睐光凝作细细的一线，幽幽深深地望向我，却没有再说一句话，转身离去。

数年前，江南一对民间小儿女相恋，因少女被逼嫁他人，二人遂私约离家，双双投水自尽。这一年，此处莲花盛开，无不并蒂而生，清丽绝伦，香飘数里。文人骚客为之感慨，作诗词无数，惋惜他们不能如鸳鸯般同生共死，白头偕老。

唐天霄显然听过这故事，却未必懂得那样的感情。

他是帝王，而且是个非常年轻甚至未脱稚气的帝王。

第四章　玉楼春深，枉道是销魂

其后几天，日子变得异常喧闹烦乱。

摄政王府并未闹出太大动静来，只隐隐流传，康侯唐天重似乎对新婚夫人并不是很满意，成亲当晚虽入了洞房，第二日清晨却被人发现醉卧于床边，而新娘依旧穿戴整齐坐于床沿。

接着，传言新娘染了风寒，被送去了城外的别院休养。

而根据唐天霄得到的消息，南雅意根本就无病无灾。大约唐天重没法时时看着她，天天面对自己娶错人的事实，就将她远远送开，打算来个眼不见心不烦吧？

我听了倒也高兴。对于南雅意而言，怕是巴不得离那唐天重远远的了。

等候了那么多的日夜，我和她，都已习惯了孤寂，更不会将外人的嘲笑放在心上。

不肯罢手的，是唐天霄。

他对我好得极是张扬，皇后宫中白天还去坐坐，其他妃嫔连他的面都见不到。他几乎一有空便来到怡清宫，听我弹琴弄曲，说说笑笑，刻意地将一团喜气传到宫外，令人无不知晓，如今皇宫之中最受宠的妃嫔，是怡清宫一位以厨艺得幸、又凭才识受宠的宁昭仪。

晚间自然也是留宿在怡清宫中，不过他只睡于竹榻上，和我隔着单薄的丝幔说说话儿，并无逾越之举。甚至，在夜深人静后，他会一扫白天的跳脱不羁，默默倚坐窗边，任由心中的怅然和不甘伴着隐忍的愤恨，如黑夜般无声无息地铺展开来。

宣太后应该早已知晓唐天霄别有居心。她和摄政王共掌大周皇朝已有十年之久，其谋略与机警远非寻常女人可比。但她见到我时，不过多看我几眼，并未对唐天霄的"专宠"提出任何异议。

唐天重不是傻子，当然会把唐天霄新近得的宠妃和他娶错的夫人联系在一起。我只想着卷入了他们兄弟间的皇权争斗，便头疼不已，除非唐天霄来了，寻常时候怡清宫宫门紧闭，连宫人也不许随意踏出宫门一步，最大可能地避免和唐天重碰面，以防有所变故。

可惜，唐天霄刻意营造出这样的氛围，我再怎么着努力也注定避无可避。这一天，唐天霄遣人送来几尾鲜鱼："请宁昭仪即刻预备几样家常小菜，煮些可口的鱼汤，午间康侯要过来尝尝宁昭仪的手艺。"

唐天重……

我头痛欲裂，可惜根本没有资格说一个"不"字。

厨艺原是唐天霄欣赏我并纳我为妃的借口，但我虽出身富贵，后来在德寿宫平淡度日时也曾学过烹饪女红，也算是深知这些久处宫帏的贵人们的口味。当日南楚的杜太后就对我的手艺赞不绝口，三天两头让我下她的小厨房弄两样小菜开开胃。

于是，预备几样家常小菜倒也没什么问题。

口蘑菜心，香糟茭白，清蒸玉兰片，爆炒虾仁，都是些不油不腻清爽怡人的菜式。菜肴陆续送过去时，外殿客人也已到了，有细细的丝竹声伴着唐天霄隐隐的笑语传来。

唐天重，那个有着微凹的深邃眼睛的男子，正端坐在离我不过数十步的殿中，以逼人的气势，等着答案的揭晓。

而我，真的能如唐天霄所料，让唐天重又气又怒，羞恨而去？

令人将炖好的笋尖鱼汤送上去，我径回后面卧房休息，叫过凝霜悄悄嘱咐了，一旦唐天霄问起，只说宁昭仪忽感不适，怕在御前失仪，因此先行在内殿休息。

要细论起来，内外有别，我是后宫妃嫔，唐天重虽是皇室血亲，也该回避相见。但唐天霄既然能把人约到怡清宫，显然没将那么什么宫规放在心上，刻意打算让我出去见上一面了。

果然，回房没多久，凝霜便一脸惶急地匆匆走来，低声说道："昭仪，皇上口谕，说康侯难得来坐坐，宁昭仪不可扫了兴，过去吹支笛子助助兴再休息吧！"

意料之中。

坐在妆台前，我有些木然地望着镜中那张呆滞的面孔。

没有敷上那令我皮肤粗糙的秘药，我的肌肤还算白净，一双眼睛却黑沉沉地毫无神采，就算五官端正精致，也不过是个了无趣味的木头美人。

就是这样的木头美人，康侯会喜欢？

拿了丝绵胭脂，轻轻在唇边一抿，点作鲜艳的红色，又穿了件金黄色镂空百蝶穿花薄绸交领长衫，金黄流苏垂绦宫裙。我的气质怎么也镇不住这华贵艳丽，反把整个人衬得艳媚却俗气。

扶了扶凤头垂珊瑚珠金步摇，我故意地拿了支琴室里用来摆设的紫玉笛子，吹了一吹，

音色很是一般，才慢慢走向前方正殿。

朱漆藤编的龙凤呈祥拱门前，一架水晶珠帘，被从大开的隔扇锁窗穿过的风吹得起起落落，发出叮叮当当的轻细而清脆的声响。

虽是晶辉不定，光色流转，我还是能看到几名宫女侍奉下，那两名只穿了家常服色的男子正对面而坐，笑语不绝，看不出任何刀光剑影，杀机暗伏，仿若我平常从唐天霄的言行中轻易可以察觉的兄弟不睦，从来只是杯弓蛇影的错觉。

才走到帘后，其中一人的背影便似僵了一僵，缓缓向这边注目。

黑眸利如鹰隼，似要隔了帘影将我看穿。

我稳着身形，从容地隔了帘行礼："臣妾宁氏，拜见皇上！"

唐天霄侧过头，凤眸斜挑，嘻嘻笑道："清妩，这里没有外人，就免了那些繁文缛节吧！出来吧！"

我站起来，依旧半躬着身体，犹豫着站在帘后。

唐天霄望了唐天重一眼，微笑道："这是朕的天重大哥，骨肉至亲的一家人，不用避嫌，过来见见吧！"

已有宫女上前来，为我挑起了珠帘。

我避无可避，低垂着眼帘，慢慢走到唐天重跟前，敛衽一礼："见过侯爷！"

唐天重并未还礼，甚至好一会儿没有说话。

他的手臂搁在桌上，墨色薄锦的袍袖半飘下来，正好展露刺绣金蟒那狰狞外露的张扬爪牙。他的指节粗大，正紧紧扣住碧玉酒杯，徐徐举起。

虽然没有抬眼，我还是感觉得到他一边缓缓饮酒，一边用那锐利的目光，毫无顾忌地在我脸上逡巡探究。

唐天霄似乎没有看到自家堂兄异样的眼光，自顾牵住我的手，稍一用力，已将我拉到他的膝上坐下，将他喝了一半的酒杯抵到我唇边，嘻嘻笑道："天热，做菜辛苦吧？来，润一润唇！"

我忙挣扎着别过脸，低声道："皇上，臣妾不会喝酒。"

唐天霄神情是前所未有的暧昧轻浮，凤眸里满是迷离的醉意，居然用手指轻轻摸着我的脸，笑道："没关系，朕教你喝，慢慢就会喝了。来，喝一口！"

倒也不是真的滴酒不沾。

但这么多年如履薄冰的日子度过，酒也渐渐奢侈。酒入愁肠，不小心流露一点不该流露的心绪，谁知又会惹出些什么事端来？

唇边酒杯一倾，液体已飞快滑入口中。

虽是辛辣，也不乏醇香。

酒是好酒，我却不敢品尝。舌头轻轻一卷一带，深一呼吸，恰到好处地将酒水呛入喉中，立刻咳得满脸通红,连泪花都呛了出来。

唐天霄也不清楚我会不会喝酒,见我这样,倒将手臂松了一松。

我趁机脱开身,匆匆跪到地上,将手掌压在咳得疼痛的胸肺间,喘着气请罪:"臣妾身体不适,御前失仪,请皇上降罪!"

眼睛余光悄悄瞥向唐天霄,只见他正转着眼珠,扬着唇角向唐天重微笑,却对我说着话:"你这妮子,还真没用。一口酒便呛成这样了?朕可贪杯得很,想服侍好朕,这酒量不练练可不成。"

"砰"的一声,很沉闷。

却是唐天重将喝空了的酒杯敲在了桌上,似笑非笑地望向我:"皇上,你不是说,让宁昭仪为我们吹笛助兴?一个女孩儿家,喝什么酒?皇上是嫌愚兄陪着喝,还不够尽兴?"

"尽兴!尽兴!难得大哥有空相陪,朕又怎会不尽兴?"唐天霄笑着,转头向我道,"快吹一曲来听,朕也喜欢听呢!"

我轻声应了,恭谨退到一侧,举起了紫玉笛。

笛音委实不怎地,玉质倒是匀细,清清凉凉地触着唇边时,格外地令人神志清醒。

凤楼琼殿,金丝玉管,春风繁华院,绮罗处处香。

面前是当朝天子,以及手握大周实权的摄政王之子,要听的,当然是盛世风月——至少以正常的后宫女人的眼光来看,应该如此。

垂下眸,对着玉笛上那随风飘摆的金丝流苏,我细细地吹了一曲《玉楼春》。

尽教春思乱如云,莫管世情轻似絮。劝君频入醉乡来。此是无愁无恨处。

谁都知道,大周初定,民心未稳,大周内有南楚遗臣思变,外有北赫、交州拥兵割据,虎视眈眈。但如今中原天下十之七八已入大周囊中,正是毋庸置疑的天朝大国,平定四方指日可待。这两位大周权力巅峰的男子如果真能在平定天下后安享玉楼春宵,未必不是百姓幸事。

唐天霄既然想给唐天重荒唐庸碌的形象,吹上一曲《玉楼春》,在盛世太平中吟咏风月,总是错不了吧?从古至今,被生前身后虚名相误的人并不少。及时行乐,也算一种不辜负。

玉笛音色甚是平平,我神思大多在笛尾那缕飘摆不定的流苏上,吹得也是漫不经心,只是神情专注,不敢流露敷衍之色。

唐天重是懂得音律的,但他也不能要求我对着这个强娶了南雅意的男子笑颜相对。何况他要的,无非是告诉唐天重一个事实。

他唐天重一心想要的女人,已是他唐天霄的爱妃。凭他天大本领,也无法改变这一现实。

我是他炫耀成功的工具,也是他试探唐天重底线的棋子。

唐天重其人，算来如今已是第三次见面。每次匆匆相逢，他总有能耐让我留下惊心动魄的印象。这人犹如漩涡密布深不可测的幽潭，远远就散发着危险的气息。我绝不想离他太近，以免一不小心失足掉入致命的漩涡，莫名其妙就成了其中的牺牲品。

至于音律……

我实在不相信，一个在杀戮和血腥中成长的男子，一个城府极深精于谋算的男子，会有耐心去研究什么音律。

果然，草草奏完一曲，他开口的第一句话，便印证了我的猜测。

"这是什么曲子？从你这里吹出来，感觉……很有趣儿。"

他捻着酒杯，这么淡淡地说着，眼眸却没有从我的面庞离开过分毫。

我敛着袖，低眉顺眼地恭声回答："回侯爷，是《玉楼春》。"

唐天重唇角一挑，似乎在笑，可幽深的眸底看不出半星笑意。

"《玉楼春》……"他沉吟着，慢悠悠地问，"那么，本侯第一次见到你时，你所吹的那支曲子，是什么名儿？"

他竟公然提到了两年前的初次相遇。

他已娶雅意为正妃，我亦已是周帝嫔妃，还不够让他绝了念头？

那么，我便再加把火吧！如果他因此记恨唐天霄，或记恨我，也顾不得了。横竖朝中宣太后和嘉和帝的势力并不弱，我有唐天霄为挡箭牌，他一时也不能拿我怎样。

目光轻轻在他面颊上一扫，我依旧低了眉眼，柔声答道："侯爷认错人了吧？我与侯爷……今日不过初见。"

唐天重明显一愕，又迅速掩去，冷冷地笑了："昭仪的意思，本侯那晚在静宜院旁偶遇的女子，也不是你了？"

我若一口否认说不是，他多半会挑出语病来，过来追问我一句，你怎知我指的是你？而我犯不着和这个权倾朝野的男子当面顶撞。

含上一抹清浅而恭谨的笑，我小心翼翼地轻声答道："侯爷，小女子愚钝，不知侯爷指的是什么，我实在不记得……几时和侯爷碰过面。"

"不记得……"

唐天重盯着我，玩味地咬着这几个字，眼眸尖锐如刀，似要透过我低垂的眼睑看透我，看透我到底是不是他苦苦寻找了两年的那个月夜女子。

可他喜欢的，一直以来不过是被他自己的想象美化过的梦中爱侣，根本不是真实的我。

匆匆一面，当真有所谓的一见钟情？

至少我所见到的，我与庄碧岚，南雅意与唐天霄，都是青梅竹马从小一起成长中渐渐产生的感情。南楚亡国之君李明昌虽是我姨表兄，他身份尊贵，我养于深闺，倒也没有多少见面的机会。等我父母先后过世，被杜太后接入深宫，李明昌于后宫的花团锦簇中抬头，偶然见到了我，同样惊艳无比。

他不顾我和杜太后的想法，意欲将我强纳为妃的借口，就是一见钟情。

温顺却冷淡地站在唐天霄身后，我不去接唐天重的话头，只当自己真的愚钝蠢笨，半点不懂世故人情。

唐天重闪着锋芒的睬光便渐渐地暗了下去，缓缓地转动着，开始在桌上的酒菜上流连。

"宁昭仪的手艺，果然不错，和你的曲子一样不寻常。"他也不要宫女服侍，自己动手，将唐天霄的玉杯斟满，又为自己斟满，笑道，"好吧，是本侯记错了，把你当成了另一位认得的女子。不过，听说宁昭仪曾在皇后宫中吹奏了一支《卜算子》，直奏得凤凰泣血，百花失色，可否将这首曲子吹来听听？"

他黯淡下去的眸子又转凌厉，带了将一切算计于心的胸有成竹。

如果他知道我那天吹的是《卜算子》，那么，他没有理由不知道，那就是我两年前在莲池畔所吹的那支曲子。

沉默片刻，我微笑答道："侯爷，为着吹这首曲子，我已被皇后娘娘教训过，说是太过哀戚，不该是妃嫔们该奏的曲子。何况皇上也说了，皇宫之中，还是热闹祥和些好，因此这些不祥的曲子，我再也不会吹奏。"

我这样说，一则把这事踢到唐天霄那里，想来他还不致太为难我；二则我也提醒了唐天重，他眼前的女子，并不是普通的宫女，而是皇宫中最尊贵的几名妃嫔之一。

——尽管有名无实，但在外人看来，一夜之间，我从亡国宫女到二品昭仪，也算是风光无限了。不管我愿不愿意承认，这重身份已成了我目前在兄弟皇权的漩涡斗争中安然无恙的保护色。

他的唇角又是一扬，弯弯的唇线明明应该在展露着笑容，偏偏有着苍鹰亟待破空而去般的桀骜气势，仿佛对我的话，以及我的身份，全都嗤之以鼻。

唐天霄笼着素黄的袖子，懒懒地靠在椅背上，漫不经心地说道："哦……那首曲子啊……的确戚戚伤伤，不成体统。嗯，天重大哥，她不吹就不吹吧，也免得扫了我们的兴致！"

"哦……"唐天重若有所思地盯了唐天霄一眼，又提壶为他斟满了酒。

唐天霄一边喝着，一边已流露一脸的不耐烦，向我挥着手道："不吹还不快快滚下去？看朕另找几名色艺俱佳的歌姬过来取乐！"

与其说在折辱我，不如说趁机在折辱唐天重。

将唐天重心心念念想娶回家的女子呼来喝去，看着他憋屈却说不出来，大约也挺快活吧？

可惜……

可惜他到底太过年轻莽撞了。只顾逞了一时少年意气，日后可能悔之莫及。

这天底下的枭雄，除了十年前去世的周武帝唐承元，就是摄政王唐承朔。若论后继之人，非这唐天重莫属。

深宫长大的唐天霄，纵是深藏不露，暗怀心机，要论年龄和资历，暂时还没法和他这位堂兄相比。

暗自叹息一声，我依旧不露半分愠色，低眉顺眼地应了，行礼退下，不再看唐天重一眼。

哪怕明知他的目光，并不曾从我的背影移开分毫，我也只能恍若不觉。

于我，在唐天重跟前露了面，大概暂时就没我的事了吧？

兄弟之斗，皇权之争，本是男人间的事，我远远避着就好。

怀抱着，一个越来越遥远的希望，越来越渺茫的梦想……

关于未来，关于幸福……

他们这顿家常饭吃到未时才散。

远远听到笙箫渐歇，我才安宁下来，舒了口气，走到窗口的瑶琴边，轻抚了一下琴弦。丝弦嗡嗡地发出一串悦耳的乐音，柔和而熟稔。

到底是从小学的，纵然手生，拂动之际，也能带出琴意随心流转的一份轻松。

唐天霄已走了过来，拍手道："怎么不继续弹下去？高手毕竟是高手，瞧清妩你这么手指一划拉，这怡清宫里摆设的破琴烂箫，都能成为人间绝品了！"

他的凤眸含笑，目光温煦柔软，我猜着必定因为在唐天重面前故意为难了我而过意不去，才在事后说这些话来安慰我。

先给一棒子，再送来一贴膏药安抚人心，也是身居高位者的必备能耐之一。在纷乱的局势中，唐天霄能韬光养晦到如今，甚至周旋得游刃有余，也算是个有头脑的帝王之材，比昏庸的南楚末帝不知强上多少倍。

"康侯……出宫了？"

"他？"唐天霄微笑，"也许……没有出宫吧？摄政王父子为了咱们这大周江山，夙兴夜寐，睡不安枕，哪里会放心把整个皇宫交给我这黄口小儿？除了摄政王府，内廷的勤政殿，当日南楚的军机要地，如今已是皇宫中的摄政王议事处了！"

他的凤眸眯了一下，忽而皱了皱眉，按着胸腹部坐到一旁椅子下，皱眉向沁月说道："给朕倒盏烫烫的茶水来。"

他一到屋中，凝霜便已送了茶过来。只是这时已是初夏时分，他本是少年心性，贪凉怕热，并不喜欢滚烫的茶水，所以凝霜她们备的，向来不过是温茶而已。

可现在怎么会想起要烫烫的茶水来？

我立时觉出不妥，低声问："皇上，怎么了？"

"嗯，似乎肠胃有些不适。"他的脸色有点发白，按着小腹的手渐渐有些发抖，忽然失声道,"难道,他竟敢……竟敢……"

他没有说下去,甚至连端来的烫茶也没有喝,沉吟着又站起身来,轻声向靳七道:"传太医到乾元殿。记住,悄悄引过来,不要惊动太多人。"

天气其实还不太热,怡清宫内一棵百年老榕枝繁叶茂,更让这里的屋宇比别处安静清凉几分。可此时,靳七额上已有大滴的汗珠滴落。

他抬头望了我一眼,低声道:"是,小的这就自己过去叫人来。"

心中猛地抽紧,我忙上前一步,小心试探问他:"皇上,你是疑心……疑心……不过今天所有菜点羹汤,都是臣妾亲手预备的,不可能有问题。"

"因为是你预备的,所以朕若出了什么事,你脱不了干系。"唐天霄又是皱眉,脸色已渐渐发白。

我心中已是惊骇交加。

他说着和我脱不了干系,却悄悄地叫着太医到他自己的寝宫中诊治,分明是不想把事情闹大,更不想连累我。

早知当今朝政大权握于摄政王之手,但宣太后也不是寻常弱女子,先从武帝众多妃嫔中脱颖而出,成为母仪天下的皇后,又在丈夫死后迅速把握时机,把自己的亲骨肉推上皇位,建立起自己的势力。

虽是孤儿寡母,这十几年来宣太后不动声色地平衡着和摄政王以及朝廷重臣们之间的关系,臣民虽对年轻的帝王行事放诞颇有微辞,但对宣太后还是心服口服。何况社稷未稳,如果这时候摄政王父子对新帝动手,恐怕不是什么好时机。

"皇上……"

见他站起身,我忐忑地上前扶他。

他摆摆手,低沉说道:"你不用管我。只是千万记得,若有人问起,只说我离宫时还是好好的。"

"是!"我垂了头,低声应允。

深宫多年,我早知后宫深院,无事尚起三分浪,何况关系帝王安危,一个如我这般无根无基之人,稍有牵涉,便是死无葬身之地。

如唐天霄这般锦衣玉食,多少沾惹了些贵家子弟纨绔气息,难为他到了这时候,还能为我的安危考虑。

他的眉尖又皱了皱,稳住了摇摇晃晃的身躯,深吸了口气,慢慢向外走去。

等出了宫门,他已挺直腰来,大阔步地向乾元殿方向走去。

步履如常,连眉宇间的倜傥和懒散也一如既往,只是向东南方向注目时,眸光里有着不可测的寒光闪过。

恨,怒,不甘的桀骜不驯,以与他绝不相称的豪雄之势无声渗出。

南雅意说得没错,他就是一条蛰伏的龙,一只敛翅的鹰。

只是,虎狼环伺下,我不知道他是否有机会一飞冲天,一鸣惊人,令天下为之震动。

待唐天霄离去,我去厨下察看他们撤下来的杯盏盘筷等物。

小宫女忙跑来笑道:"昭仪娘娘,这些粗笨活儿,我们来收拾就成。"

我皱了皱眉,说道:"你们出去吧,我只是来瞧瞧……饭菜是不是合皇上和康侯的胃口。"

小宫女怔了一怔,低头应了,垂手退了下去,并轻轻关上了门。

在宫中日子久了,她们也该有了分寸。有些事该问,有些事则不该多嘴。

悄悄将门窗从里边紧紧闭了,从发际拔了一支小小的白珍珠银簪,我一一试着盘盏中剩余的羹汤菜肴。

其实菜肴中的试探,一定是多余的。那些家常小菜,虽不是我采买清洗,但我亲手烹制的菜肴,亲口尝过味道,如果真有问题,第一个出事的应该是我。

且他们所用的筷子,均为象牙包银,若饭菜中有毒,银质当即就会变色,唐天霄又怎会觉察不出?而他们用过的筷子,也被收拾在一边,包银并无任何变化。

我的目光投向酒壶杯盏。

壶与杯盏一套,均是碧玉的质地,如冰澄澈,如水明洁,温润无瑕。其中酒壶中尚有近半酒水剩下,隔着半透明的碧玉看去,更显沁凉剔透,光泽柔润。拿银簪试时,同样不见丝毫异样。

可午间唐天霄所进膳食用具,都已在我跟前,如果不是这时候被人下毒,又能是什么时候可以让人有机可乘?

仔细回忆了一遍唐天霄来到怡清宫的前后,我愈加肯定只能是在午膳时给人动了手脚,遂再将餐具菜肴仔细检查了一遍,然后注意到两只杯盏。

这套碧玉酒具因为太过贵重,因而唐天霄兄弟用过的杯盏被特地放到了一边,以免碰撞损坏。

杯盏自然早就空了,但尚有一两滴余沥在凹入的杯底,散着淡淡的酒香。

我提起来闻了一闻,将银簪探入其中一只杯中,光亮依旧;疑惑地去试探另一只杯子时,蓦地发现不对。

被些微余沥溅湿的簪尖,已经变色,并且越来越深,很快在我眼前渍成尖尖的一小段乌黑,与簪子本身银质的鲜亮形成了极大的反差,触目惊心。

同桌喝酒的两个人,一杯有毒,一杯无毒。

而一眼可以看到其中明亮液体的酒壶,显然也不可能做什么手脚。

怡清宫那些侍奉的宫女,我虽不知根底深浅,但纵有奸细混在其中,想要当面在唐天霄或唐天重这两大高手跟前下毒，只怕还没那个能耐。

何况，下毒的人若是针对大周，就该把两人一起毒倒才对。

如此想来，我只能认为唐天霄的猜测应该没错。

害他的人，正是那个和他谈笑晏晏把酒言欢的嫡亲堂兄唐天重。

他的这位好兄长，曾亲自为唐天霄把盏倒酒，唇角一丝若有若无的讽意，黑眸深深，无声无息地闪烁着凌厉的锋芒……

我不寒而栗。

这晚很平静，至少表面还算风平浪静。

但潜流暗涌，漩涡密布，已是意外中事。

悄悄令凝霜去找靳七，打听唐天霄情况时，靳七居然没有出来相见，只让内侍传出一句含义暧昧的话语，据说是转达了唐天霄的口谕。

他说，昭仪冰雪聪明，自当知道如何保全自己。

叫我设法保全自己，显然是他自己情况堪虞，并没有信心可以保全我了。

他一定中毒了，而且行动无法自主，没法按自己的心愿行事，才让我自己设法自保。

在这暮春初夏的时节，随时可能变生不测的波诡云谲，竟让这一夜显得格外地长，格外地冷。

一夜不能成眠，醒来时眼圈有些发青，拿了脂粉点了好久，才勉强掩饰住。

唐天霄中毒或生病的事若没有公开，我没道理显出什么异样来惹人疑心，只能披一袭明蓝色撒花宫装，依旧如常梳妆了，若无其事地到熹庆宫拜见皇后沈凤仪。

去得不早也不晚，妆容不华丽也不寒酸，言辞笑容恰到好处地温良柔顺，虽不致太显卑微，也绝不给沈皇后任何轻浮孟浪的印象。

沈皇后依然有着一国之母的威仪和倨傲，身畔也早有着几个趋奉的妃嫔们陪伴说笑，见我过去请安，眼皮都不抬一下地玩着案上的青玉镇纸，自顾谈笑风生。

木秀于林，风必摧之。

早知唐天霄这几日专宠于我，必将我置于风口浪尖之上。如此冷落，虽然失了国母的大度，倒也不失国母的威风。

这三年来我也忍得习惯了，默默跪着不说话。

直到又有位分更低的妃嫔过来请安，沈凤仪含笑让她们平身，才似看到了我，"哎呀"一声，惊叫道："宁昭仪什么时候过来了？这么跪着，膝盖不疼？快快平身！"

她转头又责怪身边的侍女："怎么宁昭仪过来也不知会本宫？皇上心心念念记挂着的可人儿，若是跪坏了，你们谁担待得起？"

我忙谦辞笑道:"皇后娘娘说笑了。清妩本不过粗笨宫人,能得皇上一时爱宠,已是万幸,哪敢忘了本分?娘娘出身高门,金尊玉贵,早有母仪天下、兴邦旺国之兆,才是皇上心坎里放在第一位的。"

沈凤仪闻言,果然脸色好了些,唇角抿出一丝笑意,玩弄着腕间赤金点翠的玉镯子,叹息般道:"是啊,要细论起来么,皇上虽然年轻了些,到底是和本宫从小儿就时常见面的骨肉亲戚,还算把本宫放在心上,大婚没几天,赐下的赏玩之物,倒堆了本宫半间屋子了。"

身畔的杜贤妃已在笑道:"不错不错,见惯了牡丹花的艳丽贵气,偶尔瞧见了外面的野花野草的,难免一时新鲜。皇后大人大量,自然不会放在心上。"

沈凤仪对杜贤妃的话不置可否,只似笑非笑地打量着我,慢慢地品评道:"嗯,的确是秀气啊,这江南山水和咱们北方的就是不一样,连女孩子的皮肤都要比咱们北方细白,皇上年少,图个新鲜有趣,也是人之常情。"

我弯着唇角,让自己的笑容谦卑自然些,恭恭敬敬地答道:"皇后娘娘和贤妃娘娘说得是。一方山水养一方人,北方人性情豪爽,连女子都有着江南女子难以企及的英气,皇后娘娘人中姣凤,我等微贱之人,自是望尘莫及。"

几句话捧得沈凤仪的笑容有了些真切。

她点点头,挥了挥手,正要令我下去时,门外有小内侍飞快跑来,匆匆走到皇后的贴身宫女身边,附耳低声说了几句。

那小内侍的慌乱,立刻在转瞬间传给了那宫女,然后那宫女低低说给沈皇后听了,沈凤仪脸色蓦地一白,按着桌子站起来,低声冲那小内侍吼道:"你说什么?"

小内侍垂了头不敢回答。

沈凤仪慢慢又坐下身去,环顾四周,无视身畔要好的妃嫔们探询的目光,略俯了身望向我,太过红艳的厚唇翕合间吐出字来:"宁昭仪,昨天午间,皇上是在你那里用的午膳吧?"

我心里一沉,脸上却不敢露出丝毫异样,依然微笑着回答:"是,昨日皇上兴致很高,约了康侯一起过来,让臣妾备了几个小菜,喝了几盅酒。"

"是么?"沈凤仪淡淡笑着,侧头吩咐道,"宁昭仪厨艺绝佳,本宫也想尝尝。罢了,请宁昭仪到熹庆宫琴室先坐坐,等本宫去看了皇上,再决定午间吃什么菜吧!"

众妃嫔都有些愕然,杜贤妃笑道:"皇后娘娘也喜欢吃江南的小菜?"

"妹妹们若是喜欢,午时也可以来品尝品尝。本宫爱的味道,也许大家也会喜欢。"

她说着,已是一拂袖,撂下未及辞去的妃嫔,匆匆往外走去。

看其方向,分明是乾元殿了。

唐天霄中毒或者生病之事,应该已经掩饰不住。皇后都能知晓,诸如宣太后、摄政王或康侯唐天重,必定早已知晓。

风波起,却不知会怎样平息。

但我心里再清楚不过,若查清唐天霄是中了毒,第一受连累的,必定是我。

沈凤仪的话外之音,未必人人听得懂;但皇后娘娘的懿旨,绝对无人敢违。

熹庆宫的小内侍已走到我跟前,挂着得体却冷淡的笑容,作了个恭请的手势,说道:"宁昭仪,请吧!"

出了殿门,抬眼望苍穹。

碧蓝如洗,万里无云,干净得连熹庆宫内姹紫嫣红的百花竞放都显得过于妖娆热闹。

这些妖娆热闹,到底离我远了。

从前遥远,以后更远。

"宁昭仪,请!"

小内侍的督请听起来有礼,但眼神里的傲慢不屑掩藏得如此不彻底,只怕逃不过任何人的眼睛。

也许他所要做的,也仅仅是这样表面的文章而已。

他的主人才是这皇宫里至高无上的皇后,而我只是一个既无背景又无智慧的弱女子。

皇宫的生存法则,向来弱肉强食。当愿意保护我的唐天霄自身难保,冰山难靠,注定了我会是被牺牲的那一个。

第五章　相思天涯，魂散梦亦凉

熹庆宫的琴室很幽静。

幽静的意思，可以说是适宜隐居，也可以说是备受冷落。

走到琴台前，轻抚丝弦，艰涩凝滞，音色不畅，分明已久不调试。

所谓才貌双全，看来不过是个晋身皇家的幌子而已。真正让她入主中宫的，还是母族在大周异乎寻常的影响力。

是福不是祸，是祸躲不过。

虽知沈凤仪居心不良，真要事到临头，也不是我想避就能避得了的。

内侍将我送进来，出于礼数，有小宫女送来了茶水，然后退出。

门吱呀关上后，又听了锁链声响，分明是将我锁在屋中了。

不知是阖上门时掠起的冷风，还是透过窗棂传过来的阴风，这琴室里清冷得出奇。但推开半敞的窗户时，窗下大丛的牡丹，却又开得热闹得出奇。

少日对花浑醉梦，而今醒眼看风月。那姚黄魏紫竞芳争妍，片片轻瓣如七色彩绸裁就，漫舞轻枝时，似在笑谁人曾经风华年少，谁人如今冰心若雪。

注意到有守在门边的内侍正警惕地向我这边张望，我苦笑。

连旁人的热闹，也快离我远去了吧？

立尽黄昏月，吹遍阑干曲，守不到，半点归鸿影。

探手到窗外，采了枝牡丹，轻嗅。的确芬芳，却太过馥郁，未必清新怡人。

所谓国色天香，不过如是，哪抵得过夏日一池清莲，尽消暑气，婀娜秀致？

却不知，我还有没有机会再见到德寿宫前那池波光潋滟，荷叶田田。而我更想见到的，其实是当年的水榭莲池，可惜向来只能在梦中——梦中，轻风澹月中，碧荷粉莲畔，琴笛两相和。看那人一身风姿玉立，萧落秀逸，连天地都因他而格外地明亮清澈。

手中不觉用力，零落的碎瓣如雨，血滴一样飘落脚边。

茶水已冷了，并无人来添。

我上前敲了敲门，外面便传来有礼而冷淡的询问："宁昭仪有何吩咐？"

当真已把我当成囚犯看待了。

唐天霄是谁下的毒并不重要，重要的是，我已成了他人的砧上之肉，案上之鱼。

深吸口气，我平静说道："我渴了。给我换杯热茶来。"

"是，宁昭仪。"

门开了，水送来了。

竟是一壶刚煮开的白开水，连茶叶星儿也没有。

"宁昭仪，请自便！"

让人寒心的一笑后，送茶来的宫女退了出去，看我的眼神，像在看一条兜入网的鱼。送来的一壶水，更不过是在可怜我的奄奄一息。

其实琴室中是有茶叶的，并且是绝对适合皇后身份饮用的明前好茶。

低头看一眼现成的茶壶和茶盏，我黯然笑了笑，不紧不慢地装茶、烫杯、热壶、高冲、低斟。

茶香四溢，清气流转。

似有少年在清朗而笑，温言赞叹："妩儿泡的茶越发香了，妩儿吹的笛也越发好听了，还有……"

略带痴迷的声音顿住，少女清脆地笑："还有什么？"

清澄如水的眸子从我面容转开，投向粼粼波光间的碧荷粉莲，唇角的笑意清浅温柔："还有，今年莲花开得比往年更漂亮了。芙蓉出水，亭亭玉立，我见犹怜。"

少女便吃吃地笑："那你回家种上一大池莲花去，秋天还可以吃脆甜脆甜的莲藕呢！"

少年微笑，黑亮的眸子里晃动着莲下清水的涟漪："我是打算移回我们庄府去。我要的，是宁府最美的那一枝。"

轻轻的"嗒"的一声，青青的荷叶下，晶莹剔透的水珠落到池水中，涟漪忽然散开。

随那涟漪散开的，是水榭中的欢喜笑声，轻而清脆地掠过田田碧荷，盈盈粉莲。

青荷盖渌水，芙蓉葩红鲜。郎见欲采我，我心欲怀莲。

茶香袅绕，水汽氤氲，眼眶不觉有些湿了。

散漫地笑了笑，我慢慢坐下身来，安静地品着自己泡的茶。

一遍，两遍，最初的苦涩和清香都已散去，渐渐地寡淡无味，令人厌倦。

而茶盏中的水，也渐渐地凉了。

门外锁链声响起时,茶水已沁凉凉地冰到了心里。

"宁昭仪,皇后传召!"

来了个年老的内侍,尖细的声音很刺耳。

我用力地握了一握手掌中凉凉的瓷盏,站起身低头应了,默默随他出了门,一路被引向熹庆宫正殿。

沈凤仪正坐在她的皇后宝座上,紧紧蹙着眉,烦躁地拿了条丝帕在手中搓揉着,妍丽的面容绷得紧紧的,遍布的阴霾已预示即将来临的狂风骤雨。

"跪下!"

我正猜疑着准备上前行礼时,膝窝处猛地被人一踹,疼得我闷哼一声,已扑倒在铮亮冰冷的金砖上,半天立不起腰。

颤抖的手指扶着地,我好容易转过头,看清踹我的人正是前去传我见皇后的老内侍。他正一脸阴鸷,毫不容情地冷着脸瞪我一眼,才堆上笑脸,凑到沈皇后前禀告。

"娘娘,宁昭仪已带到。"

宫中待久的太监,心性大多有点失常,手段狠辣歹毒也是常事。但凭他们就高踩低察言观色的本领,敢对一个敕封的正二品后宫昭仪这样下手,如果不是得了主子的默许和认同,怕是借他们十个胆子也不敢。

"臣妾昭仪宁氏,拜见皇后!"

我忍着腿骨中钻心的疼痛,努力跪直了,如仪叩拜。眼睛余光飞快从她的脸上滑过,果然捕捉到了一丝未及隐藏的快意。

后宫后妃间的争宠吃醋,明争暗斗,早在南楚时我便见得惯了。虽然避居德寿宫,不去沾惹半分是非,可并不代表我不懂得这些女人们如花笑容后的深沉心机。

唐天霄并不想害我,甚至的确很宠我。不管是人前,还是人后,他都给了我足够的尊重,也便给了其他后妃们足够的理由将我踩到脚底。

可我到底还是九嫔之首的昭仪,就是有心把唐天霄中毒之事栽到我头上,在没有足够证据前,便这等对待我,也太过匪夷所思。

这一次,沈凤仪更没有让我平身。

她的妆容很精致,只是身材丰满了些,大约回宫的路上也走得急了些,额上有细细的汗珠渍下,让她的神色格外显得阴沉不定。

许久,她才问:"宁昭仪,皇上对你青眼有加,几度破格封赏,你到底还有怎样的不足,居然敢在酒中下毒,谋害皇上!"

意料之中。

她甚至连质问都免了,直接坐实了我的"罪名"。

唇角弯一弯,我挪了挪疼得不行的腿,迷惘地问她:"皇后娘娘说什么?我下毒谋害皇上？可昨天中午皇上回乾元殿后再也没去过怡清宫，这话又从何说起？"

"我怎么说来着，果然是不到黄河心不死！难道本宫还冤枉你不成？"沈凤仪轻笑，扬了扬手，涂着凤仙花的手指晃在空中，像拖长了的虚幻血影。

一个瘦瘦小小的宫女被带上前来，满脸稚气，年纪甚是幼小，看我的眼神很是慌张。

"你可认识这宫女？"沈凤仪长长的指甲点向那小宫女。

我凝神看了片刻，答道："有几分眼熟，应该是怡清宫的人。"

沈凤仪笑道："你能说她不是怡清宫的吗？这么多人见证，文书房也有凭据可查，你想抵赖，可没那么容易！"

我垂头答道："启禀皇后，臣妾住入怡清宫才不过几天，向来足不出户，连身边也只有皇上赐的两名宫女随身服侍。臣妾鲁钝，若是平时不大碰面的粗使宫女，认不出来也是常事。不过这宫女看来的确像在怡清宫中见过，不知皇后找来有何训示？"

沈凤仪叹气，目光里仿佛蕴着真诚的同情："说起来，我也不愿相信同样服侍皇上的姐妹中，居然会有人这样包藏祸心。可既是你宫里人揭发出来，少不得请宁昭仪给个说法了！"

我叩首答道："请皇后训示，臣妾若有不是之处，一定回去面壁思过！"

"面壁思过？"沈凤仪拍案站起，冲我怒目而斥，"你有意毒杀皇上，罪该凌迟处死，理应株连九族，还想在本宫眼前搪塞过去？"

"啊，皇上……皇上怎么了？"我忙乱地追问，不安地望向乾元殿的方向。

她身畔那公鸭嗓的老内侍也向我弯起了兰花指，尖声细气地说道："宁昭仪，你也别装糊涂了！太医已经说了，从皇上的病势来看，应该是昨天中午被人下了毒。这昨日中午么……皇上可只在昭仪娘娘那里进过饮食！何况怡清宫这位宫女证实，昭仪娘娘曾在皇上走后摒去他人处置皇上吃剩的碗盏，并拿走了其中一只碧玉酒盏！"

沈凤仪摇头，"我说宁昭仪，这只酒盏，只怕我们再也别想找到了吧？行凶的器具，谁还肯留着呢？"

酒盏中的毒一查便知，我早已远远抛到了溪水中。可不被人抓到把柄，本身可能就是最大的把柄。

何况，我最大的取祸之道，不是下不下毒，而是占了旁人认为我不配占有的帝王爱宠。

我垂下头，依旧恭顺地回答："皇后明鉴，臣妾出身卑微，能得皇上恩遇，已是前世修来的福祉，感激还来不及，哪里会有谋害之心？"

"出身卑微？"沈凤仪红唇微翕，扬出嘲讽的笑，"宁昭仪，你的父亲宁秉瑜曾任南楚的兵部尚书，一品大员，威名赫赫，与镇南大将军庄遥齐名，连本宫身在北方，久处深闺都曾听说过。更别说，你母亲是当年南楚杜太后的亲妹妹。杜家世代书香，更是江南最有名的望族之一。南方崇尚的文，北方崇尚的武，加上皇亲国戚的尊贵，你家可算是占

52

全了。这样门第的千金大小姐，会出身卑微？"

掌心捏出了冰冷的汗意，我对这位被唐天霄背地里称作"大公鸡"的沈皇后不由得刮目相看。

南楚覆亡后，我刻意隐瞒身世和身份，甚至连我自己都渐渐觉得我不过是个百无一用的普通女人而已，和其他营营役役于乱世中求生的宫女没什么差别。而一切终究因唐天霄的出现而打破，连静静做个卑微下人都不可得。

唐天霄起了疑心，会调查我的身世并不奇怪，而沈凤仪一等唐天霄出事，立刻把我父族母族的根底说出，显然早就开始着手探究我的来历了。

她不会关心一个宫女是怎样的出身，但在周帝喜欢的妃嫔身上，她必定投入了相当的精力。她本身的地位，和母族的支持，都让她有足够的能耐，去挖出宫中任何人的隐蔽根底。

或许只是因为妒嫉和女人的小心眼，但若刻意攀援上去，我的谋逆大罪可就连动机都有了。

抿了抿唇，我强笑着辩解："皇后，势败休云贵，国亡莫道尊。当日南楚的国主，如今也是大周的众臣子之一，所谓的皇亲国戚，也就和当日南楚的子民一样，如今都已是大周的子民。臣妾虽是愚钝，也知道顺承天意民心，一心服侍好皇上，绝不敢有半点异心。"

"啪"的一声，沈凤仪已一掌击在了案上，怒道："好一个装痴作傻的奸滑女子！平时看你倒是笨嘴拙腮话都回不完整一句的，这时倒是滔滔不绝了？现在如果本宫问你谁是同谋，是不是更要推个一干二净呢？"

膝盖处钻心的疼痛激得我身体哆嗦，额上也滴下了汗珠。可这时我也只得急急叩下头去，颤着声说道："皇后明鉴，臣妾绝不敢勾结外人做那样大逆不道的事！想皇上身体素来康健，即便被歹人下了毒手，也定会有御医妙手回春。到底皇上在哪里中的毒，想来皇上心里应该清楚得很，到时皇后一问便知。"

沈凤仪冷笑："皇上年轻，又给你这狐媚子的模样迷惑住了，到时听你几句花言巧语，耳根子一软信了你的话，日后还不知怎样被你算计！本宫念在你服侍皇上一场，才和你废话这许久！本宫这就告诉你，好好招出同党便罢了，如果再执迷不悟，不过是让自己死前再多吃些苦头而已！"

死前让我多吃些苦头。

言外之意，她并没打算放我一条生路。而我更是没有机会，再去等永远不会再回来的那个人。

用手撑紧地面，咬一咬牙，我站直了身。

墨玉般的金砖地面，被掌心温热的湿意渍上了一层白蒙蒙的水汽，迅速在清风中消逝，无影无踪。

黯然笑了笑，我轻声道："皇后娘娘，欲加之罪，何患无辞？如果宁清妩因宠获罪，一根白绫足矣。宁氏满门已绝，南楚家国两破，臣妾既与南楚皇族相关，受到株连也算是命中注定，并不会怨天尤人。"

当着一众宫女内侍，沈凤仪脸色变了，喝道："你敢指责本宫心胸狭窄，容不得后宫妃嫔？给本宫掌嘴！本宫一心为了皇上着想，才下决心，彻查宫中奸细！想你如今不过一小小宫婢，如无内应外援，哪里得来的毒药加害皇上？"

已有宫女走上前来，执住我双臂，狠狠两巴掌，打在我面颊上。

清脆而沉重的耳光声后，我的耳中阵阵地嗡嗡乱响，发髻散落，黑发垂下，半掩住了面庞，而双颊更是立刻火辣辣地肿胀起来，一时也感觉不出疼痛，只是嘴中咸腥得厉害，弯着腰咳了一声，吐出的竟是鲜红一片。

这位皇后倒是教训人的高手，连手下责罚起人来，也懂得怎样让人伤得更重。

我轻轻一笑，眼内似乎也和面颊一样灼烫起来，不以为意地望向皇后："是，我原不过一个小小宫婢，并无内应外援，哪里来的毒药加害皇上？皇后若不问出个子丑寅卯来，随意赐了宫妃死罪，日后皇上或太后追究，不太好回话。可皇后便是打死了我，我也没法凭空编个内应外援来向皇后交代啊！"

"打死也不肯说？打死也要保护你们南楚藏在我大周皇宫中的同党？好，本宫倒要试试，到底是你的嘴硬，还是熹庆宫的板子硬！"

她扬着头，走到我跟前，毫不客气地瞪着我。

除了过于厚实的唇，我更留心到她的眼中，那因掩不住的妒火而跳动的血丝，极大地损伤了她那本来还算艳丽的容貌。高挽的凌云髻上，贵重的镶红宝石九凤朝阳赤金步摇正折射出了凛冽锐利的光芒，威煞有余，而宽慈不足。

母仪天下？

就这等心胸，纵有几分心计，我也不曾放在眼里。

我轻蔑地一笑，尽力挺直着肩背，直视着她的眼睛，再也不掩饰我内心对她的不屑和轻视。

皇后又如何，诚如她自己所说，我于南朝，是绝对的名门之后，出身尊贵；而她不过是出身草莽的武将之后，能坐上皇后宝座，不过因缘际会，名门闺秀在耳濡目染中培养起来的温柔内秀，并不是金玉锦缎便能堆积出来的。

因此，唐天霄只会把她的趾气高昂当作翅羽鲜明的公鸡，而不是优雅高贵的金凤。

我的轻蔑落在沈凤仪眼底，便见她那深褐的瞳仁中跳起了簇簇火焰，蓦地奔回自己凤座，一拍乌木案几，喝道："来人，把这贱人拖下去，去衣受杖，打到她说出谁是毒害皇上的主使者为止！"

去衣受杖！

在以往的南楚律令中，只有对犯了奸罪的女子才会实行这样的杖刑，一则施以惩罚，二则倍加凌辱，以儆效尤。

大周虽来自北方，但同样重视女子贞洁，想来宁可赐死，也绝对不会让皇帝曾宠幸过的女人去衣受杖。

自以为高贵中的自卑一旦发作，果然比平常人更可怕，更恶劣。

但我已无所谓了，只是冷冷地，睥睨地，望着这骄狂自负的女人。

既然卑微平静的生活已再不可得，我便不想再压抑着自己的本性，卑微地面对想把我踩到脚底的人。

沈凤仪慢慢眯起了眼睛，冷然一笑："宁昭仪，你知不知道什么叫去衣受杖？你不怕吗？"

殿门正大敞着，明亮的阳光透入，细小的轻尘在光束中飞扬，粒粒透亮轻盈，仿若谁在轻盈地舞蹈。

我仰头看着那飞舞的轻尘微笑："皇后还知道我是昭仪？皇后难道不怕？"

沈凤仪立时色变，愤怒咆哮："怕不怕，你很快就会知道！来人，把她拉下去！"

我清清冷冷地笑，由着他们生拉硬扯，一路跟跟跄跄，将我拽向旁侧庑殿。

穿过廊道时，阶下数丛牡丹开得正艳光四射。天色碧蓝如洗，特别是东南方向那一方天宇，澄澈得像谁温柔的眼睛。宫墙外应植着荼蘼，淡白的小小花瓣随风越过高墙，细细碎碎地撒落过来。

热闹的，安静的，都该过去了。

这寡淡如水的日子，也该过去了。

苟延残喘，连自己真面目真性情都不敢流露的岁月，便是活到满头斑白，又能留下多少的怀念和记忆？

春过花飘零，归于尘，归于土，总比被人践到污泥中强。

几个牛高马大的宫女上前，揪了我宽衣卸带，仅着了一层贴身的小衣，将我紧紧捆缚于条椅上，然后……

棍杖重重地拍落，结结实实地落于身体上，脆而沉闷，一下，又一下，又一下……

老手的特有技巧，每一下都像敲在心窝般疼痛。

咬紧牙关，我没有求饶，没有落泪，甚至没有惨叫，只是随着棍杖的起落抽搐着身体。

这么多年，我什么都没学会，只学会了忍受。

忍受相思，忍受孤独，忍受在黑夜里一个人哭泣，忍受心被剜了去还得漠然而笑的尴尬……

骨头似乎被一寸一寸敲得散了，肿胀着的肌肉又被以更激烈的力道拍打，我甚至感觉得出杖上黏腻的鲜血，被风吹得冷了，又被淋漓的热血渍得温热，在呼啸着凌厉的风声中慢慢地滴落。

　　捆缚在条椅上的手脚，半裸的肌肤因疼痛而绷紧着，勒出了深深的血印。而身上流下的鲜血，便沿着条椅滑到手臂，又顺着绳索滴下，一滴一滴，渐渐汪成浅浅的血泊。

　　许久，老宫女也许是想起了皇后痛打我的托辞，也许是好奇我的沉默，走过来托起我的下颌，竖着眉眼追问："说，谁是你同党？谁指使你谋害皇上？"

　　轻微地动弹了一下被紧紧捆缚的躯体，我张嘴说话，却先吐出了一口血沫。

　　咸腥的味道，似乎从内腑中传出，而不仅仅是口中伤了。

　　努力扬起唇，我喘息着，咳了几声，终于能发出虚弱的轻笑："若姑姑尚存一份仁慈之心，送我一个痛快，九泉之下，宁清妩也会心怀感激！至于青红皂白，没那么重要吧？"

　　老宫女眼睛眯成狭窄的一道，浑浊的眼球里似有什么跳了两跳。她弯下腰，笑弧在嘴角弯得像满身褶皱的老树皮，几乎附到了我的耳边问道："你……一心求死？是想保护你身后的主使人？这样为着他人给活活打死，不觉得委屈？"

　　"委屈？"我轻笑，"历朝历代，哪个皇宫中没有屈死的冤魂？我不是第一个，也不是最后一个，何必觉得委屈？"

　　"呵，昭仪小小年纪，倒也看得开啊！"

　　深宫三年，高蹈于世，我始终冷眼旁观着这皇宫重地的人情世故。金碧辉煌的背后，阴谋与权势之下，到底有着多少的血与泪，已经没有人能说得清。

　　不管是南楚的皇宫，还是大周的皇宫，这天地，总是冰冷的，等不到真正春暖花开的日子。

　　我垂下眸子，低声道："拜托了，姑姑。"

　　老宫女凝视着我，沉默了足有半炷香工夫，才低声一叹："宁昭仪，你若觉得委屈，死后也不用找奴婢算账。怪只怪，你自己生得太好了！匹夫无罪，怀璧其罪。昭仪聪明人，自然心里明白。"

　　无非是告诉我，想置我于死地的，并不是她一个区区宫婢而已。

　　惨淡地笑了笑，我轻声道："谢谢！"

　　她转身退开，向着行刑的内侍重重一挥手，才飞快地向我瞥了一眼，快步走了出去。

　　那最后瞥我的一眼，不知算是暴戾，还是怜悯，但我确信，从今以后，我再不用夜夜睡不安枕，努力逼去所有的噩梦和欢笑，睁着眼睛等待天明。

　　沉重的棍杖再次落下时，已不仅是打在杖刑该落下的部位。

　　腰，背，甚至内腑，如被重锤击中，未必是那种皮开肉绽的刺痛，却能将所有的呼吸都生生地打回腹中，甚至打破我忍耐的极限，终于发出了一声短促的惨叫。我的眼前昏黑一片，下一杖再落下时都已无力再发出声音。

痛苦……可已经是最后的痛苦了吧？

钿誓钗盟，莲心依依，终究还是云边孤雁，水上浮萍的惨淡收场。

庄碧岚，这是我的命运吗？这是我们青梅竹马相恋一场的命运吗？

我白等了你三年，白受了三年相思之痛，终于可以了结了。

恨只恨，临死之际，还拖累了南雅意，误嫁中山恶狼，不知如何收拾。

仿佛又挨了两下，我却已没什么知觉，整个人都已坠入某种深深的黑暗中，仿佛幼时安然睡去时沉沉的黑甜梦乡。

梦里很温暖，仿佛只一步之遥，便到达了梦幻中的另一个空间。

酷暑之中，一对八九岁的男童女童正卧在莲池畔的柳荫下憩息。

女童眼神清澈，像一眼可以看得到底的黑水晶，通透美丽，笑得也天真无邪。

她腻在男童身畔，在他耳边嘀嘀咕咕："碧岚哥哥，我要吃莲藕。我要吃嫩嫩的脆脆的莲藕。"

"莲藕啊……"男童便为难，倚着那笔挺的大柳树，望着满池的碧叶红花叹气，"这时候还没长莲藕呢！这样，我去取些莲子给你吃好不好？"

"哎，那很苦的……"

"莲子尝着苦，是因为莲心苦。把莲心剥了，做一碗冰糖莲子羹，哪里会苦？"

"真的吗？"

"妩儿信不信哥哥？"

"信……"

信，我信庄碧岚。

从他送来那碗冰糖莲子羹，我就相信他。

没有莲心的莲子，果然不苦，芳香甜糯，就像我们从童年到少年时的美好流光，连些微的苦涩都是一闪而逝。纵然遭遇母亲病逝，父亲殉国这样的磨难，我依然相信我们颠扑不破的幸福未来。

门第相当，通家之好，年貌相若，青梅竹马，情投意合……

还有在我们稚龄时两家长辈便早早订下的婚约。

即便父母双双故去，我被我的姨母、南楚杜太后接入宫中抚育，我都没有怀疑过我们完美无瑕的未来，以及一生一世的相知相守。

可我没想到红颜祸水这四个字终究竟与我联系在一起。

父母之命媒妁之言的婚书，在南楚末帝李明昌的眼中，不过是废纸一张。当他认定我这个表妹让他六宫粉黛失了颜色时，也就是两家灾劫来临之日。

杜太后的爱怜和维护，并没能阻止儿子的野心勃勃——如果他能把这份野心用在国事政局上，南楚也不致会落到那样的田地！

当我躲避在德寿宫中寸步不敢离开时，他居然将他被权势膨胀了的欲望，延伸到了他母后的宫中。

那个夏日的午后，如果不是庄碧岚思念我，乔装成内侍恰恰在那时候来探望我，后来的结局，会不会有所不同？

纵然我一生被毁，庄碧岚一家还会做着南楚高官，毕竟他父亲庄遥是难得一见的大将之才，声名远播。也许时日久了，庄碧岚也会忘了曾有一位青梅竹马的未婚妻，慢慢放开心怀，去接受另一个贤惠的女子，平静安稳地度完下半生。

可在庄碧岚为了未婚妻将一国之主打晕在地时，庄家的赫赫威名成了比南疆外患更可怕的内患。

杜太后维护我，却不愿维护敢把自己皇儿打晕的庄碧岚，并且多次表示是自己看错了人："这个庄家的孩子，看起来倒是文静秀气，怎么敢做这样大逆不道的事？"

庄碧岚当场被擒，关入天牢；庄家满门被拘，听候发落；同时，李明昌急召庄遥回京，并在京畿布下圈套，将他也擒了。

定的是谋逆大罪，满门抄斩，株连九族。

唯一庆幸的是，临刑前一晚，部分庄氏的忠实部将，暗中策划营救，硬是将庄家父子救了出去。

那一晚，刑部大牢血流成河，更坐实了庄氏谋反的罪名。

第二天，庄家血流成河，一家老小，无分男女，一律斩首弃市。

宁家、庄家这些武将中的中坚力量被毁后，南楚的军事防御一落千丈，才给了北方大周可乘之机，在短短两三年内惨遭覆灭命运。

庄碧岚被擒后，杜太后禁不住我苦苦哀求，允许我前去探望一次。

身处幽暗肮脏的大牢，重铐加身，他的背影依旧挺拔俊逸，萧肃清朗。

隔着栅栏，背对着我，他轻轻地说："既已无从挽回，你也不用为我难受。如果……还有机会另觅佳婿，过得开心些。"

我忽然便记起了民间那对因家人不允而投湖自尽的小儿女，吸着鼻子，忍着泪冲他一笑，"天若许，白头生死鸳鸯浦；天若不许，还有一池清莲并蒂香。碧岚，我们……总不会都这样孤单着。"

可我们比那对小儿女更加可怜可悲。他们相拥投湖，骨骸至死不分，终究还能生不同衾死同穴，终究还有老天见怜，用莲花并蒂来表达惋叹之意；而我们枉自相恋多少年，生不能同衾，死不能合葬，身后也不会有什么文人骚客赞叹吟咏，庄家甚至不得不背负谋逆不忠的千古骂名。

只不知，人死后是否真的有灵魂存在，让我们能彼此找到，在另一个世界相扶相依？

庄碧岚没有回答我的话，甚至没有转过身，只是略低了头，略显凌乱的发丝垂落下来，将本来依稀可见的侧脸也掩住了，看不出半分悲喜。

我有些失望，从怀中掏出随身带的一只桃木小梳，低低唤他："碧岚，你走近些好吗？我给你梳下头。"

他微微侧头，又迅速转了过去，低低地叹息："妩儿，你走吧，这里脏，不是你该来的地方。"

不是我该来的地方，难道是他该来的地方？

喉中的哽咽堵得心里发慌，我蹲下身将桃木小梳放到地上，憋住满怀的痛意，压着嗓子说道："我走了。记得……一定回来找我。我很怕一个人……孤零零的。"

生也罢，死也罢，都请记得回来找我。

你自然清楚，从小到大，不论欢喜悲伤，我总是希望依靠在你的身畔。如果在另一个世界，我一时找不到你，以你的聪慧睿智，自然知道怎样找到我。

话未完，泪水忽然汹涌，忙别过脸，匆匆步向牢外。

"妩儿！"

这时，他却忽然转过身，低低唤我。

我顿下身，不敢看他，生怕让他发现自己满面泪水。

空气凝滞了片刻，只听他轻轻说道："妩儿，不许有轻生之念。我没有放弃，早已有所安排。你……等着我。"

我始终没弄清，他那句早有安排，是怕我轻生故意编来安慰我，还是真的早有了营救计划。可我至少猜得到，如果真是场刻意的谋反，他的父亲庄遥庄大将军，绝对不会回瑞都自投罗网。

直到他离京，直到他满门抄斩，直到他父子占据西南交州自立门户，我再也没见过他一面，甚至无法得到一星半点确切的音讯。

宫帏深深，江山万重，阻隔不住相思之苦。

莲子去了心就不苦，人去了心或许也不苦了。

等得无奈，我也成了无心之人，忘了什么叫相思，什么叫爱恋。

曾经的过去，是一场梨花满树的洁净的梦。

春尽了，花谢了，一地的零落，早已践入尘埃，再怎么哀悼，也换不回那场梨花如雪，春深似海。

相思树，流年度，无端又被西风误。

到底我还是不甘接受一生一世唯一一次爱恋这样无声无息悄然结束，在我临死之际，还是忍不住回忆起他来。

那眉，那眼，那温文含情的微笑……

我伸出手，如愿地握到了他的手，很温暖，骨节分明，有点粗糙，不若以前那般修长，拂起琴弦来连轻灵跳跃的手指看来都那么赏心悦目。

"碧岚……"我低低地唤，仿佛发出了声音，又仿佛没有。

冰凉的指尖颤抖地摩挲着，仿佛又看到了那时候池中摇曳的莲花，池畔明净的少年。

后背被人小心翼翼地托起，有人用极轻柔的声音在耳边低问："你说什么？你要什么？我没听清……"

很耳熟，却绝不是庄碧岚的声音。那温柔清朗的声线，别说隔了三年，就是隔了三十年，我也不会忘怀分毫。

可我怎么也记不起，这是谁的声音。

努力地想睁开眼，看清这人是谁，可眼睑重逾千钧，好容易迷蒙地睁开一线，眼前白茫茫一片，像铺满了弥天大雾，却又有刺目的光线自雾中透出，扎疼了眼睛，让我看不清前方的情景。

"谁，是谁……"

我喃喃地低问，声音细弱得连我自己都听不清。

难道我还没有死？我感觉得到自己沉沉坠下的躯体，虽已虚软到无法动弹，但钻心的疼痛依然阵阵袭来，连微微抬手这样的细小动作，都能给激出满头的冷汗来。

那样含糊不清的声音，对方居然听见了，低着嗓音在我耳边道："唐天重，我是唐天重。宁清妩，你听到没有？你听到我说话没有？"

唐天重，唐天重……

无凭无据，我没法大声向人说出，真正下毒害唐天霄的人是他。但我清楚，他应该更清楚，唐天霄之事，我是被他所牵累。

努力地想支起身，和他说句话，但终究归于徒劳，反牵动了内腑的伤势，猛地腹部一抽搐，一道腥甜飞快涌上，喷出。

"宁清妩！"

这一次，唐天重的声音急促而高昂，说不出的惊慌和凌乱，叫我想不出，这个冷锐得像一柄无鞘宝剑的男子，此刻是怎样的激动和焦急。

而我的双肩，似被人环得更紧，陌生的温暖无声地靠近过来。

或许，他真的喜欢我吧？

很多男人可能会对只有一面之缘的女人念念不忘，只为这一面之后，伊人经过他自己内心的美化，已多了一圈只可意会不可言传的奇妙光影，成为独立于伊人本身而存在的

美好幻象。

美人如花隔云端。只因为与美人隔了云端，遥遥相对，唯见其身姿曼妙，气韵出尘，才会魂牵梦萦。

眼前的茫茫大雾，在那口腥甜喷出后忽然便变成了红色，颜色越来越深，快要弥漫作夜一般的墨黑。

迷离的眼睛拼力地睁大，却越发地找不着焦点，倒是扬起的手掌，攥住了谁的衣襟。

"唐……唐天重，我救过你，在……两年前……"我努力地吐字，尽力让人能听清我的发音。

"是，我知道。从……那晚见到你，我就认出了你。可恨……"

他没有说出他恨什么，只是有咬紧牙关的咯咯声传来。

我惨淡一笑，重重地喘了口气，不顾手心是从哪里沾上的黏腻鲜血，紧紧地揪住他的衣衫，哑着嗓子低喊出声："你若……有一分念我相救之情，请……将我带出宫，归葬……宁家祖坟。"

"宁清妩！"他失声惊叫，嗓音嘶哑得像钝刀砍斫着揉搓过的老树皮。

我将心事交代完毕，便松了口气，转动着眼珠，尽力望向闪着些微光明的方向，仿佛看到了辽阔无垠的蔚蓝天空，清澈得像庄碧岚的明净瞳仁。

"这宫墙，困了我三年……我不想，不想……"

我早不想待在这里，我早就想离去。

可我开始被看管着走不了，宫破后虽有机会离开却已无处可去。

兵荒马乱，我怎样才能走到天涯彼端的他的身畔？家破人亡后，他又怎样接受曾经的青梅竹马变成了误他一生的红颜祸水？

所有的话语，终于被堵在嗓子口，再也吐不出半个字。

双眼无力闭上时，滚烫的泪水蓦地倾下。

碧岚，我等不下去了。

请让我，换一个你能轻易找到我的地方，静静地，永远地，等候着吧！

第六章　冷剑霜刀，寂寞芳菲度

梦很长，却无限萧索。

仿若笙歌吹尽，游人散去，只余了狼藉残红，零落成泥，谱成另一支无人哀悼的暮春曲调。

但若只是梦，总有清醒的时候。

身边似有很多人穿梭而过，但所有人都屏声静气，并不曾发出声息。而床边似乎总有同一个人在守护着，沉重的呼吸伴随着我整个的梦境，不论是白天，还是黑夜。

终于从梦境中清醒过来时，我才意识到，原来我并没有死。

不管多艰难，我还是活了下来。

我睁开眼时，看到的是一名侍女满是惊喜的脸，然后便见她退了两步，急急去推伏案而睡的男子："侯爷，侯爷快看，宁姑娘醒了！宁姑娘醒了！"

那男子迅速抬起头来，待与我四目相对，眼底蒙眬的睡意顿时一扫而空，唇边泛出轻淡的笑意，起身便走来，俯下身察看着我的脸色，问道："清妩，觉得怎样？"

正是唐天重。

原来一切都不是梦，包括他救我。

放眼整个皇宫，也的确只有他愿意并有能耐从皇后手中将我带走。

张了张嘴，我才觉唇边干裂得难受，舌尖转动一下，立刻有腥甜的气味传来，而嗓子依旧干得咳都咳不出来，低低喘息着半晌说不出话。

一旁的侍女早捧了一盏羹汤来，笑道："姑娘，喝着润一润吧！"

小匙送到唇边，甜丝丝的，带了熟悉的温软清香。

定一定神，才发现竟是一碗冰糖莲子羹。

唐天重见我迟疑，皱眉道："不喜欢喝么？"

不待我回答，他便已扬一扬手："换一碗别的来，问下太医，要软软的，易消化的。"莲子羹即刻撤下，我才有时间转动思绪，打量着周遭的环境。

陈设得很简洁，桌椅箱柜俱是红木所制，有棱有角，帏幔帐幕以深色为主，得体大方中蕴着不容忽视的威凛气息。

低头看自己，一身洁净小衣俯卧于床，身后的创伤被包得结结实实，虽然还隐隐痛楚着，却已不再尖锐得难以忍受。

一只大手伸了过来，将我散落到前襟的长长黑发捉住，温柔地捻了一捻，才帮我拂到脑后。

"还疼吗？别怕，太医说了，内腑瘀血已清，好好调理，自然会平复过来。"

他低着头凝视我，微凹的眼睛幽黑深沉，依稀可见素常的骄矜冷肃，但此刻却的确正柔和温软着。他的手为我拂过长发后并没有立刻离开，而是搭于我肩头，轻轻地抚摩。

掌心的温暖，陌生而遥远，让我禁不住只想退缩。

"多谢侯爷搭救！待皇上痊愈，必会感谢侯爷今日相救之恩！"我用手腕支起身，一边向后挪了挪身，一边恭身向他道谢。

"你说什么？"唐天重的眸子蓦地收缩，大手如愿地从我肩头抽回。

我转动着目光，望向窗外明亮耀眼的阳光，微笑道："我一定也睡了好久吧？有那么长的时间，皇上龙体也该痊愈了！"

唐天重站起身，冷冷地盯着我，嗤笑："宁清妩，你到这时候，还记挂着你的好皇上？你怎不想想，他若真能护着你，又怎会让你落到这步田地？若非本侯得报，及时赶入熹庆宫中，你在三天前就被扔到乱葬岗了！"

可就是被扔入乱葬岗，还不是拜你所赐？难道还要我心存感激？

"宁清妩也感谢侯爷救命之恩！我既已是后宫昭仪，皇上便是我的夫，我的天。可惜我一介弱女子，身无长物，无以回报，自然冀盼皇上能代为报答了！"我笑了笑，慢慢卧下身来，将头转向内侧，瞑目养神。

身后好久没有动静。

我正猜这个倨傲自负的男人是不是已经离开时，有轻轻的脚步声传来，然后便是侍女低低地相问："侯爷，姑娘像是睡着了，要不要叫她起来吃点东西？"

"太医怎么说？"唐天重的声音居然就在身侧，听来平静和缓。

"太医说，饮食正常了，恢复得会更快些。"

我的肩便又被轻轻地拍了拍："清妩，吃点东西再睡。"

侍女的托盘里，是六样不同的羹汤，龙眼燕窝，种种不一，都是滋补上品，正冒着腾腾的热气。

"要吃哪样？"唐天重微笑着问。

我迟疑了一下，轻声道："冰糖莲子羹。"

唐天重皱眉问侍女："是哪一碗？"

侍女犹豫地望了我一眼，才说道："是……刚被撤下去的那碗。"

唐天重眼底闪过不耐烦，回眸瞪我："既然喜欢吃，刚才怎么不说？"

我轻笑："侯爷见谅。想来想去，还是原来那盏好吃。"

一语双关，暗藏机锋。

他不是笨人，言外之意自然听得懂。他的脸色便沉下来，忽而一拂袖，喝命："端来给她吃！"

他说完，转身走出了房间，顿时让我心神一松，再喝着送过来的莲子羹时，也觉味蕾已经恢复过来，果然香甜得很。

没有心的莲子，不苦。

并未刻意打听，我也很快弄清，其实我并未离开皇宫。

这里是勤政殿，摄政王父子在宫中处理政事的处所。这间房间，正是唐天重本人在宫中的寝室，位于勤政殿西南角，有个很好听的名字，叫赋莲阁。

这个最常出现在我身侧的侍女，也是唐天重的贴身侍女，名唤无双。

连侍女都叫无双，更遑论其本人的傲慢无双了。

想到他居然能对自己堂弟下那样的毒手，即便是他在最后关头救了我一条小命，我也对他全无好感。他到房中来看我时，我不是侧身往里装睡，便是疏远有礼地向他微笑着，打听唐天霄的病况。

到底我的伤势沉重，又有着个名义上的昭仪身份，虽是落入他的掌控之下，他倒也没有像那晚那样对我无礼，只是在我问到唐天霄的病况时，脸色会明显地沉下去，然后一言不发地离去。

我没有向他问起南雅意。

从他日夜出现在勤政殿，便可以想象他对南雅意的冷落。

好在，南雅意和我一样，并不需要他的怜爱和关切。能在深宫大院的一隅，不引人注目地安静生活着，便是我们目前所能冀盼的全部。

虽然没有人告诉我，但从皇后还有心思处置我，勤政殿还能如常地人来人往，我料定唐天霄应该并无大碍。

既然我已是宫中昭仪，他若是无事，我被接回怡清宫，那是早晚的事。即便唐天重位高权重，也不能将一位妃嫔长久扣留在自己身畔，以免惹人非议，坏了自己的名声。

相比这个让我时时不安的康侯，我更希望回到唐天霄身畔。至少他会尽他所能维护我，

并且……由着我安静地活着，等着，等那个可能再也见不到的人。

只是得罪了沈凤仪，日后在宫中想安稳立足，恐怕更不容易了。

唐天重并不善于察言观色，但心思的聪敏机警，并不在唐天霄之下。几度见我面含愁色，便默默走到一边，让无双泡了酽酽的浓茶来，静静地品啜着，许久都一言不发。

而我比他更习惯于沉默，哪怕一整天不说一句话，我也不会觉得寂寞无聊。我只是奇怪，明明听说过，摄政王已将手中大半政务交由这位长子处理，他哪里来的时间整天待在房中，和我这个比哑巴好不了多少的无聊女子相对，静静地品茶，除了彼此的呼吸，什么也听不到。

难道他不会觉得无聊？

身后的创伤渐渐结痂，随之而来的就是肌肤上的刺痒难耐。想来太医早有交代，我虽忍着不说，无双也发觉出不对，每日午后便垂下帏幔，解了我的小衣，为我涂药。

"姑娘觉得舒服些了吗？"无双轻柔地涂着药，笑着告诉我，"这是侯爷让太医院特地配制的良药，不但清凉生肌，而且可消除疤痕。太医说，每日涂擦，伤口恢复后便不会留下痕迹，可以平复如初呢！"

不管唐天重叫人配制这药费了多大的心思，我心中还是觉得很不舒服。

别的倒也罢了，无双给我换药时，他一个大男人，居然大剌剌待在房中并不避嫌离去。纵然隔了帐幔一言不发，也够让人浑身不自在了。

他的霸道和傲慢，实在不是常人可以忍受的。

这日一觉醒来，见窗外一线明光透过，天已大亮，不过轻咳一声，无双已端了热水过来让我洗漱了，只觉神清气爽了许多，连伤口也觉不出疼痛了。

正想着要不要下床去，到窗口透透气时，忽闻轻而沉稳的脚步声传来。不用抬头看，我便能猜到来人必是唐天重。

想散心的兴致一扫而空，我默默闭上眼坐在床上养神。

唐天重已在低声问无双："她醒了？"

隔了随风飘拂的轻淡帏幔，无双看了我一眼，答道："回侯爷，已经洗漱过了，还没有用早膳。像是有点乏，正闭着眼养神呢！"

唐天重点点头，便不再说话，径自走到一边的书案上，翻阅起案上成叠的资料。

我正想着要不要饿着肚子保持沉默时，门外忽然传来朗朗的笑声，伴着年轻人清脆的话语。

"大哥，我就说你怎么几天都不回府，原来传言是真的，大哥真的在勤政殿金屋藏娇呢！"

隔着帐幔，影影绰绰，虽看不清容貌，但尚能看得出，来人是个年纪极轻的少年，身姿挺拔，举手投足有种出身富家的傲气。

这声音很是陌生，我确定以前从未听过。但敢这样不经通传直闯唐天重内室的人屈指可数，他既称他为大哥，多半就是唐天重的弟弟、摄政王唐承朔的次子唐天祺了。

果然，唐天重见了少年进来，慢慢地阖上手边的折子，神色间难得泛起一丝亲近温煦的笑意，问道："二弟，怎么有空跑这里来了？"

唐天祺走到预备给我的早膳跟前，散漫地取过勺子，喝了两口，才道："我能有什么事呢，刚到太后那里玩儿去了。"

"玩腻了，便到我这里玩？"

"看看他们口中的美人到底是怎样的。"

唐天祺说着，毫不避忌地走过来，撩开帏幔望向我。

果然才不过十八九岁的少年，容貌俊秀，一双黑眼睛同样微微凹下，却滴溜溜四处乱转，灵动活跃，和唐天重那身沉着肃杀截然不同。

见我抬眼，唐天祺又笑了起来："大哥，果然是个病美人！西施捧心，我见犹怜啊！"

唐天重走过来，同样看了我一眼。对着他兄弟的那抹温煦笑意尚未散去，他的面色便比寻常和缓许多。

"醒了？"他不动声色地一拉弟弟，将唐天祺拉开，才吩咐道："无双，给宁姑娘预备的早膳呢？"

无双忙应了，端了几样早点茶粥过来，笑道："我也想着姑娘应该饿了。多吃些，恢复得才会快。"

我点点头，默默用着早膳时，但听唐天重已关切地问起唐天祺："太后提到她了？"

"她？"唐天祺的笑声里带了几分调侃和顽皮。

唐天重有些无奈般指了指我，说道："哦，就是她，宁清妩。"

"宁清妩？好名字！我倒是第一次听说她的闺名。父亲和太后提起来时，都说是宁昭仪。"

唐天重显然不愿意认可我这层身份，哼了一声，才道："他们怎么说？"

"还能怎么说？太后怪沈皇后行事唐突，又说你也有些傻了，怎可把后宫妃嫔带入自己住所休养？父亲也皱眉，听口气也怪你这事做得有玷清誉呢！"

他吃吃笑着走近唐天重，靠在他的耳边，但声音依旧清晰地传了过来："我听着这话不对，想着你有个预备才好，所以悄悄溜了下来，先来给你报个信儿。估计不多一会儿，太后或父亲那里，就要有人来说话了。"

话音未了，便听门外有管事太监急急通报："太后娘娘驾到！"

唐天祺一吐舌头，同情地拍了拍兄长的肩膀，嘻嘻笑道："我得藏着了，别让太后知道了是我在传消息。"

唐天重皱眉，低声道："你就避着吧，我来应对。"

唐天祺点头，飞身闪到屏风后，藏好身形；而唐天重却撩开低垂的帏幔，向我吩咐道："记住，太后若要带你走，你便装作伤重无法行动，知道吗？"

我静默地望他一眼，将薄被往上拉了一拉，转动眼珠望向水纹般轻轻漾开的丝幔，再不答话。

唐天重眸光深深地凝望我，声音更和缓了些："清妩，你不会令我失望的，对不对？"

我淡淡地笑："承蒙错爱，清妩惭愧。"

他便散去一身凛冽，松了口气般微微笑着，轻轻放下了丝幔，缓步退出去迎候宣太后。

"天重拜见太后！"

明红霞裳，巍峨凤冠，宣太后扶着宫女的手缓缓踏入房中，温和笑道："哎，自家人，还这么多礼做什么？快起来，咱们坐着说话。"

唐天重引了太后在上首坐了，微笑道："太后，有什么事情把天重叫过去吩咐一声就成，怎么亲自跑来了？"

"还能为什么！"宣太后叹气，"只怪你天霄弟弟太不争气，瞧瞧，病得那样了，心里还牵挂着他的昭仪，和哀家要人呢！"

"昭仪？哪位昭仪？"唐天重摩挲着茶杯，淡淡笑问。

居然一脸的若无其事，好似真的不知道我这个被他藏了七八天的大活人，就是宫中目前唯一的昭仪。

宣太后并不意外，微笑道："还能是谁？不就是那天你从皇后宫里带回来的那个女子？她可是你天霄弟弟心坎上的宝贝，这几日醒了，总和我念叨着，说这丫头心狠，知道他病了，也不去瞧瞧他。我怕他烦心，也不好告诉他皇后失仪，闹了那些事出来，刚和你父亲说着，还是把那丫头接回后宫去，也方便天霄时时见着吧！"

"哦！"唐天重啜了口茶，笑道，"原来太后说的是她呀！上回我将她带出熹庆宫后也向太后禀告过，这女子……当日在我闯宫时曾救过我，所以臣听说后不顾礼仪从皇后宫中将她带出。"

宣太后笑道："皇后这事做得太急躁，说来还亏得重儿留了心，不然霄儿醒来不见了心上人，也不知会闹成什么样！"

隔着帘影，我依稀听得到唐天重的轻笑，带着微微的讥嘲，但向下低垂的眸子，尚能看得出几分尊敬，或者说是忌惮。

"重儿，那宁昭仪呢？"宣太后问着，却抬眼望向我这里，显然早已打听得清清楚楚。

唐天重干笑一声，说道："她……还在臣这里休养。不过皇后似乎一心想置她于死地，棍棒打在了致命之处，微臣将她带回时已经奄奄一息，休养了这些日子，也只刚捡回了一条命而已，目前整日昏睡，不能起坐，只怕……目前不宜挪动。太后，你看，是不是等她伤势略略平复了再由微臣送她回宫？"

"这样啊……"宣太后立起身，已是一脸关切，走了过来。

无双在旁侍奉着，眼见她走到帏幔前，只得为她撩开拂动的轻纱。

我调匀呼吸，静静等着她略略发福的身躯挺得笔直，以皇家最合宜的威势踏入，立刻勉力坐起，就要下床来。

无双立刻抢上前，急急按住我，低声道："宁姑……昭仪，小心身体！"

她倒还没忘记，纵然叫了千百声的宁姑娘，终究我已是嘉和帝的昭仪，而不是可以由着她主人算计的自由身。

太后有着和唐天霄极相类的凤眸，此刻略略一挑，已泛出慈和微笑来："宁昭仪，免礼了！快卧着休息罢！"

"谢太后！"我低眉顺眼，轻轻应了，却依旧跪坐于衾褥间。

太后上下打量着我，拍了拍我的手，笑道："这身体……养得怎样了？"

她的身后，一道目光已迅速转了过来。

惯常的凌厉，却蕴了满是胜券在握的自信，才让弧度冷硬的眼角略显柔和。

不晓得他的自信从何而来。难道他救了我，从此我便该对他感恩戴德，哪怕一切事端由他而起？

可毋庸置疑，这人在不经意间散发的威凛气势，总是令人有些胆寒——仿佛那在战场上飞马杀敌纵横捭阖的霸气，已经深深印入骨髓，连笑容都泛着生杀予夺般的不可一世。

慢慢地绞着手指，我无声无息地拭去手心的汗水，在唇边抿出一丝微笑，低声答道："谢太后关心，我的身体已无大碍，只需静养些时日便可复原。"

那道凌厉的目光，蓦地变得尖锐，仿佛锋利的刀锋，要将我的肌肤生生地割裂。

我一如既往地反应迟钝，对他的惊怒视若无睹，如同任何一个庸碌胆怯自愿屈服于太后威势下的普通宫嫔。

宣太后的眉宇舒展开来，有意无意地向后瞥了一眼，笑道："嗯，这样便好。皇上正记挂着你，哀家还愁着你不方便挪动，让皇上听见了又要心疼。既是这样，咱们待会儿一起回后宫罢！"

我轻声应了："臣妾遵旨。"

"好，好孩子，果然玲珑乖巧，怨不得天霄那样魂牵梦萦。"宣太后轻笑，转头向唐天重道，"天重啊，既然宁昭仪已无大碍，哀家就先将她带回去吧！"

唐天重眼中已不见了方才凛冽的光芒，唇角微微一弯，算是扬起一抹还算恭谨的笑意，缓缓道："太医已经几次说了宁昭仪伤势严重……不过既然宁昭仪说是无碍，微臣也不好拦着。当日从皇后那里将她带出，也是为了保住皇上心上之人，一时从权之计。可到底君臣尊卑有别，久在微臣住所，总是不便。"

他人想说却因种种顾忌不曾说出口的话，倒被他轻易说了出来，反显得他忠心耿耿，日月可鉴了。

我无从猜测宣太后内心的真正想法，但此刻，宣太后的确是笑容可掬，满脸嘉许："哎，我就说你这孩子识大体。若天霄有你一半懂事，哀家也不用这么操心了！"

唐天重微笑："皇上不过年轻贪玩些，论起聪明睿智，只怕远胜微臣，太后多虑了！"

宣太后拍拍唐天重的肩，叹道："这大周的江山啊，说到底，还得你们父子齐心辅助，才能国泰民安，欣欣向荣！至于这些儿女情事，我得好好劝劝皇上，不能让他太任性了！到底，咱们得国事为重啊，对不对？"

唐天重不好回答，含笑送宣太后出门。

而一旁早有侍女过来，半扶半抱，将我送上一架软舆，依旧用薄衾覆了，半卧在舆中。

唐天重自从我表明去意后，直到我被送上软舆，都没有再正眼看我一眼。直到垂下前方锦帘，我才听到他边扶宣太后上凤辇，边笑道："太后，微臣瞧着宁昭仪甚是单薄，为人也庸懦得很，皇上盛宠，如不未雨绸缪，只怕前日之事，未必不会再度发生。"

宣太后含着笑，慈和答道："放心，她既于你有救命之恩，又是后宫昭仪，哀家哪会置之不理？何况如今伤重，哀家会传下懿旨，让她只在怡清宫静养，不必每日去熹庆宫请安。如有急事，可不经通传，直接到德寿宫见我，如何？"

唐天重笑道："太后安排得自是妥当。"

软舆缓缓而行，一路轻轻地晃悠，幅度很小，依旧能让我阵阵地头晕目眩。

唐天重并不是不生气，但他居然还记得向太后要了承诺，让我可以一时无虞。

在我明确以行动表达我的不领情时，我曾认为以他的自负骄狂，应该会在挫伤中恼恨我才对。他虽残忍无情，甚至称得上刻薄寡恩，却绝不想置我于死地。

怡清宫内少了主人，这温暖的初夏，莫名地便多了些凄恻森凉。宣太后那边送我过来的宫女扶了我下软舆时，一阵冷风吹过，百年老榕枝摇叶动，绿意苍浓，让我禁不住抱了抱肩。

"昭仪娘娘冷吗？"宫女急急找衣物给我披时，宫内已一阵骚动，凝霜、沁月率先跑了出来。

"娘娘，娘娘……"

凝霜已抢着将一件浅杏色薄锦披风搭到我肩上，小心扶我入宫，见我步履趔趄，手上忙加了力，和沁月一左一右扶着，白着脸差点掉下泪来。

她们两个本是唐天霄派出照顾南雅意的心腹，撇开如今的主仆身份不提，单论这几个月朝夕相处的情意也是不薄。想来我出事后，她们暗中着急奔走，也不知费了多少心力，落了多少泪水。

勉强挺直了身，我向她们轻轻一笑："我没事，这不是好端端回来了？"

沁月瞪着我，拖着哭腔道："娘娘，这还叫好好的啊？那皇后……"

我握了握她扶住我的手臂，沁月立时噤声。她望了眼送我过来的德寿宫宫女，已堆上笑说道："幸亏太后娘娘慈爱，一心护着我们昭仪娘娘。"

怡清宫中的其他宫女也迎了出来扶我，有一个激动的，走到门槛处时居然绊了一跤，差点摔倒。

平时我待这些下人不薄，他们待我倒也是颇见真心。而我曾经救过的那个男人，那个自认为很喜欢我的男人，却在我的宫中毒害唐天霄，不惜将我卷入他们的皇权之争中。

不管他是不是因为唐天霄纳我为嫔，不管他后来是不是救了我并尽量加以弥补，在我看来，这种悖逆无情的举动都是不可原谅的。

向凝霜使了个眼色，凝霜立时会意，让别的宫女过来照顾我，自己已跑去拿了两锭银子，悄悄塞给送我回来的德寿宫宫女，赔笑道："姐姐，辛苦了！"

两名宫女相视一笑，答道："昭仪娘娘仁德宽厚，相信大难不死，必有后福！"

眼看着他们送走了德寿宫宫女，我强撑着的一口气便支持不住，胸腹间阵阵疼痛，知道外伤无大碍，内腑伤势却沉重，也不敢再勉强自己，懒懒地卧到床上便陷入沉睡。

周围依旧沉寂，除了轻细的脚步，听不到一个人说话。傍晚醒来时一眼看到了无双侍立床侧，立时让我惊诧。

揉揉眼睛，确定那温和微笑的宫女果然就是赋莲阁那位唐天重的心腹侍女时，我有点怀疑太后带我回怡清宫是不是我的大梦一场了。

"无双？"

我惊疑不定地四下打量，分明又是身在自己的怡清宫卧房之中。

服侍我几日，这丫头倒也能猜测几分我的心事，忙笑道："宁姑娘，侯爷说我服侍姑娘惯了，姑娘哪里伤了疼了我最清楚，因此和文书房管事说了，将我调拨来服侍姑娘。"

服侍？抑或监视？

想起他那等毫不容情的虎狼手段，我大是头疼，却不好说出，淡淡谢了康侯好意，又笑道："无双，这里是后宫，人来人往的，不抵侯爷那里安静，还是称我昭仪比较妥当。"

她乖觉地望了我一眼，立刻应道："是，昭仪娘娘。"

我点头微笑，只盼她能辗转把我的话传到唐天重耳中，也好让他清醒意识到，罗敷有夫，并且无意他人，并非他的小恩小惠所能收买。

趁着她不在时，我又叫来凝霜、沁月悄悄叮嘱，对无双务要恭敬有加，不可礼数或缺；但提及皇上或南雅意与康侯的恩怨务必小心，万不能在她跟前露半点口风。

不管唐天重是何居心，他总是我目前不得不提防的人物，并且得罪不起。

奉了太后口谕，因伤重不必去慈寿宫或熹庆宫请安，我的生活也一下子清静许多，仿佛一夕之间又回到了静宜院那种与世隔绝的冷宫生活。

可惜，少了个南雅意，多了个无双，更因为如今身份的特殊不得不多几分眼观四处耳听八方的机警。

无双将唐天重特地配的良药随身带了过来，又命太医每天两次过来请断诊治，我伤势恢复得倒是很快。悄悄让凝霜去找靳七，打听唐天霄的状况时，果然如我所料，经了太医的抢救，所中之毒已无大碍，只是身体受创甚是严重，连着发了好多日的高烧，清醒过来后便急急询问我的情况，并让太后设法将我从唐天重手中带回。

皇后沈凤仪并没有因为我的事而受到太多责难。

听说，唯一给过她脸色的，只有康侯唐天重。

当日他忽然冲到熹庆宫中，未见皇后，便冲入庑殿将我从杖下救出，抱在怀里便往宫外冲去。

沈凤仪又惊又怒，匆忙奔出来时，却被唐天重沉着脸一通怒斥，直指她明为杖责，实欲杖杀，枉为一国国母，却无半分容人之量，把这沈皇后气得脸色惨白，半天说不出话来，竟由得他大摇大摆将我带出熹庆宫。

想来沈凤仪虽是骄狂，却怎么也没法与早已精于权术、并在朝堂苦心经营了多少年的唐天重相比。何况只她一人想杀我，宣太后和唐天霄却绝不会同意过早弃了我这个好用的棋子，绝不会帮她。

两方都不讨好，她又能和谁说理去？竟是给这位名义上的臣子白白骂了一场，一口闷气憋在心里，居然也说病了，天天请了太医在调理。

唐天霄病势略瘥，并没有立刻过来看我，而是先行安慰他愤郁成病的皇后去了。

从各方的权力制衡来讲，他这一着当然是走对了。

沈凤仪母族是大周实力派将领之首，本来便夹于太后和摄政王这两位大周实际当权者中间，但唐天重不顾君臣礼仪责骂皇后之后，未必不会让沈家对摄政王一系心生芥蒂。唐天霄趁势拉拢，正可收到事半功倍之效。

唐天重狠毒，唐天霄也不弱。

这君臣兄弟权势之争，才不过刚刚开始，说不准什么时候便火星迸溅，将周围的人烧得死无葬身之地。

因不想无双发觉凝霜和沁月是唐天霄的心腹，这些日子，除了她们，我又故意地从其他宫女中选了两个过来，也在贴身服侍。

其中一位叫九儿的，就是那日见我回来赶出门来瞧时差点摔倒的那宫女，无聊时闲话家常，才发现她原来也是南楚皇宫的一名宫女。

"昭仪娘娘第一次进宫时奴婢就见到啦，那个漂亮啊……"她那对大眼睛又黑又亮，骨碌碌地转着，得空儿便比手画脚地向凝霜等人说着，"当时宫里传说着杜太后的姨侄女要进宫，秦妃娘娘特地带我边散步边去瞧，就见宁大小姐在侍女陪伴下，一路笑着一路采着花儿编花环。杜太后派出迎接的宫女提醒她，到了熹庆宫地界了，当时的赵皇后最不喜宫人动她宫内外的花儿柳儿。可宁大小姐才不管，一路蹦蹦跳跳，把那柳枝儿折得一地都是，串了好几个花环，自己头上戴了一个，遇到我们秦妃娘娘也送了一个，还准备带一个给杜太后。"

凝霜诧异道："啊，昭仪当年很喜欢笑？还串花环？"

沁月半歪着脑袋听着，不时望望我，又望望九儿，显然不信那说的是我。

"那是……"九儿笑道，"赵皇后当时气恼，还出来责怪宁大小姐，宁大小姐把花环在头发上转来转去，嘻嘻笑着说皇后太小气，几朵花儿也和表妹计较。把个皇后说得哭笑不得，正好皇上……嗯，就是现在的南昏侯过来，还预备去告状，结果南昏侯一见面就大赞宁大小姐天真可爱，不许赵后欺负她……"

天真可爱……

我懒懒地倚在枕上，怅惘。

别说屋中一时寂静，连我自己也没办法把这种形容与我现在枯如槁木的生活状态联系在一起。

九儿咯咯地笑着，待觉得别人都没在笑时，才慢慢住了声，偌大的眼珠子转来转去，半天才勉强弯起唇，问道："怎……怎么了？我说错什么了？"

我微笑道："没说错什么。那时还是小孩子呢，不知天高地厚。"

九儿便掰着指头算："也没多长时间吧，三年多一点吧，那一年春天的时候昭仪进的宫，记得那时海棠花开得可漂亮了，皇上……嗯，南昏侯当时还给宁大小姐画了一幅画，就是站在海棠花下的。"

恍如前尘旧梦，可我还是记得的。

"只恐夜深花睡去，故烧高烛照红妆。"那画上的题词，曾让庄碧岚蹙眉，并劝我尽量别出德寿宫，少和这位南楚至尊无上的表兄接触。

果然，海棠谢后，便是春归时节。

纵曾歌金缕，舞霓裳，掩不去花雨零落后的惨淡失色。

一切无可挽回。

"笃，笃，笃……"

低而有节奏的声音，缓缓在房中回响，却是无双正在捣着某种玉屑，据说有祛除疤痕的奇效。

可无双的神思显然不在手中的药杵上。

她明明正疑惑地望着我，可神色里却有几分了然的同情。

而我只是淡然一笑。

唐天霄在熹庆宫住了两晚，第三日才到怡清宫来。

其时我已能下床走动，正穿着淡蓝色小衣，披了件素白荷叶翻边的披风，出神地倚窗而坐。

他走过来，向外张望了一下，随意地将手搭我肩上，亲热地摩挲两下，笑道："真不该让你搬这里来住。静宜院好歹还有些梨花桃花可以看看，这院子里瞧来瞧去，都是这么株老榕树，就是搬些牡丹芍药过来，也给压得显不出艳色来。"

我微笑，打量着他道："皇上调养得看来不错，臣妾也就放心了。"

除了略显清瘦些，他的确看不出大病初愈的模样。一身家常的淡黄长袍，含笑斜挑的凤眸，懒散不羁的举止，看不出一点被人暗算后的恼恨羞怒。

他也正关注着我，拍了拍我的头，笑道："你以为朕是你们这些娇滴滴的女孩儿？你瞧瞧你，风吹大些可以给刮窗外去了！说那唐天重怎么怎么照顾你，朕看着也寻常，虚弱成了这个样子！"

抬头见无双等人均已避开，我自嘲一笑："皇上，所谓弱肉强食，既然当了一枚棋子，粉身碎骨化为齑粉都是意料中事，能捡回一条贱命，臣妾已属万幸，还敢奢求其他？"

"你？命贱？"

唐天霄哈哈大笑，走到桌边，端起茶盏来欲喝，又似乎感觉不够尽兴，随手将茶水甩落地面，高高提过一旁的酒壶，竟就在那茶盏中满满斟了，凑到唇边一饮而尽，才畅快地吐了口气。

我笑道："皇上，不怕酒中又给人做了手脚？"

唐天霄又倒了一盏，这次却缓缓地摇晃着，小口地啜着，慢慢道："朕就想着，是不是该多谢咱们那只美丽的大公鸡呢？这一次，应该没有人会在这里向朕下毒手了吧？有我们宁昭仪在，怡清宫只怕已是整个大周皇宫最安全的地方。"

言外之意，经了此事，这兄弟二人的皇权争斗，已经更趋激烈，甚至随时可能找机会置对方于死地？而唐天重会因顾忌着我，从此不敢在怡清宫再对他下毒手？

这么瞧来，我的命还真不贱。

我轻轻一叹："皇上，我只求片瓦遮身，安然度日。"

唐天霄瞧也不瞧我一眼，不以为然地说道："朕还想做一介布衣，每日里山水逍遥呢！身在是非门，还想免做是非人？"

他还想用我去招惹什么是非？

我站起身来，问道："皇上不累吗？"

唐天霄笑道："朕不累。游戏才刚开始。"

我淡淡道："皇上不累，臣妾却累了。皇上一个人饮酒看榕树吧，臣妾不奉陪了！"敛衽略施一礼，我转身走向卧榻，垂下素色轻幔。

唐天霄怔了怔，恨恨道："你这丫头，身子弱了，脾气倒是见长！怪不得把我们公鸡皇后气得快吐血。"

我向内而卧，再不答理半句。

而唐天霄居然没给我气跑，一个人在外逍遥自在地饮着酒，晚间又传了晚膳，用留宿在怡清宫的实际行动，向外人昭示宁昭仪圣眷正隆了。

也许，他只想向唐天重一人宣告而已。

却足以让天下人俱知，大周帝后琴瑟和谐，但后宫中最得宠爱的，却是怡清宫的昭仪宁氏。

第七章　重赋旧词，往事如天远

　　太后与摄政王两系的明争暗斗由来已久，但二人自武帝唐承元驾崩后，在共掌朝政时早已形成某种默契，面临重大政事始终能保持政见一致，才能维持着某种微妙的平衡，一步步将大周带到如今的昌盛繁荣。

　　可今年入春以来，摄政王因攻入瑞都时引起旧年伤疾发作，精神越发不济，将越来越多的政务交给长子唐天重。唐天重行事雷厉风行，稳重里透出霸气。而太后同样笑里藏刀，不动声色地安排着自己一系的重臣尽力辅助唐天霄。

　　唐天霄被下毒后，宣太后自是猜得到谁在暗中动了手脚，却只对外宣布皇帝偶染风寒，再不许提一毒字，连带我被杖责之事，也成了妃嫔间争风吃醋的小事了。

　　但这样的风声鹤唳之下，许多大周臣子当然看得出其中奥妙，无不暗中掂量着自己在这变幻莫测的政局里所处的位置，为自己难卜的前程惴惴不安。

　　我虽一度被卷入这场漩涡之中，但从此得以养伤为名，和原来一样深居简出，又倚着太后的旨意，绝足于熹庆宫，朝堂风雨再骤，皇后怨言再多，一时倒也与我无关，也算因祸得福。

　　唐天霄吃了一次大亏，更不打算对唐天重容让半分，每日嬉笑间的犀利锋芒，实在难以让我视若无睹。

　　好在他虽是万乘之尊，在我跟前倒还没拿过半分帝王的架势，素常在宫人跟前，不过叫我泡杯清茶，弹支曲儿，亲亲热热地调笑几句；夜间依旧共处一室，我睡床上，他睡软榻，各不相扰。

　　我受伤后身体虚弱了些，夜间睡得比以往沉了许多，便没注意到他是不是又曾半夜起身，收敛了白天的轻浮笑容喝着闷酒。倒是有一次，睡梦里恍惚觉出身边有人，睁开蒙眬睡眼时，正见轻帏飘拂，他挺拔的身形刚刚自床畔离去。

而身上的衾被，已被盖得严严实实，被角依稀有着男子宽大手掌按下的痕迹。

将锦衾捂得更紧些，我一时也不太敢相信，像这样在深宫之中娇养长大的少年帝王，也能有这样细致的时刻，居然记得分心来照顾别人。

他到底还念着和南雅意的旧情吧？

只是经历了愈多，最深处的心思已经越来越不愿吐露了吧？

窗外，月光清淡，迷蒙的树影投于浅碧的窗纱，摇曳得像那一年莲池中朦胧漾着的水影。

窗内，烛影摇红，轻纱漫笼，一声两声低不可闻的叹息传来，分不清到底在梦中，还是在现实。

天气转热，我便叫人搬了张竹榻到榕树下，懒懒地倚住，慢慢地绣着一只香囊。

无双和沁月挪了张小几过来，笑道："昭仪，养得才好些，别做那些细致活儿，小心伤了眼睛。"

"怪无聊的，做些针线活消遣消遣。"我抬起头，阳光隔了密密的枝叶透入，灿金耀眼，倒也甚觉恬适，并觉不出炎热来。

无双笑道："这香囊做得精致，想来刺绣更耗心神，不如先放一放，等好些了再继续绣吧！你看这天气正好，奴婢去把琴搬来，昭仪弹会儿琴可好？"

九儿正捧了一大捧不知从哪里采来的花儿过来，笑着说道："可不是！昭仪最精音律，弹琴吹笛又可怡情养性，何必费神做这个？昭仪要用时，九儿明天给昭仪做上十个八个。"

我摇头，看一眼粉墙碧瓦的宫墙，说道："安静在宫中待着吧，别去惹人厌烦。你也是，这些花儿草儿从哪里采的？别惹出事端来。"

九儿闻言便瞪向了熹庆宫的方向，恨恨道："昭仪怕她做甚？如今大周内外，谁不知昭仪宠擅专房，连太后都护着。那边敢再无故找昭仪麻烦，真的不怕皇上翻脸？还真以为自己多得宠呢，也不瞧瞧……"

"九儿闭嘴！"凝霜从九儿手中取走花束，已低声叱责。

无双笑道："童言无忌。"

沁月却做了个噤声的手势："当心祸从口出，别忘了，上回就是咱们自己宫里的人跑到皇后那里告的状！"

无双转动着眼珠，叹道："是啊，可惜那小宫女给皇后带走了，不见了踪影。要不然倒可以问一问，那只丢了的玉盏，是不是给她偷了去，有意陷害咱们昭仪来着。"

九儿不敢再高声，看着院里没有粗使的宫女在，才轻声嘀咕："姐姐也说了，不过是个小宫女而已，哪里来的胆子陷害咱们昭仪，还不是……"

"把那栀子花插我房里那只大口青花瓟里吧，那颜色看着安静。只是放远一点，香气太浓郁了，闻着也不舒适。"

我打断了九儿的话头，继续埋头做针线，心里却有些疑惑起来。

宣太后有意封锁唐天霄中毒之事，酒盏丢了的事，除了皇后宫中的人，和我近身的凝霜、沁月，其他人都知之不详，顶多听说了我被杖责和怡清宫的宫女告发有关。无双是唐天霄的心腹侍女，自有她的渠道得到较详细的消息。可她应该也知道，那毒正是她家的好侯爷下的，现在怎又话藏锋芒，暗指另有他人在陷害我？

可这皇宫之中，想置我于死地的，无非妒嫉我得宠的沈皇后而已；可沈皇后再怎么愚蠢，也不会拿唐天霄的性命做赌注。毕竟，唐天霄是她依托终身并可以因此尊贵无比嚣张跋扈的最大凭恃。

微一分神，指腹已被针尖扎着，一颗鲜红的血珠刺痛中凝结出来。

"怎会这么不小心？"

耳边传来熟悉的笑语，没等我抬头，手指已被提起，飞快包入一团湿润的温暖中。

竟是唐天霄，于猝不及防间抓了我的手，将受伤的手指含入口中。

"皇上！"我惊叫，急忙缩回手，举目四望，几名侍女的裙摆正悄悄自院中抽离。

唐天霄倚在我榻边坐下，弯着凤眸眯眯笑："难得闻到你这里有花香，一定不是你采的吧？没事也该出去走走，闷坏了朕可就心疼了！"

我拿丝帕擦着手指，苦笑道："皇上该心疼的人多呢，没必要把我算进去。"

唐天霄盯着我的动作，笑容仿佛凝固了片刻，才又缓缓漾了开去："清妩，你嫌朕脏了你的手？"

我一怔，才觉得自己不断用力拭着手指的动作有点夸张了。

虽然他偶尔举止轻浮了些，但每夜一室相处，如果真的有了什么不良念头，论地位，论身手，都不是我所能抵抗得了的。

纨绔庸碌的外表下，他无疑还算是个正人君子。

何况，他还是南雅意依旧满怀冀望的心上人，也是我可以安然度过余生的唯一希望。

至于其他……已不敢去想。

勉强弯了弯唇，我别过脸笑道："皇上说笑了，谁敢嫌皇上脏？"

唐天霄淡然一笑："你敢！你嘴里不说，心里大约没什么不敢的事！"

我默然。

连刺杀他的事都敢做，在他看来，也的确没有我不敢做的事了。

他倒也没有追究下去，半揽着我肩膀抓过我手中的香囊，很快转移开话题："咦，这香囊做得好精致！绣的什么？莲花？"

的确是莲花。

莲畔的记忆总是深刻，连刺绣时也只想着流溢少时流光的碧叶和沾惹清脆笑语的粉莲，不知不觉便拈住了颜色相近的丝线。

微微侧着身，我并没有挣脱开他搭在肩上的手掌。

宫院敞朗，再不知在我看不到的某处，有没有什么人暗中窥视着他和我之间的一举一动。我不好拒绝得太明显。谅他不过少年淘气，并没什么恶意，我只得低头取过他手中的香囊，说道："嗯，莲花。再过些日子，莲花也该开了吧？"

唐天霄凝注半晌，笑道："看你这针线走势，绣的是并蒂莲？这式样也别致，做好了送给朕吧！"

我怔了怔，微笑道："我这个只是病里做着玩玩的，难免粗糙，皇上想要，等我完全好了，再给皇上做个好的吧！"

阳光仿佛暗了一暗，让我不由得抬起头。榕荫下透过的光线分明还是原来的清亮，细细筛下的光影落在唐天霄的面庞，白皙里有斑驳光影交错，看来有几分不曾见过的阴晴不定。

我站起身，对着天空仔细打量着香囊，将声音放得更低缓些，不经意般笑道："我的针脚还是粗了些，雅意的女红，那才叫精细呢！别的不说，皇上只看她给你编的那鸳鸯戏水缨穗，真的一点点瑕疵都挑不出来。"

唐天霄也正望着我抬起手的方向，可这时目光悠远，绝对不是在看香囊了。

他的手不知不觉地伸向腰间，抚向九龙玉佩上的橙黄缨穗，悠悠道："不错，雅意……有才有貌，性情又好……唐天重，当真糟蹋她了！"

他同样顾忌着墙外有耳，最后一句嗓音极低，并不让第三人听到，却又极沉，像突然被树荫的暗影笼压住，连修长的身躯都挺立得艰难。

待得说完，他才退了一步，舒了口气般甩了甩手，像是立时摆脱了那种暗影，微微地笑了起来："朕正要去御书房，只是顺道过来看看你。几天没去熹庆宫，朕也怪想咱们那母仪天下的沈皇后了，今晚就不过来了。你早些休息，别太辛苦了。"

他拈过一朵掉落在小几上的洁白栀子花，在鼻尖嗅了嗅，脸上的笑容才重新灿烂起来，居然哼着一支曲儿，逍逍遥遥地走了出去。

曲调很熟悉，正是他中毒那天我所吹的那支《玉楼春》。

被人暗算成那样，倒也不见他有什么杯弓蛇影的畏惧和警惕，我不知该赞赏他心胸宽广、性情洒脱，还是该可怜他出身帝王家，不得不在千重心机中练就笑面风云，水火不侵。

傍晚时无双又亲手熬了药，盛了送到我跟前，用银勺轻轻地搅动着，笑道："昭仪，再吃几帖，应该就可以痊愈了。"

"早就没事了，是侯爷多虑了。"我微笑着接过，"我瞧着康侯身边，就你最得力，

想来他把你拨过来，一定也不习惯。不如我改天和文书房管事说一声，还让你去勤政殿服侍候爷？"

无双低了眉眼，轻声道："昭仪是嫌无双服侍得不好，要赶我回去？"

"当然不会。可君子不夺人所好，将心比心而已。像服侍惯我的沁月她们，如果有一天不在眼前，我也会牵挂。"

啜几口药，仿佛比以前更苦了些，想来是身体恢复了，舌蕾的味觉也随之恢复，每一丝酸甜苦辣渐渐变得格外清晰。

无双服侍得很周到，也很有眼色，我对唐天重明里尊重，暗里提防，她不是看不出。来到怡清宫这些日子，她每天端来给我喝的药碗里，都会放上一把银质的勺子，并在有太医请脉时取来剩余的药汁，让太医辨别火候是否恰当。

——无非也知晓前次的事逃脱不了嫌疑，想为自己和自己的主人开脱撇清，以示并无害我之心而已。

我也不去点破。

毕竟她兢兢业业，全心在帮我复原身体。和康侯唐天重撕破脸皮，对我更是有百害而无一利。

只是明明清楚唐天重的居心，还把他的心腹之人留在身边，让她时时刻刻报告我的一言一行，光想着就能让我忐忑不安，如坐针毡。

可无双显然不想离开，她一边为我预备着糖水，一边笑道："侯爷记挂着昭仪当年的相救之恩，不让奴婢服侍着，他才心里不安呢！"

我淡淡一笑，一口接一口吞咽着苦涩发酸的药汁，慢慢道："那么，有空回去看望侯爷时，代我致谢吧！"

无双笑得不见得真诚，而我说得同样言不由衷。

最是无情帝王家。

一个半分不念手足之情对自己堂弟也能下毒手的男人，我还能指望他真有什么情深义重？

即便曾有过所谓的一见钟情，早晚也会淹没在无休无止的争权夺势中。

对于醉心权势的男人来说，美人不过是江山的点缀。

连唐天霄都可以牺牲南雅意，何况唐天重之于我。

无双见我喝完，忙将糖水递来。

我尝了一口，舌尖依旧是拖转不动的涩滞挥之不动，轻声叹道："苦就是苦，再多的糖，也盖不去苦味。"

无双有些尴尬，垂手侍立到一旁，再不说话。

九儿却跑过来，递过来一个纸包，笑嘻嘻道："昭仪，我闲着没事，按江南的老方子煮了些梨膏糖，刚凝结了，我尝了一块，味道很不错，清凉凉，甜丝丝，昭仪要不要试试？"

我无心无绪，正想推开她时，无意往她手中纸包一瞥，心跳蓦地漏掉一拍，忙将纸包接过，望向九儿。

九儿也正盯着我，骨碌碌乱转的大眼睛里隐约有些惊乱，不像素常那般明净清澈。她干咳几声，取了一块送到我唇边，嘴角的笑容才自然了许多："来，昭仪吃一块尝尝！"

我含住那梨膏糖，盯着纸包一角的两行字，同样尝不出什么清凉凉甜丝丝的味道，倒是不知从哪里爬出的酸意直冲眼眶。

错觉么？巧合么？

包着梨膏糖的油纸上端，端端正正写了一行字："相思似海深，旧事如天远。"

相思似海深，旧事如天远。泪滴千千万万行，更使人，愁肠断。
要见无因见，拼了终难拼。若是前生未有缘，待重结，来生愿。

分别很久以后，我曾托人送了这阕词给庄碧岚，但一去便是断线的风筝，杳然无踪。

我曾猜着这阕词并没能到庄碧岚手中，或者，庄碧岚虽然收到了词，却在伤心之余不愿再给我只言片字的回复。

时日久了，我有时甚至回忆不起完整的词句来，只有很轻很轻的《卜算子》旋律，会在不经意间萦在耳边。

相思似海深，旧事如天远。

那新鲜的墨迹，让我一时如在梦中，唇角颤动片刻，抬眼望向九儿，正要说话时，九儿已俯下身，笑问道："昭仪，甜吗？"

她的身体，刚好挡住了无双的视线。而她的眼底微见湿润，连颊边的梨涡都失去了原来的轻灵。

"甜！"我收敛起所有的心酸和心慌，若无其事地将整包梨膏糖接过来，慢慢说道，"终于……有点甜味儿了！"

九儿便捂着嘴咯咯地笑起来："昭仪如果喜欢，我明天再煮些。横竖这玩意儿益气润肺，吃不坏人。"

"傻丫头，这个能当饭吃？这么多已足够了！"

我心不在焉地又拈了一块在口中慢慢尝着，只作困倦了，闭了闭眼，笑道："这会儿倒有些困了。大约身体还没全好，做点针线活都腰酸背疼。九儿，帮我揉一揉肩，我打个盹。"

九儿应了，我便坐到一边软榻上，阖了眼只作困倦，只让九儿在一旁服侍。无双、凝霜等人见我果然困了，很快蹑着手脚，陆续退开。

九儿按捏我肩膀，动作越来越轻，有几缕细发拂到我面颊，让我可以猜到她低头查看我动静时的犹疑。

我沉默地调匀着呼吸，等着九儿先开口。

九儿重重地吐了口气，才以一种轻松得不自然的口吻低声笑道："昭仪，你睡着了么？"

我并不睁眼，懒懒道："哦，快睡着了……"

九儿声音更轻，低低的一线，带着温热的气息扑在耳边："昭仪，庄公子已经入宫，想要见你一面。"

庄……

周围忽然沉寂，连我自己的呼吸声也听不到了。

脑中，眼前，分明只剩了素衣少年明净的微笑，漆黑的双眼，那样温柔地呼唤，妩儿，妩儿……

嗓间哽了好一会儿，我才睁开眼，盯着九儿，低沉喝问："谁派你来试探我的？就那么一心想置我于死地？"

杳无音讯那么多年的庄碧岚，忽然出现在皇宫要见我？

庄家父子占据西南交州，倚仗地利人和，自成一国，是南楚的心腹大患，何尝不是大周的眼中之钉？九儿一个小小宫女，怎么有胆子和庄氏有所牵扯，甚至敢为庄氏少主人和皇宫妃嫔牵线搭桥？

不论是太后，还是摄政王，处置起这样的叛逆来，都会株连九族，斩草除根，绝不手软。

九儿见我冷着脸，立时慌了，忙跪倒在地，连连叩首道："昭仪，九儿不敢，九儿不敢！九儿不是谁的奸细，只是九儿有个表哥，是当年庄大将军的部下，前天忽然找过来，问我宁昭仪的闺名，是不是清妩，是不是当年杜太后的侄女，然后……然后就请我务必帮忙了……"

她觑着我的脸色，小心道："我下午说是去采花，其实……就是见表哥去了。庄公子……在午时侍卫交班时已经混入宫中。我虽没见过几次面，但庄公子那身形气度，本就让人一见难忘，我一眼认出了是他，才敢过来和昭仪说这话。"

我盯着她，双手按紧软榻，僵着声音吐字："你见到了庄碧岚？有何凭证？"

"有！"九儿慌忙从怀中掏出一物，说道，"纸包上的那句诗，是庄公子送我这个时念的。九儿还认得几个字，所以就写了下来。昭仪聪慧，自然明白庄公子心意。"

洁白的丝帕展开，一把式样精致的桃木小梳子赫然在目。精致的雕工，折枝莲花将绽未绽，花纹蜿蜒灵秀，梳脊已被抚摩得光亮，梳齿却还齐整，一根未损。

最后一次见到庄碧岚时，他正被锁于镣铐中，凌乱着黑发站在昏暗的一角。我说我要为他梳理发髻，其实仅想隔着铁栏离他近些，更近些，看清他熟悉的面容，触着他熟悉的温暖。

第七章 重赋旧词，往事如天远

81

可他到底独立于迷离的光影间，不肯再靠近一步。

我只得临走前，将自己随身的桃木小梳放在地上，希望他就是在狱中，也能是我心中那个整洁秀逸的碧岚哥哥。

手指颤动了许久，指骨一屈，桃木小梳猛地攥在手中，尖锐的木齿扎入肌肤，有深深的血印，却觉不出半点疼意。

"昭仪……"

九儿不安地低喊。

"他……在哪？"

吐字出口，我才惊觉嗓音过于嘶哑，用尽力气喊出的这句话，依然给深深地掐在喉嗓口，沉闷得连胸腔都给憋得疼痛。

"静宜院。"九儿轻声道，"自从康侯夫人和昭仪搬出来后，那里就空了。九儿大胆，午后把留着的两个粗使宫女叫来我们后院帮忙了，庄公子……从那时候便藏身在那里了……"

心里仿佛有什么被打碎了，分不出的酸甜苦辣，不知从哪里翻涌上来，说不出的味道。本来快要停滞的血液忽然间炙热起来，沸水般迅速在经脉中奔涌。

庄碧岚……

那个我一直等着的少年，那个我以为再也不会出现，永远只能在梦中相拥的少年，就在静宜院？

就在我曾经在那里安静度过好几个月时光的静宜院？

与我近在咫尺，触手可及！

我恍如梦中，只是凭着本能，立刻从榻上坐起，飞快地冲向门外。

"昭仪，昭仪……"九儿紧赶我两步，终于拽着我衣带，慌忙拉紧我，急急低唤，"昭仪，时辰尚早，恐怕……恐怕这时候去不合适……"

脑中仿佛清醒了片刻，又仿佛还在浑沌着，眼前俱是雾茫茫的一片，什么也看不清晰。

不合适……

我们分别了那么久，忽然听到了他的消息，忽然知晓了他并没有忘了我，甚至已来到了我身边，我依然听到了这么一句，不合适……

"昭仪，冒失行事，会害了庄公子！"

会害了庄公子！

手脚僵硬着仿佛失了知觉，却在忽然间站也站不住，仿若发出了低低的一声呻吟，我的身体直往下坠去。

九儿急急扶紧我，连抱带拉把我扶回软榻上坐住，捡起不知什么时候被我拖曳到了地上的薄衾半覆到我身上，又摸了摸我的手，焦急道："昭仪，你……你冷静些，好吗？"

冷静，我当然要冷静。

第七章 重赋旧词，往事如天远

九儿正紧紧握着我的手，手掌上的温度烫得怕人。

或许，是因为我太凉，凉得仿佛刚从冰水里捞出来，僵冻得快要失去知觉。

"我没事。"我仰起脸，居然还能扬起唇角，笑着向九儿道，"他的行踪，并没有其他人发现，对不对？我等入夜后再去找他，他还会等在那里，对不对？"

"是，庄公子一定会等着你。他冒险潜入瑞都，就是为了接昭仪离开。"

九儿回答得很肯定，而我也仿佛在她肯定的回答里松了口气。

他当然会等着我。

就像我每次和他相约，他总会提前片刻在那里等着，即使我去得晚了，他也不会着急，总是那样持一卷书，或携一支笛，悠然地倚石而坐，或临水而立，静静地等着我。

无力地卧回软榻，我静静地笑了。

三年，我到底等到了他。

九儿却落下泪来，小心地用丝帕拂上我面颊。

大团的湿意顷刻氤氲开来，沿着精致的丝线纵横蔓延。

却有庄碧岚温润清新的气息，像夏日荡过一池碧水的荷风，缓缓沁入肺腑。

入夜时分，我终于镇静下来，至少，能在相处已久的凝霜、沁月跟前，也不流露一丝异样，照常地用过晚膳，让沁月多点了两盏灯，继续做白天的那只香囊。

无双笑道："昭仪，不如到院子里走动走动，消消食。灯再亮也不抵白天，这病里熬坏了眼睛可就不好了。"

九儿吃吃地笑："无双姐姐，等咱们昭仪病好了，你可以去当个女太医了！什么养生之道都给学会了呢！"

无双便不再说话，转头去看凝霜等人挑布料，却在商议着要做件颜色鲜艳式样简洁些的衣裳，端午节时去德寿宫请安时，能既不显得过分招摇，又不致被其他妃嫔讽为刻意寒酸，有失国体。

我由得她们说着，一针一线地继续绣着香囊。

针脚依旧匀细，在明黄的灯光下熠熠生辉，很快便见那紫茎芰荷之上，一对并蒂莲花若含笑靥，盈盈可爱，栩栩如生。

本不过借此打发打发时间，也免了分心去想依旧藏身于静宜院的庄碧岚，让人看出破绽来。想我不曾刺绣，手法早已生疏，原以为一定绣不出莲花该有的神采来，不想境由心生，居然很是精巧，比起当年的手艺，倒多了几分娴雅出众的妩媚风情。

沁月等人见我绣完，过来观看时，无不大加赞赏，大约也多少知道白天唐天霄曾对这香囊很感兴趣的事，凑趣儿说道："若皇上见了这香囊，一定喜欢。到时更不知怎样称赞昭仪心灵手巧呢！"

无双却站在一旁不语，好久才笑道："康侯对昭仪很是欣赏，如果昭仪闲了，也帮他绣上一两件爱物，康侯一定欢喜。"

凝霜正取了白芷、川芎、苏合、薄荷等香料，配着从太医院特地取来的雄黄粉，一并装入香囊，正应着端午节下佩戴香包以镇祟辟邪、保佑安宁的习俗。听无双这么说着，她扣着香囊慢慢说道："是啊，如果昭仪不是皇上爱妃，以此回报康侯爷相救之恩，的确合适。不过如今昭仪是名正言顺的二品妃子，备受恩宠，如果私相授受落人口舌，只怕熹庆宫那边又会生事。"

大约想到我这次死里逃生，几名贴身宫女一时沉默，再不敢乱出主张。

这时有内侍过来禀报，果然说皇上去了熹庆宫，诸位妃嫔可以熄了门口的大红纱灯，早些安寝。

我本担心唐天霄临时改了主意，不去敷衍他的"公鸡"皇后，再跑怡清宫里来缠我，此时才放了心，暗筹起脱身之道。

无双已在催促道："昭仪，既然皇上不过来，不如早些歇下吧！"

我站起身来，推窗向外一瞧，微笑道："傍晚时睡得久了，哪里还睡得着？不如出去走两步，消消食，散散心吧！"

无双皱眉道："昭仪，天色不早了，不妨就在院中走动走动吧！"

我嗅着香囊中清凉馥郁的芳香，慢慢道："平时总忌讳着皇后耳目，不想惹事；如今皇上既然在皇后那里，想来皇后也顾及不到我，我就悄悄儿出去走走也不妨。"

九儿已拿了件黛青软绸薄披风给我披上，笑道："可不是，今儿个月色不错，难得昭仪有兴致，出去走走也好！"

凝霜忙叫人备宫灯，笑道："那叫上两名公公，奴婢陪着吧！"

"不用了，九儿陪着就行。人多了招摇，反而落人眼目。"我自己系了披风，扶了九儿的手，笑道，"走吧，也就在附近转转，别让这些丫头大惊小怪的，好像我病了一场，就成了风中残烛，走两步就会灭了一样。"

"哪有，这不是有点杯弓蛇影了么？"

沁月等人笑着，虽还有些疑惑，到底安心地将我和九儿送出宫门，不再拦阻。

夜色已深，星河明淡，玉钩弯弯。清浅的夜风穿过富丽堂皇的红墙金扉，将薄薄的布料吸附在肌肤上，居然觉不出半点冷意。

揽紧披风的手掌正冒着汗，脚底也是一团热力直往上涌，不知不觉间已越走越快。

九儿原本提了八角琉璃宫灯在前面引路，不时四处张望一下，不一会儿竟被我甩到身后，急急冲了几步赶上前来，低笑道："昭仪，不用着急，庄公子既是为你而来，不见着面儿，绝不会轻易离开。"

我恍惚明白，自己到底是失态了。

说是散步，这样行色匆匆，想不被人看穿另有玄机也难。

九儿应该也是想到了，脸色也有些仓皇，拐了个弯，便悄悄将宫灯吹灭，轻声道："昭仪，我们抄僻静的小巷悄悄绕过去吧！"

我抬头瞧了瞧天色，摇了摇头道："还把宫灯点燃，照常走着吧！这样熄了灯鬼鬼祟祟，反而惹人疑心。"

九儿闻言，只得取了火折子，依旧把宫灯点亮，在前面引着路。我也收敛了急躁，索性慢悠悠地一路和九儿赏着初夏的夜间风光。

怡清宫所处地段还算人烟旺盛的，所经宫室都是富丽堂皇，在摇曳的树荫下，被屋内的灯光映得如天宫一般，有女子细细的笑声扬出。

路上自是难免遇见些宫女内侍，见我缓缓而行，倒也不敢怠慢，行礼后恭敬让在一边。

到离熹庆宫远些的地方，便渐渐静谧起来，连不知哪里飘来的弦管乐音都显得宁和悠远，仿佛一时和那些皇室朝臣的明争暗斗隔得远了。

眼见四下无人，连屋宇都是幽暗的，而静宜院已在眼前，我再也顾不得，提起裙裾一路小跑，飞快奔了过去，把九儿低促的呼唤抛到了脑后。

离开并没有多少时日，这院落更显清寂，推上漆皮斑驳的虚掩宫门，沉闷的"吱呀"一声，在沙沙的枝叶摇动声中更显萧索。

梨花落尽，芳华全无。一树翠叶泊在轻雾中，像隔了层浮云般在夜影里幽幽摇摆，起伏不定。

破落的门窗并没能因为这新生的枝叶而显出些微生机。半掩的隔扇门前，帘栊在夜风里扑扑敲打着，凌乱破碎得像谁低低的呜咽。

大约也很久没人清扫庭院了，脚下有零落的枯叶，踩上去低低的窸窣声，让我忍不住地放轻放慢了脚步，仿佛怕惊动了那随春归去的梨花魂魄。

"昭仪！"

九儿在身后轻轻地喊，小心翼翼地掩上门，抬高了八角琉璃宫灯，匆匆走到前面为我照路。

而我走到台阶前，已然顿下了足，望向黑沉沉的屋子，扯紧了肩上的披风。

屋里，真的有我等了三年之久的那人么？

磨平了棱角的石阶被宫灯映出几分温暖的明黄，长长的流苏却飘摆出幽暗的碎影，在石阶上芜乱飞扬。

九儿拉了拉我的袖子，却没敢催我，而我默默地立于阶下，在那长久的安静中，似乎连自己的呼吸声也听不到了。

这时，我听到了谁的叹息，低而悠长，在风中遥远飘渺得犹似在梦中。

"妩儿……"

泪水忽然之间倾涌而出。

我冲上台阶，撩开帘栊，连推带踹打开那滞涩的门扇，飞快奔了进去。

"昭仪，慢些，小心摔着！"

九儿跟在我后面，已是万分着急，提起宫灯四处查看。

宫室内已没有了以往我和南雅意居住时的清雅秀致，原来光洁的陈旧桌椅，浮了一层薄薄的灰，泛着暮秋衰草般的倾颓破败气象。不知哪里的窗纸破了，哗啦啦地轻响着，墙角细细的莹芒闪闪烁烁，竟是蜘蛛结的网，随着透窗而入的夜风，也在一明一暗地晃悠着。

"碧……碧……岚……"

我小心翼翼地低唤，唯恐声音大了，惊动了他人；又恐声音小了，那个本该静静在黑暗中的男子会听不到我的呼唤。

仓皇的呼唤终于被喉嗓口棉絮般充斥的气团生生地堵住，转作了含糊不清的呜咽声，淹没在满屋的昏黄幽暗中。

应该谁也听不清我吐出的字眼吧？甚至连我自己，都不能肯定我是不是唤出了他的名字。

可就在这时，我听到原来我和雅意所居的卧房之中，传来了一声重重的闷响，像是什么人匆匆站起时重重带倒了桌椅。

我再也顾不得，屏住了呼吸，提起裙裾便冲了过去。

而房中也正有一人迅速步出，扶紧门楗立住，抬眸向我凝望。

萧萧肃肃，爽朗清举。

庄碧岚卓然玉立，恰如缈缈夜空一轮皓月明洁，并不灿烂夺目，却无声地撒了一地清辉。

天地浩瀚，夜色迷茫，只让其更出尘如洗，不能掩盖半分的皎洁清雅。

离他数步的地方，我看着这个一身普通的侍从服饰依旧光华夺目的男子，忽然便有了身在梦中的不真实，仿佛是一伸手，便可轻易戳破的水中倒影。

迟疑了片刻，我虚飘着步伐近前两步，真的伸出了手，触碰那随时会像泡沫消散的幻影。

那面庞的触感温暖柔和，就如那唇角温润荡开的微笑，和指尖微微的涸湿，真真切切。

缓慢地在他面颊摩挲着，我僵立着身躯，屏住呼吸不敢稍动。

"妩儿……"

又是一声若有若无的叹息，那仿佛夏日清荷般的雅淡蕴藉，伴着久违的温暖熟稔，顷刻将我笼住。

第八章　戈戟云横，戾气凌霄汉

　　他的肩膀似比以前宽厚了些，抑或是我等他已等得憔悴枯萎，不复原来的润泽灵秀，才会像败落的秋叶般在他怀中瑟缩成一团。
　　"碧……碧岚……"我犹自不肯相信，手掌依然在他脸庞上胡乱蹭着，"是梦，又是梦了？"
　　其实……已很久不敢做这样奢侈的梦了，才无法接受他在现实中能来得如此突然。
　　掌心忽然坠落一滴温热，烫得心里一抽。
　　然后，我听到了庄碧岚压下哽咽的轻笑："如果是梦，妩儿陪我把梦做下去，可好！"
　　我立刻点头，一迭声应道："好，好，我只要和你在一起。"
　　泪眸抬起，分明看到那对在昏暗宫灯下的明亮双眸，少了些年少冲动的风流激越，多了些岁月打磨出的玉石般的清隽温润，却是同样的痴情无悔。
　　忽然间便松了口气。
　　或许我已不再是原来那个灵秀聪慧的宁清妩，但我至少能肯定，他待我的心，依旧如三年前一般，百折不回，并不曾因家国之恨而淡薄。
　　这便够了。
　　从此，我只要和你在一起，生死相随。
　　庄碧岚松开怀抱，捧起我面庞亲了亲我的额，低促地说道："那么，随我去交州吧！"
　　薄软的唇在肌肤上留下的不仅是微微的湿润，更是沉醉的酥麻。
　　紧紧靠在他身畔，我毫不迟疑地答道："好！"
　　本来略有薄忧的清眸瞬间璀璨如星子，连唇角的轻笑也涟漪般扩散着，将他本就俊秀异常的五官更衬得光彩夺目。

"果然是我的妩儿……"他叹息道，"见到你之前，我总担心……"

他没说担心什么，只一把将我拉回卧室，把桌上一个包裹打开，低声道："快过来，把这套侍卫的衣服换上，马上跟我走！"

九儿将宫灯放下，转身点燃一盏长檠灯，轻声道："昭仪，你快更衣，我到院外守着。"

"她不是昭仪！"庄碧岚忽然截断九儿的话，果决断然。

九儿怔了怔，立刻道："嗯，庄公子、宁大小姐，我先出去了。"

目送九儿离开，庄碧岚握紧手中的衣衫，沉默片刻，又将衣衫轻轻压在包袱皮上，黑眸深深凝注着我，沉郁问道："妩儿，若随我去了……你便不再是金尊玉贵的大周昭仪，只能是我的妻，我甚至……未必能保你一世安稳无忧。你……还肯跟我去么？"

我鼻子一酸，泪水差点又掉下来，忙吸了吸鼻子忍住，和少时一般揽着他胳膊，轻声道："我本就是你的妻，自然要跟你去。"

乱世流离，交州不过偏安一隅，待中原稳定，刀兵之祸，恐怕就迫在眉睫了，谁又能保证谁的一世安稳无忧？

他不知冒了怎样的风险才能站在我身前，难为他还为我如此忐忑，连接我出去，都担心不能许我幸福安乐。

庄碧岚没有说话，修长的手指伸到我脖前，为我解下披风。

我粲然一笑，飞快地拔下发际的几根珠钗，放下长发，借机擦去眼中的泪水，才去脱外衣和裙裳。

苍白的指尖还在不断颤抖，擂鼓般的胸腔依旧阵阵酸痛，倒是这种夹杂了不安的喜悦和激动，让我终于有了我已和庄碧岚在一起的真实感。

夏日已至，小衣薄如蝉翼，但我再舍不得他离开我的视线，何况我早晚是他的人，便也不避忌，红着脸去接他递来的宫廷侍卫服饰。

庄碧岚如瓷的面庞也泛着红晕，侧了头不看我，只轻轻叹道："妩儿，我本不该让你受这样的委屈……是杜太后……误了你，误了我。"

我愕然抬头："姨母？她……做什么了？"

庄碧岚苦涩地笑了笑："你写过一首词叫人送给我。"

不错，那支《卜算子》。在今天看到丝帕上那些词句前，我都猜测着是不是根本没送到他手上，或者因血海深仇他不愿有所回应。

"你没回复我。我以为……你怨恨我。"

不敢看他的脸，只痴痴地望向墙壁上灯光投下的他的秀颀身影。

"我是怨恨你，我怨恨你三年了。你派来的使者拿着你亲笔写的词，告诉我这是你的绝命之作。他说，你在宫中被楚帝强幸，事后一病不起，郁郁而终。"

浑噩了多少岁月的大脑开始转动，让我依稀想起，送信以后的那几个月，杜太后似

乎对我特别关心，不时地嘘寒问暖，眼神却有些闪烁不安。

原来，她早知道我暗中派人送信给庄碧岚，并买通使者做了手脚。

要见无因见，拼了终难拼。若是前生未有缘，待重结，来生愿。

本寄相思意，却被指作绝命书。

于我，庄碧岚没有回复，我不得不死心；于庄碧岚，他既得了我的死讯，也不能不绝望。

怪不得雁去无踪，杳无音讯。

庄碧岚望着蛛尘满梁，叹道："当时我便想着，你明知……父亲只剩了我一个亲人，我不可能舍了他去追随你，还这么不知保重，真的好生怨你。便是……便是为人所侵，也该为我忍辱一时，怎能轻易葬送了自己的性命？你没真的生病，我却足足病了两三个月，满心里……只记得我的妩儿从小到大地在我身畔活蹦乱跳，和我一起弹琴吹笛，写诗画画……"

我不敢想象他得到我死讯会是怎样的惨淡，低问声道："那……那你后来怎么知道……我还在人世？"

庄碧岚自嘲一笑："宁氏昭仪倾国殊丽，闹得大周后宫不宁，君臣失和，我怎会没听说？何况眼线的回报，宁昭仪又是原来杜太后宫里的，除了你之外，我真想不出京城还有第二个颠倒众生的宁姓美人！"

他垂了眸静静望着我，怜惜而痛楚："唐天重嚣张跋扈，唐天霄纨绔无能，周旋在他们身边……委屈你了！"

我立时明白这"委屈"的含义。再不知朝野上下将我和唐家兄弟的事传得怎样不堪。

不想他自责，也不想他误会我轻薄，我靠近他，轻轻撩起丝袖，涨红了脸道："我没有委屈。唐天霄喜欢的是被唐天重娶回去的康侯夫人南雅意，我只是他报复他堂兄夺人所爱的棋子而已。这小皇帝不算太坏，至少不会欺负心上人的好姐妹。"

臂膀雪白如藕，一点朱红晶莹夺目，光色流转，正是未出阁女孩儿证明清白的守宫砂。

庄碧岚愕然望我，眸光也是晶莹。

我含泪笑道："碧岚，我只做你的妻，你不许负我。"

刚绣好的香囊正脱落在散乱的衣衫上幽香阵阵，精绣的并蒂莲花在薄薄的灯光下粉色盈然，像一双璧人执手相对，笑靥含春。

一针一线，丝丝缕缕，扎出的是相思苦，相见欢。

这天底下，也只他一人，配得起我的相思，而且……他竟不曾辜负我的相思。

垂下眸，我将那香囊小心地扣在了他腰际。

他轻捻着香囊，眸光灿亮，一时分不清是愉悦，还是伤感，唇角却轻轻弯起，笑意浅淡。取了男装，他缓缓为我披上，低沉而顿挫地说道："我不负你。并且，从未负你。"

"不但不许负我，也不许再弃我而去。不论是生是死，你都得让我跟在你身畔。"

第八章 戈戟云横，戾气凌霄汉

"嗯，生死不弃！"

将我的长发拢到侍卫的盔甲中，他一低头吻住我的唇，呢喃道："等接应的人一到，我们就走，从此……再不分开！"

我心旌神荡，由着他和我亲昵缠绵，竭尽温柔地回应着，由着身心在他的爱抚下沉醉，神思渐渐飘忽。

那种久违的踩入云端般的愉悦，似拉近了分别三年的流光，近得我们仿佛可以听到莲池畔少男少女无忧无虑的清脆笑声。

九儿惊惶的脚步奔近时，庄碧岚不得不恋恋放开我，却依然将我紧紧拥着，蹙眉望向门外。

"庄公子，有人过来了！是……一大队人，好多好多的人……"

庄碧岚眼中晨雾般的迷离迅速散去，清冽的眼眸闪过略显陌生的凛冽和机警。依旧紧揽着我的肩，一箭步跨向前，沉声问道："是什么人？"

昏黄的长檠灯下，九儿的脸色发白，紧张地绞着袖子，牙齿磕得咯咯作响，惊惧答道："不……不知道。人……人很多，打着灯笼，往这边跑得飞快！"

庄碧岚清秀的眉锁紧，右手按上了腰间的剑柄，便要松开我向外行去。

心里蓦地一抽，我揪紧他的衣襟，尖细地叫起来："碧岚，别丢下我！带我走，或者……"

或者，带我死。

我累了。

三年，已足够。

我不想再像偶人一样被人牵来扯去，让自己的心智也渐渐麻木得像偶人一般。

九儿退了一步，无力般靠住门楹，低声道："恐怕……恐怕也走不了。这时，应该到门口了！"

话音未落，正厅虚掩的门"吱呀"一声，有迅捷的脚步声传来。

迅捷利落，却并不沉重，听得出应该只有一人往这边行来，且步履间并不迟疑，分明对这屋内环境很是熟悉。

而同时，宫外隐隐的喧嚣和呵斥声正远远传来，分明大队人马还未进入宫院。

我手足冰冷，紧咬着牙关一时说不出话来，庄碧岚却极沉着，给了我一个安慰的眼神后，反手将我往身后推了一把，轻而清脆的凛然出鞘声中，他的宝剑在灯光下拖曳出一道璀璨如水银般的流光，飞快地划向奔入屋中的那人。

那人行动极其敏捷，宽袖甩动，一道幽光划过，飞快格上庄碧岚的剑锋。

长檠灯被呼啸的风压得蓦地一暗，兵刃相对时磕出的火光却格外耀眼。

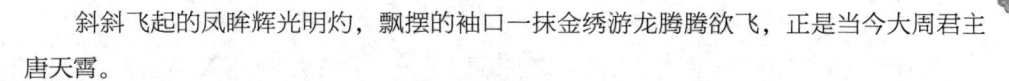

斜斜飞起的凤眸辉光明灼，飘摆的袖口一抹金绣游龙腾腾欲飞，正是当今大周君主唐天霄。

但他身后空荡荡的，并没有侍卫或内侍相随。

庄碧岚显然也已发现，并没有继续攻击，略带迟疑地将我一拉，紧紧护到身后。

而我也才觉出，见了唐天霄，我竟不自觉地向他的方向挪了两步。

唐天霄眼底的锋芒从我脸庞掠过，仿若立时柔和了许多，连薄薄的唇角都往上轻轻扬起。

"庄碧岚？庄公子？"

他轻笑着，一语道破庄碧岚身份，缓缓将护身短剑入了鞘，藏回袖中。

庄碧岚并没有收剑，只将剑尖朝下，向他微一屈身致意，淡淡道："皇上万乘之尊，轻犯险地，不怕在下失礼？"

外面的嘈杂声渐近，有凌乱的脚步冲入院中，火把映亮了前后的窗纸，显然四周已被包围。但唐天霄却孤身与庄碧岚这位南朝名将之子相对，一旦有所闪失，无异是将自己送入了虎口。

我正忐忑着以庄碧岚的身手，有多大的可能将唐天霄制住，并以此为盾牌脱身时，唐天霄已指向我，无奈地摇头叹息："朕的昭仪身在险地，朕可不能让皇后图了一时之快，伤朕最宝贝的眼珠子。那可真是……朕一生之憾了！"

当着庄碧岚的面，被他这样说，我自是又羞又窘。但他的弦外之音，我们都算是听出来了。

庄碧岚皱了皱眉："外面的人马……不是皇上所遣？"

唐天霄哂笑："如果是朕所遣，那朕轻犯险地，不是多此一举，自讨没趣？"

杂沓脚步已至厅堂前，唐天霄向外瞥一眼，向呆立一旁的九儿示意："还不去拦住他们？"

九儿恍然大悟，急急应了，冲了出去。

唐天霄又指昏暗的床后帏幔，低声催促："如果庄公子不想清妩有事，请避上一避！"

外面已传来九儿的叱喝："慢着，你们什么人？皇上与宁昭仪在此，谁敢惊驾！"

院外一时静默，接着是水纹般漾开的窃窃私语。

九儿是我的侍女，他们中间总会有人认识。纵然是听说了什么确切消息才兴师动众过来抓人，也会好好思量一下九儿说的话是否有几分可能。

毕竟项上头颅只有一个，如非必要，谁也不愿冒这人头搬家的危险。

庄碧岚再不犹豫，轻轻一拍我的手，持剑闪向那足以藏住身形的帏幔后。

"碧岚！"

我下意识地惊叫一声，上前一步便想牵住他衣襟，却只抓了个空。

手背有他掌心的余温，鼻尖有他温暖的体息，而他却像是在瞬间消失在重帏深深中了。

明明知道他就在同一屋顶下，明明不过相隔十余步，我忽然又有了那种感觉。

三年前眼看他被杜太后令人擒下后，那种痛彻心扉却莫之奈何的苍凉和凄怆。

明知不妥，我还是向着他的方向奔了两步，才顿住身形，回头望了唐天霄一眼。

唐天霄唇角依旧扬着，凤眸在反射着跳跃的灯火，似笑非笑地噙着嘴，叹道："丫头，你还真想和他生死不离，来个一池清莲并蒂香啊？那可别怪朕没提醒过你，私通外男的罪名坐实，皇后那里，你和你的庄公子，只怕连根骨头都别想剩下！"

沈凤仪的手段，我不是没见识过，只得勉强笑道："皇上钦定的皇后，哪里会这么恶毒了？"

外面的人马已在忽然间沉寂，伴之而来的，是有些耳熟的妇人叱喝，伴着沈凤仪不耐烦的隐约催促。

应该是沈凤仪带着她的贴身宫人亲自过来了。

唐天霄皱眉，然后一把拉住我，将我头上的盔帽取下，飞快藏于锦衾中，然后迅速解开自己衣带，向我低喝："不想死，快把这身装束换下来！"

我也知这身预备逃走的侍卫装束给沈凤仪看到，连唐天霄也未必能再保我。他明知庄家无论于当年的南楚，还是于当今的大周，都是敌非友，还这样匆匆赶来相救，不管出于什么样的目的，此时的配合都必不可少。

冰凉的手指慌乱地解开外衣，胡乱塞到衾被中时，腰间忽然一道大力拉来，我还没弄清发生什么事，已在低低的惊呼声中和唐天霄一起滚到了床上。

下意识地想推开他时，半张的唇忽然被他的手指抵住，而他口中的热气正随着他的低语喷在耳边："清妩，不想连累你那心上人吧？"

我身体一僵，顿时默不作声。

虽不清楚他在打什么主意，但我至少还能确信，他对我并无恶意。他想赶在皇后之前把即将置我于死地的祸端无声压下。

他大约……也只想在沈凤仪面前演一场好戏吧？

虽是这般猜着，当他身体的热度隔了两人单薄的小衣如此贴近地传来，我还是禁不住地有些颤抖，努力抬起胳膊，尽力在两人间阻隔些也许根本就徒劳无功的屏障。

尤其想到庄碧岚就在不远处眼睁睁看着，我更是忍不住又羞又窘，差点掉下泪来。

这时，外面已传来一声清脆的耳光，伴着沈凤仪嘲讽的高喝："贱婢，当着本宫的面也敢撒谎！也不问问今晚皇上是在哪个宫里就寝！"

没错，今晚唐天霄本该在熹庆宫皇后娘娘的温柔乡里，这也是我敢毫无顾忌悄悄跑过来和庄碧岚相见的原因。

可偏偏他来了。偏偏皇后也来了，并且气势汹汹，显然有备而来，必定胸有成竹，

一心来个拿贼拿赃，捉奸捉双了。

九儿被打，不敢再阻拦，只嗫嚅道："奴婢不敢撒谎……"

沈凤仪冷哼了一声，匆匆的脚步，迅速卷向这边。

唐天霄显然也在留意着屋外的动静。虽是散乱着衣衫将我拥在锦衾间，彼此的鼻息都清晰可闻，但他的神思并未放在眼前的温香暖玉抱满怀中。

他的面庞被额前垂落的发丝掩了大半，在长檠灯昏暗的阴影下看不出神色，只有一双眸子，在沉沉的光线中格外寒光摄人。

但听得"砰"的一声，卧房的门已被踹开，杂沓脚步传入。

大约一眼瞥到了床笫间重叠着的身影，沈凤仪威风凛凛的声音即刻传来："来人，拿下这对秽乱后宫的奸夫淫妇！"

唐天霄凤眸一睐，这才抬起了头，慢慢从我身上立起，慑人的目光已转为哭笑不得的慵懒讶异："凤仪？"

"皇……皇上？"

沈凤仪此刻的表情很是精彩，敛去了兴师问罪的威风，却一时舒展不开紧绷的脸庞，厚厚的唇张了好一会儿，才挤出了字眼，连行礼都忘记了。

倒是身后的宫人，呼啦啦跪倒了一片，低了头不敢往床边的旖旎风光。

当着沈凤仪和这么多宫人，唐天霄衣冠不整地向前走了两步，才边扣着衣带，边扯一扯衣角的褶痕，叹道："凤仪啊，你这闹的哪一出啊？朕见你要去花园散步，也偷空儿来瞧瞧宁昭仪，你这么着兴师动众……"

他嗅了嗅鼻子，凑近了沈凤仪，压低了声音，谑笑道："这醋劲儿也太大了吧？你丢开朕不理，还不让朕找别的妃嫔啊？瞧瞧，还带这么多人闯进来！还亏得朕胆子大，如果胆子小些，给你这么一吓，还得……"

他眼底的促狭笑意更浓，附到她耳边，低低说了一句什么，沈凤仪顿时满脸通红，讷讷道："臣妾……臣妾不是有心的。方才臣妾只说在园中散散步，略醒一醒酒就回去陪着皇上，谁知有人来报，说宁昭仪在此地私会外男。臣妾怕来得晚了，让她做出对不住皇上的事儿来，因此来不及禀明皇上，就匆匆领人过来阻止……"

唐天霄喷了一声，抱怨道："宫廷重地，哪里来的什么外男？朕见你走了，好生无趣儿，想起以前和宁昭仪在静宜院相遇的时光，就叫了内侍把这里收拾一下，悄悄儿把宁昭仪叫过来。"

我早从衾被间立起，胡乱找出自己的衣衫披了，以一贯的沉默，安静地跪到一侧，并不插口。

沈凤仪虽是不安，犹自向房内行了两步，四下打量着说道："或许……是回报的宫人听错了，把皇上遣来打扫的内侍当作了身份不明的男子？"

第八章 戈戟云横，戾气凌霄汉

"你还说,朕的兴致都给你败光了!"

唐天霄咬牙切齿,却亲昵地拿手指点了点她的额。那熠熠的眸光,再看不出是责怪,还是宠溺。

沈凤仪大约从小就端够了大家闺秀的架子,同样不习惯他这样毫无顾忌地当众调情,再顾不得仔细查看,局促地退了一步,踌躇道:"看来……真是这些下人弄错了!"

唐天霄不耐烦道:"朕瞧着是你多喝了两盏,才信了这些搬弄是非的鬼话!"

他转头向那些宫人喝道:"还不把皇后送回熹庆宫,叫太医开个醒酒的方子去!"

宫人急急应诺,沈凤仪站不住,只得行了礼,匆匆告退。

随着她的撤离,映在四面窗扇的火把微光,渐渐暗了下去。这些侍从们撤得比来得更快,并且屏声静气,竟没敢发出声息来,让方才还沸反盈天的静宜院,转眼陷入一片可怕的沉寂。

我依然跪在原来的地方,一边倾听着庄碧岚那个方向的动静,一边忐忑地望向唐天霄。

深深的重帷后没有半点动静,而唐天霄也默然站在门口抿着唇出神,方才对着皇后的意懒嘻笑一扫而空,微微侧着的面部轮廓刚毅沉郁,于不知不觉间透出了肃杀之气。

我打了个寒噤,忽而便清醒地意识到,他是大周的帝王,即使他一心想维护我,也还是必须把大周利益放在第一位的帝王。

卧榻之侧,岂容他人酣睡?

庄碧岚父子拥重兵割据交州,与北赫遥相呼应,纵然并无与大周抗衡之心,也必是大周的眼中之钉,心腹之患。

而庄碧岚……

唐天霄杏色的家常袍子在明灭的灯光下染了灰蒙蒙的暗影,而白天阳光下不易觉察出的金绣龙纹却显得格外清晰,看得到龙首上张扬的怒目雄视。

在那龙首轻摆之际,我抽了口气,猛地立起身来,就要奔向庄碧岚的藏身之处。

不论是因为对南雅意有所歉疚,还是因为我是牵制唐天重的好用棋子,唐天霄的确不想我出事,却绝对想除掉庄碧岚。我只希望,我和唐天霄每日相伴的感情,能成为他在做下决定时不得不考虑的一注筹码,让他投鼠忌器,或许能放庄碧岚一马。

可我的身形甫动,唐天霄已飞快掠动我身侧,捉过我手臂向后一拽,已轻易将我扣在腕中动弹不得。

略抬头,已见得他喉间滚动,唇角散开的,依然是懒懒散散的笑意。他低沉地在我耳边轻笑:"丫头,想把自己当盾牌保他安然离去?你对他忒好,可他对你似乎并不怎样!"

他的目光,也正落在沉沉的帷幔后。

那是连夜风都吹不到的角落,安静若死。如果不是我亲眼看到庄碧岚藏身过去,我

一定不相信那里藏着个人。

如果换了以前……

如果换了以前，不必等我过去找他，他早该第一时间冲出来，将我护在身后，尽力带我离开。

他温文尔雅的外表下，是出身将门的刚烈不屈，才会在忍无可忍时打晕楚帝，为我闯下了滔天大祸。

如今唐天霄制住我，以他以前的性情，决计不可能依然藏在暗处安之若素。

唐天霄分明在过来前已经有所安排，沈皇后的人刚离去，外屋就传来轻而敏捷的脚步。他的心腹侍从，正飞快地将卧房四处门窗堵住，好让庄碧岚插翅难飞。

我一阵阵地心慌气促，紧张得快要透不过气来，哑着嗓子低低唤了声："碧岚？"

略带不确定的疑问，其实我只是想确认，他是不是真的已经不在帏幔后。

唐天霄脸色却变了。

他紧扣了我挣动的双臂，一边拖我往房外走，一边沉声喝命："拿下！"

侍从们早已赶上前来，留两个护到我和唐天霄跟前，剩余几名高手各持刀剑已奔过去，但见锋刃寒光闪动，伴着"哧啦啦"裂响，灰尘乱舞中，绞碎了的帏幔四散而落。

我紧张得双腿发软，待见到帏幔后果然空无一人时，再不知是失望还是惊喜，终于站也站不住，身躯在唐天霄的臂腕间径自沉了下去。

帏幔后有一排如意连环纹的隔扇窗，其中的一扇正虚虚掩着。侍从推开时，已能看到那里正通向院外的回廊。

幔后空空，回廊空空，庭院中只有夜间的清风摇曳着繁华落尽的老树，别无一人。

"不可能！"唐天霄喃喃地嘀咕了一声，眼底闪过困惑和愤怒，"看来是朕低估他了！"

可庄碧岚偏偏做了不可能的事。

沈凤仪带来的人把这个院落围得水泄不通，唐天霄也不得不打起精神应付他的瘟神皇后，而忽略了藏身咫尺的庄碧岚，竟让他凭借着家传的好身手，不动声色地打开窗户，悄然逸去。

想那沈凤仪所带的宫廷侍卫，毕竟都是男子，并不适宜一拥冲入静宜院中，大多在院外围着，即使有人在院中，以庄碧岚的武功，从黑暗中的围廊离开，然后潜在阴影处，待皇后慌乱撤退时混在侍卫中逃出，应该并不十分困难。

我推算着他的行动，松了口气，心口又是给什么东西塞满着，腐蚀般的疼痛，再说不出是希冀，还是绝望。

他来了，又走了。

强敌环伺中，他不得不悄无声息地逃开，留下了我。

第八章 戈戟云横，戾气凌霄汉

夜风从敞开的窗户中涌入，将本就缭乱一地的碎幔吹得拂拂欲起。

唐天霄散落的长发飘动在绷紧的俊秀面颊前，生冷的语调慢慢地荡开："传朕密旨，即刻封锁宫门，清查所有在值侍卫，务必将奸细查出！"

"是！"侍卫领命，即刻往外奔去。

才这么一会儿工夫，庄碧岚来得及逃出去么？

"皇上……"我张口欲求他，但立刻想到必定是自讨没趣，又闭上嘴，紧紧咬住唇。

我的声音虽是无力，唐天霄倒也听到了，凤眸眯作了一条线，紧紧盯着我，手上加力，将我臂膀捏得极紧，仿佛要将我骨骼捏碎般不留情。

我疼得吸了口气，强忍着不出声，默默地低下头。

唐天霄这才放开手，仿佛低低地叹息了一声，扭头吩咐道："来人，送宁昭仪回怡清宫。朕还想再玩一会儿……好像，挺有趣儿。"

他笑了笑，若无其事地走了出去，方才的愤怒已一扫而空。

我猜不透这个和我年纪相若的年轻帝王在想什么，攥了攥拳头，拖着虚软的步伐一步一步往外挪去。

九儿也正胆战心惊地望着我，见此情形，忙上来扶我出门。

夜间的风颇有寒意，吹在身上让人阵阵地瑟缩。我搂紧披风，垂头从唐天霄身畔经过时，忽听他高声叫回了去传密旨的侍从。

"记住，朕要活口！"

我忙转过身望向他时，他却拂了拂袖子，甩手从我身畔大阔步走过，竟瞧都不瞧我一眼。

这一晚注定了是个不眠之夜。

不仅我和唐天霄，连怡清宫的侍女们都感觉到了暗流潜涌。

我被送回宫后，院外便有人值守着，说是皇上口谕，宁昭仪夜间受惊，不宜再受惊扰，竟不让一人进出。

九儿将我扶回卧房时，两只眼睛像迷了方向的小鹿般，兀自惊惶地四处乱转。透过衣衫薄薄的面料，我能感觉得出她手心渗出的汗水。

我在为庄碧岚揪心难受，想来她也在为自己宫中当差的表哥担忧。何况又是她将我引出，万一有人认真追究起来，也是死罪难逃。

唐天霄绝非表面那般无能。我无法推断他到底是从皇后那里发现了异常，还是怡清宫有人发现了我行踪诡秘去通知了他，只能从他今日能及时了解皇后行动并赶来为我解围，进一步看出他心思之缜密，耳目之众多。

96

这样的情形下，庄碧岚顺利脱身的可能性能有多大？

而我，又有多大的概率，能再次与他相逢，听他说一句，带我走？

让他别弃下我，可他到底不得不弃下我了。

我甚至还不得不盼着，他离我远些，更远些，尽快逃到唐天霄鞭长莫及的地方。

凝霜、沁月、无双她们几个我贴身的侍女都不放心，一边服侍我更衣一边探询究竟发生了什么事，见我懒懒不回答，又将九儿拉到外屋，低低地打听，都是一脸的焦急忧心，倒也看不出谁有可能是暗中向唐天霄报告我行踪的人。

我只装作倦了，懒懒地遣走她们，熄了灯，在沉沉的黑暗中大睁着眼睛，倾听着外面的动静。

一如无数个深宫中待过的波澜不惊的漫漫长夜，周围很安静，风过树梢的沙沙声清晰可闻。远远地，从德寿宫前穿过的莲池里，嘈杂细切的蛙鸣声汇成凄茫的一片，潮水般涌动在耳边。

依稀又记起月色煌煌下，那一脸冷峻的男子鬼魅般出现在当年的莲池畔。

唐天重是幸运的，深入楚宫重地，还能有我相救。可庄碧岚呢？

在如今这危机四伏的周宫腹地，又有谁能救他？

一夜未眠，一夜听着风声和蛙声起伏不定，别无其他。

我一直希望唐天霄能出现，哪怕满怀恼恨，把怒气撒在怡清宫里——如果他怒气冲冲找上我，是不是证明庄碧岚已安然脱身，令他空手而返？

心如死灰三年整，我本已不指望重圆当年莲池旧梦，甚至连做梦都不敢想象，我还能有和庄碧岚执手相对互诉衷肠的一天。

如今，只要他平安脱险，我便该知足了。

不得已再次弃我而去，不过再度惊破那场温柔幻梦，让我在刺痛中再度清醒，并盼着那刺痛尽快消失，连心灵也得以再度麻木。

但一直到第二天，甚至到第三天的午间，唐天霄再也没有出现。

每当最紧要的关头，他总会适时地消失，让我独处于波浪滔天的急流漩涡中，在生与死的边缘浮沉，摸不准一丝方向，找不着半点依靠。

他派来的侍卫仍紧紧把守着宫门，不放宫内一人进出。凝月仗着曾是服侍过皇上的宫女，试图上前打听些消息，都无功而返。

风过老榕，一院阴凉。宫女们倒还能若无其事地谈笑风生，或用鲜艳的布料为我裁衣裳，或拿了五色丝线编着长命缕，预备端午所用。

虽然明白这些宫女多半从九儿那里听说了些许隐情，为了给我解闷才这般强颜欢笑，可我满心焦躁，整个人都蔫蔫的，叫人搬了竹榻卧在树荫下，连话都懒得说。

宫女们的笑声终于在沉闷的气氛中渐渐低落下去，低了头各做各的事。

无双端来枇杷、荔枝、鲜桃等时下的新鲜水果，笑道："昭仪，如果天热了懒得吃饭，不如用些水果开开胃吧！"

我摇摇头，含笑道："你们分了吃掉吧，这些东西放得久了，容易坏。"

唐天霄虽不来，我这徒有虚名的"宠妃"倒也不曾被慢待，宫中每天的份例，一点都不少地送了过来。

无双却不理我的盼咐，自顾剥好了两枚荔枝，送到我唇边，笑道："荔枝补脾益肝、理气安神，昭仪吃两颗，说不准什么烦恼都没有了。"

我只得张开口，勉强吞嚼了两下。弯腰将核吐到无双送过来的小碟中去时，只听无双趁机在我耳边轻轻说道："昭仪宽心，那位庄公子应已平安离开皇宫。"

我蓦地抬头，无双一双黑眼睛正含着笑意望向我，以一贯的从容有礼问道："昭仪，味道还好吧？"

"好，味道……不错。"舌尖的果肉柔软可口，果然尝出了清甜的味道。

找着机会，我拉过无双细问时，她微笑答道："送鲜果进来的公公正好奴婢认识，所以拜托他去打听了下。宫中前两夜很不太平，皇上说有奸细混入了宫廷侍卫中，一直在暗中排查，但从昨天开始，瑞都府尹已四处张贴榜文，在都城中寻找一位来自西南交州的奸细。昭仪想想，如果宫中找到了人，皇上还会在宫外张贴榜文搜人吗？"

她所认得的太监还真不寻常，不过是个送送鲜果时蔬的，居然连唐天霄暗处的举动和宫外的局势都能一清二楚。

"宫外……搜得紧么？"我继续问，深信她一定心中有数。

果然，她不安地咳了一声，方笑道："听说……挺紧的。不过那位庄公子也不是平常人，铁笼似的皇宫都能安然脱身，何况偌大的京城？还不和大海捞针似的，哪里抓得着他？说不准啊，这会儿已经离开瑞都，快回到交州去了。"

如果唐天霄真是那个浮夸浅薄庸碌碌的无能帝王，无双的话，我将深信不疑。

紧紧盯着无双，我等着她的下文。

果然，停顿片刻之后，她小心地问我："昭仪，要不要给你端碗冰糖燕窝粥来？侯爷听说你几天茶饭不思，很是担忧呢！"

侯爷，康侯唐天重。

也只有他有那样的能耐，不动声色地将唐天霄或者说太后一系的一举一动尽收眼底。

我慢慢地弯过唇角，轻轻道："帮我谢过侯爷关心吧！"

"呵，奴婢一定转告。那么，昭仪，这燕窝粥……"

"端来吧！"

98

第九章　且近尊前，容我醉中眠

　　唐天霄到这天的晚间才过来，眉宇间有些疲惫，但见着我时，那凤眸立时斜斜飞起，也不管许多宫人正在跟前，便过来拍拍我的脸庞，笑道："怎么着了？朕两天没来看你，就不痛快？这板着一张小脸儿，给谁看呢？"

　　他谈吐潇洒，满脸嘻嘻哈哈不以为意的笑容，瞧那模样，好像根本就忘了那晚发生的事。

　　沉默良久，我勉强一笑，从凝月手中接过一盏茶奉上，低声道："皇上说笑了。臣妾哪敢对皇上不敬？不过是想着前日惹皇上生气，心里不安罢了。"

　　唐天霄啜了口茶，笑道："朕还是喜欢喝你们自己动手泡的茶。"

　　我低头答道："臣妾不会泡茶。"

　　唐天霄脸上怠懒的笑容依旧，只是眸中有些微的锋芒一闪而过。他倚坐在红木圈椅上，慢慢地用杯盖拂着茶叶，悠悠道："好吧，不会泡……"

　　他眼皮一抬，盯着窗外沉沉的黑夜，叹道："不会泡也不妨事。朕倦了，只想和昭仪清清静静说会儿话。"

　　宫女们知趣地退开，轻轻掩上门，留下一室静寂，一室冷凝。

　　我默然坐在榻边，拿了沁月编了一半的长命缕，顺着那纹路慢慢往下编去。

　　见我总不说话，唐天霄仿佛有些恼恨，淡淡笑着问："那个香包你送给了庄碧岚，这个东西又准备送给谁？"

　　我笑道："这几年我的运气总不大好，挂在我的帐帷中，去去晦气也挺好。"

　　唐天霄哼了一声，又道："听说你被皇后困住时，曾一个人在琴室中泡茶，装茶，烫杯，热壶，冲斟，娴熟异常，四溢的香气连门外守着的太监宫女们都闻得到。据说，那是他们在熹庆宫闻到的最香的茶。"

我沉默，专心地让指尖红色的丝线跳跃着，一根一根，像道道飞舞的血痕，迅速地缠出精致的纹路，艳得怵目。

唐天霄晃了晃半空的茶盏，望向我："茶没了。"

我坐着不动，微微地笑了笑："皇上，雅意泡的茶，绝对胜过臣妾十倍。"

"雅意……"唐天霄气沮，摇着头走到桌边，提了茶壶自己倒了茶，叹道，"死丫头，还真把雅意当做朕的死穴了？"

我轻笑："皇上错了。雅意不是皇上的死穴，皇上才是雅意的死穴。"

唐天霄抬盏欲喝，又放到桌上，散淡得仿若带了醺醺醉意，问道："庄碧岚，是你的死穴？"

努力麻木的心脏，忽然像被人扯了扯，指尖有些颤抖，手下的一个结就错了。顿下手中的动作，我慢慢地解着那个结，轻轻道："是。"

"那么，你之于庄碧岚呢？"

"我曾以为不是。但我错了。我同样是他的死穴。"泪水猝不及防间盈上，我忙别过了脸，笑得欢喜，"我要和他一起，生死无怨。"

"呵！"唐天霄笑了起来，微眯的凤眸直直地盯住我，"清妩，好歹你现在还是朕名义上的昭仪，怎么就不给朕留几分脸面？说得这样直白，你存心……想气死朕，是不？"

"臣妾……不敢！只是臣妾一向以为，至少在皇上面前，还可以说几句真心话。"我笑着回答，继续解着结。

我的手本来还算得上灵活，可这一次，错扣的结怎么也解不开。长长的指甲钩出一道丝线，以为可以解开了，擦了擦模糊住视线的泪水，才发现不过又多扣了一个抽不开的死结。

"真心话……好罢，你说你的真心话吧，朕不怪你。"唐天霄笨拙地在袖子里翻来翻去，钩出了一方丝帕，走上前递给我，"不过你也不许怪朕坏了你和庄碧岚的好事。朕的立场，你该明白。"

他说得诚挚，并没半点笑意，专注的目光，倒似在等待我的某种承诺。

我不由得放下长命缕，接过丝帕，拭了拭眼睛，若无其事地笑道："臣妾当然明白。皇上册封臣妾为婕妤的那天，虽曾说过日后会将我送回庄碧岚身畔，但皇上总有皇上的算计。皇上是一国之主，不得不以江山为重。"

唐天霄皱着眉，顺手拿过那枚长命缕端详着，叹道："你明白便好。其实……朕也无意伤害庄碧岚，只盼能生擒了他，让庄遥投归天朝，从此南方安定，再无战事。"

为我这个红颜祸水，庄家差不多被南楚灭了族，只余了他们父子二人，被逼举兵。如果大周以庄碧岚为质，再许以高官厚禄，西南不战而降，几成定局。

100

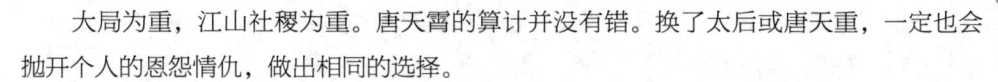

大局为重，江山社稷为重。唐天霄的算计并没有错。换了太后或唐天重，一定也会抛开个人的恩怨情仇，做出相同的选择。

可我又怎么忍心，让他们再因我而受人凌迫？

"皇上没错，错的是清妩。"我慢慢道，"当初就该死在皇后杖下，不该苟活人世，误人误己，徒增皇上烦扰。"

唐天霄低头摆弄着长命缕，无奈道："谁嫌你添了烦扰？朕瞧着你就是庸人自扰！朕虽没去动皇后，但朕的心意你应该明白。朕醒来时听靳七转述你的境遇，心里……也疼惜得厉害，恨不得立刻下令打死那毒妇，当时便命人去传口谕，要将皇后禁足，等着废后诏书。也亏得唐天重的毒下得太过厉害，朕半昏半醒，到底没人真去传旨，不然……"

原来，他并不是不关心，并不是不打算为我出头。半醒不醒时的愤怒，才是他的真心。

可惜，治国齐家平天下，到底国为先；清醒之后，他对他的皇后依然宠爱有加，好让他的皇后对他死心塌地。

他娶的不是母仪天下的皇后，而是掌握天下的权势。

"我……明白。"我明白，可我不能无视庄碧岚的困境，还有……我那像泡沫一样又渐渐升起的希望。

将手中的丝帕扭作了一团，我犹豫着还是问出了口："皇上当日的承诺还算数？如果你……真的拥有了你想要的一切，就成全我和庄碧岚？"

他蓦地抬头，凤眸凛光闪烁，若有锋芒无声袭出。

我坦然无惧，紧紧盯着他的眼睛，等着他的回答，等着他金口玉言的再次承诺。

可这时他却笑了，散尽逼人的锋芒，宛如一个抢到了糖果的邻家男孩。

他举高了自己的右手，提着那枚编了一半的长命缕："解开了！"

我茫然接过，才发现那两个死结，不知什么时候已经解开了。美丽的双鲤鱼，只剩了鱼的眼睛和唇部没有编好。

我双手接过，继续编着长命缕，而他也没有说话，捧了茶盏，歪着头看我编着，安静得出奇。

一对鲜活的鲤鱼，很快在手中游弋。编就的彩色丝穗以红色为主色，辅以青、白、黑、黄，用五色代表阴阳五行，便成为端午节用以祈福驱邪的长命缕了。

我走到床前，将这双鲤扣到帐中，理顺丝线，看着它在帐中左右摇摆，淡淡苦笑。

凤箫声绝沉孤雁，望断清波无双鲤。云山万重，寸心千里。

如果庄碧岚已经顺利逃出瑞都，从此，我们依旧天涯海角，相思成各。

唐天霄和我并肩立着，看着这双鲤长命缕，忽然萧索说道："香囊也不给我佩，清茶也不给我泡，连宫人做了一半的长命缕，也只记得留给自己。真是无趣。"

他居然没有自称朕，抱怨的口吻，又像一个被抢了糖果的邻家男孩了。

我惊愕地转头看他，他已伸个懒腰，走到他惯常休息的卧榻上，舒展了身体躺下，果然一脸的无趣，竟闭着眼睡了。

略一犹豫，我解下那长命缕，扣到了他的卧榻上，又拖了条薄毯，想盖住他的胸腹部。

这时只闻他"嗤"地一笑，我的手臂给重重拉了一下，身体顿时倾到他的身上。

慌忙想站起身时，他的双臂收束，已将我拥在榻上，吃吃笑骂："你这丫头，一点子东西，还得朕和你再三讨要才给？"

"皇上……"我窘迫地挣扎时，他的臂腕却加了力，不放我离开。

"不许跑，小气成这样，嘿！"他笑着，气息拂着耳边的发丝，痒得我禁不住缩了缩脖子。

这姿态，倒更像我蜷到他的怀里。

我甚至听到彼此胸腔内激烈的心跳，腾腾地似心脏要蹦出来一般。

"皇上，放开我……"我憋红了脸，感觉到他肌肤传出的热度，汗水很快濡湿了小衣。

"朕抱一会儿自己的妃子不成？"他叹气，居然很委屈很直白地说道，"又没打算怎样你，为什么就让你跟见了鬼似的？"

我很想说，男女授受不亲；我也很想说，我跟他之间，有着徒占虚名的约定；但我艰难地卷动唇舌，含糊吐出的字眼却是："太……热了。"

唐天霄愕然松了手，我趁机挣开他，退后两步，长长地舒了口气。

"太热了！"他咕哝着取了榻边的一柄折扇，随手打开，扇着风苦笑看向我，"果然……太热了。"

我走回自己床榻去休息时，只听他叹道："如果是雅意……如果是雅意，她才不嫌和朕在一起热呢！别人更不会……也就你这个死丫头……"

他的咕哝并没有说完，眼睛慢慢地闭上，折扇摆动的幅度也越来越小。

我正猜着他这回是不是真的睡着了时，忽听他悠悠说道："清妩，朕舍不得雅意离开，也舍不得你离开。"

对于他这个论断，我不敢回答一个字。

舍不得雅意离开，可他到底由着雅意落入了唐天重手中；

舍不得我离开，日后他会不会用放手成全我和庄碧岚，来换取他的江山稳固？

一切似乎太过遥远，我不敢细想。

但这晚，已注定一夜无眠。

也许猜到问了也白问，唐天霄并没有追问庄碧岚是怎样联系到我，怎样约我去静宜院的。但这事发生后，便听说宫中侍卫有很多因换防而调离原来职位，又传出一名太监被罚下暴室、两名宫女跳井身亡的消息，我猜着他们多半便是唐天霄查出来的庄氏内应。

九儿也曾被总管大太监叫过去，盘问当夜之事；我生怕她受委屈，特地叫了怡清宫的管事太监跟去看着。九儿素来机灵，当然不会招承自己从中传递了消息，只说奉了昭仪娘娘之命随去静宜院，其他一概不知。总管太监不好用刑，又不敢跑来讯问我，拖了大半天，到底无计可施，又将她放了回来。

随着端午节的到来，宫中接连几拨的清查终于告一段落，怡清宫门前监视的守卫撤走了，不许宫人进出的禁令也已取消。问无双时，辗转得来消息，说外面对庄碧岚的搜索也松懈很多。

现在，只要等交州的探子回报一声，说庄公子已经回到交州城，瑞都禁卫人仰马翻的日子便可以结束了。

而我，也可以放心地继续做唐天霄手中称职的棋子，在漫长的等待和遥远的梦想中，麻木不仁地度过随时可能风云变幻的每一天。

凝霜、沁月等人松了口气，在欢声笑语中用红色丝绸束了艾草、菖蒲等辟邪招福之物悬于门户间，又分了粽子大家尝鲜。

按以往周宫的习惯，这天众妃嫔是要和皇上一起去太后那里领雄黄酒的，凝霜等人早为我预备了一套浅紫色百褶宫装，又披了浅粉披帛，簪了凤头镶宝珠金步摇，走在花枝招展的妃嫔中，并不算十分引人注目的颜色，可也不会比谁逊色多少。

我依旧是一贯的安静谦恭，低眉顺眼地混杂在众人中，努力模糊着自己的存在感。

沈皇后仿佛多盯了我两眼，依然昂着高傲的头，满脸不屑。而宣太后则是一视同仁地慈祥微笑，直到我随在谢德妃、杜贤妃身后去敬酒祝寿时，她才像注意到了我，越过两位妃子，单向我笑道："宁昭仪，身体可好些了？"

我忙垂手答道："谢太后关心，臣妾已无大碍。"

宣太后点头饮了酒，我们正要退下时，她忽然扭过头问身畔的侍女："前儿富春县不是贡来了白獭髓？那个养肌护肤祛除疤痕最有效，待会儿拿些给昭仪。另外再把素日哀家用的珍珠粉、琥珀屑分些给她。"

我躬恭身谢恩时，身侧和背后已有几道火辣辣的目光尖锐地刺了过来。

杜贤妃在轻笑："宁昭仪还真有人缘呢，皇上宠爱，连太后娘娘也这般怜惜！"

谢德妃往皇后身畔靠了靠，点头道："看来宁昭仪当日做宫婢时果然学得一手好厨艺，好本领，不但合了皇上胃口，还合了太后胃口呢！"

沈皇后似笑非笑地欠一欠嘴角，额前五凤朝阳挂珠钗前殿红的珊瑚珠坠子很有气势地一晃，轻描淡写道："诸位妹妹若是想学，不妨叫个御厨房的宫女到自己宫中去，好好学上几日。"

"这个……"杜贤妃扬起自己纤白如玉的手，鲜艳精巧的蔻丹如春日妖艳的花瓣，晃得人目眩神驰，"皇后娘娘，这可难了，我最受不了厨房里的味儿，长这么大，还没下过厨呢!"

谢德妃淡淡地笑:"有些本领,我们姐妹可学不会呢!"

以下贱手段妖媚惑主的自然是我,勾走了她们共同夫婿的魂魄。

随后的饮宴如坐针毡,但即便坐于针毡,我也努力保持并习惯着隐忍的沉默,只作没听到觥筹交错间那些妃子们或明或暗的嘲讽,静静地等待宴会结束。

终于有太妃因身体不适提前退席时,我也借口到了吃药时辰,向太后告退。宣太后一脸慈爱地应了,让宫人即刻拿了白獭髓、琥珀屑等物,送我出德寿宫。

扶了凝霜、无双的手踏出宫门时,德寿宫的正殿正热闹,虽无歌舞声乐,倒也笑语喧哗。唐天霄和他的诸位皇室叔伯兄弟们在那里另开了一席,想来正一团和气地叙着叔侄之义,手足之情。

走到宫外莲池边,我不由得顿了顿,放缓了脚步,扶了汉白玉栏杆向池中观望。

五月的阳光颇有些烈意,大张大张的荷叶盈了满满的翠意,宛如碧玉琢就,悠悠地摇曳池中。池水极清,倒映着蓝天,水色透明而潋滟,几尾金鲤在碧绿的莲梗中穿梭,姿态曼妙,自得其乐。

如果此时我撒下鱼饵,想来它们必然会和这湖里三年前那些鱼儿一样,快快活活地游过来,晃着尾鳍竞争食物。

鱼儿应不是原来的那些鱼儿了,但它们能在家国剧变中安然无恙地延续着前一代的平静生活。一池清莲,年年开,年年谢,倒也从不缺赏莲人。

它们都过得快活。

无双笑着问:"这里景致不错,昭仪要不要到前面石凳上坐一坐,吹吹风?"

"有什么好看的,无非是些不会说话的花花草草。"我这样说着,也不由得走向石桥另一端供人休憩的石凳。

其实很想在这里安静地多待片刻。宁府早已没落,庄府更已变成坟场鬼域,德寿宫住了这么些年,有着疼我护我的姨母杜太后,多少还能找着些家的感觉。可宫内早已物是人非,让我怔忡的,也只能是这些似是而非的景致了。

可我才坐下,往莲池对面略一抬眸,便后悔不已。

唐天重正大踏步自宫中走出,径自走向我这里。他那双凛光四射的墨黑眸子,连这样炽热的阳光都化不去其中深浓的威煞之意。

无双在他露面时,分明长长地吐了口气,立刻让我意识到,无双让我坐一坐,吹吹风,原来是这样的用意。

如果我猜得没错,在我起身和太后告辞并取赏赐时,她便暗中叫人传了讯息给唐天重了。

我平日踏出怡清宫的时候实在不多，身为后宫昭仪，唐天重也没借口到宫中来找我，是以我回宫之后，再也不曾碰面，更不曾让他得着机会，指斥我不识好歹，执意随太后回了后宫。

皱一皱眉，我忙站起身，正要当作没看见，匆匆离去时，唐天重已在莲池的那端唤道："宁昭仪留步！"

硬着头皮想当没听到都不成，善解人意的无双在这一刻只会体恤她的主上之意。

她居然拉住我道："昭仪，侯爷唤你呢！"

不得已转过头，我站在一株银杏下，看着唐天重走过来，敛衽见礼："康侯，前殿的筵席结束了？"

唐天重眼底的光彩黯了一黯，慢慢道："没有。我听说你提前离席，所以跟来瞧瞧。养得怎样了？好似也没养胖多少。"

我展颜笑道："我不过一个无根无基无德无才的小女子，想在后宫立稳脚跟，无非以色事人。如果养得太过丰腴，只怕皇上不喜。"

如我所料，他的脸色立刻沉了下去，垂了眼帘侧头看莲池中游动的金鲤，呼吸明显浓重。

趁着他心情不快，我向后退了一步，说道："这天越来越热了，我可给晒得有点受不住，得先行回宫了。侯爷请自便。"

伸手一拉凝霜，我只作没看到无双满脸的焦急，便要转身离去。

唐天重的目光迅速自池水中抽出，转向我这里时，眸光中仿佛漾入了被炙晒过的水纹，一时透明得显出空茫。

可不论他对我是怎样的喜欢或愤怒，在唐天霄、宣太后仅咫尺之遥的德寿宫前，我谅他不敢有所动作。

扶了扶鬟间珍贵的凤头步摇，我往怡清宫方向走去时，忽听唐天重高声道："昭仪，我那夫人说和你私交甚好，很是想你。"

南雅意？

被他冷落在城外别院不知多少个日夜的南雅意？

我蓦地顿住脚步，眼眶已经发热。

他已赶上前来，双唇一抿，仿若要抿出个笑意，偏偏将那淡红的唇挤作了直而薄的一道，细长得像刀剑的锋刃。

"前儿府中令人给她送端午节份例时，她传话过来，说久不回宫，思念和她情同姐妹的宁昭仪了！"

如果他说南雅意亲口向他说思念我，或许我还会猜疑他是不是在找话诓我，但他说是下人传的话，正和他素常冷落康侯夫人的传言不谋而合。

105

而南雅意又在承受着怎样的孤寂，才会说出思念我的话来？

"雅意姐姐……她还好吗？"问他时，嗓音已然沙哑。

唐天重紧紧盯着我，眼底的空茫已经消失，又是让人莫测的一片黝黑。

"应该……过得不错吧？"他慢慢说道，"有些事，昭仪大约也心知肚明。本侯娶她，不过是个意外。不过她既是钦定的康侯夫人，我也不会委屈了她。只是她性情孤僻，一直待在城外，偶尔回城，宁愿去和西华庵的几个尼姑论什么禅，讲什么道，也不愿回摄政王府。本侯也不是不知趣的人，自然由她去了。"

如此说来，南雅意应是衣食无忧了。

看来唐天重也不过是冷落她，并不曾因为唐天霄的刻意调包而迁怒为难她。

可吃饱穿暖从来不是我们生活的全部，如果日子真有那么简单，我们都该快活许多。

南雅意明知唐天重从没将她放在眼里，还传这样的话过去，分明是极不开心了。

何况我再清楚不过，她想见的，绝不仅是我。

心念及此，我不再急着离去，迟疑问道："她既说思念我，一定是想见我了？却不知侯爷肯不肯成全？"

不晓得他对于南雅意和唐天霄的情分知道多少。如果他知道南雅意倾心于唐天霄，哪怕自己再不将她放在心上，也不愿意让她进宫了吧？

兄友弟恭的外衣下，是血淋淋指向对方的尖刀。

自己不痛快不要紧，最重要的是要让对方痛，最好是心神大乱，才能有机可乘，一击毙命。

但他和南雅意可能真的不曾有过交流。唐天重犹豫片刻，居然答道："既然你们姐妹情深，见见面也是应当的。只要昭仪高兴，随时可以将她召入宫中陪伴。"

我没料到他这么爽快，忙向他行下一礼："多谢侯爷成全！"

唐天重凝视着我，好一会儿才叹道："前儿我救了你，千方百计保住你一条小命，都没听你这么郑重其事地谢我。"

我受皇后刑罚，始作俑者就是他，居然还指望我道谢或感激？

我也不和他争辩，嫣然笑道："侯爷大恩，清妩没齿难忘！只是侯爷向来英雄，所救之人不计其数，我若特地为了自己这点儿小事道谢，不是显得小家子气了？日后如有机会，清妩必定舍命相报！"

忽然发现，自己说起谎话来倒也得心应手，唐天重听了居然好像还挺受用，抿紧的唇角扬了起来："我哪要你什么舍命相报？只是……只是你这丫头，也太不知趣了些！"

最后几个字，他的声调明显柔缓了下来，我甚至看到他的手抬了抬，仿佛想伸过来，拍一拍我的肩，或拉一拉我的手。

应该是顾及眼前尚有凝霜、无双等人，他到底收回了手，很是温和地笑了笑。

这种意外的温和让我莫名地有些心悸，宁愿他拿着救命恩人的架势逼我滴水之恩涌泉相报了。

我慌忙笑了笑，道："那么……那么我先告辞了。来日我会禀明皇上，邀雅意姐姐入宫叙叙话儿。"

唐天重仿佛在叹息，却清晰地答道："好！"

匆匆离去时，唐天重并没有再阻拦，只是我拐了个弯转入另一巷道时，悄悄瞥了一眼，他像一具阳光下的黑色雕塑，居然还站在原地，一动不动地看着我。

而我也已下了决心，尽量和唐天重维持住表面的良好关系，一则不让他迁怒南雅意，二则我也能在他的默认下不断找机会把南雅意召进宫来，再叙姐妹情谊。

也许，还能再续她和唐天霄的未了之缘。

唐天重在德寿宫前拦住我的消息自然瞒不过唐天霄。

晚上再到怡清宫时，他便问我："清妩，唐天重没为难你吧？"

"没有。不过是……提了提南雅意。"

"雅意……"眉又皱起，轻袍缓带的少年帝王有些无力地坐倒在软榻上，叹息，"雅意等于被他打入冷宫了。不知是幸，还是不幸。"

"幸还是不幸，就看皇上心里有她，还是没她。"我觑着他的脸色，小心地说道，"如果皇上肯给她三分希望，如今的不幸，也就没那么凄惨了。说不准，日后回想起，还觉得是种幸运。"

唐天霄没有接我的话头，侧着身玩弄着那只双鱼长命缕，许久才问道："他……怎么会提起雅意？"

"他说……雅意想念我了。"

"哦！"他的眉蹙起，轻声地重复，"想念你？"

我不觉微愠："皇上如果觉得她仅是想念我，那么，就当她仅是想念我吧！"

唐天霄沉默，骨节分明的手指捏住长命缕那彩色的丝穗，一下一下地拽着，像是无聊之时的随手游戏。

我又是气恼，又是无奈，压着性子低声道："我也很挂念雅意。不知皇上允不允我召她入宫见上一面？"

如无皇上特别谕旨，按一般召见宫外命妇的规矩来，须经过文书房和礼部数道手续，没个十天八天都下不来，何况我和南雅意身份敏感，如若哪位公公或大人看了不顺眼，捅了一点半点消息给沈皇后或宣太后，指不定会闹出什么事来。

这回唐天霄总算没装傻充愣，立刻点头道："好，你要见她……就召她进宫见见吧！"

我犹不甘心，试探着继续说道："我想着她老是一个人待在城外，难免孤寂。如果

第九章　且近尊前，容我醉中眠

能常进宫说说话儿，应该可以略略开怀，我见了也放心。"

"哦……论理她是康侯夫人，给她一道自由出入宫禁的谕旨也无妨。不过……还是不用了吧？"

"不用？"我反问，嗓门变得尖细，"皇上是不想让唐天重知道你们在彼此心里的分量以免有机可乘，还是打算眼不见为净，宁可对雅意的生死困厄不闻不问？"

"你……"唐天霄立时涨红了脸，一掌击在榻上，斥道，"什么时候轮到你来教训朕了？朕还真把你纵坏了，越来越无法无天！"

不知道该不该把他的勃然大怒归结于心事被看穿后的恼羞成怒。只是想着城外孤凄无依将所有希望都寄托在他身上的南雅意，我同样愤懑，冷冷看他一眼，转身走开。

大约不经意间流露出的不屑还是被他察觉，我还没踏出两步，周遭的气氛忽然变了。

凝滞，沉闷，以及暴雨来临前的压抑。

猛地回头，唐天霄正半倚在榻上，衣衫半敞，看似松散的姿态，却因着浑身肌肉的绷紧而蹿出一股刚劲的气势，宛如一张拉满了的弓，不见半点原来的洒脱慵懒。

我心中抽了一下，正反思自己说话行事是不是真的太过分了时，只听轻微的"叭嗒"一声，扣在软榻上的长命缕断了，被唐天霄将它握到了掌心。

我向前走了一步，又顿了顿，疑惧地望着这个两眼通红失去了以往淡定的少年。

他慢慢摊开掌心，缕缕丝线，正缭乱躺在纵横的纹路上，鲜艳的颜色，益发衬出了手掌微微发青的惨白。

两道指甲形状的淡红伤痕，慢慢洇出和红丝线同样鲜明的殷红，凝聚，扩散。

"呀……"

他暮地高喝一声，抛出手中双鲤，叮地拔出袖中短剑。

寒光烁烁，星芒点点，烛光摇曳间，双鲤的长命缕寸寸断裂，五色柳絮般飞扬在房中。

激烈动作中，唐天霄冠带脱落，黑发凌乱垂下，那张狂躁到变形的面庞失了原来的俊秀，看来有几分可怕。

"皇上！"我失声喊道，忙冲了过去，一把抓住他紧握短剑的手，叫道，"你这是在做什么？"

他武艺不凡，论起我一拉之力，根本不可能止住他的动作。但他不过略挣了挣，便由着我握住，咬住下唇不说话。

屋内动静不小，外面已传来杂沓的脚步，很快便听到靳七领了人在门外高问："皇上，皇上，有事吗？"

唐天霄盯着被灯笼映得一片通红的霞影窗纱，眼中慑人的光芒慢慢消逝，回答的声音更是风平浪静："没事，朕又想到一个好玩的主意了！快去拿一坛酒来，朕要和昭仪好好喝一杯。"

屋外的喧嚣顿时平息下来。

我松了口气，还没来得及将地上的东西收拾干净，便有宫女过来，奉上了最好的女儿红，以及几道清淡的下酒小菜。

"对不起，我失言了。"

无人之际，我终于道歉。

他是帝王，纵然无人之际和我言笑晏晏，不分君臣，纵然他行事有欠磊落，辜负了南雅意，他还是大周被捧在最高处的大周天子。

我犯的是大忌。

如果他要追究，则是诛灭九族的大罪。

好在，我也没什么九族可以让他诛了。

而他显然也没打算深究。

半卧在榻前，他缓缓伸展着手脚，半闭着眼品着玉盏中的美酒，轻轻叹息："还好，你没向我请罪。要不然，我连你这个愿意向我说说真心话的朋友也失去了，对不对？"

他笑了笑，向我举了举酒盏："我没怪你。我怪的，其实是我自己。我不该这般无能。"

这一夜，唐天霄喝得大醉，我也没有阻拦。

每个人心中都有太多的不快活。

宝殿琼林，穿金缀玉，从者如云，一呼百诺，都掩饰不住我们内心的孤寂和无助。

龙翔天下，鹰击长空，大丈夫本当如是。

我一介弱女，得不到我最想要的，可以在无奈中看淡俗尘，心如枯木；唐天霄身处万万人之上，同样得不到最想要的，甚至不得不以庸碌无为掩饰胸怀大志，心比天高也许就成了睡梦里毒蛇噬心般的折磨。

他和唐天重的战场，不仅是我或南雅意，更是大周广袤无边的天下。

我无法责怪他，却只为他醉前的某句话心悸。

我们是朋友，可以向彼此说说真心话的朋友。

君臣，帝妃，的确都不足以形容我们之间亲密而不亲昵的相处方式，但他这句话点醒了我。

原来，我们是朋友。

于是，当他酒醉后伏在榻上抱住我的腰呜呜乱叫时，我再没有矫情地推开。

他在醉梦中唤了很多人的名字。雅意，唐天重，母后，父皇，皇叔，甚至沈凤仪，独独没有叫过我。

看他在软榻上吐得一塌糊涂，我费了好大力气，才把他弄到我睡的床上去，倒了茶来给他喝。

　　直到这时，他好像才认出了我，勾了勾唇角唤了声："清妩……"
　　然后，他喝了两口茶，竟枕在我的腿上睡着了。
　　并且很香甜地睡了一夜，再也没有说胡话发酒疯，直到早上侍女送来洗漱用具，才伸个懒腰，没事人般起了床，叫人挑了一盘子上好的东珠，亲自送到熹庆宫给皇后做珠冠去了。
　　而我直到他离去，才能摸着酸麻了大半夜的腿睡了片刻。

　　有了唐天霄的支持，两天之后，南雅意便被从城外别院接回，并被康侯唐天重亲自陪同着送入皇宫。
　　唐天霄早在怡清宫候着，远远见了唐天重，已一把拉过他，笑道："天重大哥，你果然来了！我听清妩说康侯夫人过来，就想着说不准大哥也会拨冗前来，特地等着大哥一起去看大败北赫得来的那批好马呢！"
　　彼时午时已过，艳阳炽烈如火，宫外几株柳树枝叶妖娆，如金线缠舞，有零落的飞絮飘下。
　　南雅意所乘小轿已经在宫门前停下，凝霜、沁月早已迎上前，扶出她们的故主。
　　南雅意头戴珠冠，深青绲云纹红锦镶边翟衣，伸出扶住侍女的手上戴着通体碧绿的翡翠镯，碧玉指环和赤金镶宝指环将青葱般的手指衬得洁白晶莹。
　　我眼眶发热，连忙踏出宫门，赶过去亲手搀扶她时，她仿佛被飞絮蒙了眼睛，正用手背揉着眼睛。
　　"雅意姐姐！"我轻声唤着，嗓音已是嘶哑。
　　南雅意放下揉眼睛的手，微笑望向我："清妩，怎么当了昭仪，也不见养得好些？还是这么瘦得跟柳枝儿似的。"
　　她装束华贵，意态安闲，本就娇艳的容貌更是艳色夺人，无与伦比，半点也看不出久被冷落的萧索沧桑。
　　女为悦己者容，我大致猜得到她这样的妍丽，为着谁的目光。
　　可唐天霄刻意要支走唐天重，同时不想让他看出自己对南雅意的留恋，居然只向南雅意淡淡一瞥，便迅速转了过去，不再理会。
　　而唐天重那双眼睛，自我踏出宫门，便无所顾忌地盯着我，连唐天霄叫他去看马，也只上前草草见了礼，口中应了，脚上却不曾移动半步。
　　唐天霄笑道："大哥，快去瞧瞧我们大周将士的英雄战绩吧！据说其中有一匹紫骝马，坐上后如驾虹霓，如乘赤云，又快又稳。不过性子烈了点，咱们且去瞧瞧，看谁能先驯服了这匹马儿！"

唐天重回眸看他一眼，淡淡地应了，这才相携离去。

我给他看得一直全身发冷，这时才觉出几分炎热，背上粘腻腻的，不知什么时候激出了一身汗水。

想着南雅意一身正装在轿中闷了许久，又在这毒日头下晒着，一定也不舒服，忙拉了她进怡清宫。

第九章　且近尊前，容我醉中眠

第十章　孤芳难付，春寒失花期

　　我们患难之中相交许久，自然也没什么避讳，一径将她带入我的卧房，让侍女们上了茶退开，便笑道："雅意姐姐，这里没外人，快把外衣解解，别热出痱子来。"

　　她转眸将我房中陈设打量一番，笑得有点凄凉："哪里热了？我倒觉得有点冷。"

　　唐天霄宠我宠得极其招摇，一应器具，都已是宫中上品，触手可及，触目所视，不乏珍贵难得的器具宝物，仅挂在妆台畔的一幅飞天图，便是前朝有名的大家所画，价可连城；而妆台上我随手掷在一边的簪珥佩饰，也无一不是穿金缀玉，巧夺天工。

　　这样的怡清宫，自然远非当日我们所居的静宜院所能比拟了。

　　生怕她有所误会而心生嫌隙，我指了指唐天霄每夜所卧的软榻，笑道："皇上每晚过来，都只在这榻上休憩。我这个昭仪，正给他当了这怡清宫里会说话的摆设了。"

　　出乎我的意料，南雅意并没有惊讶，蝶翼般的长睫轻轻一颤，眸中已含了轻盈笑意，飞快掩了那抹凄凉。她像以往那样抚了抚我的面庞，打趣道："哦，我以前倒是不知道，他的定力有这般好！夜夜面对这么个美人还能无动于衷，还真成了柳下惠了！"

　　"他倒不是柳下惠，只是看见我便想起某人，不借酒消愁就不错了，哪来的兴致看我是美是丑？"

　　"呵，看着你会借酒消愁，兴致缺缺，看着那位手段高强行事狠辣的沈皇后，倒是春心荡漾魄动神驰？"

　　我拉了她在窗边的竹榻上坐了，拿了团扇缓缓扇出阵阵凉意，笑道："他有他的抱负，他有他的筹谋，你又不是不知道。至于美，或者丑，不论是我，还是皇后，大约他从不曾细看过吧？"

　　他的确从没在意过我的容貌。

我原来用秘药掩饰了，是个寻常宫女时他没细看过；后来被他看到本来面目，也没见他怎样惊讶过，一双神采飞扬的凤眸似乎从来不曾在我面庞上停留过。

南雅意沉默，将翟衣领部的盘扣解了，松散着衣裳靠着墙，鼻翼有细细的汗珠渗出。

她轻轻道："他不曾细看过你们？那么，清妩，你觉得，他有细看过我吗？"

"他当然……细看过你。"我立刻接了口，但后半句已低了下去，好像忽然间失去了原来的十足把握。

我们隐居在静宜院时，唐天霄将那里当作了宫中最后一处净土，闲来就过去看望南雅意，品品茶，听听琴，说几句在别的地方没法说出口的知心话儿，对她很是关切。——可如今，他一样可以在怡清宫抚琴吹笛，无所顾忌地倾诉他的愤恨和委屈。

他对南雅意很好，可对我同样很好，懒散的眼神偶尔锋芒毕露，也是投往窗外更广袤的天空，而不是她或者我姣好的容貌上。

南雅意出神地望着老榕投于窗棂间的暗影，许久才道："我一直以为他是喜欢我的。"

"他自然喜欢你。"我肯定地说着，悄悄地打量她依旧娇美动人的面庞。

她分明还是原来的南雅意，和我交谈之际，分明还是和原来一样敞开心扉，并没有因我身份的变化或长久的分离而有所隔膜。

可下意识地，我还是觉得哪里不对劲。

她似乎太冷静了，冷静得少了几分热烈，连刚才和唐天霄匆匆相见，眼看他漠然而去，都不曾流露太多的爱恨。

这时，她居然说道："喜欢我？也许吧！只是他的喜欢，太冷静。"

太冷静？想着唐天霄在权衡之下的舍弃，我也默然了。

也许，就是唐天霄的这份对爱情的冷静，或者说，对爱情的冷酷，造就了南雅意现在的冷静。

南雅意支着下颌，晶亮的眼眸被窗外透入的些微阳光笼住，浮了轻云般的迷惘。她慢慢道："前几天，我遇到了一个人，看到他为心上人所做的，忽然觉得很伤感。"

"为什么？"

南雅意轻轻一笑："我觉得，人家那种情感，才叫情之所至，生死以之。而我……我付出了十多年的所谓爱情，好像就是一个飞蛾扑火的笑话。"

"不会，不会的。"我慌忙握住她的臂腕，努力想安慰她，却按捺不住声调中的空泛，"他有他的不得已，你……以前不是很理解他？"

"理解……理解就是为了他的得到而不断失去自我？"她笑着，弯过的唇角盛了满满的苦涩，"来之前，我还在想着，我在他心里，到底是不是特别的一个。我不指望能特别到让他为我奋不顾身，至少，也能让我在他的笑容里看到一丝挂念，一丝不舍。可我看不到。"

她将茶盏端起，却没有喝，有些无力般又放回旁边的案几，轻轻道："等得太久，总会疲倦；何况疲倦之后，无路可去。飞蛾扑火，我……到底不甘心！"

我不禁叹息："可他的确在意你！你为他的九龙玉佩打了缨穗，他从此便一直戴着，前儿我瞧着有点脏了，给他取下来清洗，他还担忧着我会不会把那缨穗洗得褪色。你说他要多少的缨穗没有？巴巴地把你亲手打的东西天天戴在身上，为的又是什么？他是帝王，他有他的天下霸业。"

"他有天下霸业，难道庄碧岚就没有家国子民了？人家能舍了性命不要只求一段完满的爱情，他就不能丢开他的满腹心机，多看我一眼，多和我说一句话？"

她的眼睛更亮了，却不是因为清明，而是因为点滴分明的泪光。

而我的呼吸蓦地停顿，一把揪紧她的衣襟，失声问道："你说什么？你是说，你是说……"

她一直知道我有个心上人，可我始终没有告诉她，我苦苦守候的那个人，就是庄碧岚。

唐天宵虽然清楚，可他刻意要隐藏自己对南雅意的在乎，连看都不肯多看她一眼，又怎会告诉她我和庄碧岚的事？

南雅意向窗外扫了一眼，低头看向我的手，轻声道："清妩，我的手臂被你掐青了。"

急着缩手，用力眨了眨模糊的双眼，果然看到南雅意被我抓过的手臂留下了几道清晰的指甲印迹。

"你见到他了？他……他在哪里？他还好吗？回交州了吗？"顾不得道歉，我急促地问。

南雅意深深地望着我，盈泪，却含笑："他很好。可他不打算回交州。交州没有你。"

我脑中隆隆作响，脸上忽然染上大片的水渍，嗓间却一片干涸，嚅动着唇舌，半天说不出一个字。

模糊中，只听得南雅意不知是伤感还是羡慕的一声叹息："这样的男子，才不负你的守候。如果有人肯这样待我，今生今世，来生来世，我都愿做那扑火的蛾。"

唐天宵对庄碧岚的搜捕比我猜测的更加严密。

庄碧岚入宫前便已安排好退路。在内应的帮助下，他赶在唐天宵密令清查侍卫队伍前便已混出宫外，却没有立刻离开，而是藏身在南城的西华庵中。

南雅意婚后备受冷落，虽是念着和我的姐妹之情，自愿卷入摄政王府那个泥潭，但她应承之时，未必不是在试探自己在唐天宵心目中的分量。

独处别院的冷寂里，她对唐天宵的放手越来越不安。满怀心事无可排遣时，正好有西华庵的静慈师太到门上化缘，无意谈起佛法禅理，甚是投机，遂成了西华庵的施主之一，无事便去西华庵走一遭，寄情于佛禅之说，借以排忧遣怀。

很多天后，她才知道西华庵并不是普通的庵寺。这里出家的师太，大多是南楚战亡将士的遗孀。她们的夫婿在与南疆蛮夷或北周军的交战中马革裹尸，她们也将夫家忠烈声名发扬光大，誓不改嫁，只在这庵中修行，为南楚和亡夫祈福祷告。

南楚末帝李明昌虽然昏庸，对这些阵亡家属还知道多加抚恤，亲题了西华庵的匾额，赏赐珍宝粮食无数，算为南朝树了一面满门忠贞的牌坊，故而西华庵在百姓中的名望甚高，终年香火不断。

后来李明昌降了大周，北方人同样信奉佛教，西华庵作为方外之地，倒也不曾因为被南楚皇室优待而受牵连。只是这些师太好像并没有能高蹈俗尘之外，竟然管了庄碧岚的闲事。

庄家本是南楚大将，在武将中极有威望，满门冤杀后为其抱屈的将士更是大有人在；西华庵众尼来自将门，甚至有不少擅于舞刀弄枪的女中豪杰，所以对庄碧岚很是维护。

南雅意所知道的，就是一向和她交好的静慈师太忽然引她进了密室，求她设法将庄碧岚救出城去。

庄碧岚是唐天霄要抓的人，也是大周万万不肯放过的敌方奸细。

南雅意和大周皇族有着千丝万缕的关系，她正奇怪静慈师太何以料定她会去救大周的敌人时，庄碧岚从屏风后走出，一身素青衣衫，风姿雅秀，蕴着笑意向她道谢："多谢雅意姑娘这些年对清妩的照料，在下不胜感激！"

南雅意恍然大悟。

原来，这人就是好姐妹一直等待着的那个人。

他真的来了，气质文秀，清雅如莲，却携着一把茹血无数的泰阿宝剑，孤身闯入敌方腹地，只为当年一个不离不弃的承诺。

天若许，白头生死鸳鸯浦；天若不许，还有一池清莲并蒂香。

她晓得那样的誓言，毫不犹豫地选择救走庄碧岚。

城中搜查虽紧，满是女人的尼姑庵却是最后的清查地点；等他们搜过来时，南雅意已顺利将庄碧岚带出城，带回自己所住的别院。

城门守卫虽是森严，又有谁敢搜权倾朝野的康侯正室夫人的车轿？

"我劝他尽早回交州，他不肯。他要带你一起走。"南雅意扬着清丽的面庞，目光熠熠，"他的理由只有一个。他说，临别之时，清妩要他别丢下她，清妩要他带她走。所以他不能丢下她，他不能不带她走。"

别丢下我，带我走，或带我死。

他听到了我的话，并记在了他心上。

我已泪流满面。

南雅意揽着我的肩，哑着嗓子问我："你舍得抛开这一切，冒险随他离开吗？"

我哽咽着还没来得及回答，便听她叹道："你自然舍得。易求无价宝，难得有情郎。换了我，便是死，也该跟他死作一处。"

她的话语决绝，揽着我的手却柔软，胸怀间有清馨温香的气息徐徐传出，细细地萦在鼻尖。但听她缓缓道："清妩，我想法帮你逃出去吧！"

我心头一滞，握紧她的手，问道："那你呢？"

南雅意挺了挺肩背，自嘲地叹道："等不着你的庄哥哥，你会觉得你活得了无生趣。而我对着我的青梅竹马，同样会觉得了无生趣。"

我愕然看她时，她却微微地笑了："我说着玩呢！你必须走出去，因为你留恋的人在外面。我也没必要留下，这里……并没有我值得留恋的人。"

当断不断，反受其乱。

不知是不是受了佛家禅学的影响，南雅意倒似比以前更有决断了。

她嘲讽地盯着身上代表着公侯夫人的深青翟衣，冷冷地一笑："你孤身一人，我也被诛了九族，无牵无挂，有什么可怕的？不如搏一搏，也许，这无趣的生活也会柳暗花明！"

"所以，我们走，我们一起走！"

"至少，我们两个，总还有一个人能幸福着。"

两人在房中细细商议了许久，天色已经黑了。南雅意和我一起用了晚膳，到酉时才依依不舍告别。

如果唐天霄要到怡清宫歇息，这时候也该来了。我再说不清是盼着唐天霄再狠心些，好让南雅意彻底死心，还是盼唐天霄的情感能压倒理性，及时地赶过来，用他在半夜流露出的孩子般的纯稚和微笑，挽留下她。

我始终不觉得他的心里真的没有南雅意。只是他的心太大，南雅意可以占有的空间太少。

总有一天他会发现，这样的女子，才是他生命中的不可或缺。

哪怕，和他的江山相比，她可能什么也不是，什么也不算。

可他到底没有来。

我将南雅意送出宫门，扶上小轿时，垂柳正在朦朦的月色下轻轻摆动，树影沉在渐起的夜雾中，低垂的枝叶仿若一串串黯淡的泪珠。

南雅意笔直着腰身，临上轿前，眼眸不经意般又往通往怡清宫的大道瞥了一眼，然后淡淡垂落。

华丽的翟衣在夜色中已看不出白天的华彩，只有那张白皙美丽的面庞在月光下流转着淡淡的浮光，愈发显得天姿国色，世所罕有。

默默提了裙裾，她也不要侍女来扶，弯腰闪入轿中，迅速垂下脸。

花容月貌，绝世才情，很快笼在那黑魆魆的小轿里，不见一分一毫。但听她清脆而平静地吩咐一声"起轿"，小轿便晃悠悠地远去，很快溶入幽深的夏夜之中。

低低叹息一声，我正要带了宫女回去时，听闻一串轻而急促的脚步声飞快传来，忙扭头看时，文书房的两名小太监正匆匆赶过来，向我行了礼，道："昭仪娘娘，皇上今晚在怡清宫就寝，奴婢奉靳公公之名，前来通禀昭仪。"

两个小太监摘下两边的大红绫纱宫灯，以表示皇帝今晚会在怡清宫留宿时，我不禁回头望向南雅意离去的方向，仿佛又看到了她不经意般瞥向大道的目光。

淡然的目光后，是一汪看不到底的深潭，早已被失望的漩涡席卷。

唐天霄不久后便来到了怡清宫，依旧散散淡淡的神情，懒洋洋地问我："雅意走了？"

我心下恼怒，反道："雅意不走，皇上会来？"

反讽之意已甚是明显，唐天霄有片刻沉默，立刻笑道："她不走，我自然来不了。下午一直陪着唐天重挑马匹，刚又在一起用了晚膳，谈了些朝政之事。如果不是那边回报康侯夫人出了怡清宫，他还不打算就走呢。"

我苦笑道："这么说，是他牵制着皇上，不让皇上见雅意？"

唐天霄本已坐下，听我一说，又站起身来，抱着肩在房中来回走了几步，半抬起脸庞向我苦笑："好吧，朕承认，朕也牵制着他，不让他见你。朕的雅意，真给他害惨了。"

"皇上，害惨雅意的，不是唐天重。"

唐天霄立刻点头："嗯，朕就知道你想说什么。害惨她的不是唐天重，自然是朕了，对不对？"

"只有她喜欢的男子，才能让她开心；同样，也只有她喜欢的男子，才能让她伤心。"我尽力提醒，"皇上，你真的不懂？"

"懂，懂！"唐天霄有点不耐烦，"你就是一直怨朕没法儿把她从唐天重手中带回来！可你也是个聪明人，当下的局势，你不会看不清吧！"

大局为重，江山社稷为重。

我心里替他说了，也懒得再解释了。

不是不爱，只是没有爱到愿意为她舍弃更多。

也许胸怀大志者都是如此，而我和南雅意始终只是目光短浅的小女人而已。

所以，高门侯府中，不可能有我们苦苦寻觅的爱情和幸福。

看他洗漱了，我令宫女取来滚水和茶具，不紧不慢地装茶、烫杯、热壶、高冲、低斟，房中蕴藉清芬的茶香很快四散溢开。

唐天霄本来正无趣地坐在灯下练字，忽见我亲手泡起茶来，大是惊喜，掷了笔笑道，

"原来雅意来看你你就特高兴，连带朕也沾光，能喝上一口好茶了！"

他也不练字了，掷了笔走到我跟前坐下，居然安安静静地等着我泡茶，唇角的笑意很是跳脱，不羁中带了孩童般的欢喜。

我将茶盏双手送到他面前，笑道："尝尝，比雅意的手艺怎样？"

唐天霄接过，小小啜了一口，闭上眸子，仰着头细品了片刻，点头道："你用的碧螺春，她用的龙井，各有千秋。不过……这泡茶的水好像不如她的好。嗯，应该就是水的问题，如果换上山间的泉水，必定更加清醇。"

我也取了一盏，拿舌尖细细品着茶水的清芬，慢慢道："也许……不是水的问题吧？臣妾懒散惯了，并没有雅意那样的闲情雅致，每天天不亮就起床，到梨花树上收集花上的露珠，一点一滴汇成小小的一钵。皇上每次去所喝的小小一盏，可能是她整整一个早上的心血。"

孩童般的欢喜消失了，他出神地凝视着窗外的夜空，凤眸深深，再不知在想些什么。许久，他才说道："这茶也不错，朕喝着很是爽口。你不需费心去弄什么梨花荷叶上的露珠，不过一直待在房中，难免闷坏了，有空还是出去走走的好。"

这话倒是正中下怀，我再顾不得旁敲侧击试探他对南雅意的态度，立刻说道："说起这个，我还真想出去走走了。从三年前被送进这个见不得人的地方来，我就没踏出过这宫门半步。"

唐天霄大是讶异："你要出宫？"

我托着下颌，歪着头向他微笑："是啊，想出宫走走，至少没有宫里那些眼睛盯着，还能自在地散散心，不用担忧谁一状告到皇后那里，又得个什么莫须有的罪过。"

唐天霄嗤地一笑，趴在桌上用手指点点我的额："丫头，第一次是莫须有，第二次还莫须有吗？沈凤仪黑白颠倒，朕也跟着黑白颠倒啊！"

他偏着头，眼睛一眨不眨地望着我："清妩，如果那晚皇后和我都没去静宜院，第二天朕就别想再见到你了吧？你一定撇下朕，和你的庄哥哥双宿双飞，半点也不会再想起这宫里还有个和你夜夜在同一屋檐下睡觉的唐天霄，对不对？"

我没法否认，坦然道："如果能走，我一定随他走了，不会再回头。可有些人，有些事，即便时光也不能轻易抹去。我会用一辈子来怀念。"

"怀念……"唐天霄喃喃念着，蹙眉品着茶，忽道，"朕不想用一辈子来怀念，而想用一辈子来相守。"

我一怔："皇上的心底……其实还是盼着每天和雅意姐姐相对，用一辈子来相守？"

"朕要平定天下，把你和雅意护在身畔，一辈子开开心心的。"他脱口说道，听着很像素常哄人欢喜时的戏言，眸光却是深沉。

烛光之下，我恍惚能看到眸心闪烁的犀利和霸气。

抱着滚烫的茶盏，我的指尖还是有点凉，只能强笑道："皇上，你还是……先平定

你的天下吧！内忧外患不绝，你先不用操心怎么护着雅意，护着我。"

　　唐天霄极是机敏，立时发现我神色不对，干咳一声，呵呵笑道："也是，也是……雅意难得回宫一次，朕都没陪她说会儿话。她……怨朕吧？"

　　我替他将茶添满，叹道："自然……有些怨气。所以她说近日会去西华庵上香，再和住持师太论论禅心佛理。皇上，我怀疑着，这么论下去，她会不会丢了那康侯夫人的封诰不要，跑去庵里出家当尼姑。"

　　"雅意……出家当尼姑……"唐天霄悸动，似乎也不可想象，"她从来好胜，能写会画，能歌善舞，一心一意做个才貌双全的俏佳人，好把朕身边的女子都压过一头去，她……会出家？"

　　我微讽："原来，皇上还记得她才貌双全……还记得她才貌双全为了谁。可皇上可不可以告诉我，她现在该为谁妍丽无双，又该为谁轻歌曼舞？"

　　唐天霄脸色有些发白，提到了唇边的茶盏，又重重地放下，溅出零星的水珠。

　　他站起身，走到窗边，深深地呼吸了两下，低声道："清妩，你有机会，就多多把她叫到宫里来，好好开解开解吧！朕……真的没打算舍了她不理会。唐承朔的身体每况愈下，唐天重未必就能支持多久。朕不会让她等太久。"

　　院中悬有宫灯，但并没有把他的脸色映亮多少。他的手负在身后，浅色的丝袍被夜风吹得鼓起，衣带飒飒而飞，看来颇是潇洒。可他负在背后的双手却绞得极紧，灯火明灭间，看得到那簌簌跳动的青筋。

　　"唐天重未必能支持多久，南雅意也未必能等多久。等得久了，心就灰了，死了。"记起雅意临别时美丽却萧索的身影，我黯然地说着，案上摆放的六枝铜灯晕染成六团模糊的光圈，在眼前忽大忽小。

　　"可你等了庄碧岚这么久，不是还在等么？而且……朕还看不出你有放弃的意思。你会对他心灰，心死？"

　　他问得小心，凝视着我的眼眸极清极亮，依稀有些冀盼的模样，我却心虚起来，不敢再试图唤起他对南雅意更深的怜爱或愧疚。

　　南雅意并不是完全因我而心生去意，如果他们彼此有心，即使雅意离开，等唐天霄真的拿到他想要的一切时，她还是能安然回来。

　　至于现在，她要脱开她的牢笼，我也必须脱开我的牢笼。

　　狠一狠心肠，我不去看他格外清澈的眼眸，低声道："也许……会吧？如果我真的只能这样老死深宫，再也见不到他一面，生与死，分别其实已不大。"

　　唐天霄恼怒地盯我一眼，恨恨道："真不知道唐天重喜欢你什么，一点也不懂得什么叫善解人意！"

　　我知道，此时此刻，他宁愿我说我永不变心，来确认南雅意不会变心。可我不想再给他那样的冀望。

走到他跟前，我直视着他眼睛："我是不善解人意。不知皇上要不要我为你留一留那个善解人意的女子的心？"

他沉默片刻，眼底终于有一丝脆弱飘过。

"要！"他低低地说，却斩钉截铁。

我心尖一颤，发现自己故作冷静直视着他的目光已经维持不住，却也只能硬着头皮道："我打算出宫去看看她……看看她到底过着怎样的生活。"

"行！"唐天霄答应得很爽快，"不过你不许出城。"

他的眸子眯了眯，狐狸样的狡黠一闪而逝："出了城，谁知道你还回不回来？庄碧岚不会在城外等着你吧？"

我头皮发麻，勉强笑道："如果他真在城外等我，我是一定不会回来了。"

唐天霄苦笑："你对朕还真的坦白到底了！"

我原就没打算唐天霄肯让我出城，早和南雅意商定，只在西华庵见面。

我已是二品昭仪，京内并无至亲之人，连出宫省亲都找不着借口。但周人和南楚一样信奉佛法，尊崇僧道，连太后都时常去庙中祈福祝祷。因此，我只和唐天霄说，便以到京城相当有名的西华庵去上香求子为名，借机见见南雅意。

唐天霄虽然答应了，却迟迟没有给我手谕，也不知是不是有些疑心，怕我真的找机会跟庄碧岚跑了。

几日后，南雅意差人送了两盒点心，又传了话说甚是想念我。

想念不假，但最想念我的人，应该不是她。

这时，无双又告诉我探子的线报，说近日交州城传出了庄公子带了许多交州子弟在城郊狩猎的流言，周廷这里终于放弃了瑞都的搜查。

那些流言正是我让南雅意转达给庄碧岚，让他通知庄大将军暗中布置的。无双能从唐天霄那里打听到，唐天霄应该也已知悉，便可放心让我在城内走走了。

于是我等着唐天霄晚上过来，拿了点心给他，趁机又催唐天霄安排我出宫之事。

南雅意亲手做的蜂蜜桂花糕，唐天霄以前是很爱吃的，但我夹到他盘中，他显然没什么胃口，虽然吃了一个，却是明显的食不知味，在嘴中咀嚼半天，才喝着茶水咽入腹中，感慨般长叹："雅意……雅意做的点心……"

他抬头向我笑笑："其实她做的点心，并不比御厨房里的好吃。只是她站在朕跟前时，朕吃着就觉得格外香甜。"

我尝着糕点，也是怅然："我倒觉得雅意姐姐的点心更香甜些。可想着雅意姐姐天天这么不开心地过着，再好吃也吃不下去了。"

唐天霄终于连半口糕点也不想吃了，一股脑地推到我面前，道："你吃吧，多吃些，养养精神，明天给朕到西华庵去好好听听，那些老尼姑到底和雅意胡说了什么，才让她鬼迷心窍，想着当什么尼姑！"

我暗自松了口气，尝出了些微糕点的甜味；而唐天霄却连晚膳都不曾吃几口。

这晚，唐天霄在竹榻上辗转反侧了几乎一整夜，我安静地卧在床上听着，又想着明日之事，心下也是忐忑，快天明时才迷迷糊糊小睡片刻。

半醒不醒之际，鼻翼凉了一凉，惊得坐起身时，唐天霄正持着他的九龙玉佩轻轻刮着我的鼻子，笑盈盈地望着我，并看不出一夜未眠的憔悴或失意。

我擦去额上的汗珠，苦笑道："皇上贵为天子，怎么也爱这样捉弄人？也不怕失了天子威仪！"

唐天霄摇着头啧啧有声："关上房门，你几时把朕当过天子？都快爬到朕头上了，现在还跟朕说什么威仪不威仪，早先干什么去了？"

我留意到他的另一只手中正抓着当日南雅意为他编的鸳鸯戏水橙黄缨穗，问道："怎么？穗子掉了，要我帮忙扣上么？"

"不用，朕刚刚解下。"唐天霄摇头，将九龙玉佩递给我，"帮朕转交给雅意，让她帮我重编个穗子吧！"

"穗子不是在皇上手里么？"

"是，不过这穗子有点旧了，朕想要个新的。你就告诉她，朕不小心把穗子弄丢了，现在只想把原来的找回来，问她肯不肯重编一个原来那样的。"

他不小心把原来的弄丢了，只想把原来的找回来。

再想不出，这个时而精明厉害、时而懒散无能、时而纯朴明净的少年，居然能一语双关，说出这么感性的话。

我一时心荡神驰，伸手接过那明洁莹润的玉佩，一口答应："好，我一定……劝她重编一个。"

重编一个，找回他们原来的，代替已经沾灰惹尘失去光华的那一枚。

唐天霄便微笑，一边唤人进来更衣，一边扭头向我吩咐："朕会叫些身手高明的侍卫随身保护，你单带了凝霜和沁月去就可以了。九儿那丫头古古怪怪，天知道你怎么调教的，不许带过去。"

我披着衣裳坐在床沿上，懒懒道："皇上不放心？"

"嗯，朕不放心。怕你一去不回。"他说着，走到我跟前来，明亮的眼睛凝视着我。

我不敢看他的眼睛，只作睡意蒙眬，半闭着眼靠着蝴蝶穿花的床帏憩息，也不答话。

已闻得外面有轻捷的脚步传来，应是凝霜等人拿了唐天霄的洗漱之物进来服侍了。

第十章 孤芳难付，春寒失花期

脸上薄薄的一凉，似有轻薄的丝料拂到脸庞。

未及抬头，眼前暗了暗，唇边陡地温热，竟被人轻轻衔住，又迅速松开，像春日里暖洋洋的风，沿着颊边的肌肤一擦而过。

薄而软的触感，很陌生；扑到鼻尖的气息，却极熟稔。

我惊骇地下意识要避开那种亲近，身体向后一仰，便要摔回床间铺着的凉簟时，腰间蓦地一紧，已被唐天霄揽住。

他的凤眸弯弯地挑起，居然没能扶住我，反而顺势和我一起卧倒在了竹簟上，和我面面相对，鼻子都快要碰到一起了。

我惊骇地瞪大眼睛，慌忙甩开他的手坐起身时，唐天霄依然躺在床上，促狭地哈哈笑着："朕的昭仪还真有趣儿，都老夫老妻了，还能这么害臊？"

房中便传来侍女们低低的窃笑。

床前垂下的豆青纱缦，天亮后已经挂到两边。两人方才的嬉闹，便一览无余地落在了前来侍奉的宫女眼中。

唐天霄素来对宫人宽厚，怡清宫常来常往，宫女们更不惧他，眼见他有心调笑，更是凑趣儿地笑出声来。

唇边不属于我自己的湿润犹存，唐天霄冲我慵懒地笑着，凤眸亮得通透，偏偏蕴了某种说不清道不明的情绪，在清晨一室流转的淡淡浮光中奇异地暧昧着。

当着宫人的面，我就是气恼也没法发作，抚着他亲过的唇，瞪着他竟说不出话来。

而他竟起了身，若无其事地洗漱更衣去了。

这一大早的，他绝对没有喝酒，绝不会醉。

直到出了宫，坐到辚辚的马车上，我依然心神恍惚着。

我已经不是十三四岁不解人事的豆蔻少女。他虽曾在醉后说过我们是朋友，可纯粹的朋友显然不包括那等亲密的行止。

联想他几回用辞含糊的言语，以及格外专注的眼神，我不得不猜疑，日久相处之下，他是不是对我动了别的念头？

所以，原来所说的会成全我和庄碧岚的承诺，他再也不提了。

所以，他舍不得南雅意离开，也舍不得我离开。

帝王也有情爱，可唐天霄的情爱，和我或南雅意所期盼的，好像相差甚远。

它不会专一，也不会成为他的死穴。

也许，南雅意远远离开，并不是坏事；而我更不该有所迟疑，再在宫中拖宕。

哪怕唐天霄一再说，不许我一去不回，哪怕……从此他在宫里，再也没有了可以敞开胸怀说说话的人。

第十一章　雅意冉冉，金枝脱玉笼

　　车驾离皇宫渐行渐远，肃穆沉重的气氛渐渐散去，市集上的各色叫卖声、歌舞之地的笙鼓歌乐，伴着孩童的嬉笑欢闹，喧嚣成了江潮一般的鼎沸人声，澎湃地涌入耳中，涌上心头。

　　我不由得抛开满腹心思，小心地撩开车厢旁侧的锦帘，望向睽违三年有余的瑞都街道。

　　紫陌风光好，绣阁绮罗香，瑞都繁华如昔。阳光下行走的百姓大多衣着整齐，神色安宁，并不见半年前的改朝换代在他们身上留下的痕迹。

　　大周朝廷虽然叔侄兄弟争权夺利，六部重臣各怀心机，但于治国平天下，的确颇有能耐。富庶的江南鱼米之乡，看来快成为大周一统天下最大的粮草输出地了。

　　我的马车缓缓从城中驶过，并没有引起太大的注意。

　　唐天霄显然有过安排，我的车驾内部陈设虽是华丽，甚至预备了冰块放在一角以驱除车厢内的闷热，但外表看来却很是平常，虽是朱缨翠络，纹雕羽饰，颜色却已陈旧，看不出原来的尊贵华美。

　　车驾前后侍卫随从不少，甚至可以看得出是宫里出来的，可衣服一色的半新不旧，并不引人注目。

　　不知道的，也许会猜测是宫中有些脸面的太监出来采办物事，或哪个不受宠的宫妃回府省亲，决计想不到是当今最受宠的宁昭仪出宫祈福。

　　无双和九儿都没能随侍我身侧，后面的随从也都是唐天霄的心腹侍卫。虽然听说庄碧岚已经离开，他显然还是不能完全放心，只肯让我在他的掌控下有所动作了。

　　我完全不知道南雅意那边到底有多大的把握可以将我带出城去。

　　毕竟，这里已是大周的天下。庄家虽在交州有几分势力，庄家军虽然英勇善战，面对铁桶般坚固的瑞都城池，只能徒叹奈何。

行往南城，人烟渐稀。几座小小山丘连绵，一道清溪顺了山势过来，潺潺于官道旁。青山芳草，将那溪水映得翠色盈人，又有喜鹊黄莺凑趣儿，在夹岸的垂柳间跳跃，不时伸展翅膀，逍逍遥遥地盘旋翻飞于碧蓝的天空。摆动的尾翼潇洒划过之际，有一声两声清脆的鸟鸣随风传来，呖呖婉转，满是喜悦。

宫中也有鹦鹉八哥，御花园也有各色鸟儿雀儿，但我似乎从没正眼看过，更没发现它们的身姿能如此曼妙，鸣叫能如此动听。

车驾停下时，前方山腰所建的一座宏伟庙宇赫然在目。"西华庵"黑底黄字的乌木匾额高悬，崭新得仿佛闻得到油墨的清香。

南楚灭了，即便末帝李明昌如今也成了大周降臣，他当年千金万金的御宝，如今也没人敢用了。这方外之地，竟也不能免俗，终于也换下了曾是庵中至宝的末帝题名。

庵中应该早就得到了消息，朱漆的大门敞开着，康侯夫人南雅意的身畔，一名身着住持服饰的老尼正带了许多尼姑迎候。

"西华庵住持静慈，见过昭仪娘娘！"

她不卑不亢地前来见礼，瘦小的身材，眉目安详温慈，并不见曾于将门磨砺的刚强英烈。

瞥一眼紧紧相随的凝霜沁月等人，我也不敢流露异样，以佛门规矩，双手合十上前说道："世人多重金，我爱刹那静。金多乱人心，静见真如性。师太，清妩世俗愚人，却也有向佛之心。向读佛法，多有惑处，愿求师太详解。"

静慈微笑："人爱贵而富，我爱白而虚。富贵荣辱会，虚白吉祥居。昭仪果是洞达之人。早闻南施主说了，昭仪强闻博记，才识非凡，若得多多探讨，也是贫尼之幸。"

我和雅意相视一笑，携手入内。

少年时候我曾随母亲来过一次这里，正是当年这西华庵颇受尊崇的时候。这次重来，虽已改朝换代，倒也没觉得萧条多少。

重檐歇山顶的巍峨大殿，当中就是贴金的毗卢观音塑像，一手执柳枝，一手执净瓶，正高高立于莲花台座上，低垂慈目俯视苍生；两侧的善财童子、捧珠龙女也塑得极为灵动，眉眼俊秀，稚气可掬；大殿左右又供奉了三十二尊化身观音像，排列整齐，形态各异，颇有气势。

随侍的小尼已在香灯上燃了三支香，递送到我跟前，让我插到偌大的青铜香炉中，以示供养佛、法、僧三宝。

我一一如仪叩拜，却只许了一个愿。

只愿平平安安逃离瑞都，与庄碧岚相扶相守……

有一日，算一日；有一年，算一年。

家不成家，国不成国，这般前途未卜，我已不敢奢求什么白头偕老，百年好合了。

礼毕，静慈引我和南雅意去静室用茶论禅，随同的大批侍卫却不方便跟着进去了，只能在西华庵四周守卫。

稍加留心，我甚至能察觉庵院四周并不止随我来的这些侍从，估计唐天霄早就预先派人在附近安插好了，却不知到底是为了保护我，还是为了监视我。

怪不得他疑心。我本就心存去意，绝不冤枉。

只是防守如此严密，仅凭我和南雅意二人，能避开他们耳目，悄无声息地离开么？

何况，庄碧岚，又在哪里？

当日南雅意只说让我设法混到西华庵来，却没有细说怎么从西华庵脱身，顺利逃出城去。

大约引了山间泉水，西华庵奉上的茶倒是清香扑鼻，南雅意一边品茶赞赏着，一边真的和静慈论起了禅学。

凝霜、沁月和南雅意随身的两名侍女都在静室中，我也没机会细问，只得打起精神，专心听她们说些佛道禅理。

好在少时读书不少，虽没刻意读过佛经，倒也有所涉猎，不至插不上口，居然像模像样同她们谈了半日。

午间用的自然是素斋，是跟随我一同前来的御厨入了厨房，和西华庵的姑子一同做的，一色用银盘装好送来，虽无山珍海味，倒也清爽可口，又有南雅意和静慈等师太相陪，居然吃得比宫中要多些。

饭毕，静慈笑道："昭仪和南施主论了半日禅理，想来也累了，不如且休息一两个时辰，下午再继续罢？"

抬眼看向南雅意，她也正望着我，眸光深深。

四目相对，我立时了然，笑道："嗯，我也难得和雅意姐姐见面，不如给我们安排一间精舍，在一处憩息着，也方便我们好好说说家常话儿。"

静慈笑道："东南角上有一小小禅院，正是素来用来招待贵客的，陈设都还整洁，不如请二位屈尊，暂时歇息片刻？"

我应下了，拉了南雅意正要起身时，凝霜忽笑道："昭仪，我们车上预备有从宫中带出来的卧具，不如昭仪先坐着喝会儿茶，让我们去换上？宫里的东西，到底不是外头能比的，昭仪睡着也舒服些。"

我不语，望向南雅意。

南雅意摇着团扇，向我慢悠悠道："好啊，正好我也沾了光，可以和清妩一起用上宫中的好东西呢！却不知二品昭仪的冰簟，和寻常人家的竹席有什么差别？"

125

沁月笑道："姑娘，其实也差不多的，只不过……"

她忽然噤声，尴尬地向凝霜望了一眼。

凝霜也微红了脸，勉强笑着接了口："只不过昭仪素来用的东西，到底预备得要精致些。"

她们必定受了唐天霄的暗中嘱咐，生怕我们坐卧之处有所不妥——比如藏个"奸夫"暗中幽会，或留些"情诗"暗通款曲之类，所以要先行去检查一番。

心中虽是不悦，我也只能若无其事地啜着茶道："快去吧，我正乏着呢。"

二人应了，已飞快跑了出去。

我站在窗口只作赏景吹风，暗中留意时，果然不久便见几名侍卫首领在沁月的带领下，直奔东南方向。

防得果然精密，连宫女的检查都不能放心，看来不把屋子翻个底朝天绝不会让我住进去。

不论唐天霄是为了保护我还是监视我，此刻我都恨得有点牙痒痒。

南雅意也走了过来，半倚着窗棂，轻轻摇着扇子，让习习清风一下下掠过我身上、她身上。

我不安地握住她的手，她扭过头，冲我笑了笑，也将我的手握得紧紧的。

"我们以后的日子，都会好好的。"

她说着，对我笑得很轻松，却不经意般瞥了一眼静慈。

静慈却没有看向我们，也没有留意那些侍从，静静地坐在一角掐捻着念珠，用极悠缓的声线低低诵着经文道："未曾生未曾灭，未曾有未曾无，未曾秽未曾净，未曾喧未曾寂，未曾少未曾老，无方所无内外。无数量无形相，无色像无音声。不可觅不可求，不可以智慧识，不可以言语取，不可以境物会，不可以功用到……"

她掐数念珠的手极稳，看不到一丝颤意，也不知是早有安排胸有成竹，还是真的看破生死四大皆空。

南雅意手心泛起汗水，浸湿了我的掌心，快要和我掌中的汗水融作一处。

"雅意姐姐……"我不安地轻唤。

南雅意松开我的手，笑道："你久在宫中不走动，这会儿困了吧？不如我们先慢慢走过去吧，等我们走到那边，估计他们也该收拾好了。"

我忙应了，令随侍的小尼姑在前导引，一路走过去时，果见我那几名侍从正疾步从那禅院走出，远远见到我，便避了开去。

我暗自松了口气，和南雅意加快脚步赶过去时，沁月、凝霜已擦着汗迎了过来，笑道："刚整理好屋子，可巧昭仪就赶来了！"

走到房中察看时，原木质地的桌椅床柜，乍看甚是简朴，但细察时便觉用料做工都挺考究，不比一般官宦人家用的陈设差。帐幔是用隐着翠鸟银纹姜黄锦缎所制，另一面墙上也悬着个大大的"禅"字，用精心雕镂的青鸟旋舞原木框架装裱着，于是这出尘脱俗的佛门净地，居然也散发出一股与众不同的富贵气息。

床榻上铺陈好的卧具确是宫中用的，冰簟柔软细滑，薄衾织着祥云翠鸟图案，极是精细。我抚着明耀的金线刺绣，笑道："嗯，果然和我素常用的一样。想来睡得一定好。"

我侧头向凝霜等人笑了笑："你们去别的屋子里休息吧，正好让我和雅意姐姐好好说说话儿。"

凝霜、沁月本就是服侍南雅意的，闻言忙过来为我们备好茶，才放心出了屋子，掩上门。

大约连唐天霄也只疑心过我可能会寻机离去，万没想到南雅意也会帮我，清查了房中再没有其他人，也没发现任何异样，他这两个心腹丫头到底听话地离开了屋子，侍卫们虽有四五个跟了进来，也只在精舍外的月洞门边守护。

我瞧见南雅意松了口气的模样，便知她必有安排，忙问道："雅意姐姐，四处防得和铁桶似的，我怎么走？庄……庄碧岚在哪？"

南雅意微笑，对我做了个噤声的手势，悄悄察看了四周动静，确定了无人在监视，才走到床榻前，撩起了丝袖，用力将床榻前光洁平整的踏板提起，掀到一边。踏板下是大块的青砖，因长期不曾暴露在空气中，显得有些潮湿，乍看并无异样。

但细细查看，那种潮湿并不均一，左边比右边要干燥些。我弯下腰，敲了敲左边的青砖，果然是中空的嗡响，不由惊喜地望向南雅意："有暗道？"

南雅意微笑点头，走到墙上那个装裱精致大气的"禅"字前，扳住了周边的木框，缓缓转动。

有沉闷的咯咯转动声传出，右边的大片青砖缓缓下沉，露出凹凸不平的一串窄窄石阶，绵延至一条黑黢黢的地下暗道。

南雅意向下探望着，低声道："已说定会有人接应我们。"

我有些喘不过气，紧紧抓着她手臂道："是碧岚？碧岚会过来接我们？"

南雅意抬起眼，眸光有些复杂："他自然一心一意要将你带走。只是瑞都对他太过危险，所以约定我带你出城，他带人在城外迎候。我们一定可以顺利脱身，从此远走高飞，你和他……便可琴瑟和鸣，比翼双飞，从此只羡鸳鸯不羡仙！"

"好，我也只要……过上那样的日子，有多久，算多久！"

仿佛又见着了庄碧岚澄澈明亮的双眸，我也不觉得下面那条阴森森的暗道有什么可怕的了，提起裙子便走下那台阶。

走不了两步，便见阶下火光一闪，我低低惊呼时，南雅意忙扶住我轻声道："别怕，是接应我们的人。"

走到阶下，果然看到两名黑衣人刚点燃了火把，竟是两个壮年男子，腰间佩着刀剑，

第十一章　雅意冉冉，金枝脱玉笼

正将两只不知装了什么的大布袋拖过来。

见我们走近，这二人立刻丢开那鼓囊囊的布袋屈身行礼："两位姑娘请尽快离开，这里就交给我们吧！"

南雅意应了，微笑道："辛苦二位了！"

青苔的潮湿霉腐气息中，我仿佛闻到了淡淡的腥臭味，不觉皱了皱眉，望向那两个布袋。

南雅意显然也闻到了，拿帕子半掩了鼻，眼底微露了一抹惊悸，却没有多问一句，接过其中一人手中的火把，拉了我径自往前走去。

虽然早已知晓这个西华庵不同寻常，但乍见了两个显然身手不凡的男子出现，我还是有些讶异，一边跟着南雅意在这简陋崎岖的狭窄暗道中借了火光跟跄走着，一边忍不住问道："这个密道通向哪里？他们……是什么人？"

南雅意沉默片刻，居然答道："不知道。"

我愕然，抬头正对着她一对杏眸，倒映着火把跳跃的光彩，曜亮如星，愈显得肌肤腻白如雪了。

她抿着唇轻笑："我虽然和静慈师太等人交往了一段时间，却真不知道这座小小的尼姑庵如此藏龙卧虎。庄碧岚……应该早就和她们有所来往了吧？今日之事，也是他和静慈师太她们早就商议好的。"

"出家之人，本不该问这些世俗之事。"我沉吟，"她们……大约从来不是真正的出家之人。"

"是。这所谓的西华庵，应该比我们所能想象的，要大许多。"南雅意别有所指，"也许，一直延伸到交州呢！这个，也许你能问得出来。"

她这么说，显然是不清楚了。

这个与南楚和西南交州有着千丝万缕联系的庵寺，也不可能轻易让她一个周人摸清底线。

可她还是信任了庄碧岚，只为他是我一心苦等的男子，我是他不肯放弃的女子。

暗道内有习习凉风流动，但我的背上还是有些汗意。

静慈以禅学接近南雅意，看来也不简单；如果她是受宠的康侯夫人，或能对摄政王父子有一定影响力，第一次进西华庵后，就不一定能好端端出来了。

三年，阻隔在我和庄碧岚之间的，不仅有时间，还有空间。

只希望，我们能够在最短的时间内拉近这种距离，延续我们青梅竹马时的两小无猜，毫无隔阂。

但打算和我们一起离开的南雅意，就没那么简单了。

她是周人，为我而离开生她养她的大周，离开有着隐约希望的唐天霄，去弹丸之地

的交州，于她到底是对，还是错？

正思忖间，前面忽然出现一线光亮。再赶上前几步，头顶已出现圆圆如杯口的一片天空。

那条暗道，原来出口设置在一处枯井之中。

井圈有一道阴影闪过，然后出现了一个山野村夫打扮的汉子，探头往下一瞧，立时显出喜色，说道："姑娘们稍等。"

长长的绳梯飞快放下，南雅意试了试绳梯的牢韧度，笑问："你敢爬这梯子吗？"

我反问："你敢么？"

她顽皮地挑了挑眉，一边握紧了绳索，一边道："呵，你别小瞧了北方的女孩儿！"

我跟着她往上爬，笑道："我不是虎女，可好歹出身将门呢！"

片刻之后，我和她都已站到了山下一处人家的小小院落里。

抬起头，看得到隐在山坡上的西华庵一角，黄墙青瓦，庄严肃穆，正被大周的卫士重重包围守护着。以那里的宁静，短时间内应该不会有人察觉我们的离开。

车驾已备好，和南雅意来西华庵所乘的马车大致相似，只是车夫和随从绝不是原先跟着她来的人了。

一旦坐上了这辆车，我和她，便都没有了回头的路。

于我固是得偿所愿，就是前方再多艰难险阻，也不会后悔今天的选择。

可南雅意呢？

一路刮擦，我们的衣裙都有些脏破，但这些不知庄碧岚怎么找来的帮手居然很有先见之明，早已预备下了更换的衣裳。

"怪不得庄公子和我要了两套衣裙，原来早有准备！"南雅意换了衣裳，整了整发髻，坦然向我道，"走吧！"

南雅意身量和我相似，我换上她的衣裙，倒也很合身。可我捏着换下的衣衫，久久不曾放开。

"怎么了？"

南雅意见我不动，奇怪地问着我，又伸出手来，为我将垂到额前的散乱发丝拂了上去，小心地将半歪的云髻扶正，用赤金点珠的扁簪重新固定好。

她的呼吸扑在我的面颊，专注关切的眼神和我的亲姐姐没什么两样。

隔了布料，藏于袖中的九龙玉佩已被我的汗水濡湿。

我终于将它取出，托在掌心递给她，"雅意，这是皇上让我转给你的，他说……他不小心把穗子弄丢了，现在只想把原来的找回来，问你肯不肯帮她重编一个原来那样的。"

南雅意脸上的轻笑凝固，脸色有点发白。

第十一章　雅意冉冉，金枝脱玉笼

轻轻取过那枚玉佩，她拈在指间凝视着，唇角仿佛咧出一抹笑，却凝滞着没有散开；倒是那双莹洁的眼眸，有清澈的水滴慢慢溢满。

吸了口气，她慢慢道："清妩，你觉得……唐天霄是我可以托付终身的人么？"

"皇上……当然可以。他其实满心里想对你好。"

"那么，你觉得，他会一辈子一心一意对我好吗？"

我想点头，却只犹豫地望着她手中的玉佩，没有回答。

明亮的光线从窗格中透入，把那玉佩照得如冰雪洁白莹润，却也把那精雕的龙纹照得更加清楚。

爪牙锋利，凶猛豪霸，威风凛凛，最细微的纹理都张扬着逼人的皇家气势。

一辈子，一心一意，对唐天霄，只怕还是太难。

他对我暧昧不明的话语，以及突如其来的亲吻，似乎也宣告了他的多情，却不专情。

听不到我回答，南雅意叹息一声，将九龙玉佩塞回我手中，说道："你先帮我收着。我暂时……没兴致给他编穗子。"

我强笑道："那……以后有空再给他编吧！"

南雅意没说话，直到出了门，坐上马车，才闭上眼，疲倦般轻叹道："如果我不编，总会有人给他编。他有很多女人。只是我太愚蠢，从前才会认定自己是他心目中最特别的一个。"

我拍拍她的手，劝道："他始终都想着你，你还是他心目中最特别的人。"

"错了，我是他心目中最特别的人之一。沈皇后和谢德妃她们，也是他心目中最特别的人之一。嗯，你也是。"

"可意义并不一样。"

"一样。"她懒懒地靠着厢壁，"不管是喜欢我们的美貌、才情，还是喜欢她们背后的权势、娘家的助益，在和他的帝王大业有冲突时，我们，她们，都是随时可以牺牲的可怜人。"

我怔了怔，没有答话。

南雅意依旧闭着眼，悠悠地继续说道："当初我主动提出将错就错，代替你嫁给康侯时，一半为你担忧，一半也在试探他。我就想知道，在他的心里，我到底是怎样的位置。"

她伤感地叹息，没有继续说下去。

唐天霄给出的答案再分明不过。他虽然伤心，甚至会以酒买醉，夜夜相思，可放弃终归是放弃。

帝王的爱，始终太过残忍，也太多无奈。

可以多情，可以无情，却不可以专情。

我默默抚摸着手中的九龙玉佩，一时无言以对。

130

许久，我以为南雅意快睡着时，忽听得她呢喃般低低说道："十岁那年，他带我去御花园玩耍，折了枝牡丹送我。他说，他最喜欢的，只有眼前这一枝。可惜，那只是当年。"

最后的一句，仿佛在呓语了："十年，十年。花开花落那么多次，谁还记得当年的那一枝呢？"

出城门时，我掀了帘子一角悄悄向外观望，发现城门守卫并没有终止对来往行人车辆的盘查，不觉有些担心。

果然，马车行至城门，照例被守卫拦了下来。

"大哥，这是摄政王府的车驾，也要检查啊？"前方扮作护卫的几名随从递过摄政王府的腰牌，很不耐烦地说着，果然有几分来自公侯府第的骄狂。

那些守卫居然没给吓住，负责统领城门守卫的守丞上前行礼答道："原来是摄政王府的车驾，属下失礼，失礼！只是我们早上接了上头命令，今天的出城车驾，须得仔细盘查。既然是摄政王府的人，那……"

这守丞说得客气，却没有立刻放行，反而在一旁低低地商议起来。

随从有些着恼，道："这里面坐的是康侯夫人，也要打开帘子让你们查？"

守丞苦着脸道："我等职责所在，实在是不敢疏忽啊！"

南雅意已经坐正身体，侧耳倾听着外面的对答，此时才扬声道："老周，公事公办，那是应当的，守城的将士们职责所在，不可为难了他们。"

她说着，向我使了个眼色。

我立刻会意，站起身走到前面，用凤仙花染就的长长指甲，缓缓挑开轿帘一角。

恰到好处的一挑，正好可以让旁侧的守丞看到车厢中只有两名女子，却不让他看清我的容貌打扮。

既然只有两名女子，很容易让人认定车中必是康侯夫人及其侍女了。

仿佛听到有人在轻声道："果然是康侯夫人。"

"夫人，得罪了，抱歉，抱歉！"守丞即刻堆上谦卑的笑脸，迅速退开，让行。

眼见出了城门，我松了口气，转而问道："雅意，不是说，从交州传出碧岚回去的假消息后，瑞都就不再搜城了？怎会防守还这样严密？"

南雅意也在皱眉，沉吟道："说来也奇怪，以往他们只要认定了的确是摄政王府的人，根本不会再查，连上回庄公子被我带出城时，也只是隔帘问了一声，今天怎么会要求打开帘子查看？"

驾车的车夫应该也是庄碧岚派来保护我们的高手，听得我们在内说着，答道："这事儿可不太妙。公子本想着设个局，让人以为二位姑娘都遭遇了意外。如今南姑娘露了面，

第十一章 雅意冉冉，金枝脱玉笼

131

他们很容易就能猜到西华庵那边的尸体只是掩人耳目。"

我奇道:"碧岚布了什么局?什么尸体?"

话音未落,城内巨大的爆炸声骤然响起,惊雷般滚过。

我慌忙撩开帘子看时,城内西华庵的方向,一道青烟正缓缓升起,妖异地袅绕在空中。

我勉强笑道:"这……不会是爆竹吧?"

"不是。是我们休息的那间精舍,用火药炸了!"南雅意蹙眉,"计算着我们已经出城的时辰,造出一个我们已经给炸死的假象,也就方便我们脱身了。"

我苦笑,"这,这瞒得过去?"

南雅意扶着额,也是声音发苦:"自然也没打算瞒多久,只盼着他们查出情况有异时,我们已经走得远了,说不准已经到了交州。只是如今……"

我想起了在暗道里闻到的血腥味,猛地猜出了那口袋里是什么。

一定是不知从哪里弄来的尸体,再加上我们原先穿的衣物都留在了那里,他们要伪造一个我们被炸死的现场很容易。

并且,那间屋子一旦给炸了,原来的机关暗道,也就被废墟掩盖得严严实实,西华庵推个一问三不知,说不准还能蒙混过关。

可惜,出城时不得不露了面,这计谋暴露得就太早了些。

我急道:"我们必须赶在唐天霄得到我们出城的消息前走得越远越好。"

南雅意脸色有点古怪:"你觉得,是唐天霄起了疑心,安排了大队人马看住我们还不放心,居然提前在城门口作了安排,防备我们逃走?"

唐天霄的确不放心我,才会提前在西华庵四周布防,本身已是未雨绸缪的万全考虑了,怎会又在城门预作安排?

我心里一寒,道:"那……那是谁在操纵这事?"

南雅意唇边发紫,慢慢地搓揉着自己的手,反问我:"你说呢?"

我生生地打了个寒噤,仿佛又看到了那个一身玄衣的男子,缓缓在黑夜中步出,胸有成竹地盯着我,微凹的深眸中,尽是志在必得的骄狂和傲慢……

我和南雅意今天约见西华庵的事,无双知道,他一定也能知道。西华庵周围全是唐天霄的人,他再插不上手去;但他一定多少有了些疑心,才叫守卫格外留意南雅意的车驾;他一定也没有确凿的证据,才没有吩咐守卫立刻扣留我们。

"停车!"我蓦地掀开帘子,高叫道。

前方的随从勒住马,疑惑地望向我。

我攥紧锦帘,急急吩咐道:"想法帮我们另雇辆不起眼的小车来,藏住踪迹和庄公子会合;你们继续赶着马车,挑人烟多的地方走,设法将追兵引开。"

守卫见过这辆马车,等唐天霄或唐天重发现事情有异,这辆马车必会成为他们首要

追击目标。

南雅意也想着了，蹙眉道："也不用太过刻意着了痕迹，循着往西南方向的路线过去就行。"

随从迟疑道："这事……公子应该也预料到了，断不会坐这辆车往交州去。何况两位姑娘生得招眼，在这瑞都城外想找可靠的小车，一时恐怕不易。"

南雅意叹道："我和庄公子原先并没想到，城卫会连我的车驾也检查。罢了，只能先和他会合再说了。"

我的手有些颤抖，想来脸色也很不好看。

不知为什么，离开了皇宫，离开了唐天霄所能控制的地盘，我对那个据说极喜欢我的唐天重惧怕得厉害。

万一没能逃走，落到了唐天霄的手中，他再怎么恼怒，也不会置我于死地；相反，我相信，如果有人想取我性命，他一定会尽力相护。

这种信任，和他对南雅意的薄情无关，也和他晨间突如其来的亲吻无关。

也许，每日如履薄冰的漫长相处，真的让我们成了朋友，可以信任的朋友。

而唐天重……

我讨厌他志在必得的目光，那种藏于冷静沉稳下的霸道，令我有着身处悬崖边缘，随时可能一跤摔入万丈深渊的惊怕。

南雅意握住我的手，偏着头，颊边的笑意明媚温柔："别怕，庄公子就在前面不远的地方等着，我们很快就能一起离开了！"

我也不想她担心，暗暗地吸一口气，将紧绷的面庞柔软下来，轻笑道："我不怕。就是真的逃不走，我也不怕。了不得，一个死字而已。"

南雅意杏眸清亮，纤长柔滑的手抚过我的脸，微笑道："你呀，为什么凡事就不往好处想？庄碧岚一定会顺利带我们离开。就是给唐家兄弟赶上了，也没人会要你的命。那唐天重……想你想得快疯魔了吧？"

她轻哂，唇角仿若嘲讽，又仿若自嘲："我长这么大，还第一次遇到对我从不正眼相看的男子，还在……我的新婚之夜！"

我一向懒得听关于唐天重的事，连无双提起，也常被我很快打断，或拿话岔开。此刻想到这男子很可能是下面面临的对手，才紧张起来。

"他……他是个怎样的人？"

"怎样的人？"南雅意垂眸瞧我，"不是听说，他曾把你从皇后手中救出来，藏在自己卧室多时么？是怎样的人，你看不出来？"

我摇头："当时我病得昏沉，何况……我懒得和他说话，他的话也少。"

话多的是无双。她见缝插针地说着，差点没把她家侯爷夸成人见人爱的一朵花。

南雅意沉默片刻，道："他也没和我说过几句话。连新婚之夜，他发现娶的并不是自己的意中人，他都没有多说什么。"

"他……听说当时并没有太为难你？"我第一次问起她的这段往事。

南雅意点头，眼中浮过一丝迷惘："这人……心思藏得很深。他揭开喜帕时很惊讶，许久才问我是谁。我说，我是南雅意。他便问我，静宜院中，是不是还有一位和我年貌相当的女子，我告诉他，是，有个叫宁清妩的，是我结拜的妹妹。他居然也没说什么，转头就离开洞房了。"

她笑了笑："后来，我才知道，皇上也够缺德了，他竟在康侯大婚的日子封你做了婕妤，彻底断了他的痴心妄想。难为他，城府够深，这么久了，都没有发作出来。"

我摇头："他怎么没有发作？他这等心机，这等地位，发作起来比一般人更要可怕十倍。唐天霄好歹是他堂弟，又有君臣之分，都能痛下杀手，可见其人心狠手辣，天下罕见了！"

南雅意沉吟："你也认为，当日唐天霄所中之毒，是唐天重所下？"

我奇道："难道不是他？"

正交谈之际，马车忽然慢了下来，有随从在外禀道："二位姑娘，前面的林子中就请换车吧，公子已在等着了！"

第十二章　车马萧萧，素影愿长随

我顿时心跳如鼓，也不待马车停稳，急急掀帘奔出车厢看时，已经身在一处密林之中。斜阳柳陌中，此处绿荫沉沉，蝉噪鸟鸣，行人罕至，正是隐藏行迹的好地方。

一辆半旧的青幔马车正从另一头缓缓行来，另有数人牵了马从隐蔽处走出。

领头之人，牵着一匹漂亮健硕的青骓马，穿着一身清清朗朗的石青衣衫，身姿挺拔，面容英俊，笑容温和雅秀，正是庄碧岚。

"碧岚！"

我高叫一声，冲下马车，径奔了过去。

泪水已盈在睫边，却又被我狠狠逼回，只怕眼前一时模糊了，会丢失了他的身影；又怕这触手可及的身影，不过是我的幻觉，眨下眼睛便会消失不见。

但他终于抱住了我。

雅洁蕴藉的气息，如同夏夜一池睡莲的清香，静静地将我包围。

"妧儿，我不会丢下你。"他眼睛弯了弯，唇角轻轻在我额际擦过，仿若在我耳边呓语，"现在回答，是不是太晚了些？"

恍惚记起，那晚宫中与他相会，我最后和他说的一句话，便是要求他别丢下我。

要怎样心心念念地记挂着，才能一见面，就先答了我这一句？

我微笑，将眼底的泪意逼回，轻声道："不晚。只要记得就好。"

等多久也不算久，只要你记得，记得回来找我就好。

旁边传来南雅意清脆的笑声："哎，这都见着面了，往后的日子长着呢，偏生这会儿在我跟前恩爱，欺负我是个没人疼的？"

庄碧岚一笑，拉过我的手，向南雅意道："雅意，先救在下，再助清妧，大恩不言谢！"

南雅意拂落飘在发际的一片落叶，往那辆半旧马车走去，轻叹道："谁要你谢了？我只想瞧瞧，瞧瞧这世间，有情人终成眷属，是不是真的只能做梦！"

捏了捏袖中那枚九龙玉佩，我心中一痛，默默随在她身畔走着。她正仰头望着天，眸光莹亮，映着傍晚碧蓝的天空，好像蕴了水雾深深。可她踏上车后，一边转身拉我，一边已粲然笑道："快上来，不能再耽搁了！"

我应了，入了车厢看时，才发现车中收拾得倒还雅洁，竹制的坐垫下铺着柔软的兽皮，一旁的食盒里放了水和新鲜的点心，大多是我和南雅意爱吃的甜食，另还有洗净的鲜桃、樱桃等水果，随手便可取了食用，很是方便。

庄碧岚犹不放心，临上马前又探身嘱咐："才出京城，未必就安全，今晚必定要通宵赶路。你俩吃点东西，就在车上坐着打个盹，就是睡不着，养养精神也是好的。"

我应了，看他骑了马，安排原先那辆马车和部分随从离去，在前面引路前行，心里渐渐安妥下来。

南雅意闭着眼睛，懒懒地往后靠着，哂笑道："丫头，这下你放心了吧？瞧瞧你庄哥哥安排得好，便是有追兵，大约全冲着我们原来的车驾赶去了；我们这辆车虽然破了点，可行得好像比原来那辆车还快些呢！"

出身武将之家，我多少也懂得些行军识人的知识，略加留心，便发觉庄碧岚留在身边随行的人虽然才不过五六人，穿着也是不引人注目的粗布衣衫，却个个身手不凡；而我们所用的马匹更是上上之选，一路方能走得又快又稳。

虽这般说着，我还是不时撩开前面的一角帘子，悄悄看向庄碧岚，连自己也说不清，到底是为了多看他一眼，还是怕他再从眼前消失。

南雅意却没再取笑我，拿了几颗樱桃吃了，便半歪着头打盹，一会儿便好像睡着了。想她早就计划着今日之事，昨晚一定也不曾睡好，才会这样犯困。

因车中闷热，我拿了团扇靠近她慢慢扇着，眼见天色渐渐黑了起来，我的眼皮也渐渐沉重。

模糊中，有人拿手轻轻地触了触我的额，惊醒抬眼，黑暗中庄碧岚那修长的手指正抚在我脸上，丝质的薄袖拂出好闻的夜风气息。

我微微一动，立时听到他轻笑道："醒了？要不要吃点东西再睡？"

侧头瞧着南雅意正歪着头不动弹，我低声道："待会儿吧，雅意还在睡，别吵着她！"

南雅意嗤地一笑，已经坐直身体，一对眼珠在黑夜中如明珠熠熠："他一进来我便醒了，可我若说话了，不是扫了你们的兴致？庄兄，你说是不是？"

想来她相助庄碧岚后，二人相处时间不短，她说得随意，庄碧岚也不放心上，笑着答道："你也来取笑我！罢了，既然醒了，趁热喝些粥吧！"

他取了火折子，将一角的小烛点燃，从地上捧起一只瓷钵，放到我们中间，又递给

我们一人一只瓷勺，歉疚道："路上不方便，只能委屈你们将就些了。"

我疑惑地接了勺，伸手一摸瓷钵，果然是热的，再尝一口，应是寻常人家所喝的粳米粥，味道自是不能和宫里相比，饮食的器具更是寻常，但此时能喝上一口热粥，已经让我惊讶了。

南雅意已问道："哪里煮的粥？不是正赶路么？"

庄碧岚笑道："临时停下来歇歇脚，进些饮食，马儿也需加些草料。可巧附近有人家，便过去要了粥，你们女孩儿家，便是大热天，也尽量别吃凉的，快趁热吃了暖暖胃吧。"

我一边喝着，一边问道："大家都分着吃了？"

庄碧岚点头道："都在吃着呢。你们快吃，待会儿又得启程了！"

眼见他下去了，我掀了帘子就着月光瞧时，庄碧岚已经坐回到他的随从中去，一边轻声交谈着，一边抓着什么啃着。

必定不是粥，而是随身所带的干粮了。

身处敌境，一路逃亡，即便一碗清粥也不容易。再不知他怎样留了心眼，从什么样的人家求来了这钵粥。

正沉吟时，南雅意悠悠道："这粥……味道很不错。"

我怔了怔，她已莞尔一笑："你细尝尝，我是觉得比我素日所吃的鲜鱼肥鸭子还好吃。"

慢慢地一勺接一勺吃着，舌尖转动时，果然有丝丝的自然清甜渗了出来；味道终究不是鲜鱼肥鸭能比的，可我想起今天以前我天天在宫女们严阵以待的伺候下吃的每一餐，忽然也觉得这味道极好了。

瓷钵虽是不大，但我和南雅意食量都小，等瓷钵见了底时，已经吃得有点撑了。

以往在宫里，吃得好像从没那么饱过。倒是唐天霄的胃口不错，总说怡清宫的菜式清爽，每每让我斟上几盏酒，喝得很是尽兴。

只想不出他目前正在做什么。

咬牙恨我？派人追我？还是愤恨地后悔当日不该投鼠忌器，为了我这个一心想逃开他的女子，竟放过了庄碧岚这样的重要人物？

唯一可以断定，他必定没法安心吃他的晚膳了。

如果得到了南雅意一同出逃的消息，他多半又是夜不成眠。

前面的庄碧岚等人已经吃完干粮，并不敢休息多久，即刻上了马，连夜急奔。

我们已经睡了片刻，倒也不觉太困，南雅意撩开侧面的帘子，默默望着窗外的夜色，神思有些恍惚。

不敢问起她的伤心事，我故意只谈周围风物："雅意，这里到底离京城不远，看来百姓过得不错，瞧那边的庄院，多齐整！"

南雅意轻叹道："是啊，万井千闾，江南富庶，本是天下闻名。"

此刻应已过了二更，天长烟远，银河垂地，月华如练，有远远近近的村落在薄薄的雾气中勾出隐约的轮廓。夜间连蝉噪之声都歇了，偶有几只雀儿掠翅飞过，一声两声的促鸣，倒让这乡野之地更显幽静。

繁华如梦伴着刀光剑影的琼林玉殿远了；青娥红粉醉倚画舸朱楼的瑞都皇城远了。

能在庄碧岚的陪伴下，这样天长地久安静地走到天边，就是我毕生所求的幸福。

真能顺利离开大周的掌控，除了南雅意的终身，我再没什么可以牵挂的。

一路叙着话儿，倒也不觉得赶路辛苦，直至东方有一抹清淡的阳光流溢出来，我们才在朦胧间再度睡去。

不知过了多久，听得一侧的窗舷被人笃笃地叩响，忙坐直身，揉着眼看时，天色已是大明，耀眼的阳光激得眼睛疼，让我禁不住眯起了眼睛。

庄碧岚正骑在马上与我们并行，此刻移开敲着窗舷的手指，松了蹙着的眉眼，温和问道："你们醒了？"

雅意半伏在坐垫上卧着，此时也懒懒地坐起身，笑道："就是没醒，也给你叫醒了。"

捕捉住庄碧岚眼底的一丝不安，我心里已是一沉，莫名的惊恐忽然间笼了过来，一把握了他的手，问道："出事了？"

庄碧岚唇角弯了弯，摇头道："没事，只不过……好像有些来意不明的人暗中尾随着我们。我正想法子甩开他们。"

我不觉蹙眉："看不出是哪一路的人马？"

庄碧岚摇头："暂时……看不出。不太像朝廷的人马，可也绝对不是我们交州或南疆的人马。"

奔波整夜，身处危境，他的脸色并不太好，头上的发丝微见散乱，眼眸中的晶明一时不见，满是大敌当前的沉着机敏。

领兵经年，他已不是当年意气用事的莽撞少年。此时言谈间已少了几分当年笑谈诗书的闲淡清雅，又多了几分纵马执戟的铿锵有力。

我不由伸出手，为他抚着散乱的发丝，轻声道："不要紧，我们尽量甩开他们。横竖……我们总要在一处。"

庄碧岚便点头，问道："还记得怎样骑马吗？"

我怔了怔："这个……倒还记得。不过许久没骑，只怕一时有些手生。"

年少时我也淘气，加上和同样出身武将之家的庄碧岚相伴，有时也会换一身短打装束，牵个高头大马，和他一起在城外驰骋。不过入宫之后，连马儿都看不到一匹，马术就更加生疏了。

庄碧岚又望向南雅意，含笑道："那么，万一真有敌人赶过来，你带着清妩骑马先撤，

我们断后。"

南雅意盈盈一笑，道："好，我待会儿便找方便行走的衣衫换上。"

庄碧岚舒了口气："那清妩就拜托你了！车上有水，你们洗漱完毕就吃点东西，养足精神，无事不要下车，以免露了行迹；如果有了变故，你们立刻先走，知道不？"

南雅意随手捋着睡得松软散乱的长发，拿了根镌桃花纹的赤金长簪子松松地挽了，才说道："庄兄，你说，这些跟着我们的人，会不会是摄政王府的暗卫？"

庄碧岚皱眉："如果是唐天重的人，可就……没那么容易甩脱了！"

他驱马赶往前方，我却越发地不踏实，转头问南雅意："暗卫……是什么？"

我和庄碧岚青梅竹马，两小无猜，换了三年多前，他的生活中再没有我不知道的人或事。可分开这般悠长的岁月，时间筑成的罅隙如此无奈地横亘到了我们中间，甚至让我没法像南雅意那样了解他的所言所行。

南雅意拿洗净的钵盛了水，一边洗漱着，一边回答我："就是摄政王府私下养的一批高手，明着也是王府的护卫，可并不入朝廷编制。摄政王和唐天重都是野心勃勃之人，不但在京中养着这些人，更安排了许多到各处州府，充作自己的眼目。如果唐天重发现得早，用飞鸽传信提前通知了这些暗卫，我们被发现的概率就大多了。"

我沉吟道："不过他们既然没有动手，应该不能确定这车中是我们吧？"

"所以他们没有动手，还在等着确认我们身份，或者是在等摄政王府的命令。"她用丝帕擦洗着面庞，说道，"我虽然一直被冷落在别院里，可行动倒还自由，陪嫁的妆奁也不少，收买几个下人打听打听消息不成问题，故而摄政王府的情形，还能知道些。"

"闲了，也出去骑马吧？"

我不经意般问着，也弯了腰来洗脸。

凉凉的水贴在皮肤上，头脑似更清晰了些。北方女孩儿虽比南方的豪爽尚武，可出宫之前，南雅意和我一样的困守深宫，并没机会锻炼马术。但庄碧岚让她带我共乘之时，根本没问她会不会骑马。

南雅意果然答道："我本就会骑马，后来见别院里养着马，也顺便运动运动筋骨。当然……后来庄碧岚和我见了面，我下决心要带你和他一起走，就不得不加意练了几日了。"

她莞尔一笑，颊边浮动着明媚的霞光，揽着我肩道："清妩你放心，真到不得已骑马逃走时，我们共乘一匹，你只管抱紧我就行了。"

我扬了扬唇角，说道："哦……那我就放心了！"

两人洗漱完毕，又换了方便行走的衣裳，才胡乱吃点东西，再悄悄向外窥探时，并看不出任何异样。

南雅意笑道："也许是我们一路奔逃，自己疑神疑鬼。如果是摄政王府的人，早就该露面了！离瑞都越来越远，对他们行动又有什么好处？"

眼见绕过了几处略窄的道路，走上了平坦的官道，车上便没那么颠簸了。只是天气愈发地闷热，厚厚的云层压低了天幕，却挡不住烈日的淫威，把这天地扣得像个巨大的蒸笼，更觉憋闷得难受了。

"莫不是要下雨了？"南雅意将帘子略掠开一角透透气，望了望天色，不断地扇着团扇。扇上绣的是竹影里一株红梅，枝干遒劲，花瓣轻软，大有风前度暗香、月色侵花冷的疏淡之姿，于这样的大热天见了，倒也觉得清爽。

"可能快下了吧？"我有点发愁，"若是下雨，自然会凉快些，可这路就难走了。不如不下的好。"

话未了，已有沉闷的隆隆之声传来。

竟是打雷了。

南雅意顿住扇子，皱了皱眉，拂着挂下来的碎发笑了起来："不妨，我们难走了，追兵一样难追。何况待会儿一下雨，那些暗中跟踪我们的更不便行动，我们大可趁着雨幕摆脱他们。"

她比我略丰腴些，头发又厚，早上草草挽的髻便松垮垮地半偏下来，我略略放心，遂笑道："横竖没事儿，我给你重新梳下头吧！"

"好啊！"南雅意感慨，"你的手一向巧，可怜我出宫以后，再没有人给我梳那些新奇的花样了！"

想起以往我们在静宜院静静相守的时光，想起庄碧岚到底没有辜负我的守候，我也是微微而笑，拢起她的头发，缓缓地梳了一个香螺髻。这种香螺髻是仿着佛像中的螺髻设计的，只在头顶梳一个单髻，形如螺壳，上尖下大，夏日梳着，正把长发都归拢到了髻中，让人顿觉神清气爽。我又拿了一对点翠镶珠蝴蝶簪于一侧，一支祥云镶金串珠凤尾簪于另一侧，衬着她那身米白镶边的浅紫交领绡衣，简约素雅，比之平时的一身华衣丽服，别具一番说不出的清美可人。

我不觉叹道："皇上他……到底也糊涂了。换了我是男子，便是丢了江山不要，也不会把你拱手让人。"

南雅意正对着镜子端详，闻言面色一黯，旋即笑道："一饮一啄，自有定数。我从此倒要丢开手了……过来，我也给你梳下。"

我明知她一腔深情并未得到回应，如今比较庄碧岚对我的态度，更对唐天霄灰心，也不敢再劝，随口应了，打开自己的头发，让她为我梳理，又将身上的衣衫理了理。

我们匆匆出逃，自是没带随身的衣衫，但南雅意早有谋划，连我的都已预备好，正是和她一般的交领及膝绡衣，只是颜色有异。我所穿的是浅杏色素蓝镶边的，质地轻软透气，一眼看着却朴素无华，飘飘拂拂地掩住了下面所穿的便于骑马行走的黛青缚裤。

但愿我们只是多虑，不会真的沦落至骑马而逃。

第十二章 车马萧萧，素影愿长随

南雅意已理着我的头发，品评道："你这样的鹅蛋脸，皮肤又白净，五官又精致，梳什么发髻都好看。嗯，不然我们梳个凌云髻或缕鹿髻吧，配上一副玉钗，一朵绢花，一定漂亮得紧。"

我忙道："就挽个灵蛇髻，别弄那些繁复的。不然万一要骑马赶路，可就不方便了。"

"好。"南雅意说着，握住我的长发，正要帮我梳时，前面一阵马嘶，接着马车车身猛地一侧，我正惊叫时，南雅意已经站也站不住，身体向后一仰，人已重重地撞在板壁上，手中的桃木梳子更是跌到地上，弹了两弹，磕断了两根梳齿。

在一片刀兵交击和叱喝厮杀声中，马车剧烈地摇晃两下，终于停顿下来。

我披头散发地稳住身，忙扶起南雅意，撩开帘子往外看时，天色已经渐次暗了下来，东面天空有黑压压的云层，飞快往这边压了过来。干燥的路面本正蒸腾着滚滚热浪，此刻风乍起，吹到身上却突然觉得凉了。

有明亮的光束，正飞快地闪过。

除了天边的雷电，便是近在眉睫的刀光剑影。

这地面流光飞快划过时所溅起的腥膻血光，逼得人目眩心悸，只想往后退缩。

"我们不怕！"南雅意忽然这样说，紧紧抿着唇，眼睛仿佛也在一瞬间炽烈如火，盯向车外的那场厮杀。

她也是害怕的。她握住我的手掐得极紧，汗水已沾湿了我的手背。

深深地吸一口气，我也站直身，逼迫自己定下心神，再不回避已经逼到眼前的血腥场面。

庄碧岚正带着四五名随从与人激烈交手。

对方人数倒也不多，不过六七人，同样身着便衣，却出手狠辣，招招夺命，居然不亚于庄碧岚精心挑选出来的那些随身侍卫。

南雅意定睛望着交战的双方，低声道："果然是摄政王府的暗卫！看他们的腰牌！"

他们的腰间的确挂着个什么牌子，我却认不出有何异样；但我只一听到是康侯唐天重的人，便头疼心悸。

如果追来的是唐天霄的人，他再恼恨，还不至于伤害我和南雅意；便是庄碧岚，他也会尽量留活口。

可如果是唐天重，他和唐天霄素来政见相左，多半不会放过庄碧岚；他对南雅意并无情意，发现她勾连外敌叛出大周，必定也不会再容她；至于我，在宫中他就敢对我无礼，如今在宫外，远离唐天霄母子的眼目，天知道他会做出什么事来。

正想着时，一名庄氏随从被两名暗卫逼到了车辕下，眼见他一刀砍中其中一名暗卫左肩，犹自骁勇地回旋刀锋，拖出一片寒光，欲将那人头颅割下；谁知求胜心切时，却忽略了另一人进攻，被一剑当胸刺来，虽是勉强避过要害，左肋处已被刺穿。

我和南雅意还没来得及惊叫，但听此人大吼一声，手中大刀蓦地快了数倍，飞速滑过对手的脖颈；那人本来得了同伴支援，向后退了一步，已经快避开此人的刀锋，但被他这样拼命一击，立时惨叫一声，一串鲜血平铺甩出，恰恰扬在了我们身畔的幔布上，又沥沥滴下，向干燥的路面无声渗去。

没等我们回过神来，那失去同伴的暗卫怒喝一声，已经刺入那名随从左肋内的宝剑狠狠一绞，一拉，在他的惨声嘶叫声中，已是开膛破肚，五脏流溢。

我一手抓着辕木，一手和南雅意五指交握，立在车上已经惊得喘不过气来，只觉眼前时而模糊，时而清晰，竟战栗着不能言语。

那随从竟还未死，嘶叫着翻了个身，仰天躺着，胡乱抓着五脏往自己腹中塞着，眼睛却已望向我们，吃力喊道："宁大小姐，快……快走……快……"

他的话竟没有说完，那将他开膛破肚的暗卫又是一剑闪来，正中脖颈，竟将他的头颅生生割下，顿将他未了的话全都封住。

这人居然还似未解恨，向那丢了头颅的身躯狠狠啐了一下，才冷冷瞪向我们。

我和南雅意俱是惊惧，忙往后躲闪时，那暗卫却没有近前，反而退了开去，相助别的同伴杀庄氏的人了。

他们的目标很明确，要的就是我们这两个活人，以及，将企图带走我们的人全变成死人。

我举目看时，暗卫和庄氏的人各有伤亡，庄碧岚正努力往这边行来，却给一名暗卫缠住，拼了命地拦他，一时竟过不来。

那些暗卫的马匹不知藏在了哪里，而我们这边所乘的五六匹马，除了两匹受了伤的，倒也没因为受袭而散去，其中最近的一匹，距离我们不过一两丈的距离，毛色甚好，鞍蹬俱全。

南雅意扭头望我："我们不怕，是不是？"

我深深地吸了口气，回身从车上抓过南雅意起先用过的那根赤金长簪子，将散乱的长发胡乱一缠，簪到了脑后，将当年庄碧岚送我的利匕依旧藏好，才扬声向南雅意说道："不怕！我们不怕！"

南雅意唇角弯一弯，拉住我，飞快地跳下车，奔向那匹枣红色的马儿。

只在那一瞬间，已经黑沉沉如锅盖般扣下的天空，忽然劈空一道枝状闪电，如数十道乍然吐出的巨大蛇信撕裂了大半个天空，厚厚的鸦色云层被扭曲了形状，色彩也突然间恐怖起来。

心悸地不敢再看，忙低下头时，正看到方才那随从被砍下的头颅，正滚在身侧不远处，怒睁的双目死死盯着天空，骤然看着，竟像是从地底下长出的带血的头颅，连眼睛都在冒着血红的光。

我脚下软了一软，差点摔倒，南雅意忙扶紧我，急道："怎么了？"

惊雷已炸响在耳边，震得脑袋嗡嗡作响，让我阵阵眩晕，但瞥见南雅意焦急的面容，我忙笑道："没事，没事，给绊了一下。快走！"

南雅意也已看到那头颅，也是脸色发白，却是半点都不迟疑，拉着我径奔向枣红马。

"站住！"

有靠近的暗卫在雷声隆隆中吼叫，却又被庄氏的人狠命缠住，再也腾不出手来阻拦我们。

南雅意牵住马缰，踩住马镫，纤巧的身段只轻轻一纵，便已跃上了马背，向我伸出手来："清妩，上来！"

她的动作已很是熟练，握住我的手指很平稳，连笑容也很灿烂，在闪电过后的幽黑中尤显明亮。

我不敢迟疑，努力回忆着少时父亲和庄碧岚教我骑马时的要诀，踩着马镫，努力稳住，闭着眼睛跨过去，只觉身体荡在半空中一样极不踏实，忙将另一只脚也踏入马镫，双手紧紧搂住南雅意的腰肢。

南雅意看我能坐稳，显然松了口气，故作轻松地说道："上来就没问题了，记得抱紧我，不过腿要放松，尽量放松，身体往前倾，坐得就更稳了。"

我应了，前倾着身体捉着南雅意的腰，双腿却一时放松不了，马儿一开始跑动，我只怕会掉下来，倒似夹得更紧了。

马儿似受我的紧张影响，又似被周围的厮杀惊着，嗒嗒地跑了起来，极颠，南雅意不敢大意，小心地操控着马匹，绕过前面正打斗的两拨儿人马。

经过庄碧岚时，我分明看到他明显的宽慰神情，黑亮的眸子里满是惊喜，连手中的宝剑也似灵活了许多，竟将眼前的敌人连连逼得退后，连挑带刺迅速将其伤于剑下。

迅速将战场再一打量，庄家的几个人还在和摄政王府的暗卫缠斗，虽一时没能腾出手来照顾我们，看来倒是略占上风的。

庄碧岚见我们的马儿似乎放缓了脚步，立刻招呼道："快走！我待会儿就赶过来！"

我正局促地平稳着自己的情绪，并没答话，南雅意倒是应了一声，一抖缰绳，迅速奔了开去。

也就在这时，脸上忽然微微一疼，顿觉凉意飕飕，还没来得及抬头细看，大颗大颗黄豆大小的雨滴已经滴落下来，先是稀稀落落，片刻后已是倾盆而下，箭一样扑打着我们的脸庞。

南雅意高声道："你怕分心就闭上眼睛，将头靠在我背上，抱紧我别松开。我应该……行的。"

大颗的雨水飞快地打在发际额前，早把眼睛激得睁不开，我只得听着她的吩咐，闭上眼一动也不敢动。

南雅意显然也极紧张，背部绷得极紧，不时抬起袖子拂拭挡住眼睛的雨水。

即便是沙场上的武将，只怕也极少在这样的瓢泼大雨中行军。

又是一道闪电划过前面的山包，雷声炸响，震得我坐都坐不稳。

正努力调整坐姿时，身体忽然一矮，犹未弄清发生了什么事，但听马儿长长的一声惨嘶，前蹄向上，人立而起，接着前蹄落地，后蹄又飞快撅起，疯了般跳跃起来。

我和南雅意齐声惊叫，可叫声飞快地淹没在雷暴雨中，连身体也突然不再是自己的，轻飘飘地甩将出去，仿佛也有那么片刻，整个人虚软在大雨中，连风雷都远了，除了头顶旋转的枝状闪电和砸在脸上的大滴雨水，再也看不到别的。

重重地摔在地上时，我终于能仰一仰头，看向那匹将两个主人一起甩下的畜生。

它正发出一声嘶鸣，飞快地奔向远方。

后腿近胯处，有黑黑的一截羽毛在跳动。

竟是有人射了一箭，让受伤的马在惊痛中硬生生地把我们摔落。

可我们已经奔出挺远，距离打斗的地方少说也有一两里路，到底是哪里射来的暗箭？

南雅意被甩落在我左侧不远处，她皱眉揉着自己的膝盖，挪动了下身体，蹒跚走过来问道："清妩？你怎样？"

"我没事。"

被发了疯的马猛地这么一甩，全身都磕在了地上，能没事才怪。我已经觉得骨头要散了般的疼痛，却不敢露出分毫，勉强支起一条腿，正打算挪动另一只脚站起身时，一阵钻心的疼痛，蓦地从右脚脚踝处传来，疼得我忍不住呻吟出声。

"怎……怎么了？"

南雅意发现不对，胡乱擦着脸上的雨水，便来扶我。

现在并不是我娇气的时候。我必须走起来，和他们一起赶到交州去。

"没事，脚……崴了下，动一动就好了。"

我说着，扶住南雅意的手，强撑着站起身，试图用那只受伤的脚稳住身时，脚踝处针扎般的疼痛已激得我呻吟一声，顿时汗出如浆。

南雅意怔了怔，低头解开我缚裤的裤脚，按着我脚踝部分揉了一揉，问道："崴了？这可怎么办？疼得厉害？"

我没法说她碰着的地方已让我疼得窒息，勉强摇头道："还……还好。我们快些赶路……"

南雅意点头道："好，清妩，你先倚着这树干儿坐着休息一会儿，我这就跑回去，想法再牵一匹马过来载你。"

我实在不知道这脚还能不能骑马，也只能点头道："好……你快去，小心点。"

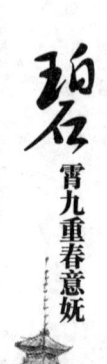

144

大约我的脸色实在不好，南雅意担心地用她湿漉漉的袖子为我擦了擦额头和面颊上的水珠。

自然只是徒劳。

这般的大雨，早把两人都淋成了落汤鸡，何况豆大的雨点还在哗啦啦地倾下，她擦过了，脸上立刻又淋满成片的水渍，连眼睛都给糊得酸涩不已。

"快去，我没事的。"我微笑着，踮着脚扶住身后高大的刺槐树坐在地上。

生死攸关之际，早已顾不得什么干净整洁了。虽是坐于滑腻的泥泞中，倒比站着要舒服些，那钻心的疼痛也似减轻了许多。

南雅意看我行动还算自如，也便放心了些，将一手搭额上，略挡住打向眼睛的雨水，啪啪啪地一路踩着水洼，径向来路奔去。

待她走远，我才撩开裤角，检查伤处。

皮肤上连刮擦的伤痕都没有，却已开始肿将上来，略一触碰，便疼得不行。

必定是伤了筋骨。

在这样的时候，还真要命。

可眼前的奔逃，已经片刻耽误不得。我不能让庄碧岚和南雅意因我而误了事。

咬一咬牙，我抽出一方丝帕，包住那伤处，狠狠一收。

疼痛如割，连天地也在瞬间昏暗变成了漆黑。

我屏着呼吸，不敢放松手上的力道，紧紧裹缠了两道，扣住，放下裤角，颤着指尖缚好。做完这一串动作，我只觉浑身的力道都已被抽得空了，几乎连坐也坐不住，闭着眼睛靠在树上，抓紧时间休养，只盼等庄碧岚赶到时，我能有力气和他们继续长途跋涉，奔往我心心念念想到达的地方，从此和庄碧岚，也许还有南雅意，一生一世地，安静地相守下去。

脸上奔流着的，再不知是雨，是泪，还是汗，我也懒得去擦了；接二连三惊响在天空的雷电也不能再如先前般让我惊怕；我只是静静地坐着，等待脚上的剧痛慢慢消退。

心神沉寂之时，周围的雨声仿佛小了些，而另一些非天然的声音便格外清晰。

嗒，嗒，嗒……

像是人的脚步，很慢，很轻，偏偏在那大雨中忽然被我捕捉到，并能敏锐地感觉出，这人正在向我逼近。

我蓦然回头，厚重的雨幕中，恍惚有个黑影闪了一闪，可我揉揉眼睛细瞧时，只见着半人高的蒿草和几丛灌木在风雨中不安摇晃，哪里有什么人影？

莫非是我眼花了？

我心里嘀咕着，却想起了那不明不白中了箭的马匹，顿时毛骨悚然，忙将右手伸入左袖中，紧紧握住藏于其中的利匕，留心观察着身后的动静，再不敢阖眼养神。

第十三章　风雷弱质，伤心鲛绡红

　　好在这时候前方终于传来了马蹄声。
　　用力眨去睫上的水珠，依稀看到熟悉的素色人影骑在他的青骓马上，一路泥水飞溅，迅疾奔了过来。
　　我忙扶住树干，勉强站起身来，正疑惑南雅意哪里去了时，庄碧岚的身后仿佛有什么动了动，隐隐看得到香螺髻上有凤尾簪的珠光一闪而过。
　　南雅意到底安然无恙地和庄碧岚共乘一骑回来了。
　　尽管看着他们穿着湿淋淋的单薄衣裳紧紧贴在一起的姿态有些怪异，可这样的局势下，只要两人平安，我便谢天谢地，懒得去想什么男女大防了。
　　忙踮着脚忍痛向前走了两步时，我才发现南雅意正不安地往后张望，忙顺着她的视线看过去，才发现他们还没有完全摆脱追兵。
　　一名暗卫正骑了马飞奔过来，他的左半边衣衫已经被血染得通红，即便这般的大雨，也没能将那血渍冲去，显然伤势不轻。
　　可这般重的伤势，此人居然不逃走，还敢单枪匹马地追上来？
　　庄碧岚的坐骑离我只有数丈了，却放缓了速度。庄碧岚的脸色似给雨水冲刷得失去了原来的神采，但望向我的眸子依然满是忧虑，待见我安然无恙，这才略松了紧蹙的眉，扭头望向追来的敌人。
　　南雅意咬住唇，瞪着那暗卫道："庄兄，斩草除根！也免得这厮泄漏了我们踪迹。"
　　庄碧岚应了，转头向我道："妩儿，避远一些。"
　　我便向后退两步，依然扶着树干站着，眼睛已不由得往身后的草丛树木又看了一眼。
　　并没有半个人影，也看不出任何异样。

难道刚才真是我眼花了？

可一时也没法再去细想那个趔趄的身影，庄碧岚已经拨转了马头，扬剑向那暗卫当胸刺去，招招夺命，毫不留情。

在我的记忆中，他虽然出身武将之家，身手不凡，可心地却是慈软，颇有君子之风，绝不会穷追猛打一个受伤的敌人。

不过眼前形势危急，又是这人找死，也怪不得他出手狠辣了。

这二人一刀一剑，都是短兵器，在这般的大雨中骑马缠斗，看着自是万分紧张。

好在那暗卫伤势沉重，速度明显不如庄碧岚迅捷；庄碧岚吃亏在有个南雅意在身后，须防范这人声东击西，拿南雅意开刀。

好在南雅意也聪明，紧抱着庄碧岚的腰，尽力将自己的身体置于庄碧岚翼护之下。数招之后，那暗卫已不是对手，被庄碧岚一剑刺穿腹部，一头栽下马去，滚在泥泞之中，眼见是死多活少了。

庄碧岚这才下了马，南雅意也急急随之跳下，叫道："庄兄，先去看下清妩的脚，方才从马上摔下时好像崴了，伤得不轻。"

我忙将身体稳了一稳，展颜笑道："我没事。"

"便是有事，你也不肯说吧？"

庄碧岚蹙着眉，便转身向我这边行来，南雅意美目流转，应是觉得大局已定，望着我掩唇一笑，便要跟在庄碧岚身后走来。

此时雨势已小了很多，天色也由黑沉转作了铅白，隔着两三丈，我们已能看清彼此的面庞。大约衣衫上的雨水积得沉重了，庄碧岚一边迈步，一边拧着袖口衣脚的水渍。

这时，变故陡生。

本已倒地不起的那名暗卫，忽然间虎跃而起，尚在滴着血水的手紧握钢刀，野兽般垂死嘶吼着，从侧后方砍向庄碧岚！

"小心！"

"小心！"

我和南雅意齐声惊叫，相顾失色。

天晓得，摄政王府这些暗卫，甚至并不是其在京城内的亲信，怎么会如此拼命地为摄政王父子追杀一个不相干的人？

事起仓促，庄碧岚躲闪得很是吃力，好容易才避开其正面刀锋，后腰部位的衣衫却已被刀尖划开，在肌肤上滑出了一道血痕。

他略一侧脸，毫不犹豫地出剑，横劈，流光破开雨幕，带起一溜血珠，迅速割断了那暗卫的脖颈。

就在此时，我身后忽有一道黑芒穿透风雨，伴着利器破空的锐啸，疾速射向正全力

第十三章　风雷弱质，伤心鲛绡红

刺向那名暗卫的庄碧岚。

电光石火间，我立刻想到了那匹中箭的马，失声高叫："快闪！"

南雅意显然也想到了，一边冲上前去推庄碧岚，一边高叫道："庄兄，暗箭！"

庄碧岚骤然回过头，想闪避已是不及；而南雅意已从侧面撞了过来，只将他猛地一推，但听很轻微的"嗤"的一声，南雅意闷哼着，袖子在空中徒劳地甩过半圆的弧度，人已往下栽去。

"雅意！"

庄碧岚惊骇地唤着，一把将她托住，挽在臂腕间。

我挺直了身体，望着那截在南雅意后背上巍巍颤动的箭羽，连眼前的雨点都似停止了滴落。半晌，我才无意识地向前迈出两步，哑着嗓子唤道："雅意！"

脚踝处有锐痛传来，可我再顾不得，瘸着腿直冲了过去。

风雨并未过去，又一道电光闪过，正照出南雅意苍白的脸，失色的唇，和因强忍痛楚而颤动的眼睫。

庄碧岚的脸色好不了多少，正小心地将她揽着靠在肩上，查看她的伤势。

箭镞已整个地没入她的后背，连部分箭杆都已没入肌肉，箭羽正随着她因疼痛而沉重的喘息而颤动起伏。鲜血沥沥，正缓缓从伤处溢出，渐渐将淡紫的绡衣染红。

"雅意，雅意，别怕！"

庄碧岚低沉地说着，声音很平稳，但抓向箭羽的手却在颤抖。

我已走到近前，替南雅意拨开被雨水沾在额上的发丝，紧紧地握了她的手，已是语无伦次，"不怕的，不怕的，没事，没事……"

南雅意的眸子已经失去了往日灵动的神采，只是点头道："嗯，没事，没事的……那箭……扎得深不深？"

"不深，不深，不要紧的。"

庄碧岚低眸望她一眼，温言说着，却飞快将两颗丸药塞入南雅意口中，方才伸手捉住箭杆，蓦一用力，但闻南雅意惨叫一声，整支箭已被拔出，背部伤处鲜血溅涌，竟喷了庄碧岚一脸一襟。

"雅意！"我惊痛地叫起来，慌忙用手去掩她的伤处，只盼能将那鲜血全压回到她的体内。

可我到底做不到。

雨还在下，冰冷，冷得人湿淋淋地只想哆嗦；掌心不断外冒的鲜血却极温暖，温暖得让我忽然想起我们在冷宫的冬天互相依偎时的轻笑。

"雅意，雅意，雅意……"

看着她惨叫后突然垂下的头，我无措地喊着，恐她是一时睡了，声音大了，会惊醒了她，

又恐她睡去了再也醒不过来，声音小了，她听不到我在留她。

"妩儿，抱住她坐下，我先给她敷药。"

庄碧岚深深地吸一口气，将南雅意送到我的怀里。

"她……她没死，她没死，她不会死，是不是？"

我忙不迭地接过她柔软的躯体，膝盖一屈便倒在泥水中，像溺水之人握住了最后的救命稻草，慌乱地向庄碧岚求证，嗓子已哽咽得快要吐不出字来。

庄碧岚没有回答我，一边从腰间掏出两只瓷瓶，一边吩咐："转过身去，背朝刺槐树那边抱住她。"

我立刻想到那个放箭的杀手，忙道："那里有想杀我们的摄政王府暗卫！"

庄碧岚略一沉默，才道："想杀的只是我。可我现在必须救雅意，不能让他得手。"

我浑浑噩噩地在他的帮助下挪动着身体，感觉到南雅意还在轻微地呼吸着，才略放了心，想起他的言外之意。

他应该早听说了唐天重对我有意，知道那些暗卫会杀他，也可能会杀南雅意，却绝不可能杀我，因此让我背对着杀手所在的方向，作为他救护南雅意时的天然掩体。

如果不曾和唐天重有那样莫名其妙的纠葛，也许摄政王府也不会这样步步算计，穷追猛打。

雨还在下，虽没有起初那么密集，却还是蕴着夏日特有的暴烈，一颗颗砸得满脸生疼。庄碧岚溅在脸上的鲜血已经被雨水冲刷得挂下，沾染到素蓝的衣衫上，竟将半件上袍染作了深深浅浅的红，再分不出是南雅意的血，还是他的血。

"得罪了！"他也顾不得眉睫鼻翼挂下的水珠，蹲在我跟前，对着俯卧的南雅意低低道了这句，便提住伤口处破碎的衣料，迅速一扯，已经撕开了一大片，露出了依然鲜血泉涌的伤口和大片肌肤。

雨水仍在毫不留情地往下倒着，甚至又有了越下越大的趋势，竟将南雅意的伤处的血都冲得淡了。我努力用手和衣袖去挡那雨水，又哪里挡得住？

庄碧岚将两只瓷瓶打开，一瓶交给我，让我再取两粒药丸嚼碎了给南雅意内服，另一瓶他自己打开，将其中的浅褐色药粉倒了快半瓶在伤处，然后解了南雅意的束腰带，用来紧紧地裹缠伤口。

"这样……行么？"我握着南雅意无力垂落的手，失声问着，委实难以安心。

那伤药用得虽多，但我还能看出，南雅意的伤势过于沉重，一时根本没法止血，何况雨又大，血流得又快，一条浸透水的束腰带，就能阻止鲜血和药物的流失吗？

庄碧岚淡白的唇动了动，包伤时过于冷肃紧绷的面庞浮上被雨水浇透的浅笑。他抚了抚我的面颊，轻声道："快走！我们必须尽快找大夫给她诊治。"

他没说要不要紧，我也不敢问，只是紧紧抱着南雅意，直到庄碧岚牵来马，双手来接她，

第十三章 风雷弱质，伤心鲛绡红

我才松开了手,依然只往她惨白的面庞张望,盼着她能醒过来,像往日一般轻松地向我笑上一笑,向我说,来,我带你骑马。

可南雅意到底没睁开眼,自始至终被庄碧岚半揽在怀里一动不动,倒是庄碧岚上马将她在自己前面安顿好后,又向我伸出手来,说道:"来,我带你骑马。"

我的眼前一片模糊,仿佛温热着,又迅速被雨水打至冰凉。

庄碧岚见我不动,扬了扬唇催道:"快上来!这青骓马跟了我两三年了,虽不是千里良驹,也是难得一见的好马了,驮三个人没问题的。"

我忙应了,握紧他的手,借了力猛地一跨,终于坐上了马背。而脚踝处的疼痛,如有一道钢针扎了进去,剧痛飞快地发散开来,疼得我浑身一阵虚脱,晃着身躯差点又栽下马去。

"妩儿,你……你脚疼得厉害?"庄碧岚急急地扶紧我,懊恼道,"我居然忘了!等我下来帮你看一下脚。"

我忙忍着疼笑道:"不疼,不疼,只是雨淋得久了,头有点晕。"

想到有个放暗箭的正在附近随时窥伺,我哪里敢再耽搁?何况南雅意的伤势,也经不起耽搁。

庄碧岚听我说了,叹道:"我知道……我知道委屈你了。从小到大,你何曾吃过这样的苦?"

"没有,我不觉得苦。"我伸臂环住他的腰,温温地微笑着,"从小到大,我就没有这么开心过。有一个人,肯这样舍命地待我,我便是今天就死了,也不算白来这世上一遭。"

"妩儿又胡说!"

他侧了头也微笑望我,挺直的鼻梁和俊秀的轮廓如白玉雕就,雨水都冲不去的温默蕴藉。

贴近他腰背的胸腹间,有他的温暖渐次传来。

而他策马扬鞭之际,已飘落一句如醇酒般令人沉醉的话语。

"我们还有一辈子的时间,长长久久地在一起呢!"

在深宫中如草木虫蚁般生活了这么些年,我对一辈子已经没有什么概念。

几十年?几年?或者短暂得只有几个月、几天?

不管多久,横竖我们要守在一起,再也不分开。

紧紧环着庄碧岚的腰,一气奔出五六里,眼见前方有村落,我抹一把脸上的水珠,急急说道:"碧岚,快进村找找有没有大夫吧!"

庄碧岚点一点头,腾出手来摸了摸南雅意的额,焦虑地"哎"了一声。

我立觉不妙，忙伸出手握住南雅意的手，发现她的手已被雨水泡得冰冷，连骨节都好像僵硬着，不由得大惊，忙将手指凑到她鼻尖，终于感觉出些微的气息，才松了口气。

庄碧岚道："雅意已经开始发高烧，不尽快找个地方休养，只怕……"

我心里一缩，忙道："那我们赶快找个地方落脚吧！"

我没受那样的重伤，给雨淋了这许久，都已经阵阵的头晕脑涨，手足无力，更别说南雅意了。抬头望着铅白的天空，我从没有一刻这么期盼这该死的雷雨能停下来。

庄碧岚一拨马头，似准备拐入那村庄，忽然间身躯又震了震，扭头往我们身后的大道察看。

我怔了怔，忙回头看时，雨幕茫茫，一时也看不真切，只是恍惚听得有一声马嘶，穿过了重重风雨，若有若无地传入耳中。

我犹自怀疑是不是听错了，庄碧岚已一抖缰绳，拍着青雅马向前疾奔。

"有骑兵追上来了。"庄碧岚的声线给雨水打得有几分寒意，"怕有二三十人，骑的都是好马。"

像被一双无形的手掐住了脖颈，我禁不住握紧南雅意冰冷的手，尖声道："那我们怎么办？雅意怎么办？"

庄碧岚不答，只是策马急奔。

而我一手环着他的腰，一手摸索着南雅意的手腕，只觉她的脉搏弱得快要觉察不出，而后面追兵倒是越来越近了。

雷声暂歇时，我已能听到后方的急促马蹄声刺破风雨渐渐逼近。

将眼睫上的水珠在袖子上擦了擦，我眯起眼向后看着，环着庄碧岚的手不觉拥得更紧。

这青雅马跟着庄碧岚在战场上出生入死过，虽是难得一见的好马，可即便是千里良驹、汗血宝马，也没法驮上三个人在这样的大雨天逃脱那些精兵悍将的追击。

何况，当先那男子的身影，即使隔着雨幕，也是如此的熟悉，如此地让我心惊胆战，就如……就如那一晚梨花落尽，我在溪畔被迫得无路可退、无处可逃。

"是唐……唐天重……"

我慢慢憋出了这几个字，相隔那么远，我都能感觉出这人冷冷望我势在必得的眼神。

庄碧岚也转头望了一眼，唇咬得极紧，漆黑的眼眸似被雨水泡得久了，满是我看不清的水气，迷蒙一片。

片刻之后，他才转过头去，忽而重重一鞭抽在马背上。

青雅马发出长长一声嘶叫，一闷头加快了脚步。泥水高高溅起，将我们的裤角衣裾污了一大片，可片刻之后，却又明显缓慢下来，仿佛它的腿脚被泥泞裹住了，沉重得快要无力向前迈去。

庄碧岚低头望了一眼怀中的南雅意，又是狠狠一鞭。

这一回，青骓马的嘶叫听着已有几分悲惨，向前拖动的脚步虽是快了些，却愈发显得吃力。

我甚至疑心着，再这样负重奔上几里路，它会不会带着我们三个人一起栽倒在泥水中。

"别抽它了！"

我将庄碧岚抱得更紧，只觉他的身体尚能透过雨水的冰凉传出些微暖意，心下便安定了些，只哽咽道："了不得……了不得我们一起死，总还在一处。我不怕的。"

庄碧岚沉默，只吃力地挪动了下臂腕，让南雅意往他胸前靠了靠。

越过他的肩膀，我看到了南雅意的脸，惨白如纸，唇色发青，竟已看不出半点生机来。

我的泪水禁不住落了下来，努力将南雅意的手握得更紧，希望自己掌心那点可怜的温暖能略略传递过去，好让她多一分生机，至少，冷得不要那样快。

身后的马蹄声已近在咫尺，我再不敢回头看，只是紧紧地，紧紧地拥抱着我等了三年终于等到的爱人。

我不想再失去从绝望中好容易找回的希望，不想放弃两情相悦不离不弃的梦想，不想错过我们一辈子的爱情。

可我无论如何也不敢想，我们的一辈子，竟然只是风雨中相拥的这么一时半刻。

如果这是命中注定，那我接受这样的命中注定。

手腕处有冷硬的物事硌着，正是伴随我三年之久的利匕。

天若许，白头生死鸳鸯浦；天若不许，还有一池清莲并蒂香。

至少，我们相守到了最后一刻，幸福到了最后一刻。

正将所有的悲伤、恐惧和愤懑缓缓地吞下，默默接受绝望的现实时，庄碧岚蓦地说道："妧儿，唐天重应该无意取你性命。"

我将头靠在他的肩上，低声道："那又怎样？我要和你在一起。"

庄碧岚顿了顿，那被夏雨浸透的面颊有深深的痛楚浮动，但依旧清晰地继续道："雅意还活着，我不想她死。"

"嗯。"我木讷地应着，静静听他继续说着。一字一字，是少时那种熟悉的清醇嗓音，却过于低沉，过于压抑，仿佛在我们分开的那段岁月里压上了无数黑夜般的灰暗沉淀。

"她已救过我两次。若不是她，我庄碧岚便是不被囚死于瑞都，也已丧生在杀手的暗箭下。"

"嗯。"

"妧儿，我想和你在一起，生或死，都没有关系。可我不能放弃雅意，我不能把欠她的带到来世。"

"我知道……"

"这匹马其实脚力很足。只是负着三个人，超过了它的负荷。"

"是……这是匹好马……"

"唐天重……不会杀你。"

他又吐出了几个字，却是重复了他第一句话的涵义。

我没有答话，只是身体忽然间哆嗦起来，强压下的恐惧如春日的蔓草发了疯般抽枝散叶，迅速流溢全身。

尤其，觉出他反过掌来，悄无声息地抵到了我的腰间，我控制不住地失声大叫起来："不要！"

他握住我的腰肢，埋下了头，并不说话。

以他的腕力，只需轻轻一推，我顷刻间便会滚落马下，再也不会成为他带南雅意逃走的负累。

可我已等了他三年！

哪怕心如死水，他依旧是我心里最后一点冀盼和希望。

事已至此，我不求活着结为夫妻，难道共赴黄泉也成了镜花水月的虚幻泡影？

我松开环他腰的手腕，张臂搂住他的脖颈，在他耳边失声哭道："我一定要和你在一起！你若推我下马，我即刻就死在你面前！"

如开始悄无声息伸出般，他的手又在悄无声息间缩回。

他侧过头，深深地望向我，颤抖的唇动了动，竟没有说话。

半响，他的唇角轻轻一弯，勾上一个极浅极浅的笑。清俊温柔，煦日般蓄满包容，努力地传递着他倾尽所有的爱怜和宠溺。

可雨水虽冲去了他眸上的泪光，却不能荡涤眸心不经意间泛出的绝望。那种沉淀到骨子里的绝望，如细细的锋刃般破开心底最柔软的地方，让我忽然之间痛哭出声。

"碧岚，碧岚……我不想放弃。"

我踮着脚尖踩紧马镫，从后捧过他的面庞，让他转向我，与我的面庞在雨水中相贴相偎。脚踝犹如针扎般刺痛着，让我浑身冷汗地打着哆嗦，快要支撑不住，却仿佛冲淡了心口某处破碎时的裂痛，让我终于有气力半站起身，凑过自己的唇，亲吻于他的脖颈，他的面颊，他的额，他的眼睫。

他的面庞冰冷，没有半点温度，只是游移到他睫边时，温热的液体猝不及防地滚落唇边，大滴大滴，俱是微微的咸涩，再大的雨水也冲不开，冲不化。

那咸涩滞在舌苔上，好像在顷刻间便流转到了全身，连流淌的血液，都满是他泪水的味道。

"我不想离开你。"我哑着嗓子，用了全身的力道与他贴得更近。

"我知道。"他答道，唇角笑意微微，"我不离开你了。"

我亲着他的唇，叹道："碧岚，我想听你抚琴。"

庄碧岚的眼眸已是平晴柔和。他亲昵衔了衔我的唇，温暖的气息扑在我唇齿间，呢喃的话语在亲吻间宛转低回："嗯，我抚琴，你吹笛，不奏长相思，只奏……长相守。"

不奏长相思，只奏长相守。

可后面马蹄声声，分明地在提醒我们，相思是梦，相守更是梦。

当沧海桑田成了我不敢企及的永远，我只祈愿眼前的相偎能多上片刻。当片刻也成奢求，漫天的雨水打到唇角，都成了挥之不去的咸涩难忍。

我终究泪落如雨，却莞尔笑道："碧岚，如有下一世，莲花盛开的时节，记得……要每天陪着我，从花开，到花落……"

庄碧岚温默一笑，轻声道："好。"

我仿若松了口气。

这一世，我算是不枉了。

"保住雅意！"

我轻轻地吐出最后四个字，悄然从马镫中撤出双脚，贪婪地最后望一眼那让我魂萦梦绕了多少年的熟悉面庞，松开双手向后一仰。

身体忽然之间轻了，空了。

风声呜咽，苍穹幽邃。

一道闪电当空划过，天裂了。

满天砸下的雨点闪着晶莹的碎芒，像上天也在今日倾尽了一生的泪水。

重重地滚落泥泞中时，天地仿佛在眼前翻转。雷声当头炸响，震得满耳嗡嗡作响，让我再听不到其他的声响。

浑身像已散了，却奇异地觉不出疼痛来；只是本就草草梳就的发髻已散落开来，凤尾金簪和湿漉漉的长发一起跌到了泥水中。

我在泥水中滚了两滚，抓了一手的淤泥，努力地支起身，望向庄碧岚的方向。

青骓马的速度明显加快了许多，庄碧岚急驱着马儿向前奔着，却转过头，只是向我凝视。

眼中的晶莹并不只是雨水，憔悴的面容有着凄怆的痛楚，开阖的唇重复着相同的唇形。

妩儿，妩儿，妩儿……

多少年，你都这样唤着，雷声里，我也一样能听到的。

可惜，可惜，相思似海深，旧事如天远。纵使泪滴千千万万行，痛煞愁肠，也无人怜惜我们半分。

"吁……"

有人急急勒马，那打着响鼻的战马，快把滚烫的气息喷到我脸庞。

我有些不适应地缩了缩肩，勉强从地上坐起身，望向另一面的追兵。

果然是唐天重，一身墨色战袍，高高坐于紫骝马上，居高临下地望着我，深邃到可怕的眸子幽沉一片，看不出任何情绪。

他的身后，除了他的弟弟唐天祺，还跟着二十余骑，俱是轻装的侍卫，一看便知是摄政王府豢养的死士，身手绝对在原来那些暗卫之上。

想来那些暗卫原先是打算等他们过来再动手，只是担心这场突如其来的暴雨会让我们逃出他们的监视，才临时决定立刻采取行动。

唐天祺拿手背甩着脸上的雨水，向他兄长笑了起来："恭喜大哥，这小美人儿看来没什么事，今晚便可一遂心愿，好好享用享用了！"

唐天重平日瞧着还有几分稳重，但他此刻居然没有责怪唐天祺的轻薄言语，只是扫了一眼庄碧岚远远的背影，淡淡地吩咐："我不追了。天祺，你带人过去，务将庄家那小贼和那女人除去，听到没？"

唐天祺领命，果然带了人便要绕开我前去追击。

想庄碧岚到底二人一骑，早已马疲人倦，又有个生死不知的南雅意要照顾，怎么敌得过摄政王府这些装备精良的二十余骑？

我再顾不得，高声道："慢！"

唐天重本已要下马，闻我说话，又坐正了身，微眯了眼盯着我。

长发正湿淋淋地滴着泥水，连脸上都已满是脏污，我不知道这时候唐天重对我到底还有几分看重，只是记起当日他从皇后手里救我后肯压了性子迁就我，也便依稀有了点希望，艰难地挪动失了力的身躯，忍着头晕目眩，跪下向他求情："侯爷，放过他们，可以吗？"

"放过他们？你就想和本侯说这个？"他忽然大笑，拿马鞭指向我，喝道，"宁清妩，你拼死从他的马背上跳下来，就是算计着本侯心里有你，可以利用我对你的情意来要挟我，作为放走你情郎的筹码？"

算计？利用？

我黯然笑道："在侯爷心里，我有这么大能耐？"

唐天重冷冷地看着我，然后转向唐天祺，一字一字地吩咐道："提庄碧岚人头来见！取不来，你自己提头来见！"

唐天祺闻言，脸上早没了嘻哈笑意，急急应诺一声，便飞身上马，带了十余人箭一样蹿了出去。

我心里一片冰凉，再不跪他，坐倒在地上同样冷冷地看着他。

原想着唐天重捉到了我可能便知足了，或许会放松了对庄碧岚的追击。但他这般更

第十三章　风雷弱质，伤心鲛绡红

155

置他于死地，以庄碧岚目前的处境，有多少的可能逃出生天？

他到底比唐天霄狠毒多了。

唐天重似乎不习惯有人这么冷眼瞪他，皱眉道："你也不必恼我，怪只怪你自己太不知趣。三番两次依顺着你，你倒越发踩到本侯头上了！"

他驱马近我两步，向我伸出手来，喝命："到我马上来！"

我轻蔑一笑，强撑着站起身，瘸着腿走在被唐天祺的人马踩踏得一团凌乱的淤泥中，一步一步，走往庄碧岚的方向。

他逃得走也罢，逃不走也罢，我总要离他近些，更近些。

虽然……他其实也不能了解我。他竟以为我能背负着我们的爱情去容忍唐天重的欺辱。

在我走出五六步后，身后才传来唐天重的怒喝："宁清妩，你敢再走出一步，本侯可不客气了！"

我的整个人都在哆嗦，却不是因为唐天重的威胁。

鞋子已经陷在泥泞里拔不出来，光着的左脚糊满了淤泥，却不难看出脚踝附近已经肿大到了原来的双倍粗，略动一动，都能疼得整个身子都在抽搐。

咬着牙再向前走一步，疼得眼前阵阵发黑，连耳中都是一阵轰轰乱鸣。

勉强站定了，才听到唐天重在吩咐："去把她抓过来，捆到本侯马上！"

"啪嗒啪嗒"踩在泥水里的脚步声迅捷有力，转眼近在咫尺。我心中恨痛，转过身盯着唐天重冷笑道："我好悔！我好悔当年救了一个衣冠禽兽！"

"你！"

唐天重又惊又怒，而两名赶过来的侍卫一时迟疑，望向唐天重。

默默望向庄碧岚离开的方向，我不再犹豫，取了一直暗藏于袖中的利匕，双手握紧，狠狠刺入自己腹中。

"啊！"侍卫们在失声惊呼。

隔了好一会儿，才听到唐天重跳下马来，踩着泥水往我这边飞奔的声音。

我只盼死也死得离他远些，努力又往前冲了两步，由着自己沉重的身体往下扑去。

可到底没能称愿，扑下的身子，落到了一副异常结实的胸怀间。

是唐天重？连托在我腰间的臂腕，都在无声张狂着他武者的戾气。

我死都没能逃出他的掌心？

低一低头，我瞧见了自己满手的鲜血，以及深深扎入腹中的利匕，迅速染红的绡衣，轻轻地笑了笑，懒得去看那无情无义的男子一眼，又将头转向了庄碧岚的方向。

"清……清妩……"

唐天重在唤，声音有些飘，满是颤音，听着好像遇到了什么极惊恐极可怕的事一般。

"碧岚……碧岚……"

我低低地唤，果然声音也有些飘，那样柔情的呼唤，听来细弱得像随时要折断一般。

而我真的就看到了庄碧岚。

他持一卷书，素衣翩翩，长身玉立站于莲池之畔，眸如碧水澄澈明净："一转眼，我的妩儿及笄了。终于，可以娶回家了！"

我便笑了笑，向他伸出了手："碧岚……"

可他为什么没有伸出手来握住我呢？

虚空中抓着的手，好冷，好冷，有冰冷的水珠往下流着。

"清妩，清妩！"

他好像在大声地叫着我的名字，可声音却不若平时的清透，那种略带几分熟悉的浑厚声线让我惊悸。

不是他么？那又是谁在唤我？

我努力瞪大眼睛，庄碧岚的身影便有些模糊了，有苍铅色的天空在眼前忽隐忽现，没完没了的雨点继续打在身上，又冷又疼，我哆嗦得像冬日里即将离枝的最后一片树叶。

而无力在空中挥舞的手终于有了着落。有宽大的手掌将它紧紧包裹，小心地将五指都拢了进去。这样凄冷得可怕的雨天，他的掌心暖和得让人安心。

同样，他那令我迷惑的浑厚声音也时远时近地飘在耳边："清妩，振作点，振作点，我就去给你找大夫。我……我不是真要为难你。"

是庄碧岚？不是庄碧岚？

我心头忽明忽暗地迟疑飘忽着，总觉得应该就是碧岚。

他知道我宁死都不愿离开他，又怎么会舍下我？便是舍下了，也必定会回来找我。

他到底回来了，我又见着他一身素衣独立月下，清风满袖，浅浅的笑意蕴了潋滟的温柔月华，步步向我走来。

我便欢喜地笑了起来，轻声问道："碧岚，碧岚……我继续等你。我在地下等你一百年，好不好？"

他的双臂僵了僵，然后抱紧了我，珍爱得仿佛抱着一生一世不肯失去的绝世珍宝。

"妩儿……"

仿佛有声音那么怅然而温柔地唤着，让我顿时松了口气，安心地闭上了眼。

天地之间，也只有庄碧岚会这样柔情无限地呼唤着我吧？

我们的一辈子虽短了点，一百年后，花开的时节，我们依然能携手站在莲池畔，抚琴吹笛，赏莲戏水，看一对儿鸳鸯在叶底沐浴着它们明煜闪光的彩色翅翼。

要见无因见，拼了终难拼。

若是前生未有缘，待重结，来生愿。

第十三章 风雷弱质，伤心鲛绡红

第十四章　笛黯东风，歌尽别梦寒

　　天长地久相思债，尽付予一垄黄土，其实也未必不是幸事。
　　百年流水尽，万事落花空。至少我在等待的时候，终能无悲无喜，无恨无怒，在死水无澜中静候花开花落，云卷云舒，安然地度过漫漫流光。
　　可我竟从没想过，我居然还能活下来。
　　依稀又有零落破碎的梦境闪过，一忽儿唐天重，一忽儿庄碧岚，一忽儿唐天霄，都在向我微笑着，或冷冽，或凄凉，或不羁，却隔了堵墙般让我没法靠近。身躯软绵绵的，犹如踩在云端般四处飘浮着，怎么也找不着可以安放自己的地方。
　　满口满心，俱是难言的酸涩咸苦，吐都吐不出，眼窝中也涨疼得很，温热的液体不受控制般往外淌溢，无声地蔓延在干燥紧绷的脸颊。
　　做了整整三年的梦，似乎依然在延续着，只是更无望更悲伤了。
　　肿胀涩痛的双眼终于能睁开一线时，朦胧看到无双在帐幔前走动的身影，我甚至认定自己依然身在梦中。
　　只是不明白，人死之后，也能有梦？
　　疲倦地伸出手，我挑了挑梦境里那垂落的细纹纱帐，意外地看到了投在锦被上的淡淡影子，正发怔时，腹部有闷闷的疼痛传出。
　　"无双？"
　　我试着唤出声来。
　　沙哑的声线，低弱得仿若萦于风中的蛛丝，随时都可能被卷得无影无踪。
　　而无双竟听到了，丢开手上的东西，迅速奔到了帐内，一对上我眼睛，便惊喜地叫了起来："宁姑娘，你醒了？"

我的心猛地沉了下去。

下意识地蜷起身时，左脚踝处的疼痛仿佛也顺着血流一路扯将上来，把半边身子的筋脉都拉扯得疼痛。

宁姑娘，而不是宁昭仪。

这陌生的房间，有天水碧兰草银纹的纱帐和精绣团蝶戏花的粉蓝薄衾，接近我素日在宫中所用的颜色；但帐顶铺设的承尘却是华贵的宝蓝色，数只神夔正戏于仙岛之上，眦目扬首之际，果有记载中那种目射日月之华、声若雷霆万里的气势。

透过半敞的薄帷，屋中陈设也能看得清楚，俱是珍贵的紫檀木或黄花梨木所制，线条简洁刚硬，与赋莲阁中唐天重的卧室有着相同的威凛霸气。

我皱起眉，无力地靠在枕上，懒懒道："我怎不死去！"

无双一愣，旋即笑道："姑娘怎会死？侯爷快将天底下所能找到的灵丹妙药都搜罗来了，亲自领着王府三名妙手神医日夜守着，就是阎王爷见了，也得躲避三分，哪里敢来拿姑娘？昨日大夫回明侯爷，说姑娘已无性命之忧，侯爷才放了心，只是怕姑娘多思多虑又伤了神，才开了药，索性让姑娘多睡了一两天。"

听她的口吻，我似乎已经昏睡了好多天了？

那庄碧岚呢？

南雅意呢？

我蓦地透不过气来，喉嗓间干涸得好久才能问出话来："你们……二爷呢？"

"二爷？"

"唐天祺。"

我记得清楚，唐天重如金刚般稳稳坐于马上，操纵着他人的生死。他吩咐唐天祺要取回庄碧岚的人头，否则，提他自己的人头来见。

对自己的亲弟弟，他一般地心狠手辣，翻脸无情。

"哦！"无双笑道，"二爷在府中呢，前儿得了个美姬，爱得不得了，这几天连房门也不出。怎么，姑娘认识二爷？"

唐天祺的人生过得正滋润，人头自然好好地长在他身上了。

那庄碧岚……

我抽了口气，心口立时揪痛，卧在枕席间痛楚地呻吟出声。

无双大惊，忙扶了我问道："姑娘，姑娘，哪里不舒服？"

大约睡梦中将泪水流得尽了，我的眼睛阵阵酸涩，居然掉不下泪来，只是挣扎着低低问道："那……那庄，庄……"

无双极聪敏，立时懂了，急道："姑娘别急，庄公子没事，康侯夫人……嗯，跟在庄公子身边的那女子，应该也没事。"

我喘息着，紧攥着她扶着我肩的手，倾听她的下文。

无双显然有些犹疑，目光闪烁片刻，才道："听说侯爷下令，不得伤这二人性命，因此他们应该没事……"

"他们……在哪里？"

我依旧紧盯着她，冀盼从她的话语中捕捉住一星半点他们的确切消息。

"这……"

无双躲闪着我的目光，犹豫着竟不肯回答。

这时，门口忽然有人沉声答道："他们正好好地躲在一处小村庄养伤。如果你活得好好的，本侯保证他们也会好好的，如果你想寻死，本侯同样不会杀他。我不会成全你们到地下做鬼夫妻；我会把庄碧岚抓到侯府，活活剐他个三五年再扔乱葬岗喂狗！"

背着屋外明亮的光影，那高大沉稳的身形缓缓踏入，直到他走到床前，我才能看清他的面容。

一袭玄色织金妆花纱蟒袍，将那刚硬的五官更是衬得森如刀削，幽深的微凹眸子凛光曜曜，倨傲地向下俯视时，锋锐得仿如刀锋，堪堪要割破我的肌肤。

我打了个寒噤，不由得伸出手来抱住肩，一时竟不敢答话。

他像是觉出了我的惊惧，退后了一步，唇角向上勾了一勾，将声音略略缓和下来："你若乖乖的，我高兴起来，或许会放了他们也未可知。"

"好好照看着。"

他又吩咐了一声，便往门外走去，并不再看我一眼。

没了那种可怕的尖刺感，我松了口气，不觉为自己的懦弱羞愧，想起那日我向他求情时他的指责，哼了一声，低声道："怎不说我又在用自己作筹码要挟你了？"

唐天重的身体顿了顿，却没有回头，大踏步地走了出去。

我话说出口，其实也甚是后悔去和他较真，自己倒出了身汗，默默伏在凉簟上休息。

无双迟疑了一下，转头令人端了几样羹汤来，笑道："姑娘，这都睡了八九天了，也不要一直躺着，不然这手脚没力气，恢复得反而慢呢。姑娘如果支持得住，坐起来喝几口汤，可以么？"

我抬袖拭着额前鼻尖的汗珠，没有答话。

我倒也相信唐天重是费尽心思全力要救回我了。分明好多天没有好好进食，腹中并不觉得太过饥饿，也不知昏睡之时到底给灌了多少珍贵的滋补药品。

无双见我不答，已是焦急，坐在床侧央求道："宁姑娘快喝几口吧！如果侯爷听说你不吃东西，也不知会担忧得怎样。"

我苦笑道："我吃不吃与他什么相干？他担忧不担忧与我又有什么相干？"

无双垂下头，轻声辩驳："什么都与姑娘无干，但什么都与侯爷相干。姑娘，你当

真辜负了侯爷的一片心意了！"

我微微地讥嘲："既然什么都与我无干，他的心意，又与我何干？难不成眼看着他将我未婚夫和我姐妹砍死在我跟前，我还得谢他放我一马，从此对他心怀感激？"

无双若有所思："哦，原来……原来庄公子和宁姑娘是定过亲的？"

庄家被抄，我和庄碧岚的亲事再不曾有人提起，何况后来风云变幻，皇朝迭替，我都成了唐天霄的昭仪了，除了我们自己，谁还记得当年一纸婚书？

无双沉吟道："如果是这样，其实……其实侯爷也不能责怪你和庄公子过于亲近了……后来我也问了跟随在侯爷身畔的亲卫，侯爷原先也没打算一定要除掉庄公子，可他满心只装着你，却见着你和庄公子那样，一时恼怒了，才动了杀机……"

因我和庄碧岚亲近？

我猛地想起决意跳下马前与庄碧岚诀别时的拥抱亲吻。

我和他原都不是那等放纵之人，光天化日之下，哪会有那等出格的举止？只是深知一旦分离，不论生死，多半便已相聚无期，因此缠绵之时，我并没有想着去避讳任何人的眼目。

而这个，竟成了他一心置庄碧岚于死地的原因？

我气愤之极，说道："我和谁亲热，他便想谁死么？我还成了皇上的昭仪呢，怎不见他拿皇上怎样？哦，我倒忘了，他的确想皇上死，怡清宫里一盏毒酒，差点连累我被活活杖杀在熹庆宫！"

无双吃惊地望向我："可……可侯爷没向皇上下毒呀？虽然他的确……想任何亲近了姑娘的人都死，可姑娘正蒙盛宠，身在风口浪尖，他又怎会不知在怡清宫下毒可能会连累姑娘出事？"

我听得她否认，倒也惊讶，转而一想，唐天霄和他到底还占着君臣的名分，自然不可能承认此事。当着我这个外人，无双就是知情，也必出于维护主人之心而矢口否认。

无双侍奉我的日子不短，见我不说话，大约也料着我不肯相信，低头搅动着碗中的莲子羹，叹道："果然，果然只有剥掉心的莲子才是不苦的。侯爷敢和姑娘置气，总是猜测姑娘当年肯出手相救，又有后来几次相遇相交的情分，待他总是有些不同。再不料……再不料姑娘根本将他当作了陌路之人，甚至……当作了敌人。侯爷却有心，从两年多前便记挂姑娘到如今，却落得这样一个结果，只怕此时已经苦得没法说了吧？"

苦苦记挂一个人的感觉我也有过，却不曾想过，也会有人像我记挂着庄碧岚一样记挂我。我胸口一疼，心头没来由地柔软了一下，然后便想起了他临走时的话。

"你若乖乖的，我高兴起来，或许会放了他们也未可知。"

我抬头，勉强向无双弯了弯唇："把莲子羹端来给我喝。"

无双立时开心起来，忙坐到我近前，拿了银匙喂我。

嘴里寡淡得很，其实并吃不出什么滋味来，但我还是尽力往腹中咽着，希望尽快恢复些精神来，好好想想唐天重对我的感情，到底能不能转作交换庄碧岚平安的筹码。

没错，是筹码。

我曾对唐天重这样的评价不屑且不解，但我如今真的一无所有。

除了唐天重千方百计救下来的性命，以及唐天重对我的感情。

自进了饮食，每日用药调理，休养了几天，我的精神便渐渐开始恢复。大夫过来瞧了，说是伤势已无大碍，只是内腑受伤，需得好好静养。左脚因为带伤奔波，伤上加伤，导致严重骨折，接骨后更要长期卧床，怕三两个月内都没法行动自如。

唐天重不知是因为国事劳碌，还是因为气恼我的态度，并没有像以前在宫中那样，有事无事便待在房中品茶看折子，每天只是或早或晚过来探望一次，并不多话，只在床边待上片刻便离去，我只作睡着，连话都懒得跟他说。

旁敲侧击向无双打听庄碧岚消息时，她开始犹豫，后来大约是问过了唐天重，才告诉我实情。

眼见我为着庄碧岚狠心自尽，唐天重也给惊吓得不轻，救护我的同时，到底传了话过去，让唐天祺暂缓动手，由着庄碧岚进了临近集镇的一处小村庄，觅了大夫给南雅意治伤，只暗中调集了高手，将那小村庄团团围住，不放一人进出。

南雅意的伤势极沉，乡间大夫根本就束手无策，倒是庄碧岚出身武家，颇知疗伤之法。只是困于乡村中，连最基本的止血草药都采集不到。

被困乡间的第三日清晨，庄碧岚解剑去甲，亲身去见围困他的唐天祺，愿意束手就擒，只求摄政王府念着南雅意与宁昭仪的姐妹情分，尽快为她提供医药。

唐天祺不敢做主，急遣信使请了唐天重示下后，立即找来名医为南雅意治伤，却没有抓走庄碧岚，只收了他的宝剑马匹，依旧派人严加看守着，不让他离开小村半步。

南雅意箭创严重，又没能及时治疗，伤势时有反复，竟比我还严重些，到前日才算从阎王爷手中抢回了一条命。

我听无双这般讲着，虽是略松了口气，却也忍不住心里的酸楚，问道："庄碧岚……真的那样说？"

无双道："可不是！侯爷当时只牵挂着姑娘的伤，一时还没理会到南姑娘的事。那会儿我已经被侯爷安排回府中照顾姑娘了，在旁边听得明明白白，是他自己找到二爷，说只要救下南姑娘，他宁愿束手就擒。"

我摇头道："不是这句。他真的说……要康侯看在南雅意与宁昭仪的情分上救南雅意？"

无双点头，然后窥伺着我的脸色，小心翼翼问道："有什么不对么？"

我忙转过头，向床榻里侧卧着，闭上眼睛道："没什么。"

一出皇宫，无双便不肯再叫我一声昭仪，想来这话必是庄碧岚所说无疑。

他既猜不着我宁死也不愿落到唐天重手中，必定会猜我既入摄政王府，康侯多半会宠爱迁就于我，才拿了南雅意和我的情分来说话，却真的是拿唐天重对我的情感来作为孤注一掷的筹码了。

并不能怨他。

撇开这些日子他们相处出的情意不谈，单凭南雅意前后救他两次，他舍命报恩都是应当的。

可我根本不是唐天重的什么人，却特特提起我来，这话里话外，倒似他宁愿割舍了我去换取南雅意性命的意思。

他肯为我舍命，可为了南雅意，他连我都可以舍了。

或许有血性的男儿就是这样？恩义大于天，更大于儿女私情。

但这种抉择，还是像锈蚀了多少年的刀子，无声地割到了心口的某处，让我不敢细想。

摄政王府对我防范之严密，绝对只在皇宫之上，再想和他携手逃去，只怕比登天还难。如今我已别无他念，只求他和南雅意平安，并能最终平安地回到交州，我便心满意足。

静养了一个月，虽未痊愈，倒也能扶着无双走动走动了。因说这样的大伤不宜见风，她竟只让我在前厅后堂来回走着活动活动，连窗户都不肯开。

遥想南雅意同样重伤在身，如今被困于乡间小村中，想来日子更为难熬，我也耐着性子沉默地将养着，只盼能有时机。

直到七月初，无双问了大夫，说出去透透气也不妨，才肯打开房门，带我出去走走。

平时静卧之时，常听得水流的声音，后来又闻得莲香隐隐，我便知我所住的地方必是近水的轩榭，等我出了前厅，才见前方延伸出了一间敞朗的抱厦，三面临水，一举首便能对着波光潋滟，碧叶田田，竟植了满池莲花。

此时已是傍晚，夕阳渐下，余威犹存，天气依然炎热，却将扑鼻的芰荷清香熏得益发馥郁怡人了；举目望去，水上水下，俱是一片翠绿，中有粉荷摇摆，或绽若灯盏，或尖尖含苞，临风照水，纤裳玉立，飘飘似舞，那等清冶风姿，一时竟将我看得呆了。

"莲池？"

虽知有水，但我万没料到竟是这么一大片莲池。而我所暂住的地方，不是临水而建，而是精心修筑于莲池中央，四面皆水，只留了一道曲折竹桥，蜿蜒有致地通向岸边。

无双已在身后答道："是啊，这座莲榭位于摄政王府东北角，其实位置蛮偏的，平时进出王府或去书房议事，并不方便。可侯爷第一次过来，便看上这处地方，把这里修成了平时寝处之所。"

我记起房中陈设过于刚硬的风格,不觉失声问道:"你是说,这里是康侯在王府的寝处之所?"

无双笑道:"那是自然。想姑娘在侯爷心中何等分量,怎会放心姑娘住别处去?在宫中住的是侯爷卧室,在王府,同样住的侯爷卧室。"

刚醒过来的一两天,我也曾有此疑心,可唐天重每日看我一眼便离开,让我总觉得他该是回自己卧室休息去了。何况我心不甘情不愿地被他禁锢于此,也就懒得细想他的事了。

嘴角勾了勾,我懒懒地走到一角,倚着栏杆坐了,淡淡道:"康侯的脾气倒也出奇,有不放心的客人,就安排在自己的卧室。"

无双蹲下身,为我揉搓着受过伤的脚踝,答道:"算来……侯爷的脾气也的确出奇了些。自从两年前到江南来了一次,回去后时常魂不守舍,好端端地在自己府里挖了个大塘子,种了荷花,说是想吃江南那种新鲜的嫩藕。到了南朝也一样,没事跑到这里住,其实开春的时候,这屋子里还冷得很呢,明明连荷花叶子都看不到一片儿,还亲自题了匾额,说是什么'莲忆',姑娘你看到没有?"

我闻言抬起头来,果然发现正堂的匾额上,端端正正镌着"莲忆"二字,字体甚是秀逸,并觉不出唐天重一贯的豪雄霸气。

无双继续道:"侯爷原先很是挑剔,又有些洁癖,寻常从太后至朝臣,送他的各色美姬并不少,可他素来不近女色,又不喜欢旁人碰他的衾被,说是怕脏。可那日他将姑娘带回来时,姑娘一身泥水,把衾席沾得没一处干净的地方,他也只嫌侍婢们行动迟缓,耽搁了姑娘治伤更衣。姑娘说说,侯爷这性子,是不是太怪了点?"

从来知道她对唐天重忠心不贰,难为她还能顺着我话头拐着弯儿来赞她家主人怎样待我好。

待我好……

的确是待我好吧!

只是好到要把情敌和他自己名义上的结发夫人置于死地,着实让人不敢领受。

捣麝成尘香不灭,拗莲作寸丝难绝。

我懒洋洋地想着自己的心事,散漫地笑着,看碧盈盈的荷叶底下,几对锦翅的鸳鸯正懒洋洋地泊着,在沉静的翠绿华盖下梳洗着自己羽毛。

正出神际,听得远处有钟磬木鱼之声传来,伴着大群僧道诵经时的梵声隐隐,好像摄政王府中正在做着什么法事,并且排场不小,不由得站起身来,往那边走了几步。

快到前方竹桥时,无双已过来拉住我,笑嘻嘻地说道:"姑娘,你看这太阳还没下山,外面那日头还毒得很呢,先别过去罢!真想出去散散心,等再晚些,侯爷过来了,让侯爷伴着看看王府内的风光,也免得王府那些巡逻亲兵的误会,好不好?"

我回头瞧了瞧她，她给我看得不自在，转过脸看向别处，笑得有点发僵。

竹桥尽头，有四名侍卫正在水边桐阴下憩息，若无其事地喝水聊天。不敢想象以军威闻名的摄政王府，会有这等闲散的侍卫，还是在康侯每日必经之处。

如果无双不拦我，到了竹桥尽头，该是那些侍卫拦住我了吧？

我退了两步，淡淡地笑道："哦，我的脚原就没有恢复，也懒得走动。只是想着哪里来的诵经的声音，有些奇怪。"

无双顿时松了口气，笑着答道："那边颂贤堂正做着水陆道场，和尚道士挤了一屋子，没什么好看的。"

我不由问道："谁过世了？"

水陆道场全名"法界圣凡水陆普度大斋胜会"，是佛家用以设斋供奉，超度前亡后化诸魂，以免亡者之罪的法会。从这里听着，便知排场不小，但唐天重每日过来，根本看不出有甚悲戚之意，哪里像有亲人过世的模样？

无双招呼小丫头端来泡好的碧螺春，端到我跟前，笑道："哪里有谁过世？左不过是侯爷在掩人耳目而已。这会儿德寿宫北面的大佛堂里，一样请了高僧在做道场呢！姑娘聪明人，可猜得出在为谁做法事？"

我心思一动，只觉阳光也倏忽间冷了下来，拿了茶盅在手上，顿了片刻才慢慢揭了盅盖去撩着茶叶，说道："王爷府上的，莫不是在为康侯夫人办丧事？而皇宫中，自然……自然是宁昭仪出事了。"

无双抿唇一笑："我就说，瞒不过姑娘。"

这样的三伏天，我背心冒着汗，掌心却凉了下来。

早知唐天重绝不会将我交给唐天霄，而唐天霄也不可能将我弃之不理，我也在猜测着唐天重会以什么手段瞒天过海。

原来却是个死字。果然一了百了，清白得很。

以唐天重的翻手为云覆手雨，寻两具与我们身形相似的女尸掩人耳目并不是难事。旁人怕抄家灭族的欺君大罪，唐天重做来得心应手，毫无顾忌。即便唐天霄识破，如无十分证据，也只能由着他指鹿为马。

朝堂之上，唯权势可颠倒黑白，混淆是非；朝堂之下，也唯权势可只手遮天，肆意妄为。

我支着额倚着栏杆坐着，小口地啜着茶水，只能看着熟悉的满池清荷出神。

无双走开片刻，再回来时，已递过一支紫玉笛，笑道："姑娘，若是坐着无聊，不妨吹支曲子，散散心怀也好。"

我掂了掂那玉笛，道："这玉质倒好，只是这么笨重，留作摆设便罢，吹起来却也嫌沉了。"

无双轻笑道："姑娘忘了吧？当日皇上请侯爷在怡清宫品尝姑娘的手艺时，姑娘曾用一支紫玉笛吹过一曲《玉楼春》。这便是姑娘用过的那一支。"

我忙托过那笛子细看时，果然很是眼熟，苦笑道："侯爷到底神通广大，只怕就是乾元宫御用之物，侯爷想拿，也是轻易如探囊取物。"

无双并不否认，只道："论起这摄政王府，虽不如皇宫富丽雄伟，这天下的奇珍异宝，倒也不比皇宫差多少。不过皇宫之中，却有侯爷思慕了许多个日日夜夜的心上人，始终求之不得，只能拿了美人的所用之物把玩，聊慰相思而已。以侯爷如今的地位，多少绝色佳人梦寐以求想……"

我懒得听她继续夸耀主人的英明神武痴情无双，将紫玉笛丢给她，一边回屋一边道："我不过是个微贱之人，配不起这贵重的玉笛子。如果有合适的竹子，我宁可自己做支竹笛来吹一吹。"

其实我从未亲手做过竹笛，也只是随口一说，但我第二日起床梳洗时，居然见到桌上放了十余支白竹，旁边的竹筐里还盛着小刀、小锯、钻子、尺子等制笛之物。

取了那白竹细瞧时，都该是锯下二年以上的老竹，并已经过加工，烘烤得直而不焦，正宜制笛。

无双见我感兴趣，忙道："昨晚我和侯爷说了，他当即叫人准备了这些来。姑娘瞧着可还妥当？"

我将白竹丢在一边，梳着头发道："他若真的想我开心，何不放了我和庄碧岚离去？便是为他供一辈子的长生牌位，我也心甘情愿。"

无双给堵得半天说不出话，好久才道："这个……姑娘得亲口和侯爷说去。"

其实我也知道唐天重再不可能放我离去，连庄碧岚都被我连累，说不准此时已经成了他和交州庄氏谈判的重要棋子。事已至此，我只盼着庄家父子能平安地守住他们一方领土，别让我再次成了害惨他们的红颜祸水。

长日漫漫，被禁锢于这样的莲池小榭，的确孤寂无聊了些，我到底拿过了那些白竹，挑了几支合适的，做起了笛子。

无双在一旁打下手时，我不经意般提道："宫里那个九儿，一双手灵巧得很，嘴也甜，整天叽叽喳喳跟黄莺儿似的，如果能来陪着说说话，倒也不错。"

无双笑道："若论起双手灵巧，只怕找遍了瑞都城，都找不出比姑娘更心灵手巧的了。看看这笛孔，挖得多齐整！"

我笑道："光挖得齐整不中用，要吹着音不偏才好。"

挖好吹孔，堵上笛塞后，便要量好吹孔至后音孔的距离，挖两个后出音孔，之后便不时吹一吹，听一听，随时调整着孔的大小，再挖下面的孔。

如此一来，房中便热闹了些，连外面侍候的小丫头都跑进来，品评着哪个音清了，

哪个音哑了。

唐天重依旧每天来一两次，只是待着的时间却越来越长了，即便我装作看不到，他也不离去，静静地坐在一边喝茶，看着我做笛吹笛忙得不亦乐乎。

丫头们原来甚是怕他，一见他来便敛声静气躲得远远的，却不知是不是得了吩咐，过去行了礼，便依旧跑到我跟前陪我做着笛子说笑。

不知道她们有多少的真心，但手边有事可做，终日为庄碧岚他们担忧的心思倒是略略放了放，几日后发现做出来的竹笛中，有两支音色相当好时，我甚至打开窗户，对着满池怒绽的莲花，吹了一支《点绛唇》。

花信来时，恨无人似花依旧。又成春瘦，折断门前柳。天与多情，不与长相守。分飞后，泪痕和酒，沾了双罗袖。

一曲毕，正黯然神伤时，忽听得门前一声清脆的欢喜呼唤："昭仪！"

猛地抬头，竟是九儿着了一身绯红色的罗纱细裙，兴奋地跑了过来。

我一时不敢应她，抬头望了眼慢慢踱进来的唐天重。

他并没有注意到九儿的称呼，正微眯着眼瞧我，唇角有很淡的一抹笑意，见我瞧他，那笑意便更深了些。

他素来沉默冷峻，忽给他这么一笑，我有点蒙，丢开手边的竹笛，去扶前来行礼的九儿，却轻轻地捏了下她的手臂。

九儿醒悟，偷偷瞥了一眼唐天重，立刻改口道："拜见宁大小姐。"

我正想着她的称呼是否妥当，唐天重已在一边闲闲说道："九儿，怡清宫的宁昭仪，和本侯的新婚夫人，都已在西华庵为贼人所害，如今法事已毕，早已入土为安。"

九儿无措地绞着袖子，窥伺着他的脸色，小声地应了，看我的眼神愈发地彷徨起来。

生或死，原是他说了算。我置若罔闻，坐到一边把玩另一支竹笛。

九儿悄声问我："那我怎么叫你啊？"

我淡淡道："随便吧，侯爷说我是谁，我就是谁了。"

唐天重的眼眸似因蕴了笑而格外明亮。他坐于桌旁品着茶，慢慢道："她是……清姑娘，未来的康侯夫人。"

我一时窒息，连九儿也似给吓住了，大睁的眼珠子好一会儿才能转动，点头道："哦……原来，是清姑娘……"

唐天重似乎心情不错，闲坐了片刻，居然没有离去的意思，反而取过我刚吹过的那支竹笛，说道："吹得很好听。我就想着，你做出来的笛子，吹出来应该会很不一样。"

他将笛子递到我跟前，问道："这便算成了？好像和我寻常看到的不太一样。"

我只得答道："再缠上丝线圈，涂上生漆，扣上流苏，就是侯爷寻常所见的笛子模样了。"

唐天重点头，温煦地望着我："再吹一曲来听听可好？许久不曾听到你吹曲了。"

我忙推托："侯爷，我嗓子干得很，倦了。"

唐天重浓而黑的眉蹙了蹙，旋即舒展开来，慢慢道："你那位好姐姐，似身体恢复得并不怎么好。你这里差不多断了药了，她那里还时不时地低烧发热。我正想着，要不要送些药去。不过瞧来你对她也不上心，我也不用费那事了。"

他威胁我！

一阵热血直涌到脸上，我恨得攥紧笛子，狠狠地盯着他，恨不得在他安闲自在的面容上扎无数个洞。

他无视我尖锐的目光，更舒适地靠住圈椅，迎着我的目光似笑非笑，重复着他的要求："再吹一支曲子来听听。"

我气往上冲，别过脸望着窗外的莲池。

一对鸳鸯在叶底交颈而泊，安静宁和得连这样的三伏天也似褪去了炙人的炎热。

虽是人类豢养，不得自由，可它们到底还能平安地在小小的荷荫庇护下，躲开风雷烈日，安闲地过着它们的日子。

深深吸了一口气，生生地压下愤懑，我提起竹笛，依然吹着方才那曲《点绛唇》，却已无情无绪，只盼敷衍完了事。

曲毕，唐天重侧着脸，若有所思。

晓得他不通音律，我正想着他是不是觉察出我心不在焉时，他竟微微地笑了："嗯，这遍听起来比原来那遍顺耳些。"

我正有些鄙视他的鉴赏能力，又闻他说道："要我听你那满腹相思，我宁可看你漫不经心。可惜，可惜……"

我心里一紧，忙转过脸不去看他。他虽未说出可惜什么，但我已心知肚明。

他竟是能听懂曲子的。前者用心，可惜满腹相思并不为他而诉；后者漫不经心，到底为他而奏。两相比较，他宁愿选择后者。

他扫了一眼因做坏被弃于一边的白竹、小刀等物，曜亮的眼眸又望向我："你身体可大好了？"

我不解其意，含糊答道："嗯，有侯爷的名医良药，自然恢复得不错。"

唐天重点头，徐徐道："大夫说，你外伤已痊，只是伤口尚嫩，且肺部受伤，需好生调理；倒是脚上不妨事，便是一两个月行动不便，早晚也会复原。"

"侯爷有心了！清妩微贱之躯，能得侯爷眷爱，着实受宠若惊！"我知趣地再不去和他顶撞，言不由衷地道谢。

唐天重一笑，舒展了下手脚，缓缓吩咐："更衣。"

我一怔。

无双已带了小丫头过去为他解了嵌宝束发紫金冠，取下宝剑、玉佩、锦绶，脱了墨绿妆花四爪蟒纱袍，换了件家常的浅杏色软罗袍，总算将那一身的威煞之气散开不少。

我正怔忡时，无双微笑问道："侯爷的晚膳，是不是也传这边来？"

唐天重瞥我一眼，点头道："传。书房里到底闷热，今日起，还是搬回这里住罢！"

无双担忧地望了我一眼，答道："是，奴婢即刻前去预备。"

说着，她向随侍房中的丫头们使了个眼色，竟自带她们退了出去，连才回到我身畔的九儿都被她拖走了。

眼见侍女们尽数离去，屋中一时静谧到沉闷。有水面的清风吹来，竟不曾将屋中僵滞的气氛吹散分毫。倒是其中夹杂的莲香阵阵，忽然便让我想起了唐天重重重围困住的庄碧岚，心里便一阵接着一阵地绞痛过来。

唐天重已经走了过来，右手手指伸出，缓缓摸上我的面颊。

我不去瞧他，侧了侧脸，却没能避开，只觉那带了茧意的指腹抚在面颊，很粗糙，带了令我惊惧的热意，让我再忍不住，迅速从椅上站起，便要从他的身侧逃开。

耳边若有若无地传过一声轻笑，也不见唐天重怎样动作，本已跑出一步的躯体已被轻易扯回，腰肢被他轻易环住，倒是他的右手，依然抚于我的面颊，似乎从未离过半分。

我努力避开和他的亲密，最终只能将头稍稍偏了偏，身体却被拥得更紧，单薄的纱罗衣裳根本阻隔不住他身体传来的炙热温度。

他端详着我的目光，比他的身体更为炙热。他宛若叹息般在我耳边低吟："莫非我当真只能用强才能得到你？"

我勉强笑道："想侯爷何等人物，也不屑对一名弱女子用强吧？"

唐天重唇角一扬："我本不屑对任何女子用强，尤其不想对你用强。你何等聪明之人，我便不信，你当真不知我对你的心意。可你到底眼睁睁看着自己姐妹被唐天霄将错就错嫁给我，宁可自己嫁了唐天霄，也不肯提醒我一声半声。我便知……我便知我会错了意，你心里当真半分都不曾有我。我从不知，我便这么地招人厌烦，让你宁死也不愿从我。"

他仿佛还在笑着，可近在咫尺的黝黑眼睛里，我清晰地读到了隐忍已久的怨毒："不过，你醒来后发现自己身在摄政王府，并没有再寻死觅活，心里大约也有了盘算了吧？你宁死也不愿从我，却已打算为了庄碧岚从我，是也不是？"

"我……"

我的背心直沁出汗来，一时答不上来。

贪生畏死，本是人之本能。当日眼见庄碧岚难以幸免于难，唐天重又万万不可能放过我，我再不愿白白受辱，才决绝走上那条路。

可庄碧岚、南雅意并没有死，并且受制于唐天重，如果我轻生，惹怒唐天重，庄碧岚必遭毒手。

想过唐天重可能威逼，倒也未必打算从他，只是自此的确不敢再有轻生之念。

唐天重见我不答，眉又皱起，忽然俯下身，便亲上我的唇。

潮湿温暖的唇，陌生冷冽的气质，让我汗毛瞬间竖起，连忙闪避时，哪里避得过来？只能紧紧闭着牙关，不让他侵入更多。

好在他似也没打算现在便逼着我怎样，扣了我的手缠绵片刻，便将我轻轻放开。

我已挣得浑身是汗，急急退到窗口，几乎站都站不住，脚一软坐在靠窗的榻上，拿了丝帕擦着唇，冷冷地望向满池荷叶摇碧，泪水忍也忍不住，直直地跌落下来。

唐天重依旧站在那里，静静地望着我，挺拔的身形像一具散着寒意的雕塑。

许久，才听他懒懒道："来人，传晚膳。"

第十五章　花落良宵，团圆春梦少

我提心吊胆，再不知晚上该如何应付。仓皇地坐在他身畔，说是用膳，却连一口汤也不曾好生吃得，无双为我盛了一碗软糯的红枣粳米粥，我拿匙子吃时，不小心连碗带粥倒到了裙上，连手臂都被烫得红了。

唐天重冷眼看着，并不说一句话。

只是晚膳后，他竟一言不发地离去了，再没说要留宿下来的话。

看着侍女们关上隔扇门，我大大地松了口气，无双那丫头却开始在我耳前嘀嘀咕咕，说康侯怕热，书房却是面南的，终日里跟火炉似的，晚上必定睡不好云云。

我由着她的废话从左耳朵吹进，右耳朵放出，再不去理会。倒是九儿听了不忿，笑道："无双姐姐，摄政王府那么大地方，难道就这一处地方清凉？再则，江南的大户人家，都有储着冰块的，康侯当真怕热了，拿些冰到房中去，降降温却是不难的。"

无双这才闭嘴，安生地服侍我上床歇息。

自此，唐天重依旧每日前来看我，待的时候却越来越长，有时吃了晚膳，拿些公文坐到案边，一直拖到亥时以后，连丫头们都在悄悄打呵欠，才施施然收了东西离去。

倘或有一天两天因公干外出或在别处应酬不能过来，必有二门外小厮传进话来："侯爷说了，让清姑娘不用等候，早些安歇。"

说得好似他不过来，我真会牵挂他一样。

郁闷中，我悄悄叫来无双问道："以往你家侯爷不是常住在宫中的？现在怎么都回王府住？也不怕耽误了朝政大事！"

无双笑道："如今老王爷正病着，每日在家延医吃药，侯爷是孝顺之人，当然也要每日回家侍奉。外面的朝臣都晓得这回事儿，差不多的事便不去勤政殿了，直接到摄政王府回禀处置。"

在勤政殿处事，好歹也见得皇权威仪。如今把原属内廷的议事处改到了摄政王府，不知把太后、天子置于何地？

想来如今唐天霄自顾不暇，便是明知我和南雅意的"死"另有蹊跷，只怕也无心追查了。

听九儿说，皇上对"死去的宁昭仪"甚是思念，不但追封其为淑妃，之后也常竟夜独寝于怡清宫中，怀悼"红颜薄命"的淑妃娘娘。

也许不开心起来，依旧会找一壶酒来解愁吧？可惜再也无人劝慰，更无人在他沉醉之时为他盖一袭薄毯，泡一盏清茶。

南雅意怨他不够痴情，不够专情，可如果他不是高高在上的大周皇帝，他绝对会是足够多情的一个。

八月初，荷花日渐零落的时节，我的身体已然大好。

这日正坐在抱厦里，倚着朱栏望着池水被微风吹开片片涟漪，满怀俱是萧索时，无双却从竹桥之上一路急奔过来，跑得气喘吁吁，对着我半天说不上话来。

我不觉坐直身体，疑惑问道："怎么了？"

无双喘息着答道："姑娘……姑娘不是要我留心庄公子那里的事？他……他出事了！"

我的心猛地沉了下去。

看着无双一开一阖的唇，所有的神经都似在刹那间绷紧了。

据无双所说，庄碧岚到底不甘受制他人，在自己房中放了把火，引开暗卫的注意，自己悄悄带了南雅意从小径逃离。

凭庄碧岚的身手，想要孤身离去原不是难事。可惜他身畔有个不会武艺的南雅意，行动立刻迟缓了许多，到底被暗卫擒住。这一回，却不知道给关押到哪里去了。

我不敢显得过于焦急，只让无双再去打听，可惜不得要领，她连二人有没有受伤、有没有被押解回京都说不清楚。问得急了，她便焦躁地跺脚道："姑娘，其实这些话儿，姑娘径可直接问侯爷。素常姑娘对他总是不冷不热，若是放下身段，去为他沏一壶茶，吹一支曲，再没有完不了的事儿。"

她一脸为我着想的模样，可分明最后一句话才是她通知我这些事的真实目的。

本就被唐天重软禁于此，我委实不愿再去迁就，但九儿闻得此事，也劝我道："姑娘，庄家一门忠烈，如今只剩了庄公子一人，如果庄公子有个什么三长两短，交州的庄大将军，可真不用活了！"

我问九儿："你也觉得康侯可能会杀害庄公子？"

九儿苦恼地抓着头，道："这个……九儿可不懂。不过……皇上当时好像无意取庄公子性命，那么，摄政王他们，会不会反过来干？"

唐天霄不想要庄碧岚的命，是打算以庄碧岚为质收伏交州庄氏，至少也能拉拢交州为盟友，共同对付摄政王父子。

唐天霄既然曾流露这样的意思，唐天重当然很可能反其道而行之。何况因为我，他早就对庄碧岚心存杀念。

九儿又叹道："最可怜是雅意姑娘，她……她当真一天好日子都没过上。"

我鼻子一酸，差点掉下泪来。

若非我和唐天重这段莫名其妙的孽缘，她早已成了唐天霄最宠爱的贤妃，心满意足地和心上人度过下半辈子。——纵然有沈皇后之流虎视眈眈，以她的聪明灵巧，以及唐天霄的尽力维护，怎么也吃不了亏去。

终究是我，欠了她一辈子的幸福。

我说我要亲自下厨，为唐天重做几样家常小菜时，无双再也不说不让我离开莲池的话了。

事实上，她不过跑出去和守在竹桥尽头的侍卫说了两句，那侍卫便恭恭敬敬地退到了一边，只是我们去设于二门内的小厨房时，他们会远远地跟着，在不扎眼的地方不动声色地"保护"着我。

厨娘们见到我出现时眼神很是惊艳，等无双跟厨娘说起我是住在莲榭的清姑娘时，惊艳转作了惊愕，随即毕恭毕敬地在我身边打下手。

并不知道摄政王府对我这位"住在莲榭的清姑娘"是怎样的评价，但我至少清楚，他们的恭敬，纯粹是因为康侯对我的态度。

平时我的吃穿用度，甚是合心可意，我只当着无双跟我久了，她肯经心的缘故，但如今细想来，应该也和康侯寻常对我的另眼相待有关。

二门内的小厨房，本是为了方便二门内的夫人小姐们用膳而设的，各类时蔬肉食不少。我回忆着唐天重的饮食习惯，将他用膳时多夹了几筷的菜式，改得略清淡些，做了七八样出来。

令人捧着食盒带回莲池时，无双犹自在赞叹我手艺绝佳，连炒的菜式看起来都比寻常厨下送过来的赏心悦目许多。

我却只是意兴阑珊，坐在窗边的榻上，静静地看着他们将碗碟排开。

口蘑豆腐，醋熘黄瓜，什锦藕片，青椒香干，东坡肉，再加江南闻名的清蒸鲈鱼，已算荤素搭得齐全了。另做了一份冬瓜太金汤，却是以冬瓜、咸肉片炖汤，辅以太子参和金银花，可清暑生津，益气止渴，正是夏秋之际最适宜的汤品之一。

待得铺排整齐，只先盖着盅盖，不让菜凉了，无双便已遣人出了莲池，到二门打听唐天重可曾到家。

算来也差不多该到唐天重回府的时候了。

按照惯例，他若不回府用膳，应该会遣亲随回来告诉一声。

但遣去打听唐天重行踪的侍女并未接到唐天重回来的消息，天色倒是渐渐地暗了下来。

无双把洗净的葡萄一颗颗剥好，送到我手上，笑道："姑娘别急，只怕路上遇到了亲朋故交之类，所以耽搁住了。不过算一算，也快到府中了。"

这可奇了，唐天重每次来了，我都觉得芒刺在背中不自在，他回来得晚了，我又有什么急的？我心中不悦，横了无双一眼，丢开葡萄，接了九儿递过来的帕子拭了手，继续倚着窗棂向莲池观望。

入秋之后，荷花渐渐地褪去了明艳的华裳，不复夏日里姣花照水的风姿绰约。娇小玲珑的嫩黄花心，渐渐转作了一枚枚半圆莲蓬，掩在挑出水面的大片荷叶间，连翠色都不鲜明，在这渐渐昏沉的暮色下，愈发地不起眼。

千种风流、万重繁华之后，莲花到底也走向凋零。坚硬的心房中，包裹着久而弥坚的乌黑莲子，唯有其莲心尚盈着春日的碧绿。

可惜，那一星碧绿，苦不堪言。品在舌尖，足以让人忘怀莲花与莲子所有的美好。

不想这里的一池莲花竟然这么伴着我，从花开到花落，无声无息地度过了这许久的流光。却不知这里的莲子会不会比别处的更苦些。

正沉吟之时，忽听到九儿叫道："看，看，有人过来啦！"

我也不由得抬起身，向竹桥那边观望，却是一名管事的婆子，带了两名侍女正往这边走。我皱了眉，依旧安坐下来，忽见无双正朝我凝望，恍惚觉得自己倒似真的有几分急切，盼着唐天重过来似的。

我不安起来，忙从一旁的玛瑙盘子里摘了一颗葡萄，若无其事地自己剥了皮吃。

婆子过来，自有无双去应付。不一会儿便将她们打发走了，却来告诉我："眼见着不久便中秋了，几位夫人都有裁制新衣，姑娘自然也该有的。这妈妈却有心，特地跑来问姑娘喜爱什么样的布料，什么样的花式，说一定做几套顶级的衣裳，让姑娘穿得比出水芙蓉还好看。"

我叹道："横竖并不去哪里，穿怎样的衣服并不要紧。"

无双笑道："姑娘觉得不要紧，但侯爷那里，却是要紧的。姑娘一定没觉出吧？每次姑娘穿水碧或浅青色的衣衫时，侯爷看着你便格外地温柔，而姑娘若是穿鹅黄或胭脂色时，侯爷便格外地高兴。"

九儿不改淘气，因无外人在旁，半趴在榻上也吃着葡萄，嘻嘻笑道："无双姐姐说得忒神奇,难道侯爷连姑娘穿什么衣裳都时时留心？若是真有这样痴情，晚上还舍得离去？他离了这里，自然有别的侍姬服侍。"

无双摇头，望着我答着九儿的话："算算我都跟着侯爷也有七八年了，侯爷的心思，我岂有不知的？他哪里是舍得离去了？只是太看重姑娘，不舍得逼迫姑娘而已。侍姬嘛，自然是有的，可大多也只是应个虚名而已。如若有人侍寝，侯爷早过弱冠之年，身体强健，为何一无所出？"

越扯越离谱。他的这些事，与我有什么相干？

我不耐烦地打断她们兴致勃勃的话头，吩咐道："别扯淡了，快去瞧瞧侯爷回来了没有。眼看菜都凉了，若他不回来，我们趁热先吃了吧！"

无双应了，才立起身来，便听外厢有人低沉说道："在等着我？"

步履沉着，身形稳健，唐天重不紧不慢地踏了进来，一双黑眸，沉静地在我脸上一扫，才转到一桌的饭菜上。

九儿已忙不迭从榻上起身，无双已迎了上去，为唐天重解去外袍；我也只得起身，向他行了一礼："见过侯爷！"

唐天重点头，拉住我的手一同入席，居然解释道："出城了。本算着回来吃饭正好，多耽搁了些时候，就晚了。若是你饿了，以后不用等我，自行吃了先睡吧！"

我缩了缩手，却没能抽开，由着他牵着，坐稳了身体才放了手。

早有侍女们过来，将盅盖盏盖一齐取开，无双、九儿则站在我们身侧布菜。

无双笑道："侯爷，今儿的菜，可要细尝尝。都是姑娘亲自到后面的小厨房做的。"

唐天重"噢"了一声，抬眸望向我，夹了一筷藕片送入口中。

我有些讪讪的，只觉双颊发烫，忙低了头喝汤，却是啥味道也尝不出来了。

无双小心地查看着唐天重的脸色，又道："侯爷，如果兴致好，奴婢去取一壶女儿红来。"

"不用了。"唐天重慢慢吃着，好似并没有因为我做的菜而胃口大开，甚至神情之间，偶有不豫之色掠过，却又迅速消逝，不肯流露分毫。

我猜不透他心思，忐忑着一时不敢提起庄碧岚的事。而无双也似有些不解了，又笑着试探："侯爷，是不是菜凉了，不甚可口？要不，我叫人撤下去，另做一桌来。"

唐天重索性皱起了眉，淡淡道："都吃了一半了，还撤什么？"

无双再不敢说话，我也暗自懊恼，早知他不喜我做的菜，再不该费这份心思；这时再为庄碧岚的事求他，无异于自取其辱了。

一时用毕晚膳，侍女们撤下饭桌，取水来洗漱了，我正想着时辰已经不早，唐天重兴致不高，会不会即刻便离去，已听他说道："你们下去吧！"

我吃了一惊，无双却已面泛微笑，即刻带了侍女退下，掩上了门。

被他软禁了这么久，单独相处的时候倒也不多。我猜不透他在打什么主意，紧张地坐到妆台前，将手中的一枚玉镯取下，又戴上，取下，又戴上，一时竟是无措。

唐天重走到我跟前，问："很喜欢这镯子么？"

我怔了怔，这才抬手仔细看那玉镯。

当日从马车中匆匆逃走，虽有不少细软，却都未及收拾，重伤后被带入摄政王府，随身首饰大多已遗失，庄碧岚送我的利匕更是不知所终，倒是唐天霄当日让我转交给南雅意的九龙玉佩还在，醒来后发现被用丝帕包了，塞在了枕下。

我既一无所有，所用的簪珥环佩，自然都是摄政王府的。我无心梳洗，再也不曾在这些东西上留心，每日无双为我准备什么，我便用什么，并不挑剔，再不去注意那些首饰价值几何。

如今低头细看这玉镯，才觉其碧绿莹润，水色盈盈，雨后冬青般深浓可喜，乃是最上品的翠玉精心琢就，忙讪笑道："嗯……瞧着这玉颜色很正，应该是蛮名贵的。"

唐天重点头道："可惜只有一枚。不然，改日我叫人找色泽差不多的，另琢一枚来配成一对？"

我笑道："不用了，原是独一无二才难得。"

唐天重脸色忽然有点古怪，问道："是么？"

我不解。

他却已走向前来，打开妆奁，在最上面一格翻了一翻，便取出一枚同样水润滴绿的玉镯来，凑到我手边那枚前。

大小相同，纹理相若，竟是出自同一块翠玉的一对儿。

我怔了怔，只得勉强笑道："原来本就有一对儿。是我粗心了，从没注意过。"

唐天重淡淡道："你不是粗心，只是心从没放在这里。无双拿了这对玉镯给你看时，我正在案上看公文，连我都听到她在告诉你，这镯子乃是我父母成亲时先皇御赐，价值连城，更是我母亲心爱之物，时时戴于腕间；直至我母亲亡故，这镯儿方才交给我保管。"

他瞥了我一眼，若无其事地将玉镯放回妆台上，才又说道："她本是预备留给她儿媳的。不过……瞧来这儿媳并不稀罕。"

我再不敢接话，顺手将腕间的也卸下，和他放下来的那枚一起收回了妆奁中。

他沉默地看着我的举动，黑眸越发地幽深，近在咫尺地凝视着我，更叫我捉摸不透，只觉气氛沉闷得紧，想要冒失逃开，却又不晓得能逃到哪里去。

我已再不指望今天能从他口中问着一星半点庄碧岚消息，只盼着目前这等尴尬情形尽快过去，强笑道："侯爷渴么？要不要我倒盏茶来？"

"不渴。"唐天重硬邦邦地抛出话来，含义却是暧昧，"便是渴，也不是嗓子渴。"

我红了脸，不敢再答话。宫中多年，甚至曾经有过宫妃的名分，若是说听不懂他的话，也太过矫情。

许久，唐天重仿佛无奈般地长叹一声，从袖中取出一物，掷在我面前："庄碧岚让我带给你的。"

目光触到那样东西，我的心蓦地一跳，快要蹦出腔子般纠结着疼痛起来。

熟悉的香囊，紫茎荇荷，并蒂粉莲，被匀细的针脚挑出温柔的情意，脉脉如诉。一把握住紧执在手中，已经闻不到当日所放的白芷、川芎、薄荷等香气，只有很淡很淡的莲叶清芬，在满怀的酸涩中若隐若现。

我甚至分不出，到底是香囊散出的莲香，还是窗外荷叶的清芬。

"他……他在哪里？你有没有拿他……怎样？"我再耐不住，压住了嗓口泛出的气团，干干地问道。

唐天重微弯了腰，半睐眼睛望住我，声调里带着陌生的寒意："你想我拿他怎样？"

我的指尖发青，却已忍不住地抖动。

唐天重很想杀他。

不敢细看他的神情，我却敢断定，唐天重绝对不想再容庄碧岚活着。

他到底和唐天霄截然不同，该决断的时候，绝对心狠手辣。

紧攥了手中香囊，我扶了椅子慢慢向他跪下，盯着他的如意挖云黑舄，沙哑着嗓子道："求侯爷……饶过他，饶过雅意！"

话犹未了，我的下颔一热，已被唐天重托起，迫着面对他的面庞。

他的唇角弯了弯，却看不到一丝笑意，连眸光也如山间幽潭般深不可测："饶过他？清妩，给我一个饶过他们的理由。"

理由？

我黯然一笑："我求侯爷，自然算不得侯爷饶他的理由了。"

唐天重点头："你若为他求我，只该成为我杀他的理由。"

他那并不掩饰的恼怒和醋意，让我哑口无言，闭了眼只将那香囊抓得更紧。

好一会儿，才听唐天重冷冷道："你不想知道，庄碧岚为什么把这香囊还给你？"

我垂下头，望着那灵动的荇荷粉莲，低声道："大周大半天下，均在侯爷掌中。侯爷若要他还，他又岂敢不还？"

唐天重怒笑："清妩，你对他倒是痴情到了骨子里。难道你竟不曾想过，有朝一日，他也会移情别恋，丢弃你们之间所谓的定情信物？"

我脱口道："他不会！"

"他不会？"唐天重再没迫我抬头，却蹲下身，紧紧看着我的脸，眸光凌厉如刀，"你便如此信任他会对你死心塌地，就像……绝对不会相信我才是最适合你的夫婿，是不是？"

他素来威凛，不苟言笑，远不如唐天霄平易近人，偶觉可亲，我也因之一向便对他所谓的深情有着几分惧意，因此相处的时间虽是不短，却不曾好好说过话。以前曾听他向人说起我是未来的康侯夫人云云，我也只当作男人为色所迷时随口而出的苍白许诺，并未当真。

但他此刻满怀郁愤脱口而出，倒似吐出了积压已久的心思，不但觉察不出半点轻薄之意，甚至让我突然感觉，他说要我做他的康侯夫人，只怕……也是发自肺腑的真心话语。

一直以为他喜欢的只是经过他头脑美化过的那个月下美人，救命恩人，但他前后两次把我从鬼门关拖回来，看尽了我最狼狈最肮脏的模样，若再说不知他的心意，也委实太过矫情。

只是……

我竭力让自己冷静下来，轻声答道："承蒙侯爷青目，宁清妩委实铭感五内。只是妾身本不过微贱之躯，曾连累庄氏满门抄斩，又曾侍奉大周皇帝陛下，哪配得上侯爷这等威名远扬的天家贵胄？"

唐天重深深地凝注着我，唇边若有轻嘲："这么说，你并不是不愿和我在一起，而是觉得配不上我？我倒从不知，你是这等自卑之人。"

我一时语塞，而他似乎也没想再听，徐徐立起了身，向门口走了两步。

我正猜着他是不是心中不耐烦，终于想着离去时，他忽然又转过身，迅疾踏前一步，抬起右臂只轻轻一夹，便将我从地上拎起。

"侯爷！"

我惊呼一声，只觉身体一轻，腿部也已被他左臂抄起，整个人都被他揽到了怀中。

他垂着眸沉静地望着我："配不配得上我，并不是你说了算。倒是你心里，始终认定了我不如你之前那两个男人吧？我便是做得再多，你也只牵挂着庄碧岚，也许还有那位满嘴抹了蜜的大周天子，再不肯多看我一眼。"

身体被他轻轻地掷在床上，背脊微微地疼，而胸口便突然好像喘不过气来，只是下意识地便想逃开，逃开其实从被他抓来第一天便已料到的结果。

可这一回，他终是不肯放我。

努力想支起身来时，他不过将手轻轻一按，便又将我推回床上，身体已倾下，将我紧紧压住。

"清妩！"

他低低地唤了一声，仿佛怅惘，仿佛无奈，仿佛还带了点懊恼，双唇却已凑了过来。

依然是霸道刚强不容拒绝的侵占，气势却柔软了些，拢着我肩膀的宽大手掌极有力，却极小心，怕将我揉碎了般留着余地。

我挣扎着转过头想避开他的亲昵，可在他跟前，我的力道几乎可忽略不计。他的胸膛极坚硬，岩石般无法撼动；而他的唇舌却极柔软，甫一侵入，便毫不犹豫地缠绕上来，近乎贪婪地吮吻着。

我迷茫地盯着帐顶的承尘。

宝蓝色的锦缎上，神夔正昂首摆尾，目如日月，旁若无人地咆哮风雷。

到底，他是傲啸天下的天之骄子，北国英雄；我只是个寻常的弱女子，无才无势，却妄想要什么青梅竹马的爱情，终不过是做了场从来就圆满不得的春梦。

生逢乱世，胜者为王。逆天的奢望，只能白白害了爱侣万劫不复。

我再不想庄碧岚因我出事，而我这一生所有的梦想，也便就此结束吧！

裙带被轻轻抽去，略带颤意的粗大手指，缓缓摩挲于光裸的肌肤，激起了一层层的粟粒。我认命地闭上眼，随他褪去上襦下裳，动作越来越放肆。

唐天重似乎有些讶异我的顺从，嘴唇亲在面颊，沿着脖颈一路往下，温柔地游移着，低低地呢喃道："清妩，信我，好不好？清妩，我真的会待你好……"

我睁开眼，视线有些模糊，眨了好几下，才将泪水硬生生地逼回去。

他正深深埋于我脖颈间，散落的漆黑长发柔软地铺在我肌肤上，低垂的眼睑只看得到两扇黑黑的长睫，弯曲着少有的温柔形状。

"侯爷，放了庄碧岚他们，好吗？我……我一定好好报答侯爷，侍奉侯爷一辈子。"我吸着鼻子，低低地哀求。

唐天重的身体僵了一僵，紧接着我的胸前猛地一阵剧痛，偏生又夹杂着陌生的愉悦，突然之间便席卷过来，让我禁不住失声惊呼。

他一口咬在了女子最柔嫩的部位，温柔抚摸的指尖也加大了力道，毫不容情地重重一捏。

我惊惶地瞪住他时，他也正缓缓抬头，深黑的眼底有不加掩饰的痛恨和愤怒。

"你是在羞辱你自己，还是在羞辱我？"他冷冷地问，嗓子却是喑哑的。

我不解。

庄碧岚的生杀大权，我的生杀大权，俱掌握在他的手中，我哪里敢羞辱他？唯盼顺了他的心意，他能一时心软，放了庄碧岚。

至于羞辱自己，原也说不上，至少我清楚，他的确真心待我，并不是那等见色起意的轻薄小人。

唐天重听不到我回答，眼睑里的恨意渐渐转作无奈。

他居然苍凉地叹了口气，低沉说道："罢了，你存心想羞辱我，也由得你。瞧来这辈子都得不着你的心了，但你的人，却休想离我半步！"

我来不及思索他的话是什么意思，双腿已被他握得屈起，分开到两边。

赤裸相对的男子身躯陌生到可怕，我打着哆嗦，紧紧闭上眼，由着他摆弄。他却似还不甘心，上前亲着我的眼睫，想迫我睁开眼来。

我又羞又慌，努力将头侧了开去，越发将眼睛闭得紧了。

"你……"唐天重竟比我还羞恼，低叱道，"你与他们一起时，也这般不肯瞧他们

第十五章 花落良宵，团圆春梦少

一眼么？或者，你对着我，心里还在想着他们？"

他们？

我惊惶地睁开眼时，身上蓦地一重，尖锐的刺痛激得我弓起身来，发出一声短促的痛呼，背上已是层层汗意迭出。

唐天重也似给惊到，顿住了动作，小心地望向我。

"没……没事，有点疼。"我勉强笑了笑，泪水已禁不住滚落下来。

他没说话，只是转动黑眸，终于看向我手臂。

原来鲜艳如花朵般的朱红守宫砂，只在这片刻之间，便像被风雨浸泡透了，逐渐地暗淡苍白下去。

他的手指慢慢地在那处淡红的痕迹上抚着，低低道："原来……原来……"

他终究没再说什么，托住我的腰肢，扶紧我，让我以尽量舒适的姿势去承受他。

除了疼痛，还是疼痛，隐约有陌生的快感袭上时，也迅速被身体的疼痛和心理的别扭冲散。

我再也没有呻吟，甚至努力舒展着身体，忍着不适去迎合他，却终究忍不住自己的泪水潸潸，竟从头到尾不曾断过。

不知什么时候，他悄然将我放下，扶了我并头躺下，一双微凹的漆黑眼睛，散去了白日的威凛，有些无措地凝视着我。

虽是初经人事，我还大致明白他根本未能尽兴，不由得畏怯地向后缩了一缩，然后背对他躺着。他也不说话，只是从背后揽住我，把我身体往他怀里挪了挪，再也不肯放开。

第一次和一个男子同枕而卧，本以为我多半又会整夜辗转难眠了。可大约因为太累太疼，我居然不久便睡着了，并且昏昏沉沉一觉睡到了天亮，连梦也不曾做一个。

醒来时唐天重早不在枕畔，无双、九儿笑嘻嘻地上前侍候，说道："侯爷可细心呢，一早赶着去上朝前，也不忘吩咐预备下香汤，等姑娘一起床就可洗浴。"

我扶着头坐起时，九儿又拿出一个白玉匣子，笑得有点古怪："后来他又叫人送了这个来，说是能收敛伤口。姑娘，这……"

她附到我耳边，吃吃地笑："侯爷是不是太强悍了，才把姑娘折腾成这样？"

我红着脸瞪了她一眼，自顾起身去洗浴。

无双却在整理床铺，笑骂道："九儿，你这丫头越发不得了了，小姑娘家的，这话也说得出口！"

正说着时，她的身体忽然顿了顿，丢开被衾便赶上前来，笑道："九儿你去催催早膳吧，我来侍奉姑娘洗浴。"

九儿不解，懵懂答应着离去，我却猜到无双必是见着了床上的落红，怕我不适，才

自己过来侍奉，真想为我上药了。

其实哪有那么娇贵了？本便是女人必经之事，所不同者，我跟的男人，并不是我自己想要的那个罢了。

从被唐天重捉回的那一刻起，我便再清楚不过，我这一生算是完了，长久以来支撑我渡过难关的美梦已幻成泡影。我只期盼，曾陪着我做同样梦的那个男子，能够安然无恙，快快乐乐地生活下去。

我有些木然让无双给我洗浴上药完毕，起身披衣时，无双似再也忍不住自己的疑惑，问道："姑娘，难道……难道皇上那么久，都不曾临幸你？还是皇上他……他……？"

到底她也是黄花闺女，终究不好把"不举"两个字说出口来。

给她这么一说，我倒真念起唐天霄的好来。

他以帝王之尊，这么长时间和我共处一室，明明对我颇有好感，却对我照顾有加，再不曾侵犯分毫，也算是难得可贵了。若是换了唐天重处于他的地位，只怕再不肯轻易放过我。

怀念起关上房门和唐天霄无拘无束的相处，我轻轻地笑了："皇上是好皇上，也是好男人。他看似嘻哈无赖，却是个真正的君子。"

无双愣了愣，忙笑道："嗯，咱们侯爷也算是君子了。你瞧着他那样看重姑娘，不也是和姑娘规规矩矩的？若是姑娘昨晚没有为他做饭示好，只怕他也不会留宿下来了。"

敢情是我昨晚给他做了一顿饭，便成了我下贱，有意去勾引他了？

再想起他第一次认出我来时的强抱强吻，为着私心私怨向堂弟下毒，还为夺得我而要杀庄碧岚、囚庄碧岚，我只觉气往上冲，冷笑道："嗯，他是君子。这世间的小人都死绝了，他便是君子了！"

无双愕然。

我气话说出口去，方才有些懊悔。这妮子本是唐天重的心腹之人，一转头还不把这话告诉了他去？

可再算算，我和唐天重虽已亲密如斯，但在一起时向来各有心思，连话都说不上几句。便是以后夜夜相处，只怕也是同床异梦。何况此人总有种威凛气势让我心怯，有些话当了他的面，未必就敢说出口去。

既是如此，我索性把自己想法告诉无双，且叫他明白我心里的底线也好。

于是，梳妆之时，我拿了胭脂将略显苍白的面颊点了点，慢慢和无双说道："你也知侯爷并非我的良人。可我虽是女子，还晓得什么是审时度势。他将庄碧岚制住，怕也有大半的原因，是为着我吧？我若不从他，他难免迁怒庄碧岚；如今我从了他……也盼他不要再为难庄碧岚。庄家因我被灭了满门，若再因我害惨他，我便是死了，都没有面目去见庄家的故人。"

无双沉默不语，手上却一刻不停，为我挽了个清爽怡人的灵蛇髻。

第十六章　龙翔虎潜，狂客闲问鼎

　　这一日傍晚唐天重回来得比平时要早，但回来后叫无双去了书房，到晚饭时才一起过来。

　　他既对我做的饭菜并不感兴趣，我也就懒得再做了，甚至连什么菜式都懒得看，默默地趴在窗棂上看着外面渐渐飘摇的秋色出神。

　　唐天重并不挑剔，照常吃了饭，便吩咐预备洗漱就寝。

　　一切都在意料之中。我也不惊讶，待侍女们退开，便去为他宽衣解带。

　　他和以往一般沉默冷冽，眼见我也卸了簪环，着了中衣坐到床边，才问道："身体可好些了？"

　　"伤口早不疼了，没事。"我答完了，才觉出他眼神古怪，猛地悟了过来，顿时脸上作烧，低了头不说话。

　　"过来罢！"

　　他低低地叹口气，一把将我拽到怀里，已亲上我的唇。

　　明知逃不过，横下心来，我不再像前晚那般紧张，只静默地随顺着他。而他也极耐心，含情的眼眸，温柔的亲吻和细致的抚摩让我一度疑心，这人究竟是不是那个从沙场拼杀出一身冷傲狷狂的盖世枭雄。

　　身体渐渐地发烫，并随着某种越来越汹涌的气流翻滚而越来越难以忍耐。

　　"清妩……"他在我耳边低低地唤。

　　"侯爷。"我应了他一声。

　　他听我应了，甚至微微地笑了，又低低地唤我："清妩……叫我天重罢。"

　　我一窒息，半天说不出话来。

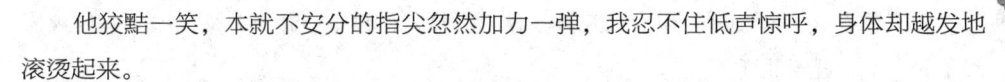

他狡黠一笑，本就不安分的指尖忽然加力一弹，我忍不住低声惊呼，身体却越发地滚烫起来。

他又亲向我，我再也拒绝不了，默默抱住他的脖颈。

他的身体同样滚烫着，唇舌却还湿润，他的双手却不饶我，只挑着最能引起我悸动的部位轻拢慢捻。

我再也禁受不住，挣扎着抬起身来，却已说不分明到底是想迎合，还是想逃开。而他已就势倾下身来。

还是疼痛，却渐渐在他予我的一波接一波的快意间渐渐麻木，直至阵阵眩晕，似手足身躯俱已无处安放，只能由他摆布引导。

神魂颠倒，欲仙欲死。

原来世间竟真有这种感觉，甚至与爱情无关。

无双曾说唐天重极少让姬妾侍寝，只怕也猜错了。这一方面，他绝对也是个中高手，竟迫得我不得不像在现实中那样臣服于他，由着他带我从天堂到地狱，从绝崖到深渊，用天悬地隔的落差，来证实他操控我情欲的能力。

再不知过了多久，他尽兴地将我放开时，我才觉出自己正如一条八爪鱼般紧紧缠抱着他，而身体依旧在情爱的余韵中悸动。

"清妩！"他笑着亲我，我猛地悟过来，扯了条薄衾掩住身体，依旧背对着他卧下。全身骨骼都像被人敲打了一遍，连手指都快抬不起来。

正待阖眼入睡时，我听到唐天重道："清妩，看这个。"

倦倦地转动眼眸，看到晃在眼前的物事，赤烧的肌肤瞬间冷了下去。

依然是前晚他拿给我的香囊。

一对并蒂莲花，伴着曾经的美好梦想，精致无瑕，却像鞭子一样抽向我心头。

我看向唐天重。他这是在嘲讽，即便我心有所属，也不得不屈服于他，在他的身下婉转承欢？

唐天重被我看得微微地眯了眯眼，才道："这是庄碧岚让我转交你的，我没道理留着。"

我一把拽过香囊，飞快地塞到枕下，拿被子蒙了头，再也懒得看他一眼。

唐天重沉默了好久，才道："你就不问问，他为什么还你这香囊？"

不是没想过我给庄碧岚的这只香囊怎么会落到唐天重手中。可如果庄碧岚的人落到了他掌控中，他的什么东西被唐天重拿到都不奇怪。庄碧岚绝不会将我时隔三年送他的一片心意随手丢弃。

但即便他真的丢弃了，我也不能怨他。今生今世，我再也不能是他的妻了。

眼中有滚热的液体涌出，我忙咬住唇，将脸庞往枕上埋得更紧些，再不愿唐天重发现我在落泪。

唐天重许久没有动静，也没过来拥我，我正猜着他是不是睡了，悄悄取了丝帕来擤鼻子时，忽又听到他开口。

"你也给我绣个香囊吧！若也能绣得这般精致，我便放了庄碧岚。"

我蓦地转头。

他正沉静地望着我，眸光深邃，若有暗流汹涌，却是我不能了解的情绪。

同是站在权力巅峰，同样有着利害攸关，唐天霄从不在我面前掩饰他的悲喜恨怒，也不掩饰他对我的包容和爱惜，我同样也不曾在他面前掩饰过自己的心事。这种彼此间的了解和体谅，让我，也许也让他，在漩涡密布的深宫，并不觉得太过孤单。

直到现在，我都认定唐天霄是我多少年来难得交到的一个好友，与身份地位无关，与贫贱富贵无关。

可唐天重，这人藏得太深，太可怕，即便赤裸相对，亲密到二人溶作一体时，我依旧不晓得他在打着什么主意。

"别哭了。"他盯着我，淡淡地说道，"我言而有信。只要你绣好香囊，我立刻放人。"

我该信吗？

望着这个刚刚和我有着肌肤之亲的男子，我向后蜷了蜷身体，下意识地离他更远些。

他皱了皱眉，一侧身也背着我向外卧着，片刻之后便传出均匀的呼吸。

我身体极困乏，脑中却异常清醒，仿若一闭眼，便见着满池莲花，那个淡青衣衫的少年，冲我浅浅笑着，一声声地唤着："妩儿，妩儿……"

我便携着他的手，兴高采烈地指点他看："碧岚，看，那莲花，头并头长在一起呢！"

"是。"那明亮的眸子，倒映着湖蓝色的池水，翠绿色的荷叶，漾着清澈通透的脉脉温柔，"妩儿，那是并蒂莲。"

"并蒂莲！"

"是，从花开到花落，它们总在一起，连长出的莲蓬，也是头并头长着。"

从花开到花落……

从花开到花落的日子，总等不到他。

再也等不到他。

我握紧香囊，嗅着那依约可辨的属于庄碧岚的淡淡气息，心头一阵阵地绞痛，再也忍耐不住，伏在枕衾间无声抽泣。

这晚许久都没法入睡，眼见窗口透过朦胧的一抹淡白，才揉着扎疼的双眼模糊睡去。

唐天重每日四更天便要去朝中议事，自是一早便会起床。我模糊觉出他起身，只往后更蜷紧了些，努力将自己缩到最不引人注目的角落中去。

旁边的人静默片刻，拉开我蒙在头上的锦被，粗大的手指慢慢从我面颊滑过，又抚

过我眼睫。

　　我只装作睡着，一动也不动，而他终究只将我的手塞到衾中，为我将薄薄的衾被覆得齐整些，便起床而去。

　　我松了口气，这才睡得安稳。

　　一觉醒来，已是日上三竿。无双过来服侍我起床时，我只觉浑身都散了架般疼着，连眼睛都疼得睁不开，忙走到妆台前一照镜子，才发现眼睛肿得像核桃一般。

　　其实唐天重真的很懂心理战术。

　　偏偏在我和他纵情鱼水之欢后，再来点醒我和庄碧岚的不可能，无非逼我不得不在绝望中放弃了曾经的梦想。

　　也许，从被带到摄政王府的第一天，我便已放弃了那个梦想，只是终究是放不下庄碧岚而已。

　　默默梳着头时，九儿正在整理床铺。我心里一动，忙道："把我那个香囊给我。"

　　九儿抬头，懵懵懂懂地问："什么香囊？"

　　"就是那个绣着莲花的香囊，应该在我枕边。"

　　九儿便不答话，望向无双。

　　我立觉蹊跷，问道："怎么了？"

　　无双帮我绾好发，迟疑道："那香囊……侯爷带走了。"

　　唐天重？我皱眉。

　　"不会。昨天是侯爷自己给我的，又怎么再带走？"

　　无双面露难色，也不说话。

　　九儿却立起身，咕哝道："原来都已经给了姑娘了，何苦又剪成那样！"

　　我心里一跳，道："剪成怎样了？"

　　无双转身，从镜匣里取出一块丝帕包成的小包，低声道："侯爷……像有些不痛快，早上起身手里便抓着这个，怔怔地看了一会儿，拿了剪子就剪成这样了，连早膳都没吃便出门去了。"

　　丝帕展开，香囊竟被剪得粉碎，芰荷零乱，香料散落，已成不知多少瓣的碎片。

　　他那样刚硬的性子，若是不喜欢什么，大可随手扔了烧了，这样小题大做亲自动手把一个小小的香囊剪成这样，倒叫我心惊胆战了。

　　犹豫片刻，我匆匆将碎片包起，塞回无双手中，说道："剪就剪了吧，原也没什么。去帮我找些颜色清淡些的锦缎碎料来，预备好五色丝线，我要做东西。"

　　无双见我什么抱怨也没说，倒也惊讶，连声应了，自去收拾不提。

　　无双大约根本没弄清我要那些锦缎做什么，取回来的布料足有二三十样，每样都有

第十六章　龙翔虎潜，狂客闲问鼎

足足半匹，带了我去挑时，还在和我品评道："姑娘看这种驼色的，侯爷穿着会不会太显老气？需得配这种紫色的镶边才好；再看这个鸦青的，是江南最好的织锦，从前后左右看，颜色都不一样，穿着一定华贵；这个蟹壳青的也好，质料也软，居家穿着一定舒适。"

敢情她以为我想为唐天重裁衣服了？

我草草将那些缎料翻了翻，说道："既是你觉得好看，你便帮侯爷做去吧，带着小丫头们一起裁制，也省得她们一天到晚闲着无聊，雀儿似的叽叽喳喳闹得慌。"

无双怔住。

我且不理她，只拿剪子剪了一小块宝蓝色的锦缎，再从以往丫头们裁剩的碎料里找了一小截紫檀色的缎带作为镶边的包布，便动手做起了香囊。

晚上唐天重回来时，我的香囊已做好，连正面的刺绣也完成了大半。

侍奉他吃了晚膳，看他在一边览阅公文，我便让九儿又点了盏五枝的油灯，坐在窗边继续我的活计。

九儿轻声问我："姑娘，你身体恢复还没多久，都坐了一整天了，还吃得消么？"

我笑了笑，也轻声答道："快绣好了。"

嘴里说着，指尖已是一阵刺痛，却是扎着手了。

果然是坐得太久，手指有些不听使唤了。

九儿轻呼一声，便要来看时，我忙摆摆手，将绽出血珠子的手指在唇边吮了吮，吐去血水，挺了挺坠疼的腰，继续刺绣。

九儿不太放心，将灯盏移得更近些，自己蹲下身来，要为我捶腰腿。

我忙道："你快做你自己的事去吧，在这里动来动去，我哪里绣得安稳？"

九儿嘿嘿笑道："绣不安稳，便早些歇着去，还怕明天天不亮了？"

明天当然天会亮，可我更想知道，如果我今天便绣好，唐天重会不会守诺，明天便放了庄碧岚。

吩咐九儿沏一盏酽酽的浓茶来，我喝了两口提提神，振足起精神，继续做活。

这时，一直埋头于公文的唐天重忽然起身走了过来，负手站在我身旁，看着我绣着，忽问道："你绣的是什么？"

我揉了揉酸涩的眼睛，答道："貔貅，又叫天禄，传说可以辟邪。"

"貔貅？这东西，很不好看。"

"这是上古神兽，龙头，马身，麟脚，其状若狮，最是威武凶猛，侯爷佩着，必定合适。"

"哦！可我瞧着却不顺眼。哪里比得上你原来绣的那只精致？"

我提起的针线久久不能落下，耳边又记起他昨晚说的话。

"你也给我绣个香囊吧！若也能绣得这般精致，我便放了庄碧岚。"

只要他认为我绣得不如原来那只精致，他便可以一直羁留着庄碧岚，不放他自由。

捻着绣针正想着要不要再绣下去时,他已不紧不慢走向床边,吩咐道:"把那个扔一边去,过来睡吧!"

我心中涩苦,郁郁答道:"是。"

抬手取过剪子,在九儿的惊呼声中,喀嚓一声,已将那被唐天重一口否决的香囊剪作两半。

唐天重蓦地回头,惊愕地望着我手中剪开的香囊,怒喝道:"宁清妩,你!"

我垂下头,狠狠吞下喉间涌上的不甘和泪水,随手推开窗户,将香囊掷到外面莲池中,仰头向他一笑,"我服侍候爷安寝吧!"

唐天重不答,快步走到窗边,低头瞧那掉在水中的香囊。

其实已是两瓣小小的碎片而已,透着朦胧的灯光,依稀见得它们在荷叶底下起伏着,悄无声息地在夜风中随波逐流,再不知会流到怎样肮脏的地方腐蚀湮灭。

我深深地呼吸了下外面带了荷叶清香的空气,微笑道:"候爷嫌这个不好,也不打紧,明日我再为候爷做一个。"

他回眸逼视着我:"如果我明日还嫌不好呢?"

我盯着自己发白的指尖,笑了一笑:"我自然还要为候爷做下去。"

做到你认为好为止,做到你可以放走庄碧岚为止。

或者,你根本就言而无信,打算永生永世用他来威胁我,那我只能做到我生命终结的那一刻。

明亮的灯光下,唐天重的脸色发白,一双黑眸似燃烧着从地底蹿出的幽幽火焰,无声地炙烤过来。

我不由退了一步。

而唐天重竟然什么都没说,一甩袖子,竟大踏步迈出了房门。

"候爷!"

无双已惊呼着追了过去。

我站在窗边,看着唐天重走到竹桥上,又被无双拦下,说了两句什么,依旧大踏步离去,连头都没有回。

无双回到屋里时,已沮丧得快哭出来:"候爷生气了,说晚上住回书房去。"

那我岂不乐得清闲?

挽起袖子,我自己动手挑了挑灯花,吩咐道:"九儿,把那些绸缎抱出来。"

"姑娘,你要做什么?"

"能做什么呢?我重新做一个候爷瞧得上的。"

其实我也不知道唐天重会对我做的第几个觉得满意,可我做着,总是一个希望。

我实在怕连这个希望也如泡沫般幻灭；我不得不以我的行动告诉唐天重，我有多么看重他的许诺。

　　如果他愿意让我一直失望，那我也只能怀着希望一次次失望下去。

　　这晚熬到了三更，连无双和九儿都受不了，站在一边打盹，而我把香囊裁好，仔仔细细包了边，才去睡了两个时辰，起床梳洗了，便继续做着。

　　这般连着赶工，到第二天傍晚时候，香囊终于做好，深蓝锦地素紫包边，绣的却是仙兽白虎，缀着黑色的斑纹，漾着紫色的瑞光，爪牙锋锐，昂首傲视，气势逼人，栩栩如生，绝对算是绣品中的上品了。

　　让无双取来龙脑、薄荷、郁金等香料填上，再缀上一串浅金色的流苏，便是几近完美的一只香囊了。

　　当然，只是我眼中的完美而已，唐天重真正想要的是什么，我根本猜不到。

　　可惜这日唐天重并没有能来莲池。

　　无双去问了几次，说早已回府，只是摄政王病情骤然加剧，侯爷放心不下，只在跟前侍奉医药，一时不便前来了。

　　我不晓得这话中有多少的敷衍之意，但如果关系到摄政王唐承朔，已经不是简单的父慈子孝了。上至太后皇帝，下至朝臣百姓，不知多少双眼睛看着摄政王府的动静。儿女私情给撇到一边，也是意料中事。

　　我等到亥时，并不见他来，再经不住连日的劳累，将香囊丢在枕边，便沉沉睡去。

　　睡得正沉之时，觉出身畔多出个人来，尚以为身在梦中，慌忙去推拒时，却被那人捉得更紧，同时额上微觉湿暖，竟被轻轻地亲了一下。

　　我忙睁开眼，正对上唐天重黑黢黢的眼睛。

　　他正疲乏地望着我，见我惊惶，立时舒展了眉眼，淡淡笑道："是我，继续睡吧。"

　　我支起身，望向帐外摇曳的一盏小灯，问道："什么时辰了？"

　　"快四更了。我打个盹儿，便得入宫了。"

　　他举起那枚香囊，问道："为什么是白虎？"

　　我答道："佩虎纹可避邪扬善、禳灾祈丰，白虎自古以来便被比为战之神，杀伐之神，侯爷身居高位，又是当世英雄，以白虎相配，再合适不过。"

　　"哦！"他把玩着香囊，忽挑了挑眉，问道："为何不帮我绣条龙呢？我倒觉得龙翔九天，威霸天下，更显男儿本色。"

　　说着这话时，他半支着身靠在枕上，面庞有异样的流彩闪过。深眸熠熠，豪情飞扬，满是将天下踩于脚下的睥睨之气。

　　早知他野心勃勃，志在天下，但乍听他在床帏之间不加掩饰提起，还是让我手心捏出冷汗，只得仓促笑道："自古左青龙，右白虎，二者并行天下，并无上下之分。"

"是么？"唐天重专注地望着我，慢慢答道，"你难道就不觉得，我比唐天霄那小子更适合成为大周之主？"

他就是瞧不上唐天霄，就是不甘心向他俯首称臣。

我下意识地便想反驳，告诉他唐天霄并非外表那样无能，韬光养晦下的雄才伟略未必便输于他唐天重。

可转念一想，一则唐天重未必看不出唐天霄是怎样的人，二则我也不想说出唐天霄太多的秘密，免得引起唐天重警戒，反害了他。

何况，我不过一介弱女子，对于他们兄弟这样的皇权之争，原该有多远就躲多远。

思量片刻，我答道："如果侯爷想要我绣个青龙的香囊，我便为侯爷重绣一个。"

"不用了。"唐天重似乎怕我又要去剪那香囊，急急地将手往后一缩，已将香囊放到自己枕下，"这个便很好。你若闲了，再帮我绣个有龙的也一样。嗯，不妨也绣个有凤的，你自己戴着也好。"

我听他说了句很好，一直紧绷的神经忽然便松弛下来，但转而听到他后面的话，一时又给震住。

龙凤佩饰，本只是帝王和皇后才能拥有。其他人妄自佩戴，均可以谋逆论处，严厉起来，来个抄家灭族都不为过。但他如今调笑之际随口说出，竟似闲庭信步般不以为意。

仿佛他天生便当是龙，我天生便当是凤。

良久，我才能忽略了他的后半截话，小心翼翼问道："既然……侯爷还看得上这香囊，却不知，不知侯爷可否……"

我顿住，咬着唇观察着他的脸色，希望下面的话不致激怒他。

他果然皱起了眉，眸光也冷了下来。

我有些怯意，只强撑着不流露出来，依然紧紧地盯着他的眼睛。

他虽是不情愿，但终究说道："我若这次对你言而无信，日后还想你再信我？放心，如果今天父亲病情稳定，我明后天便带你去见庄碧岚他们。我会在你面前放了他。"

他答应得爽快，我反倒有些不信自己的耳朵，傻了般怔怔望他。

他却笑了起来，眼底闪烁着温柔的莹芒，背对着小小的灯盏，连那刚硬的五官也温润起来。

"本来说躺一会儿的，瞧你招得我，都没能闭上眼睛养会儿神，就得进宫去了。"

虽这样说着，他却将嘴唇凑近，在我眼睫上亲了一亲，方才跳下床去，低唤一声，便有侍女进来，轻手轻脚地服侍他梳洗更衣。

收拾完毕，他取了我才绣好的香囊，亲手佩在了自己的腰际，才踏步往外走去。

临出房门，他又转过头，隔了那半敞的纱幔望向我。

第十六章　龙翔虎潜，狂客闲问鼎

189

我不由得向他挥了挥手，轻声道："一路小心。"

他的唇顿时扬起，明朗的笑容极是灿烂，让我一时疑惑，以为是不是自己看错了。

这样的笑容，清爽干净得像湖面吹过的清风，伴着潮湿氤氲的水汽扑面而来。

他，会是那狷狂冷傲不可一世誓将天下踩到脚下的唐天重？

思前想后，我到底相信了唐天重应该没有骗我。

我和庄碧岚俱在他的掌握之中，如果他继续囚着庄碧岚，我也一样无可奈何，只能被他禁锢在莲池之中，成为他连名分都没有的侍姬。

他实在没有骗我的必要。

那么，摄政王唐承朔病重便不是谣传，他的确因为摄政王的病，才打算拖个一两天再放人。

吃罢午膳，我正想着要不要让无双打听下唐承朔病况时，外边居然有人前来通禀，说摄政王要见我。

"摄政王？"我惊讶地问前来禀报的侍女，"你没有听错吧？我从未见过摄政王。"

而传说中身患重疾的摄政王，又怎么知道我这个没有任何背景的南朝女子？

很快想到了唐天重，难道他在唐承朔跟前提及过？

侍女笑道："哪会听错？摄政王就是要见住在莲池的清姑娘，听说怕人不明白，还特地加了一句，就是侯爷心坎上的那位清姑娘。"

无双只怕我紧张，一边帮我预备衣裙，一边笑道："王爷对家里人再好不过，就是对下人，也和气得很。姑娘模样儿性格儿在这里呢，还怕王爷不喜欢？"

这话说得，怎么便好似我要去见公婆似的？

我瞪她一眼，择了件靛青色黛紫镶边高腰襦裙穿了，披了条浅紫色的披帛，便带了无双，随了来人径自出了莲湖，径去见唐承朔。

摄政王府本是南朝一位纵情诗书的闲散王爷的宅第，包括莲池在内的后院完全是江南园林的风格，回廊曲折，竹径通幽，亭台楼阁，匠心独具；但前面正院却轩昂壮丽，飞梁画栋，颇有天朝皇室宏伟气象。唐承朔便是住在正面的五间上房中。

沿了蔓着青葱蔷薇枝的抄手游廊，我走到院前的垂花门前，便有侍女急急过去通禀，不一时，便见探病的男子和服侍的小厮都退避开去，待我被迎进去时，只剩了唐天重的弟弟唐天祺和几名华衣丽服的侍姬围在窗下一软榻前。

榻上卧着一瘦骨伶仃的老年男子，包裹着松软的青金色绸衣，未束衣带，连花白的头发也只是松垮垮地系在脑后。

如果不是那和唐天重颇有几分神似的面孔，我真的看不出此人居然是传说中南征北讨辅助大周幼主打下这半壁江山的摄政王唐承朔。

唐天祺见我进来，已扶着唐承朔半坐起身，笑道："父亲，瞧见了没？真的是个大美人啊，这满屋里侍奉的姨娘们也算是拔尖的了，可实在没法和这江南的宁家大小姐比啊！"

我急急向前见礼时，唐承朔已支着榻沿向我望来。

他的两腮已瘦得凹陷下去，满是皱纹的皮肤黯淡灰白，眉梢眼角果然如无双所说的那般，看着十分和蔼可亲，并觉不出唐天重那种咄咄逼人令人敬而远之的气势。

他的眼珠也已浑浊，略带卧病已久的呆滞，只是端详我时，明明唇角有着笑意，我依然能觉察出他不经意间泛出的警惕和猜忌。

或者，以我的卑微，他也不需要掩藏他的喜恶。

我只是不明白，初次见面，他为何会猜忌我。何况唐天祺在，唐天重却不在，更让我不安。

"你叫什么？宁……什么？"

我垂着眼睑，温顺答道："妾身小字清妩。"

他点点头，慢慢道："哦，果然，甚是妩媚，不怪李明昌为你自断股肱，自毁长城；不怪庄家为你被满门抄斩，庄碧岚还千里迢迢赶来，要冒险劫你出宫。"

我品度其意，必是将我当作了红颜祸水之流，垂眸答道："古来末世昏君，以天下为一己之私，恨不能天下美人俱集于囊中，稍有违拗，不惜血流成河，生灵涂炭，枉自令民心不稳，朝臣心寒。南楚灭国，不在于大周南伐，而在于自身失于修持，朽木中空，方才自取灭亡。这是南昏侯咎由自取，也是大周之福，苍天之意。"

"哦？"

唐承朔微眯着眼，似在重新打量我，并没有继续发问。

侍立旁边的一位年长姬妾已笑了起来："怪不得天重疼她，果然是个可人疼的孩子。瞧瞧，一句话没和王爷辩，却说了这么一通天时人和道理来，真是个难得的懂事孩子。"

唐承朔这才点点头，道："你说的也有道理。生得比旁人出挑，也不是你的错。君在城头树降旗，妾在深宫哪得知。南楚灭国不假，说你祸国，就有些冤枉了。"

我听这话，便知猜得对了，一定有人在他跟前说了是非，也不敢再多说，垂手默立一侧。

唐天祺已接着他父亲的口气说道："可不是，大哥什么美人儿没见过，心中自然有数。要说我们这清姑娘，不寻常那是一定的。等闲的人物，也不能让大哥放在心上这么久。"

唐承朔阖了阖眼睛，叹道："天重那孩子，生就那等犟脾气，若是见了喜欢的，那九头牛也拉不回了。我只不明白，你好好地藏在深宫里，怎么又会和皇上有了牵扯？"

他说着，半睁眼睛，目光往我身上一扫，即便是病中，那等凌厉锋锐已与唐天重并无二致了。

他自然晓得我曾是唐天霄最宠的昭仪了，只是到底没在众人跟前点破。

我也不明着答话，只垂头回道："妾身与皇上并无牵扯。至于侯爷与皇上有什么牵扯，并非妾身所能与闻。"

唐承朔蓦地坐起身来，盯住我道："你是说，天霄早已知天重要找的是你，有意……"

他一掌击在榻畔案几上，已喑哑地咳嗽起来，然后两只手都用力按到胸前，一脸痛苦地大口喘起气，在榻上辗转翻滚。

身畔从唐天祺以下，包括那些侍姬们，无不惊慌起来，急急地奔走着，拿药的拿药，拿水的拿水，顺气的顺气，好容易才见唐承朔安静下来，虚脱了般倒在榻上，喃喃地念叨："这孩子，这孩子……"

我不知道他这半嗔半怨带了几分疼惜的口吻，到底是责怪唐天霄，还是唐天重。若是接方才的话头，应该指的是唐天霄。可唐天霄始终会夺权正位，正和他野心勃勃的长子针锋相对，唐承朔自己借着摄政之名，也独揽大权十年之久，又怎会真心对待年轻的嘉和帝？

周围的人再也不敢提起话头，只拿着大夫珍重保养的一套道理在旁劝慰着，唐天祺坐在榻侧为唐承朔拍着腿，无奈地向我翻了翻眼睛。

唐承朔的腿一直保持着僵直的姿势，始终没有变过，等他发病出现异样时，他的腿也只是微微地搐动着，显然腿脚伤病不轻，早已不能下地行走。

病成这样，还能在朝中呼风唤雨，可见他在文臣武将中的威信，以及悄无声息继承了他的实权的康侯唐天重有着怎样的能耐。

犹豫片刻，我在众人的忙乱中走到唐承朔的另一侧，为他拿捏捶打起双腿。

在我还是宁府捧在掌心的大小姐时，父亲逢着阴雨天便腰腿酸痛，说是陈年旧伤作祟，特地请了有着按跷绝技的老大夫在家，每日循经走穴加以推拿按摩，我闲来没事，也便跟在后面学着，等那老大夫告老还乡时，我的手艺也算出了师，每每为父亲按跷，总是备受赞赏。后来入了宫去，杜太后有风湿痨症，我一般地用按跷之术每日两次为她调理，感觉比她每日吃药的效果还要好些。

想这唐承朔一生在征战杀伐中度过，年未六旬病成这样，大半还是一身旧伤引发。为他按跷一时也许不会有效，但对疏通经络、气血周流必有益处。

唐天祺见我替他父亲捶打时，大约以为我刻意讨好，还有些不以为然，待见我推、拿、按、捏、打俱有轻重缓急之分，渐渐面有讶色。

唐承朔缓了过来，低头瞧见我在服侍，皱眉问道："你这丫头，怎会按跷之术？"

我照实答道："先父也是刀兵里过来的武将，每每身体不适，我便和当时的名医学会这个，盼着旧伤发作时能为他稍减痛楚。"

"哦，你父亲是谁？也是南楚的将领？"

192

"是，先父宁秉瑜。"

"宁秉瑜，呵，我记得他。一手银枪，万人难敌。算来他带兵和我们大周交战也不是一次两次了，连我都曾和他正面交锋过。"

唐承朔指了指自己的右肩，道："青州那一战，他一枪差点把我肩胛骨刺穿，不过他也没落着好处，也被我砍了两刀。那是……三四年前的事吧？听说不久便因旧疮复发，死在军中了。真是……可惜。"

听到父亲的事，我手上的力道不觉轻了下来，深吸了口气，扬唇笑道："人生自古谁无死？马革裹尸是英雄！"

"好！说得好！"唐承朔击掌笑道，"果然是宁将军的女儿，气度就是和旁人不一样！好一句马革裹尸是英雄！"

他拍着自己的腿，说道："用力些！英雄家的女孩儿，怎么和那些娇滴滴的千金小姐差不多，手上没一点力道？"

唐天祺笑道："父亲，这话可不对了，难道咱家这位美人就不是千金小姐了？"

唐承朔点头，侧了侧身，换了个更舒服的姿势让我按捏着，说道："若是宁将军的女儿，何止千金，万金也难求了。"

唐天祺不解地啧啧嘴，望望我，又望望他父亲，说道："那位宁将军，不是我们大周的将军吧？记得这位名将，手上可染了不少我们大周将士的鲜血呢！"

唐承朔不以为然地摆了摆手，说道："我就说你没你大哥那样的气度。南朝如何，大周又如何，如今不都是我们唐氏的天下？当年那是各为其主！能做到精忠报国马革裹尸的，就是我唐承朔眼里的英雄！"

第十七章　捣香成尘，遗恨送秋风

我有理由相信，唐承朔最初叫我去时，并没安什么好心，指不定是听了谁的话，打算为自己多情得一反常态的长子清理门户了。但在聊起我父亲后，他的态度已来了个鲜明的翻转。

不论对我父亲的赫赫战功，还是对我按跷的技术，他看来都很满意，居然谈笑风生，很是开怀。如果不是精神很差，我估计他一定可以和我聊上两三个时辰都不厌倦。

看他喝了药睡下，我才舒了口气，站起身来。

无双忙扶住我，轻笑道："姑娘虽然话不多，但的确有人缘儿，瞧着王爷也挺喜欢姑娘。"

我向外看了一眼，微笑道："咱们也该回去了吧？算算侯爷没多久也该回来了，我们且去看看今天厨房里预备了什么菜，合不合他胃口。不然，吃得不对口味，又要咱们给他另做了。我可懒得下厨去。"

声音不大不小，带些儿矜持和得意，却是有意让屋中这些不知怀着好心还是歹意的众人知道，我并不是可以任人鱼肉的南朝微贱女子，我的身后有着一心维护我的康侯唐天重。

走过深宫，走过如履薄冰的岁月，我一向懂得审时度势以求自保。

出门之时，唐天祺和两名年长的侍姬送出门来，这时我已知唐承朔正室王妃殁后并未再娶，只在房中留了几名姬妾服侍，其中比较得宠的，就是眼前的傅姨娘和陆姨娘。

其中陆姨娘就是最初帮我说话的那位，模样虽不十分出挑，但看来清爽利落，送我到了垂花门，才止了步，拉着我手笑道："素常王爷睡着时也会皱着眉，只说腿脚酸疼，方才却睡得安稳，可见清姑娘一双手着实灵巧。"

194

唐天祺一双清亮的眼睛，也只往我脸上打量，笑道："大哥挖空心思也要揽到身边的女子，自然不是等闲之辈。只是清姑娘投了父亲的缘法，日后恐怕不得闲了，明天多半还会叫了你来侍奉。"

我微笑道："摄政王当世豪雄，能为他略分忧苦，也是妾身之幸。"

唐天祺摇头叹道："好个会说话的丫头！我父亲现下都病成这样了，你还认为他是当世豪雄？自古将军如美人，不许人间见白头。只怕姑娘心里，现在的天下，只有我大哥那等有勇有谋身居高位的男子，才称得上顶天立地的英雄吧？"

我不清楚他是在疑心我有意邀宠献媚，还是仅在试探唐天重在我心中的分量，遂避重就轻答道："美人将军，都有白头之日。但我们不能因为美人迟暮便否认了曾经的绝世佳人，也无法因将军白头便忘了曾经的功绩盖世。千年前灭了陈蔡的吴子，围魏救赵的孙子，如今尸骨俱已成灰，可不还是被后世视作英雄的楷模？再有西子、杨妃，逝去千年，还有多少的文人墨客在其衣冠冢前凭吊佳人，谁又能说她们不是美人了？"

唐天祺若有所思："清姑娘说得有理，原来名垂青史才是第一要紧的事。"

我怔了怔，道："我也不是这意思。如南楚覆灭，连我父亲战死沙场都不见得能被后人记下一笔，可在摄政王心中，他便是英雄。想来我父亲虽曾与摄政王为敌，在他心中，摄政王也是当世难得的英雄。"

陆姨娘笑道："可不是！这大约便是英雄惜英雄之意吧！"

我笑着行了一礼，径自告辞。

转过回廊之际再回头瞥了一眼，唐天祺还揉着太阳穴，正站在那里出神。

果然是堂兄弟，那样年轻跳脱的面庞，真的和唐天霄很相似。

如果唐天重也像他弟弟这般开朗善谈，即便偶尔说话有些刺心，相处也不致像现在这样僵持难受了。

回到莲池，我向无双打听那唐天祺和唐天重处得怎样，无双沉吟道："这个，侯爷和二爷挺合得来啊！侯爷话虽不多，对二爷挺疼惜的，二爷也很听话，性情也好，有时侯爷闷了，二爷常说些笑话来逗侯爷乐呢！"

"那二爷怎么不曾封个侯爵？"

"如果咱们家两位公子爷想封王封侯，又有什么难的？不过是个名义罢了。姑娘你看侯爷，不过是个二等侯爵，上面的王爷国公不知还有多少，并算不得拔尖的。可侯爷不管到哪里，谁敢小看半分？而且侯爷兼的车骑将军，便是国公一级的武官。摄政王原兼着平南大将军一衔，掌握着大周近半兵马，如今王爷病了，这些官兵便只听命于车骑将军了。"

"二爷也有军衔吗？"

"有。二爷封卫将军，掌管的那可是京中的禁卫军！前儿⋯⋯嗯，姑娘可能也听说了，

第十七章 捣香成尘，遗恨送秋风

就是为了姑娘的事,侯爷上了太后他们的当,把一半的禁卫军交了出去。因为调的是二爷手下的兵,侯爷还把驻在京畿的城东大营军队拨了一部分给二爷带着。所以别看二爷没事就闲在家说笑,也是个跺跺脚风云变色的大人物呢!"

也是,龙生龙,凤生凤,既是摄政王的儿子,怎么也差不到哪里去。

我忽又想起一事:"听说二爷不是摄政王的正妃所出?"

"是啊,王爷王妃感情深厚,王妃红颜命薄,去世得早,王爷伤心,多半也看在太后的面上,连侧妃都没立过。就是二爷的娘亲,也是去世后才请了一品夫人的封诰。其他几个有名分的姬妾,府里的人虽也尊称一声夫人,可根本没封诰的。"

"太后?"我奇道,"立不立侧妃,和太后什么相干?"

"哦,姑娘不知道?摄政王妃乃是当今宣太后的胞妹。算起来,宣太后不仅是侯爷的亲伯母,还是侯爷的亲姨妈呢!"

原来既是这样亲上加亲的皇家亲戚,无怪唐天重这个摄政王嫡长子,无论在摄政王府,还是在大内皇宫,哪怕行事再嚣张,地位都不可动摇。

我只是奇怪,为什么这重关系从没听唐天霄或唐天重提过?

这两个人,剥去表面那层相敬如宾的君臣兄弟情分,真如乌眼鸡似的,恨不得你吃了我,我吃了你,哪像看得出上辈曾有那么亲厚的关系?

果然皇家最无情,所谓的皇室尊荣,除了有冰冷的金色龙椅耀人眼目,还有那刀兵锋刃的寒光摄魂夺魄。

这日唐天重至入夜时分才匆匆回到莲榭,此时桌上的菜已凉得差不多了。

他风尘仆仆,眉眼之间有着掩饰不住的疲惫,倒似刚赶了远路一般。一问我们都还在等着他,他皱眉向无双道:"以后若我回来晚了,留两样菜给我就行,不用等着。清妩身体才复原,饿出什么病来,你来担待?"

无双垂了手不敢出声。

我笑道:"我不过是倦了,懒得吃。不然那些预备给我的点心,便够我饱了。"

唐天重瞥我一眼,点头道:"明天让人开几贴开胃的药你吃。"

我皱眉,暗自后悔不该多嘴。

当下叫人拿两碗汤去热了,将就吃了,那边便有人送了大叠公文来,说是今日要处理的事宜。

唐天重也不嫌累得慌,匆匆洗漱了,便换了家常衣衫在灯下批阅文件。

我奇怪他白天去了一整天都做什么了,把公务都留到了晚上。当下也不去理他,见无双学我的模样在烫杯盏,知道她要泡茶给唐天重提神,遂过去帮忙泡了一壶,才自顾走到一边,借着唐天重案上的明亮灯光,卧在榻上拿了卷诗词懒懒看着。

唐天重喝着茶，安静地看了片刻公文，忽然说道："别吵我了。"

我愕然抬头，无双正站在他跟前磨着墨，九儿在我跟前捶着腿，其他侍女都退得远远的，一个个屏声静气，要说声音，便只有我偶尔翻动一下书卷，怎么也和吵他沾不上边吧？

既然说吵，我索性书也不看了，默默地盯着黄梨木镶贴紫檀木刻灵芝卷草图案的天花板出神。难得做了几天绣活，手指倒是灵活些了，一时也不想再去做什么活计了。

也许，是没人能让我提起兴趣来做吧？

无意间转动眼眸，看向唐天重腰间，才发现他虽换了衣服，依然将那白虎香囊佩着，远远便闻得浅浅的龙脑清香。

不知怎的，心里便怔忡了一下，抬眸看向他面庞时，正见他一对黑眸望向我。

四目相对，他笑了笑，将笔搁下，说道："我便说你吵着我了！过来，也给我捏捏腿。听说父亲那里，很是欣赏你技艺。倒不晓得你还有这能耐！"

既然白天的事他早已知晓，我也不用再去提醒他，似乎有人想利用我暗做文章了。

还是没想出我怎么着吵他了，但他既然叫了我，我便起身走过去，看他侧伸出腿，很不雅观地搁到旁边的椅子上。实在想不出这么别扭的姿势，他该怎么用纸笔书写东西。

九儿已端来一张矮凳让我坐着，让我为他按跷。

这人正当壮年，长期习武，本就结实，也不知是不是有意为难我，仿佛故意运劲，将肌肉绷得跟石头一般坚硬，我手劲本就不大，哪里拿捏得起来？只得随意帮他捶着，很后悔没有离他远些，便是到外面抱厦里看看荷叶片子，也比这样尴尬着好。

正懒洋洋想着时，忽闻头顶那人"嗤"地一笑，一抬头，却见唐天重弯着唇角望着我，眸光如琉璃般一片透明璀璨。

"我还怎么做事？都下去吧！"

他浅笑着吩咐一声，眼看着侍女们知情识趣地迅速退开，已一把拉住我，便亲向我。

我偏了偏头，低声道："我没吵你。"

他揽住我，将我抱往床边，好似十分烦恼，声调却是温柔："还要怎么吵我？只要你在我跟前，我便再静不了心。"

解我衣衫时，我听到他喃喃地说道："清妩，你从来便不知道……你从来便不知道，我满心里有多喜欢你。"

身体被他莽撞的进入激得连肌肤上都起了层粟粒。

但我到底很扫兴地提起了他答应我的事："若你放了庄碧岚，我从此便只跟着你……死心塌地跟你一辈子。"

他皱眉，旋即指向我心口："我不要你死心，我要你的心里有我。"

迟疑片刻，他又加了一句："只有我！只许有我！"

我作声不得。

逐渐适应了他的激情的躯体，我在他的爱抚下也渐渐不能自控，一阵阵地颤栗着，喘息着。

便是心里一万个想说他在做梦，我终究一句话也说不出来了。

或许，青梅竹马的完满从来只是一场梦。

而我注定会和这个霸道无理的男人纠缠下去，不死不休。

只要庄碧岚和南雅意能平安离去，便是称了他的心愿，舍了这一生奉陪，似乎也没什么大不了。

第二日一早唐天重照旧去宫里，但巳时刚过便回来，见我正倚在窗边看鸳鸯，转头又责怪无双："知道要出门，怎么不准备下？"

无双一惊，道："姑娘要出门？"

我也摸不着头脑，问道："我？去哪里？"

唐天重的目光冷了下来："我说过会放了庄碧岚，可你并不信，只当我是随口说说。我这便带了你去，亲自送走他和南雅意，如何？"

这本是我长久以来的目的，但听得他如此爽快地应下，我反倒怔住。

直到和唐天重坐在驶往城外的马车上，我还是有种极不确定的虚幻感。

犹豫良久，我忍不住问道："你不打算拿庄碧岚和庄遥做笔交易？他可是交州庄氏的唯一血脉了！"

唐天重看都不看我，平视前方答道："庄碧岚只有一个，我要么拿他和庄氏做交易，要么拿他和你做交易。和庄遥交易，我稳赚不赔；和你做交易……"

他转头盯着我："你不会让我血本无归吧？"

城外的空气清新许多，城外的日光也似明亮许多，把唐天重那样暗黑的眼眸也照得亮了，反倒让我觉得自己阴暗了一般。

眼看着唐天霄那样的多情男子也能为权势放弃南雅意，我的确不敢相信唐天重这般醉心权术的人物能甘愿放弃一个绝佳的机会，仅仅是为我一个虚无缥缈的跟他一辈子的承诺。

神思恍惚之际，唐天重叹了口气，忽张臂将我拥到怀中："从第一次见你，我便认定你会是我的女人，你会陪着我一辈子，我会护着你一辈子。你明白吗？"

他难得这样动情，胸脯起伏得很厉害，怦怦的心跳，鼓点般敲响在耳边。

鬼使神差般，我居然期期艾艾地答了一声："我……我明白……"

"你，你说什么？"他顿时僵住，将我从怀中扶起，深潭般的眸中有深深的漩涡，似要将我连皮带骨深深摄入其中。

我神智一清，却觉出他抓着我肩膀的手极用力，正神情专注地等待我的确认。

仿佛有些灰心，有些心酸，又有些苦涩，但缠绕作一处时，似乎也没有我想象中的悲惨。

不管是不是他终结了我和庄碧岚最后的缘分，我终究已是他的女人，再不可能静静地等候着庄碧岚，妄想清清白白做他的妻子了。

于是，我吞下那些理不清的思绪，向唐天重勉强笑了笑："我……认命。大约，这就是我的命吧！"

"认命……"

唐天重重复着这两个字，仿佛很是失望。

午时却是在一处驿馆吃的午膳，虽不丰盛，但甚是清爽可口，正对我平时的胃口，我甚至想着是不是他早先就拿了菜谱令人备下的。

饭后继续前行，却已远离官道，走在了崎岖的乡间小道上，一路俱给颠得难受。几次重伤后身体到底大不如前，这般奔波着，我一阵阵地只是倦乏。

唐天重见我没精神，便将我扶到肩上靠着，低声道："你小睡片刻罢，到了地方我叫你。本该下午让你睡一会儿再带你去，我又怕到时有事绊着不得闲空。"

我也知他如今位高权重，的确算得上日理万机了，哪敢怪他？

但要说睡，当然也是睡不着的，不过略闭一闭眼，让昏沉疼痛的脑壳有个可以倚靠的地方，到底会舒服些。

一路听着车轮辚辚驶过，和马蹄声一起汇作悠缓而杂沓的声响，又有近处的鸟鸣和远处的鸡鸭牛羊的叫唤此起彼伏地应和，猜着离瑞都城应是越来越远了。

朦胧中忽然觉得安静下来时，我抬起头，看到了唐天重的眼睛。

他正沉静地望着我，神情专注，刚毅的轮廓因着安谧的目光而意外地温存着，瞧来竟是说不出的温柔，再不知已经看了多久。

见我抬眼，他仿佛愕了一下，才急急转过脸去，面庞居然浮过一丝红晕，连声音也有些讪讪的："到了。"

马车不知什么时候已经停下来了。大约看着我正阖着眼，他并没有叫我。

走出车厢时，眼前是一座看似很寻常的乡间别院，院内院外植着丁香。不知是秋天来得早了，还是夏天去得晚了，城中早已凋谢的丁香花，这里居然还一簇簇地冒在墙头，在阳光下耀着眼睛。蝉声却叫得无力，有一声没一声，似自知已走到了最后的岁月。三三两两的农夫正坐在围墙外憩息，很粗俗地拿着水袋大口地喝着水，并不看我们一眼。

我们一路过来的马车虽也寻常，连康侯的随身护卫都只穿着一般商旅服饰，但在这样的乡野地方，见了如此的高头大马，扈从众多，无论如何都会惊讶一番。

过犹不及，却让有心人一眼能看出破绽，而我也顿时明了，这些人必是在外监视着的暗卫。

第十七章　捣香成尘，遗恨送秋风

前面的随从推开院门，便悄悄退开到一边。唐天重携我踏入院门，院内立时有人迎入，依旧关上门，默然侍立一旁。

当着他那些下属的面，唐天重依旧紧握着我的手，宽大的手掌间有湿润的汗意。我挣了两下，居然没挣开。

只听唐天重问道："他们都还好吧？"

为首的暗卫上前答道："很好，都只安静待在后院，并没有再试图离开。上午还听到他们在弹琴吹笛子，看来挺悠闲的。"

他们？庄碧岚和南雅意？

有丁香花落下，软软柔柔的瓣，带着秋日的冷意，缓缓自面颊滑过。

天空很蓝，太阳很高，这日光便有些刺眼了，激得本就酸涩的眼睛一阵刺痛。

我很想抬起右手揉一揉眼睛，唐天重却依旧紧紧地握着我，甚至握得更紧了，好似担心一松手我便会远远逃开，一去再不回头。

终究我只是垂下眼帘，抬起左袖拂去沾在刘海上的一片丁香花的落瓣。

落花还是紫得鲜艳浓郁，泛着浅浅的蓝，看不出枯萎的痕迹，但的确已无根无绊地飘落下来，等着化为尘土。

唐天重顿了顿，又问道："从交州来的那些高手，还在暗中虎视眈眈？"

暗卫答道："属下至今没弄清这位庄公子是怎么把他被困于此的消息传出去的，但交州高手的确循迹而来，只因他们少主人受制于我们，所以才不敢轻举妄动。早些时候，属下已遵照侯爷之命通知他们午后在村西的大道上接人。"

唐天重点头，一边往内走一边道："不可小看了交州庄氏。能在皇宫大院掀起惊涛骇浪还能全身而退的交州少主，绝非等闲之辈。"

暗卫笑道："嗯，也是个多情人物。如果他肯舍了那位南姑娘，有这些手下的里应外合，想要逃走也不是不可能。毕竟咱们有咱们的顾忌，调过来的人马并不是很多。"

"哦！"

唐天重随口应着，似笑非笑地望向我。

我也不接话，只是向前迈着的脚步越发地沉重。

其实我是懂得的。

庄碧岚可以舍我而去，而不肯舍南雅意而去，并不是因为看重南雅意更胜我。他舍不下南雅意，是因南雅意曾两度舍命救他，他不能做无义之事，放任南雅意落入虎口，九死一生；他敢舍下我，也是清楚我总会谅解他的苦楚，并深知无论唐天重或唐天霄，都有心维护我，绝不舍得伤我性命。

不舍得伤我性命而已，其他的，在他看来，已不是很重要了吧？

就像在我看来，只要他好好的，其他的，同样不是很重要了。

走入后一进院落，正中长了一株极高大的槐树，笼下一地清凉，早将夏日的炎热一扫而空。带了槐花清香的微风吹在脖颈间，凉得我脊背发紧。

暗卫并未跟进来，只有我和唐天重走到了后院的门前，对着掩住的门扇一时怔忡。

廊间一对燕子正在梁上啁啾而鸣，似乎在商议北风来临前的迁徙，见了人来也不躲避，只是扑闪着翅膀，跳到另一根梁上去了。

我不知该不该敲门，抬头望了一眼唐天重。

他也正盯着我，似在等着我下决定。

我深吸一口气，正要举臂叩门时，里面传来了熟悉的悠悠叹息。

但听南雅意柔和悦耳的声线在耳边轻轻萦叹："到底，还是我对不住清妩。"

接着，便是我梦里回旋过无数回的庄碧岚的声音："我爱你敬你，与我惜她疼她，应该并不矛盾吧？她和我有过婚约，我一直也将她当作最亲的妹妹般看待，所以不惜一切想救她出宫。可如今……又遇见你，我才想着，也许……我们没能在一起，也是命中注定的有缘无分吧？"

抬起的胳膊僵直，然后无力垂下。

隔着薄薄的窗纸，依稀看得到窗边的瑶琴旁，那对相拥一处的身影。

男子长身玉立，女子袅娜多姿，彼此偎依呢喃，那派温柔已将清冷秋日都卷出了几分三春时节的韶光明媚。

唐天重默不作声，却伸展了结实的胳膊，紧紧地揽住我，似乎怕我一时承受不住，会失态地倒下，或冲进去和他们叫骂。

南雅意还在问着庄碧岚："碧岚，你说……唐天重真的会放了我们？"

庄碧岚沉吟着答道："也许……会吧？我瞧着他对清妩，也算是喜欢得走火入魔了，真会为她放了我们也未可知。算来……清妩能得到这样的痴情男子照顾一生，我也可以放心了。"

我手足俱是冰冷，低一低头，转身向外走去。

唐天重皱了眉来拉我，我垂了头，勉强一笑，低声道："我不去见他了，只在外面等你罢。"

唐天重含忧望着我，神情很是忐忑，但终于没再说话。

走到前面那进屋子时，我才听到唐天重推开那扇门，也只那样淡淡地说了一句："庄公子，交州的人在外面等着你……"

庄碧岚作何回答，我并没有听到，也不想再听，只默默地走出这座院落，站在丁香树下静静等候。

风吹过，又有几瓣紫色的小花落下。

我仰起头，那一丛丛开得正艳的丁香花，正优雅地挂在枝头，随着清风摇摆，送出独特的浓烈芳香。

其实这是种不能细看的花。

人道是，相思点点，只在丁香枝上，豆蔻梢头。挨挨簇簇，十头，百头，千头，其实不过是豆蔻少女愁肠千百结。

我穿的是件粉霞色牡丹暗纹锦衣，未着披风。若是在莲池或马车中，这样鲜艳的衣衫看着就会觉得燥热。可我此时望着丁香，却只觉冷了。

抱着肩，我有些发抖；而仰着的头，终于把所有的委屈和泪水倒灌进了胸腹间。

这时，不急不缓的脚步传来，唐天重已与庄碧岚并肩步出。

唐天重的面色甚是和缓，庄碧岚更是一贯的尔雅清逸，素青的长衫随风猎猎，潇洒一如既往，再看不出久困于人的落魄和局促。

他们边走边说着什么，一时并未往我这边瞧，倒是紧随其后的南雅意，一抬眼便发现了我，略显木然的面庞即刻绽出惊喜来，高声地唤起我的名字："清妩！"

一行人站定，都只望向我。

又有几片落花飞下，掠过青砖黑瓦的围墙，从眼前飘摇而下。

我慢慢地走了过去，目光从唐天重脸上掠过，投到庄碧岚的面庞上。

他张了张唇，似想唤我，终究却没唤出声来，只是唇角轻轻地扬了下。

那笑容，还是那般温默，似一触手，便能感受往日那沁人心脾的温柔和暖意。

雅意却已飞奔几步，走到我跟前握住了我的手，一边笑着，一边已落下泪来："我只当再也见不着你了！"

我也笑了起来："是啊，能活着再见面，便是我们的幸运。"

她的手指颤抖，却比我的手要温暖些。她说话也比一向的声调要高亢，有种强自压抑的激动情绪，喷薄待出。

"我要和庄碧岚一起去交州。你明白的……是不是？"她小心地问着我，眼底有浅浅的泪光。半旧的杏色外衫，将她的面庞衬得更加苍白。

庄碧岚不惜一切代价，总算从阎王爷手中抢回她一条命，可那场重创对于她身心的打击是显而易见的。我从未见到南雅意如此瘦削单薄的模样。

"我明白。"我抿着唇角，抱了抱她纤细的腰肢，低声道，"我很好。你自己保重。"

南雅意点头，泪水却在她扬着唇想宽慰地给我一笑时直直地滚落下来。

这时，只闻马蹄声声，一辆马车并着十余骑武者打扮的男子从村落的西边飞奔过来。

他们的目光，第一眼均落在了庄碧岚身上，并在顷刻间泛过惊喜。

而本来潜在各处的暗卫已在无声无息际涌上前来，汇聚在院门内外，悄然与他们对峙。

"公子！"

那边有人按捺不住叫出声来,眼见有暗卫阻挡近前,但闻"铮铮"声响,那些曾随庄氏父子出生入死的庄氏子弟已纷纷拔出刀剑,分明打算冲上前来抢人了。

"慢!"

庄碧岚扬声喝着,将手摆了一摆,静静地看向唐天重。

庄氏子弟并不放心,依旧各自摆好阵势,小心地关注着眼前的动向。

暗卫们也不肯容让,握紧了兵器纷纷向这边靠拢。

剑拔弩张,一触即发。

我和南雅意十指交握,同样紧张地盯着唐天重,再想不出如果他出尔反尔,在这里大打出手,又会闹出怎样的纷争来。

而唐天重只是皱眉望着眼前的局势,居然半天不出声。

"侯爷!"

我忍不住唤他,声音却是沙哑。

唐天重回头看我一眼,又是皱眉,却缓缓向后退了一步,说道:"庄公子,请!"

所有人都松了口气,南雅意与我交握的手也放松开来。

庄碧岚走上前两步,向南雅意伸出手:"雅意,走吧!"

南雅意点头,压了嗓子又轻声向我说道:"我走了。清妩,珍重!"

我应了,看着庄碧岚携了南雅意的手,无声地将目光从我面庞一掠而过,便徐徐向前行去,忽然便忍耐不住,高声唤道:"庄碧岚!"

庄碧岚便回了头,微微扬着眉望向我,眼睛却有些红。

不知什么时候,唐天重已走到我身畔,不动声色地又揽住我肩膀,显然不容我近前了。

我吸了吸鼻子,微笑道:"雅意曾和我说,希望我们两个人中,至少有一个人能幸福着。我希望……她能幸福。好好照顾她。"

南雅意望着我,本已止住的泪忽又滚落下来,忙别过了脸,拿丝帕掩住脸,并不让我看到她的伤心。

庄碧岚依旧携着南雅意的手,沉静地望着我,一对眼眸清澈见底,映着蓝天,仿佛又是多少年前那莲畔少年的纯净如水。

我胸口发闷,手脚也似软着,一阵阵地透不过气来,只是双眼依旧盯着庄碧岚,等着他的回答。

庄碧岚转眸,望向飞洒而下的丁香花,轻轻笑道:"我会照顾雅意,就如……当初照顾你。"

我哽住,再说不出话。

而身畔的唐天重仿佛舒了口气。

庄碧岚便携了南雅意走向接他的马车,一路走,一路叹道:"雅意做的莲子羹,真的很好喝。每颗莲子，都剥得干干净净。"

　　我的泪水顷刻落下，只是压抑着不让自己哭出声来，努力稳着自己的身体，望着他们上了马车，在庄氏众高手的护卫下，渐行渐远，渐行渐远……

　　风忽然大了，吹迷了眼。

　　无数丁香花簌簌飘落，乱舞襟前。

　　人不见，梦难凭，自此红纱一点灯。偏怨别，是芳节，庭下丁香千千结。

　　回到摄政王府，便听说摄政王又提起我来，意思便是让我再去帮他按跷着松松筋骨。

　　唐天重一路只盯着我瞧，也是心神不宁，闻言便道："你若身体不适，我让人去说声，明天再去侍奉吧！"

　　我明知唐天重不放心，这天必是要守在我身边了，宁可先避了他，遂道："我哪有身体不适？能得王爷欣赏，也是清妩之幸。"

　　唐天重只得由着我去了，自去书房处理公务不提。

　　有了前天的相处，唐承朔和我已很是熟络，精神略好些，便和我提些当年纵马执戟驰骋沙场的往事。

　　他多半也只想找个合他脾胃肯倾听他说话的后辈。我素来话不多，但出身武将之家，对这个从沙场拼杀出来，用赫赫战功换了一身荣耀、也换了一身伤病的老人颇是敬重，的确愿意听他说话，并能恰到好处地评论几句。唐承朔便大是高兴，遂让人为我备了碗筷，要我留下来一起用晚膳。

　　我倒是无所谓，无双已在身后拍手道："哎呀，估计侯爷晚上要吃不好了。"

　　唐承朔疑惑道："咋了？"

　　无双笑道："王爷有所不知，侯爷自从得了姑娘，如果没有姑娘陪着，那是吃饭都吃不香的。奴婢瞧着这会子天色已晚，侯爷大约又在那里等着姑娘一起用晚膳呢！"

　　她一推我的肩，笑道："瞧瞧咱们姑娘怎么就这么好人缘，得了侯爷欢心便罢了，这会儿还投了王爷的缘法呢！"

　　唐承朔闻言却哼了一声，叩着案沿道："喜欢？喜欢为什么把人家弄得哭哭啼啼的？"

　　我和无双俱是愕然。

　　唐承朔却眯着眼睛道："以为我眼花了看不见？这丫头进门时眼睛还泪汪汪的。别说我偏心，帮着这丫头说话。我自己的儿子，我还不清楚？那性子不冷不热，总是带着那么股子偏激古怪，若非有着几分才气，我真不敢让他协理什么朝政大事呢。可对女孩儿家，还是得温存些。我瞧着清妩这丫头的性情儿就好得很，如果不是十分难受了，大约也不会给气哭吧？"

　　我只得赔笑道："侯爷他一向便对我好，哪里会让我受委屈了？傍晚过来时那边回

廊里风大，有沙子吹眼睛里了，揉了半天才出来，所以眼睛红着。"

唐承朔这才不作声，摆摆手道："罢了，也别说我不知体恤他辛苦。清妩，你便回去侍奉他晚膳吧！如果他再待你不好了，只管来告诉我。别看我这把老骨头，一样拿大板子打他！"

不晓得无双有没有把唐承朔这话搬给唐天重听，但至少证明，唐天重生起气来时，连他父亲也是不放在眼里的。

唐天重的确守诺放了庄碧岚，我也的确打算守诺侍奉他一辈子。

只是晚膳时我的确胸口闷得厉害，连肋部都阵阵地胀疼着，再精美的饮食也是难以下咽，不过喝了两口汤，便匆匆洗漱了，也不等唐天重，径先回床榻上卧着。

白日之事历历在目，自是心绪翻滚，无限凄凉，加上胸口闷疼，便在床榻间辗转着，再难入眠。

正难受之际，眼前闪了一下，便见唐天重立在床前，还没来得及招呼，他便上前一把捏住我胳膊，几乎将我半个身子拖下床来。

"你闹够没有？给我起床，吃饭去！"他声色俱厉，满脸的阴霾将烛光压得都暗了下去。

我挣扎着扶住床帏稳住身体，才能答道："侯爷，怎么了？"

唐天重咬牙切齿，怒道："庄碧岚已经带了他的新欢离开，我答应了会好好待你，你还要怎样？"

我勉强笑道："我要怎样？我从来……便没想过要怎样啊！"

审时度势，随波逐流，甚至抛开多少年的坚持和守候，将自己交付给这个霸道倔强的男人，我还能怎样？

唐天重却似更怒，呻吟一声，忽一把撕开我衣襟，欺身而上。

我用力地推他，却如蚍蜉撼树，哪里能推得动？

耳听得他的喘息越来越沉重，我却越发地无力，眼见得帐外的烛火，突然间蒙上了一层惨白的光晕，一忽儿大，一忽儿小，胸口的闷疼更是厉害，似乎连一口气也喘不上来了。

"天……天重……"

我仿佛这样唤了他一声，仿佛又没有，只觉烛火的惨白光晕忽然间消失了，转眼间进入了混混沌沌的漆黑一片。

第十七章 捣香成尘，遗恨送秋风

第十八章　蓼花风雨，无夜不摇莲

　　我自觉许久后才从眩晕中醒来，可抬起头时，唐天重正披着衣衫坐在床前，头发凌乱，分明是刚披衣起来的模样，只是床头多了两名府中素常为摄政王诊病的太医，正满脸仓皇地诊着脉。

　　无双挪了长檠灯在床下，正焦急地盯着大夫，忽转脸看到我睁开眼，立刻面露喜色，急问道："姑娘，醒了？觉得怎样？"

　　我摇头道："我没事。不过是胸口有些闷。"

　　唐天重已在斥问太医："上回让你们诊治，不是说已经复原了？今天这又算是什么？"

　　太医擦着汗，小心回道："姑娘这是肝失疏泄，气机郁滞，肝经循行不畅，以致情志抑郁，胸闷肋痛，气郁难解……"

　　唐天重怒道："不必和本侯说这些。且说这究竟是什么病，妨不妨事？"

　　太医赔笑回道："从症候看，必是肝气郁结无疑了。我们开个柴胡疏肝散的方子先吃着，应是不妨事的。只是……"

　　"只是什么？"

　　"只是姑娘切忌再多思多虑，凡事须得看得敞朗些。再有大悲大愁，若是酿作大疾，可就……可就……"

　　话未说完，已被唐天重挥手斥退："即刻开了方子煎药来服！若是调理不好，我拿你们是问！"

　　唐天重难得动怒，连一向活跃的九儿也安分了，悄悄地帮我拭着额上的冷汗，觑着他的脸色不敢说话。

　　待太医走了，侍女们拿了药去煎上，唐天重兀自烦躁地在床榻前踱来踱去，眼见纱幔被他步履带起的风吹得掠起，拂到他衣衫上，他竟抓了那纱幔一扯，但闻"刺啦"一声，纱幔已被整幅扯裂，散落下来。

他冷冷地望着纱幔如水纹般铺落在地上，在一室的噤若寒蝉中慢慢转过头来，向我问道："是我让你抑郁成疾了吗？"

我一时不能回答，他似也不需要我的回答，哼了一声，便大踏步出了卧房，砰地摔上门扇。

这一回，连他最倚为心腹的无双也不敢上前相劝了，只是吩咐了九儿等侍女好生照看着我，便匆匆跟在唐天重身后奔了出去。

我服了药，辗转到后半夜，才觉得胸口舒缓了好多，渐渐睡得安稳些。

而唐天重到底没回房，无双后来过来说，已经在书房住下了。

第二日上午，便有唐承朔派了陆姨娘过来，询问我的病况。那病势原来得快，去得也快，我已大有好转，也不敢让这风烛残年的老人担心，回复了没事，下午又去陪他聊了片刻，却被他撵回来了，要我养好了身体再去见他。

而我的日子，从那日起又清静下来。

唐天重竟然一直没有再回过莲池，据说是公务繁忙，大部分时间都住在宫中的赋莲阁了，白天偶然回来，不过是看看老父病情，商议些朝廷要事，并不多待，依旧回宫住着。

我素来孤单惯了，如今白天又常到摄政王身畔服侍谈笑，也不觉得寂寞。只是每次晚膳时，无双总会在唐天重坐的位置放上一双碗筷，竟是随时准备着他回来的架势，忽然便会觉得，那空落落的座位，连带着让胸口都空落落了。

夜间无事，不过看看书，吹吹笛子，对着夜色里渐显凄冷的莲池发一会儿呆，也便睡去了。

而无双、九儿等却不肯闲着，拿了前儿的锦缎又在裁衣，说是打算在唐天重生日时以我的名义送他，就说是我做的。

我几回去瞧着，针脚比我的到底要差些，有心想拈针上前帮忙，想起唐天重心机深沉，又有些寒心，便由得她们去，再懒得理会了。

这日上午，听说摄政王夜间病情突然加剧，我带了无双匆匆赶去探望时，走至前院垂花门前，却被唐承朔的护卫拦了下来。

"清姑娘，王爷那里有贵客，不宜打扰。姑娘还是且先回去，晚些再过来吧！"

因我来往得多了，摄政王这些亲信大多已认识我，因着唐承朔对我甚好，因此对我一向敬重，既然他们说了不宜打扰，多半是我不方便见的朝廷重臣在了。

我应了声，转身走时，无双耐不住，却多问了一句："来的是哪位大人？"

护卫以指压唇，作了个噤声的手势，压低声音道："这回来的可不是哪位大人！咱

第十八章 蓼花风雨，无夜不摇莲

们的闲散天子，听说摄政王病重，可真闲不住了！"

唐天霄？

我心里咯噔一下，想起那日告别他去西华庵时他的温存和信赖，不由得转过头，往正房的方向多看了两眼，才垂了头，继续往回走着。

无双却似比我更不安心，小跑着追上我，说道："这可奇了，府中并没有迎驾，瞧着皇上该是微服过来的，也不知找老王爷什么事，也不知咱们侯爷知不知道。"

我皱眉问道："他来不来，与侯爷知不知道有什么相干？"

无双怔了怔，脸上才堆起笑来："说的也是。只是侯爷终日挂心国事，对皇上也一向甚是留意，如果连皇上进了自己府中都不知晓，未免会不高兴。"

不高兴是肯定的，至于处处留意唐天霄安的是什么心，就只有唐天重自己知道了。

这些日子和摄政王聊得不少，我已觉出唐承朔对于这位少年天子并没什么成见，除了抱怨他太过懒散荒唐，倒也没感觉出太大的恶意来。

如果唐天霄来见的是唐天重，我倒有些疑心他还能不能活着走出这摄政王府了。

眼见已经进了后园，莲池里渐渐萎黄失色的荷叶已历历在目。

因秋意渐深，无双等怕莲池周围太显清寂，特地找了管事的过去，另在莲池边植了晚秋盛开的芙蓉、金桂等花木，又在轩榭周围置了很多盆菊花，眼看着大多已经盛开，绽放着各色的花瓣在争奇斗妍了。

无双再受宠信，不过是小小侍女，说的话也不至于连王府管事也俯首帖耳，做得这般周周到到，想来得过唐天重的嘱咐了。

正思忖际，身后急促的脚步声响，伴着女子喘息着的呼唤："无双姐姐，无双姐姐！"

我们站住身，回过头时，一个面生的侍女已赶上前来，向我行了礼，又向无双道："侯爷遣了小厮在二门，立等姑娘去说话，说有急事呢！"

无双本就在为唐天重烦恼，闻声忙应了一声，向我道："姑娘且先回去，我去去就来。"

想唐天重这般急急唤她，必定是有急事了，我也忙道："你快去，别让侯爷等着。"

一时无双随那传讯的侍女匆匆离去，我独自一人慢慢前行着。

这样闲散的秋日，梧桐落，蓼花秋，人独行，雁孤飞，对我已算清寂之极了；却不知唐天重又在暗中设怎样的计谋，唐天霄又有没有设下对策，苦心孤诣试图稳住上辈传承下的江山。

感慨之时，忽听身畔有人唤道："清妩丫头！"

我一转眸，差点失声叫唤出来："皇……"

那人已先知先觉地掩住我的唇，另一只手不过轻轻一揽，已将我拦腰拎起，飞快藏身到了莲池畔的假山后面，才笑嘻嘻将我放了下来。

我惊魂未定，再次打量他时，只见他一身浅黄纱袍，白玉束冠，面容俊秀，神情潇洒，

208

正是当今大周天子唐天霄。

他正若惊若喜盯着我，牵着我手问道："你还好不？"

我再想不出这位万乘之尊的皇帝是怎么避开众人跑到这里来的，瞪着他半天才能答道："我……很好。"

"哦！"唐天霄很是不屑地望向我，"真的很好？那朕为什么听说前儿你病了，还和康侯吵了架，至今还没和好？"

我有些傻眼："你……你怎么知道？"

旋即又觉得这问题问得太笨。唐天重可以在皇宫布下自己的耳目，唐天霄也不是真正的无能之辈，又怎会不在摄政王府埋下眼线？

唐天霄却仔细地打量着我，叹道："总以为唐天重一心喜欢着你，一定会好好待你。可我怎么瞧着你比先前在宫里时还瘦许多？这下巴都瘦尖了，脸色也太过苍白……不过，似比以前长高了些，出落得也更漂亮了！"

离了皇宫，身处险地，他居然不改先前的意懒，伸出手来摸一摸我的脸，调侃道："瞧你一心一意要离开朕，离开皇宫，难道就认定了唐天重对你会比朕对你好？"

我慌忙躲开他伸过来的爪子，低声道："皇上，请自重！这里……并不是皇宫。"

唐天霄点头："这里并不是皇宫，你也不再是朕的昭仪。朕再不甘心，唐天重都可以找出一万条理由，来证明他带回的女尸就是你。你这丫头啊……"

他抱怨地叹气，却没听出多少被欺骗后的愤怒和恼恨来。

而我到底过意不去，垂了头认错："皇上，之前去西华庵的事……我骗了你。"

唐天霄并不责怪，叹道："朕何尝没想过你在骗我？可总怕你和雅意夹在朕和唐天重之间给憋坏了，所以也想着让你们在朕可以掌控的地方散散心。可惜……自认为看得够严实了，还是让你们钻了空子。朕没能追回你们，却便宜了唐天重那混账东西。"

我想起这个几度被逼到死亡边缘的夏天，不由得红了眼睛，靠着山石，默默地抱膝坐着。

唐天霄拍拍我的头，笑道："这下后悔了吧？没事，朕一定想法子把你接回宫去。"

他到底还记挂着我，只怕我受苦。

我沙哑着嗓子，勉强笑道："我……也没什么后悔的。如果再来一次，可能还是这样的选择、这样的结果吧？皇上也不用费心了。我已经不再是以往心里总还有点盼头的宁清妩了。这大概……也只是我的命了。"

唐天霄眸子一黯，很快又笑了起来："得了，有什么朕不知道的。以为唐天重是朕这样的好性儿，看你掉两滴泪拿个刀子往脖子上比画比画就肯放过你？也是做梦！现在皇叔还在，唐天重再怎么嚣张暂时还不敢轻举妄动；一旦摄政王薨逝，到时铁马兵戈，祸起萧墙，还不知鹿死谁手。若是朕败了，你或许真的只能认命；若败的是他，朕便不会

第十八章　蓼花风雨，无夜不摇莲

再让你委屈着。"

我素来不喜过问政事，可这些事仿佛总与我纠缠不清。我苦恼问道："皇上和唐天重，当真便已势同水火，非拼出个你死我活不可了么？"

唐天霄目光快要灼出火焰来，沉声道："这话你得去问唐天重。他近日已加紧在军中布防，试图将朕的骠骑将军、辅国将军兵力架空。如不是母后暗中警告，又向摄政王施压，只怕他早就明着将锋芒指向朕了！"

我喃喃地叹道："这……又是何苦！何苦！"

唐天霄觉出我不安，立刻笑了笑，一扫方才沉重肃杀的气氛，故作轻松说道："其实么，说到底，这些都是男人间的事。朕只怕你在这里受了苦，忍耐不住，才到皇叔这里来走走，刚才不过借了散心走到这里，借尿遁跑来和你说会子话，劝你两句。时候不早，朕这便走了。你自己保重。"

眼见他挥了挥手，拨过山石后的蒿草便要离去，我忽想到一事，又叫住他："雅意她……大约也伤了心，那枚九龙玉佩……让我还你。"

唐天霄侧过脸，眉宇间有清晰的怅惘和悲哀闪过。他低声道："那……那便算了。以后你有了难事要朕帮忙的，你便拿了那玉佩去找二门厨房内打杂的张氏传话，朕自会帮你设法。"

我顺从地应了，却又忍不住自己的揪心，追上前一步，说道："皇上，你也要……保重。"

那张氏必是唐天霄隐在王府中的眼线。我欺骗他一回，难得他还敢信我，居然将这样的事也告诉我，也不怕我一转头便告诉了唐天重。

他对我，也算是真心实意了。

大约听我说得认真，唐天霄转过身，唇角向上弯了弯，面部的柔和顿时冲淡了眉梢眼角浓重的伤感。他很是轻浮地向我笑道："有宁大美人的盼咐，朕还敢不保重？只是清妩丫头，雅意生气了，你可别忘了替朕打个穗子。都不给朕打，叫朕怎么用？"

不等我应下，他便穿过矮矮的灌木，在树荫间只一闪，便不见了。

我怔忡半晌，无精打采地从山石后走出来时，正见九儿并几名侍女满脸惶急自竹桥上奔了出来，忽抬眼见到我，立时满脸欢喜叫了起来："姑娘在这里，在这里呢！"

我定了定神，迎上前去问道："怎么了？这么慌慌张张的？"

九儿擦着额上的汗抱怨道："姑娘这是去哪里了？我们刚在做活计时，从后面的窗户眼看着姑娘走过来，谁知等半天也不见到家，叫小丫头到竹桥上探望了下，说连姑娘身影都不见了，可把我们急坏了！姑娘这是去哪里了？"

身畔这个位置，正是朝南朝北的窗户都看不到的死角，看来唐天霄早就算准这位置了。

我随手往山石后指了指，说道："那边的梧桐树上刚飞过来一只翅膀很漂亮的鸟儿，我瞧着稀奇，就走过去看了看。谁知走得近了，把它惊走了。"

几名侍女顿时松了口气。

九儿笑道:"啊,我就想着我们莲榭里太安静了,池里的鱼儿虽多,但不会说话,不如叫无双姐姐弄些八哥鹦鹉过来玩着,还热闹些。"

我趁势转开话题:"无双呢?刚才说侯爷派了人在二门外等着,找她有事儿,这还没回来?"

九儿答道:"没那么快吧?咱们还是先回去吧!"

我应了。

随她们回到莲池不久,无双便也回来,却是一脸的疑惑。

"这可真奇了,原来不是侯爷叫我,是有人托侯爷的亲随送了两匹江南绣品过来,说是乡亲的一点小意思。我十岁便被卖到了王府,家里的人早就死绝了,哪里冒出来的乡亲?可惜问那亲随,竟说不清楚,真不知是哪里跑来的一笔糊涂账。"

我明知必是唐天霄的调虎离山之计,也便含糊支应过去。倒是九儿她们年轻活泼,见那绣品异常精致,便去猜测是不是无双的某个爱慕者送的,从张三编派到李四,居然闹了一上午。

晚间照常用膳,眼看着无双排好唐天重的碗筷,我也懒得理会,自顾提起筷吃饭时,只听笃笃的厚底木舄踏在地板,由远及近一声声传来。

"侯爷!"

无双惊喜唤一声,已将唐天重迎了进来。

唐天重不紧不慢地走了进来,幽暗的黑眸淡淡地在屋内一扫,便坐下身低头吃饭。

他好像根本没再注意我,更没看我一眼。

我也不说话,站起身向他行了一礼,依旧坐下来吃饭。

无双便微笑着走来问我:"姑娘,要不要叫厨房添一道中午的山菇汤来?姑娘不是说味道不错?侯爷应该也爱喝。"

我迟疑了下,答道:"原来侯爷也爱喝那个,我却不知道。那你让人添去吧!"

无双应了,笑得有点僵。

唐天重已"啪"地一声掷下了碗筷,阴沉着脸望向我。

屋中的气氛顿时紧张,九儿等已大气不敢喘出,而我口中的饭菜早已味同嚼蜡,只是机械夹着饭菜往口中塞着。

他终于什么也没做,甚至什么也没说,又垂下头去,取回碗筷继续吃着。

我暗自猜度,他对我的态度很是不满,虽不致拿我怎样,多半还会一怒而去。

事实上,他晚膳后的确便起身离去,从头到尾居然一句话都不曾说过。

我百无聊赖,心中却莫名地堵得难受,甚至比那晚病着时堵得更厉害。

拿了竹笛，我坐在窗边，望着窗外闪着幽光的湖面，吹着一曲《水调歌头》，只盼曲调中的冰澈澄静宁谧如水能尽快驱去心头的块垒。

一曲未终，便听得九儿在一旁悠悠赞叹："好一首《卜算子》啊！"

我怔了怔，忙留心自己音调，果然不知什么时候转到《卜算子》上了。忽而便忆起当年莲池畔和唐天重的初遇，更觉难过，再分不出这种相遇直至如今的相守，到底是缘，还是孽。

闷闷地搁下，正准备去休息时，忽见无双慢慢走向我，一双聪慧机警的大眼睛里，竟蓄满了泪水。

我忙问道："无双，怎么了？"

她已上前两步，扑通一声便跪在我面前，哽咽道："姑娘，如果侯爷有不周不到不够体恤姑娘的地方，无双在这里代他给你赔礼。他满心里只要哄姑娘欢喜，只是从来不肯说出来。姑娘……我求你，别再和侯爷怄气了！"

"怄……怄气？"

我没想过在无双她们心里，就是这么界定我和他们主人的矛盾。

我在和唐天重怄气吗？

九儿跑到前面窗户向外探了一探，吐着舌头向我说道："姑娘，侯爷就在外面竹桥上坐着，一直没走呢！他……他在听姑娘吹笛子吗？"

无双拭着泪道："旁人或许不清楚，我跟了侯爷八年，怎么不清楚他的心事？他是气姑娘待他冷情，狠了心好些日子都不来探望。今日终于抹开面子过来了，姑娘还对他冷淡淡的，他性子傲，受不了，又不忍心为难姑娘，又舍不得离去，所以只在桥边坐着喝闷酒。"

我听得呆住了。

难道真的是我冷情了？

而他……其实待我从来就不薄。我本不过是他掳来的女子，如果他真的只是贪我美色，不是真心疼惜，从落到他手中第一天起，就不可能这般处处经心，连侍奉的小丫头也只看着我的脸色行事，唯恐我有半分过得不自在。

只是他一向为人冷漠霸道，总让我下意识地敬而远之，不想去靠近他，更不想去了解他的伤痛或悲哀，也不想细想他对我的情意到底有多深。

可我到底不是不懂得情为何物的小姑娘了。

世上最深切的痛楚，便是为情所困，为情所伤。那是埋在血肉里的钢针，时时刺痛，刻刻钻心。

为了掩埋心底那段感情，我曾行尸走肉般在楚宫度过三年，终究还在庄碧岚到来之际如飞蛾扑火般奋不顾身冲出，九死不悔。

那么，唐天重呢？

无双已扯住我衣襟，哑着嗓子泪落如雨："姑娘，你就去看看侯爷吧！便是……便是心里不开心，静静坐着陪他就行。只别让他喝酒了，这样满肚子憋着气喝酒，很伤人啊！跟侯爷那么多年……我就没见他这么失态过！"

我垂下眼，低声道："其实……他要我做什么，我都是依从的。我何尝敢违拗他什么事了？"

无双道："姑娘，他要的，不是姑娘的驯从，而是姑娘的真心相待啊！"

我的真心相待……

头闷闷地疼，连胸口也隐隐地作痛着。

原来我远没有我想象的冷情，只是曾经的痴情，已经被杀戮和鲜血蹂躏得只剩悲伤和绝望，便不敢再去考虑我有没有情，有没有心了。

表面的温柔和驯从，可以填满一个人的眼，却不能填满一个人的心。

我站起身来，走了出去。

天气并不好，有碎雨点点。半萎的莲叶耷拉着，只有几处的莲蓬还直直地立在水中。

莲子已成荷叶老，一番夜雨洗清秋。

打开坚硬的莲蓬，便是漆黑的莲子。

是上等的美食，却有着最苦的心。

唐天重便坐在抱厦下方的竹桥边上，扶着栏杆持了酒壶在喝着，垂落的双脚快要触着水面。

一身黑衣如墨，未曾束冠的头发亦是漆黑如墨，被细雨打得湿了，柔顺地散落脑后，那刀削般轮廓分明的面庞显得很苍白。

即便这样一个浑身湿透的落拓男子，即便他这般郁郁地在雨夜里借酒消愁，依旧一身威凛冷煞之气，令人望而却步。

犹豫片刻，我走到他身畔，也坐到桥上，扶着栏杆眺望满池败荷。

他开始不理睬，径自喝了两口酒，才抬头望着杳茫的夜空，冷淡说道："你出来做什么？正下着雨，回去。"

即便是为我好，他说话还是不肯给人留有任何商议的余地。

我沉默，静静地倾听着雨点落在水面和荷叶上的声音。

脚下半卷曲的荷叶，蓄了满满的水，被抱厦中悬着的四季山水绢纱宫灯散出的浅浅光芒映得像水银一般清亮，幽幽地在池子里摇晃着，忽而风刮得紧些，那荷叶斜了一斜，哗啦一声，便将不知积蓄了多久的水滴倾下了池子。

而荷茎似也再经不住这样的风雨和摧折，轻微的"喀"地一声，已经从中折断。

满池的荷花，终于连残叶都走到生命的尽头了。

我禁不住地叹息。搭在肩上的素蓝披帛被夜风吹到了水面，猎猎地飞舞在残荷之上。

唐天重一抬手，将那披帛握住，往我肩上拉了拉，终于正眼看我，却是低声叱喝："还不回去？"

我无奈地望向他："别喝了。真要喝，回屋里去，我陪侯爷喝两盏。"

唐天重睨我："你似乎不会喝酒。"

当日在怡清宫，我曾推搪不会喝酒，唐天霄有意当他的面作弄我，拿酒将我灌得呛着了。他竟还记得。

我说道："我会喝。"

一把抢过他的酒壶，我在他惊愕的目光中仰脖灌了一大口，品评道："上品的绍城女儿红，不比地方进贡的御酒差。但年份不怎样，不会超过三年。入口甘醇，回味不足。"

将酒壶递还给他，我笑了笑："武将家的女儿，怎能不会喝酒？"

他接过，盯着我的眼神像在看一个怪物。

我再问他："进屋去吗？"

他嘴角歪了歪，也不知算不算是笑容，但声调却很是不屑："我在你心里，从来就是个十恶不赦强人所难的坏人，我喝不喝酒，和你什么相干？"

我便不再说话，提了裙摆从竹桥上立起身，往抱厦内行去。

他却似羞恼起来，眼见我跨出一步，一把拖住我的手，只一拽，便又将我拽倒在竹桥上。

"侯爷！"

我挣扎着要起身，却被他的大掌轻而易举地按在桥面上，徒自挣着手脚，再也动弹不得。木板和竹片摇动时的咯吱声中，只听他恼怒问道："我强你所难不假。本侯想得到的东西，从来不肯轻言放弃。可你便这么听信旁人挑拨的话？唐天霄说是我向他下毒，你便认定我恶毒小人？唐天霄说我图谋不轨，你便认定我蛇蝎心肠？连他想借你来羞辱我，你也乖乖地配合？却不知今天他悄悄见你，又给我安了什么百死莫赎的罪名？桩桩件件，你都听了，信了？"

我心下暗惊。怎么连白天我们私会的事他也知道了？或者，只是有些疑心，故意来套我的话？

唐天重见我疑惑，又道："唐天霄跑到我这里，能突然失踪好一会儿已经够奇了，还有我们这个万事不理的宁大小姐同一时间突然跑去看什么鸟儿，若说你们两个没见着，我却是不信的。"

他们如此了解彼此的动静，我也不打算抵赖，仰面望着黑漆漆的夜空，轻声道："是，他不放心，来看看我。"

"仅此而已？"

"我听到的，仅此而已。可侯爷必定不信的。"

唐天重却放开了我，说道："我信。"

我愕然坐起身，却听他叹道："如我不肯信你，你又怎肯信我？我便信你一回。至少，我回来时，你还在。"

我呆了呆，敢情他今天匆匆回来，是怕我和唐天霄有所约定，就像当日从皇宫中逃出一般，这回会从他的摄政王府逃开。

"我还能到哪里去？"我苦笑着抱膝叹息，"侯爷，你且告诉我，我还能到哪里去？"

"你可去的地方多了。别说唐天霄不肯死心，就是庄碧岚……"

他忽然噤声，取了酒壶继续喝着。

我便代他说下去："其实庄碧岚也不曾死心，对不对？他和南雅意之间所谓的患难见真情，不过是为了逃开侯爷掌握，在我跟前演的一场好戏，对不对？明知我可能会在那个时候去，还关了门在房中卿卿我我，本就不合情理。"

唐天重顿下手，盯向我："你在找理由为庄碧岚的变心开脱吧？我本就是你心目中的坏人，再往坏里想，也没什么要紧。"

有雨滴打在眼睫，眼前便有些模糊。我酸涩地笑了起来："侯爷可记得，庄碧岚临走时说了什么？"

唐天重目光一转："他说，南雅意做的莲子羹很好喝，莲子剥得很干净。"

我吞咽着喉间涌起的气团，笑道："可庄碧岚从不吃甜食，更不吃莲子羹。那是我小时候最喜欢吃的甜汤，便是盛了给他，他也必定把莲子夹了出来给我吃。"

我眯起眼，那样深沉的夜色，却隐隐听到年少时彼此轻快的欢笑。

青荷盖渌水，芙蓉葩红鲜。郎见欲采我，我心欲怀莲。

那样美好的时光，风和日丽。

唐天重的神情渐渐难看。他尴尬地别过脸，说道："哦，那倒是我不知道的。"

我又告诉他："剥得干干净净的，是莲心。煮汤的莲子，是没有心的。"

唐天重悟了过来，苦笑道："原来……原来那时你便知道了是我的计谋。那你为何不拆穿我？"

我反问："我为何要拆穿侯爷？我已是侯爷的人，明知侯爷的用心，何苦去招侯爷不痛快？我再不可能是碧岚的妻子，又有什么立场再去阻拦他们在一起？如果碧岚能接受雅意，也算男才女貌，必定是这世上最般配的一对。"

唐天重瞪着我："所以，你认为他们可以幸福？你却不可以？你就这么不信任我，认定跟着我会受一辈子苦楚？"

我叹道："我只是个寻常得不能再寻常的女子。而侯爷……侯爷的心太大，太深，并不是我所能了解的。"

第十八章 蓼花风雨，无夜不摇莲

"是么？可我不觉得。"他凝视着我，"我心里从来只装过一个人。从那个晚上，我瞧着她一个人在月下哭，我便再放不下了。"

那样黯淡的灯光下，他的眸子居然亮得如琉璃一般，映照出我被碎雨打湿的脸，以及湿润无措的眼睛。

如果唐天霄向我说同样的话，也许我会一笑置之；可他是唐天重，宁愿用刀兵和鲜血说话也吝于言辞的唐天重。

"清妧！"

他忽然那样无奈地唤着，随手将酒壶扔入池中，便张开双臂将我拥住。

"好……我承认我不是好人，我从来就是坏人。我用铁骑和刀剑分开了你和你的心上人，我用很不光明的手段强占了你，我用可能很愚蠢的计谋离间你们……所有的不是，我都认了。可你也不该把这些事全憋在肚子里。我宁愿你不高兴时指责我斥骂我，至少还见得你是把我当成可以说话的家人或朋友。我从没想过会把你逼出病来。我……很灰心。分开这些日子，我其实很想把你完全丢到脑后，哪怕……哪怕就当作我从没有找到过你，也比现在这样好。可我偏偏还放不下……一听到唐天霄暗中见你，我立刻回来了，生怕一不小心，再见不着你。清妧……"

他忽然便吻上前来，被夜雨浸得冰凉的唇，唇内炙热的舌，那样不顾一切地卷入，以摧枯拉朽之势蛮横地扫荡过来。

我的身体仿佛软了，喉间逸出止不住的呜咽，滚热的泪水不可抑制地落了下来。

其实我也宁愿他那样冷淡着，用满身的威煞逼人让我继续固守着心中的那份执念，平静安然地度过我余下的岁月。那么，无论他的未来如何，唐天霄的未来如何，我总不至再次经历那些大起大落的生离死别，无大悲大喜，亦无大愁大恨，便算是我余生的幸事了。

可他偏偏舍下所有的尊严和冷峻，这般悲凉地承认他所有的不是，所有的爱惜，所有的软弱，所有的患得患失。

"清妧……"

他呢喃地唤着，一边拭着我的泪水，一边将我拥得更紧，双眼有些迷离。

他一定是醉了。可这一次，我相信他醉后的语无伦次，才是心底最真切的想法。

褪去寻常时候的霸道沉雄，这份真实和脆弱居然让人心头阵阵发紧，甚至有些揪痛。

这世间，大约再没有一个男子会如他这般视我如拱璧——不论我是生是死，是妍是丑，绝不放弃。

若换了唐天重处于当日庄碧岚的境地，只怕他宁可杀了我，也不会将我弃下。

可惜庄碧岚不是唐天重。他并不知道，彼时我情愿与他共死。

而那一切终究不得不埋葬于那日的暴雨和泥水中，并以生死一线间的血光和我坚守半世的热忱加以清偿。

如今，伴在我身边的只剩下眼前的唐天重。

默默揽住他的脖颈，我小心地回应着他。

唐天重似给烫着了一般，含糊发出低低的呻吟，忽然拦腰将我抱起，走向屋内。

屋中的灯盏很明亮，骤然照过来，让我不适应地闭上眼。

耳边恍惚传来九儿清脆的话语："姑娘得先换衣……"

下面的话头不知被谁用手掩去了，接着是侍女们蹑手蹑脚退开的脚步声，连门也被轻轻掩上了。

雨点不大，但在外面这么久，衣衫的确湿透了，肌肤凉凉的。

唐天重的黑眼睛被浅碧的纱帐映得如春水般柔和，连解开我衣裙的动作也轻巧得不像久经沙场的武将的手。

但他的身躯依旧是武将的魁伟健壮，炙热的肌肤烫得我微微地哆嗦。

他便轻笑，珍爱地在我肌肤上摩挲着，轻缓有致地揉捏着，看我涨红着脸，不安地在他的身下躁动着，才缓缓倾下身来。

"清妩……"他恍若叹息。

"侯……侯爷……"我低低地喘息。

"叫我天重。"

"……"

"那日你给我逼得急了，就曾唤我天重。"

"侯爷……"

回应我的是很不甘心的剧烈动作，而我终于一句话也说不出来了。

第十九章　堪笑飘零，识腕底乾坤

　　日子于一夕之间又热闹起来。

　　唐天重不但依旧恢复了每日回莲榭留宿的习惯，并且待在这里的时间越来越久，以致二门外不时有大臣或部属派了人来莲榭通报求见。有时回来还未及坐定，便因有人求见而再次匆匆去书房见客。

　　我再不知他哪来那么多公务可忙，叹道："能者劳而智者忧，无能者无所求，饱食而遨游，泛若不系之舟。侯爷，你何不看开些，将这些政事多多交给二爷和丞相他们处置？"

　　唐天重难得见我关切他的大事，倒也答得爽快："天祺到底年轻，有时做事很没分寸。至于那群老臣……虽有几个忠心的，可大多各怀鬼胎，在本侯面前是这样说，在太后面前又是另外一说。如若本侯有所松懈，他们没了敬畏之心，再不知生出什么事来。"

　　我叹道："本是同根生，相煎何太急！这也不能怪他们成了风吹两边倒的墙头草，他们忠心的，只是唐氏的大周江山而已。"

　　唐天重立时皱眉："你不必明讽暗喻，我知道你和唐天霄一直暧昧不清，所以不希望我夺他江山，对不？想我对宣氏那老贱人和唐天霄那黄口小儿俯首称臣，只是做梦！今日我明着和你说了，这大周的江山，就和你宁清妩一样，我是要定了！"

　　我实在不能理解男人这种所谓的雄心壮志，但他既然把太后都骂成那样了，我也懒得再去纠结他对于我和唐天霄的疑心病，只是说道："如果你执意为一己之私令生灵涂炭，那也由得你了。"

　　唐天重冷笑道："一将功成万骨枯，古来帝王名将皆是如此，何尝听到史官记下一笔半笔他们的不是？何况血债血偿，本是天公地道。"

　　血债血偿？

我疑惑，这又从何说起？

唐天重似也自知失口，再不说下去，只将我上下一打量，本来皱紧的眉舒展开来，挥手道："去取套男装来！"

同样不由我争辩，片刻之后，我成了唐天重随身的侍僮。

九儿在我跟前转来转去，忍不住嘀咕道："有这么漂亮的男孩儿？我瞧着……实在不像啊？"

但唐天重根本顾不得像不像了，点头道："好得很，以后我去书房你便跟着，去宫里就不必了！"

自那晚之后，他似越来越喜欢把我拴在他跟前，如今更是打算把我往外面带了。

我对着镜子里那个显而易见的女子面庞，虽觉好笑，也不愿违拗他心意。何况时时伴在他的身侧，似乎也没什么不好的，总比一个人在房中发呆的好。

以前自觉很能耐得住寂寞，可不知什么时候起，他不在身边时，我也会觉得孤单起来。

也许孤寂得太久，潜意识里，我也盼着能像寻常女子那般，可以有亲人真心相伴，生病时问问寒温，闲暇时叙叙家常，忙碌时也记得有个地方可以栖身，有个人可以依靠。

我已太久没有自己的家。

家……

我有些被自己的念头惊到，随即不过轻轻一笑。

既已接受，便注定了会与这男子一世纠缠。把这里当作家，原也没错吧？

何况，他的确视我如亲人，如挚爱。

唐天重在书房里要么看公文，要么找大臣议事，要么传来部属调兵遣将，并不避忌我，对我也不亲近，宛如我真的是个为他磨墨递纸的僮儿而已。

我看惯了他人前冷冽威凛的模样，也不以为意。倒是那些来往的重臣武将，对他身畔多了个唇红齿白的俊秀小僮很是纳闷，只是唐天重素有威仪，再无人敢当面发问，而背后传成了什么样，真只有天知道了。

我既在唐天重身畔，许多不该女子参与的政事，渐渐也看到眼内，传入耳中。

不怪唐天霄提到唐天重便恨得入骨，唐天重的确快把金銮殿放到内廷的勤政殿或王府的大书房内了。

几乎七成以上的重大国事，从兵马调动到官员任免，从城池的修建到水运的疏通，尽是先向唐天重请示后，再奏报朝廷的。便是朝时有人提出异议，因唐天重这一支系的臣子也会上前力保通过，不必他亲自出头，已在暗中摆布得清清楚楚。

若他真的在金殿之上指鹿为马，只怕附和的人不在少数。

他已是实际上的摄政王了，比少年帝王大不了几岁的摄政王。

第十九章　堪笑飘零，识腕底乾坤

或许他的打算也有道理。如果他不交出权柄，唐天霄母子绝不会善罢甘休。而如果他交出权柄，以他们父子在朝中的威望，功高震主外加曾经的处重擅权，必为帝王所忌。最好的待遇，也只是容他做个闲散宗室罢了。

而唐天重又岂会甘心受制于人？

因给唐天重绊着，我去陪着唐承朔的时间便少了。

这日我去请安时，他便叹气："本以为找着个好儿媳，便多个人在跟前伺候了。没想到天重那小子还和我这半截身子入土的老头子抢人。你说我这倒是生的什么好儿子？"

我微笑道："侯爷公事缠身，也的确辛苦了些，所以才跟了去照看照看。其实他也记挂着王爷，刚我过来时还在嘱咐我多代他尽尽孝心。王爷既然喜欢清妩服侍，我回去便和他说下，以后再不随他去前院了。"

唐承朔摇手道："罢了，我老了，可还不糊涂。想这孩子也可怜，挖空心思才得了你在身边，我好端端地扰了你们的好事，也不知他背后会怎样骂我昏聩糊涂！"

陆姨娘笑道："王爷自然心疼儿子了。不过真为清姑娘好，还是尽快把他们的事办了才好。"

唐承朔便皱眉，沉吟道："嗯……这个再商议，总是要办的。"

我忙道："侯爷春秋正盛，加之康侯夫人新丧，我们的事……不急的。"

唐天重虽未提及，我却猜得到，他满心是想娶我为妻，但我曾是后宫昭仪，见过的人说多不多，说少也不少，成亲后宫中内眷难免有往来，轻易便能被人认出。便是他不怕人非议，也得多少顾忌些我的声名和天家颜面。

唐承朔点头道："自是不用着急。天重和他母亲一样，死心眼得很，唉，认准了一个，再不会变的。他这辈子绝不会亏待你。"

我想起传说中早夭的摄政王妃，以及传说中的伉俪情深，笑道："王妃必定也是个国色天香重情重义的大美人了。"

唐承朔眼神一飘忽，怅然叹道："性子太刚硬要强了。你瞧着如今天重的性情，就和他母亲一模一样的。需知过刚则易折啊！"

他拍拍我的肩："我还是喜欢你这孩子的性情，有时候虽刚强了些，但到底懂得进退有度，不会一味蛮打硬碰。如果……如果天重能学些你的柔韧，我也便放心了！"

唐天重的刚毅执着，我是领教过了，不过实在很难想象，这位据说很是痴情的王妃，姐姐是母仪天下的宣太后、夫婿是权倾天下的摄政王，如果也是唐天重那样的个性，又会生出怎样的事端来。

不过唐承朔待人温和，甚有城府，不但未立侧妃，连特别受宠的姬妾都没几个，想来对王妃应该很是专一，摄政王妃的生活应该还算顺心吧？

220

不知唐承朔又哪里来的过刚易折的感慨。

从唐承朔处出来，我问无双："摄政王妃哪一年薨逝的？"

无双想了一想，答道："有快十年了吧？好像是我进王府的前一年薨的，我并没有见过。侯爷很是孝顺，当时虽才十四五岁年纪，已经随着王爷冲锋陷阵了。王妃逝去后，侯爷几次受伤发起高烧，口里喃喃叫的都是母亲，平时也常去王妃墓前祭拜。今年迁都江南，离王妃墓远了，四时八节也不忘令人备了果品水酒遥祭。"

快十年，也就是在唐天霄继位不久，唐天重的母亲就去世了。

想起唐天重对他亲姨母的厌恶，以及方才唐承朔对自己王妃半吞半吐的评价，我正猜测着这中间会不会发生了什么事时，不知哪里来的两个小丫头一路追打玩笑着一路跑过来，前面那位似乎只顾逃了，竟一头撞到我身上。

我"哎"地惊叫一声，皱眉正让开时，忽觉我的手间忽然一紧，那丫头竟不知将一个圆圆的什么东西塞到了我掌心。

无双已急急过去将那小丫头一把推开，喝道："哪个房里不懂事的丫头！这么冒冒失失，管事的怎么教的？"

两个小丫头吓得连忙跪到一边，再也不敢说话。

我忙笑道："都是年轻女孩子，难免活泼些，打打闹闹也不妨事。只是下回要留心，这府里来来往往的多是贵客，若冲撞了，只怕府内大总管不会饶了你们。去吧！"

小丫头如蒙大赦，抱头鼠窜而去。

无双犹在纳闷："这两丫头眼生，不知是谁房里的。"

我悄悄将那圆圆的东西收在袖中，若无其事道："这摄政王府各房婢仆下人加起来只怕有上千，哪里能个个认识？我们只在莲池待着，别去惹事吧！"

无双便为我发愁："姑娘，你这么万事不理可不行呢。侯爷的心意，你不是不知道，这偌大的摄政王府，早晚都会由姑娘打理，到时可不是不惹事就能躲开事的。"

她想了想，又笑道："如果咱们侯爷的心比这摄政王府大，姑娘这当家主母，当的家可就更大了！"

我想着当年南楚皇宫的辉煌和覆灭，淡淡笑道："远着呢，再隔两年……天知道又是怎样的情形。"

无双却极其相信她家主人，那聪慧的眼睛里难得流露出全无理智的痴迷："再隔两年……我们的侯爷，可能不只是侯爷了！"

她的侯爷可能不再是侯爷，而是皇帝。

可在我看来，同样可能是平民，是阶下囚，甚至黄土垄中一堆白骨。

当年南楚的臣民，还以为江南永远会在歌舞升平中咏尽繁华；可转眼楚帝白衣出降，举国败亡。

当年我年少无知，自以为我和庄碧岚郎才女貌，门当户对，注定了一生相随；可楚帝一念私心，庄氏血流成河，家破人亡，我成红颜祸水，困锁深宫，最后竟连安静度世都不可得。

千重富贵，万种风流，敌不过苍天无情的作弄，转眼成灰，成尘，飘散得不留痕迹。

回到莲榭，我只作困倦，遣开侍女们，在软榻上静卧着，取出了那小丫头塞给我的物事。竟是个密封住的小小竹管。

我小心地把封口处的白腊刮开，打开竹管，里面掉出了一只小小的纸包和一张折叠整齐的纸条。

把纸条打开，只一看那字迹，我的心便突地一跳。

落笔有神，秀逸从容，正是庄碧岚的字迹。

距离那个丁香千千结的分离日子，已经过去一月有余，算日子，他早该和南雅意在交州安顿下来了。

庄遥大将军久经战事，深知攻守之道，交州与大周交界处一向陈有重兵，自保有余；唐天霄和唐天重忙于应付彼此，暂时腾不出手来对付庄氏。

如无意外，庄碧岚应该恢复了备受尊重的交州少主身份了。

等剧烈的心跳止下，我才冷静下来，去看纸条的内容。

"清妩如晤：知卿受苦，吾心实不忍也。已与周帝约定，近日将合兵共击康侯军。康侯势大，卿若得便，可就势下手。"

竟是让我借着亲近唐天重之便，伺机诛杀他。

下面犹有小字，却是说明那纸包中乃是致命的南疆秘毒，无色无味，只须放入汤中，略沾唇舌，不久便会毒发昏睡，三日内即可僵死。

计划十分周密，最妙在这毒发作后除了昏睡之外并无异状，我便可趁着他人未发现康侯中毒之前离开莲榭，只需走到莲池后的迎薰亭，自会有高手接应我离去。

将那纸条匆匆看完，又将那纸包取出，在手中翻来覆去地瞧着，心里却是水火交激，一忽冷，一忽儿热，连手足都似软了下来。

庄碧岚。

唐天重。

谁比谁更令人失望？

傍晚，我说要亲自去给侯爷煮几道菜时，无双欢天喜地地应了，带了九儿去帮我忙，等唐天重回来时，早备好了几样我亲手做的家常菜式。

唐天重听说，自是高兴，甚至令温了好酒，让我一起喝上两杯。

他已知我会喝酒，我也不好推搪，不动声色地陪他喝了一杯，看他喝完一壶，送了饭上来，我便取了碗，盛了滚热的鲜鱼汤，递到他面前，笑道："这鱼是我眼看着活宰了炖的汤，很是新鲜。你瞧瞧，都是乳白色了，味道也鲜美得很。"

唐天重点头接过，尝了一口，微笑道："你亲手熬的汤，果然好喝得很。你也喝一碗吧，瞧你瘦成这样，也不肯好好吃东西。不知道的，还以为我唐天重的女人过不上舒心日子呢！"

舒心日子？

我叹笑道："像如今这样的日子……一直过下去，也算是舒心了。"

"是么？"唐天重眉宇微动，转头又盼咐无双，"怎么还不给姑娘盛汤呢？"

我摇头道："我刚煮鱼时给这味道熏着了，没胃口吃。"

"哦！"

唐天重便不说话，埋头吃着鱼汤。

而无双虽然盛了一小碗在我面前，我到底一口也没喝。

大约因为是我亲手煮的，亲手盛的，唐天重甚是喜欢，居然将一整碗都喝了，一滴不剩。这鱼汤，其实真的炖得很香，我也的确很想喝。

饭后，唐天重照旧去灯下批阅各处送来的公文，但精神明显有些不济，看了两篇，便搁下笔，撑着额道："清妩，给我泡盏浓茶来。可能这几天老是出城巡查，有些累着了，犯困。"

我应了，忙取了滚水和茶叶，亲手泡了浓浓的茶递过去，笑着问道："以前这些事不都是让陆将军、温将军他们去做的？怎么现在要你亲自出城巡查？"

若是以往，唐天重一定会抬起他那双深沉莫测的眼睛，盯着我看上半天，才会不冷不淡答我两句。

毕竟我从不过问朝堂之事，开口询问这样的军国要事，绝对算是突兀了。

但这次，唐天重好像困得真的有些迷糊了，居然半阖着眼答道："唐天霄调遣了部分江北驻军渡江，说是要换防，但始终未见动静；倒是交州庄氏正往北集结兵马，再不知打什么主意。"

他所说的，倒是与那张传来的纸条上所透露的信息不谋而合。

难道一切都是真的？

连同唐天重眼前的渴睡犯困，也是真的因为累了？

我也有些神思恍惚，走到唐天重身畔，伸出手抓抓他的头发。

除那晚被雨淋得透了他的头发会显得柔顺些，平时都是极硬极粗的，鬓间的碎发摸上去甚至有点扎手。

他抬起头，笑得更见迷离。他问我："假如我和唐天霄或庄碧岚对阵，你站在哪一边？"

我说道："你这边。"

唐天重一瞬间闪过不知是欢喜还是忿恨的怪异表情："是吗？"

"是。我站在你这边，但希望你输。"

"呵！"他笑了起来，"你盼我输，还能说站在我这边？"

我摇头道："我不懂男人的雄心壮志。我只晓得如今大周尚算安定，这时再来个帝位迭替，遭殃的必是百姓。所以我盼你败，盼你输。但你败了，输了，我还会站在你身边。"

唐天重眼睛眯起来，那种危险的凌厉似逼退了他面庞上的困倦，连声音也抬高了很多："你难道没有想过，我输了，可能就是死。我死了，你还陪在我身边？"

我犹豫片刻，答道："如果我有了你的骨肉，我就帮你把孩子养育成人；如果没有孩子，我便陪着你一起死吧！"

唐天重瞪着我，忽然嗤地冷笑："你别做梦了。如果我死了，你也必死无疑！便是有了孩子，也自有别人抚养。至于你，生是我的人，死也是我的鬼！看我会饶过你！"

我默然，然后向他莞尔一笑："你骂起我来就不困了？"

唐天重一愕，撑着额站起身来，恨恨道："还不是给你气的，这天底下怎么会有你这种女人呢？"

他走到旁边我素常卧着的软榻旁睡倒，掩着脸犹自喃喃说道："我又怎么会遇到你这种女人？真是可恨啊，可恨……"

眼见得他的声音越来越低，不一时竟发出了均匀的呼吸声，果然睡着了。

至少，和平时睡着并没有什么两样，更看不出有中毒的迹象来。

无双等人却是纳闷，只悄悄和我嘀咕："侯爷平时精神好得很，今天这是怎么了？莫非真的太累了？"

我冷眼看着，答道："明天叫太医给开些培元益气的药来给他吃两天，就没事了。"

无双应了，却跑去翻屋中有没有我生病时吃剩的人参茯苓，打算先煎些等他睡醒后服用。

此刻北面窗口正大开着，湖面飘来的风吹到身上有些寒意。我遂让九儿去关了窗，自己到床榻上抱了条薄衾为唐天重盖上，再看向他的面庞时，他的眉宇还微微蹙着，睡得并不安稳。

阖上的双眼再不能那般冷锐逼人寒光四射，这个沉睡了的男子看来温和安静了许多。

可惜，那性情里的威煞之气，只怕这辈子也抛不掉了。

我叹口气，转头吩咐道："无双，你小心看护着侯爷。我胸口有些闷，和九儿出去走两步散散心。"

这些时日我随着唐天重进进出出，又时常到前院去，早没有人再管束我的行动，无

双也不疑心，应了一声，自顾拿了人参去叫人煎去了。

我带了九儿沿着曲折竹桥一路出了莲池，径往北面的假山而去。

假山前后俱有登道，通往顶部的迎薰亭。

我拾阶而上，在亭中扶栏坐了，吩咐九儿到厨房去帮我取些东西，将她支开了，才静静地往四周打量。

霜天云淡，绛河清浅，皓月婵娟，秋风千里。摄政王府前院后院檐角重重，在月色里模糊成线条分明的暗黑剪影，莲池波光粼粼，映着清澄月色，更显明洁。

假山前后，红枫渐老，苍梧零乱，几处夜鸟惊起，有落叶飘下的细碎声响。

并没有什么人过来接应，却有几道暗影在山石树影中闪动。

许久，莲榭那边的竹桥上，终于出现了那个熟悉的身影。踏下抱厦时，他脚步顿了顿，望向我这边。

隔了这么远，我都能感觉到他目光中的含恨和恼怒。

我懒散地笑了笑，将头倚在冰冷的柱子上，只觉秋日里也有沁骨的寒意，无处不在地渗了过来，而眼眶又已酸涩。

不该酸涩的，一切都在意料之中，不是吗？

徘徊在山下的黑影终于行动，当头奔过来的是唐天重的心腹随从，深绿服色的六品校尉服色。

我记得这人姓张，平时对我甚是敬重，也不待他开口，便先笑问："张校尉，是庄公子叫你来的？"

张校尉一怔，领了数名亲卫在离我数步远的地方站定，恭敬说道："不是。是侯爷令属下带姑娘下去。"

我轻笑："是令你带我下去，还是令你押我下去？"

"这……"张校尉不敢回答，只是赔笑道，"姑娘向来通情达理，必定不会为难属下。"

我一拍栏杆，喝道："我不为难你，你只管去回唐天重，就说我不想下去，想押我下去，让他自己来押！"

张校尉见我气势凌人，更是犹豫着不敢上前。只是唐天重令出如山，同样不敢回去和唐天重那般回话。

气氛正僵持时，假山下传来唐天重的冷冷叱喝："宁清妩，乖乖给我滚下来！若等我上去，我一定打断你的腿把你扔下来！"

我又气又怒，站起身来向山下那个好端端站着的高大男子叫道："好，我在这里等着，等着侯爷打断我的腿扔下去！"

"你！"

第十九章 堪笑飘零，识腕底乾坤

唐天重大怒，一对眸子在浅淡的月光下似要灼烧起来，尖刀般刺向我。

而我当真给他那眼神刺痛了，连心口都似抽搐般地扎疼着，赌了气双手按紧栏杆，同样恨恨地盯着他，寸步不让。

张校尉忙上前一步，低声道："侯爷正在气头上，姑娘既做错了事，还是尽快下去认个错，给侯爷一个台阶下吧！不然侯爷面上下不来，姑娘难免受苦。"

我冷笑道："你倒是好心！我且问你，我做错什么了？为什么要认错？就为我在他睡着时跑这亭子里吹吹风，打算看看你们的好戏？"

张校尉跺脚道："小姑奶奶，别任性了！这事儿，从一开始就在侯爷掌握之中，姑娘想赖也赖不了的！"

我点点头道："他根本没中毒。"

"你很盼我中毒？"

唐天重居然真的没能忍耐住，几个箭步便奔上来，一把捏住我的手腕，狠狠一拽，已将我拉得踉跄一步，惊叫着差点摔倒。他却不管不顾，径自拖曳着我往山下跑去。

我再跟不上他的迅疾步伐，被他连拉带拽，像夹着一截木头般，毫不怜惜地由着我一路腿脚磕着山石，硬生生扯下了假山，右手犹自像铁钳一样紧捏住我手腕。

我疼得泪花直闪，又是气，又是恨，张开嘴狠狠一口咬在他手背上。

"你……"

唐天重疼得一缩手，扬手就是一耳光，清脆响亮地打在我面庞。

我本就站立不稳，顿时给打得摔倒在地，握着被他抓得疼不可耐的手腕，一阵阵地头晕眼花，泪水已止不住直落下来，只是强撑着不肯哭出声来，只伏在地上冷冷地瞪着他。

他上前一步，似想来扶我，却又站住，居然很伤感地哑着嗓子说了一句："我很失望。"

我擦去眼角的泪花，笑道："我也很失望。我根本不该对你的为人还抱有希望。"

唐天重显然不解，他眯着眼，思索了好一会儿，才问道："你什么意思？"

我还未及回答，只闻旁边传来一声惊叫，九儿已一手提着食盒，一手抱着条毛茸茸的小狗，飞快奔了过来。

"姑娘，姑娘这是怎么了？"她扔开食盒和小狗，急急过来扶我，"快起来，这地上凉，姑娘身体又不好，哪里禁得起呢？"

唐天重哼了一声，转过脸不说话。

我坐起身，喘息着向九儿问道："我让你端来的汤呢？"

九儿忙从食盒里端出一碗鱼汤来，说道："刚去看时，虽还有一些，却早冷了，因为让他们现煮了一碗新鲜的，所以才到现在。姑娘是饿了，想吃鱼汤了？"

我摇头，接过汤放在地上，又问："刚那只小狗呢？"

九儿急上前把窝在草丛中摇尾巴的小黄狗抱了来，说道："张妈他们都喜欢这狗，不过听说姑娘要它，立刻让我带回来了，说这小狗得姑娘喜爱，从此有福了！"

我冷笑道："有福没福我可不知道，先看它今晚有命没命吧！"

摸出怀中的小竹管，我去取里面的纸包，却觉右手被唐天重捏过的地方疼得钻心，借了月光一瞧，已是肿得跟馒头似的，脸上被打过的地方也是火辣辣地疼，更是觉得灰心，将小竹管递给九儿，说道："把里面的东西取出来，撒到汤里，唤那条狗过来吃。"

九儿似懂非懂，畏怯地望了唐天重一眼，才应了一声，从竹管里掏出纸包，却是封得严严实实的一包，九儿抖抖索索半天才撕了开来，将那包粉末都倾在了汤中。

唐天重的表情已经变得很奇怪，他踏向前一步，看着九儿手里的纸包，嘴唇一动，却没有说什么。

我用未受伤的手伸到滚烫的汤里，胡乱搅拌了几下，九儿已失声叫着，把我的手拖了出来。

其实也没觉得烫得疼，反是身体冷得发抖。满腹的怆意直涌上来，堵到嗓口，吞又吞不下，吐又吐不出，闻着空气里飘着的腥味，更是干呕了一下，舌尖满是苦涩。

"把……把狗抱来喝汤！"我盯着那散落的纸包，喑哑喝道，"我今天倒要看看，这条狗到底会不会中毒，会不会死！想来庄碧岚虽比不上侯爷英明神武，英雄盖世，总不致连毒药都拿错了，拿包连狗都毒不死的面粉来让我下毒！"

这一回，九儿连应都不敢应，垂了头将小黄狗抱到碗边。小狗才嗅了嗅，还没来得及去舔，唐天重飞起一脚，已将那碗汤踢飞，汤水四散，从路边一直溅到草丛里。

"那个……"他干咳着，神色已是止不住的尴尬，"既然你没听他的，这事咱们就不用再提。天色晚了，咱们先回去吧！"

小狗却已闻着了鱼汤香味，飞快摇着卷曲的小尾巴，舔食起撒在路面的汤水。

唐天重即刻吩咐道："张校尉，这小狗脏脏的，把它还送厨房里去吧！"

张校尉察言观色，早明白没他们什么事了，领了命，抱了那小狗，竟然一行七八人，立时借口"护送"那小狗去厨房，走得干干净净。

见再无外人，唐天重神色愈见和缓，蹲下身来扶我，异常温存地说道："我们先回屋去吧，这里风大，冷。"

我气恨在心，抡圆了胳膊，在九儿惊呼声中，狠狠一巴掌扇向唐天重。

唐天重居然没有躲，"啪"的一声，由着我重重地打在他的面庞，然后依旧蹲在我跟前，捂着脸不说话。

我扶了九儿的手，强挣着站起身来，快步走向莲榭。

九儿边走边回头看向依然木在那里的唐天重，不安说道："姑娘，你打了侯爷呀！"

我冷笑道："我打了他又如何？如果有把刀，说不准我会捅他两刀！"

第十九章　堪笑飘零，识腕底乾坤

九儿顿时不敢作声，好一会儿才问道："侯爷……怀疑姑娘和庄公子联手，想下毒害他？不过……那汤里根本没毒？其实……根本不是庄公子在害他，是不是？"

此时已走至竹桥上，我扶着栏杆，望着那笼着月色澄如冰雪的水面，黯然笑了笑："也许……这便是命了吧？我总是挣脱不了，还是得这样一天天地活下去。有时想着……还不如栽到这水里一头淹死了干净。"

从看到那张纸条起，我便清楚，这绝对不是庄碧岚设下的计谋。但我总抱着希望，希望这事至少与唐天重没有关系。

那日雨夜释去前嫌，和好如初，我总以为我们便能这样过下去了，不论他成，或败，如果我无力影响到他，便只能站在他的身后，接受他的成或败，然后连累我的贵或贱，生或死。

我能接受他或我自己最悲惨的结局，却没办法想象，在我断了所有的念头安静待在他身畔时，他还这样疑心我，不惜对我设出这样的计谋来试探我。

向唐天霄下毒在前，逼迫庄碧岚断我念头在后，如今还做个圈套让我来钻。这个人究竟有着怎样阴暗的心地？

泪水一滴滴落下来，落在水面，很轻的滴答声，荡起一圈圈细细的涟漪。

其实应该只是灰心而已，心头给针扎般的疼痛应该只是错觉。

早知道他是怎样的人了，他再卑鄙再霸道再无耻都该是预料中事。

我不该为他心痛。

无双见我回来，一看我的脸色，也在惊诧，急问道："出了什么事了？你一出去侯爷就醒了，看那模样倒有些气急败坏的。"

九儿咕哝道："还不是侯爷做的那些事，看看把姑娘折腾成什么样了！你看看姑娘这手腕！看看裙子，都蹭破了，也不知腿上伤着没有！"

无双便不接话，只急急找来消肿化瘀的药膏来为我涂抹。我正在气头上，取过她手里的药膏，远远掷到了池水里，自顾回床睡觉。

忍了好久，我才将泪水吞下肚去，逼着自己不去想腕间的肿痛和心头的刺痛，努力平定心神入睡时，很轻的脚步声传来，接着灯火暗了一暗，已被那人的高大身影挡住。

我明知是唐天重回来，只蜷在内侧向里而卧，再不看他一眼。

唐天重迟疑片刻，自行解衣卧上床来，紧紧贴着我，揉着我肩轻声问道："手还疼吗？"

我将伤手藏到腋下，别着脸不理睬他。

他又问道："腿还疼吗？我当时气急了，不是有意要伤着你。"

见我还是不睬，他坐起身来，撩起我底裙查看我腿上是否伤着了。

我又羞又恼，抬起脚来便狠狠地踹上他胸腹。

他也不躲，安静地望着我，由着我连踹了十几下，累得伏在枕上喘气，才又卧到我

身侧来，问道："心里好些了没？"

我瞪着他道："我好与不好，侯爷又何必理会？如果真是庄碧岚要求我为内应毒杀侯爷，我或许真的会那么做。侯爷犯得着关心我这么个蛇蝎妇人？譬如方才我真的下了毒，侯爷一怒杀了我，以后不是一样会好好过下去，踌躇满志地当着你的康侯，做着你美好的帝王梦？"

到底我说得太凌厉，唐天重的脸渐渐涨红，忽然在枕边一摸，已抓出一柄短剑，拔出了鞘。

锋芒曜曜，冷若霜雪。

我正心底一悸时，他已将那短剑塞到我左手中，说道："听说你要捅我几下才消气，那么，你捅吧，我不还手。"

我看看手中的短剑，又看看他，一时呆住。

他就不怕我真的记起仇来，当真给他当胸一剑么？

唐天重盯着我，眸光有些迷离，隐见一抹心酸和痛楚浮上，忽而呻吟一声，俯下身便亲住我，双手亦抚上我肌肤。

我心中有气，再不情愿，别过脸双手推拒着，却觉他忽然身体颤了一下，却并没有止住动作，唇舌反益发热烈了。

尚未及放下短剑的左手分明很轻快地在什么地方拖一下，便有热热的液体滴入我脖颈。我惊得忙丢开剑，定睛一看，才见方才锋利的剑锋无意间拖过了他的上臂，割破了他的小衣，一串殷红正沥沥而下，也不知伤得深不深。

"侯爷……"我惊叫着，转头正要唤人，他已用手掩住我的唇，再不让我说话。

"清妩，清妩……"他已解开我衣裙，不容抗拒地欺身上来，一边喃喃地唤着我名字，一边低声道，"我知道在你心里，我就是恶人，一个处处逼迫你算计你的恶人。我是你第一个男人，可在你心里，只有一个庄碧岚，也许还有唐天霄，我却什么都算不上。我只是想知道，在你心里，我究竟处于怎样的位置，你会不会狠心到……让我死……"

明明是他处于主动，又将我扣于腕中被动地承受他的爱抚，可他的眼神难得这样委屈和狼狈："看着你亲手盛了鱼汤给我，自己却不肯喝一口，我真的想死……想捏死你再捏死我自己……清妩，你总是不会明白……"

鲜血一滴滴落在我脖颈上，烫得我心悸；他那与平时那种冷冽肃杀截然相反的火热，更在毫不留情地一次次挑战我所能承受的极限，几乎让身体的每滴血液都跟随他悸动起来。

又一波奔涌的浪潮蓦地将我整个的身心倾覆。

所有神智被吸入他所创造的漩涡中时，我低吟着绷紧身体，脑中已是一片空白。

恍惚中，似有晶莹的水滴落到我面庞，又有低低的哽咽回旋耳边。

他仿佛用很低很低的声音在说："你总是不会明白，我比你所能想象的更喜欢你。"

第十九章 堪笑飘零，识腕底乾坤

第二十章　寒轻夜永，归途讵有踪

　　第二天便又有些胸闷胸疼的迹象，身体也倦怠，勉强起了床，也只在榻上卧着，让九儿开了窗，望着窗外碧蓝的天和偶尔飞过的大雁。
　　唐天重也很不安，去了宫中没多久便回了府，见我手还肿着，却没敷药，便责怪无双："便是这里没药了，叫人到别处寻些来不难吧？"
　　无双委屈，看了我一眼，才道："有另拿药过来，姑娘说不想用。"
　　九儿嘟着嘴道："姑娘一气，只怕是前儿的病又犯了，早膳也只喝了两口粥就放下了。"
　　唐天重再不见夜间两人单独相处时的温存怜惜甚至低声下气，从案上端着茶盏慢慢喝了一口，才皱了眉向我道："去敷药，敷完了过来吃东西。"
　　我懒懒道："不舒服。帮我唤个太医瞧瞧吧！"
　　无双有些尴尬地望向唐天重。
　　我手上腿上很明显是被人弄伤的，把太医叫来，传些风声出去，康侯脸上自是不好看。
　　唐天重望了望我的手腕上的伤，转头道："去传太医。"
　　一时无双令人去请了，唐天重只使了个眼色，她便心领神会，悄悄带了九儿等人退开。
　　唐天重待人都去了，走到我榻前坐下，沉吟片刻，才微笑道："我是恶人，你就巴不得人人都知道我是恶人，是不是？"
　　我笑了笑："我没说过侯爷是恶人。"
　　唐天重叹道："你这不说比说更厉害，不肯用药却叫太医来，不就想借他们的嘴传到父亲那里，最好盼着父亲把我重重打一顿为你出气，是不是？"
　　我唇角向上挑出一丝笑意来，懒懒说道："侯爷多虑了。王爷再怎么着也没有偏帮着我这个微贱女子来打你这堂堂康侯的理儿。侯爷如果怕太医们胡说八道玷辱了侯爷清誉，

大可令人吩咐一声，以侯爷威仪，谅他们不敢向外乱说半个字。"

唐天重哼了一声，冷笑道："你以为我当真怕外人道什么是非？只是我实在不服，为什么在你心里，我便能坏成这样。"

我只能答道："我并没觉得侯爷有多坏。"

只是有着从古至今野心家的通病。

心机深沉，步步算计，为达目的不择手段。

不论于爱情，还是于权势。

唐天重的眼眸如暗流汹涌的黑潭，幽深地盯着我："我承认很多时候我的手段不够光明磊落。可至少像在你的宫里向唐天霄下毒这般拙劣的事，我是不会做的。我没蠢到因为嫉恨他而把你都搭进去。"

我微感意外。

无双也曾为她主人辩解过，可我从未放在心上。毕竟以当时的情形，除了他之外，还有谁有动机并有机会向唐天霄下手？

唐天重见我沉思，冷笑道："清妩你聪明一世，难道真没想过你身畔的侍女也很可能暗动手脚么？如果你真的一无所知，那你为何来到王府后单单提出要九儿过来服侍？如果不是九儿暗中知会，你又怎会清楚昨天之事只是我的布局？"

"九儿？"

这一回，我真的讶异了。

唐天重皱眉："你当本侯真的一无所知？便是唐天霄，大约后来也清楚不是我动的手脚吧？当时虽未能查出眉目，但后来庄碧岚入宫想携你出逃未遂，随即清查他的内应，分明是忠于南楚信王的一拨人。唐天霄曾试图清查到底，但找出的这几人还有几分忠心，宁死也不肯招出同伙。引你去见庄碧岚的，就是九儿吧？又怎会与这些人无关！因为你一力维护，唐天霄心疼你，投鼠忌器，终于没拿她开刀。"

他目视着我："我是记不得了，不过你身边的侍女，你该知道吧？你只说，当日我与唐天霄喝酒时，九儿有没有为唐天霄斟过酒？"

我心头剧震。

将九儿从众宫女中挑出来随侍身侧，正是在那次毒酒事件死里逃生后。她因我平安回宫激动得在宫门前摔了一跤，着实憨态可掬，引起我注意；后来又见她是前朝宫女，活泼伶俐，便觉亲近，连住到摄政王府，想找着没有心机的侍女来伴着，第一个也只想着她。

而当日为唐天霄他们斟酒的侍女中，应该就有她。

唐天重提及的信王乃是南楚末帝李明昌的皇弟，和大将军庄遥以及我父亲宁秉瑜一向交好，在朝中甚有威望。据说庄家出事，他力保不遂，一怒离京回了自己在东海边的封地，至南楚降周，他携了家眷部属约一万余人，径投北赫去了。北赫的王太后是他的同胞姐姐，也为南楚覆灭郁忿，一直试图助弟弟复兴大楚。

难道九儿是信王的人？信王既和庄氏亲交好，九儿向周帝投毒嫁祸，以及暗助庄碧岚便都是情理中事了。

虽是心底疑惑，可我抬眼见唐天重目光熠熠，颇有咄咄逼人之势，心头又是着恼，遂答道："这些要紧国事我可不懂，更不知九儿是不是信王的人。但昨天只一看那纸条，我便知是有人布局。碧岚和我相识十余年，从不会将我当作棋子使唤。如果他有办法将我带离这个比龙潭虎穴还厉害的摄政王府，早该带我出府了，绝不会让我冒险下毒再离开。"

唐天重叹息："你就这么信得过他？"

我鼻中发酸，却笑道："如果他也能这么利用我，便不是以往我喜欢的那个庄碧岚了！"

唐天重便沉着脸不说话。

我继续道："何况还有个绝大的漏洞，只怕是侯爷怎么想也想不着的。碧岚母亲的闺名中有个'清'字，因此他写'清'字时，总会避讳着多加上一点，或减去一点。我只看第一个字，便知笔迹模仿得再像，也不是他的亲笔了。再则，他平时从不唤我清妩，只唤我妩，或妩儿。"

"妩！妩儿！"唐天重蓦地大怒，一扬手便将茶盏掷在地上，眼眸中似有隐忍已久的火焰喷薄欲出。

事已至此，我再不想火上浇油刺激他，只揉了揉鼻子说道："好大的酸味！陈了多少年的醋了？"

唐天重眼里的火焰顷刻熄灭，渐渐泛出和他冷峻的面孔极不般配的懊恼和沮丧。

这时，无双的声音适时地在门外扬起："侯爷，太医来了。"

唐天重顿时敛去所有情绪，退了几步，坐回他的书桌边，才冷冷说道："进来。"

两名太医随了无双进来，连大气都不敢喘，上去叩见了唐天重，等唐天重向我略略挥手示意，才走到我跟前请脉。

见到我肿着的手腕，两太医对视一眼，果然惊讶，却不敢露出声色来，拿了布枕给我垫了手，照常过来搭脉。

我瞧着唐天重脸色不佳，笑道："昨晚与侯爷在园里赏月，失足从山石上滚了下来，侯爷心急拉我，把我手都捏肿了。二位倒是瞧瞧，我还能用那些活血化瘀的药么？"

一名太医略一把脉，便似给烫着般身体一抖，又诊了我左手寸脉，和另一位太医交换了眼色，神情却已轻松不少。

唐天重已是不耐烦，接过无双重新斟上的茶来，拂着上面的茶叶问道："诊得怎样了？快去开了方子来！"

太医即刻跪下回道："清姑娘已有身孕，活血化瘀之药，是万万用不得的。便是开

232

胸理气的药方，也需斟酌而用。如姑娘无十分不适，还是以静养食疗为宜。"

"当啷"一声，唐天重手中的茶盏再次落地。他顾不得沾在袍子上的茶水，站起身来失声道："你说什么？她……已有身孕？"

太医伏地答道："臣等确已断出，清姑娘有孕已一月有余，二月不足。只是姑娘几度伤病，身体甚是虚弱，需好生静养，并以安胎药调理，才能确保母子平安，万无一失。"

外面九儿等人都已听见，纷纷走上前来叩头道喜："恭喜侯爷！恭喜姑娘！"

唐天重呆呆地对着我瞪了好一会儿，才说道："以后称她为……夫人。康侯夫人。"

屋内喧闹了好久才散。

唐天重也无心再去内廷或书房，默然坐在我榻前良久，才恨恨道："你早知道自己有孕了，是不是？竟如此可恶，也不告诉我一声！若是昨晚……"

大约想起昨晚怒气勃发时对我动了粗，他眉宇间闪过后怕，不安地站起身来回踱着，忽回身道："以后不许再去爬什么山赏什么月，不许夜间出门，也不用再跟我到书房去久站，给我安安分分生下孩子来再说！"

我懒懒说道："是，谨遵侯爷之命！"

"你……"他又是气急败坏，走到我跟前扬了扬拳头，终究却只咬牙切齿说道，"我早晚会给你这丫头气死！真不知你一天到晚都在想什么！"

他又多心了。

我抚摸着尚完全平坦的小腹，叹气。

哪里是我有意气他？原也不过有些疑心而已。在宫中日子久了，听那些老宫女们议论得多了，眼见癸水推迟了十余天未至，清晨洗漱时又觉喉嗓间不适，才猜测是不是有孕。

无双、九儿等人都还是女孩儿，纵然发现我经期失常，也未必便能想到这里。若不是他们拿来那些很可能危及胎儿的药膏来坚持叫我涂，一时之间，我也没法向人说出口去。

到底算是喜事吧？

不久以后，我会有一个孩子，也算有一个家了吧？

我不觉抬起头，望向唐天重。

他已不见了怒意，安静地望着我。见我抬头，便微笑，然后凑过唇来，在我额上亲了一亲。

"夏天吧？"他的手掌温柔地覆在我的小腹上，轻轻地说着，好像怕声音高了，会惊醒腹中沉睡的小小胎儿。

我也不禁微微地笑了："是啊，应该是……明年夏天吧！我们会有一个孩子了！"

他便将我从榻上捞起，小心地抱到怀里，在我耳边低低叹道："有一个我们的孩子。很好。"

这一刻，他的臂腕都是柔软的。

伏在他胸前，我听到了他不规则的心跳。

许久，许久，还那么不规则地跳动着。

我原就不是喜欢无事出门乱逛的人，顶多饭后在莲池附近小道上散散步而已，唐天重的禁足令对我来说可有可无。倒是每日不用再陪着他去书房，这漫漫长日的，的确有点无聊了。

我在南楚深宫待了三年，经过历过的并不少，知道有了身孕，便保持了素来早睡早起的生活习惯，安安静静地养着胎。因没有太强烈的妊娠反应，连吃喝也不挑剔，倒也让身边侍奉的人省心不少。

无双她们闲得也无聊，给唐天重裁了两件衣服，又找了许多颜色鲜艳的锦缎来，说是要做了给未出世的小公子或小小姐穿。

我过去瞧时，她们已在商议着要做几个肚兜，绣上婴儿常用的百子迎福、百子戏春、如意万字等图案，说是喻意吉祥，花样讨喜。那些绣活倒是我从小就学过的，便把那质地柔软的选了几样，自己也动手做起小孩的肚兜。

这日唐天重回来时，我已经拿了一个水碧色的小肚兜，正往上绣着花样。

他端着茶盏走到我跟前看了半晌，说道："绣的是荷叶？"

我笑道："当然也要绣两朵莲花。双花双叶又双枝，喻意也好。"

唐天重问："什么喻意？"

我迟疑一下，笑道："算算日子，差不多会在莲花盛开的时候出世，先绣上个莲花肚兜等着他，岂不吉祥？"

"莲……"他的笑容益发柔软，丢了茶盏从身后将我拥住，低低说道，"这孩子注定了与莲有缘。他的爹娘在莲畔结缘，在莲池相守，日后他也必定会在莲榭出世。便取个小名叫莲儿吧，不论男女，都可以用这个名儿。"

"与莲有缘，莲儿……"

我神思一恍惚，依稀又见到那浅色衣衫的少年持了卷书，笑容明净地站在盛开的一池莲花畔向我凝望。

忙不迭将他从脑中驱赶过时，却又忍不住想，若是他，断然不会问我双花双叶又双枝是怎样的喻意了。

这种扫兴的问题，也只唐天重这样一心扑在攻城伐地争权夺势上的蛮横男子才会问。

但他对我到底还是温柔的。

此刻，他便贴紧我的面颊温柔地亲吻着我，一声叹息听来居然很有些幽怨："可惜……可惜太医说你身体弱了些，劝我这几个月别碰你……真是难熬……"

从唐天重口中听到这样的话，简直让我哭笑不得，随口道："那你找别的姬妾去吧！"
话未了，耳边一阵剧痛疼得我叫出声来。
他竟狠狠在我耳垂上咬了一口。
早避到一边的无双、九儿等闻声赶过来看时，唐天重已若无其事地回到了他的书案前，翻起了几处送来的军情报告。

找着机会时，我暗中讯问九儿。她却是不禁吓，一听提到信王，立时跪下身来，把什么都说了。
她倒不是信王的内应，而她那位表兄，却是信王最忠实的追随者。
和我与庄碧岚一样，她与她的这位表兄，也是青梅竹马一起长大的。可她表兄家道没落，她的父母便不同意二人亲事。后来她进了宫，她表兄赌了口气也来到京城，深得信王赏识，就成了信王安排在宫中的眼线。
下毒之事，便是信王暗中布置的，为的便是毒杀周帝，以冀引发大周内乱；便是毒不死他，唐天重难免成了头一个嫌疑人，唐家兄弟必然嫌隙更大，早晚也会成了内乱之源；而信王便可趁机举起复国大旗，重建当年的大楚国了。
唐天霄所中之毒，的确是她藏在指甲间，趁着斟酒时弹入酒盏的。当时二人注意力都在我身上，竟没发现她相对生疏拙劣的手法。
她所伺候的秦妃是末帝李明昌众后妃中最痛恨北周南侵的一位，她也深受其影响，并未觉得暗害唐天霄有何不妥，直到发现连累我差点送了命，这才惊慌不安起来，于是等我好容易捡回条命回来时，也便尽心服侍我，希望略作弥补。
我再不知该不该责怪她，只能叹息道："九儿，男人间的这些事，我们还是少参与好。"
九儿那亮汪汪的眼睛已经滚下泪来，哭着说道："我原也不懂这些，可表哥很激动，说什么壮士死知己，一定要我去做，我就去做了。其实心里也悔得很。有时想告诉姑娘，又实在不敢。我也知道这是万死的罪。从那晚陪着姑娘去见庄公子后，皇上其实已经留意到我，平时见我虽是笑嘻嘻的，可背地里却让靳七盘问了几次我的底细。幸亏我家世简单，和信王或庄氏都没来往，家里的人平时老老实实的，又是周人进城后第一批打点财物犒劳周军的商户，并没找出瑕疵来，又有姑娘维护着，这才安然无事。"
"那康侯调你出宫时，皇上知不知道？"
"姑娘走后，皇上还是常去怡清宫，但只要凝霜和沁月服侍，再无人注意到我。康侯让人先把我调到别处宫里混了两天，再领出来，便没人理会了。皇上……大约也记不起我了吧？"
也就是说，唐天霄已意识到了可能并不是堂兄下的手，却也没怀疑到九儿身上。毕竟那日侍酒的侍女不止一个，九儿身家清白，一时猜不到她身上去。便是那夜我只带了九

第二十章 寒轻夜永，归途讵有踪

儿去见庄碧岚，了不得也证明了我信任九儿更甚于其他几位侍女罢了。

我沉吟着再问道："那么，摄政王府里，还有信王的人吗？"

九儿摇头："这个却不知。表哥在皇上清洗后宫侍卫时找了个机会外调了，我来摄政王府前都没见着他。不过……他若有机会见我，说不准又会让我帮忙吧？我现在又能时常见到侯爷，多多少少都能帮上他的忙吧？"

她最后一句，却带了苦涩的反讽之意。我便知她这表哥可能并没把表妹真正想要的东西放在心上。

这丫头平时大大咧咧，没事便笑得没心没肺，怎么看怎么像个开心果，原来也是一肚子的苦水。

果然有心最苦，无心才是真快活。

既已离开皇宫，我和她都就如重生一回，我也不再想追究这些往事，只轻叹道："九儿，随缘吧，也不用强求。"

九儿点头道："我明白。连姑娘这般吃尽了千辛万苦都求不来，何况是我？"

我一时沉默，许久才能淡淡笑了笑："也许，这便是命吧？"

九儿问："那么，姑娘认命吗？"

我抚摸着小腹，感觉着另一个生命的茁壮成长，再想起那个平日里冷漠嚣张，温柔起来却让人疼得揪心的男子，我轻轻地叹息："认命……也许也没什么不好。"

十月廿三，是唐天重的生日。无双等人很是有心，早早预备下了寿面、寿酒和各色果子，并将她们为他裁制的几套新衣也一并放到案上，预备了香烛。

唐天重位高权重，虽不是正经的大生日，又说了一切从简，这日人来人往拜寿贺喜的也不少，前院宴席摆了十余桌，连唐承朔觉得身子略好，都让人搀扶到前厅略坐了坐，喝了两口酒，才又回房去休息。

等他会完宾客，回到莲榭时，已是晚上快亥时了。

他随手翻了翻那些衣衫，问道："你们做的？"

无双看我一眼，笑道："姑娘自然也帮了忙。"

他便点头，将衣衫丢开，抚弄着腰间的香囊，说道："你们倒也细心。只是我这上面的白虎都变成灰虎了，也没人记挂着给我换个新的。"

他说着别人，眼睛却望向我。

我瞥一眼，若无其事道："早该取下来洗洗，换些新的香料进去了。"

无双笑道："侯爷睡时，我何尝没替换过香料？只是侯爷每日都要把这个佩身上，便没机会洗了。"

论起这些东西来，他要找多少没有，偏偏只佩戴这一个，我再无话可说，只是给他

236

这么说着，连眼神也略带谴责的意味，倒似真成了我的错了。

等闲了的时候，也许真该为他再做两个香囊，原也不是什么大不了的事。

虽是有孕，我倒也没太明显的害喜症状，只是比平时嗜睡了些。

这晚睡得正迷糊，忽觉唐天重枕在我脑后的手臂动了下，然后才听到了急促的敲门声。

"侯爷，侯爷，前面派人来传话，说王爷不行了！"

我惊得坐起身时，唐天重也迅速披衣下床，却拍了拍我的肩，沉声道："你先睡着，如果真有什么事，我让人过来叫你。"

我应了，眼见他匆匆离去，再也睡不着，倒是给惊出了一层冷汗，许久都有些头晕无力。

这些日子也常去看望唐承朔，虽知他病情不太妙，但白天看他还出来见过客人，精神应该还好，不知怎么又会突然病得那样。

无双等人也都听说，眼见我睡不安稳，也不敢去休息，只在房中伴着，不时命人去打听摄政王病况。

唐天重不久便命人传过话来，说摄政王暂时无碍，我重身子，又是夜间，先不必过去，安心休息要紧。

我明知他疼惜我，但心下也是不安，哪里能安心卧下？辗转到天亮时才打了会儿盹。

次日用过早膳，我带了无双、九儿过去唐承朔那里。

正院外垂花门两边的庑房里挤挤挨挨都是人，想来必是唐家亲眷或王公大臣派来看望或打听病况的；但正院内却听不到人声，连奔走在回廊间的婢仆侍从都是敛声静气，不敢说话。

听说是我过来，倒是有人飞快将我迎了进去，却没有直接带我去见唐承朔，只将我引在外间，请了唐天重出来。

唐天重神色有些憔悴，但步履还算稳健。他将我拉到一边，轻声道："夜间父亲咯了许多血，精神很不好，刚刚睡着，你有这心也就行了，就不用进去扰他了。"

"哦！"

我应了，想起他素日待我亲近和善，心中也是难过，忍不住便踮起脚尖向屋内探了探。隔着锦帘，自是什么也看不到。

唐天重继续道："近日我可能送你到另一处地方去养胎。你且回去收拾一下，有什么喜欢的都包起来带走，免得临行匆促，日后要时不方便。"

我疑惑："为什么送我去别处？"

唐天重尚未及说，里面飘出一声沉重的呻吟，接着是唐承朔拖长了声音的沙哑问话："是……清妩丫头来了？叫她……进来。"

虽是话语无力，却吐字清晰，显然神志很清醒。

"是我。"我想起他慈和的面孔，眼眶一热，忙应了声，匆匆走过去。

唐天重却皱眉，从后面欲要拉我手腕，我却已快步走到门口，撩开了锦帘，恰避开了他的手。

疑惑地望他一眼，他神色有些僵，然后挥了挥手，由我进去了，才跟着缓步踏入。

唐天祺、陆姨娘、傅姨娘等人正侍立一旁，面上各有忧色，见我进去，只略略点头算是见礼。

唐承朔正卧在床榻上望向我，目光炯然，脸色却是灰白。再近一些，便见那看似炯然的目光也有些散乱，也失去了以往重病之余依然慑人的神采。

"王爷！"

我上前见礼，唐承朔干裂的唇呐了一呐，示意我坐到床边的黄花梨木石心六足机凳上。

看一眼依旧侍立在一畔的唐天重、唐天祺等人，我哪里敢坐下，微笑道："王爷可觉得好些了？要不要我帮王爷捶捶腿？"

唐承朔摇头，忽向后指了指，说道："你们……都出去。我有话……交待给我们唐家的长门媳妇。"

唐天祺和侍立的姬妾侍女都是愕然，只唐天重依然沉静，深邃的目光在我和唐承朔身上一扫，便向唐天祺等人低声道："我们先出去。"

唐天祺等犹自不解，踏出房门前又向我望了一眼。

我自己也是满腹狐疑，眼见房门紧闭了，屋中只剩了我和唐承朔二人。沉重却断续的呼吸声中，混合着涩苦的药味和沉郁的檀香，让周围的气氛压抑得厉害。

"王爷！"

知他已不能进食，我端过案上的清水，取了一旁的棉花蘸湿了，润了润他的唇。

他那脱色的枯槁面庞便渗出一丝笑，感慨地问道："我这一生的路，是不是已经走到尽头了？"

我微笑道："王爷和我的父亲一样，是一世的英雄。"

唐承朔点头："我虽没有死于战场，但也为……也为自己，为大周，筹谋到了最后一天。我……对得起太后，也对得起天霄。"

唐天霄曾说，唐天重迟迟未反，是因为摄政王的原因，我当时还并不完全相信，毕竟唐天重能有今日，最大的原因，是因为他是摄政王才能卓越的嫡长子。

可到了这样的时刻，我不认为唐承朔还有说谎的必要。他对宣太后母子，果然是忠心的。

我也只能顺着唐承朔的话头附和："天下人皆知，没有王爷，就没有大周如今的天下。王爷是大周最大的功臣。"

238

唐承朔眼睛微眯，浑浊的眸子有瞬间的灿亮，仿若顷刻间滑过了金戈铁马的峥嵘岁月，以及江山万里的壮丽夺目。

许久，他慢慢道："我希望……我死之后，这大周朝廷，还是稳如泰山。至少……不致兄弟反目，手足相残。"

我心里剧震，只怔怔地看着这垂死的老人，一时再说不出话。

既然他早就明白儿子的野心，又怎会将自己的权力交出，放任康侯势力坐大而不理？又或者，私心里还是认为，他摄政王的后人，理应和他一样，将大半的天下掌握于自己手中？

唐承朔见我不语，叹道："你这丫头聪明……想来不会不懂得，有时情势逼人，不进则退……天重……亦是身处绝崖，高处不胜寒。我教他二十多年，到底教不会他什么是抽身退步，明哲保身。"

他既说得明白，我也不隐晦，轻身道："侯爷如今……怕是骑虎难下。"

"也怪不得他……"唐承朔眼眸灰蒙蒙的，"我年轻时……比他还不肯认低服输哩……到底，有人能劝我。却不知，有没有人能劝住他？"

对着他慢慢闪出些微希冀的眼神，我默然片刻，答道："我劝不住。"

"劝不住……"他叹着，从枕下摸一个小小的明黄绢袋，递到我手中，"那么，等他兵败如山倒时，你用这个劝他吧！"

兵败如山倒？

我一时有点不太相信自己的耳朵。

随着唐天重在外书房待了一段时间，我对他掌握下的势力还是有些了解的。摄政王府直系部属便掌握了大周近半兵马，另一支驻扎于北都的定北王，手中亦有八万兵马，却是和摄政王几度并肩作战共过生死的，虽不致反了唐天霄，但若唐天重有所动作，绝对会对唐家兄弟之争袖手旁观。

至于唐天霄自己所掌的骠骑将军、辅国将军部下，兵力屡被唐天重暗中削弱，目前根本不足以与唐天重相抗衡。

唐天霄母子，凭什么让唐天重兵败如山倒？

疑惑地接过唐承朔递来的绢袋，却是用丝带缚得紧紧的，里面放着好似半圆形的硬物，一时也不便打开，只低声问道："这里面……是什么？"

唐承朔怅然道："如果真有那么一日……你打开看了，便明白了。我只盼着不会有这么一日啊！"

他说得半吞半吐，我也听得迷糊，正想着要不要追问几句时，外面忽然传来匆促的脚步，接着是唐天祺高声在外通禀："父亲，太后来了！"

"太后……"唐承朔失神，眼睛直愣愣地瞪向前方，好一会儿才喃喃道，"我只当……我只当她非得等我死了才来看我呢！"

我不敢接话，正要告退回避时，唐承朔指着床后的屏风，向我示意道："你先……避一避，不用出来……"

宣太后来见垂死的摄政王，怎么着也会有许多机密大事要商议，我再不明白唐承朔叫我藏着做什么。

走到屏风后，才掩好身体，便听唐承朔咳了一声，清了清嗓子，慢吞吞说道："请太后……进来吧。"

一时门开了，唐天重、唐天祺兄弟果然亲自引了宣太后进来，屏身静气侍立一侧。

宣太后扶了一老宫女的手，缓缓踏入房来。

她未着盛妆，眉目虽不失以往尊贵美貌，却已憔悴得多，眼睑下方有脂粉不曾掩去的青黑眼圈；穿戴也是普通，隐杏花纹的深青衣衫绲着暗金的边，一根素银长簪绾起如云的长发，只在簪顶上镶着枚拇指大小的明珠。

"你来了……"唐承朔并不客套，只是那轻噫般叹息着。

"我来了。"

宣太后微笑，神情却有些飘忽，走到唐承朔床榻边时，便有一滴两滴的泪珠滚下，簌簌地落到前襟。

唐承朔叹道："我前儿又梦着晴柔了。我梦到……我们刚认识时在草原上骑马，晴柔想跑到最前面去，却摔下来了。我们俩一起喊她，小宣……"

"小宣……"宣太后喃喃地念着，"是啊，那时，大家叫我大宣，叫妹妹小宣……草原的天空，比北都的蓝，比北都的高，更比北都的清澈。我本以为……本以为我们可以那样快快活活过上一辈子。"

"晴婉……"唐承朔的眼中，也慢慢涸上了水雾，呻吟般唤着，"如果当年我深入北赫时不曾误传死讯，那我们又会怎样呢？"

"会怎样……"宣太后坐在我原先坐过的那张六足杌凳上，执了唐承朔枯干的手，恍惚道，"我大约不会是太后，你也不会是摄政王。"

听得二人的话题越发私密，随着宣太后前来的老宫女已向唐天重兄弟打着手势，示意他们回避。

唐天重慢吞吞落在后面，面对长辈间泪落涟涟的生离死别，他的勠黑眸子幽谷深潭般平静无波，看不出任何悲喜。只是想起他曾那般毒骂他的太后姨妈，这种平静着实令人心悸。

临踏出门时，他的目光若有若无，往我这里扫了一下。

他自是知道我还在屋里的，而这屋中最易藏身的，便是眼前这面四开的山水屏风了。

老宫女关了房门，却自守在门口，望着眼前落泪的两个人，竟也红了眼圈，拿着丝帕出来拭泪。

我再不知唐承朔留我下来，打算告诉我些什么事，也只得屏声静气，从乌木的棂格间留心观望着。虽不晓得这两人间究竟发生过什么事，此时只觉满屋的气氛悲伤压抑，似沉睡了多少年的情绪，都已积压到了某个界限处，即将喷薄欲出。

只闻唐承朔叹道："晴婉，我终究是不甘的。那道死讯，分明就是皇兄令人传出，而你竟如此匆促便嫁了过去。纵是你父母有你父母的打算，你自己便不曾……好好思量过吗？你只怪我摄政后凌迫你，却不知……却不知我都恼恨多少年了……"

宣太后将袖子掩着唇，似在努力咽下伤怀，沙哑地哽咽道："我明白……我一直都明白……可先帝驾崩后，你是什么身份？我又是什么身份？何况……还有晴柔。若不是你总入宫来，她怎么会走上那条绝路？"

"晴柔……"唐承朔叹道，"我想娶的，并不是她。她也清楚我心思，便是待她再好，也是难免有心结。我对不住她，也不怪天重他……唉！晴婉，天重那孩子，你需多担待些。"

"天重……"宣太后仿若伤心，又仿若愤怒，加重了声调说道，"其实……我倒盼他能多多担待我们母子。"

唐承朔笑了起来，却笑得阵阵咳嗽，惨然道："你不信我。你从来便不信我。若有机会，你也会如晴柔那样极端吧？其实……这么多年，你也在伺机想杀我，是不是？"

"不是！"宣太后终于克制不住般哭出声来，"死生契阔，与子成说，执子之手，与子偕老。草原上的誓言，你当我忘了？可世易时移，我已有夫有儿，宣家同样必须借着我们兴盛门楣，可晴柔出事前，你总是步步紧逼，叫我又能如何？"

唐承朔脸色愈见灰白，眼底神采涣散，咳嗽着点头："罢，罢，我从来都在疑心你，何况你一个妇道人家，又怎会不疑心我？只是……今日我死了，你便安心了吧？"

话未了，他的身体猛地前倾，在宣太后的失声惊叫中，殷红的鲜血大口大口喷出，淋淋漓漓沾了宣太后满身。

我在屏风后掩着口，也差点呼出声来，只是身份特殊，再不敢走出来。

"承朔，承朔！"宣太后竟不嫌脏，俯身便将唐承朔抱住，慌乱地用自己的手去掩他的唇，仿若用手去掩住了，便能让他止了吐血一般。

她贴身的老宫女也慌了，一边过来帮着收拾，一边已高声呼唤道："快来人，快……快传太医……"

外面早有太医一直守着，但闻一声叫唤，便急急跟在唐家兄弟身后奔入。

唐天祺不似其兄性子冷淡，一见父亲模样，立时迸出泪来，冲上前便要去扶抱唐承朔。

宣太后居然没有让开，依旧紧紧抱住唐承朔的脖颈，拿自己洁净的袖子去擦他唇边不断流溢的鲜血。

唐承朔闭着眼，胸口起伏着，却已连话也说不出来了。

"承朔，醒醒，承朔……"

那个从来都高贵优雅不动声色操控时局的宣太后，紧紧拥着跟她合作了十年也猜忌了十年的盟友兼政敌，再也顾不得屋中已经奔入了一群外人，竟是痛哭失声，再不肯放开分毫。

那样绝望而苍凉的悲泣，仿佛剥开了平时坚硬而华丽的面具，勾起了各自内心所有深埋的隐痛和酸楚，浓浓的哀伤顷刻潮水般涌起，蔓延了整间卧房。

不知不觉间，唐天祺已跪在父亲床前，咬着唇一滴滴地掉泪。几名侍姬不敢近前，早已咬着帕子哭成一片。几名太医陪着擦眼睛，却不敢走到近前拉开宣太后为唐承朔诊治。

我正掩着唇落泪时，本来沉默站在唐天祺身畔的唐天重已走到宣太后跟前，一伸手，便将唐承朔从她怀中扶起，礼貌却疏离地说道："太后，先让太医给父亲诊治吧！"

"天重……"

宣太后似有几分无奈般唤了声姨侄的名字，才在宫女的搀扶下勉强坐回杌凳上，双眼却依然盯着唐承朔那失去生机的面庞，眸光已是迷离一片，宛然就是个即将失去亲人的可怜女子，再不见半分母仪天下的尊贵和威严。

唐天重却似根本没注意她的可怜模样，淡淡地向太医道："还不过来看病？"

几名太医应了，轮着上去诊了脉，脸色也灰了下去，悄悄儿地向后退着，面面相觑着一时不敢开口。

唐天重浓眉皱起，沉声喝问："怎样了？"

太医脚一软，已先后跪倒地上，抹着汗磕头："侯爷……微臣无能，微臣万死！"

唐天祺立起身来，一脚便将离自己最近的那名太医踹翻在地，喝道："你们可以万死！万死之前先把我父亲救回来！"

太医给踹倒在地，忙忍着疼又跪起身，磕着头不敢说话。

"行了！他们……也尽力了！"

唐天重喝止弟弟，转头望向陆姨娘等侍姬。

陆姨娘等何等有眼色，急急上前侍奉，又有人去取热水，预备给摄政王擦洗身体。

唐承朔仿佛被周围的闹腾惊动，手指微微屈了一屈。

唐天重急蹲下身，轻轻唤道："父亲！"

唐承朔眼睛睁开一线，空茫地转着眼珠，向唐天重伸出手，喃喃地唤道："晴柔……"

唐天重忙握住父亲的手，倾下身低唤道："父亲，我是天重。"

唐承朔嘴角欠了欠，仿佛是个笑容，却依旧唤着："晴柔……终是我……对不住你。"

唐天重终于动容。

他低下眼睫，嗓间带了哽咽："父亲，母亲不会恨你。"

唐承朔不应，松开唐天重的手，又向侧面伸出。

宣太后身体在颤抖，手指动了动，却没敢伸出，只试探着轻问："承朔？"

唐承朔便噫叹着，慢慢道："晴婉……我知道你在等我。我从远方回来，还会听到你唱歌……你说，唱给我听的。"

宣太后颤抖的手指覆到唐承朔掌心，唐承朔安心般吐了口气，轻声道："是你，晴婉。呵，我听见了，听见了，你又在唱了……"

唐承朔将宣太后的手握了握，然后缓缓松开，再没了声息。

一室号啕中，那失去情人的叫晴婉的女子，却没有哭。

她哑着嗓子唱起了歌：

阑干掐遍等新红，
酒频中，
恨匆匆。
投得花开，
还报夜来风。
惆怅春光留不住，
又何似，
莫相逢。

月窗何处想归鸿，
与谁同？
意千重。
婉思柔情，
一旦总成空。
仿佛么弦犹在耳，
应为我，
首如蓬……

当年，一定有一个俊秀挺拔的男子从远方归来，站在心上人的窗外，听她唱着这首歌。

那时，天一定很高，很蓝，男子的眼睛一定很明亮，很温柔。

他唇角噙着最深情的微笑，走向他的情人，轻轻地，轻轻地唤着她，晴婉，晴婉……

怨别离，恨东风。

婉思柔情，一旦总成空。

第二十章 寒轻夜永，归途讵有踪

第二十一章　离人何处，辜负好韶华

其后的事，史官记载如下：

嘉和十一年十一月廿三，大周摄政王唐承朔薨。帝大恸，为之辍朝三日；同月，太后亦得急症，病卧于德寿宫。帝朝夕问疾，侍于床畔，却得急讯，摄政王之子唐天重谋反，已兵围内廷，逼其禅位。

我在唐承朔大殓当日便被送出瑞都，安置在距瑞都百里开外的一处叫饶城的小小城池。

临行前，我到底设法去了小厨房一次，将那九龙玉佩交给张氏，并让她转告四个字：各自珍重。

玉佩上，扣着我悄悄编的一枚明黄缨穗，双龙抢珠的图案。

唐天霄早知堂兄野心，其实也未必需要我的提醒。但于我，已是尽了我的一份心。

从此，便不得不各走各的路了。

不论对错，不论胜负，我都不得不站在他这边，以他的女人的名义，共同承担所有的后果。

待在摄政王府的最后一个夜晚，唐天重到子夜时分才风尘仆仆地赶回来。

没办法知晓他在怎样地安排部署，调兵遣将，但他卧到身畔时，在刀剑丛中久呆所形成的如锋刃般的气息还是无声无息地袭了过来。

这身过于凛冽的气势，曾让我畏之如虎，但相处得久了，我只是皱了皱眉，向里侧让了一让。

他却不容我离得更远，向前凑了一凑，将我紧紧地拥在怀中，低声道："以后我们只怕有好长一段日子见不着面了。你可会记挂我？"

我叹道："侯爷若愿意，可以日日和我相伴。"

唐天重嗅着我的发丝，略嫌粗糙的手指柔软地在我面庞轻轻抚摩，说道："日日相伴……等我带你走到这天下的最顶端，我会与你日日相伴。唐天霄可以给你的，我可以给你；唐天霄给不了你的，我也可以给你。"

我苦笑不语。

唐天重观察着我的神色，忽又问道："父亲那日叫你进去，说了些什么？"

他也算能忍，到这时候才问起。我早在心里掂量了几日，趁机说道："王爷……也猜到了侯爷的心思；只是他似乎很不想看到你们为了皇位手足相残。他并不认为你能成功，让我劝劝你。不过……只怕侯爷并不会听我的劝吧？"

唐天重盯着我，并不回答我的话，只是接着问道："还有呢？"

我犹豫片刻，说道："他似乎还想告诉我一些事，不过那时候太后来了……他们提到了老王妃，但说得也含糊。王妃她……并不是病死的？"

"病死？"唐天重冷笑起来，"那年我已十四岁，岂是他们可以随便糊弄的黄口小儿！清晨好好入宫，到傍晚竟还了我一具冰冷的棺木！父亲和宣氏早有旧情，凡事都维护着她，竟不肯让我开棺见母亲最后一面！"

也曾偶尔听过摄政王和宣太后的暧昧流言，只当是捕风捉影的事。如今我才明白，原来竟是真的。不仅少年时曾是情侣，武帝驾崩后，唐承朔也曾借摄政之机凌迫太后，甚至留宿宫中。

如果王妃是和唐天重一样痴绝刚硬的性子，面对亲姐姐和夫婿的不伦之恋，任何出格的举动都不足为奇。

果然，唐天重继续道："母亲出事前便常失神，有一次便曾告诉我，若她有一日死于非命，必是太后所害。所以我立刻派人打听当日宫中的情况。她们曾在德寿宫争吵过，连在宫外的太监都曾听到母亲的惨叫，后来宫内宣过太医，可等母亲棺木送回时，被宣召过的太医暴毙身亡；跟随母亲的侍女也失踪了。我打听了好久，只能确定母亲是被人害死的，死时满身鲜血……"

被人害死……

回忆起唐承朔和宣太后提起王妃时的负疚，我大致也能猜到，王妃那日必是去宫中与姐姐理论，多半还曾有过冲突，才会惨死当场。

怪不得唐承朔虽不愿意唐天重越来越放肆，却也不忍阻止唐天重一意孤行，不惜一切地扩展自己势力，直至将真正的帝王逼得喘不过气来。

提到母亲的死，唐天重眸子明显黯淡下来，压抑已久的悲怆和忿恨让他握着我臂膀的手青筋凸了出来，却只将我拥得更紧，小心地不让自己手上的力道再把我捏伤。

"父亲对她不错，可内心却只有宣后那个贱人，母亲……过得很苦。清妩，你知道吗？

母亲被害后的最初一两年，我每晚每晚都睡不好，一闭眼便看到母亲满身鲜血向我哭泣。我时常到母亲坟上祭拜，企盼能让她安息；我发誓我会为她报仇，利用父亲走到至尊地位的那对母子，也将随着父亲的逝世失去他们本不该拥有的一切。"

他的心跳得很快，眉眼并没有因为凌厉的话语而显出逼人的煞气，反而浮泛着让人心疼的悲怆和孤单。

我不由得伸出手指，描绘着他那浓黑的眉，微凹的眼，叹道："可报了仇，踏着你姨妈和堂弟的鲜血走上皇位，就能让你开心？"

"开心？"唐天重的眉在我指下皱起，我的指腹便微微地痒，"每次从战场上染了一身鲜血回来，每次看着他们母子不得不由着我掌握越来越多的兵马，越来越多的权势，我便觉得痛快！痛快极了！开心……只有半夜醒过来看到你在我怀里时，我会很开心，也会很安心。"

我的指尖顿住，对着他如有什么即将倾出的黑眸，竟是无语凝噎。

好久，我才能压着胸腔涌出的滚热的一团，温柔笑道："那么，可不可以为了那份安心，别再去求什么痛快？"

"哦！"唐天重眼底仿佛有东西氤氲开来，却很快散去，再度幽深如潭，"其实……你还是不想我伤了唐天霄吧？他从不会如我这般逼你迫你，也不会如我这般算计你，是不是？"

他的呼吸很炙热，扑在脖颈间并不舒适。

我缩了缩头，叹道："你为什么不想着，我是担心你出事？你便确信，一切都在你的掌握之中，连大周的天下，也已在你脚下？"

他眼中又有漩涡，似要将我吸入，正让我有些不安时，他已一覆身掩到我身上，唇已吻了过来。

我下意识地忙护住小腹，才发现自己的担心是多余的。

他小心地将我身体半侧过来，大手温柔地在腹部微凸的部位抚过，才渐渐往别处游移。

"三个多月了。"他的嗓音沙沙的，带着难言的饥渴，"太医说，你近来身体状况颇好。"

我有些喘息，仿佛他的炙热呼吸传递到了我身上，肌肤有微微烧灼的烈意。

他的唇形并不好看，略方了些，弧度不柔软，却很配刚硬深邃的面部线条，混合成一种……同样让人倾心的男儿气概。

我抬一抬头，亲住他正在颊边流连的唇，温柔地深深吻住。

他仿若呻吟一声，动作顷刻激烈，唇舌间的肆意，仿佛要将我的气息尽数吮去，而我已无法呼吸。好容易等他放开我的唇，我才能深深地吸了口气，整个人却还在那样抢掠般的亲吻中眩晕着。

这时，只听他很是难堪地向我说道："清妩，我耐不住。"

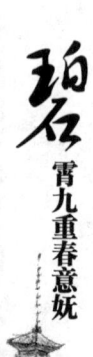

竟是带着些孩子气的低低央告。

我赤红着脸,悄无声息地为他松了腰带。

他也是血气方刚的年纪,但至少将我带入王府后再未碰过其他女子;其实……我似乎也不希望他像亲近我一样,去亲近别的女子,哪怕是我不在他身边的日子。

我闭上眼,抚着他结实的肌肉,默默地享受那很充实也很安心的感觉。

他虽不满我为唐天霄说话,却还会把我的感受和我们孩子的安全放在第一位。

纱帐上天水碧的兰草银纹水波般荡漾着,起起伏伏;薄衾上一对对彩蝶翩翩嬉戏,追逐竞飞于鲜艳多姿的百花丛中。呢喃暧昧的呻吟细切低促,连透过帐帷的灯影都敷上了流丽的艳色。

"天……天重……"

缠绵到极致,我痉挛着躯体忍不住喊出声时,唐天重也发出了猛兽般的低吼,然后握紧我双手,从身后半压着我,久久不肯放开。

略略缓过神,我侧过头,看到了他汗津津的面庞,黑亮的眼眸水晶般通亮透明,温柔而沉醉,让人见了,也不由得醺然欲醉。

我拿手擦了擦他的汗,微笑道:"侯爷,早点歇息吧!明天还有事呢!"

他哼了一声,不悦道:"你方才还唤我天重,怎么这一会儿,又改了口?"

我怔了怔,恍惚想起被他引领到那身处云端般的快乐源头时,好像真的唤出了他的名字。

可寻常面对着他时,他更像那个高高在上如主人般操控我生活的康侯,而不是和我平等的朋友或爱侣。

我只是下意识地觉得,叫他侯爷,也许更切合我们彼此的身份和地位。

迟疑片刻,我僵笑了一下,道:"方才忘情了。侯爷的名讳,并不是我该唤的。"

唐天重慢慢抽离我的身体,脸色已经不那么好看了。

他道:"你总是刻意疏离我。我再怎么取悦你讨你欢心,哪怕让你怀了我的骨肉,你还是满心满眼只有你的庄碧岚。如果庄碧岚有一天封了侯封了王,我就不信你对着他也能叫什么侯爷王爷!"

都主动和他亲昵了,我何尝疏离他?

又要我亲密地唤他天重,又这样居高临下地指责我不够专一,他还真难伺候。

我无奈地眨了眨犯困的双眼,轻声道:"侯爷,早些睡吧!"

唐天重沉默,两眼已不复原来的清澈通透,又像暗藏激流的深潭,倒映着我带了倦意的面容。

许久,他冷淡道:"不论我是输是赢,你都别想再到别的男人身边去。便是我死了,等你产下孩子,也会有人送你下地狱陪着我。"

我盯着帐顶的承尘，苦笑。

宝蓝锦缎所制的承尘上，精绣着仰首阔步的神夒，旁若无人地咆哮着，一意孤行地在海岛边奔跑。

风雷四起，不进则退。

我到底是左右不了的了。

我只在唐天重终于沉睡后，悄悄从枕下取出一枚白天刚刚做好的香囊，替换下原来那枚白虎的。

绣的还是貔貅。

我喜欢这种性情凶猛的瑞兽，据说它能保平安，解冤煞。

唐天重什么时候起床走的，我并不知道。

但我知道，他带走了那枚放在他衣衫上的貔貅香囊。

被送到那个防守明松暗紧布满王府暗卫的饶城后，无双才有空把那个白虎香囊清洗了，重新灌入香料。

"姑娘，你一定不知道吧？"她笑嘻嘻地拿了香囊给我看，"那日侯爷走的时候好开心的，把那只貔貅香囊捏在手中，翻来覆去看了好久，才舍得挂到腰间去，然后傻子一样站在床前，看着姑娘，直到外面有人来催，才一步三回头地离开。"

我接过香囊闻了一闻。到底他佩了许久的东西，虽是清洗过了，龙脑、兰芷的芳香中，还是有着属于他的阳刚稳健的气息。

无双继续道："他出了门，还又把我叫出去，让我们夜间轮着伴姑娘睡着，警醒些照顾姑娘，别让姑娘半夜里腿抽筋都叫不着个人。"

他倒还记得。

其实并不是什么要紧的事。胎儿渐渐大了，虽不是太挑食，总会有些孕期症状。

我的脚开始有点肿，前几天夜间还曾被腿部的抽痛惊醒。唐天重被我的呻吟惊醒，一边帮我揉捏着，一边唤了大夫诊治，也说孕期腿脚抽筋并不碍事，只要多吃些骨头汤，每天晒晒太阳，便能缓解些。

虽如此说了，唐天重还是不放心。我记得他宽大的掌心，那样一下一下地摩挲在抽痛僵硬着的腿腹处。直到我睡着了，梦里还能觉出那温暖的温度，一下接着一下，熨到了心底深处，竟是如此妥帖和安心。

唇间不觉泛出微笑，我抚着小腹问道："那些颜色鲜艳的布料，有带过来吧？待会儿抱过来，我再给小家伙做两件小衫子。"

无双"啊呀"一声，笑道："姑娘还想着做呢，我看着姑娘这才怀了三四个月，已经做了三个肚兜，两个褯裤。其实不用急的，那些布料还不知给压在哪个箱子底下。倒是

248

预备给侯爷的衣料还有些。虽说王府绣娘多的事，可我瞧着侯爷也挑剔，一直只穿着咱们给裁的衣裳。"

我微微失神时，无双已道："姑娘若是觉得闲得慌，不如拿了那些衣料先裁了打发打发时间？侯爷回了家，若是见姑娘为他做了衣裳，一定欢喜得很。"

"哦！"给她这么一说，还真觉得百无聊赖，心里空落落的。

似乎，已经习惯了每天等着唐天重，一日复一日，即便他当天有事回不来，早晚会听到他派人传来的消息，回家，或不回家。

家……

我怔忡了一下，打量着周围和莲榭很是相像的风格布置，忽然便觉得，也许我真的该为他做几件衣裳。

哪怕只是挂着，看着，便能想得到他早晚会回来。

他会回来的地方，便是能让我安心的地方，便是……我的家……

我不由得抿了抿唇，微笑道："那么……拿那些衣料过来我挑挑，看有没有合适的。"

我都怀疑无双是不是早就等着我这句话了。

明明身在相对偏僻荒芜得多的小城，无双却能很快找出许多各色的上好锦缎让我择着，生怕我挑不着，又反悔不愿替唐天重做了。

瞧来我也是个不能让他们安心的人。

哪怕，我日夜生活在他们的眼皮子底下，并用最大的热忱守护着我们共同的骨肉。

日子如流水般悄然流逝。习惯了安静，却渐渐不太习惯寂寞，渐渐连指尖的针线和唇边的笛音都有了种无可奈何的黯然。

秋去冬来，在这座陌生的小城里迎来这年第一场雪时，我已经亲手做好了三套唐天重的衣衫。从中衣、中裤、中单，到外袍、棉衣、披风、云氅，俱收拾得齐整。

无双便和我商议："要不要先派人送过去给侯爷？这节气也冷了，现在送过去正合适。"

我沉吟道："战乱频仍，想送到他手上……也不容易罢？"

无双笑着劝慰："既然能传话，送东西也不难的。便是正打着仗，顶多拖个几天，姑娘就放心吧！"

这饶城看来只是个普通的小小城池，但无双曾告诉我，饶城城池经多次修建，已经很是牢固，加上三面环山，又有众多暗卫潜伏，协助着由唐天祺直接指挥的两千驻军，易守难攻；加上三十里地外就是唐天重麾下一支重兵所在的营地，若有变故，驰援旦夕可至。

只是这里不比京城的摄政王府消息灵通，无双遣人报声平安，往往到十余日后，才有人辗转传来唐天重的话，竟也只是"平安"二字。

至于这大周的天下到底给他闹成了什么样，我竟一点也打听不到。连无双也是茫无

第二十一章 离人何处，辜负好韶华

249

所知，只是猜测唐天重当日兵围内廷并没有成功，应该和唐天霄彼此对峙，暂时处于胶着状态了。

我有些疑心唐天重是刻意隐瞒战况，以免我不能安心养胎，或许也在担心他一时占不了上风，我会不会又打算离开他回到庄碧岚身边去。

没办法改变他的多疑，我只能领受他这片好心。只盼他收到我叫人送过去的衣裳，也能领受我这片心，至少不再动不动便疑心我会离他而去。

无双说道："姑娘不写封信捎过去么？"

我把新绣的一个香囊和原来的白虎香囊一起塞到包袱里，说道："有什么好写的，他神通广大，自是明白我这里好着呢！"

无双笑道："如果侯爷看到姑娘肚子这么大了，又看到姑娘肯为他这般费心，一定开心得很。他在外面给绊着回不来，只怕比姑娘还不安心，日夜担心着姑娘会不会把他丢到脑后呢！"

我沉吟，然后取来纸笔，铺开一张白纸，写下前人的一阕词。

"九张机，双花双叶又双枝。薄情自古多离别，从头到底，将心萦系，穿过一条丝。"

意思其实很浅显了，可唐天重素来只读兵书，粗通文墨而已，于诗词律令上并不用心，天晓得他看不看得懂。

待把唐天重的衣裳书信等物派人送出去，心里还是空得慌，遂又让无双她们找了适合孩子所穿的布料来，让她们围着暖炉一起挑挑花样，裁裁衣裳。

其实这样的大冬天，在暖和的屋子里为孩子预备着东西，感觉着他在腹中偶尔的拳打脚踢，想象着他的模样，眉眼也会在不知不觉间舒展开来。

真想不出，这孩子的容貌会如我这般五官清秀，还是如唐天重那般线条刚硬，轮廓分明，性情会是如我这般安静温和，还是如唐天重那般沉着稳健。

明年莲花绽开的时候，我便能见着他了。

如果到时唐天重平安归来，见着我们软软小小的共同宝贝，那时常紧绷着的面庞一定会飞快地柔和下来，微带痴迷的轻笑也一定会忽然如孩子般无邪。

他自有他令人珍惜的可爱之处，只是有机会感觉出的人，实在太少了。

唐承朔很疼爱他这位嫡长子。可惜，他了解他的心思，却没法加以开导。那份交织着愧疚和不安的纵容，只能让唐天重在满怀郁愤中越走越远，越来越无法回头。

闲来带了无双、九儿等人散步，便是走到二门外也无人拦阻。无双怕我久在屋中坐着对胎儿不利，甚至劝我多到外面走走。

可只要出了二门，便能感觉出守在外院的暗卫们的刀光剑影闪动，分明是如临大敌的气势。

偶从围墙上半旧的雕花窗棂往外张望，相邻的也是高门大院，宅第深深。

想来外人看来，这座半新不旧的深院不过是小城中众多富家院落中的一个，绝不惹眼。但它内部防守之严密，已经远远超出别人想象。

据无双所说，小城内外都是摄政王府的人马，唐天重自己虽然战事缠身分身乏术，但唐天祺每隔数日便会暗中前来检查一次附近的防守状况。

据说，为保万无一失，向唐天霄用兵前夕，唐天重将自家和若干亲近支系的家眷迁出了瑞都，其中一半以上安置在了饶城，不少是一家人或亲近些的亲友安置于一处，因城内外防守已很是严密，只会派几个暗卫保护着。而我竟独占了一所大宅院，防守也森严，竟有上百个身手极好的暗卫轮班日夜守护着，兢兢业业，唯恐出半分差错，便可见得唐天重对我和孩子的看重。

这里完全是唐家兄弟的天下，曾和庄氏、信王有所联系的九儿已经完全无从得知外界的状况，问了无双多次，到是年腊月中旬，才打听到些可能早已滞后的消息。

唐天重发难，发檄文指唐天霄荒淫无道，并兵围内廷，迫其退位，但唐天霄早有预备，竟提前带了宣太后撤出京师，同时传下圣旨，召天下勤王，斥康侯唐天重谋反，毁了摄政王一世忠名。大将军沈度、骠骑将军谢翌、辅国将军周绍端俱在第一时间举起保皇大旗，护在了唐天霄身侧。

本来以他们的力量，并不足以与唐天重所调集的二十万兵马抗衡；可此时本与摄政王府交好的定北王宇文启忽然也宣布勤王，并即刻将对抗北赫的大军调出一半前来江南，助唐天霄一臂之力。

且不说四万兵马在双方此消彼长的势力中影响有多少，单就定北王在军中仅次于唐承朔的崇高声望，便足以让人心动摇。原先摇摆不定的老臣固然找到了自己忠于先皇嫡嗣的理由，部分原忠心于摄政王府的武将也开始犹疑。本来胜券在握的唐天重，即便占了瑞都，也没法再占据绝对上风，被迫立了先帝幼子福昌王为帝，自己亲身在外领兵，试图灭掉他素来瞧不上眼的唐天霄。

可唐天霄的势力没有他想象的那么弱，唐天霄本人也比他所预料的要聪明不少，他们之间的战争，只怕朝夕之间无法分出胜负。

看来唐天重连过年也无法过来瞧我一眼。

羊皮小靴咯吱咯吱踏在院内的积雪上时，我望着灰茫茫的天空，问向无双："侯爷以往可曾得罪过定北王？"

"没有。"无双疑惑着，"宇文王爷一向欣赏侯爷，我几次听说，这位王爷对摄政王赞不绝口，还说想认侯爷当干儿子呢！谁知道这人是不是老糊涂了，这会子居然帮着皇上对付我们家侯爷。唉！"

我依稀猜得出定北王一反常态的原因。

定北王欣赏唐天重，可更是唐承朔的生死之交。如果唐承朔去世前有所嘱托，一定会遵照唐承朔的心意行事。

于公为了大周，于私为了宣太后母子，唐承朔竟一手将爱子从帝位推开。

但他所说的兵败如山倒，应该还不至于吧？

我摸了摸贴身藏于怀中的半圆形物事，再摸了摸也快成半圆形的小腹，忽然便觉得，只要他平安，一时回不回来探望我，倒也不是什么太要紧的事。

可我是什么时候开始，这般盼望他能回到我身边来，安安静静地守着我，守着我们的孩子？

如果我能亲自养大我们的孩子，我一定会告诉他，兵戈纵横，戾气冲天，远不如携手同老，笑看夕阳。

指缝间滑过的岁月安静如乡间的清溪，连流动也是不知不觉的。

转瞬，还有七八日便是除夕了。

我虽勉强算是有了家室的女子，只怕还是得和去年身在冷宫一般，一个人孤凄凄地度过了。抬眼看到枕边刚刚绣好的一件小小的百子肚兜，紧跟着腹中我那小家伙不轻不重地踢了我一脚，仿佛在提醒着我他的存在，不觉便扬了唇角。

用肚兜滑软的缎子抚着被他踢得凸出一块的地方，我轻轻道："乖，和娘一起睡觉吧，长大了娘就生你出来，给你穿最漂亮的小衣服。"

凸出的一块果然慢慢缩了回去，我仿佛看到那懂事的小家伙听话地缩回小脚的可爱样子，不觉笑出了声。

伴我睡着的无双嘻嘻地笑了起来："如果侯爷在这里，瞧着姑娘这模样，不知要怎么欢喜呢！"

抚着小腹，感觉着小家伙健康的心跳，我温柔地呢喃道："他总不听我的话，我才不管他欢喜不欢喜呢！我只要我的小家伙欢喜就行。"

无双嗤笑道："姑娘虽这么说，可我知道如果侯爷这时回来，姑娘不知会欢喜成啥样呢！"

咦，她倒成了最了解我的一个了！

懒得多思多虑伤元气，我搂着柔软的百子肚兜，仿佛触着了我孩子柔嫩娇弱的肌肤，不觉微笑入睡。

听到厮杀声越来越近时，我直觉地认定我在做梦。

在庄家被灭族后，以及周人攻破楚宫后，都有很多的夜晚我会做这样的梦。

不是被追杀逃得筋疲力尽，就是惨叫连连血流成河眼前殷红一片，最后总会被什么

窒住呼吸，满身冷汗地惊醒过来，嗓子哑得快喊不出声。

但不知什么时候起，我再也没做过噩梦。

也许，竟是从那个曾是我噩梦的男子睡到我身畔开始。

模糊中觉得不解时，终于被无双狠命的推拉惊醒。

"姑娘，姑娘，快起床，好像有人攻进来了！"

无双一向理智，但此刻惨白的一线灯光下，她已气色不成气色，满脸的仓皇，连声音都变了调。

惊悸地坐起身，由远而近的厮杀声如此清晰地回旋在耳边，而震耳欲聋的拍门声一下一下似乎击在了胸口，让我清醒着依然透不过气。

"无双姑娘，快叫姑娘起床！有敌人攻进来了！快，快……"

五个多月的身孕，身体已好生笨重。好容易坐起身，九儿等人已奔了进来，七手八脚地帮我穿了衣衫，再顾不得梳洗，便扶了我急急往外冲去。

"怎……怎么回事？"

虽是裹着狐裘，这样从热被窝里乍地冲出来，还是凉得瘆人。打着哆嗦问时，我留意到城中所设的烽火台上，一缕烽火刚刚袅袅而起。

也就是说，连城中的守军，也是刚刚才发现了敌情。

那么，这些攻过来的敌人，到底从哪里冒出来的？

居然从天而降出现在饶城这座地点最隐蔽、防守最严密的院落！

"不……不清楚……"

无双咯咯地颤着牙，一边答着我的话，一边望向九儿。

九儿以前做过什么事，瞒不过无双。除了她，这里的人都可算得上唐天重最倚重的心腹了。

九儿立刻摆着手尖叫道："不是我，不是我啊！"

我忙道："不是她，快走吧！"

如果是她，这会儿早该躲得无影无踪了，哪里还会跑来伴在我身边？

这样说着时，我才发觉自己手中还抓着一样东西。

举到眼前就着黯淡的星光一瞧，才发现是睡前搂在怀里的百子肚兜。

心里暖了暖，我将肚兜藏在怀中，我的脚步仿佛更迅捷了些。

原先只在二门外守护的暗卫早已顾不得男女尊卑的礼仪，四五人领路，五六人断后，急急拥着我和几个贴身侍女向后院隐藏着的侧门跑去。

好在前些日子的积雪已化，虽不敢打灯笼点火把，在无双她们的扶持下，我走得还算平稳。

这里到底是唐天重的势力之下，想来援军顷刻即至。只要出了侧门，获救的可能便大多了。

　　我曾在这里散步了许多回，好久后才能看出这里有道侧门。门扇的颜色和围墙的颜色很是接近，外面更有一排常绿的藤萝掩着，出入口隐蔽，并无门环之类，想是更难被人发现了。

　　暗卫打开门，将绿萝劈到两边，引了我沿着小小巷道往前跑开。我才要略松口气时，但闻身后忽然传来惨叫，忙回头看时，但见稀薄惨淡的星光下，刀光剑影在激烈的碰撞中灼出刺眼的火花，拖曳出的水银色锋芒撕扯出了令人作呕的血腥气。

　　我怀孕时甚少害喜呕吐，但当前方也响起厮杀声，并眼看着一颗头颅贴着我的肩膀飞过，又撞在墙壁上跌落到我脚下时，我不由得脸色惨白，弯下腰吐出一大口酸水。

　　"姑娘，姑娘，怎么办？"九儿急急问我，"这些人……这些人早知道了这道门啦，他们竟伏在这里等着我们！"

　　我看到了。

　　我们被封堵在狭窄的巷道中间，进不得，退不得，就等着被人瓮中捉鳖了。

　　无双眯着眼睛两边看着，迟疑道："这些人……像是内廷高手。"

　　唐天霄的人？

　　但无双立刻又摇头："可他们不可能知道这里，绝对不可能！"

　　不可能的事多了。

　　连我都没想过我没能成为庄碧岚的妻子，没能成为唐天霄的昭仪，却成了唐天重的女人，至今没占任何名分，却已想着为他生儿育女。

　　这群袭击者的人数众多，足是身边暗卫的三四倍。我正惊惧时，忽然听得袭击者中有人说道："宁大小姐莫怕，庄公子让我们来接你回交州！"

　　我身体一僵。

　　连无双也僵住了身体，傻了般望着我，动了动唇，却没有说话。

　　有几滴温热的血顺着夜风飘到面颊，很快地在肌肤上冷却，凝结。

　　我道："如果是庄碧岚的人，就听我的，别杀人了。"

　　那人答道："我们不想杀人，可也不想被姑娘拖延着，等到唐天祺的人赶过来好把我们杀了！姑娘，得罪了！"

　　有数道黑影掠起，越过缠斗的几个人，飞奔下两侧的檐瓦，如巨大的蝙蝠俯冲下来。

　　"别碰我们姑娘！"

　　无双沉默地站着不动时，九儿已伸开双臂，用那双稚细的手腕将我护到身后，向他们叫喊。

　　第一个冲下来的人想也不想，一刀飞快地捅下，但闻很轻微的"扑"的一声，几乎没听到九儿惨叫，便见她晃着身体倒了下去。

"九儿！"

我失声叫着，忙扶住她，搂住她的头。

九儿的眼睛在星光下依然灵动，滴溜溜地转了一圈，才黯淡下去。

她轻轻道："姑娘，我等不着我的表哥了。"

我道："九儿别担心，你表哥一定会回来找你的。"

她笑了笑，酒窝极可爱："我想也是……便是不回来，便是他不是好人，便是他把我也变成了坏人，我也不悔。我总等着他。"

我点点头："我知道九儿一直等着九儿的表哥。"

她叹息着，声音渐渐低了下去："姑娘，我知道我在等谁，你知道吗？"

她的头一歪，娇小的身体便在我腕中软了下去，而我脑中已是一片空白。

她知道她在等谁，我知道我在等谁？

我当然知道。

便是原来不知道，这时候我也该知道了。

我不想走，我不是专一的女人。

我想等的人，竟已不是原来的那个。

仿佛被我凝坐地上抱着九儿的姿态惊着，那些人有片刻的安静，但很快又冲上来，便要来拉我。

"姑娘！"

"姑娘！"

这回，是无双和其他两名侍女冲向前来。

女子的血肉之躯，奔到寒光四射的冷刀霜剑之下。

不等那可怕的水银亮芒闪起，我已高喝道："若你们再杀人，我永不原谅他！"

刀剑顿住，几人相视一眼，忽然改剑刺为掌劈，各各出掌，重重打在无双她们的后脑勺上。

我还没来得及看她们有没有事，当先一人已经奔了过来，不等我挣扎，便将一块半湿的丝帕蒙到我口鼻间。

很刺鼻的香味，馥郁得令人昏沉。

而我便在顷刻间陷入了彻底的昏沉，不省人事。

第二十二章　还君明珠，梦断百子归

我恍如在莲榭或饶城的卧房中歇了一晚，并没有太多的不适。快醒来时，我甚至下意识地张了张口，想唤九儿或无双过来给我梳洗。

这时，我听到一个熟悉的男子口音有些焦躁地在发问："怎么回事？还不醒来！你们是不是用药太重了些？"

"回皇上，是……是按太医说的药量制的迷药帕子，应该无妨。大约因为有孕在身，身体弱了些，才会多睡片刻吧！"

"有孕……"男子怅然，有温暖的手掌小心地覆到我的小腹，"居然那么大肚子了。唐天重那个该死的！"

我不由得睁开了眼。

眼前是一间收拾得极整洁的屋子，半新不旧的花梨木桌椅屏风，一看便是民间富人家的陈设。

床前站着一年轻男子，斜飞的凤眸，清俊的面庞，潇洒的神姿，竟是一直在和唐天重打仗的周帝唐天霄。

并不是庄碧岚！

"皇……皇上？"

我干咳两声，唤出声来。

"清妩！"他已欢喜地叫出声来，凤眸光华流转。

他挥手令人退下，俯身为我拂着额角的散发，笑嘻嘻地望着我，"觉得怎样了？听说你被带出来时很不高兴？"

被迷药涣散开的神志渐渐抽回，清明的脑海中立即回忆出的一幕，便是袭击者一刀

闪过，九儿无声倒地。

九儿说，她不悔，她等着她的表哥。

到死都在等着。

在乍然的惊痛中未及掉出的泪，此时忽然盈了满睫。

抬起眼，我瞪向唐天宵，哑声道："为什么杀了九儿？"

"九儿？"他惘惑，竟是记不得了。

我只得恨恨地提醒他："我的侍女，很大的圆眼睛，爱对你笑，说皇上是个好皇上的那个侍女。"

唐天宵想了起来，眼角也是惊诧："朕……不清楚……朕让他们行动时千万不可伤你，连你腹中的孩子都不许惊着。但别人……朕以为应该都是唐天重的人，自然不会让他们手下留情。"

我潸然泪下："我原来竟不知道，皇上这么见不得人，栽赃陷害这套，倒是用得熟练。若是皇上没能抓住我，岂不是让我一辈子怨上庄碧岚了？"

唐天宵有些狼狈，微愠道："谁有心骗你了？无非想着你心里只有个庄碧岚，若说是他派来的，你多半便愿意自己跟着来了。谁知你这丫头犟头犟脑，居然还是不肯来！"

我别开脸，低声道："皇上难道忘了，我已经是唐天重的女人……我还有了他的骨肉。"

"那又如何？"唐天宵不以为意，"唐天重虽然利欲熏心，朕却还记得摄政王劳苦功高，并不介意为他留一线血脉，也不介意……"

他的眼神温柔下来，手指缓缓地抚上我面颊，唇角漫开了淡淡的笑意，却渗了浓浓的伤感："总是朕护你不住，这些日子想着便觉得憋屈，恨不能立刻把你带回身边才好。这次筹划了许久，总算成功了！"

我忙转着头躲避他的亲昵抚摸时，他的笑容便有点发苦了："清妩……你以往……并不这么避着我。"

我呆了呆，才想起以往与他相处时，本便知道他轻薄佻达惯了，虽不喜欢他那些不含恶意的动手动脚，可给他欺负习惯了，晓得他本性还算君子，倒也不致厌恶烦憎。

抚着明显鼓出的腹部，我再次低声说道："皇上，我已是唐天重的女人。"

"你现在已经不是了！"唐天宵不耐烦地说着，却忽然顿住，盯着我的眸光蓦地锐利起来，"你是说……你是自己愿意成为唐天重的女人，所以，再不想别的男人碰你？"

连我自己都不愿意承认，我会心甘情愿做唐天重的女人，甚至连名分也不求，一心地想为这个冷硬得像冰块、锋锐得像刀锋的可怕男子生下两人共同的骨肉。

但我沉默良久，终于答道："是。"

唐天宵顿时脸色发灰，一脸的挫败："你……难道要你死心塌地就这么简单？让你怀上孩子便行？早知如此，我该喂你几回媚药，凭你要死要活的，只需让你有机会找死前怀上朕的骨肉便是。"

我无语，旋即道："便是没有孩子……我想，我也会成为他的女人吧？他对我……很好。"

"朕对你不够好？"

明显的醋味让我愈加不安。可我既已知道等的是谁，要的是什么，我便不想再藏着掖着，继续道："他对我一心一意。"

唐天霄一时语塞，许久才道："好，这个……朕不如他。可庄碧岚待你总还是一心一意吧？"

碧岚……

我失神。

唐天霄继续道："其实……朕也算不得骗你。庄碧岚应该也快到了。"

我讶异抬头："你和碧岚……"

唐天霄站起身，负手在屋中踱着，杏黄的家常软袍随着他的步履不安地飘拂，显得脚步有些急躁。

他突然笑道："庄氏弹丸之地，择良木而栖，只是早晚的事。朕是不是得感谢唐天重？若不是他凌逼你，折辱他，庄氏不至于那么快决定与朕合作。庄遥……呵，他的大名，久有耳闻。若得他们父子相助，唐天重……"

庄氏……

只怕连唐承朔都未曾料到还有这一着。如果他还有什么布置，加上唐天霄和交州庄氏联手，唐天重……只怕麻烦了。

我心乱如麻，勉强道："唐天重……几时折辱碧岚了？若论折辱，你不是一样想擒他，逼得他含恨逃去？"

唐天霄微笑："可朕没碰过他爱若至宝的女子，更没迫他假意承认自己改变心意，一手将心上人推到敌人的怀抱。如果换了朕，朕也气得吐血。"

我却忽然间闪出一个念头："想来……对于我，皇上和庄碧岚应该也有所约定了吧？"

唐天霄的身体一顿，笑意凝固了片刻，才有些尴尬地望向我："你这丫头笨些不行吗？"

虽是意料之中，我的心还是沉了一沉，才苦笑道："皇上的江山才是最要紧的。至于我和雅意……丢开便丢开了，待皇上江山稳固，自然有更好的女子选过来侍奉。"

"雅意……"唐天霄终于笑不出了，沮丧地坐到床榻前，望向窗外一抹凄白的天空，低声道："朕晓得她和庄碧岚其实各不相扰。只是她究竟不再是朕的雅意了。朕遣使者送了一斛珠给她，她全退回来了。"

还君明珠双泪垂，恨不相逢未嫁时。

唐天霄仿玄宗事以一斛珠探她心意，她不仅明示断情之意，更暗示另有所属。

南雅意被唐天霄伤了心，又欣赏庄碧岚用情专一，两人相依相守，同甘共苦了这么些日子，单纯的朋友之义酝酿成更甘醇的男女之情，应该也在意料之中。

毕竟，庄碧岚是天底下最好的男子之一。

从来都是。

胸臆间仿佛有些酸苦，仿佛又有些欣慰。我轻轻道："皇上，也许很多年以后，你才会知晓你丢开的究竟是什么。"

"是么？丫头，你以为朕真不知道自己丢了什么？"

唐天霄倚着床帏坐着，烦躁摇头叹息。散落的发丝飘在了他眼睫前，让他看来又像是个没长大的少年了。

我忍不住，就如以往在宫中侍奉他一般，习惯性地伸手为他拢了一拢发，一时竟忘了，他虽年轻，其实和唐天重一样，满心雄图霸业，满腹谋略机心，才能在劣势中屈伸自如，率着千军万马和久经沙场的唐天重周旋了这许久。

唐天霄却在我的动作中安静下来，连眸子也逐渐清明。

待我拢好发，他执了我的手，微笑道："好罢，舍了雅意，是朕的错。朕并不愿意再舍了你。你若愿留在朕身畔，待朕重整天下，贵妃之位，虚席以待；便是中宫皇后，也欺负不了你半分。你……肯不肯呢？"

我轻笑道："皇上明知我心意，何必多问？"

唐天霄便苦笑道："朕以往清楚，现在却不清楚了。朕原以为……你会很高兴朕把你送回庄碧岚身畔。"

我垂头望着自己的肚子，低声道："皇上若把我送到唐天重身畔，清妩才会真心感激。"

"唐天重！"唐天霄咬牙切齿，"他根本不是个好男人，更不是你足以托付终身的好夫婿，你还不明白？"

"我明白。"我垂着头答道，"他不是好男人，甚至不是好人。可他会是我孩子的好父亲，也会是我的好夫婿。"

唐天霄倒吸了口气，站起身冷冷地盯着我，浓黑的眼睫在狭长的微眯凤眸下投下两道深深的暗影。

"你会后悔。"

他只说了这几个字，便拂袖而去。

他最后的眼神，居然和唐天重处事时的深沉莫测有几分相像，让我很是忐忑。

卧在床间休息片刻，迷药的后劲总算过去，渐渐有了点精神，便披衣下床来，推开窗打量时，不过是寻常的几进院落，当庭一株玉兰树，早已枝叶落尽，枯干的枝丫割裂了苍凉的天空；墙角的数杆扶疏翠竹间，倒是斜斜伸出了一枝金黄色的腊梅，锦绸般在风中轻轻颤动，迢递出幽冷幽冷的碎香，沁出了一星半点的风雅来。

虽看不到外面的风光，可此时接近午时，东面有大堆大堆的烟气缭绕，密集浓厚，绝对不是百姓人家的炊烟。

这里应该只是乡野间的普通院落，但必定也是唐天霄所率兵马的大营驻扎之处。那烟气，必是他的兵马正在生火造饭；粗略算算，此地驻军，当在五万以上。

饶城之中，唐天霄仅派出了一批高手，便在两千兵马和数百暗卫的保护中将我劫了出来，让我到现在也不明白唐天霄是怎样做到的。

而唐天重，此刻大约还不知道我被劫走吧？

我有些绝望地想着，即便他手段再高再强，想把我从五万大军中好好带出，只怕也不容易吧？

腹中的小家伙仿佛感应到了我的不安，紧张地连连拳打脚踢，居然有点闷闷的疼痛。我不由得微微地笑，抚着他安慰道："宝宝别怕。他……他总不至于害我，害你。"

看着怀中那条无意间带出的肚兜，百子嬉戏的精绣栩栩如生，稚拙可爱，把苍凉的天色都映得明亮许多。

可惜了饶城里那许多我辛苦绣出的小衣服，再不知有没有机会取出来给我的孩子穿了。

有侍女送来膳食，看来甚是精致。

虽相信唐天霄不会害我，我还是等侍女离去了，从随身的针线荷包里取了银针，一一地在饭菜中试过了，确信无毒，才坐到桌边，挑着那些最能固本补气的羹汤饭食尽量多吃些，只盼能把自己和胎儿都养得好好的，若再有什么风吹草动，也不致连逃跑都没力气。

整整一下午，唐天霄都没再出现。

想他如今已不是虚有其名的名义帝王了，手下无数精兵强将需要调拨分派，哪里再能如先前那般逍遥自在——便是先前在宫中，周旋在沈皇后摄政王眼前的嘻哈笑闹，根本算不得真正的逍遥自在。

高处不胜寒。

从他九岁时坐上那个九五之尊的帝位，一切便已不再在他的掌握之中。即便他真的庸懦到心甘情愿当一个傀儡皇帝，也未必能保住性命。

而唐天重呢？

如果他不再记起母亲的惨死，不再想着夺回父亲为堂弟母子带来的一切，他其实还是有路可去的。

可如今，箭在弦上，势如骑虎，不是你死，就是我亡。

我竟不得不在他们的你死我活的争斗中去抉择，伴着谁生，或伴着谁死。

其实已不用抉择。

我根本已经没有选择。

入夜后有侍女进屋来点了灯,又往暖炉里添了炭,才送来热腾腾的饭菜。

我正奇怪饭菜怎么备了这许多时,唐天霄已推门走了进来,将裘衣解了扔给侍女,搓着手走向暖炉,笑道:"还是这里暖和。"

我纳闷道:"皇上,也打算在这里用晚膳?"

唐天霄奇怪地望了我一眼,笑道:"这本就是朕临时歇息之处,朕不在这里待着,还能去哪里?"

我哑然,抬眼望一眼屋中相对简朴的陈设,想着当日我住的怡清宫都比这里华丽不知多少倍,不觉皱眉。

唐天霄却不以为意,一边坐到桌前吃饭,一边说道:"住这样的地方,也不是坏事。至少旁人也可以知道,大周那位传闻中昏庸无能的少年帝王,不仅享得荣华,也可经得困厄。不仅懂得赏鉴诗词歌舞美人佳肴,也懂得布兵打仗冲锋陷阵。"

说得简洁,却是再明了不过。

他不仅要在两军对峙厮杀中夺回自己的皇位,更要在血流成河白骨成堆中成就自己的千古功名。

所谓明君,所谓贤帝,便是这样留下文武全才睿智无双的神话。

"皇上会是青史上最英武的帝王之一。"我诚心诚意地说道。

他却笑了起来:"清妩,你又逗朕开心呢。如今在你心里,朕便是再厉害,也比不过唐天重吧?"

我摇头:"论行兵打仗,处事果决,皇上不如康侯;论守拙藏锋,御下亲和,康侯不如皇上。再论年龄资历,皇上也不如康侯;可康侯性情太过刚直,宁折不弯,只怕无帝王之福。"

唐天霄眯眼,唇角却扬了上去:"这丫头,居然敢这般品评朕和康侯,也不知平时无事心里掂量了多少次了!却不知你可曾考虑过自己的处境?已在朕身畔了,也不说依顺些朕,连庄碧岚也不打算跟了,还敢想着去和唐天重花好月圆?哪怕你并不看好唐天重的前程?你有没有想过自己的下场?"

我坦然道:"想过。最好的结果,便是能有个安静的地方,让我静静地产下这孩子,然后静静地将他抚养成人;最坏的结果,两军交战,刀枪无眼,一尸两命,奈何桥上也不寂寞。"

唐天霄笑道:"丫头,这就是你在撒谎了!难道你敢说,你就没想过唐天重砍下朕的头颅,踏在朕的尸体上登上帝位,扶了你做母仪天下的大周皇后?话说,你凤冠霞帔的模样，可比熹庆宫的公鸡娘娘漂亮多了！"

我向他笑了笑："若皇上落败，甘心将我好端端交还给唐天重？"

唐天霄一怔，沉沉的眸光在我面庞流连片刻，才答道："大约……不甘吧？朕实在想不通，你这样的女子，见识惯了庄碧岚那种江南才子的温柔尔雅，怎会受得了唐天重那样的男人？"

我失神，许久才道："也许，他告诉了我太多遍，我是他的女人吧？"

唐天霄便不说话，草草吃完，看着我吃了一碗饭，又硬撑喝了两碗汤，才道："清妩，我们来打个赌吧！"

我奇道："什么赌？"

他的眼眸中有迟疑闪动，却飞快地一仰头，懒散地靠在椅子上，伸出修长的五指在一旁的暖炉上烘着，散漫说道："朕就和你赌，你若乖乖待在朕的身畔，你会好端端的，直到孩子出世；若你执意回到唐天重身边，飞来横祸，迫在眉睫！"

再散漫的口吻，因着最后八个字的词意，都染上了冬日冰寒北风的肃杀，竟让我打了个寒噤。

我猜着他的话外之音，试探问："皇上的意思，若是我再想着回唐天重身边，皇上立刻送我一场飞来横祸？不知皇上是打算杖杀我，还是勒死我？"

唐天霄蓦地起身，双手按在桌边，双目亮得灼人。

他盯着我，慢慢说道："明日一早，朕会把你毫发无损地送到唐天重的大营去。朕倒要看看，顺便也让你看看，在他唐天重自己的地盘上，他有没有能耐护住自己的女人！"

他的语调委实太过阴冷，竟让我觉得这屋子里的暖炉忽然之间失去了温度，冻得我浑身发麻，毛发森然，肌肤上迅速激起了一层惊悸的粟粒。

唐天霄似也觉出自己的异样，忙立直身体，揉了揉有点发红的鼻子，已是灿烂到璀璨的笑容："嗯，你有一整夜的时候好好考虑。朕希望……你能选择留下。哪怕从此跟着你的庄哥哥远走高飞，朕也不拦阻。"

庄氏一说要降他，他倒是开明多了。

做他的后宫妃嫔固然遂了他的心愿，让他做好人赐给庄碧岚，则对收服庄氏人心大有裨益。

或成全他的私情，或成就他的帝业，这选择，他倒是不为难。

至于他是不是于我有意，我又是不是还喜欢着庄碧岚，都已不重要了。

我冷冷看他一眼，抱了抱肩，顾自走向床榻，紧搂了一只手炉和衣向里卧下，再不和他说一句话。

唐天霄在床边来回踱了几遍，忽然上前一步，一把将我肩膀扳过，涨红了脸冲我低吼道："你便这般不信我？你便这般信着唐天重？"

我疲倦地闭上眼不说话。

他向来待我好，我一向便清楚。

只是唐天重绝不会用我来换取庄氏的归附。否则，从庄氏少主庄碧岚落到他手中的那天起，庄氏便可被他恩威并施一举收服了。

如果是那样，不论怎样的前途多舛，我心心念念，必定只愿守着我的碧岚了。

我不会对那样的唐天重动心，就如不会对这样的唐天霄动心。

"宁清妩！"唐天霄气急败坏，忽然将身体压上来，双唇亲上我面颊。

我大惊，忙挣扎推开时，只觉腹中一阵搐痛，再不知是不是母亲的剧烈动作惊动了胎儿，让它也在腹中不安地闹起来，一时竟把我痛得面色惨白，眼前阵阵昏黑。

"清……清妩……"唐天霄忙松开手，无措地望向我。

"没……没事。"我勉强笑道，"皇上，我一直记得……皇上曾说，我们是可以彼此说说真心话的朋友。皇上，我们真算是朋友吗？"

"朋友……"唐天霄脸色也渐渐发了白，他退了一步，慢慢道，"对于帝王来说，朋友和恋人，都很奢侈。"

我沉默。

他的袍袖无力般跌落下来，直直地垂曳到地上，一路飘往门外。

"皇上，披件外衣……"

有侍女拿了他的雪色狐裘要为他披上，却被他一掌推开。

半旧的门扇拉开，"扑啦"一声又被夜风击打在墙上，有着快要裂开的吱嘎声。

侍女连忙上前将门拉上时，已有呼啸的风越过屏风卷了进来，扑到胸怀间，连指尖都觉不出手炉的暖意了。

但听唐天霄在门外道："温两壶酒，送书房中来。"

侍女应了，屋外便久久听不到动静。

我正猜着他是不是已经离去时，忽又听他在外喝道："令人备好马车，明日一早便将屋里的女子送到狸山下的叛军大营去罢！朕……不想再见到她！"

叛军……

他口中的叛军，必定是指康侯唐天重的兵马了？

刚在腹中闹腾一番的胎儿又重重地踢了我一下，我低头抚着肚皮，含笑抚慰他："没事，明天……或许可以见到你父亲了！"

纵然还有四个月才能出世，我还是相信他能听得懂我的话，至少，能听得懂母亲温柔的安抚。

再次卧下时，他也安静下来，似陷入了沉睡。

这么调皮爱闹，多半是个男孩了。我以后要把这个孩子教得知书识礼，像他父亲那般沉雄英武,像他外祖那般豁达爽朗。

为人处世豁达些,于家人于自己,也都会更开怀些吧?

想起唐天霄所说,回到唐天重身畔立时有飞来横祸的话,我自是不安。唐天霄并无放我的理由,最不济还可将我扣作人质,用以牵制唐天重的行动。

——我相信,若形势紧急,这事唐天霄绝对做得出来。

可我实在想不出,以唐天重的雷霆手段和在军中的绝对权威,他的地盘,怎会有人敢伤我?

陌生的环境,诡异的形势,让我睡得很不安稳,却又不敢不阖目养神。

第二日早晨,唐天霄果然没有出现,侍女一早来服侍我梳洗了,照旧送上了甚是可口的几样清粥小菜,都是我素日喜欢吃的。

如果能暂时这样安稳度日,哪怕后面可能面临唐天霄更多的逼迫,我也情愿暂时留下。

虽然很想回到唐天重身畔,可我无法忽视唐天霄话语中的隐含煞气的威胁,却不能从这个心机莫测的少年帝王口中得到更多的讯息。

想着唐天霄所说庄碧岚近日可能会赶来的话,我忽然便犹豫,要不要等他过来,和他商议了再决定要不要去见唐天重。

即便我已是嫁作他人妇,我相信庄碧岚还会如从前那般真心待我。

我们的爱情已穷途末路,但我们还是两小无猜的青梅竹马。

可唐天霄竟不容我在此多待。

吃毕早膳,便有侍女过来相请:"姑娘,马车已经备好,陈将军正等着送姑娘出门呢!"

我犹豫道:"要不要去和皇上告辞一声?"

侍女回道:"皇上似乎心情不太好,昨晚喝了半夜的酒,醉得厉害,只怕不到午时,是醒不来了。"

我一呆,正低头再想托辞时,那侍女已笑道:"姑娘莫非也认为康侯连自己的女人也护不了?"

忽听一个小小的侍婢这么说唐天重,我只觉一道血气直冲上脸庞,再也顾不得细想,抬脚便跨出了门槛。

直到坐上了马车,在崎岖不平的山路上摇摇晃晃向前行时,我才想起这侍女说得古怪。

不过是个普通的下人而已,怎会知道我会被送到康侯那里去,还敢嘲笑手握重兵的康侯护不了自己的女人?

分明是唐天霄借了酒醉托辞不见,又派了这侍女来激将我。

他千方百计捉了我来,哪有这么容易放我?看他意图,开始是想重新将我收入后宫;

如若我不愿，则利用我安抚庄碧岚，巩固地位；如若我再不愿，便将我送往唐天重营中。

自然必定设有圈套了。

可我再猜不出，他们究竟打算怎样利用我来对付唐天重。

伺机暗杀他？还是明着威胁他？

总不会仅是让我见识唐天重无法保护我那般简单。

正在胡思乱想之际，车驾停了下来，隐隐听得对面有人叱喝，伴着刀剑出鞘的刺耳金属声。

这时送我前来的陈将军在外说道："车内是康侯夫人宁氏，我等奉命将她送至此处，职责已了，请诸位带她进去见你们将军吧！"

说完但闻马蹄嗒嗒，我忙掀开锦帘开时，送我的一队人马竟飞快地沿了原路撤开，连车夫都已跑得没影，一队十余骑的骑兵正面面相觑，似乎也是大感意外。

我猜着他们必是康侯军中派出探察敌情的骑兵，忙和声道："可否烦请诸位引了我去见康侯？"

骑兵中为首的那位便上前问道："你是……康侯夫人？"

我点头道："我的夫婿正是康侯。"

骑兵便疑惑道："听说秋天时康侯夫人已经过世，哪里又钻出的康侯夫人来？"

我有些尴尬，只得道："那么，便请诸位先领了我去军营，然后去通禀康侯，只说清姑娘来了便是。"

"清姑娘……"

康侯喜爱清姑娘的事倒也流传甚广，几位骑兵立时敛了漫不经心的神气，调出一人来驾着马车，前呼后拥地将马车一路卷入一处连绵着数百顶帐篷的山谷，在一座插着主帅旗帜的山神庙前停下。

但这些人并没有立刻请我下来，甚至去回禀了好久，都不曾有人出来迎接。

我心中疑惑，拖着臃肿的身体自行踏下马车，刚走到庙门前，两边的卫兵还未及阻拦，便听到里面有人冷笑道："什么清姑娘浊姑娘的？谁不知侯爷前两天悄悄离开了军营，便是回去和真正的清姑娘团聚，哪里又跑来的清姑娘？"

立时便有人附和道："没错，没错，还是小皇帝送来的人，这可能吗？不是奸细才是怪事！"

"不过，这女子长得可真好看，举止也贵气，看来不像啊！"

"啊，这奸细很漂亮么？"

"漂亮，我长这么大，就没见过哪个女人有那样漂亮的眼睛，就那么静静地看你一眼，连心口都给熨过一样，真是个绝妙的美人儿哪！"

"那么……"

第二十二章 还君明珠，梦断百子归

"不过是个大肚子,看起来有五六个月了。"

唐天重……并不在军营,而是去饶城找我了?

那么,唐天霄选在这时候将我送来,也是刻意为之了?

正觉得山谷中掠过的阴风凉得瘆人时,庙门内已伸出两对壮实的胳膊,迅速将我扯了进去,差点让我绊倒在槛前。

我下意识地护向腹部时,只觉两只臂腕似被铁钳夹住了一般,疼得钻心。

竟是两个军中壮汉捏住了我!

我忍着疼,急着分辩道:"我真是康侯身畔的清姑娘!唐天霄有意这时候抓了我来混淆视听颠倒黑白,大家万不可上了他的当!"

这时身后却有人嬉笑道:"大家万不可上了这狐狸精的当!指不定设了什么阴谋来对付侯爷呢!"

我听得这声音有些熟悉,似乎当日随着唐天重在王府书房议事时曾听过,正要回过头去看时,只觉眼前一黑,已被人用黑布蒙上了眼睛,接着嘴巴也被人堵住,一路被扯往偏殿的位置。

我呜呜喊着,却再也无法发出正常的音节来,胳膊快被捏断了,才被拉到一根满是灰尘的木柱上紧紧捆住。

而偏殿的门此时也关了起来,似乎押我进来的两名壮汉在看守着。

前面的那人在问:"万一她真的是侯爷宠着的那个清姑娘怎么办?"

身后那壮汉便冷笑起来:"你怕什么,有人说她是假的,她自然就是假的!不过她的美貌……的确是真的!这身段儿……"

有粗大的手掌从腰际的绳索向上游移,滑过凸滚的腹部,竟伸展到了胸部。

恍惚又想起那个难堪的盛夏午后,睡梦里险被南楚末帝玷辱的噩梦,我又羞又气,又急又怒,只觉胃部阵阵地翻滚抽搐,早上吃的东西都已涌到了口鼻间,却恨嘴巴被塞着,秽物再也吐不出来,只有阵阵的酸液从鼻中溢出,难受得我阵阵晕眩,腻出一身的冷汗,几乎要昏死过去。

想来此时气色也极可怕了,前面那人便有些畏怯,低声劝阻道:"是个大肚子,看着又娇弱得很,别弄死了!"

后面那人便诡异地笑了起来:"兄弟,你的意思,是先把她肚子弄瘪再好好玩玩吧?只怕……到时她可就经不起了!"

这人说着,竟伸出爪子,便来解我衣带。

我呜呜惊叫着,吓得肝胆俱裂,再不肯受这样的屈辱,将头低一低,狠命往身后的木柱撞去。

并不觉怎地疼痛,却有滚热的液体沿着发丝渗入脖颈,而身体也似失了力道,无力

地往下挂去。

模糊中，似乎听到一声惨叫，浓烈的血腥味四散蔓延开来。

"将……将军！"

一直没有动手的那名看守牙关颤抖着在见礼，而那个欺负我的壮汉再也没发出声息。

但听有人冷道："将军说了留活口，你们还敢把她往死里逼？若她这时候有个好歹，你全家来抵命都不够！"

这声音也听过，只是应该见面不多，同样想不起他的样貌来。

殿中分明还有个男子，站在距我不远处，用很低的声音吩咐了一句什么，便有人上前来，拿了什么药粉撒在我后脑勺的伤处，又用布条缚住。

可我并不认为他们怀着什么好意。

被酸液充斥的鼻居然闻得到近在咫尺的药味，腾腾的热气熏在我面庞。

如果我没有辨错，里面分明含有乌头、雄黄、马钱子等落胎的草药气味。

这是……打胎药？

果然，有人解了我嘴上的布条，捏了我的下颌，便将那尚烫嘴的汤药灌了过来。

我死命挣扎着，好容易将硬灌到我口中的一大口药喷出，趁着那人未及再灌过来，大声喊叫道："唐天祺，摄政王在你头顶看着你！摄政王正在你头顶看着你出卖兄长，残害唐家子孙！"

灌我药的那人已经重又捏住我下颌，却没有灌来，甚至连捏我下颌的手上也没有了力道。

我便知我猜得没错。

饶城上下，大多是唐天祺的人。只有他能暗中调拨，不动声色地放入大批嘉和帝所遣高手，并告知我住所的暗门所在，轻易伏击成功。

而唐天祺作为唐天重亲弟，地位仅次于其兄，若唐天重不在，军中原是他说了算。

他说我不是清姑娘，我自然不是清姑娘；他说我是奸细，我自然是奸细。

他们素来兄弟和睦友爱，没有人会认为唐天祺在撒谎。

可我只是不明白，唐天祺和我从未结怨，为何要如此害我？

或者，只是简单地因为想帮堂兄而出卖自己的亲兄长？

我想不通，尽量地仰着头，面对着距我四五步远站着却一直没有出声的那个人。

许久，蒙着眼睛的布条被轻轻扯下。

眼前负手站着的年轻男子，身着白色战袍，容貌俊秀可喜，眸光黑沉如夜，不见半点原来的灵动幼稚，正是唐天祺。

他的手中有剑，尚有鲜血沥沥；我身旁有一具壮实的男尸，被人从后背一剑洞穿，分明就是方才那个欺辱我的男人。

我嘴唇嚅动，好久才能问道："为什么？"

唐天祺唇角勉强拉开一个微微上扬的弧度，指着随从手中的药碗道："喝了这药，我便告诉你。"

腹中的小宝贝一定睡醒了，我觉出他似乎很舒适地伸了个懒腰，立刻答道："这是你哥哥的孩子！这是你们唐家的孩子！"

唐天祺便不再和我说话，斜睨随从一眼，吩咐道："灌进去！"

"别……不要……"

我拼力挣扎着，努力往外吐着那会害死我孩子的苦水，却觉喉中咕咚几声，分明滑入了几口，又惊又怕，低头用力地呕吐着，只盼能将那药水都呕吐出来。

满嘴满心俱是那种散发着死亡阴影的苦涩时，本就嗡嗡乱响的耳边，传来唐天祺一声断喝："你以为，你这样便逃得了么？"

模糊的眼前，似有一道阴影闪过，迅速击在我凸起的腹部。

竟是他飞起一脚，重重踹在了我的腹部。

我甚至看到被绳子勒得圆圆的小腹，在被他踹中的瞬间，似乎还轻轻地蠕动了一下。

然后，我听到了自己撕心裂肺的惨叫，凄厉地在陈旧的庙宇中回旋，一道热流，箭一般从身下喷出。

疯狂的坠疼，钻心的绞痛，汗出如浆的绝望惨叫……

一片昏黑里，旋转的夜空，旋转的星辰……

所有的神志都似已游离成一片片的空白……

魂魄裂成了无数个，分不清大的小的，长的短的，有形的无形的，俱在簌簌震落的灰尘中无措地游走……

不知往哪里去……

最后迷蒙的意识里，我被放下来，倒在一大汪的血泊中。

怀里那条肚兜飘出，落在殷殷的鲜血中，百子嬉戏的图案宛然如生……

男童的嘴唇红艳艳的，在说道，娘，看我扑到一只好大的蟋蟀……

女童的衣服红艳艳的，在说道，娘，看我放上去一只双飞燕的纸鸢……

男童牵着我的手问我，娘，爹爹什么时候陪我斗蟋蟀？

女童笑嘻嘻地向我仰着脸，娘，断了线的纸鸢，会飞到爹爹身边去么？

百子图上的孩童笑容璀璨，仿佛都已站了起来，围在我膝边嬉戏着，唤着我，娘，娘……

梦里，都是他们一声声地在唤我，娘，娘……

第二十三章　莫怨春风，红颜当自嗟

很久之后睁开眼，眼前还是昏暗着。

身体觉不出疼痛，只是虚软麻木得仿佛已不再是自己的。

已经不在山神庙了。

也许那里是主将们议事的地方，而我在他们的主将发泄完怒火后，只能被扔到这个幽冷幽冷的山洞中。

有光影晃动了下，山洞仿佛更暗了。

卧在破旧的棉被间，我眨了好几下眼，才发现进来的是唐天祺。

他拎着个食盒，静静地站在我跟前望我。

我也安安静静地仰面望着他，死人一样躺着，连痛恨和痛骂都不会了。

许久，他弯下腰，从食盒中端出大碗的鸡汤和大盅的药汁，放到我旁边，轻轻说道："已经止了血，随军大夫说你不会死。吃吧！吃完就有力气了！到时我便让你也踹上几脚，打上几拳。"

他说错了。

其实我是想刺上几剑，砍上几刀。

但我终究只是木木地瞪着他，说道："二爷，看你身后。"

唐天祺回头。

空空如也。

只有苍青色的山壁，爬着潮湿的苔藓。

这山洞里，连苔藓都泛着血腥味。

我耐心地继续告诉他："二爷，你没看到么？那个小男孩跟在你身后，叫你叔父呢！"

唐天祺又回了下头，恼怒地拧起了眉："你别胡扯。那个胎儿……"

他居然低下头，打了个寒噤，才继续道："那个胎儿落下时还活着，不过一会儿就不动了。我把它包在那块小肚兜里，装在一只檀香匣子中，送到大哥那里去了。"

我几乎想要尖叫，握紧自己胸前的长发，用力地扯着，扯着……

掌心落满发丝，头皮居然觉不出一丝疼痛。

我冲他笑笑，沙哑地说道："会有报应的，唐天祺。总有一天，也会有人用檀香木匣子装了你的孩子送还给你。一定有那一天！"

"早就有过那一天了！"唐天祺的眉眼扭曲起来，"这是……唐天重的报应！"

我眯着眼，头疼欲裂。

唐天祺站起了身，来回在小小的山洞间踱着，烦躁道："我知道你恨死我。可我好歹还叫随军大夫救下了你一条命！你知道唐天重他那个妈是怎么做的吗？"

那个性情刚烈死于非命的摄政王妃？

我对这位王妃所有的印象，都停留在唐承朔死前和宣太后提起时的片段上。

一个极爱夫婿的女子，一个极自尊极要强的女子，一个得不到爱情宁肯毁灭一切的女子。

唐天祺咬着牙，继续道："唐天重就因为那个贱人和宣太后争风吃醋死在宫里，把宣太后母子憎恨了十多年。可他竟不想想，他这个母亲在世时做了多少恶！父亲年轻时的侍姬不少，为什么都留不下一点血脉？打胎，下毒，罚跪，杖杀，这贱人不知害死多少人！我母亲机灵，怀上我后便回了娘家，快生产时才回府，才算保住我。可第三年再怀上时，被她一剂保胎药害了两条性命！他们欺负我年幼不懂事，指了这贱人让我认作母亲，指了唐天重让我认作哥哥，却不知我奶娘早就把这些事一五一十告诉我了。唐天重伺机报仇才十年，我却从懂事起就在等着这一天了！"

我害你，你害他，他害我。

兜兜转转，竟是埋藏多少年的一场恩怨。

唐天重没逃开，唐天祺也没逃开。

他们只记得他们的忠孝节义，他们的男子气概，可算是咎由自取。

那我呢？我的孩子呢？

凭什么他们的恨，要我们来承担？

我惨淡地笑了笑，轻声道："你最好现在将我一剑刺死。否则我若再怀上孩子，说不准他长大了也会记挂着自己的母亲和哥哥被你害了，要找你这个叔叔报仇呢！"

唐天祺怔了怔，说道："我并没想杀你。但唐天重……"

他犹豫片刻，才道："他其实待我并不薄，但这事早晚会被他知晓，到时他万万容

不了我。何况父亲再三让我帮着天霄哥哥保住皇位，便也只能对不住他了。"

我恍然大悟。

原来唐承朔布置下的另一步棋，竟是唐天祺。

纵然唐天重能预料到定北王宇文启倒戈相向，却万万想不到自己素来疼爱的亲弟弟也在断送他辛苦经营的一切。

山洞里没有风，却极冷。

从地底渗出的寒意如一片一片细细的薄刃，不动声色地一刀一刀割开肌肤，割入血肉，连骨髓都给寒意沁得快结成冰。

我僵硬地咧了咧嘴："你觉得对不住他，不只打掉他孩子这一桩吧？"

唐天祺沉默片刻，并没有否认。

他说道："我以天霄哥哥的名义带了话给他，如果大年初一见不到他出现在困龙峡，他很快会收到另一件新春大礼。"

纵然在外人眼里唐天重是心如铁石，但我还是不敢想象，他收到自己五个多月的成形胎儿时，会是怎样的表情。

或许，连表情都不会有，只是冷冷地站在那里，孤凄着高大的身影，沉默地想着我们的莲池，我们的莲榭，以及再也不可能唤他爹，唤我娘的莲儿。

明年满池莲花盛开摇曳的时候，我们再不会见到我们的莲儿。

或许，他也已见不着我。

我勉强坐直身，点头道："他收到的新春大礼，大约会是我的尸体吧？"

唐天祺望着我，脸色有点发白。他犹豫着说道："他……应该会来吧？你对他而言……太不一样了。我从没想过他那样的一个人，也会这么疯狂地喜欢一个女人。他的眼睛里从来只有手中的权势，连我这个弟弟也只是他收拢权势的工具。可他居然为了你交出京城禁卫军一半的统领权，还放弃了收服庄氏的大好机会。"

他的神情也迷惑起来："如果禁卫军尽数掌握在他手中，皇上未必能有机会逃出瑞都；如果庄氏降了他，即便皇上有定北王相助，也无法挽回劣势。人说红颜祸水，就说的是你这种女人吧？庄家为你满门抄斩，唐天重为你身陷危局……呵，如果不是你，只怕此刻唐天重已经坐在金銮殿内他梦寐以求的那张鎏金龙椅上了吧？"

我沉默，冷冷地盯着他。

再怎么被视为红颜祸水，我并没有祸害他，却给他害得不死不活，也许还会一直这么不死不活下去。

他到底不安，干咳了两声，说道："你放心，只要唐天重当日出现，我会把你交还给皇上，不会委屈你。"

等唐天重出现在那个什么困龙峡，等他被他们设计害死了，我会被交还给唐天霄。

271

我几乎要大笑出声。

唐天霄把我送到这里来的唯一目的，原来就是利用我取唐天重的性命。

利用完了，腹中也没有了再碍他眼的孽障，他依然可以把我留在身边，或赐给臣子。

多么如意的算盘！

帝王的爱情固然廉价，帝王的友情同样一文不值！

我问唐天祺："为什么多此一举把我送到这里让你动手？唐天霄直接拿我来威胁唐天重不是更好？你继续在暗中给唐天重使绊子，伺机给予致命一击，不是更妙？"

唐天祺低一低头，脸上居然红了一红，有些愤愤般说道："你也不用把我们想得太过无情无义。皇上根本没办法对你下手，他往日对你的宠爱并不是假的；我也不想天重死在我眼前。困龙峡……我不会去。"

我终于大笑出声。

果然有情有义。

唐天霄喜欢着我，所以不忍下手，便把我送到想报复唐天重的唐天祺这里，让唐天祺为他母亲和弟弟报仇。

唐天祺害死了我们的孩子，懵懂岁月就记在心上的仇恨发泄了一大半，又顾念着手足之情，所以只让唐天霄发兵去杀害其兄长。

我笑着向唐天祺说道："你们哪会无情无义呢？等唐天霄坐稳了他的龙椅，让他赏块'义薄云天'的匾额挂在你家正堂里，人家天天可以看到你是怎样地讲究手足之情，兄弟之义；我也会送幅绣品给他，就绣着……'情比金坚'四个字，你说好不好？等我和唐天重坟上长满蒿草的时候，你们两个情深义重的美名也该传扬天下了！"

唐天祺嘴唇动了动，许久才道："唐天重也未必会死。只要他不出现在困龙峡，战局胜负之数依然未定。"

我笑道："那可不成。他若不来，还得委屈你再担个杀嫂的罪名，不是坏了你有情有义的名声？"

唐天祺终于再也说不出话来，皱了皱眉，转身走出山洞。

待他走了，我的笑容终于被洞中彻骨的寒意冲散，脸上凉意阵阵，仿佛结了层冰。

胡乱拿手一摸，满掌的水滴。

我落泪了吗？

痛失娇儿，身陷囹圄，连累我那个霸道张狂总不肯放过我的前世冤家，不得不走向准备置他于死地的陷阱。

前路尚未卜，生死不可知。

可再伤心，还不是落泪的时候。

毕竟我还没死，唐天重还没死。

纵然我注定活不下去，我也不能眼睁睁看着他死。

我挪动了一下身体，看向自己掩在棉被下的衣衫。

隐隐记得落胎后唐天祺曾叫来个浆洗的妇人过来帮忙。可我的衣衫还是满是血污，只为我换了条甚是粗劣的中裤，又已被体内流出的鲜血渍湿。军中女人少，想来连我更换的衣服都不容易找。

何况，对唐天祺而言，能记得送一大碗鸡汤和一盅补药来，已经算是有情有义了。

杀侄留嫂有情有义的唐家二公子。

胃部空得厉害，却倦得没有一点食欲；突然间瘪下去的腹部再也没有了叫人欢喜激动的胎动，死一样的冰冷。

但我还是捏着鼻子喝完了唐天祺送来的药，然后把鸡汤喝得一滴不剩，恨不能将鸡骨头都转作能让我迅速恢复过来的营养。

一个时辰后，我终于能颤着双腿，扶着山壁慢慢蹭到洞口。

如我所料，四名唐天祺的近卫正在洞口看守着。

我深吸一口气，扫了眼下方的山谷和山谷中连绵的帐篷，清晰地吩咐道："告诉唐天祺，如果不想我在大年初一前便死去，请给我预备食物，药物，热水，干柴，干净的被褥和换洗的衣服。"

近卫似乎怔了怔，嘀咕道："这么多的要求？"

我抬眸，弯起眉眼，冲他们嫣然一笑："二爷最是有情有义，他不会觉得这些要求多。"

近卫给我笑得一失神，相视几眼，果然下山通禀，到傍晚过来时，除了干柴，便是一个大大的包裹。

"二爷说，这是山里，又是军中，有些东西运送不便。热水食物什么的，让姑娘自己弄了。"

打开看时，里面果然有干净的锦被和棉衣，再就是两口小锅，一只药钵，几帖包好的药，以及粳米、银耳、红枣等食物。

像唐天祺这等自以为正派的人物，大凡觉得亏欠了谁，心里总不会太乐意相见的，以免时时想起自己到底私德有亏。

唐天重的母亲虽害了他的母亲及他未出世的弟妹，可唐天重待其甚好，我更与他无怨无仇，被他折磨到这样的地步，还在做着他半死不活的棋子，如果提出并不过分的要求，他当然愿意略作弥补。

几名近卫见主人对我还算敬重，总算不敢太过怠慢，动手帮我架起小小的锅灶，又弄了个大缸进来，为我储满水。

用热水清洁了身体，换了干净的衣衫，再回厚实的锦被内躺着时，果然觉得这腊月的寒意淡了些。而我要做的，是尽快恢复些体能，以求伺机逃出。

锅灶自然只能设在山洞口。

我只作不经意，每次用干柴煮粥煎药时，都洒了些水在柴上，那烟气便冒得比平时浓密许多。

这个山洞位于半山腰，周围有青松翠柏掩映，平时不易察觉，但若有事发出讯号，山下的兵马顷刻便能将整个山头围得水泄不通，这大约便是唐天祺于此关押我的原因。

从下面的军营往上边，偶尔看到树木间冒出青烟并不奇怪。但如果连着数天同一地点总是出现烟气缭绕，有心人总会注意到。

我已知这狸山下的兵马大多是唐天祺的直系。唐天重平时亲自督率的十余万大军则在距此甚远的扶风郡驻扎。唐天霄不把我送往扶风郡，却径送至唐天祺这里，当然是提早算定我会有场"飞来横祸"了。

唐天重素来行事谨慎，也未必对自己的弟弟毫无提防。如今，我只盼唐天重也有亲信安插在军营里，留心到这里不妥，在除夕前便将我救出去，那么困龙峡的圈套便不攻自破了。

我很努力地多多吃着各类羹汤，尽量以滋阴补气的药物调节着身体，体力果然渐渐恢复了些，可心里还是空得厉害。

唐天祺令人给我找来的衣服是质地很寻常的棉质素袄，触手倒还柔软，每每抱着膝倚着山壁看太阳从东方升起，又在大片的幻紫流金中于西方落下，将我和柴火的余烬一点点笼到黑暗中时，我自己也仿佛溶到了那片黑暗中，脑中空荡荡地昏黑着，不敢去想落地时还能蠕动的胎儿，也不敢去想唐天重找不到我一头栽入圈套的悲惨。

至于我自己会沦落到怎样的地步，反倒不在意了。

我是这么空，这么空……

不论到哪里，不论生与死，不论老与丑，都不重要了。

我只要……

他能好好地活着。

唐天重能好好地活着，不会因我而死去。

如果命中注定，我真是红颜祸水，我唯一想祸害的人，只是我自己。

我并没机会去套那些轮班的近卫们的口风，但我到底知道，那个满天灰蒙蒙飘着大朵大朵铅色乌云的日子，便是除夕了。

除夕……

近卫们抱着肩在外哆嗦，抱怨道："这仗还不知要打到几时，今年越发得在这荒郊野岭过年了！"

这样没有阳光的日子，我只能抱着肩缩回锦被间哆嗦着。

274

没有人来救我吗？

唐天重……

终于被弟弟温顺恭敬的表象迷惑，没有猜疑到他身上？

而仅凭我自己，我该怎样从这样的千军万马中逃开，好去告诉他，不要去困龙峡，不要去困龙峡……

天重，天重，我不要你死！

还是如此憋屈冤枉地被人暗算而死！

山野沟壑间的寒风刮过依旧绿意沉沉的松柏，枝叶的呜咽声迷离破碎，带出的气息尽是北风的凛冽，令人难耐的肃杀阴冷。

这便是除夕？

竟比我平生所度过的任何一个除夕都萧瑟凄凉得多。

吞下喉间的哽咽，我一下接一下地深深呼吸着，平定着那喷薄欲出的崩溃情绪。

这时，我忽然便记起了唐天重的话。

他说，我生是他的人，死是他的鬼。他若死了，也绝不放过我。

这人好生霸道，也不问自己好歹，便只许我跟着他一人，生也相随，死也相随，总不许分开。

其实想想也没什么。

我原也说过，若他死了，我也便陪他一起死。

纵然他死得委屈，若有我伴着，想来也不致太过寂寞难受了吧？

心里忽然便安谧了，揪紧的心似放松了开来，鼻尖便萦上了不知哪里飘来的一丝腊梅暗香。

想是山野间不知哪里的罅隙野生的梅花吧？

一个飘零身世，十分冷淡心肠。虽是无语诉凄凉，犹抱孤恨倾幽香。

这世间不如意之人，不如意之事，原便十占八九，我先有庄碧岚倾心相待，后有唐天重同生共死，又何必心怀戚戚？

只是终不能见唐天重一面了。

不知他这样不通文墨的粗人，到底明白我送他的词没有。

拿了一根竹筷在手，我丁丁地敲着一只空碗伴奏着，低低地吟唱：

"九张机，双花双叶又双枝。

薄情自古多离别，从头到底，

将心萦系，穿过一条丝……"

双花双叶又双枝，无非成双意。

不想离别，却不知那根叫做思念的丝，有没有扣到彼此的心头？

第二十三章 莫怨春风，红颜当自嗟

从头到底，一心萦系。

夜已深，很凉。

咆哮的北风吹不散梅蕊幽而淡的清香，反被有节奏的丁丁声敲得零落，深婉温柔的清歌便幽幽传开，媚曼蕴藉地用清越雅净的声线冲开除夕夜风的劲烈。

外面传来守卫的低语，似在惊讶我的一反常态。

可惜了我的好曲子，不能让唐天重听到，却让这些俗人听去了。

有些意兴阑珊地叹口气，我丢开竹筷，将素白的袍子拢紧，搓了搓冻得红肿的手。

"很冷吗？"

耳边忽然听到唐天重以他惯有的低沉嗓着，怜惜地问我。

我一惊抬眸。

四壁萧条，小小一盏油灯在地上明灭，把我自己的身影投在被褥上，单薄得似乎可以被冷风轻轻吹散。

回旋耳边的低沉声线，竟是我的幻觉。

但那夹杂在风声中的喊杀声，难道也是幻觉？

外面的动静越来越大，连在洞外的守卫的不安交谈也传入了耳边。

"那边是不是出事了？"

"着火了，着火了！那边是粮仓！"

"看，看，西面有人示警，是有敌人攻过去了！他们声东击西，表面烧粮草，暗中是想灭我们的骑兵营！"

"攻来的人看来不少啊，那我们要不要把她押回军营去？"

"这……中军大营应该会安排吧？"

"那边忙乱起来，还记得这里？如果被人钻了空子趁机劫走人，我们可担当不起！"

另外的人便嗤笑起来："要劫这姑娘的，无非是康侯。皇上那里弄了个假的清姑娘，这不是已经打了好几次了，哪里会想到人在这里？"

我这才知道，并不是唐天重没有想着救我出去，摆脱受制于人的困境，而是唐天霄太过狡猾，暗着送走我，明着依然用与我相像的女子吸引着唐天重的视线。

一个关心则乱，一个无欲则刚。

这场旷日持久的战争，怕是要以唐天霄的不鸣则已、一鸣惊人作为收场了。

不论胜负，还没被唐天重怀疑上的唐天祺，绝对不会是任何一方的攻击对象。

那么，现在又是什么人在这除夕之夜向他动上了手？

紧贴山壁站着倾听外面的动静皱眉思索时，忽听到守卫喝道："什么人？站住！"

杂沓的脚步声中，有人高声答道："二爷不放心这里，让我们将人犯趁夜暂时押回军营。"

"哦！"守卫松了口气，随即又疑惑，"这事只有二爷的几名近卫知道，你们是……啊，你们……"

他们的话竟未及问完，便传出几声短促的惨叫，而那些凌乱的脚步声便迅捷奔向山洞。

我紧张得快要喘不过气来，想也不想，便冲出山洞喊道："天重！"

领头那人蓦地停下脚步，站在离我十余步远的地方，静静地望向我。

普通的禁卫军打扮，掩不住他月华般皓洁明澈的俊秀面庞。

夜空本就被山下的火光映得黯淡，此刻他的英秀神姿，却将山下的火光都压得黯淡了，仿佛他才是这暗夜里唯一的发光体，连墨黑的树木山石都被映出了柔和的轮廓。

"妧儿！"他轻轻地唤我，带了三分疼惜，三分宠溺，三分伤感，还有一分若隐若现的不甘。

如今这天底下，大约只有庄碧岚一个人会这样唤我了。

唐天重性情骄傲得近乎别扭，便是和我再亲昵，明知庄碧岚是这样唤我，便不肯随着庄碧岚的叫法这样唤我小名了。

"碧……碧岚……"

我有些尴尬，又有些负疚，垂了头慢慢走近他。

他的脸色很苍白，眉眼间难掩一路奔波的憔悴和疲倦。但他还是温和地向我微笑着，握了我的手，柔声问道："我来得是不是太晚了？"

"不晚，不晚！"我抿唇笑着，泪水却已滚落下来。

这才除夕，没有到正月初一。

唐天重还没去困龙峡，应该还来得及。

可这时，我忽然觉出有些异样。

他的手很冷，甚至比我的手更冷些，连指尖都僵硬着，结了冰般润不开。

瞥着他瞬间失了光彩的黑眸，我猛地意识到，其实，我答错了。

不知什么时候起，我们失去了原来的默契。

我的所答，并非他的所问。

他的确来晚了。

我无法改变已经做下的抉择。

我想解释，可千言万语都似堵塞在喉咙口，一个字也吐不出来。

而他却温默地笑了："不晚就好。我这就带你离开。"

他转身将我背到背上，拿腰带紧紧将我束住，才柔声吩咐道："我们穿着唐天祺所领的禁卫军服色，希望能混在他们中间，趁夜色和战乱顺利逃出去吧！"

第二十三章　莫怨春风，红颜当自嗟

他转头冲我笑了笑，说道："也许，我们明天一早还能一起放爆竹迎新年呢！记得妩儿胆子最大，再大的爆竹也不怕，旁的小孩给吓得往家人怀里钻，妩儿却直往前凑。"

想起父母在世的无忧岁月，我怅然叹道："那时……我不知天高地厚。"

庄碧岚带了同样改装过的十余名部属，一面往山下奔去，一面微笑道："你的性子何尝改过？我瞧着，你还是原来那样，总是往最危险的地方凑。"

我伏于他背上，和幼时一般紧搂着他脖颈，轻声辩解："我何尝愿意往最危险的地方凑？避还避不及呢！"

庄碧岚沉默片刻，才笑道："嗯，原是我说错了。是那些人，那些事，总爱往你这里凑。"

我的视线有些模糊。

他并没有说错，还是我领会错了。

原来他指的是唐天重、唐天霄这些随时可以给人带来危险的人。

旁人倒也罢了，至少我的确是愿意靠近唐天重，一心想走回他身畔的。

庄碧岚的战衣上有着坚硬的甲片，硌着的感觉不若记忆中柔软，但从盔下飘落的发丝盈在鼻尖，依然是清雅如莲般的清香，并不能感觉出从千军万马中搏杀而出的戾气。

这种平和温雅，总是让人安心。

唐天重一身威凛霸气，肃杀森冷，就连喜欢他，或被他喜欢，都可能是取祸之道。

粮仓附近和西面的骑兵大营依然一团混乱，远远的厮杀声和惨叫声不绝于耳，冷冷的夜风中混着可怕的血腥味，厚重的云层压得更低了，仿佛被冲天的火光染作诡异的暗红，星星点点移动着的火把，像多少人家哭红了的眼睛。

本该一家团聚的除夕之夜，再不知会有多少倚闾而盼的父母妻儿会失去自己挚爱的亲人，连来年团聚的冀盼都落空成无底的绝望。

我轻声问道："碧岚，那些人……是你安排的？"

庄碧岚点头，叹道："我也过来有两天了。原该早些来救你，可我带来的人马不多，想办法又借了点兵，才赶在除夕之夜这里防守最松懈的时候来。其实……也只能拖延些时辰罢了，等唐天祺回过神来，我这点兵马根本不是对手。"

庄氏虽归顺了唐天霄，可他到底是不同的。

没有了少年时的莽撞冲动，也会再三斟酌自己和部属的安危，可他绝不会眼睁睁看我被赶向绝路，哪怕是为了唐天重。

我有泪欲涌，连忙忍住，叹道："总是我连累了你……也不知……也不知唐天霄会不会怪你坏了他的计划。"

想起那个据说很喜欢我，很想再收我入后宫然后长长久久一起过下去的男子，我心口便似漏了个大洞，被这寒似冰铁的夜风无遮无拦地挟裹住，气都透不过来。

我或许该为南雅意庆幸。

278

她是聪明的，面对云雾缭绕虹彩隐隐的无底深渊，到底懂得什么叫做抽身退步，为时未晚。

庄碧岚没有回答我的话，那身柔软的肌肉却在瞬间紧绷，坚硬如石。

他沉声喝道："妩儿，低下头，抱紧我！"

我还没悟过来发生什么事，庄碧岚手臂一抖一挥，银光瓢泼洒过，映亮了随之喷涌而出的瓢泼血光。

"这里，这里有奸细！"

有人在高喊。

借着刀锋划过长空的些微光线，看得到四处的人头攒动，以及飞快往这边移动的点点火把。

浓烈的杀机骤然间爆发开来。

不仅来自周遭的敌人，也来自庄碧岚和他的部属。

我的身体到底虚弱，庄碧岚剧烈的动作已将我颠得眼前昏黑一片，只觉不知哪里飞来的温热血滴时不时溅到面庞或脖颈，让我心里阵阵发紧，快要喘不过气来。

这时只闻庄碧岚柔声道："妩儿别怕，前面就安排了接应的人手，不会再出错了。如果不舒服，把眼睛闭上。"

我应了，才觉出自己环抱在庄碧岚胸前的手因为紧张，屈着的手指几乎要将他的前襟扯破。

身畔，又有人从斜次里飞来一刀，正砍向我。

呼啸着的刀锋挟着迫人的寒意快要逼到我身上时，庄碧岚已从前方敌人的胸膛拔出泰阿宝剑，闪电般向后一挥。

刀锋不曾落到我身上，那人喉间的鲜血却箭一样喷向我。

我一阵眩晕，忙别过头将脸埋在他的颈窝间，再不去看近在咫尺的可怕厮杀。

庄碧岚的身体并不像他外表看来那般文弱，乱军中大开大阖收发自如的对敌气势，并不亚于任何战场名将。

可不知为何，这一刻，我居然还能想起唐天重。

他有着更高超的武功，更精明的谋图，更宽广的胸膛和更坚实的肌肉，比唐天霄庄碧岚更厉害更难缠，正是当之无愧的当世强者。

可为什么我想着他那样骄傲要强的性情，反而心疼得厉害？

想着他明天一定会为了他无法护住的孩子和女人出现在困龙峡，我连眼前致命的危险都看得淡了。

我已经没有了他的孩子。

我正伏在我曾爱恋了十多年的庄碧岚背上。

第二十三章　莫怨春风，红颜当自嗟

庄碧岚正为了我大开杀戒。

可我竟什么也顾不了，只是想着，他不能去困龙峡，他不能出事……

厮杀在继续，我甚至感觉出庄碧岚有几次身体震了一震，分明也受了伤。

但他的行动依旧迅捷，连跃身上马时都能腾出手来半托着我身体，轻轻松松地带我共乘一骑，在震耳的吼杀声中斩开一条血路，径向前冲去。

不知过了多久，身畔终于只剩下了马蹄声，却已甚是零落。

在阴冷阴冷的寒风中，肌肤上溅着的血渍已经凝结，连血肉也似冻住，麻木得失去知觉。

我动了动僵硬的手指，抬眼望向四周。

前后跟着的，不过十余骑，再不知那些声东击西引开唐天祺注意力的兵马哪里去了。

或者，已经没了机会从狸山脚下离开？

天色很黑，我甚至看不清随在身后的那些人的大致轮廓，只从偶尔传出的一声两声呻吟还能猜出，这些好容易逃出来的部属也大多受伤不轻。

我将庄碧岚的腰圈得更紧些，低声问他："碧岚，你伤势要紧么？"

他微微侧脸，夜色中的弧度温润柔和："我没事，一点皮肉伤。应该……没伤着你吧？"

他握住我的手，修长的指尖温柔地在我手背拍了一拍。

"我没受伤。"

我答着，默默感受他掌心传来的微微暖意。

那样你死我活的杀戮中，他武艺高强，却受了伤，我伤病在身，行动不便，却毫发无损。

到底花了多大的心思来护我，他不说，我也清楚。

而庄碧岚听到我的回答，也似松了口气，轻声道："没受伤就好。我真怕……"

他哽住，却又仿佛很低地笑了一声。

我垂头道："碧岚，谢谢。"

他便点头，说道："我原以为你从不会对我道谢。不过……谢便谢吧，我究竟……不再是你愿意依托终身的那个人，是不是？"

唐天霄一定告诉过他，我不仅不愿做他唐天霄的妃子，也不愿再做庄碧岚的妻子了。

我沉默许久，也只能说道："我们阴差阳错，有缘无分。"

"阴差阳错，有缘无分。"他重复着我的话，语调已是苍凉，似铺了一层厚厚的积雪。

"是我的错。我已经……不再是以前的宁清妩。"我鼻中酸涩得很，只是依恋地又将头靠在他背上。

他仰头，望向天空。

可半个星子都没有，这样全然的漆黑，他能看到什么？

280

我也仰头，望向天空。

鼻中更酸了，但眼睛里的热泪却给吹得冷了，慢慢倒灌回眼眶深处。

除了眼睫微湿，眼角微凉，我再觉不出自己曾欲落泪。

这时，我听到庄碧岚道："你没有错，我也没有错。我们都已够小心，可老天……还是让我们错过了。"

"可你还是宁清妩，我庄碧岚从小看着长大，想让她开心过一辈子的妩儿。"

倒灌回的泪水忽然不可抑制，泉涌而出。

而夜风，更冷了。

再这样阴冷下去，只怕大过年的，也会酿出一场大雪来。

又往前奔出数十里，手足俱已麻木了，连头脑也是昏昏沉沉，如不是被紧缚在庄碧岚身上，我真担心自己会一头栽倒下去。

这时，急行的马儿放缓了脚步。

"碧岚……"

仿佛听到有女子欣喜却带着呜咽的呼唤。

我吃力地撑开眼皮，见着了前面尚亮着灯的小小营地，扎了二三十顶帐篷。

其中最大的那顶帐篷前，有个裹在玄青大氅中的熟悉身影正急急奔了过来。

她身后的侍女提着盏绫纱灯笼，浅浅的淡红光芒将她娇美清瘦的面庞映出了几分艳丽。

是南雅意。

千里征战，庄碧岚依旧将她带在身侧，留在脱险后第一眼可以看到的地方。

有点酸，有点怅然，我悄无声息地将环着庄碧岚的双臂放下。

庄碧岚低了头，解开了腰间缚住我的丝带，却没有立刻下马。

"碧岚，雅意在等你。"

我哑着嗓子说，舌尖似也被冻僵了，涩得拖转不动。

"嗯……"

庄碧岚仿佛应了一声，却还是没有动。

这时，南雅意已奔到马前，笑着唤道："碧岚，清妩！"

"雅意……"

庄碧岚终于动了。

他踩着马镫，慢慢地下马，却在单脚落地时身体一晃，一头栽倒在地。

"碧岚！"

一在马上，一在地上，我和南雅意一齐唤他的名字，然后望向彼此。

第二十三章　莫怨春风，红颜当自嗟

第二十四章　角声清袅，相寻梦里路

　　我被南雅意和侍女扶下马时，庄碧岚也被他的部属连扶带抱送入了帐篷。
　　南雅意挽着我，和我急急奔过去看庄碧岚时，掌心似乎比我还凉些。
　　"我没事……"
　　庄碧岚卧在衾间，微笑着这样宽慰着我们。
　　明亮的烛光下，我终于能看清，他那俊秀的面庞尽是失血和剧痛后的苍白，唇边泛着青白，显然伤势不轻。
　　他身上遍是血迹，战袍解开，才发现肩腿都有受伤，的确是皮肉之伤，并不严重。但解开中衣后，胸腹部紧缚的纱布赫然在目。
　　已经干涸的暗红血渍，又快被刚渗出的鲜血浸透了。
　　南雅意的脸色已是和庄碧岚差不多的苍白。
　　她一边看着大夫为庄碧岚清理敷药，一边低声告诉我："皇上传讯说他预备把你抓回来时，碧岚刚刚和南疆打了一仗，虽是胜了，却也受伤不轻，虚弱得很。可我们想着总是不放心，所以备了马车急忙赶过来的。可惜到底没来得及，皇上他……"
　　她的眼睛垂下，长睫如无力耷拉下的蝶翼，微微颤抖着掩住眼底的苦涩和伤感。
　　我便知庄碧岚迟迟不曾动手，只怕也与他的伤势有关。
　　如此沉重的伤势，还闯到敌营救我，无疑是在拿自己的性命当作赌注了。
　　我涩然道："怎么这般不知保重自己？忘了上有庄伯伯满怀殷望，下有数万将士马首是瞻了么？"
　　"不曾忘。可人活一世，总得有取有舍。"庄碧岚喘息着，微微而笑。
　　大夫正处理着他的伤口。随着他的喘息，那里沥沥往外冒着鲜血。

我垂头，并不觉得自己值得他这样的取舍。

从没想过自己会成为负心人；但如今，我于他，的确算是负心。

庄碧岚依然微笑："你能安然无恙回来，我也没死，我算是赌赢了。清妩，我们的运气不算差。"

我便抿唇，努力将唇边的弧度向上勾起："希望……我们的运气能再好一点。我们或许可以赌一赌……赌一赌我们能不能在阴差阳错后，找到和我们有缘有分的那一位。"

庄碧岚的眉跳了跳，没有接话。

南雅意依然是一贯的从容，静静地望着我。

眼看庄碧岚的伤口包扎妥当，想来有大夫随身照顾，一时还不致有危险，我坐了片刻，精神也略好了些，遂站起身道："碧岚，我必须去困龙峡。"

庄碧岚并没有阻拦。

他抬眸看了一眼帐外依旧漆黑的沉沉夜空，勉强支起了身，吩咐自己的亲卫："看下还有多少没有受伤的弟兄，护送宁大小姐去困龙峡。"

我心里震动，不由得问："你……你愿意帮我去找他？"

他虽温和尔雅，可我晓得他对囚他辱他又利用他强占我的唐天重有多恼恨。连庄氏降了嘉和帝唐天霄，应该也多少怀着报复唐天重的意图。

庄碧岚很快回答："我讨厌这人。可我当然要帮你。只盼……你也量力而行，凡事先求自保，便是不辜负我这般辛苦救你一场。"

"我记下了。"我几乎要哭出来，却强笑道，"蝼蚁尚且贪生，我又岂会自寻死路？到时一定见机行事，灵活应对，好早些回来吃雅意做的菜，泡的茶。"

庄碧岚点头，向我摆了摆手道："那你快去吧，外面的马车大概已经备好了，饮食衣物都有，虽然粗糙了些，也先将就用着吧！时间不早，记得早去早回！"

他竟连这个也预料到了。

从我还是不解事的小女孩时，他便这般细致地为我着想着。如今，我已是他人妻妾，他还是不改当日的温存体贴。

纵然不再是相携一生的爱侣，他还是我最亲近的挚友和兄长。

"谢谢。"

我应了他，再次道着谢，眼圈却已红了。

这一回，庄碧岚并没有再说什么，只是靠在枕上，沉默地望着我。

南雅意也在吩咐道："小心！如果形势危急，先撤回来大家再慢慢商议，万万不可硬碰，知道不？"

我低头应了，走向帐篷外的马车。

而帐内，便传出了庄碧岚一声长长的叹息。

"雅意……"

他喃喃地唤着南雅意的名字，惆怅、伤感、委屈，以及终于能找着个人敞开心扉的庆幸。

我可以想象，如今似兄长般舍命护我的男子，此时正像迷惘的孩子，疲惫地将头埋到南雅意的肩窝处。

就像那晚的细雨中，那晚的莲池下，一贯高傲的唐天重，也曾喝得醺然，欺负了我，还像孩子般无辜着。

有缘有分……

他们应该能是有缘有分的一对吧？

雅意可以静静地守着他，却不必无奈地守候他，不必一天比一天失望，一天比一天悲伤。

那么，我和唐天重呢？

送我前去困龙峡的马车并不华贵，也不精致，却极牢固，起承转折的重要部位，均包以铸铁，车厢的板壁也比一般的板壁厚实，不惧寻常刀枪弓箭。

但护送我的庄氏亲兵并不多，寥寥十余人，倒还有两三人是受了伤的。

再不知夜间突袭唐天祺军的那些兵马到底是全军覆没了，还是被冲散了未及回来。

我披上他们为我预备的火红色狐狸皮斗篷，慢慢地搓着迅速被夜风冻僵的双手，一时竟不敢去问，只为救我一人，庄碧岚究竟牺牲了多少人马，未来又会因此惹多少的麻烦。

领队的护卫见我沉吟着不上车，上前安慰我道："宁大小姐，放心吧，只要我们能尽快找到康侯的兵马，人多些少些，并不妨事的。"

我应了，正要举步上车时，忽听南雅意远远唤道："清妩！"

我忙回头时，南雅意正抱着个手炉匆匆自帐篷里跑出，急急赶上前来。

她将手炉递给我，低低道："车里虽有暖炉，只怕还是冷。抱着这个吧，应该会好些。"

她的唇已冻得发白，在奔跑引起的急促喘息中呼吸出一团团雪白的热气。

低一低眸，就着她身后侍女手中所提绫纱灯的光芒，我看到了小小的银制暖炉上精刻的缠枝宝相花纹，隐透着来自贵家的不凡与骄矜。

这样精致的器物，宫外并不多见，多半是她自己平常所用的了。

她素来怕冷，经了夏天那场重创，身体又似单薄了些，脸色始终不如在宫时的红润健康。我握了握她的手，只觉她掌间被暖炉焐出的微热正迅速消逝，快要和手背一般地冰冷了。

将暖炉推回给她，我微笑道："帐篷里未必比车里暖和。何况碧岚伤重，更要好好照顾，受不得寒冷。我穿得厚实，没事的。这个你们就自己留着吧！"

284

南雅意眸光潋滟，似灼烧着火焰，又似流溢着水光，盈盈欲下，却反手握紧我的臂腕，吸了吸鼻子笑道："我身体从来就比你好，碧岚又是男子，有大夫照顾着，怕什么？倒是你，刚刚……刚刚历了这样的磨难，寻常人家都一两个月不能出门见风的，怎会没事呢？我……我竟不知怎样劝你保重才好！如果碧岚好好的，我一定陪着你去找唐天霁。"

她说着，微一失神，才叹道："若碧岚好好的……自然不舍得让你吃这苦头，早亲自带了你去了。"

我望向庄碧岚的帐篷。

有烛火轻轻地跳动着，帐篷在黑夜里散发着温暖的浅橘色，安谧而沉静。

若不是因为我，无论在南楚，还是北周，他本该都是闲时醉吟烟霞、战时驰骋边疆的少年将军，允文允武，受尽长辈的娇宠，同辈的敬重，大有一番作为。

如今，他作为一名新降将领，却硬生生将我从唐天祺手中救出，坏了唐天霄的计划，再不知会让本就立足未稳的庄氏兵马受到怎样的猜忌。

纵然唐天霄目前急需盟友相助，等他地位稳固，忆及今日之事，鸟尽弓藏兔死狗烹的事未必做不出来。

而唐天霄对南雅意，总还存着三分情意，三分歉疚。只要不碍着他的江山和皇位，他应该愿意在自己的羽翼下力保她和她的家人周全。

南雅意已又将手炉塞回我手中，宝相花的纹理带着暖暖的热意摩挲在掌心，是这寒冷的漫漫除夕夜里最可贵的温暖。

我轻轻地说道："这一生，我累他已够多。可惜……我连回报的机会都没有了。雅意姐姐，我们姐妹一场，只怕我还需连累你……连累你代我照顾他。"

南雅意一失神："代你照顾他？"

我微微地笑起来："我这人向来自私得很。欠了他承诺过的一生一世，却不想还了，只能将他托付给姐姐了！"

纱灯的光芒在南雅意的双颊敷了浅浅的黄，此时那层黄却似晕了开来，氤成了薄薄的红，连她神情都已显出几分局促。

她低咳了一声，转眸望向那顶透着光亮的帐篷，不安说道："清妩，庄碧岚是个君子，也是个痴情人。当日他虽为我把你舍下，可从未打算放弃你。"

我抿着唇，轻叹道："新泡的好茶，原要趁热喝了才好；若是放得久了不去喝它，就是再上品的茶叶，再清甜的泉水，也会苦涩难咽。与其勉强在苦涩里寻找原来的香气，还不如重新冲一壶的好。雅意姐姐，如今，他已不是我的那壶茶了。"

纱灯里的小烛哔剥跳了几跳，南雅意明珠般的眸子随之跳跃着，明明暗暗，若有若无地浮动着柔和的辉芒。她慢慢道："我明白。就像……唐天霄已不是我的那壶茶一样，我们都弄丢了最初的感觉。只是……现在你面前的这壶茶，真是你喜欢的那壶吗？"

想起唐天重那等凶猛刚烈的性子，我笑了起来："这茶很苦。可我甘之如饴。"

拢了拢身上的狐狸皮斗篷，我踏上车，吩咐护卫："快走，看看我们能不能上午便赶到困龙峡。"

南雅意紧走几步，在马车开始行驶前又急急向我说道："清妩，不管挑了怎样的茶，一定要活着才能品，才能尝。你切切记了，我和碧岚都在这边等着你，等着你安然归来，和我们一起开开心心活下去，知道吗？"

车厢的一角燃着暖炉，似把整个躯体都熏得暖暖的。

我半掀车帘，笑道："是，我会安然归来，和你们一起开开心心活下去。"

还有天重，唐天重。

不管之前多少的恩怨，日后多少的困难，我们都要活下去，开开心心活下去。

至于是不是和庄碧岚他们在一处活下去，倒也不重要了。

既已知晓情事，我又怎会看不出他们两人交流时不必形诸言语的默契？

只是我已是他们两人间的一枚结，若不抽开，恐怕这辈子也只能流于相依相扶的暧昧，很难再有其他。

而我希望他们能幸福，就像我和唐天重曾经的幸福一样。

幸福……

小产未愈的躯体疲倦酸软，我如同煮熟了的面条般无力地歪在座椅上，却微微地笑了。

我竟不能否认，我们曾经幸福。

哪怕，竟是那样短暂。

这日凌晨，才到丑时，在凛凛北风里酝酿了许久的一场大雪终于发作出来。

无边的天幕像倒扣苍穹的大沙漠，无声而凌厉地撒下没完没了的大粒雪霰，要把这天，这地，尽数淹没成一色的空茫。

领队的护卫姓陈，本已受了伤，想来该是庄碧岚身畔最得用的人物，此时兢兢业业护着马车前行，却告诉我道："宁大小姐坐稳些，不然先卧下休息片刻也行。这雪……只怕下得大了，待会路上结了冰，更难走了。"

我忐忑不安，问道："明天什么时候可以到困龙峡？"

陈护卫答道："原本上午便可到了。可这雪再下的话，也就有些难说了。希望江南的雪不像我们北方那样厉害，别一早就堆起来，把路给堵了。"

"那么，上午还能到么？"

"可能要中午或下午才能到……"

陈护卫有些迟疑地伸手为自己擦了擦汗，无奈地望向夜空。

我探出头来，望了望天色。

天快亮了，铅白的天空继续阴沉着，大朵大朵的雪花毫不留情地打在脸上，刺生生地疼。

看来这雪下得长了，并不容易止住。

去晚了，还来得及么？

唐天重，希望这场大雪，阻滞住的不仅仅是我这辆马车，更是你身边的千军万马。

本就未曾痊愈的身体困倦之极，我不得不裹了事先预备好的锦衾，卧在铺着豹皮的榻上休息。

惴惴不安的睡眠极浅。

唐天重、唐天霄、庄碧岚，还有那个被活生生打下来的孩子，似又围在了我身畔，笑语不绝。

几次惊梦，又强迫自己睡去，不去听外面沙沙而下没完没了的雪落声。

如果我找到唐天重，并能和他逃开那个死亡峡谷，前面艰辛的路，只怕还长着。

我不能孱弱着身体去拖累他。

终于到达困龙峡所在的密山时，午时早已过了。

外面的雪已经小了些，满山满野却已铺了厚厚的一层积雪，白得耀眼。

马儿都已累得直打响鼻，连连喷着热气。马车后面一路逶迤过来的深深车辙，见证着它们的负重。

山里人家偶尔响起的一两声爆竹声，让我记起原来这日已是旦日，新年的第一天了。

这并不是好事。

入了正月，便算是早春了；这样的雪，本就对庄稼有害。何况大年初一满天满地素缟，总是不祥。

我抱着手炉，打开一侧的小窗向外观望。

前方的雪地虽也是洁白一片，却能看到刚被覆去的杂乱脚印和车辙痕迹，应有大队人马经过不久；再前方，便见两侧山峰兀立，地势凶险，此刻山石已被覆了白雪，山体却还是苍青的，森森地散着寒意，杀机凛冽。

陈护卫听到些动静，忙骑马赶到窗侧，呼着一团团热气向我禀道："宁大小姐，前面便是困龙峡。"

我怔了怔。

密山东连平安州，西接扶风郡，峰峦叠峙，溪流环绕；困龙峡则是密山中的一道峡谷，一路俱是山峰竦桀险峭，若是在其间设下埋伏，连逃都不易逃去。

唐天祺为其兄择了这么个地方设下陷阱，果然情深义重。

屏了呼吸向前方望去，寂寂山道，纷纷白雪，并不见半个人影。

陈护卫迟疑道:"可能就在前面吧?大小姐不妨再回车上休息片刻,雪若再大……只怕马车就没法通过了。"

我也发现了。

雪,越下越大,路,越来越崎岖,马车,也便越行越慢。

随从们不断拿连鞘的刀剑磕着车辕辘中积的冰雪,他们的盔帽上也已满是积雪,连眉梢都是雪白,下马走动之际,听得到甲胄上结成冰块的积雪断裂和脱落的声声脆响。

我默默走回车中,凭他们辛苦地轮流下马推车,自顾将车内的暖炉加一点炭,又取了预先用棉花渥在暖炉旁的食盒,端出其中的一盏参汤,喝得一滴不剩。

小产刚刚数日,我的身体远远谈不上恢复,经了这一夜的奔波,更让我心力交瘁。

可我没有时间休息,甚至可能会面对更剧烈的厮杀和征战。

唐天重……

他一定就在附近了。

我们很快可以见面么?

参汤微微的暖意从胃部荡了开去,仿佛未来再大的风雪,再多的血腥,在倚到他那宽阔有力的胸怀后都可以忽略不计了。

手指撩开一侧小帘往外察看时,我注意到了自己的手。

很白皙,映着明亮的雪光泛着淡淡的青,连青玉般的指甲下都看不到一点属于健康的红润。腕骨指骨,俱瘦得突了出来,纤细得像轻轻弹一下都会折断。

摸一摸自己的脸,我摸到了高耸出来的颧骨。

许久没有照一照镜子了,再不知如今的我已经憔悴消瘦到什么模样。我咬了咬唇边,希望唇能红润些,借着方才的参汤效力,让我不致显得太过苍白。

正思忖时,隐约听得外面随从几声低低的惊叫,接着车身晃了一下,像是被什么东西卡住,停了下来。

我忙踏出车厢看时,一时也惊住了。

前方,同样积雪满路。

可眼前的雪,居然是红色的!

这里那里,或深或浅,或多或少,像谁作画时一不小心倾了朱砂,触目惊心的红一直向前方蔓延着。

才有的一点暖意,被周遭的酷冷侵袭,顷刻便已无影无踪。

在一名随从的搀扶下跌跌撞撞跳下车,才往前走得两步,忽觉脚下踩到的物事软得怪异,忙退了一步,定睛看了,身体便摇晃着站立不住。

竟是一具士兵的尸体,尚未完全僵硬,刚被薄薄的一层白雪覆上,伤口处溢出的鲜血却把近处的白雪染作鲜红了。

这一路蔓延着的深深浅浅的红，竟全是尸体么？

我僵在那里，靠着车辕说不出话，只是一阵阵的头晕目眩。

难道一切都已经发生了？

我来晚了？

我竟来得太晚了，连唐天重一面也见不到么？

一旁的随从忙扶住我，而正翻看地上尸体的陈护卫也飞奔过来，勉强笑着说道："宁大小姐放心，这里虽然刚打了一场，不过……看起来康侯应该没落下风。"

我攥着辕木上的积雪，长长地吸着气，冰凉彻骨的雪花将寒意直沁到胸肺间，却还是闷得透不过气来，许久才能沙哑着嗓子问道："他们已经打……打完了？"

陈护卫焦躁地望着前方，答道："暂时看不到战况胜负。不过从地上的死尸服色来看，康侯应该没吃亏。死的人七成是皇上的兵马。"

设下圈套的是唐天霄，唐天重还能反败为胜，倒将唐天霄一军？

我怔怔盯着前方白雪中的团团殷红时，陈护卫已在谏道："宁大小姐，目前情况不明，路途也被这些尸体堵塞，马车是走不了了。大小姐身子又弱得很，不如我们先回公子那里，等他打听到了确切的消息再作打算，如何？"

我凝一凝神，慢慢答道："连战场都未曾打扫，证明他们的仗还没打完。我……要去找他。"

仿佛为了应和我的话，不远处忽然传来轰然一声，霹雳般炸响在耳边。

还未及抬头，更多炸响连续不断地传了过来，巨雷般震得耳中嗡嗡作响。

这会儿的雪势已小了些，我抬眼时，清晰地看到前方某个山头附近卷起的漫漫雪尘和滚滚浓烟。

隐隐可闻的惨叫声中，我失声地叫了起来："快带我去，快带我去，天重……天重在那里！"

我的双腿浮软着，并无一丝力道；只是我叫喊之时，人已飞快地奔了出去，腿脚迅捷如飞，连着给尸体绊倒两次，依然能飞速爬起身来，竭力向那个方向跑去。

张护卫在后急喊道："宁大小姐，你这样不行的！"

我充耳不闻，一颗心怦怦地疯狂乱跳着，快要从腔子中蹦出来，只是告诉着自己，唐天重在那里，唐天重在那里。

即便有无数的阴谋和暗算织成了密集的网在那里等着他，我还是相信，他不会有事。

那炸药不会炸到他，一定不会。

我后来是被陈护卫拽住，硬拉到一匹马上坐了，由他们牵着马向前行进。

我再也注意不到马蹄和随从们脚下无数的尸体，只是兜紧了斗篷上的同色狐狸皮风帽，笑着说道："康侯不会有事，他这般厉害的人……唐天霄也伤不了他，对不对？"

随从们并不回答。

我猛地想起庄碧岚被唐天重暗中软禁的事，也便猜出无论是庄碧岚还是他的属下，其实都很讨厌唐天重。

"其实，我知道他不是好人。"我失神地望着那里渐渐飘散开的烟尘，干巴巴地笑起来，"他一直不是好人，只是我想他活着，好好活着。"

这样强悍的男人，理应活个百儿八十岁，以雄鹰般盛气凌人的姿态，孤独骄狂地傲视同侪。

好人不长命，祸害遗千年，这句老话，正该用在他身上。

其实我拼了命想做的，无非也只是盼着能再看他一眼，看着他以他自己的方式好好地活下去。

他不该被人缚住双翼，更不该为了我而被人缚住双翼。

他应该像鲲鹏般飞得很高，很远，不会为了一个女人而放弃自己的天地。

踩了不知多少人的尸体，好久才出了狭谷，不再是困龙峡的地域。但空气中弥漫的血腥味却更浓了，连不小心吸入鼻腔的雪花，都在肺腑间回旋着浓浓的腥臭，给寒气冻得收缩的胃部不由得阵阵抽搐，却是吐都吐不出来。

眼前地势已经开阔，那处在困龙峡看来近在咫尺的战场，依然不见踪影，喊杀声却越发地近了。

我正揉着被雪霰打得疼肿的眼睛，想问问陈护卫等人大约还有多远时，马儿已转过一道山坳，还没来得及看清眼前形势，一道黑影不知从哪里飞来，重重地撞向我。

我惊叫尚未出声，一旁为我牵马前行的陈护卫已飞起一脚，将那道黑影踢得飞起，落在地上又滚了两滚，这才顿住。

竟是一具从山坡上落下的尸体，全身血肉模糊。

身后的随从仿佛都从被冻结的状态瞬间融化过来，箭一般冲上前来护住我，出鞘的刀剑锋芒灼天，鲜明地划开了漫漫雪光。

前方的小小山坳，正是我苦寻的双方交战处，却不如我想象的千军万马厮杀对敌。

地下滚着大大小小的石块和七零八落的尸体，让我想起方才的连绵巨响。原来此地另有伏军，却是炸开了山峰上的碎岩，用作了对付下方敌人的第一道伏击。

是唐天重的兵马在冲出困龙峡后，再次被袭击？

那么，他们应该迅速撤离此地，摆脱这种失了天时地利处处受制于人的局面才对。

可为什么那大批的人马，不但不往前方撤退，反而意图攻往左首那座陡峭的小山峰？

我眯着眼，试图抬头看清山峰上的形势时，大片的雪尘却已自山上扑撒而来，没头

没脑地将我笼得睁不开眼。

"什么人？"

近在咫尺处传来格斗交锋的声音，随即响起陈护卫的高声应答："我等奉交州庄公子之命，护送清姑娘来见康侯！"

兵戈之声一时静寂。

嗖嗖的风声旋绕在山间，把斜斜密密的雪花打在脸庞，却已没了知觉。

我慌乱地拍打着风帽上的霰粒，努力荡涤开遮住我视线的一切时，前方的脚步又是一片凌乱，急促，不时听到碎石被踢开到一边，或有人摔倒在雪地的闷响。

仿佛攻向山峰的众人都撤了下来，大片的黑影迅速奔向我这里。

有一个熟悉的嗓音，稳稳地响在我的马头前："帮我谢过庄公子了！"

眼前仿佛清晰了，却又迅速模糊。

有那么一瞬间，我看到了唐天重。

玄衣如墨，连战甲都是墨黑的。微凹的深眸黑如墨潭，急流汹涌，杀机四伏，甚至被周围的血光映出了微微的红，连漫天漫地的白雪也不能映亮半分……

"天……天重……"

我恍惚这样唤了一声，身体已忽然一轻，迅速被裹入了一个坚硬如铁却暖意蓬勃的胸怀。

"清妩，清妩……"唐天重的嗓音极是低沉，仿若只有那样的声线，才压得住喉间颤动着的哽咽。

但他仅仅只唤了两遍我的名字而已，然后便是用满是茧意的手掌小心翼翼地在我面庞摩挲。

他的掌心热热的，有着我所熟稔的气息——霸道里的柔软，血腥中的温存，铿锵中的缠绵，不羁中的深婉，豪宕中的痛惜，沉雄间的歉疚。

我竟完全是懂得的。

眼前更加模糊了，大团的湿润和着他的温暖，融开了面庞的冰凉。

从硌得我生疼的甲片间抬起头，我扬起唇角，勉强给他一个明灿的微笑："侯爷……我没事。"

唐天重结了冰般的面庞颤了颤，刀凿斧雕般的五官顷刻松动。他捧住我面庞，竟不顾正身处激战之中，当着他那些部下的面，低下头来便亲上我。

先是额前，再是鼻尖，再是双唇。

从上而下，蜻蜓点水般温柔掠过，如此温暖，如此柔软，如此珍爱……

如此妥帖地熨到心口。

宽大的手掌握着我腰胯，缓缓地在我平坦的小腹滑过。

我心头针扎般剧痛起来，忽然间连骨髓血液里都酸涩难当，恨不得重重地捶着他胸膛，滚在他怀里号啕大哭，哀痛我们那没出世便让我幸福得在睡梦里笑醒的孩子，怒斥他的权欲熏心害了我们的亲生骨肉，恼恨他那善妒的母亲、伪善的弟弟让我承受的一切。

眼中的泪水滑落如雨，在未及结成冰前迅速被他拭去。

斜斜密密的冷雪中，那暖暖的掌心……

我终究只对着他痛不可耐的黑眸笑了一笑，再次道："侯爷，我没事。"

他便点头，低低道："嗯，我知道。你从来都说自己没事。"

一旁闪过他贴身相随的张校尉，上前禀谏道："侯爷，既然清姑娘不在山上，我们还是尽快撤离，回扶风郡大营吧！"

唐天重皱眉，这才略略放松了我，恨恨地瞪了一眼山顶，嘲笑道："唐天霄在困龙峡捕我的那张大网，想我全军覆没，却被我反将一军，反让他的兵马丢盔弃甲，不得已弄个假清妩在山上诱我深入，这次再失败了，不知可有第三套计划来对付我？"

这时庄碧岚那些送我来的部属已上前向我行礼告退，顺带呈上了一套小号的盔甲。

"这是南姑娘伴随公子征战时素日所穿的，南姑娘说，若宁大小姐顺利找到了康侯，便送给宁大小姐了。"

我双手接过，摸着显然有别于一般男子盔甲的精致甲衣，忙解开斗篷匆匆套上。

唐天重一边为我扣着钢盔，一边转头问道："那么，你家南姑娘有没有说，假如她没能顺利找到我，又待如何？"

陈护卫望着这个喜怒无常的男人，迟疑答道："若没找到……自然还要好好带回去的。"

唐天重冷笑："帮我传话给庄碧岚，宁清妩不论是生是死，都是我的人，轮不着他来置喙。至于今日之情，本侯记下了，且容日后回报！"

陈护卫等人面上皆有愠意，看了我一眼才匆匆离开这是非之地。

瞧他们的眼神，颇有点为我不值的意味。

我同样觉得唐天重蛮横霸道得太过了。

明明送我盔甲和传话的人是南雅意，他却一股脑地扣在了庄碧岚身上，连道谢也这样夹枪带棒满怀恶意，不知是什么意思。

第二十五章　兵戈凌灭，暗香泣飞雪

唐天重将我抱上他的紫骝马，在他身后坐稳了，又拿束带紧紧缚到他身上，才一边绕开碎石率着他所余无多的部属前行着，一边问我："你……怨不怨我？你一定……极盼我救你罢？终究却是我无能，让他救了你出来。"

我这才觉出，唐天重那嚣张的传话，其实颇有些色厉内荏的意味。

他不安，并且……吃醋了。

只是万万舍不得这时再对我宣泄出吃醋后的怒意。

我伸出胳膊，紧紧环着他的腰，低声道："不怨。"

"哦！"

他淡淡地应着，显然并不相信。

我继续道："因为你终不会想到，阻碍你成为九五之尊的人，会是你的父亲，你的母亲，和你的弟弟。也许……还有你的妻子。"

"你……"他又失声，抓住我环在他腰前的手，终究不舍得用力，很快又松了开来，连声音也柔软下来，"你承认你是我妻子了？"

我微微地笑："你若不肯承认，那便不是了。"

他哑然笑了起来："你别做梦了。我早说过了，你跑天边去，也逃不出我掌心。便是我败了，死了，你也别想逃开。如今更是如此。若我会死，死前也一定结果了你，让你和我结伴做对鬼夫妻，也免得我活着日日夜夜悬心，死了也日日夜夜悬心。"

这样恶毒的话语，我听到耳中，居然回味出一丝甜蜜。

我叹道："我不做梦。随着你生或死，贵或贱，我都认命。"

倚在他背上，我清晰地听到他的心跳分明漏掉了一拍。

之后的许久，他那不规则的心跳都与他面上沉着冷静的王者气势大有出入。

我们的身前身后，尚有近百名铁骑相随，俱是一身鲜血，恍如从地狱中奔出。

此处地势险陡，兵马众多未必便有优势，据我一路过来看到的尸体估算，他带来的，应该是两千左右的轻骑兵，装备精良，身手高明，并且忠心不贰，才会在敌人居高临下占尽上风时犹自拼命相搏——不是攻城略地，而是用自己的命去抢夺主将在乎的一名小小女子。

山上对山下的情势一时也不能看得分明，唐天重兵马的突然撤退，让山上的攻击者久久回不过神来，也不知是不是在猜疑唐天重另有计谋，因而在唐天重率人跑出老远，才从山上冲下。可惜唐天重临行前令人将山坳中残存的马匹一概杀死，他们徒步而行，再怎么追也是赶不上了。

山间难行，战场也难以铺展，想来唐天霄设在山中的兵马也不会太多。

我们这就算逃出生天了么？

我略略松了口气，放开了一直紧绷的神经，疲倦地靠在唐天重的身上。

唐天重呼吸渐趋平稳，才记得继续问我："天祺……是不是背后和唐天霄有勾结？"

我倦倦地答道："他说，你母亲害死了他的母亲和他的同胞弟弟，你父亲又让他阻止你弑君夺位，所以他令人灌我打胎药。我不肯，他一脚踹在我肚子上，孩子就下来了。都是血，好疼……"

唐天重整个人一震，咬牙切齿地恨恨道："怪不得……原来是他！这畜牲！我会将他千刀万剐，为你和莲儿出气。"

莲儿……

他果然和我一般看重我们的孩子，记得我们是如此殷殷地期盼着他出世，甚至早早为他取了名字。

莲儿，莲儿，见证着他的父母初识于莲池，相守于莲池，甚至……相爱于莲池。

是的，相爱……

再次见到庄碧岚，发觉待彼此的心意已不复当日的波澜翻涌，更让我清晰意识到，曾经认定的固若金汤的爱情，在音尘杳杳多少年后，终于在聚散匆匆中烟消云散。

所幸，我并不是云中孤雁，他也不是水上浮萍。各有得失，终究不算悲惨。

如果失去莲儿只是唐天重母子当年所作所为的报应，那这报应，我也只得承受，并和泪吞下。

我低声在他身后轻叹："冤冤相报何时了？得饶人处且饶人。侯爷，你恨他伤了我，害了莲儿，他也恨你母亲害了他母亲和弟弟，对和错，你分得出吗？"

唐天重沉默，然后冷笑："清妩，若我敢怀有你这样的容人雅量，这许多年的明争暗斗，我早死了不知几十回了！"

我也沉默了。

最是无情帝王家。那样你死我活的明争暗斗，原就不是我所能忍受的。

风雪似又密了，刚刚有些回温的面庞，被雪粒打着，反觉出冷森森的疼意来。

唐天重见我不说话，倒似不安起来，拍了拍我的手，放缓了语气说道："若我饶了别人真能解去冤仇，退一步倒也不妨；怕只怕，我若退一步，立时兵败如山倒，别说莲儿，便是你，我都不能保住！"

我打了个寒噤，忽又想起唐承朔临终前所嘱的话，不觉伸出手来，摸了摸我贴身挂在胸前的荷包。

辗转流落在外这许久，居然没人想起要搜我身，唐承朔给我的东西被我缝在荷包中收藏着，倒也不曾遗失。

提到我们的孩子，唐天重神色黯然中带着凄愤："清妩，我无法容忍……我连我自己的孩子都保不住。唐天霄有定北王和庄氏支持又如何？天祺阳奉阴违一心反我又如何？瑞都在我掌中，举国最精锐的兵马也在我掌中。如今你回到我身畔，我更无顾忌，你且等着看你夫君怎样翻手为云，覆手为雨！"

我哑然，心知无从再劝，何况身体早已虚乏得不堪，一阵阵地心悸眩晕着，连手足俱已疲软，只得闭着眼默默忍受一路翻山越岭的颠簸，努力稳住坐在马上的身姿，不让唐天重发觉我的病弱，免得连累他分心。

唐天重却似很享受我无力的依靠，偶尔转头瞧我，黑眸晶亮，倒似比那漫山的白雪还要明澈些。

眼看快出密山，两侧有矮松、山石、灌木等飞快掠过，顶部俱压着厚厚一层积雪，看来像一个个弓着腰的老人正戴着雪白的毡帽。

唐天重心机之深，并不在唐天霄之下，饶是唐天霄这样机关算尽，似乎也未能占据上风。

他拿马鞭指点着前方向我说道："从这里过去的山口，便驻扎着八千接应我们的骑兵。待会儿与他们会合了，唐天霄再调遣再多兵马越过密山赶过来，无论如何也是赶不及的了。"

我点头："唐天霄的驻地，似乎在平安州以东，想大规模调军过来，并不容易。"

这话我不过随口一说，但唐天重的身体却似僵了一僵，慢慢放下了举起的马鞭，手背上竟已攥出根根青筋。

他应该是想到什么，并突然紧张起来。

我迟疑着问道："哪里不对了？"

唐天重策马向前，吩咐两名亲卫："你们先行到前方军营去探察动静，若是一切正常，即刻发两枚响箭通知本侯；如有异样，便只发一枚响箭，然后尽快脱身回来禀我详情。"

亲卫领命，快马加鞭离去后，他才缓缓道："平安州到扶风郡，除了穿越密山山道最近，

第二十五章 兵戈凌灭，暗香泣飞雪

若绕道狸山,不过多上三天路程,并且俱是康庄大道,可供大队兵马行走。"

狸山?

我失声道:"唐天祺的驻地?"

唐天重令唐天祺驻于狸山附近,当然有其用意;如今看来,至少他是打算用唐天祺的兵马作为扼住唐天霄东进的咽喉要塞。

可如果唐天祺有了叛心,这道要塞即刻形同虚设,反成了悬在唐天重头顶的一把钢刀。

三天路程虽不短,但从我被唐天祺捉住并定计要挟唐天重那时候算起,已经过去六七天了,唐天霄完全有时间调动兵马,从唐天祺驻地悄无声息地绕过。

唐天重大约听到我恐慌,转过头来向我微笑:"不怕,我只离开了一两日,便是唐天霄真的和唐天祺联手,以他们的胃口,能制住我部署在密山以东的八千精骑就不错了。至于扶风郡的十八万兵马,有傅将军、盛将军等统领,他们想轻易撼动,也只是做梦而已!"

我忙挨着唇角,冲他盈盈一笑,道:"跟在侯爷身畔,我自是不怕。"

他便点头,放缓了马儿的速度继续向前行着,很是无奈般叹道:"都承认你是我妻子了,怎么还是这么生分,口口声声唤着我侯爷?每每听你嘴里哄我欢喜,可心里最亲近的,还是那位肯几次三番为你出生入死的庄公子吧?这次再见面,不知亲亲热热把你的碧岚叫了多少遍?"

我把披在盔甲上的斗篷裹紧了些,嗅了嗅鼻子,说道:"这天还真冷。"

"哦?"唐天重皱眉道,"月子里冻坏了身体最易落下病根,你躲我大氅里来,再忍耐一天半天,等安定下来,我找大夫给你好好调理。"

我继续说道:"这天冷得厉害,连雪花嗅到鼻子里都酸酸的。不知道的,还以为这天下的不是雪,是醋呢!"

唐天重猛地悟过来,恼怒地扭头瞪我:"你这死丫头,敢笑我吃醋?"

我若无其事道:"不敢。是我鼻子给冻得发酸了。"

唐天重再瞪我片刻,见我始终安详着面孔贴在他肩背上,那怒意便似给生生地憋住了,愣是没发作出来。

不但没发作出来,再有片刻,我甚至听到了他吃吃的笑声,将头够到前面去瞧他面庞时,果然满面柔和的微笑,连眸子都漾着春水般的明亮清澈,将素常的威凛肃杀一扫而空。

许久,他道:"明年再为我生个孩子吧!我们还唤他莲儿,好不好?"

我脸上发烫,却是微微而笑:"好。"

唐天重却不满足,沉思片刻又道:"一个自是不够的。明年先生一个男娃娃,到后年再生个女娃娃。如果到时你养得胖些壮些了,再计较要不要再生几个吧!"

他倒算得好,把我当母猪下崽不说,还连男娃娃女娃娃都计算出来了!

我再不好答他的话,依在他身后假寐。不知哪里传来幽梅的暗香,萦在飞雪中飘来,

甜丝丝地沁入肺腑。

朵朵雪花从眼前飘过，纷纷扬扬，仿佛成了春日婉秀媚曼的杨花，连飞舞的姿态都是温柔的。

可我到底没有幼稚到把唐天重安慰我的话当真。

纵然扶风郡还有十八万精兵强将，一旦唐天重和他带着的八千精骑出事，面对着群龙无首的事实和唐家二公子的背叛，军心不稳进退失据在所难免。唐天霄身为武帝嫡嗣，总比被唐天重扶到龙椅上的傀儡皇帝有威望得多，到时振臂一呼，只怕这十八万精兵多半会不战而降。

所以唐天霄并不需要对付那十八万兵马，只要对付好落单的唐天重便行。

转过一处山脚，马儿行得更缓慢了，但我们已看得到远方连绵的帐篷。

炊烟缕缕，正从那成片的帐篷间袅袅升起。

一切看来很正常，并无可疑之处。

正想着是不是我和唐天重都太多疑了时，但闻一声尖锐的哨音越过了沙沙的雪声、呼啸的风声，迅速在空气里激荡开来。

抬眸，孤零零的一枚响箭，正以惊人的速度，飞快地划过无数雪霰，孤寂地射向苍漠的天空。

而期待中的第二枚响箭始终没有射出。

军情有变？

唐天重的呼吸有片刻的停顿，身体却已骤然间绷紧，突然迸发出的激昂气势，如猛虎出笼，雄鹰击空，连脱出盔帽的每根发丝都闪动着凌厉迫人的杀机凛冽。

"转道山南！"

他镇静自若地下令，声音并不高，但身后百余骑的应诺之声，已将山间树木上的积雪震得簌簌而落。

我紧张得浑身冷汗，只更紧地贴住他后背，不让他觉出我的虚弱和畏怯。

既已选择和他共同面对，我所能做到的，便只能是尽量减少我给他带来的负担。

我都不能拖累他。

众人转过马头，沿着山脚的另一个方向飞奔起来时，两侧的灌木和山石忽然动了起来。

准确地说，是那些伪装成灌木或山石的伏兵动了起来。

雪地里突然被拉起的绊马索先将前面连着十余骑绊倒，接着便是跃上前的伏兵，各持刀枪剑戈，杀向倒地的骑兵。

能被唐天重挑中，并在重重包围算计中冲出来的骑兵，自然都是身手非比寻常的死士。

"侯爷快走！"

第二十五章 兵戈凌灭，暗香泣飞雪

前方的骑兵虽被重重甩下马背，眼见有人袭击，第一件事，竟是先去砍断绊马索，打通唐天重和后面人马的道路，紧跟着才持刀自卫。

他们不顾伤势腾挪之际，早已在格斗中失了先机；何况伏击的这些人，与其说是士兵，不如说是刺客更合适，行动灵巧敏捷，骑兵们的身手立时落在了下风，但见刀光闪过，惨叫连连，前方的雪地里，已迅速翻起了大片鲜红雪浪。

疾驰向前的马匹，踏的不仅是敌人的鲜血，更可能是自己人的身躯。

可这时候，再没有人顾得了去分清敌我了。

活下去，特别是保着唐天重活下去，才是最终赢得未来战局的关键。

斜刺里有人飞来一刀，唐天重冷哼着，手掌一翻，悬于马头的亮银长枪已握在掌中，挥洒时扬出一片比雪花更炫目的光芒，闪电般迅捷划过。

对方连惨叫也是短促，中枪处鲜血泼洒如雨，迅速融去大片白雪，连正在落下的雪花都似染了那鲜红，狰狞地扑打到脸上。

庄碧岚前晚救我，同样也这般刀山剑海中奔来驰去，却到底是在黑夜之中，不若这样过于洁白的天色，连血色都能鲜明到炫目，令人阵阵地心悸。

"把眼睛闭上！"唐天重低沉地吩咐我时，我才意识到我的身体正不由自主地颤抖着。

"好！"我轻声应了，尽量将自己蜷紧在他身后，默默感受激烈打斗时他那身健实肌肉牵引出的强大爆发力，却依旧大睁着眼睛，关注着眼前的战局。

这些刺客身手虽高，但人数顶多才与我们这一行人相当；这样的雪天从马背上居高临下往下攻击，总是占着天时地利的因素，因此被突袭的慌乱过后，唐天重的部属已迅速扭转局面，渐渐控制战局。

这时，只闻"刺啦"一声，一道火光冲天而起，劈开了漫漫雪光，然后在空中炸响。

很美丽的火树银花，红得澄澈，亮得耀目，像谁在张扬着爪牙，邪恶地纵声大笑。

一计接一计，一环套一环，唐天霄竟谨慎到将唐天重任何可能退路都已算好，并竭力封死堵绝。

唐天重眯着眼，眸子里灼过烈焰般的怒火，扫了一眼本该驻扎着他的八千精骑的军营。去探察动静的两名近卫还没有回来。

也许再也不会回来。

他们以响箭示警，不仅告诉了唐天重军营有异常，也提醒了唐天霄所部兵马，唐天重已经到来。

想来他们早有预备，如今再得到这些伏击者提供的准确方位，大队援兵，顷刻可至。

风雪声中，我依稀听到了追兵奔出营寨的马蹄声。

"速战速决！"

唐天重咬牙吐出这四个字，手中银枪势如蛟龙，再度贯穿敌人心脏。

那人凄叫一声，临死之时，居然还能扬手发出一枚袖箭，直奔唐天重面门。

唐天重向后一仰，轻松避过，继续策马向前。

银枪随着紫骝马奔走的步履甩开那已不能再动弹的敌人尸首，带起一溜血珠，溅于雪地，迅捷被马蹄带起的白雪混杂住，如春日里揉碎了的落红，转眼被踩踏殆尽。

看出唐天重打算即刻突围，一侧又有人不顾牵制住他们的骑兵，飞起袖箭径射过来。

唐天重挥枪击落两枚，定睛看了一眼跌在雪地里的袖箭，向身后沉声喝道："小张，阿陈，为我断后！"

这紫骝马本是当日唐天霄为支开他而带他在宫中所选的塞外宝马，性虽桀骜，一旦被唐天重驯服了，倒是匹万里挑一的好坐骑，即便负着我和唐天重两人，都能轻若无物，驰骋如电。只要他那些部属将袭击的刺客尽量拖住，以他的身手，一马当先冲出重围并不困难。特地叫了两名心腹近卫过来断后，必定是为我的安全着想了。

果然，伏击者见唐天重欲要脱逃，竟有几个不顾一切摆脱开对手的纠缠，仗着自己的轻身功夫，拼了命般袭击过来。

看出唐天重对我的安全多有顾忌，这些堂堂的战场男儿，竟把我当作了唐天重最大的空门，毫不犹豫地将刀剑挥向我。

身后的张校尉和陈校尉连连为我挡开刀锋剑刃，并及时地击落了两枚射向我和唐天重的暗箭，解了唐天重的后顾之忧，果然让唐天重一路势如破竹。

对敌之际，扑到我脸庞上的冰冷，已分不清是融了的雪水，还是敌人的鲜血。

从军营方向奔出的追兵马蹄声愈来愈近，但前方的敌手终于也越来越少。

挑飞最后一名挡路者的钢刀时，唐天重仿若略放下心，重重地呼出一口气。

"他们想擒杀本侯，做梦！"

他冷冷地笑着，在马背上拍了一下，紫骝马便发出长长的嘶叫，风驰电掣般向前冲去。

马儿加速行进的瞬间，我的背部止不住向前冲着的力道，略略向后仰了一仰。

几乎同时，后背仿佛着了重重一击。

我听到了金属挤开护身甲片的尖锐刮擦声，甚至听到了锐物钉入骨肉中的轻微的"噗扑"声。

剧痛迅速蔓延时，我忍着疼没有呻吟出声，咬紧牙关转头看时，张校尉正一脸惊慌，向刚被唐天重磕飞兵器的那人一刀砍下。

那人顿时身首异处，紧屈着的右手慢慢松开，却还看得出刚才出其不意射出袖箭的姿势。

紧随其后的张校尉和陈校尉发现我受伤，急急要奔上前时，我忙向他们使了个眼色，又示意他们看山下大道上隐约可见的大队追兵。

他们神色一凛，对视一眼，紧张地驱马随在后面，到底没敢惊动唐天重。

他们大约也是清楚，若此时让他发现我受了伤，也不会有机会为我包扎处理，白白地乱了唐天重心神而已。

有些无力地伏在唐天重背上时，他若有所觉，微微侧了头问道："累了？再撑一两个时辰，便该是咱们的地界了。唐天霄胃口再大，吞了我的八千精骑后，也没能耐动我那十八万精兵！"

刚脱重围，身后又有无数追兵如乌云般压上前来，他却不改豪宕刚毅，线条分明的五官斧刻刀凿般深邃着，只在冲我微笑时泛出泉水般的清澈，孩童般明亮见底，除了我自己的倒影，再无一丝杂质。

我看到我的脸庞静静地镌刻于他的瞳仁，容色苍白，消瘦得两边的颧骨凸出，纵然曾有过怎样的天香国色，此时也已被折磨得光彩全无，怎么看都不过是个寻常得不能再寻常的病弱女人。

便是这样一个无姿无色总是为他人带来灾难的女人，也能这般占据他全部的目光和心神？

我不觉冲他微笑，那瞳仁里的女人便也微笑，满满的幸福。

"不论何时，侯爷都是我的英雄。"

我说着，却恨他比庄碧岚高大许多，而我的身体却不由自主地越来越沉，再也无力抱住他脖子，亲他一亲。

听了我的话，唐天重的脸居然红了红，飞快地转过头，驱马向前奔着，口中却是低低的抱怨："你这妮子想气死我，还唤我侯爷！"

我伏在他的后背上，隔着厚厚的铠甲，听着他有力的心跳，扬了扬唇。

侯爷是你，唐天重也是你，唤什么有区别吗？

若是走进了彼此的心里，天涯海角，也在咫尺之间。

我并不知道我后背的伤势究竟严不严重，但在马儿顿挫的飞奔中，我居然没有觉出太大的疼痛，只有麻麻的疼，从伤口缓缓地扩散开来。

记起了打落的袖箭上泛着的奇异蓝光，我的心脏也似麻麻地疼了起来。

唐天霄务要取唐天重的性命，连伏兵的兵器上都涂了毒。

血液的流淌仿佛停滞下来。

我想，我还是有些害怕的，不过更多的，应该还是不舍，不甘。

我们相守相处的日子并不多，彼此的心结甚至让我们没有敞开心扉说过一次话。

"天重……"

我轻轻唤他。

很低的声音了，带着一丝缱绻的温柔，若有若无地飘在呼啸的风雪中。

"嗯……"

他居然听到了，同样温柔而欢喜地应了一声。

厚实的狐狸皮红斗篷被风雪卷得猎猎扬起，明耀得像一团火，快活地在冰冷的雪天里燃烧。

偶尔，能从被翻起的雪白狐狸皮毛上，看到一大团的鲜血缓缓洇开，一滴一滴地夹在白雪中，落到被踩得凌乱的雪地里。

竟是深沉而不祥的乌黑。

我说："天重，追兵好像远些了。"

唐天重答道："是啊，清妩你不用怕，这匹马儿极好，跟我进山的兄弟们也都是难得的良驹，他们追不上的。"

我笑了笑："我不怕。这场赌博，你若赢了，有大周的万里江山；你若输了，老王爷也早已未雨绸缪。"

唐天重微怔，侧头道："父亲？"

短短二字，声调已是怆然，不知是怀念，还是怀恨。

若不是唐承朔死后还设下重重阻碍，如今他早该是踩着姨妈和堂弟尸体走到权力最顶端的那个人，还用在风雪里为自己和爱人的性命奔波？

可我终究是懂得唐承朔的。

唐天重并不是人们想象中的薄情寡义，真的斩杀血亲为生母报了仇，也未必真能舒畅到痛快淋漓。

就像唐天祺除掉我们的孩子为母复仇后，也会心虚地不敢面对我，不敢面对乃兄。

整个背部都已麻木得失去知觉，连心跳也似越来越缓慢。我努力地呼吸着雪中的冰冷空气，冀盼那样刺骨的冰冷钻到肺腑间，能让我多上片刻的清醒。

环着他的腰，我近乎贪婪地感受着指尖下那没有一丝赘肉的紧实腰线，缓缓地告诉他："老王爷临终前给了我一样东西，我把它放在荷包里，一直贴身挂在胸前。他说，若你兵败，就交给你。"

唐天重身体立时抽紧，如同张扬着翅翼爪牙的隼鹰，蓦地发现了苦苦追寻的猎物踪影。

他道："你待会儿就给我，知道吗？那样东西，我现在就要！"

虽是意料之中，心里还是麻麻地冷了一下。

我轻声道："你若要，待会儿下了马，你就拿去吧！老王爷和你虽是父子，却性情迥异。他死了，还盼着他喜欢的女人，他心爱的儿子，一个个都能好好地活下去。"

唐天重便不悦，冷淡道："所以他这辈子都在为别人活着，死后封号也不过是个亲王而已！"

我点头："你要的是你喜欢的人都为你而活，为你而死？"

唐天重道："那是自然。譬如你，我再不放心把你放别处了。既然孩子没了，以后

第二十五章　兵戈凌灭，暗香泣飞雪

我打仗也得把你带着，天天让你在我跟前；便是我战死了，也需把你带上。不然……连死了也是孤孤单单的，也太寂寞了。"

他的思维，从来霸道蛮横，再不知恤人半分。

我改变不了他，只能叹道："我倒是习惯寂寞了。在寂寞里想着亲人或喜欢的人正开开心心地在阳光下漫步，我便很开心了。若我死了，你须得好好活着，我才能放心。"

"有我在，你死不了！"唐天重不屑地回头瞪了我一眼。

我努力地挺直身体，向他温柔而笑。

他放心地转过头时，张校尉用力地拍着马臀，欲要驱马赶上前来说些什么。

我看得到他目光里的焦灼和担忧，向他缓缓摇了摇头。

喜欢一个人，自然希望他活得好好的，而不是做拖累他的祸水。

张校尉眼睛里有晶莹闪过，忙别过了脸，若无其事地揉揉眼睛，仿佛只是被雪尘迷了眼。

雪还在下，没完没了地下着。

这个大年初一，果然不是个吉利的日子。

远远有零落的鞭炮响起，隔着风雪听来，居然有几分凄凉。

所谓雪舞冰川，银装素裹，不过是天地都着了层孝衣，悲泣着谁的离去而已。

手指仍在他腰间轻轻摩挲，可触感也已麻木，只能靠我的想象，想象这不知多少个夜晚曾与我相偎相拥的躯体，如此紧致，如此流畅，如此有力……

我感慨地叹息："天重，我真的想和你生一个男娃娃，再生一个女娃娃。"

唐天重道："等你养好了身体，我们很快便能重新有我们的孩子了。生个男娃娃需得像我，生个女娃娃……嗯，也得像我才成。如你这般娇娇弱弱的，将来必定受委屈，我不放心。"

我的胸中憋闷得涨疼，用力吸入的空气，仿佛半点都没法进入肺腑了。眼前有盔帽中脱出的发丝来回地拂着，视线便益发地模糊，连心神也阵阵地恍惚，耳边的风声时而清晰，时而静谧。

我无力再拥住他，慢慢地垂下手，靠在他背上轻轻道："天重，我困了，想睡了。"

唐天重便急急道："别睡！这么冷的天，小心着了风寒！何况马背上这么颠，怎么睡得着？"

我呢喃地撒娇："我几天没好好睡了。我要睡会儿，只睡一小会儿。"

唐天重仿佛还在说话，我却已听不清了。

慢慢垂下头时，双臂也正无力地耷拉下来。

一片纯然的白中，火红的斗篷张扬地拍打着漫天飞扬的簌簌雪尘。

腰间束带依旧把我和他紧紧缚在一起，那样融洽的亲密，让我好生安心。

忽然便记起了唐天重的一句话。

他说，清妩，你永远不知道，我比你所能想象的更喜欢你。

其实他错了。

我是知道的。

唐天重，你永远不知道，我比你所能想象的更喜欢你。

第二十五章　兵戈凌灭，暗香泣飞雪

唐天重番外　双花双叶又双枝

九张机，双花双叶又双枝。

薄情自古多离别，从头到底，将心萦系，穿过一条丝。

清妩一直以为他不懂，可他早便是懂得的。

双花双叶又双枝，无非成双意。

可即便是绣在两人共同骨肉未来会穿的小肚兜上，唐天重还在想，那句诗，为谁而吟，为谁而绣？

他是始终不安的。

他得到清妩的手段，委实太不光明。清妩这一世，只怕都会认定他人品下乘，无法和她的庄碧岚或唐天霄相比了。

那个皇宫初见的夜晚，他自负身手高明，又有众多暗卫相护，才径入南楚皇宫探探动静，不料暗卫中竟藏了太后的眼线，伺机借刀杀人，竟把他的行踪出卖给了楚人。

那晚他少有的狼狈，但后来回忆起来，却只记得石桥上那个如莲花般摇曳着的绝色少女。

她的笛声极清澈，空灵得像隔了云端般缥缈着，让他明知身后有追兵，还是忍不住往那个方向逃了过去。

那无声垂泪的少女，一身素色宫装，凝了月华般散着柔和的辉芒，面庞同样皎洁如月，那般宁谧出尘的气韵，让他站在桥头呆呆看着，一时竟忘了身后还有追兵。

她的面容，直到他克制不住将她拥在怀里时，他才能看清。

其实五官是怎样的，已经不再重要。

这女子后来便成了他心里衡量是不是美人的标准。于是，这天下便没有一个他能看

得上眼的美人了。

　　他并不太愿意承认自己也能多情如斯，也不肯承认自己会对一个连名字都不知道的女人一见钟情。可他确信，这女子是前世便铭刻在他心头的，只是在重新相见的一刻，才唤起了心头的疼痛和欣喜。

　　她是他前世的孽，注定了他看她的第一眼，便在劫难逃。

　　错过，再错过，彻骨的懊恨伴着彻骨的思念，让他有机会拥有后，绝对不肯再去承受失去的苦楚。

　　可即便得到了，他依旧无法心安。

　　他不仅要她的人，更要她的心，她的灵魂，就像……她曾经对待庄碧岚那样，睡梦里都只记得他，再容不下第二个人。

　　令他沮丧的是，连试探她真心与否的计谋，也成了她眼中最拙劣的把戏；他自以为聪明地看她表演时，她不动声色地将计就计，竟让他成了可笑之极的小丑，尴尬得无地自容。

　　幸亏她有了身孕。

　　他清晰地看得到，那个悄无声息孕育着的娇儿，让她重新燃起关于幸福的梦想。

　　他所能做到的，只是尽力让她感觉到，她是他的独一无二。并期待着，终有一天，他也能是她的独一无二。

　　不想分别，但不能不分别。

　　酝酿了多少年的仇恨，以及在复仇中愈陷愈深的权力泥沼，他已挣脱不开。

　　亲情也许会衍生出额外的权力，但权力则注定了会毁蚀亲情。

　　不进则退。

　　否则，死无葬身之地。

　　何况，他很想向清妩证明，他不仅是最适合她的那个人，更是最能带给她无上尊荣的那个人。

　　可清妩才离开，面对不得不发的弦上之箭，他已心生悔意。

　　也许，并不需要这么急着便动手。

　　也许，他该等他们的莲儿出世再行动。

　　何处今宵孤馆里，一声征雁，半窗残月，总是离人泪。

　　他竟也有英雄气短，儿女情长的时候。

　　冬天来临时，他收到了清妩寄来的衣物，看到了她亲笔所写的那句诗，一颗心总算安稳下来。

　　从头到底，将心萦系，穿过一条丝。

　　原来，尽尝相思之苦的，并不只是他一人。

他更疯狂地想丢开手边的战事，回到她的身畔，喝着她泡的茶，听她吹一支曲，从此静静相依，再不相离。

他也真的那么做了。

匆匆安排好手边的事务，回到他为她在饶城营造的那个家里，却没能看到她。

凌乱的卧室，无处不是她的气息。为他们孩子所做的小衣物，精致得让人爱不释手，却因为她被掳掠而再找不到主人。

唐天重为部属的失职惊惶失措，并怀疑是守护清妩的暗卫中出了奸细，大动干戈地抓了好多人，一一地细细盘查。

而唐天重只是惊痛地发现，他的心，空了。

没有得到时，他拥有思念；终于得到时，他贪婪地希望得到更多。

从没有人告诉他，得到后再失去，原来竟是摘去了心。

摘去了心，让整个人空寂得失去了所有的凭依。

有消息回报，说宁清妩被囚于丰城时，唐天重并不相信。

他相信唐天霄擒了宁清妩的目的可能是用来要挟自己，以唐天霄的精明，绝对不会那么轻易便让他发现清妩的被困之地。

显然是故布疑阵，引他入彀。

可这时，丰城方向有唐天霄派遣的使者送来了一个檀香木盒。

沉郁芳香的檀香盒，都没能掩饰住盒内传出的浓重血腥味。

谋士打着寒噤，猜测是不是谁的人头。

唐天重突然透不过气，冷汗涔涔而下。

打开之后，他会不会看到那张熟悉的面庞缭乱着满头青丝，满是污血向他凝望？

他猛地掀开了木盒。

然后，他靠在案上，长长地吐了口气，却还是扶着额盯着木盒里的东西不作声。

并不是宁清妩的人头，而是一团凝结在一起的血肉。

见惯战场厮杀中的断肢残骸，他自己的刀枪下也常是血肉横飞，他其实并不惧这些血腥之物。

可这次，即便发现了不是宁清妩的人头，他还是觉得心惊肉跳，冷汗止也止不住。

他转头问身畔上了年纪的谋士："这是什么？"

谋士脸色有点发白，盯着那个物事，终于还是答道："好像是……胎儿……"

"胎……"

他说不出话来。

很冷的天，这团血肉也似结成了冰，在一路的颠簸中失去了最初的模样，看不出眼鼻，

却还能隐约辨得出抱在头部的上肢，和蜷到肚子上的双腿。

手指伸出去，欲要触碰，又缩回，欲要触碰，又缩回……

却始终不敢去碰那团血肉。

孩子，冷吗？

孩子，疼吗？

唐天重想问，却哽着半个字吐不出来。

血肉下，依稀垫着什么物事。

唐天重抖索着粗大的手指去抽取，可他抽动时，那团血肉随之滚动了一下。

他仿佛给烫了般慌忙一缩，惊惶地扶住那团血肉。

果然冷，果然疼。

他忽然间冷得犹如身在冰窖，又疼得仿若被人一箭穿心。

用自己温暖的掌心贴住冰冷的胎儿，他轻轻拿出胎儿下方的物事。

是一条百子肚兜，柔软的布料，精细的线脚，熟悉的图案。

正中是一朵硕大的莲花，无数的孩童正在染了血的莲花四周嬉戏。

蹴鞠，斗草，斗蟋蟀，放纸鸢……

一张张圆圆的小脸都极可爱，极明亮，即便染上了暗红的血渍，依旧咧着大大的笑脸，似正欢喜地凝望他，随时会唤一声：爹爹，爹爹……

"莲……莲儿……"

唐天重沙哑地唤一声，忽然哆嗦着把那檀香木盒抱起，连同那满是孩童笑脸的肚兜，紧紧抱到自己的怀里。

他一身冰冷沉重的铠甲，无力坐倒在地，终于哽咽出声。

第二日，唐天重亲自率军，攻向丰城。

第三日，丰城守军死伤过半，岌岌可危。

下午，丰城射下战书，要求唐天重于大年初一至困龙峡一决胜负，否则，另一桩新春大礼即将送到。

傍晚，双方休战，唐天重悄然引兵离开。

谋士谏道："侯爷，此时不宜放弃攻城，更不宜前去困龙峡。"

唐天重问："那本侯应当如何？"

谋士答道："自是天下为重！大局为重！"

"言之有理。"唐天重说道，"速去取困龙峡地形图，预备背水一战吧！"

"侯爷！"

"我的天下，就是宁清妩和我脚下的江山！损其一，都算我一败涂地！"

"侯爷！"

"预备困龙峡之战！"

他抬眸，目注丰城方向，握紧拳头说道："失去江山，我可以从马背上重新打回，失去宁清妍，我该怎么找回？"

他不会失去清妍。

便是失去了孩子，也不打紧。

他们还年轻，他们的莲儿会回来。

只要他在，她也在。

除夕之夜，那样冷，那样黑。

他在密山外驻扎的大营向东凝望。

唐天霄的兵营在东方，他的清妍，也该在东方。

密山里吹来的风一丝一丝沁到了骨子里，连骨髓都似结成了冰。

"清妍……"

他低低地唤。

冷飕呼啸而过的风声中，忽然便听到了幽幽的音乐声。

不是笛声，不是箫声，韵律断断续续，时隐时现，伴着女子清澈而忧伤的轻轻吟唱：

"九张机，双花双叶又双枝。

薄情自古多离别，从头到底，

将心萦系，穿过一条丝……"

是清妍吗？

有那么一刻，他清晰地看到了苍白消瘦之极的清妍，半蜷在小小的油灯下，拿冻得红肿的手指持了筷，一下一下，把一只普通不过的瓷碗，敲出了金盘迸珠寒泉溅石般的乐声。

化腐朽为神奇，他不怀疑聪明绝顶的清妍可以做到。

可他已顾不得欣赏。

看着她身上粗陋的棉衣，看着她努力揉搓着冻僵的手，看着她无声无息滑下的泪，他只是心疼，心疼得再也忍不住，开口便问道："清妍，很冷吗？"

他上前一步，风却更大了，仿佛吹灭了那盏小小的油灯。

一片漆黑。

他的清妍，不见了。

再怎么侧耳倾听，也无法听到半点刚才的乐声。

竟是幻觉，幻觉吗？

可他宁可相信那是真的。

身无彩凤双飞翼，心有灵犀一点通。

他和清妩，理当如是。

所幸，世间有一种幸福，叫别后重逢；有一种快乐，叫劫后余生。

他终于找回了她，找回了他不小心弄丢了的清妩。

清妩居然是庄碧岚救出来的，这让他心里委实不痛快；可想到清妩舍了庄碧岚不要命地冲到了战场，他满怀行走刀锋间的刚硬，忽然柔软如一池春水。

漫天的飞雪中，清妩伏在他的背上，那样温柔地向他呢喃："天重，我真的想和你生一个男娃娃，再生一个女娃娃。"

是的，九死一生后，他们将终身厮守，生一个男娃娃，一个女娃娃；如果她不再这样瘦骨伶仃，他们还会有很多个娃娃。

他笑了，沁到鼻尖的雪花，有蜂蜜般丝丝的甜香。

他告诉她："生个男娃娃需得像我，生个女娃娃……嗯，也得像我才成。"

其实生个女娃娃像她也没什么不好，每天只看着，便心旷神怡，每时每刻，仿佛都是开心的，就像此刻漫天飞舞的雪花，都在因她而笑。

便是娇娇弱弱的小女儿，将来也未必会受委屈。他会护着她，他们的男娃娃也会护着她。

正想着要不要告诉她这个新主意时，清妩说困了，想睡了。

她没再叫他侯爷，温温存存地唤着他，天重。

她安静地倚着他软下身体时，也的确像是困了，像是睡了。

但这时强烈的不安忽然间便席卷过来，毫无缘由，只是心悸到可怕。

"清妩，清妩，别睡，陪我说话！清妩！"

他拍着她垂落的手腕，不容反驳地唤她。

可她没有回答。

他回过头，只看到随风乱舞的大红斗篷翩飞如蝶，却看不到清妩藏在他背后的面庞。

"清妩！"

他再唤的时候，发现了后方部属惊恐躲避的目光。

他的心猛地沉了下去。

下马时，清妩瘦小的身躯无声地跌落他的腕间，轻得感觉不出分量，软得感觉不出生机。

背上的袖箭赫然在目，雪白的狐皮斗篷染满了暗黑的血。

他不敢想象，这么柔弱的小女子，在刚经历了残酷的落胎之痛后，怎能再忍受这样的伤势，一路随他颠簸奔驰。

她居然还能在这样寒冷彻骨的大雪里，那样平静地向他倾诉着别有所指的温柔絮语。

她说："在寂寞里想着亲人或喜欢的人正开开心心地在阳光下漫步，我便很开心了。"

她说："若我死了，你须得好好活着，我才能放心。"

可他向来都是怎么说？

他说："你别妄想着再跟别人。若我死了，也必不会让你活着。"

他说："我死之前，必定先杀了你，死后才不致寂寞。"

他一直没告诉她，他其实只是害怕。

害怕他的世界，再没有了她。

不敢想象的失去，顷刻间便要来临了吗？

权势，欲望，富贵，仇恨，忽然之间全都远了，远得只剩下腕间这个轻如鸿毛的女子。

在他的心头狠狠地压下，重逾泰山。

追兵越近，卷起的雪尘里，崭新的马蹄铁银光闪闪。

只有唐天霄身边的禁卫军，才可能在这样艰苦的对峙中，依旧拥有最好的装备。

随侍的近卫在急急催促："侯爷，快上马，不然来不及了！"

身上的貔貅香囊在雪天中依然散发着龙脑的芳香。

他提到鼻尖嗅了嗅，让自己大脑更清醒些，才淡淡地吩咐："你们撤，立刻。"

近卫呆住。

他却若无其事地将清妩抱得更紧，撕开她后背的衣衫，拈了箭羽，飞快一拔。

扔开袖箭时，那黑紫肿胀的伤口居然没冒出多少鲜血。

这可能比血如泉涌更可怕。

"清妩，清妩……"

他低低地唤。

连拨箭这么剧烈的动作，他的清妩居然都已毫无反应。

她的面庞已是全然的雪白，紧闭的眼眸毫无动静，呼吸细若一线。

"清妩，醒来！别睡，冷，很冷，知道吗？"

他呼唤着，喂她服药，为她吸吮毒血，盼她能够坚持到有人救她的那一刻。

追兵已近在咫尺。

他所余不多的部将正围在他的身周，连马儿都不安地在原地打着转。

他抬起头，微微一笑："你们去吧，通知扶风郡的将士，就说……我唐天重对不住他们。请他们……自便吧！"

"侯爷！"

"侯爷！"

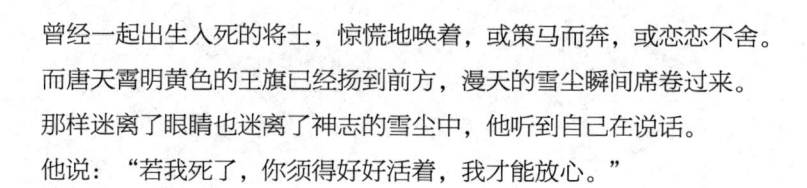

曾经一起出生入死的将士，惊慌地唤着，或策马而奔，或恋恋不舍。而唐天霄明黄色的王旗已经扬到前方，漫天的雪尘瞬间席卷过来。

那样迷离了眼睛也迷离了神志的雪尘中，他听到自己在说话。

他说："若我死了，你须得好好活着，我才能放心。"

第二十六章　浮云生死，应笑着意深

从来没有人说过我命硬。

但当我睁开眼，发现我正身处怡清宫，并由凝霜、沁月侍奉着时，我无端地想起了祸害遗千年这句话。

红颜祸水。

这一回，我又祸害了谁？

让我昏沉的麻木感已经消失，绕着前胸紧裹住的布条下，后背的伤口正隐隐作痛。

"昭仪，来，喝药！"

凝霜端着药碗，用匙子盛了褐黑的药汁递到我唇前，依然是以往的温和笑容，满是伺候主子的殷勤小心。

我麻木地啜吸着，有种恍然一梦的错觉。

难道我还在梦里？

或者，从被唐天重凌逼，到不知不觉中丢了心，到唐天祺、唐天霄的联手暗算，到雪地里的相携奔逃，才是一场真正的梦？

梦醒来，我还在大周皇宫中，是唐天霄的妃子，还是唐天重阴谋阳谋不惜一切要抓到掌心的宁昭仪？

我问："这是什么药？"

凝霜微笑答道："毒素已清，这都是固本益气生肌补血的药了吧？太医说了，昭仪刚刚小产便奔波劳碌，又中毒受伤，如果不好好调理，可就落下一世的病根了。"

舌尖的苦涩刹那席卷全身，我慌乱地抬头四顾。

怡清宫比记忆中收拾得更是整洁雅致。

天水碧的丝帐，靛青的轻帷，连帷后立的一架漆木雕花丝绣屏风都是旖旎。

大朵粉莲，大片荷叶，轻裳照水，盈盈欲语。叶下有鸳鸯成双，交颈而浴，意态安闲。屏上用黑色丝线绣了诗。

"青荷盖渌水，芙蓉葩红鲜。郎见欲采我，我心欲怀莲。"

江南小曲温暖的韵律仿佛在那栩栩如生的画卷中荡了开来，悠悠的曲调中，我竟只想起了唐天重。

他柔软着眉眼，低沉而蛮横地说道："我们生个男娃娃，需得像我；再生个女娃娃，也得像我，才不被人欺负了去。"

"唐天重……在哪里？"

我直着嗓子，吼出了这句问话。

一个不论我是生是死都不许我离开的人，怎么肯放任我来到唐天霄的身边？

而且……是在皇宫之中，原本应该被唐天重的兵马所盘踞的皇宫之中！

凝霜迟疑，然后与沁月对视一眼，不敢答话。

那中毒后的憋闷又绞到心口，我沉重地呼吸着，却还是阵阵地透不过气。

"他……败了？伤了？是不是……是不是已经……"

那个字，我不敢吐出，也不敢想象。

我只是睡了一觉而已，一个没指望能醒过来的长眠而已。

不论我生死，原来的局势都应该按着原来的方向往前发展才对。

他已突出重围。

他手上尚有十八万精兵。

他甚至可以拿到我脖上的荷包里的东西，得到另一支绝大的助力。

他没道理败，没道理死，就如我没道理又跑回了这曾困我三年的皇宫中一般。

可我下意识地摸向胸前时，荷包中的硬物依然挂在原处。

那是一块虎符，代表着摄政王暗中经营的另一支精兵。

在我们奔逃的路上，他还心心念念记着这块可以立时让他稳居上风的虎符。

他那样权欲熏心，连做梦都想着为母报仇，登上九五之尊，可后来竟没有将它拿走！

凝霜、沁月依然不敢回答，而屏风后却传来年轻帝王意气风发的轻笑。

"清妩！"

他从屏风后转出，依然一身淡黄的家常装束，连腰带都未束，那样斜飞着狭长的凤眸，懒洋洋地走到我跟前。

我的嘴唇嚅动了好久，才能艰难地挤出字来："皇上……"

唐天霄凑到我面前，细细地打量着我，眉眼间的笑意便更见深浓。

第二十六章　浮云生死，应笑着意深

313

"嗯，还不错，看来这条小命终于捡回来了！"

我盯着他光采熠熠的眼睛，连句虚伪的简单问候都懒得说，单刀直入问道："唐天重呢？"

他果然皱眉，愠道："你这丫头忒是无礼。以前记挂着庄碧岚，朕道你青梅竹马，痴情不悔；如今朕是有意成全了，你还打算来个喜新厌旧，跟定那个叛臣贼子？"

我羞怒，答道："皇上，我喜新厌旧用情不专，本就不是个好女人；那个叛臣贼子原也不是你的堂兄，他和他的父亲自然也不曾为你东征西讨打下大周如今的江山。"

唐天霄涨红脸，忽皱眉向凝霜等人喝道："滚出去。"

可怜这两丫头还真是无辜，自我走后这怡清宫不知冷落成怎样，怕也是受尽委屈，如今我回来了，她们还得消受皇帝的喜怒无常。

而如今，这天下恐怕再没有人比唐天霄更有权利任性妄为，喜怒无常了。

一时侍女们走得干干净净，唐天霄却依旧烦躁。

他在床榻前来回踱了两圈，才抬头道："别记挂着唐天重了。他已把你交给了朕。"

我握紧拳，毫不犹豫地说道："我不信！"

"朕也不信！"

唐天霄顿下不安迈动的脚步，接了我的话头迅捷说道。

我愕然。

唐天霄不甘地盯着我，说道："这一仗，朕赢了，却赢得莫名其妙。朕实在不解，像他这样不可一世的枭雄，怎么肯为了救一个女人而束手就擒！"

我屏住呼吸，却是真真正正的痛彻心扉。

许久，我才能沙哑地说道："他……不会那样做。"

唐天霄迷惑盯着门扇上的雕花，慢慢说道："朕也想着……他应该不会那样做，朕还疑心着他是不是另有阴谋，叫人带走你救治，又把他当众一顿鞭打，鲜血把雪地都染红了，他竟……一句话也没说。"

就在我说了我要小睡片刻之后？

他发现了我不对劲，然后不顾追兵在后，下来救治我，甚至将我交给了唐天霄救治，不惜自己束手就擒？

从此……

从万人之上的王侯将相沦为阶下之囚，受人鞭笞，嘲辱，然后……死亡？

便是死，也不得安生。

按成王败寇的游戏法则，他将成为史官笔下的乱臣贼子，遗臭万年！

门扇上的松鹤延年雕花，依稀看得到当日唐天霄提起唐天重夺他所爱时一怒以飞剑斫砍出的痕迹。

314

正中仙鹤颈部要害，仿佛在冥冥中预示着今日的结果。

满眼俱是泪，我却还能咧一咧嘴，说道："皇上运筹帷幄，决胜千里，不但揣摩透了人心人情，连没出世的胎儿都可纳入算计之中，果然深得帝王之道，天子之谋，自然无往而不利，无敌于天下。"

唐天霄呻吟一声，道："朕知道你在唐天祺手下吃了大苦头。朕也劝过你，想着回到唐天重身边会有飞来横祸，你却执意不听，难道怪朕？"

我擦着泪水笑道："哪里会怪皇上呢？所谓的称孤道寡，若不能做到绝情寡义，哪里坐得稳皇位。皇上是明君，是贤帝，以后也会越来越英明，越来越贤德，自然不会做康侯那样的蠢事。我那五个多月的胎儿，能为皇上的龙椅垫一垫脚，也是他三生有幸！"

唐天霄脸色发白，退了一步道："你也不用指桑骂槐。朕处置唐天重心安理得，但对于你和雅意……的确私德有亏。若你怨恨，指着朕鼻子骂也没什么；若你放得下，朕也愿意好好弥补你们。"

我笑道："皇上打算怎么弥补？"

唐天霄仿佛松了口气，低声道："你想要怎样的弥补？"

我道："你害了我孩子，就保全了我夫婿吧！哪怕把我俩发配南疆，粗茶淡饭一辈子，我也心甘情愿。"

唐天霄立刻拂袖道："不可能！唐天重所犯乃诛灭九族之罪，便是凌迟处死也不为过。瞧在皇叔和你面上，朕最多保他全尸。"

我原没指望他真能听了我求情便饶了唐天重，但终于从他口中得到了唐天重的一点讯息，倒也松了口气。

至少我可以肯定，他还没死。

但唐天霄顾忌着他在朝中的势力和军中的威望，处死他势在必行。

我冷笑道："皇上，天重的九族……似乎不但包括了我和唐天祺，还包括了太后和皇上！"

唐天霄愠道："所以朕没打算大开杀戒……不过，唐天重算不得你夫婿吧？你从小定亲的是庄碧岚，有过夫妻名分的则是朕，他连名分都不曾给过你，又是你哪门子的夫婿？"

我将头靠到枕上，慢慢扬起唇角："可在我心里，只有他是我夫婿，就如在他心里，只有我是他妻子一样。至于旁人怎么看，那是旁人的事了。"

唐天霄沉着脸不说话。

我继续道："皇上也有妃嫔无数了，却不知，在皇上心里，有哪个是皇上视作妻子的？是熹庆宫的公鸡娘娘，还是你看都懒得看一眼的贤妃娘娘、德妃娘娘？"

唐天霄转身向外走去，冷淡道："你好好歇着，少操这些心。唐天重能把朕的活昭仪悦成死昭仪，朕也能把死了的淑妃回魂成能伴朕一生的宁淑妃。"

我记起了怡清宫的宁昭仪"死"后曾追封为淑妃，同样冷淡地笑了起来："以前的昭仪还能是皇上的朋友，但皇上的淑妃却的的确确是死了的。皇上这样的明主，注定了孤单一世，连朋友都不会有一个！"

对我这样恶毒的诅咒，唐天霄身躯震了震，怨怒地瞪我一眼，却也不斥责，不辩解，默然离去。

而我在他走后，身体却筛糠般颤抖起来，久久不能平静。

唐天重，天重……

你不是说，便是我死了，也不会让我离开吗？

要怀有怎样的绝望，才肯将我活着送到敌人手中，并舍弃自己经营多年的一切，走上那条无法回头的不归路？

背上的箭伤并未伤及要害，但这些时日的身心折磨已将我摧残到形销骨立。

我不敢去想唐天重目前的境遇和他即将面对的死亡。那是可以将所有意志和信心尽数摧折的附骨之疽，痛到噬心。

可我脑中依旧无时无刻不是他。冷峻的面容，微凹的黑眸，皱起的浓眉，以及如今看来多多少少有些色厉内荏的冷言冷语。

不知从什么时候起，曾经避之唯恐不及的身影，竟已是我心之所系，魂之所依。

我无法坐视他走向绝境，更无法接受他因我走向绝境。

即便解了毒，每日用着药，我依然常常发烧。

也许死亡会成为我最理想的解脱方式，但我若这样死去，即便真能如唐天重所愿成为一对鬼夫妻，我还是不甘心。

勉强撑着虚弱的身体，我让凝霜、沁月帮我想法联系靳七和南雅意。

我的身畔已没有了无双这样能干的侍女，但她们两个和我到底也算是共过患难的，能力所及的范围，还是乐意相帮的。

靳七常在宫中行走，每次到怡清宫时总跟在唐天霄身畔，可并没有找到机会说说话。但他到底受过我恩惠，听到侍女的知会，傍晚趁着唐天霄在熹庆宫用晚膳时过来瞧我。

他跟随唐天霄已久，最善察言观色，大致也猜得到我的用意，向我见了礼，不待我开口便道："娘娘，你要咱家做什么都好说，只是康侯之事，实在不是小人力所能及，也不是小人插得上话的。"

我沉吟着问道："康侯……如今下在天牢？"

"天牢。"靳七点头，甚至觑着我脸色，小心地加了两个字，"死牢。"

我叹道："皇上恨他入骨。"

靳七答道："若说恨吗……倒也未必。前儿皇上独寝在乾元宫，一个人对月饮酒，喝得高了，还和小人提起他自个儿小时候的事……提到了雅意姑娘，又提起了康侯……只是很快转了话头。听说摄政王妃在世时常带康侯入宫，那时康侯和皇上还挺合得来哩！"

唐天霄并非无情，甚至比一般人更要多情。

只是他再深重的情义，也抵不过九五之尊的绝大魅力，抵不过他那把龙椅上金灿耀目的光彩万丈。

我僵了好一会儿，才问道："有说什么时候处决吗？"

"有司曾奏请过了正月再赐死，但沈大将军劝皇上尽快处置，以免夜长梦多，因此定了元宵节后行刑。"

元宵节后……

已经没有几天了。

我勉强向靳七笑了笑："靳公公，我知你常去德寿宫行走，能不能帮我传一句话给太后？"

"太后？什么话？"

"你转告她，摄政王执着一生，莫让婉思柔情，一旦总成空。"

靳七不解，我也不解释。

宣太后，宣晴婉，她不会不明白摄政王一片苦心为的是谁，也不会不知道她的妹妹宣晴柔为谁而死，唐天重又在为谁复仇。

我不知道那么短短的一句话，对于在阴谋和权势中打滚了大半辈子的宣太后有多大的触动。

但我不能让她有机会掩耳盗铃，假装看不到妹妹和旧日情人唯一的骨肉，正被她和她的爱子送上绝路。

南雅意来得也很快。

其时我正烧得厉害，痛苦地辗转于床榻间。她扶起我时，我一身汗水淋漓，许久才能冲她笑了笑："伤口还是有些炎症，偶尔会发烧。刚吃了退烧药，又渥了一身的汗。"

南雅意沉默，然后轻叹道："快元宵了。"

元宵。

据说这将是个举国同庆的大好日子。

摄政王已死，犯上作乱的康侯被囚，其弟唐天祺带所部兵马归顺周帝，毫无根基的傀儡小皇帝又被废回了福昌王。

树倒猢狲散。

唐天重的十八万直属兵马群龙无首，在作了短暂抵抗后归降唐天霄，被以最快的速度打乱，整编进周帝的亲信势力中。

煊赫一时权倾朝野的康侯一系,已在短短数日间成了明日黄花,风流云散。

如今的唐天霄,是大周名副其实的天子。臣子们数不尽的称颂阿谀中,他依旧慵懒不羁,连处理政务时都是惯常的不经心的笑容。

可就在那样懒散的笑容下,多少人人头落地,多少人罢官而去,多少人步步高升,又有多少人在他不动声色的娴熟权谋下明升暗降,被打击得战战兢兢,无以自处!

我拿了沁月送来的湿帕子擦着虚冷的汗水,问道:"碧岚那里怎样了?"

南雅意皱眉道:"还好吧,皇上待他很是礼遇……连劫了唐天祺军营之事都不曾追究。庄氏驻在交州的兵马,目前还在庄大将军手中。南夷屡屡进犯,一时还无法调防。只是碧岚却被封作骠骑将军,又兼了兵部侍郎的官衔,暂时是没法回交州了。"

她说得含糊,我却听得明白。

庄氏名义上虽归顺了大周,依然掌握着自己的兵马。交州南接蛮夷,时有战事,地势复杂,兵马习性与中原多有不同,正是朝廷鞭长莫及之地。唐天霄厚遇庄氏,给了庄碧岚高官厚禄,却将他牵制在京城,隐然有以其为人质的意味了。

我轻叹道:"想来碧岚对康侯之事,也不便多说什么吧?"

南雅意眸光一黯,扫了眼侍立一旁的凝霜等人,才道:"碧岚么……他对皇上的英明果决钦佩得很,自是赞成皇上决断。"

我会意,转头向凝霜等道:"我和雅意姐姐聊会女人家的私房话,你们不用在这里伺候了。"

凝霜、沁月等虽是神情犹豫,到底退了开去,悄悄带上房门。

少了侍女,屋中顿时清寂起来。香炉中放的是檀香,仿佛到此时才散发开令人宁神静气的袅袅芳香,嗅在鼻中,沁入肺腑,渐渐地让我沉静下来。

南雅意扶我靠在枕上,自己也卸了鞋,将脚伸在被里,和我并头躺着,才轻轻道:"碧岚叫我问你,你有什么打算。"

"能有什么打算?"我干涩地笑了起来,"他舍命相救,我必定以命相酬。"

"情之所钟,生死以之。"南雅意若有所思,却不加阻拦,只道,"要我怎么帮你?"

以唐天重待我之情,我怎样地粉身碎骨都不为过。可庄碧岚不但没受过他的恩,反受过他的辱。那样的辱,只怕换了谁都会切齿难忘。

我犹豫许久,才问:"庄碧岚肯帮康侯?"

"他不会帮康侯,却会帮你。"南雅意笑了起来,"他若不帮你,那才是天下第一不可思议之事。"

我苦涩道:"雅意,我负了他,你知道的。"

南雅意摇头:"你觉得你负了他,他却也觉得他负了你。不是你,庄氏不至走到这一步;不是他,你也到不了这样的境地。在我看来,其实谁都没有负谁,不过是……

318

天意弄人罢了！"

她偏着头瞧我："其实皇上也有过拿你笼络庄家父子的意思，所以碧岚让我和你说，若你不愿待在宫中，他可以想法将你接回庄府，和我作着伴，也不致太过寂寞……皇上把庄家原来的家产尽数发回了，如今的庄府，还是原来的模样。碧岚说，小时候你曾卧在他们家的水榭边剥莲蓬，还在水边捞过鲤鱼。"

回想着莲池边那一身浅色衣裳的绝色少年，我恍如做了一场美好却虚幻的梦，好久才能弯弯唇角，说道："他是天底下最好的男子，可我……不小心要了天底下最坏的男子。"

南雅意便知我心意，叹道："庄家虽是手握重兵，可想保下康侯却不容易。好在定北王也在力排众议想保康侯，不如让碧岚和他商议商议，若他们联起手来，皇上那里便不能不顾忌几分了。"

我大是惊讶："定北王？"

"是。"南雅意纳闷道，"谁都晓得，定北王是这次平定叛乱的最大功臣，他却上了奏章，说康侯谋反，罪在不赦，却也曾有大功于周，又是皇家嫡嗣，不该斧钺加身，求皇上恕他死罪。从来都是墙倒众人推，本来很有些大臣说要将康侯凌迟，待他这奏折上去，倒也安静了许多。"

我却有些明白了。

必定又是摄政王唐承朔在世之时的布局了。

他要保宣太后母子，却也不舍让爱子因此丧命。

我从怀中取出唐承朔留给我的东西，递给南雅意："定北王，庄氏，再加上这个，也许……唐天霄不得不重新斟酌斟酌他的决定了吧？"

"这是……"

"虎符。凭之可以调动驻扎于花琉的十万精兵。"

五年前，极北的属国花琉内乱，摄政王唐承朔欲以其牵制北赫的进逼，遂从海路发兵十万，平定花琉内乱，将其纳为大周的一处郡县。这十万兵马，后来便驻守在花琉，有效地牵制了北赫试图南下劫掠的步伐，大周没了后顾之忧，才能腾出手来对付南楚，最终一统中原。

摄政王薨后，不论是宣太后、唐天霄，还是唐天重、唐天祺，都在追寻着这块虎符。

唐天霄一定会猜测摄政王把它给了自己的儿子；而唐天重则会因宣太后最后时刻的来访，而认定虎符落到了太后手中。

他们做梦也没想到，唐承朔出人意表地把它给了我这个不解兵法、不懂权谋、不涉朝政的闺阁弱女。

怡清宫比我以前当昭仪时还要热闹些，每日太医数次请脉，又有唐天霄不时赐下的丝帛刺绣和金珠饰品等物,后来连太后都不时赏些东西过来,便很是招人眼目。宫里赫赫扬扬,流言甚嚣尘上,有说宫中所居是酷肖当年宁昭仪的民间女子,也有说就是宁昭仪本人,当日死讯不过误传罢了。

唐天霄那些后宫妃嫔大约也对我的来历很是疑惑,只是唐天霄显然有过严命,连他宠爱备至的皇后娘娘都不曾过来扰过。

但唐天霄本人来得并不勤快,到元宵节那天晚上,才沉着脸来了怡清宫。

我身体好些,已能起身走动,懒懒上前见礼时,他并不扶我,只是冷冷地看着我,缓缓说道:"朕可真小瞧了你的能耐!外臣且不说他,你竟能令太后都出言为唐天重求情!"

有一阵阵的酒气在他的话语中扑面而来,而他的脸颊也泛着不正常的醺红。

这样的神态我并不陌生。

多少个夜晚他痛恨着自己身为帝王却对太多事无能为力时,他也会怅然地借酒买醉,露出这样的醺然醉意。

算时辰,这时候他应该刚从慈寿宫领了宴,必是宣太后趁机让他手下留情了。

我伏跪在地,盯着他纹着金蛟龙的靴子,低声道:"臣妾不敢。臣妾只是想知道,身处帝王之家的男子或女子,是不是个个能像皇上这般胸怀天下,江山为重。"

唐天霄不怒反笑:"什么胸怀天下,江山为重?你是想反过来骂朕无情无义,丧心病狂吧?"

我低头道:"皇上不是无情无义,丧心病狂。只是身为帝王,不得不断情绝爱而已。能真的做到断情绝爱的人到底太少,所以摄政王终其一生只是亲王,太后始终无法助皇上夺回君权,康侯更是自毁棋眼,走上死路。皇上能走到今日,扭转乾坤手握天下,正是因为有了帝王的心性和手段。皇上……已是真正的帝王。"

"断情绝爱?"唐天霄喃喃念叨,眼神甚是迷惘,仿佛并没真正弄清这四个字的意思。

其实他也没必要弄清,能做到便已足够。

我疲惫地说道:"我们都太过执念,只皇上……独一无二。"

唐天霄自嘲地笑了起来:"朕独一无二,所以雅意宁愿守着已经做了朕臣子的庄碧岚,也不愿意回我身边来;而你更为一个将死之人费尽心机,差点把朕视作仇人?"

我叹道:"独一无二,高高在上,谁堪匹配?"

唐天霄蹙眉,眸中忽闪过一簇幽幽烈焰,无声地焚了过来。

他道:"所以你认定,朕想安稳站在这个位置,便注定了孤独一生,连个相携相伴的人都没有?"

我沙哑地笑了笑:"是臣妾失言了!如沈皇后、谢德妃、杜贤妃,以及刚进宫的朱昭容、张婕妤等后宫妃嫔,都会视夫如天,所以皇上……应该算不上孤独一生吧?"

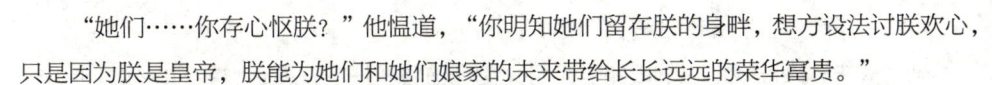

"她们……你存心怄朕？"他愠道，"你明知她们留在朕的身畔，想方设法讨朕欢心，只是因为朕是皇帝，朕能为她们和她们娘家的未来带给长长远远的荣华富贵。"

"可皇上待她们好，也不过是因为她们年轻貌美，以及她们家族对大周的助力。皇上所有的付出，都会得到对等的收获。"

"对等的收获……"唐天霄跟跄地向前奔了两步，双掌击在桌上，冷冷地看着我，"而你们，则认为你们所付出的感情，并不能从朕这里获得对等的回报？"

我并不认为这个问题需要回答。他的行动早已告诉了旁人他给予的答案。

南雅意一心待他，苦等多少年，却成了他将错就错报复堂兄的棋子；我视其如友，唐天重起兵前暗加通知，他却将我交给唐天祺，狠心地由他活活打下我的胎儿，让我徘徊在生死一线间。

我抬头望向他那蕴了醉意的眼，轻轻说道："若皇上能如天重那般以命相救，臣妾同样会以命相酬。"

"以命相酬？"唐天霄仿佛听到了什么好笑的话，哈哈笑了起来，"那么，且让朕看看，你怎么对唐天重以命相酬吧！"

他也不顾天冷，从桌上的茶壶中倒了一盏凉茶，一气喝了，才道："你必定很想见唐天重吧？明天朕会赐唐天重毒酒，便由你去送他！朕会预备两杯酒，一杯有毒，一杯无毒，你选一杯送他，但剩余那杯……你须得饮了！"

他好像解决了件要紧事般长长地松了口气，依旧那样的轻袍缓带，潇潇洒洒地向外行着，边行边叹笑道："朕也算了了桩心事了！母后，母后，你可别说儿臣不曾依你的话，这路……是他们自己选的。"

门扇被他直直地拉开时，大股大股冰冷的风扑头盖脸地卷进来，把地上的长檠灯扑得亮了一亮，又飞快地暗了下去。

灯灭了。

在那片冷冷清清的黑暗中，我也好像松了口气，无力地坐倒地上，竟也扬了扬唇角，笑了。

靳七来传唐天霄口谕时，已经快午时了。

要杀的是曾经权倾天下的康侯唐天重，可唐天霄连正式宣旨这样的程序都免了，直接令人用彩舆抬了我送往天牢。

一路之上，靳七跟在彩舆后面，絮絮叨叨地再三吩咐："昭仪切记，琥珀杯里的是有毒的，白玉杯里的是没毒的，皇上吩咐时我看得清清楚楚，再不会弄错。"

舆上的帏幔挡不了多大的风，也有细碎的阳光从帏幔的接缝间一点半点地洒在紫罗兰色的衣衫上，天然的金色斑点明亮和暖，想来能让我脸色显得好些。

可惜唐天重是看不着我阳光下的模样了。

到了天牢，跟随我前来的凝霜、沁月立刻上前将我扶下，悉心照料的模样，半点也不像对待将死之人。

再瞥一眼彩舆前后，除了舆夫，还有十余名侍卫相随。

靳七便是受了我再大的恩惠，没得到唐天霄暗示，也不敢当着这许多人把什么杯里有毒、什么杯里无毒说出来吧？

有些吃力地走在天牢长而空旷的过道，看着自己投在灰黄墙壁上的身影，给压扁了般矮矮的，但脸庞还是能看出异常的尖削。

虽是敷了胭脂，也点了唇脂，到底没有了原先的风韵和神采。

而唐天重……应该也不会在意吧？

我笃定地想着，看着狱卒将最尽头的一处牢房打开，慢慢走了进去。

里面的霉味和血腥气比过道里更浓些，简陋的木榻上铺了厚厚一层干草，那个高大的身影便躺在那干草上，面向里侧静静地卧着。

他的头发凌乱，尚穿着当日带我突围时所穿的战袍，只是盔甲尽去，经受了不知几许刑罚，早已褴褛不堪，几不蔽体，再看不出原先的华贵质地。

有那么一瞬间，我甚至疑心他是不是已经死了，才对这么多杂沓而入的脚步声听若未闻。

小太监已经走到前方，向我呈上一只乌木托盘，上面果然放了两只斟满了美酒的杯子，一只红若鸡血，细润光洁，一只腻白如雪，通透明澈，俱盛满了美酒。美酒极香醇，在小太监的行走间漾着潋滟的光泽，居然看不出瞬间夺命的杀机来。

靳七已走上前，尖着嗓子宣道："皇上赐康侯美酒，康侯快来领旨谢恩罢！"

"哦！"

唐天重仿佛刚被惊醒，带着浓浓的鼻音淡淡地应了，却没有立刻转过身，反而懒懒地舒展了下手脚。

我自觉早已看得开了，什么样的生离死别都可以安然面对。可就这么一刻，耳闻着沉重的镣铐在他手足间轻轻撞击出的刺耳的声响，我忍不住低低地发出一声呻吟。

唐天重的身体蓦地僵住，飞快转过身望向我。

他那微凹的黑眼，依然如鹰隼锐利，下颌却已长了密密的胡楂，脸庞也有几处青肿，以及几道刚刚结了疤的鞭痕。

他从来便不如唐天霄或唐天祺好看，更无法和庄碧岚那等俊逸如仙相比，可此刻他的面庞扬起灿烂笑容，连狰狞的鞭痕都似蕴了春日般的温柔。

"清妩！过来！"

他闲闲地唤我，向我招了招手。

我便走过去，依到他身畔坐下，小心地去抚摩他的臂膀。

黯淡的灯光下，我看得到破裂衣衫下的那些伤痕。大多已结了疤，却从不曾清理过，有的地方甚至与中衣黏作了一处。

"别哭了！"他简洁地说。

"哦！"

我答应一声，想辩解说自己没有哭时，他那宽大的手掌已伸了过来，拭上我的脸。

果然一片湿润。

我到底没用，到了这时候，尚不能控制自己的泪水。

唐天重却没有容我哭泣，拍拍我的肩道："帮我梳梳头。怕是有了虱子，我头皮痒得很。"

我应着，忙忍了泪，从怀中取了随身带的小梳子，将他头发轻轻向后拢住，小心地一下一下梳理起来。

靳七却似着急起来，上前说道："可否请侯爷爽利些？头发梳不梳原没什么要紧，皇上那里还等着咱家覆命呢！"

唐天重冷淡地截过话头："那么，便让他等着吧！"

靳七顿时语塞，扭头看着身后跟着的那些带刀侍卫，竟不敢让他们上前用强，犹豫着只望向我。

我恍如未见，一点一点地解开那早已缠作一团的发梢，慢慢道："幸亏侯爷的头发又粗又硬，还算容易理出来；若是柔软纤细的，还真没法梳通呢！"

记得三年多前，这样的天牢里曾经关过另一位让我魂萦梦牵的男子，他的头发便很柔软，可我到底没能为他最后绾一回发。

如今想来，竟是恍如隔世。

唐天重却似不悦起来，皱眉向我瞪了一眼，说道："怎么又改口了？"

我怔了怔，抽出一块浅青色的丝帕为他将头发细致地包了，才笑道："其实只是叫顺了口。天重，侯爷，又有什么差别？无非……就是你……是你就够了。"

身体蓦地一倾，已经落到了他的怀中。

"说得有道理，是我太过斤斤计较。"他笑着向我道，"譬如庄碧岚叫你妩儿，我却唤你清妩，可并不见得他便比我更喜欢你。"

许多话我从来没说过，但我再不说，只怕再也没有机会了。

我微笑着说道："没错，你比任何人都喜欢我，便如我比任何人都喜欢你一样。"

他似愣了一愣，旋即放声笑道："唐天霄这小子待我还算不薄，这时候还肯把你送我身边来！"

轻轻地将我下颌勾住，他已重重地吻了过来。

依然是极嚣张极骄狂的霸道举止，却没有弄疼我，发涩的唇舌炙热如火，只在我所能承受的范围放肆地侵噬着，竭尽所能地抢掠着我的气息。

那样缠绵深切快要将灵魂都吞噬的亲吻……

哪怕打定了主意，从此再不要尝那相思之苦，我依旧心头一阵阵地揪痛着，仿佛下一刻我们松开手时，便会不小心从彼此魂魄中剥落，连同自己对于生命的所有信心，以及对于爱情的所有期待。

我抱紧他，十指贪婪地抚摩着他结实的后背，也放纵着自己所有的热情，竭力回应着他倾尽所有的无声热烈。

很后悔，在那么多相处的日子里，我从来都只被动地承受着他的爱抚，却不曾认真地回应他，让他也感受我对他的情意。

"你们……你们……"

靳七有些气急败坏地在牢中来回踱着，而其他侍卫和小太监早已低下头，不敢向我们看上一眼。

唐天重终于放开了我，向他们轻蔑一笑，才柔声向我道："把酒端来给我。"

靳七忙赶着小太监走上前来，奉上托盘，然后向我示意红色的那只玛瑙杯。

他说，玛瑙杯中是毒酒，白玉杯中则是美酒……

我端过白玉杯，明显看到靳七如释重负般松了口气。

我笑了笑，另一只手又端过了玛瑙杯，送到唐天重手前，说道："天重，你还欠我一个婚礼。"

唐天重接过酒，已经笑弯了眼睛，看来居然有些无赖："那么，一直欠着吧。我还不了。"

我将端着酒的手绕过他的手腕，嫣然笑道："那么，先补个合卺酒总不为过吧？"

唐天重朗声笑了起来，连连道："不为过，不为过！"

两臂互勾，将酒杯凑到唇前时，我又瞥了一眼靳七。

他正盯着我，不安地向前挪了两步，看那神态，倒似想一把抢过我的酒杯，和唐天重互换一般。

我微微笑着，将甘醇的美酒慢慢饮下。

实则虚之，虚则实之。

唐天霄一定算准了我不会让唐天重死，才有意让靳七说反了来误导我；可我到底没上当。反其道而行之，我走的还是我原来打算走的路。

虽然活着未必便比死去过得轻松，可我总还希望他活着，好好地活着。

品着舌尖萦之不去的酒香时，我听到唐天重在耳畔叹道："清妩，我改变主意了。"

我不需要你陪我一同死，我希望你活着，好好地活着。"

　　侧头，微笑，望着这男子刚硬的五官，以及饮酒时望向我的温软眼神，我一阵醺然。这一刻，凭他千杯不倒的海量，也该醉了。

　　他转眸，看到我的凝视，随手扔开玛瑙杯，黑眸很好看地阖了一阖，发出无声的轻笑，很是宽容地拍了拍我的肩，说道："罢了，我也知道年少守寡很难熬。庄碧岚人不错，唐天霄么……也算是不简单的了，你不拘跟了他们哪个过日子去吧，我不计较便是。"

　　腹中已如着了火般灼痛起来，我想我该赌对了。

　　白玉杯中所盛的，才是毒酒。

　　我轻松地吐了口气，强撑着攀上他的脖颈，在他耳垂上轻轻一咬，向他呢喃而语："我谁都不要。我要和你生一个男娃娃，一个女娃娃。如果我身体健壮，我还会给你生更多的娃娃。"

　　"好，好！"他笑了起来，额上却有汗水涔涔而下，"下辈子我就是把天下翻转过来，也一定会找到你，和你生一堆的漂亮娃娃。"

　　绞痛愈烈，我的身体便支持不住，直在他腕间坠了下去，犹自强撑着说道："嗯……好，好，下辈子……我等着你。"

　　他的脸色顷刻苍白，急急将我往他身上拉了拉，失声道："他……他竟连你也不放过么？"

　　也？

　　他用了"也"字？

　　我看着他分明正强忍痛楚咬紧的牙关，脑中忽然清明，苦笑道："原来……原来两杯酒中都有毒！"

　　他安静了片刻，却已支持不住，人已倒在冰冷的地面上，却还紧紧拥着我。

　　"好罢，我承认我说了谎。其实我心里计较得很，我不想庄碧岚碰你，更不想唐天霄碰你。"他的唇冰凉，颤抖着亲在我额际，"我只想你是我一个人的，一生一世，都只能是我唐天重的妻子。"

　　我仿佛应了一声，又仿佛没有。

　　靳七尖细的声音却真的越来越远了。

　　不知是真是假，他居然在凄惶地大喊道："怎么会这样？怎么会这样？明明只有一杯酒有毒……快来人啊……"

　　我懒得听到那些人的聒噪，将头更深地埋到唐天重的胸怀间，听着他越来越缓慢的心跳，忽然便觉得甜蜜。

　　我们相亲相爱，一直到死都相亲相爱。

　　我想，我们是幸福的。

第二十六章　浮云生死，应笑着意深

尾　声

后来我曾问唐天重，如果真的只有一杯毒酒，并且是我喝了那杯毒酒，他会怎样。

我本以为，他一定不屑承认自己失去爱人后的软弱。

事实上，他真的不懂得什么是软弱。

他皱着浓黑的眉，冷哼着捡起脚下几块石子，远远地甩到海水中，才答道："你若死了，我必定追着阎王把你要回来。我早说了，你不论活着还是死了，都只能是我的。"

我便对他的霸道和蛮横无语，只是抚着凸起的小腹，笑着望向遥远的南方。

这里是花琉，和中原的距离比北赫更遥远。

可我并不孤独。便是思念江南的水乡，思念江南的南雅意、庄碧岚时，也有唐天重丢开他的十八万精兵，不离不弃地守在身边，陪着我一起思念。

唐天霄送到狱中的酒，的确一杯有毒，一杯无毒。

但正如我说的，能做到断情绝爱的，只有他一个人。

宣太后到底没有袖手旁观。她把那两杯酒都替换了，换成了可以封闭耳目阻滞脉搏让人暂时形同死亡的假死药。

之后的事，便顺理成章。

南雅意要我的尸体；而定北王则在此时哀悼起老友摄政王，很快以世交长辈的身份领走了唐天重的尸体。

有了太后的暗示，他们当然不会真的安葬我们。

于是，等我们醒来时，已经身在开往花琉的大船上，身后跟随着数十名近身侍卫，怀里揣着我曾交给南雅意的那块虎符。

唐天重原本在军中的威望就高，手段也是不凡，携了虎符过来统领十万兵马，在短

尾声

短时间内被拥为花琉之主便是意料中事了。

可我始终还有些疑团未解。

我问唐天重："以唐天霄的心智，他真的会相信我们当时已经死去了么？"

唐天重把他的大氅解下，扣到我身上，才道："也许……不信吧？"

"不信？不信还放我们走？"

"也许……他并不像我们想象的那么绝情。"

"他不绝情？"我疑惑，"何以见得？"

他的回答再次让我对他的自大无言以对。

他说道："连我都做不到绝情绝义，他又怎么做得到？"

"哦？"我揉揉自己的耳朵，决定让自己假装听不到。

唐天重见我神情，顿时羞恼："你还不信了？"

"我信，信……"

我敷衍地笑着，站起身来，对着大海的方向舒展了下手脚，慢慢走向我们建在海边的别院。

唐天重还是不满我的态度，追着我说道："他能做到绝情，只因为他没有遇到真正让他喜欢到骨子里的女人。遇到你之前，我的手段比他狠辣何止十倍百倍？"

我嗤笑道："连雅意那样的好女人他都丢开了手，还能遇到什么样的绝色女子能打动他？"

唐天重摇头道："这你便不懂了，从来一物降一物，唐天霄么……实话说，我真盼着他能遇到那么个让他怎么也舍不下的女人，最好这女人像他丢开南雅意一样，也把他给丢开了，让他下半辈子都死不死活不活地想着心上人，那我就是不报仇心里也痛快了！"

我只要听到他提起攻回中原报仇便头疼，忙笑道："哎呀，也不知这一胎是男娃娃还是女娃娃，怎么这么调皮，踹得我快动弹不了了！"

唐天重果然上当，蹲下身来伏在我腹部倾听着，已是眉眼俱开。

"咱们已经有了个男娃娃，不如再生个女娃娃的好。"

"哦！"

"不过这么调皮，多半会是男娃娃了。"

"那便男娃娃吧，也不错。"

"那你明年得再怀一胎。"

"啊……"

"不许弄错了，下一胎必须是个女娃娃。"

"……"

南雅意番外　佳期如梦勿失时

那艘大船离开时，庄碧岚走到了高处山崖，远眺着渐行渐远的帆船，不时低低地咳嗽。清妩走了。

他已搬回庄府，将莲池水榭整理作当年的模样，倚着当年小清妩倚过的栏杆，便依稀又见到当年那少女明眸闪亮，巧笑倩兮地向他凝望。

几番阴差阳错，几段生死劫数，走到后来的后来，她已不可能再如那时卧剥莲蓬，闲钓池鲤，更不可能困乏了便依在他身畔酣然入睡——那样的时候，他一手拥着她，一手持着书卷，却半个字都不曾看进去。他听着她细匀的呼吸声，听着鱼儿浮出水面吐着串串水泡的轻响，听着鸳鸯在碧荷下嬉戏的动静，胸怀间似有什么如春水般涨得满溢。

他从不曾怀疑过他们的幸福和幸运，竟以为那样的相守相依，会是他们的一生一世。他从没想过南楚末帝竟能将荒淫的目光盯上清妩，从没想过庄家会遭受那样的灭顶之灾，更没想过在经历那许多的惨痛后，最后还等来致命一击，收到她亲笔写给他的绝命诗词。

少时的花好月圆，原来只是镜花水月。

唯一的庆幸，国破家亡后，他居然找到了隐身于宫帏深处的她。

纵然她在重重变故里渐改初心，但只要她还在，他也在，终会有一日，她会回到那个渐成往年幻梦的莲池水榭边，与他相视一笑，然后继续走她择定的道路，留他在原地温默而笑，努力寻找出少时的美好记忆。

但她终究未及回去看上一眼。而她所去的前方，也比他所能想象的更远，远到他只是遥相祝福，却可能相见无期。

看最后一抹帆影消失于天边，他低低地叹息："天气甚好，只盼无风无浪，送他们安然到达花琉。"

南雅意立于他身侧,轻声道:"必定会。"

庄碧岚笑得不知是苦涩,还是宽慰:"是,唐天重算不得什么好人,但有才有谋,且对她……"

南雅意微笑:"康侯待她极好。虽想不通清妩这样清雅温柔的大家闺秀怎么会选择那个虎狼般的男人,但只要他一心待她,其他倒也不重要。"

庄碧岚低低地咳了两声,轻叹道:"我原想着妩儿接受他,只因他已是她夫婿。如今看来,她只是做了她最正确的抉择。"

唐天重舍了天下,舍了权势,甚至舍了性命,都只为她。

若说庄碧岚原来不明白清妩为何会从开始的惧之如虎,转作后来的认命接受,直至最终的生死相随,到这时候他也终于看得清晰。

从当日为救南雅意舍弃她,她为救他们委身唐天重,已注定他们间的裂痕已不止是时间或空间那么简单。而裂痕间出现的唐天重,虽然手段极不光明,却明白无误地传递了他对她的在意。清妩幼读诗书,极重贞洁,既已失身于唐天重,便不敢再对她与庄碧岚的未来有所期望,便不能不留意到唐天重待她的情意。

她出身富贵,少时平顺安乐,却在当年的滔天大祸后隐忍太久,孤寂太久。如无根浮萍般浮沉于乱世,她对于家和亲人的渴望早已不是旁人所能想象。这时候,庄碧岚舍弃了她,而唐天重却给了她一个家。

不只是坚实的臂膀,不只是执着不悔的情意,更是一个一心一意的夫婿,一个久违的家,甚至差点有了他们共同的孩子。

对着空茫无际的碧蓝大海,庄碧岚慢慢退了两步,低声道:"雅意,我比不上唐天重……"

哪怕唐天重兵败被擒,身败名裂,差点命丧黄泉,他依然比不上唐天重,比不上唐天重那份全无保留的情意。

但南雅意一双妙目盈盈,只凝注于他因伤病在身而显得苍白的面庞。她柔声道:"是吗?可我觉得天底下并没一个人比得上你。"

庄碧岚顿了顿,侧头微笑:"谢谢你总肯安慰我。"

南雅意笑道:"难道不是事实吗?唐天重以那般卑劣的手段夺走清妩,对你百般羞辱,你明明恨之入骨,却只为清妩把他当作了夫婿,便把不顾性命救出的心上人送到他身边;在他兵败后,又不顾皇上猜忌努力去保他性命……清妩大概还不知道,当日你重伤在身,为了有体力救出她,服了大补却大毒的药物来临时恢复元气,以致至今伤病难愈……世间至爱,不是占有,而是成全。碧岚,你是天底下最好的男子。"

可惜,清妩却要了世间最坏的男子。

庄碧岚再回首帆船消失的方向:"也许,好与坏,原没那么要紧。要紧的是,他于她是最合适的。"

南雅意听得微微一失神："嗯，或许是吧！比如，我于皇上，或皇上于我，其实都是不合适的。"

庄碧岚瞅她一眼："皇上心中，其实有你。还记得他赐你的那斛珍珠吗？"

南雅意截口道："可惜，我于他不合适！"

她忽走到庄碧岚跟前，清亮如星的眼眸盯住他："我已找到了于我合适的人。千斛万斛珍珠，也抵不过他在我心里的珍贵。或许，我的本性就是这么个自私的人，期盼也有一个人，与我生死相依，不离不弃。"

如果说，她最初欣赏庄碧岚，是因为他对宁清妩舍生忘死的爱情，那么，她决定抛开困缚自己多少年的初恋，安静地守在这个男子身边，就是因为她终于发现，原来，世间还是有男子肯为她舍生忘死的；原来，并不是所有的男人都如唐天霄那般，端坐在那张染血的龙椅上，为避开脚边刺人的一地荆棘，不惜把最靠近自己的人当做踏板，以期自己的位置坐得安稳舒适。

南雅意的言语直白而执着，庄碧岚便有些窒息。他侧过脸，避开她熠熠生辉的眼眸，低低道："不早了，我们回去吧！"

南雅意紧随其后，忽伸臂握住他的手，说道："当年，我跟清妩说，我们两个，至少该有一个幸福着。但如今我想着，若有机会两人都幸福着，便都不该错过。碧岚，我不想错过。"

庄碧岚欲抽出手，却觉她握得极紧。他静默片刻，轻声道："雅意，妩儿视我如兄如友，我待她……并不是那样。"

她另有所属，他却初心未改。

南雅意却笑了笑："正因清妩已视你如兄如友，我已不愿视你如兄如友。当日我重伤垂死，你一点点将我从黄泉路上拖回，我就想着，即便天下人都弃我而去，只要有你在，这天地便不寂寞。我盼着你有一日也会想，便是失去所有，尚有我在，你便不寂寞。"

庄碧岚悸动，默然凝视她片刻，慢慢地扣紧了她的手："走吧！"

举目而望，前方的路还长，崎岖难行。

但十指相扣时，似乎也没什么走不过去的。

这天地，果然不寂寞。

唐天霄番外　昨夜笙歌容易散

那年天霄九岁，还没见识过江南那种连着个把月淫雨霏霏的梅雨天气。

可即便在江南瑞都的皇宫住了很多年后，那一年依旧是记忆里最凄惨的一年。

满天灰蒙蒙，满地湿答答，空气里弥漫着腐臭和糜烂的气息。

所有人的目光，都是诡异的，退缩的，巴不得远远离开他，可不得不面对他时，又会谄媚地冲他笑，谦卑地唤他一声："太子！"

他是太子。

在父皇死去二十一天后，他依然只是太子。

谁也不知道，再有二十一天，他会是大周的国君，还是大周的废太子——或者，一副冰冷的太子尸骸。

生和死，贵和贱，天和地，都是咫尺。

一线之隔。

伤病而死的父皇唐承元留下了遗旨，令齐王唐承朔和丞相郑扬、定北大将军宇文启等一起辅佐太子登基。

辅政大权很快落到了唐承朔等人手中，但始终没有人伸出一只手，将九岁的太子抱向那张宽大舒适的鎏金宝座。

尽管，谁都知道，唐承元的嫡子只有他一个。

唐承元甚至不止一次地将他抱于膝间，坐在那张高高在上的龙椅上，向臣下展示爱子的聪慧机智。

那时，不论是前朝，还是后宫，对于他的评价都很一致。

一个现在的神童，一个未来的国君。

小太子是天生的帝王，前途不可限量。

连他自己都认为，这不是传说，不是幻想，而是理所当然。

但所谓的理所当然，只是因为他的父亲是皇帝，手握实权的皇帝，所以他的爱子才受到所有人的追捧。

如今，他的父亲正冷清清地躺在大殿里，躺在黑漆漆的棺椁中，在大根大根高烧的白烛下，慢慢地腐烂。

没有人理会他。

哪怕他曾将天下踩在脚底，让所有人匍匐于地。

如今，他却只是慢慢腐烂的一副残骸，连入土为安都如此艰难。

烛泪在灯枝下越汪越多时，他疑心父亲是不是在流泪。

守护着的太监和宫人都倚着柱子在打盹，连他悄悄过去续上了香都没能醒来。

他想不通这是怎么了。

翻天覆地似乎只发生在一夜间，一切对他而言都太过迅捷，太过陌生，也太过可怕。

唯一可依靠的母亲宣皇后只是抱着他，泪流满面，咬牙切齿，却一言不发。

他离了父亲的灵堂，走在宫内异常黑暗的巷道上，下意识地往有人声有灯光的地方走去。

萃赏宫前，他的庶长兄唐天佐正和几个小太监在踢毽子。

一堆的宫女正围着他们，拍着手帮他数着数："二十一，二十二，二十三……"

可惜毽子很不争气地踢得偏了，甚至高高地飞过人头，落到唐天霄身侧。

从没人教过他踢毽子，可他已经会了点武艺，身手很灵活。

他的武艺是唐承元亲自教的，他的老师也是唐承元千里挑一选出来的绝顶厉害人物，而他很聪明，学得很快。

所以他轻轻巧巧就接下了那从天而降的毽子，轻轻巧巧就踢了起来，自己在数着："一，二，三，四……"

宫女们也围观他，只是远远地围观他，小心翼翼地围观他。

仿佛他是个麻风病人，离得近些，便会给传染上。

他踢到三十几个时，还是无人喝彩。

而天佐却动手了。

他将天霄猛地一推，把落地的毽子踢飞到一边，斥责道："你要玩安分滚皇后那里玩去！倒要看看你还能玩几天！"

天霄跌倒在地上，有半天回不过神来。

天佐是长子没错，他的母亲丽妃是丞相郑扬的女儿也没错，郑相在朝中很有声望也没错。可仅仅从他们两人的名字，便可以看出唐承元对两人完全不同的期望。

霄，天际，云霄。又是深受宠爱的正宫皇后之嫡子，直上九重云霄，涵义不言而喻。

佐，从左。右为尊，左为卑。佐者，下对上的辅助也。

唐承元把天霄抱于膝上逗弄之时，大他四岁的天佐只有在一旁侍立的份儿。

许久，他问："大皇兄，你怎么了？我玩玩不行吗？"

天佐倨傲地笑了："行不行，也得看我高不高兴！我劝你，还有你那个母后，安分点罢！"

天霄张张嘴，许多话在舌尖上打着转儿，却一个字也没说出来。

母后在发现唐承元伤重行将不治时便告诫他：少说，多看，小心行事，步步为营。

他想，他冒冒失失跑出来，还和天佐抢毽子踢，是不是错了？

看看母后宫殿方向那片沉寂的黑暗，他低下头，正打算当作什么也没发生悄悄回去时，旁边伸出来一双手，一把将他拉起。

"天霄，怎么坐在湿地里？"

来人黑眸微凹，深邃沉着，却是齐王唐承朔的长子，唐天重。

他虽长不了天霄几岁，却在很小的时候便被齐王带上了战场，刀兵箭矢早早见惯，年纪轻轻便有了令人心折的威凛气度，往往令同龄人敬而远之。

但他和天霄既是堂兄弟，又是表兄弟，有时也会随母亲进出宫禁探望姨母宣皇后，时常和天霄见面，感情却又非其他宗室兄弟可比。

天霄站起身，看看湿污了一大片的缟衣，又看看重新兴高采烈玩起来的天佐，低声道："没什么。不过……父皇去世了，总有些不大一样吧？"

天重沉默，然后道："我母亲也不放心，但父亲总说宫中不安，并不让母亲入宫。莫非……"

他皱眉，然后大步走向天佐，朗声道："先皇尚未入殓，谁人敢在宫中喧哗嬉闹？"

天佐一惊，毽子歪了开去。灯影下他一时没能看清来者是谁，昂首怒道："谁敢在宫中咆哮？斩！"

待得看清来人，不由得退了一步，勉强笑道："原来……是齐王世子……"

天重也淡淡地笑："原来是大皇子殿下，是微臣无礼了！我这位天霄弟弟年幼无知，日后还须请大皇子殿下多多照应！"

他行了一礼，转身携了天霄离开，径将他送回大行皇帝梓宫所在大殿。

天霄忍不住问："天重大哥，现在有多少人想杀我们母子？"

天重望一望几处灯火犹亮的宫殿，轻声道："大概……很多吧？"

"包括皇叔吗？"

天重怔了怔，犹豫片刻才答道："不会，父亲不会伤你。"

那片刻犹豫，已让天霄心惊。

他的脚步顿了顿。

天重看出天霄的惊惧，忙柔和了眉眼，握紧他双手，微笑着说道："放心，我会保护你。我母亲也会帮着你和姨母，不会让人伤着你们。"

虽然只是承诺不让人伤着他们，却已足够在那风雨飘摇的日子带给他一线光明。

他们都已懂得，到了那样的位置，帝位和生命，已连为一体。

如果天霄没能继承大统，无论后面继承大统的人是谁，都不会放过这个曾经名正言顺的太子殿下。

那一刻，天重那双比他宽大得多的手掌，正用他手上仅有的力道和温暖，尽可能地熨暖着他，安慰着他。

这以后的好多年，即便恨唐天重恨到噬心蚀骨，他也会在不经意间想到那个漆黑的夜晚，那个湿答答的雨夜，还有黑暗中那个十三四岁少年递过来的温暖的手。

即便年甫九岁，他也已知晓齐王唐承朔与母后似有不睦。

齐王妃虽时常入宫和姐姐说话，甚是手足情深，母后却想方设法避免与妹夫齐王相见，连皇室家宴，也常会因齐王出席而托病不至，乃至先帝唐承元几次笑言说，他这二位至亲，都是天生的别扭人。

但唐承朔待他却极好，宫中见到时总爱将他抱在怀中说些闲话，眉宇间甚是亲切慈煦。

大约也有这方面原因，唐承元才敢将年幼的太子托孤给这位手掌重兵的胞弟。

可如今，唐承朔联合郑相、宇文将军二人掌握大周朝政，却无视先皇遗旨，流露出了废嫡立长之意。

他回去问卧病在床的宣后："母后，再隔几天，会不会随便来一个人，都能轻易把我斩了？"

宣后惊起，问："谁和你说什么了？"

天霄道："大皇兄警告我要安分，连他的毽子也踢不得。"

"那贱婢的儿子……"宣后攥紧丝帕，惨然笑道，"他们还真把我当死人了？"

天霄低声道："若天佐继位，那我们自然是死人了。"

宣后便落下泪来，憔悴却依旧美丽的面庞尽是苦楚和难堪。

她抱着天霄，哽咽着喃喃道："你又何苦如此逼我？你又何苦如此逼我？既然已经这样了，我们便各自丢开手，不好么？不好么？"

天霄似懂非懂。

她该在骂丽妃的。

可她的话，又不太像在骂丽妃。

这晚宣后哭得很厉害，似乎比父皇去世那晚哭得还要伤感，还要凄惨，还有一种走

投无路般的恐惧和无奈。

不久，天霄便懂了。

即便当时不懂，后来也懂了。

隔了一天，他一早去探望母后时，正看到齐王唐承朔自她的寝宫中步出。

"天霄，又长高了些！"他看起来兴致不错，温煦地笑着，拍拍他的头。

"皇叔！"

他拘谨地行礼，又望向正轻轻掩上的寝宫大门。

齐王牵过他的手，道："你母后近日累了，让她多睡一会儿罢！走，皇叔送你件小小的礼物。"

天霄一直不晓得，在齐王的心里，什么东西才是大礼。

他送他的小小礼物，是大周的三千里河山。

他被送到那个宽大空落得有点可怕的宝座上，接受重臣们神色各异的朝拜。

他也不需要了解各异的神色代表什么样的意思，自有齐王为他一一甄别，然后以迅雷不及掩耳之势扫清障碍。

大周的新君在先皇帝驾崩二十四天后继位，改年号嘉和，以宣皇后为皇太后。大行皇帝终于风光葬入帝陵，上谥号为武，后人称之为武帝。

六月，郑扬因谋逆被斩，齐王唐承朔在宣后和宇文启的支持下独掌大权，由齐王晋封为摄政王。

七月，唐天佐失足跌下玉水池，不幸溺毙，被打捞上来时尸首已被河水泡得涨大了一倍，面目狰狞，太监们一时不敢处置，等从宣后和摄政王处请旨回来，已经在烈日曝晒下散发出阵阵恶臭。

丽太妃前去看了一眼，便晕过去，醒来口口声声说有人谋害皇子，夹杂着许多污言秽语。

关于太后，关于摄政王。

太监们惊得用破布生生地塞了她一嘴的血，都说丽太妃得了失心疯，急急将她关入冷宫。

八月，丽太妃被人发现与某年轻侍卫通奸，立时被赐了白绫，以庶人之礼草草殓葬。

同月，有大臣力证丽太妃大皇子冤枉，当廷数落摄政王种种擅专不法，然后一头碰死在龙盘虎踞的廊柱上。

九九重阳，丽太妃所生的另一个皇子暴病而亡。

九月十四，月食，有刺客谋刺摄政王，满门被诛。

天霄去看过皇兄唐天佐的尸体，也曾在听到点风声时赶往丽太妃宫室，亲眼看到那个据说不是先皇骨肉的皇弟在地上痛苦翻滚，甚至伸出手来向他这个哥哥求救，却还是在他面前七窍流血哀嚎死去。

他告诉母后时，宣后反应很冷淡。

她说道："天霄，你知道吗？本来被淹死或毒死的那个皇子，可能是你。本来那个身败名裂连死了都不得安宁的后妃，可能是我。"

她又道："如果你不小心，下一个枉死的，可能就是你。如果我不小心，下一个枉死的，可能就是我。自古以来，胜者为王，败者为寇。史笔定春秋时，本该流芳百世的，可能成了遗臭千古；本来遗臭千古的，反而会成为流芳百世。别以为那些梗着脖子自命正义的家伙死后就能真的成为义士名垂青史，那都是后世杜撰出来哄哄人的。十有八九的枉死者死了都会被刻上耻辱二字。所以我们不能输，不能败，不能死。"

我们不能输，不能败，不能死。

所以，只能我们的敌人输，我们的敌人败，我们的敌人死。

他便似把那些兄弟姐妹的生死也看得淡了，因为稍有翻云覆雨之象，死的可能就是他。

他的皇位，是套在颈中解不开的活扣。

一不小心，便是死结。

他被乳娘和内侍们簇拥入当日父皇的寝宫时，宣后也搬去了寿宁宫。

摄政王成了寿宁宫的常客。

天霄依恋母亲，一天好几次地往寿宁宫探望，常会和摄政王不期而遇。

那日午后，他又走过去时，寿宁宫极安静。

宫人太监们早不知回避到了哪里，寝殿里回旋着淡淡的檀香味，雪青色的轻帷随风荡漾。随之荡漾的，是母后轻灵跳脱的琴声。

摄政王坐在以往武帝坐的位置上，半斜着身体靠着椅靠上，用指节叩着木质的案几应和节拍，出神地望着宣后，眸心里是立于朝堂之际从来没有过的闪亮温柔，清隽的面容笑意盈盈，看来十分愉悦。

宣后似乎并没有忘记逝去不久的夫君，依然只穿着月白的长衫，素华无纹，只在衣缘绲了窄窄一道浅紫的边，便将过于萧瑟的衣饰装点出一抹鲜亮活泼，白牡丹般风流妍艳，国色天香。

她本来就是草原上出了名的美人，少年时和妹妹摄政王妃被人呼作"大小宣"，不晓得摄走了多少少年郎的梦，少年郎的心。

姐妹俩一嫁武帝，一嫁摄政王，正所谓美人配英雄，恰得其所。

可人心当真没有餍足之时么？

待她一曲终了，摄政王意动神驰，已将她一把拉起，揽到自己怀中，小心翼翼地拢住她欲要逃开的腰肢，亲住她的面颊。

宣后低了螓首，如玉的肌肤泛出红晕，微微躲闪的姿态看来欲迎还拒。

"你何苦如此呢？"她叹息，"承朔，你在害人害己。"

摄政王攥紧她手臂，将她约束得更紧，低沉地答道："晴婉，我并不想害人害己。我只想……让你面对你自己当年的承诺。你逃避我整整一十三年，如果不逼你一逼，不知还打算逃避多久？"

宣后眼圈微红，喉嗓间微带哽声："命中注定也罢，阴差阳错也罢，毕竟已是这一步，谁又能回得了头？你……便不曾想过你的兄长？你便不曾想过你的妻子？"

"不要和我提大哥！"

摄政王忽然暴怒，捏住她意图推拒的臂腕，斥道："你当我不晓得？便是他故意遣我深入敌营，故意传出我的死讯，然后乘虚而入，让你父母把你许给他！可恨你居然也就这么认定我死了？就这么从了他？后来还敢劝他把小宣指婚给我！你……你让我情何以堪！"

宣后给他揉在圈椅上动弹不得，失声泣道："晴柔她是真心的！我做女儿时便知道她的心，她又求了我，我又怎能不成全她！她……她又哪里比我差了？你不该辜负她！"

"你更不该辜负我！"

摄政王恼怒，"刺啦"一声扯裂宣后前襟，啮咬上去。

天霄藏在帷后看着，只听母后呜咽着发出一声呻吟，也听不出是诱惑还是痛楚，本能地便想上前相助，偏偏却喘着气后退两步。

但听"咣当"巨响，旁边陈设的青铜香炉被他撞倒在地。

他惊住，一动不敢动。

帷内沉寂片刻，随即便是长剑出鞘的铮然作响，摄政王已快步跑了过来。

他的眉眼忿郁之气犹存，全然不见素日的温和，长剑凛光森冷刺目，瞧来正是怒火冲天之时，预备将那大胆过来扫他兴的什么人斩于当场泄愤了。

看到是天霄，他才微愕，剑锋略略偏了往下，却未曾入鞘。

"是你？"

他的语气并不友善。

宣后已经奔出，喘着气失声叫道："天霄！"

天霄的手心冰凉。

可他看一眼惊吓中苍白了脸的母后，向前走了一步，向摄政王笑了笑："皇叔，原来你在这里！我正担忧着没人陪母后说话，母后会寂寞呢！"

他绕过摄政王的宝剑，走到宣后身畔，牵着她手问道："母后，昨夜睡得可好？是不是又做了噩梦？我刚似乎听到母后在哭泣，往里面跑得急了，把香炉都撞翻了，没惊着母后吧？"

宣后抚着他的头，勉强笑道："何尝哭泣了？不过和你皇叔谈到些陈年旧事，有些伤感罢了。"

摄政王的剑悄然入鞘，眉眼间的怒气也散去不少。

他牵过天霄的手，领他走回自己的座位，抱在膝上笑道："皇叔却给你吓了一跳。连个香炉倒地都给你闹得这么惊天动地，还以为寿宁宫里来刺客了！"

他从案上抓了几只金橘过来，道："这个是南边刚进贡来的，尝尝，应该很甜。"

天霄剥了，先送一个到母后掌中，又送一个递到摄政王唇边，笑道："皇叔也尝尝。吃得嘴里甜甜的，也好多说几句笑话，哄我母后开心。母后总怕人欺负了我们去，这些日子夜间常常偷偷掉眼泪呢！"

"哦……"摄政王若有所思，"你母后常一个人哭么？"

"是啊！"天霄望向他，凤眸弯弯，清澈无邪，"皇叔有空时，多过来陪母后说说话吧！我总是笨笨的，都不会安慰她。"

"嗯。"摄政王拍拍他的头，微笑道，"其实，你已经很乖了！"

天霄仿佛听到了母后松了口气般的叹息。

那天晚上，他在自己寝宫睡下时，宣后过来看他。

他并没有睡着，搂着太后的脖子问："母后，我有没有做错？"

"没有，你做得很好。"宣后的眼睛又红了，怜爱地拍着他的后背。

他又问："如果我白天说错了什么话，皇叔会不会一剑把我刺死？"

宣后身体僵了僵，许久才道："天霄，不可以得罪他。从此……你就像对待父皇一样对待他，晓得吗？"

"晓得。儿臣晓得，人为刀俎，我为鱼肉。"

"好……好……我的孩子果然聪明绝顶！"宣后抱他抱得更紧，已哭出声来，"可你记着，不可太过聪明，笨笨的，更好，懂吗？"

"懂。我会笨笨的。"天霄对着幽幽闪动的烛火，低声道，"有他在朝前，我笨笨的，就够了！"

人为刀俎，我为鱼肉，聪明人死得更快。

天霄不要做聪明人。

不过天霄告诉他的母后："我会长大。"

宣后答道："我等着你长大。"

与摄政王频频造访寿宁宫相对应的，摄政王妃来看望姐姐的次数越来越少。

这日，天霄正和奶娘的女儿雅意一起斗蟋蟀时，头上似有一片阴影掩过。

他抬起脸，看到了天重。

"天重大哥！"他高兴地拉了他要进屋里坐坐，"许久不见你和姨母了，正想你们呢！"

天重的脸色不大好，站着不动，扫了一眼他们养着蟋蟀的大大小小陶瓮，说道："我不去了。我母亲病了，所以近来都不曾进宫。"

天霄道："姨母病了？那我明天瞧瞧她去。我只顾玩儿，皇叔也不告诉我。我该和母后一起过去探望才是。"

"不用了！"天重眉宇间闪过不悦，又隐忍住，只问道，"你可曾见我父亲？"

天霄道："早晨上朝时见着了。后来那些大臣们和皇叔说着不知什么乱糟糟的事儿，我听得直打瞌睡，不知什么时候睡着了，就被他们抱回了宫，也不知什么时候退的朝。"

天重咳了一声，道："那你继续玩吧！晚上记得早点睡，上朝打瞌睡总不好，日后那些大臣会不把你当回事儿。"

"好！"天霄答应了，又转头向内侍靳七说道："到太医院去多传几名太医，好好为我姨母诊治诊治。再看看我宫里还有什么好的补药，都给我送到摄政王府吧！"

靳七应了，扭头看天重时，已经走得不见人影了。

摄政王妃似病了好久才渐渐痊愈，而宣后和天霄到底没有亲身去看过。

据说，太后和少帝赐下的许多滋补良药，都被摄政王妃一样一样砸出卧房，有一次还拿药碗把摄政王的额头砸破了一处，流了很多血。

天霄不知道是不是该庆幸，她到底只是在自己的家中闹。

那天被天霄撞破之后，宣后和摄政王处得很愉快。或者说，她将摄政王侍奉得很愉快。

摄政王甚至闭口不提自己家中闹成了什么样，依然如以前那般时常到宫中探望宣后，对他也和颜悦色。

直到，那一天，波澜陡起。

靳七悄悄回禀他，摄政王妃来了，带来了自家做的糕点，与宣后一起食用。

宣后留了心眼，猜着糕点中可能有毒，不动声色地替换了，然后若无其事地和妹妹用午膳。

而悄悄送出来的糕点，的确证实是有剧毒的。

宫人因宣后一直和摄政王妃在一处，无法上前禀明，急急来请天霄示下。

天霄不放心母后，一边令人速去通知摄政王，一边慌忙奔往寿宁宫。

寿宁宫，正在大乱中。

天霄奔进宫中时，还听得母后在惨叫声中急促地解释："天哪……妹妹，姐姐只是求一条走下去的路而已！妹妹……姐姐……姐姐总得要活下去，我的霄儿总得要活下去……啊，天哪……"

疯了般推开殿门时，宣后正抱着头沿着墙壁慢慢滑下，然后颓然倒地。

而曾那样温和待他的摄政王妃，已经红了眼睛，正拎着一张沉重的红木四足圆杌，疯狂地砸向她的姐姐。

即便宣后已经一动不动倒在地上，她还是狠狠地砸着她，像要把她整个人都砸得稀烂，烂得再也没法让人看出半分她的花容月貌。

"母后！"

天霄吓得手足俱软，一头撞上去，将摄政王妃撞得一个趔趄，跪到宣后跟前摇晃，喊道："母后，醒醒，醒醒！"

面如纸色缩在一边的侍女里，不知谁在叫道："她……她杀了太后，她杀了太后！"

摄政王妃尖锐地大笑起来："我便杀了她，又如何？我便是杀了你，又如何？别当我是傻子，别当我是傻子！"

沾着姐姐鲜血的圆杌转个方向，又快又急地砸向天霄。

她骂道："天霄，天霄，整天便听他提天霄！孽种！孽种！你一定是他的孽种！哈哈，我让你护他，我让你护你的孽种！哈哈，我蠢，我笨，我足足做了十四年的傻子！唐承朔你这畜生，你看我打死你的小畜生！"

天霄躲开几下，背上也着了几下，却还忍着疼在推母亲，见她依然没有动静，只当真是死了，心里又是害怕，又是悲恸，大哭着提过一边的青花大瓠便砸向摄政王妃，叫道："你杀了我母后，你杀了我母后！"

摄政王妃被他一记狠击砸在肩上，痛呼一声，砸碎他手中的大瓠，圆杌没头没脸地向他砸下。

天霄力小，踩着大瓠的碎片绕着桌子躲避着，亦是连声呼救："来人，快来人救朕！！"他声嘶力竭地哭喊着，向从人呼喊。

他奔过来时，却带着几个年轻力壮的太监，俱是武帝留下来的可靠之人，早就赶上前试图拉住摄政王妃。

可摄政王妃早年也曾习过些武艺，力道远非寻常女子可比，眼见制她不住，天霄额上又着了一下，竟是满脸鲜血，从人更是大惊，抄起手边的物事便向摄政王妃打去。

天霄稍能喘息，眼睛被额前滴滴答答飞快挂下的鲜血糊住，再不知自己的血会不会就这么流尽，然后和母后一般死去，啊啊如小兽般惨声嘶吼着，抓过果盘和花瓶等物砸过去。

又有宫人手中的砚台、镇纸、香炉等在空中划过……

天霄听不清到底是自己在叫，还是那些宫人在叫："报仇，给太后报仇……打死她，

打死她，打死她……"

一切都是混乱，颠倒，无所适从……

终于无力地瘫倒在地时，摄政王妃也已倒在地上，和他一样满头满脸的血。

这时，他好像听到母后的呻吟。

抬起眼，宣后正倚着墙慢慢坐起，满眼是泪，将颤抖的手指指向摄政王妃，却一句话说不出来。

他爬过去，偎到她怀里，哑声道："母后别怕，别怕，我……我杀了她，我杀了她了……"

宣后的手便无力滑落，耷到他的背上，眼中的泪水簌簌而下。

不知谁叫了声："摄政王来了！"

沸腾的热血正在慢慢消退，宫人们筛糠般抖着战跪在一地的狼藉中，一地的鲜血里。

冲进来的摄政王看到他的王妃倒在地上，头上的鲜血汪洋了一地；也看到宣后正抱着少帝蜷在墙边，神色连悲戚都似找不到了，一味地木讷着。

"晴柔！晴柔！"

他把自己的结发妻子抱起，晃着，唤着，又向外喊道："快，快宣太医！宣太医！"

可他妻子的血已经开始冷了。

无力回天。

他颤着唇，咬紧牙望向宣后。

宣后放开天霄，吃力地站起，摇摇晃晃地走过去，跪在妹妹面前，木无表情地说道："是我。是我失了手……是我杀了她。"

摄政王迸泪，猛地一耳光，狠狠甩在她脸上。

他怒吼："贱人！她是你妹妹！晴柔是你妹妹！你……你让着她些不行吗？"

他抱紧妻子的尸体，忽然间失声痛哭。

宣后没有回答，木然地盯了妹妹雪白的面庞片刻，慢慢站起身，踉踉跄跄地走入内殿，掩上门。

殿里便只听到那个男子痛楚忏悔的恸哭，一声声地叫着妻子的名字："晴柔，晴柔……"

他也许并不十分爱他的妻子。

可他们结发十多年，便是没有爱情，也有共同孕育儿女后渐渐培养出的亲情。

谁也不知道他下面会有怎样的打算，天霄恍恍惚惚地想，这一宫的人，只怕都活不了了。

而他呢？母后呢？

是不是也会活不了？

就像丽妃和他的皇兄皇弟一样，死得无声无息，就像死了条野狗般很快被人忘怀。

内殿里似乎有点声响。

母后还受着伤，宫人都在外跪着，没人敢动弹一下。

他便是死，也该和母亲在一处。

于是，他擦一擦脸上的鲜血，艰难地挪着身体，走向内殿，推开门扇，只向里望了一眼，便嘶哑地惨叫着冲了进去。

"母后！母后！不要丢下我，母后！"

高高的床梁上，宣后纤瘦的身躯正随着他的惊恐哭喊随风摆动。

她，竟悬梁了。

"晴婉！"

摄政王冲进来，惊痛地喊着，扬剑将白绫割断。

宣后无声无息地落下，软软倒在他的怀里，双目紧闭，气息全无。

天霄只觉嗓子阵阵发紧，连泪水都快滴不下来，忽然拉住摄政王袖子道："皇叔，是我让人杀了姨母……是我，是我……母后快给她打死了，一直求她放我们母子一条活下去的路，她不肯……她说我是你的孽种，又来杀我……我以为母后死了，我以为我也活不了了……我让人打死她，打死她……我……我……"

他身体晃了晃，栽倒在了母亲身上，已然昏死过去。

虽然天霄说出了实情，但摄政王并没有拿他怎样。

他被好好地送回了自己的寝宫，令太医日夜值守，细心调治。

对外只说，是他骑马摔倒，把额头磕破了。

宣后终于也给救了回来，却一直面朝里而卧，连着数日不吃不喝，直到天霄听说，忍着伤痛亲自捧了膳食送去，才和爱子抱头哭了一场，开始勉强用些饮食。

可她身心俱受重创，精神到底差了许多，此后连着数月缠绵病榻，几次高烧濒死，天霄衣不解带侍奉着，才慢慢好转起来。

这时，摄政王妃之死引发的风波已经过去。

那日的目击者，死的死，失踪的失踪，即便还有活着的知情人，也将永远不敢提及那天究竟发生过什么。

摄政王妃的尸体被匆匆带出宫去，不久便传出王妃急病薨逝的消息。

虽有人奇怪摄政王妃发病怎么这等迅速，早上好端端入宫去，晚上便传出了死讯；但她之前便常传出卧病的消息，摄政王又不曾对妻子的遽然离世提出异议，于是，随着摄政王妃的入殓，此事很快平息下来。

342

皇宫之中，从此也恢复了平静，甚至比出事之前更加平静。

摄政王依然常过来探望宣后，商议些朝政要事，但再也没有在寿宁宫留宿过。

更多的时候，竟是沉默相对，不交片语。

有时他也亲自过来考问天霄功课，天霄表现得并不笨，只是心思明显不在功课或国事上，即便回答摄政王问题时，也常会和服侍的太监使着眼色，竟在关心着廊下的雀儿有没有喂水，瓮中的蟋蟀是不是活泼。

摄政王稍露不豫之色，他便亲自动手，为皇叔倒上一盏好茶，和他品评茶的新旧，水的甘苦。

摄政王明显比以往沉默许多，对着他几次欲言又止，终究拂袖而去，后来再也不去管束他的功课好歹了。

而少帝资质庸碌、贪图享乐的声名，随着他的怠于朝政，终于慢慢传扬开去。

摄政王妃之死，看来竟对他们母子的处境有益无害。

想来摄政王到底也知晓是自己的轻浮和放纵一手导致了妻子的悲剧，又因宣后为此悬梁，险些送了性命，心中负疚，有时明知宣后刻意拉拢人心，培养亲信，也是视若无睹。

乱世之中，兵权高于天。

他掌握了大周十之八九的军队，宣后如想完成武帝遗愿，平南楚，拒北赫，都非他不可，而他想翻云覆雨，几乎已经没有人能阻碍他。

他根本不用在意宣后母子在他眼皮子底下的那点动作。

也许，在他看来，这不过是宣后历经了生死轮回后在设法谋求令她得以安心的自保之道而已。

她已如此苍白，如此憔悴，甚至如此沧桑。

他愿意宽容。

而他似也在短短的时日内迅速消沉了。

手掌半壁如画江山，并不能抚平他眉梢眼角渐起的纹路，鬓上的白发似在一夕之间便冒了出来，雨后春笋般拦也拦不住。

他甚至像一个垂老的长者般告诉天霄："我已和天重说了多次，让他视你如亲弟。但他性情不好，若有什么不是，你别和他计较，只管告诉我来处置。素常见着了，须得多多敬重些，不许和他顶嘴，知道吗？"

天霄自是应下，心下却是疑惑。

天重……

不是一直待他甚好吗？

他一时竟忘了，天重待他亲近，至少有一半的原因，是因为他们的母亲是姐妹，并且手足情深。

有着摄政王的维护，摄政王妃的真实死因，可以瞒过所有人，却没法瞒过身为人子的天重。

那一年，天霄十岁，天重十四岁。

天霄拉着雅意蹲在地上斗蟋蟀时，他已厉兵秣马征战沙场，用敌人的尸体慢慢堆叠起自己在军中的威信。

这年冬，摄政王带着天重攻南楚，连下十三城，迫南楚结城下之盟而还。

宣后令天霄亲出北都城外相迎，并在宫中设筵为其庆功相贺。

这样的场合，宣后已颇能应付，济济一堂的文臣武将在她的言笑间很快其乐融融，君臣无间地推杯过盏。

天霄不过循礼敬了诸人，便和身畔的小宫女调笑，品评了一番歌舞，再不去插口宣后或摄政王提及的朝政之事。

天重似不喜这等聒噪热闹的场面，只坐在他父亲的下首，默默无言地喝着酒，偶尔目光瞥向天霄时，天霄急忙举起杯盏向他致意，他不过懒懒提了提杯，便一饮而尽。

他甚至根本没有正眼看他，便已淡淡地将目光投向别处。

天霄兴味索然。

好在他的平庸之名渐渐传开，若是不欢喜，悄悄走开了也没人注意。旁人只会当他少年心性，不愿在筵席上给拘着，不知又钻哪里玩去了。

他真的悄悄离开了热闹的殿宇，只领了靳七，沿了黑暗里漫漫铺排开去的绫纱灯笼，一路往前走着。

热闹的笙箫歌舞声渐渐远了，冷风吹到身上，酒气便开始散去。

身畔的玉水河波涛泠泠，素月清辉正在其间随风荡漾。秋日未曾拔去的荷叶残梗在风里瑟瑟地抖。

他忽然便有些怅然。

回到寝宫，依然只是孤独。独自一个人悄悄地练着武，习着兵法，研究着眼前的局势，猜测着可能的变故……

其实真的很累。

他问靳七："雅意还在宫里？"

靳七道："应该还在吧？她似乎也喜欢伴着皇上，若被南夫人接进宫来，哪次不盘桓个十天八天的？"

雅意是他乳娘南夫人的女儿，与他年龄相若，难得又有别的宫女身上看不到的冰雪聪明。虽然小小年纪，她那双清澈的眼睛便似看透了他的悲欢与喜怒。

他倚在石栏边，说道："把她叫来陪陪朕吧。让她带上笛子，就在这里隔着水面吹上一曲，听着可静静心绪，散散酒气。"

"好，那皇上别在风口里坐着，先到前面那水榭边稍等片刻，我这就去叫她来。"靳七答应着，急急离去。

天霄只觉那夜风吹在身上的确有点冷，遂慢慢走到前面水榭廊下，倚着廊柱出神。

半响，他忽听到身后有人唤道："天霄。"

一转头，天重已站在身侧，黑眸沉沉，连梁间悬着的灯笼都不曾映亮分毫。

他忙站起身，笑着招呼："天重大哥，怎么也出来了？"

天重不答，沉思般凝视着水面上闪闪烁烁的一轮残月，却向他问道："天霄，我母亲去找太后那天，你也在寿宁宫吧？"

天霄仿佛听到自己心口咯噔一声，脸上却只是敛了笑意，疑惑地反问："姨母找母后？哪一天的事？"

天重眸光更沉。

他慢慢道："你不记得么？那我提醒你一下。那一天上午，我母亲带了糕点去看望太后，傍晚的时候，被装在棺椁中送回王府。听说，那天你也在寿宁宫……在寿宁宫里骑马摔着了，被人抱回了寝宫。"

寿宁宫地方不小，可绝对不是骑马的地儿。

他明显语带嘲讽，灼灼的眸光逼视着他，把他烫得不由得退了一步，碰着年久失修的竹栏杆，吱嘎吱嘎响着，才注意到自己已在回廊尽头，下边便是玉水河。

他已退无可退。

"那天的事……其实我记不大清了。"他硬着头皮道，"天重大哥也该听说过，我当时摔得很重，昏迷了许久，醒来时许多事都忘了。天重大哥不妨去问问皇叔，他该一直在的。"

天重蓦地愤怒，黑眸中似有烈焰喷出。他一把揪了他的前襟，喝道："你叫我去问他？你叫我去问他？你明知他自从有了你母后，便再不是我母亲的如意夫婿！也再不是以前心心念念顾着妻儿的一家之主！他从没在守护这个家，这个国，而只是在守护那个妖后！守护你这个坐享其成的小畜生！"

他手上力道极大，将天霄推搡得一阵气闷，还没想好要不要挣扎着逃开他的掌握，天重已将他的身体猛地一推，将他推向身后残破的栏杆。

只听"嘎"地一声，栏杆断了，天霄身后猛然一空，身形直直坠下，"扑通"掉入水中。

冰冷的河水将他包围的瞬间，他本能地向上扑了一扑，高叫道："天重大哥，救我！"

天重脸庞上闪过惊慌，听他呼救，下意识地便蹲下身，向他伸出手。

345

天霄记得他手上的温度。

在他疑心自己还能不能活下去时,是天重从黑暗中走出,用他温暖的双手握住他,笑意温煦地向他许诺:"放心,我会保护你。"

放心,我会保护你。

那样的一双手,总不致把他送到漆黑冰冷的另一个世界。

他将手伸向那只递过来的手时,身体正往下沉去。

他努力地又向前扑腾了一点,再次把手交到那个方向,却忽然发现,那个方向空了。

天重缩回了他的手,蹲在水边看他,眸光寂然,沉沉如夜。

"大……大哥……"

他听到自己的声音变了调,又一口冰冷的水呛入他的口中,让他喘不过气。

那个曾承诺会保护他的天重,却已站起身来,沿着回廊快步离去,漆黑的背影冷硬如铁。

"救……救命……"

黑暗里,刺冷的水下仿佛有漩涡卷过,一阵阵地要把他小小的身躯拖到水下。

他拍着水,呛咳着,挣扎着,声音在风里像残荷一般瑟瑟着,断断续续,零零落落。

四面八方都是水,冷得噬骨,冷得噬心,冷得很快冲去他的泪水的微薄热意。

他后来一直感激着耳聪目明的雅意。

当他渐渐无力挣扎,慢慢沉下水底时,当靳七还在岸上寻找他的身影时,雅意对着断了的栏杆尖叫:"皇上落水了!皇上落水了……"

又是生死一线。

如果雅意再晚发现片刻,即便被打捞上来,他也只是一具冰冷的尸体。

就和大皇兄天佐一样,失足溺死。

所差别者,天佐被烈日晒得快要腐臭,而他则被冷风吹成一副冰冻尸骸。

大周的天下,将毫无悬念地落到摄政王和他的嫡长子唐天重手里。

他和天重之间,不仅要传承上一代的恩怨,还要传承这一代的权位争夺。

不管哪一桩,都会无可争议地用金戈铁马掀起满天的腥风血雨。

他和天重,都将无处可藏,无处可逃。

被人裹在被子里蜷在火炉边哆嗦时,那边宣后和摄政王已经听到消息,匆匆罢了筵席,前来查探。

"怎么回事?好好的怎么就摔到了水里?"

摄政王问着天霄,目光却投向天重。

他当然知道天重曾离开过，他一定还对天重的恨意了如指掌。

他在疑心天重。

天重并不畏惧父亲的目光，毫不退缩地和父亲对视片刻，又冷冷地看向天霄。

摄政王按紧宝剑，浓眉皱起，呼吸粗重，眼睛里闪过无奈的苦楚。

天霄克制着牙关咯咯的颤抖，向天重善意地笑了笑，哑着嗓子说道："是我……是我自己倚在栏上赏月，只说……只说散散酒气。谁晓得那栏杆偏偏断了，便失足落下了水。"

天重眉目不动，依然淡淡地望着他，居高临下。

摄政王却似松了口气，放开握紧剑柄的手，轻轻拍了拍他的肩，道："好好养着，这大冬天给水里凉气一侵，别落下什么病根来！"

这样的冷天，一个十岁的孩子能侥幸从河水里逃得一命，天霄其实已经知足。

真想谁为他出头，才是做梦。

摄政王的确对他不错，可绝对不会因为他而去伤害自己的亲生儿子。

何况这个儿子机警能干，又刚刚因为他的过失失去了亲生母亲。

摄政王预备抽出的宝剑，还不晓得会指向谁。

便是真的责罚了天重，也不过是让两人结下更深的仇怨，让他们孤儿寡母的处境更是艰难。

审时度势，他会。

忍气吞声，他也会。

他会努力当一个合格的资质平庸的傀儡皇帝，但终将有一天会轮到他来翻云覆雨。

他将是天生的帝王，血液已被十岁那晚的河水浸得冰冷，冰冷。

他也不得不是天生的帝王。

否则，五指山下永不超生的，将会是他。

只是，谁也说不清，直到很多很多年以后，他为什么还是常常会做同样的一个梦。

梦里，他依然在深而冷的溪水里，在飞溅的水花间望着递来的双手。

温暖，亲切，安详。

却在他伸手去抓时，猛地将他推到溪水更深处。

深沉的夜，冰冷的水，赠他以没顶之灾……

他确定，梦里推他的那个人，绝对不是几次三番要置他于死地的唐天重。

午夜梦回，汗湿重衣时，他听到自己撕心裂肺的呐喊。

他在惊痛地呐喊："雅意！清妩！"

而他的怀中，空空如也。

孤家寡人，高高在上，独一无二，其实从来非他所愿。

（全文完）